Sur l'auteur

Magdalena Parys est née en 1971 à Gdańsk. À l'âge de 12 ans, elle émigre avec sa famille en Allemagne. Diplômée de l'université Humboldt, elle vit à Berlin, où elle a fondé la revue littéraire polonaise-allemande *Squaws*. Auteur de poèmes et de nouvelles, *188 mètres sous Berlin* est son premier roman. Il a reçu le prix Hibou d'Or en Autriche. En 2019 elle a publié *Le Magicien*, qui a reçu le Prix de Littérature de l'Union européenne.

MAGDALENA PARYS

LE MAGICIEN

Traduit du polonais
par Margot Carlier et Caroline Raszka-Dewez

10
18

AGULLO

Cette publication a été co-financée avec le soutien de la Commission européenne. Cette publication n'engage que son auteur et la Commission n'est pas responsable de l'usage qui pourrait être fait des informations qui y sont contenues.

Cofinancé par le programme Europe créative de l'Union européenne

*

Cette édition a été publiée avec le soutien financier de l'institut du Livre - © Pologne programme de Traduction

LA TRADUCTION DE CET OUVRAGE A BÉNÉFICIÉ DU SOUTIEN DE L'INSTITUT POLONAIS DU LIVRE

THE ©POLAND TRANSLATION PROGRAM

INSTYTUT KSIĄŻKI

©POLAND

*

Titre original :
Magik

ISBN 978-2-264-07634-2
Dépôt légal : octobre 2020

« *W bliskiej jego sercu Brandenburgii na dwudziestu sześciu posłów partii lewicy do landtagu co czwarty pracował kiedyś dla Stasi.* »

« *Dans l'État de Brandebourg, sur les vingt-six députés de gauche au Landtag, un sur quatre avait jadis travaillé pour la Stasi.* »

À mes parents

« *Ich bin ein Berliner* »

John Kennedy

LES FAITS :

En 2010, à l'Office fédéral allemand responsable des archives de la Stasi, près de six kilomètres de rayonnages ont disparu (vingt millions de pages).

On estime que, pendant la période du rideau de fer, près de quatre mille cinq cents personnes du bloc de l'Est ont essayé de fuir à l'Ouest par la frontière bulgare.

Près d'une centaine y ont perdu la vie.

PRÉLUDE

Ils le rouaient de coups de crosse, le bombardaient de coups de pied, au ventre et au visage. Je voyais ses yeux encore ouverts, mais déjà curieusement voilés. Je me suis mis à vomir. Je savais qu'ils allaient maintenant venir vers moi. Dans l'attente du coup fatal, je ne ressentais aucune peur, plutôt une sorte de léthargie. Un des bourreaux s'est retourné. Il n'était pas très loin, à deux mètres environ. Ses grosses chaussures se dirigeaient vers moi, elles écrasaient les feuilles mortes qui exhalaient une forte odeur. J'ai reçu la semelle en pleine figure et j'ai senti un goût sucré dans la bouche. Ma jambe blessée ne me faisait plus mal. La nouvelle douleur avait remplacé la précédente.

— Regarde, cette loque est en train de dégueuler ! ont hurlé les chaussures au-dessus de moi à l'intention de la crosse noire qui continuait à battre le corps raidi et recroquevillé de Boszewski.

La crosse était tout près maintenant.

— Tu as pris ses papiers ?

— Non !

— Prends-les, ils vont être tout sales.

— C'est répugnant, il est couvert de vomi.

La crosse a pris son élan, puis ç'a été le noir complet.

Toujours ce même cauchemar où il raconte sa mort à quelqu'un.

Frank Derbach s'assied sur son lit. Il regarde autour de lui. Dans la grisaille matinale, il aperçoit des formes floues et quelques objets imprécis. Il se lève et fait son lit. Il aime l'ordre. Cela lui procure de l'assurance, ce dont il manque toujours cruellement. En lissant le bord rebelle de la couverture, il s'imagine avec dégoût toutes les personnes qui ont dormi ici avant lui.

Il allume la lampe de chevet et s'approche de la petite fenêtre.

Il fait à peine jour, il doit être six heures tout au plus. Il entend le miaulement d'un chat dans la cour ténébreuse, puis le fracas étourdissant du couvercle métallique d'une poubelle. La cuisinière de l'hôtel est en train de jeter des sacs remplis d'ordures. Début de journée ordinaire dans une grande ville.

Quelqu'un toque à la porte. Frank Derbach ne fait pas un geste, ne dit pas « entrez ! », surpris simplement de voir arriver de si bonne heure la personne qu'il attend.

— C'est toi ? demande-t-il doucement à travers la porte.

— Qui d'autre ? répond, impatientée, une voix féminine.

Il ouvre et la laisse entrer.

Il la regarde se diriger d'un pas assuré vers la fenêtre. Elle baisse les stores, s'assied dans l'unique fauteuil avant de s'adresser à lui, impassible :

— Je t'écoute.

— Ce sera l'affaire de ta vie.

— On verra bien, dit la femme, sans l'ombre d'un sourire.

CHAPITRE 1

> « Il est de notoriété publique que la ville est un endroit très sain. Peu de microbes y ont résisté. »
>
> Terry Pratchett,
> *Trois sœurcières*[1]

Gerhard éteignit son portable. C'était la troisième fois que Frank Derbach essayait de le joindre. Il semblait très nerveux et voulait le voir immédiatement. Gerhard lui promit de passer à son hôtel dès qu'il le pourrait, mais il avait d'abord quelques affaires à régler.

— Non, pas ici.

— Pourquoi ?

— Parce que.

— Tu as bu ?

— Non.

Finalement, ils se donnèrent rendez-vous dans un café proche de l'hôtel de Gerhard.

— Mais tu viendras, sans faute ! insista Derbach.

1. *Les Annales du Disque-Monde* (T. 6).

— Oui, bien sûr, confirma Gerhard, agacé par tant d'obstination.

— Je t'attends, dit Frank Derbach en raccrochant.

Le taxi avançait péniblement dans la file de voitures coincées dans l'embouteillage matinal. Gerhard observait les larges artères monotones. La ville de Sofia lui rappelait le Varsovie des années quatre-vingt-dix. On construisait d'abord des hôtels de luxe, puis des banques, des pharmacies… et tout le reste venait après. Tout le reste pouvait attendre.

Il se retrouva bientôt dans les bureaux d'une administration où, assis sur une chaise inconfortable, il dut attendre que l'employée se mette du rouge à lèvres et passe quelques coups de fil avant de daigner enfin le regarder. L'endroit était à la fois une salle d'attente et un espace d'accueil du public.

Malgré l'amabilité apparente de l'employée, Gerhard avait vite compris qu'elle lui fournissait des réponses évasives et sans intérêt. Il décida donc d'exposer sans détour l'objet de ses recherches.

— Un Polonais, un ingénieur de Wrocław, Piotr Boszewski. Disparu en Bulgarie en 1980. Personne ne sait ce qui lui est arrivé. Il est parti en vacances avec sa femme et n'est jamais revenu.

— Vous devriez plutôt chercher du côté des archives polonaises, fit l'employée en haussant les épaules.

— Et moi, je pense qu'il faut chercher ici. J'en suis même certain, insista-t-il.

— Un tas de gens ont disparu, soupira-t-elle. Des Allemands, des Bulgares, des Polonais aussi.

— Je ne m'intéresse qu'à ce seul Polonais.

— Pourquoi croyez-vous qu'il ait disparu chez nous précisément ? demanda-t-elle.

Elle essuya ses lunettes et fixa Gerhard de ses yeux fatigués de myope. Ce dernier lui montra une photo.

— Qu'est-ce que c'est ? Qui vous a donné ça ? murmura-t-elle, incrédule.

Croyait-elle vraiment qu'il allait lui livrer les nom, prénom, adresse de son informateur, et pourquoi pas aussi son numéro de téléphone ?

Burkhard Seidel, le vieil homme qui lui avait confié cette photo et traduit le texte en allemand, possédait depuis longtemps des archives privées ; il collectait des documents, des photos, des enregistrements, qu'il mettait à la disposition des personnes intéressées. En 1985, ses deux fils avaient été tués à la frontière bulgare, lors d'une tentative d'évasion vers l'Ouest, vers la liberté. Jamais on n'avait retrouvé les responsables, et personne n'avait exprimé les moindres regrets au père.

Aujourd'hui, les archives de Seidel n'étaient plus un secret. Quiconque le souhaitait pouvait se renseigner sur cet habitant de Leipzig qui avait recueilli une documentation considérable sur une série de disparitions inexpliquées à la frontière bulgare. Documentation bien plus importante que celle dont disposaient tous les ministères et archives d'État réunis.

Gerhard aurait très bien pu expliquer d'où venait cette photo.

Il aurait pu, mais il n'en fit rien.

Seidel lui avait expliqué que le cliché avait été pris dans un endroit bien précis de la frontière entre la Bulgarie et la Grèce. C'est là qu'avait été découvert le cadavre d'un Polonais, celui de Piotr Boszewski selon toute probabilité. Hélas, le nom écrit au verso était illisible. On pouvait distinguer la lettre « B », en partie effacée, mais impossible de deviner la suite : « a » peut-être, ou « o », ou plutôt « c ». Seidel prétendait que c'était le nom de Boszewski. Il y avait aussi un numéro au verso, dont ils découvriraient la signification quelques mois plus tard, grâce à Frank.

— Vous avez d'autres photos de ce genre ?

Les yeux aux paupières lourdement fardées de bleu scrutaient Gerhard avec attention, des mèches rebelles entouraient le visage rondelet de l'employée.

— Non, mentit-il.

La femme regarda l'envers de la photo, qu'elle lissa une fois, deux fois, trois fois... Puis elle indiqua l'endroit jauni où figuraient quelques chiffres et un texte en cyrillique, illisible.

— Savez-vous ce que c'est ?

— Je n'en ai aucune idée, dit-il en mentant de nouveau.

L'employée le fixa longuement du regard. Sans doute s'apprêtait-elle à lui poser d'autres questions, mais lorsqu'elle entendit la porte s'ouvrir, elle se redressa et rajusta ses lunettes sur son nez.

La grande brune qui apparut sur le seuil dévisagea d'abord Gerhard, puis sa collègue. Elle faisait penser à une sculpture romaine. Elle avait des yeux magnifiques. *Dommage que ce ne soit pas elle, mon interlocutrice*, songea Gerhard en lui souriant. Elle lui rendit son sourire et s'approcha du bureau.

— Ekaterina Konechova, se présenta-t-elle en lui tendant la main. Vous venez d'Allemagne ?

Puis elle se tourna vers sa collègue :

— Alors, tu t'en sors ?

— Oui, sans problème. Tout va bien. On discute.

Gerhard remarqua qu'elle s'était empressée de couvrir la photo de ses mains.

— Je me suis dit que tu aurais peut-être besoin d'aide, déclara Ekaterina Konechova en faisant un petit signe à un homme en uniforme, posté devant la porte.

La brune adressa un petit sourire à Gerhard en guise d'au revoir et quitta la pièce, suivie de sa collègue. L'homme en uniforme s'approcha de Gerhard, marmonna son nom, son grade et lui tendit la main.

— Voyons voir, qu'est-ce que nous avons là ? dit-il en anglais.

Il examina la photo, puis saisit les documents posés devant Gerhard et se mit à les feuilleter. Il écouta avec intérêt l'histoire que Gerhard racontait pour la deuxième fois ce jour-là : la disparition, l'ingénieur polonais, les vacances… Soudain, l'officier fronça les sourcils.

— Vous ne trouverez rien ici, dit-il, cette fois dans un allemand impeccable. De toute façon, il nous faut une autorisation certifiée conforme de la famille de la victime, traduite en bulgare par un traducteur assermenté, puis certifiée une nouvelle fois par l'administration compétente. C'est la procédure, ajouta-t-il.

— J'ai une autorisation.

— Oui, mais elle n'est pas certifiée conforme par les autorités bulgares. Qui plus est…

— Où puis-je la faire certifier ? l'interrompit Gerhard.

— Cher monsieur, je serai franc avec vous, dit le militaire en s'asseyant sur le bureau. Même si vous m'apportiez une pile de certificats, vous ne pourriez consulter que deux malheureux cartons d'archives. C'est tout ce dont nous disposons. Mais je vous préviens, vous n'y trouverez pas les documents que vous cherchez.

— Je les trouverai où, alors ?

— Là où ni vous ni moi n'avons accès. Dans les archives du ministère de la Défense, dans les documents classés top secret de l'armée.

Gerhard fit semblant d'être surpris.

— Mais, au fait, qu'est-ce qui vous fait croire qu'il

s'agit précisément de Boszewski ? demanda l'officier en le scrutant d'un regard interrogateur.

— Et vous, qu'est-ce qui vous fait croire qu'il existe des documents secrets concernant précisément Boszewski ? dit Gerhard en lui retournant la question.

— La plupart des informations sur les personnes tuées au cours d'une évasion se trouvent là-bas. Ici, nous n'avons plus grand-chose. Dans nos archives, il ne figure rien au sujet de cet homme, répéta-t-il en esquissant un sourire qui dévoila des dents d'une blancheur incroyable.

— Très intéressant ! remarqua Gerhard. Vous confirmez donc que la personne sur la photo a bien été tuée lors d'une tentative d'évasion ?

— Simple supposition, je n'en sais rien. C'est vous-même qui l'avez dit.

— Non, je n'ai rien dit de tel…

— Vous permettez donc que je garde cette photo pour confirmer ou pas cette supposition ? Nous vous contacterons par courrier. Je suis désolé. Vous vous êtes déplacé pour rien.

Il se leva et tendit la main à Gerhard, coupant court à la conversation.

— Je préfère la garder.

— Faites-moi confiance, dit l'officier en baissant la voix.

Surpris par cette étrange déclaration, Gerhard s'apprêtait à ajouter quelque chose, mais l'officier lui tourna le dos et se dirigea vers la sortie. Il s'arrêta devant la porte, revint vers Gerhard et, le visage impassible, lui demanda, mine de rien :

— D'où la tenez-vous, cette photo ?

— Je l'ai trouvée, répondit Gerhard.

Allongé sur son lit d'hôtel, Gerhard sentait revenir les symptômes de sa maladie coronarienne. Il ne fallait pas les négliger, il devrait s'occuper plus sérieusement de sa santé. Il ne se souvenait plus s'il avait pris ses comprimés. Mais oui, bien sûr, il les avait pris, comme toujours. Son rythme cardiaque accéléré et sa tension élevée l'avaient cependant troublé. Il essaya de respirer plus calmement et de penser à des choses agréables. Au bout d'un quart d'heure, il se leva pour chercher un médicament qu'il ne prenait que très rarement, dans des situations exceptionnelles. La dernière fois, c'était une semaine auparavant. Le jour où Krystyna avait quitté la maison sans un mot.

Le cachet eut un effet immédiat. Gerhard s'endormit sans même s'en rendre compte. Il se réveilla une heure plus tard, en nage, tiraillé par l'inquiétude.

Photographe et politologue de formation, photoreporter de métier, Gerhard se laissait facilement guider par ses intuitions, il ne négligeait jamais tous les petits signaux, positifs ou négatifs, qu'il pouvait ressentir, indépendamment de l'intérêt d'une commande. Si son intuition lui disait non, il était capable de se retirer d'un projet au dernier moment, et rien ni personne ne pouvait le faire changer d'avis. De fait, il évitait souvent les sujets délicats et trop compliqués, se spécialisant, avec le temps, dans les histoires simples du quotidien.

Pour cette raison sans doute, les présidents et les ambassadeurs, préférant un art éloigné de la politique et des pages sombres de l'histoire, inauguraient volontiers ses expositions. Pour cette même raison, Dagmara et Krystyna les trouvaient terriblement ennuyeuses. Dagmara le clamait haut et fort, tandis que sa mère, toujours discrète, ne disait jamais rien. Dagmara reprochait même à Gerhard d'exploiter une forme intéressante dans ses photos, mais sans avoir grand-chose à raconter, au fond.

Dagmara était trop jeune, trop… Une idéaliste, comme sa mère. Gerhard poussa un soupir. Il devait détacher ses pensées de Krystyna.

Elle était partie.

Elle ne le comprenait pas.

Lui-même ne se comprenait pas.

Pourquoi était-il venu ici ? Depuis un mois, ni lui ni Seidel n'avaient plus l'ombre d'un doute : Boszewski était bel et bien mort à la frontière bulgare. Après leur dernière réunion, à laquelle participait aussi Frank, Gerhard avait décidé de tout vérifier personnellement. Même si tout semblait concorder en apparence. Le certificat de décès, les résultats de l'autopsie, les photos. Un dossier de plusieurs pages en bulgare. Imprimé à Sofia. Enregistré sous le même numéro que celui imprimé au dos de la photo fournie par Frank ; celle que Gerhard avait montrée le matin même à la fonctionnaire bulgare et que l'officier avait finalement gardée. Elle représentait Boszewski, Gerhard n'avait nul besoin de preuve. Sans le vouloir, l'officier lui en avait fourni la confirmation. Quelle drôle de façon d'agir ! Seidel avait entièrement raison quand il le mettait en garde contre ce pays.

Finalement, Gerhard était venu à Sofia pour deux raisons : vérifier si Frank Derbach disait bien la vérité, et repousser autant que possible la conversation difficile qu'il devait avoir avec Dagmara. Désormais, il n'avait plus le choix. Il fallait qu'il lui écrive. Il le devait à Krystyna. Il ne pouvait pas se décharger sur elle, la laisser s'expliquer avec sa fille. Il sortit son téléphone de sa poche. Chaussa ses lunettes. Frank Derbach l'avait encore appelé. Quelle obstination ! Cela devait être vraiment important.

Il prit un petit cahier et se mit à écrire. Il barra, puis recommença. Une profonde inspiration, et il marqua en lettres capitales : À L'ATTENTION DE DAGMARA. Il barra tout, déchira la feuille, avant de reprendre aussitôt :

Ma chère Dagmara,

Durant toutes ces années, je n'ai pas eu le courage de t'avouer que je connaissais ton père avant même de faire la connaissance de ta maman. Disons que l'occasion ne s'est jamais présentée. J'ai essayé de t'en parler plus d'une fois, mais il y avait toujours quelque chose qui m'en empêchait. La peur, sans doute. Ce n'était jamais le bon moment. Et plus le temps passait, plus ça devenait difficile.

Je suis profondément désolé que tu l'apprennes si tard et de cette façon, dans une lettre, mais je suis dans l'impossibilité de t'appeler en ce moment. Crois-moi, j'aurais préféré t'en parler de vive voix. J'ignore ce qui va se passer maintenant, j'ignore quand je pourrai te revoir.

Tu te souviens, récemment, j'ai tourné un film sur un théâtre pour enfants. Son créateur, Burkhard Seidel, est un vieil homme qui a consacré la moitié de sa vie aux marionnettes ; une fois à la retraite, il a entrepris de rassembler des archives, un fonds très spécial. Ce sont ces archives qui ont attiré mon attention. Nous nous sommes liés d'amitié. J'ai mis six mois à tourner mon film, car nous avons passé beaucoup de temps à discuter d'un tas de choses. Il m'a parlé de ses fils, tués à la frontière bulgare lors d'une tentative d'évasion. Il n'a jamais appris les circonstances précises de la mort de ses enfants. Sa femme et lui se sont pourtant rendus à plusieurs reprises en Bulgarie, ils ont remué ciel et terre, à l'époque, ils ont pris beaucoup de risques, défié le régime. Année après année, Seidel a réussi à collecter un nombre impressionnant de documents sur les événements qui se sont produits à la frontière entre la Bulgarie et la Grèce ou la Turquie. Il me les a montrés. C'est dans ces documents que j'ai retrouvé la trace de ton père. À la suite de ce que j'appellerais mon « enquête privée », je suis parvenu à obtenir des informations bouleversantes.

Je peux t'affirmer maintenant que j'ai réussi à élucider le mystère de la mort de ton père. Je sais combien ces informations sont choquantes, que tu n'y es pas préparée, mais tu dois connaître la vérité.

Dagmara, c'est si pénible à écrire : ton père, le mari de ta maman et mon ami, a été sournoisement attiré à la frontière bulgare où on l'a assassiné.

C'était sans aucun doute la lettre la plus terrible qu'il ait jamais écrite.

Il sentit monter des larmes d'impuissance et de honte. La honte d'avoir caché la vérité si longtemps.

Certes, il ne pouvait pas appeler Dagmara, mais même s'il l'avait pu, il ne l'aurait pas fait, c'était au-dessus de ses forces. La conversation avec Krystyna l'avait déjà suffisamment éprouvé. Il avait pris son courage à deux mains pour lui avouer qu'il connaissait son premier mari avant de la rencontrer, elle, et que…

Il lui avait tout dit. Presque tout.

Qu'espérait-il d'elle après tant d'années ?

De la compréhension ?

Puis, en regardant le dos voûté de Krystyna qui se dirigeait lentement vers la porte, il comprit qu'il avait commis deux graves erreurs dans sa vie. La première, de ne pas avoir dit la vérité à sa femme à l'époque ; la seconde, de tout lui avouer maintenant. Quel idiot ! Un idiot, c'est toujours mieux qu'un lâche.

Il réfléchit un instant sur le choix des mots à employer pour rassurer Dagmara, mais rien ne lui venait à l'esprit. Il regarda sa montre. Deux heures passées ! Il ne fallait pas qu'il soit en retard à son rendez-vous avec Frank.

Frank Derbach vivait et travaillait à Berlin. Il venait de prendre un long congé sans solde et, depuis une semaine, séjournait à Sofia. Il envisageait même de quitter son travail, il avait réglé ce qu'il avait à régler et n'avait plus rien à y faire. C'était Frank tout craché ! Les vingt années passées à l'Office fédéral pour les archives de la Stasi avaient été pour lui une affaire à régler. Il était toujours très occupé. Gerhard le connaissait depuis longtemps et souvent il avait l'impression que Frank menait plusieurs vies à la fois et avait plusieurs identités. Quoi qu'il en soit, il devait se passer à ce moment-là quelque chose d'étrange et de très grave dans l'existence de Frank, puisqu'il avait même cessé de boire. Frank « menait sa propre enquête », comme il se plaisait à dire, et il était tombé sur des documents qui, selon lui, pourraient aussi intéresser Gerhard. Gerhard avait déjà tout ce qu'il lui fallait. Il n'avait plus besoin de rien. S'il avait l'intention de rencontrer Frank à Sofia, c'était pour faire plaisir à Seidel, le vieil homme de Leipzig, qu'il admirait et respectait.

Pour Seidel, le voyage de Gerhard en Bulgarie n'avait aucun sens, aussi avait-il tenté de l'en dissuader.

— Je ne comprends pas pourquoi vous vous obstinez à aller là-bas, s'étonnait-il. Mais puisque vous semblez y tenir, essayez de voir notre Frank. Il a découvert une information importante, paraît-il. Il m'a dit qu'il aimerait vous montrer quelque chose, mais j'ignore ce qu'il a bien pu inventer encore.

Gerhard regarda Seidel avec curiosité.

— Oui, je sais ce que vous pensez de lui, continua Seidel. (Cela faisait bien longtemps pourtant que Gerhard n'avait émis aucun jugement à propos de Frank.) Il est complètement fou, et donc il manque de patience. Mais vous savez comment c'est, avec les fous. Il reste toujours un pour cent de probabilité qu'ils ne le soient pas réellement.

Le bon vieux Seidel était un homme patient, il accordait une confiance absolue aux gens, même aux guignols et aux fanatiques, et Frank était pour lui une sorte de fanatique inoffensif. Il restait indulgent avec lui, même si les théories du complot qu'il prônait lui faisaient parfois perdre son sang-froid. Selon Seidel, il n'y avait pas d'hommes méchants. Gerhard l'admirait sincèrement pour l'incroyable foi qu'il accordait au genre humain et pour sa capacité à tout comprendre. À l'entrée de ses archives était accrochée une citation, que Seidel avait lui-même gravée dans du bois :

L'humanisme, ce n'est pas dire : « Ce que j'ai fait, aucun animal ne l'aurait fait », c'est dire : « Nous avons refusé ce que voulait en nous la bête, et nous voulons retrouver l'homme partout où nous avons trouvé ce qui l'écrase. »

André Malraux

— La haine nuit à la santé, Gerhard, avait-il l'habitude de dire. Cela ne signifie nullement que la mort de nos proches ne nous fait pas mal. Bien sûr, ça fait très mal ! C'est une terrible douleur, mais du moins peut-on l'aborder de façon un peu plus civilisée, ajoutait-il, pensif.

Puis il esquissait un sourire, tandis que Gerhard ne parvenait même pas à feindre une grimace.

Gerhard referma la porte derrière lui.

Elle n'était pas épaisse, il entendit le téléphone sonner dans la chambre. *Sans doute la réception*, pensa-t-il, *ils veulent encore faire le ménage.* Il était en retard, mais décida de faire un détour. Il traversa un petit marché aux épices et aux fruits exotiques étranges. Il se dit qu'il y reviendrait plus tard, avec son appareil photo. Puis il coupa la rue et se dirigea sans se presser vers un café situé à l'angle. Malgré les gaz d'échappement, il sentit pour la première fois cette année le parfum du printemps. L'air était doux.

Il se trouvait à deux cents mètres à peine du café lorsqu'il remarqua de l'agitation à l'entrée. Il se dit d'abord que c'était impossible, qu'il ne voyait pas bien, mais non, il ne se trompait pas. Deux hommes tenaient fermement Frank sous les bras et l'escortaient vers une voiture qui venait de se garer sur le trottoir. Frank se débattait, criait, ses pieds touchaient à peine le sol. Pour finir, il disparut à l'intérieur du véhicule qui démarra à toute vitesse. La scène n'avait pas duré plus d'une dizaine de secondes.

Le soleil brillait, la rue grouillait de monde, les gens se promenaient, sortaient des boutiques, pressés de retourner à leurs affaires. Personne n'avait rien vu, rien entendu. Gerhard était le seul à regarder longuement l'endroit où, un instant auparavant, stationnait une BMW noire. Il n'avait pas la moindre idée de ce qu'il fallait faire. Sur le chemin de l'hôtel, il envisagea plusieurs possibilités. Appeler la police ? Contacter l'ambassade ?

Il était à peine entré dans l'hôtel qu'une surprise l'attendait à l'accueil : quelqu'un avait laissé un courrier à son attention. Un tourbillon de pensées dans la tête, choqué par ce qui venait de se passer, Gerhard mit un certain temps à reprendre ses esprits.

— De quoi s'agit-il ? demanda-t-il en levant les yeux sur le réceptionniste bulgare, un homme de grande taille.

— Un courrier pour vous, répéta le Bulgare avec un sourire de professionnel.

— De la part de qui ?

— Ça, je ne peux vous le dire. Quelqu'un l'a déposé en précisant que c'était pour vous.

— Qui ?

— Un jeune garçon, répondit le réceptionniste en esquissant un geste vague.

Gerhard tourna le regard vers le hall de l'hôtel. Hormis un vieux couple, il ne remarqua personne. Il s'appuya sur le comptoir et fixa le réceptionniste droit dans les yeux.

— Je n'attends aucun courrier.

Le jeune Bulgare soutint son regard. C'était un homme très grand, à la carrure impressionnante et aux yeux très doux. Il travaillait à l'hôtel depuis deux ans et comptait bien gravir rapidement les échelons. Trois fois de suite, Radostin Petrov (c'est ainsi qu'il s'appelait) avait reçu la distinction d'« Employé du mois », sans aucune compensation financière cependant. Cela ne le dérangeait pas, il adorait son travail. Sa famille, des paysans pauvres, avait financé ses études dans une école hôtelière. Il venait de faire un stage dans une chaîne d'hôtel de renom à Dubaï. La chance lui souriait, que demander de plus ?

Il adressa un sourire rassurant au client :

— Je comprends. Voulez-vous que nous nous en chargions, monsieur ?

Gerhard le regarda d'un air absent.

— Non, merci. Quand l'a-t-on déposé ?

— Il y a une heure. Nous avons essayé de vous joindre à plusieurs reprises.

— Pourriez-vous, s'il vous plaît, modifier mon billet d'avion, je voudrais un vol pour aujourd'hui même.

— Bien entendu, monsieur. Nous nous en occupons tout de suite.

— Trouvez-moi le prochain vol, ajouta Gerhard, inquiet par le tremblement soudain de sa voix.

— Nous ferons de notre mieux.

Une fois dans sa chambre, Gerhard reçut un appel du réceptionniste qui lui annonça qu'il n'y avait plus aucune place disponible ce jour-là. « Désolé, mais le prochain vol est prévu pour demain matin. Cela vous conviendrait-il ? Faut-il changer votre réservation ? » Gerhard lui répondit que c'était inutile, puisque c'était justement l'avion qu'il devait prendre. Il remercia et raccrocha.

Il parcourait la chambre de long en large, nerveux, tel un tigre en cage, et fixait la grande enveloppe grise.

Il s'asseyait.

Puis se relevait.

Pour finalement se remettre à tourner en rond.

Une heure plus tard, il ouvrit enfin l'enveloppe. Il reconnut tout de suite l'écriture de Frank et froissa la feuille. Pendant un instant, il se demanda s'il devait téléphoner à Seidel, ou plutôt à un de ses amis, un policier haut gradé de Berlin. Mais à quoi bon ? Son ami ne pouvait pas l'aider ici, à Sofia, et ce n'était pas la peine d'inquiéter Seidel pour rien.

Il s'allongea sur le lit et attendit. Les heures passèrent. Il ne remarqua rien de suspect. Il retira la feuille froissée de sa poche, la lissa et relut le message :

Personne ne sait que je te transmets ceci. On me surveille, je suis suivi. Ne viens pas à notre rendez-vous. Le reste, tu le liras plus tard, fais d'abord les tirages de cette pellicule et dispose-les selon les instructions.

En effet, l'enveloppe contenait une pellicule, quelques indications inscrites sur une feuille, une petite enveloppe blanche et aussi un vieux calepin jauni. Son sixième sens lui disait qu'il venait de se faire rattraper par ce qu'il avait fui des années durant. Une peur immense était tapie dans chaque coin de la chambre et le défiait. Il était grand temps de l'affronter.

Un taxi le conduisit jusqu'au centre commercial. Dans une enseigne à dominante rouge, dont tous les points de vente étaient identiques, il acheta un téléphone portable et du papier photo. Puis il se rendit dans une droguerie où il se procura du détergent, des ciseaux, de la ficelle et des gants en plastique. À la pharmacie, il montra à une pharmacienne intriguée un bout de papier où il était écrit : $Na_2S_2O_3$.

Elle écarquilla les yeux.

— Vous en voulez combien ? lui demanda-t-elle en anglais.

— Trois kilos, plaisanta-t-il.

Pour finir, il acheta encore deux plats cuisinés dans des bols en plastique. Il en mangea un et jeta le contenu de l'autre à la poubelle. À l'hôtel, il lava soigneusement les deux récipients et se mit au travail. Il versa le thiosulfate de sodium dans le premier et de l'eau dans le second.

Puis il ferma la porte de la salle de bains et éteignit la lumière. Il lui fallut plusieurs heures pour développer, fixer et laisser sécher les photos qu'il avait accrochées sur une ficelle. En tout, cinquante clichés. Flous, imprécis. Il les examina minutieusement, de plus en plus découragé.

Qu'est-ce que ça pouvait bien être ?

Il passa à la dernière phase : en respectant l'ordre des numéros indiqué par Frank, il disposa les photos en cinq colonnes verticales, les unes accolées aux autres. En une heure, il avait déjà mal à la nuque et aux yeux.

Les photos étaient toujours en train de sécher.

Il avait beau les regarder, rien ne lui venait à l'esprit.

Des silhouettes aux contours flous. C'est tout.

Il se dit que c'était à cause de la pénombre qui régnait dans la chambre. Il se leva pour allumer une petite lampe. Un rayon de lumière éclaira les photos. Tout d'abord, il ne remarqua rien de particulier, mais lorsqu'il s'éloigna et les regarda sous des angles différents, l'image qu'il perçut lui glaça le sang. Il ouvrit l'enveloppe, lut quelques phrases et tomba à genoux, abasourdi.

Il ouvrit la fenêtre.

La cohue, le tumulte de la grande ville lui brouillèrent l'esprit. Il se sentait tel le rescapé d'un naufrage en pleine mer, qui flotte sur un tronc d'arbre, incapable d'expliquer comment il s'est retrouvé là.

D'un geste énergique, il ouvrit le petit bar rempli d'alcools. Il but au hasard, au goulot, comme un ivrogne endurci qu'il n'avait jamais été. Cela ne lui apporta aucun réconfort. Il traversa vivement la chambre. Il eut tout juste le temps d'arriver jusqu'à la salle de bains. Cela sentait encore fort le sodium.

Il vomit.

Il attendit un moment avant de se mettre la tête sous un jet d'eau froide. Il avait toujours devant les yeux l'image qu'il venait de restituer. Un homme de grande taille, en civil, un pistolet à la main, entouré de soldats. À ses pieds, un corps massacré. Gerhard n'avait pas l'ombre d'un doute, il s'agissait bien d'un cadavre. La qualité de la photo laissait peut-être à désirer, mais le visage de l'homme au pistolet s'en distinguait avec netteté, comme spécialement exposé.

L'enveloppe contenait une information laconique :

Tu reconnais sans doute l'individu sur la photo. Christian Schlangenberger. Il a plusieurs morts sur la conscience. Il est le responsable direct de la disparition de Boszewski et d'autres dissidents d'Europe de l'Est. Maintenant, ouvre le dossier...

Gerhard avait très souvent eu l'occasion de remarquer le portrait de Schlangenberger sur des affiches électorales, ou de le voir à la télévision. Tout le monde en Allemagne le connaissait. Il faisait depuis longtemps partie de l'élite politique de l'Allemagne réunifiée.

Gerhard s'assit sur la cuvette des W-C. Il essuya son crâne chauve avec une serviette et, désemparé, regarda autour de lui.

Et maintenant, que faire ? Il avait éprouvé cette même sensation en 1968. À l'époque, il avait participé, un peu malgré lui, à la révolte estudiantine. Il essayait d'éviter le chaos, les problèmes et les rassemblements... Mais il était photographe. Le Gerhard d'alors était un tout jeune photoreporter, formé par le groupe de presse Springer, radicalement opposé aux étudiants, à l'esprit de 68, à tout ce qui pouvait ébranler ou juste déranger le sacrosaint confort de la bourgeoisie. Une grande manif avait été organisée et Gerhard était chargé de la couvrir. Avant même qu'il ait pu faire quoi que ce soit, un flic en veste grise lui avait flanqué un coup de matraque. Arcade sourcilière ouverte, pull déchiré – simplement pour avoir voulu protéger son appareil photo… Il n'était pas question que quelqu'un touche à son appareil ! « On se fait toujours berner par nos illusions », disait le copain de Gerhard, un étudiant, devenu un ennemi, puis redevenu son ami. Désormais, il fallait choisir : pointer son objectif sur les étudiants tabassés et la flicaille en pleine action, ou alors photographier l'étudiant gisant dans une mare de sang, avec les visages de ses bourreaux se pressant autour de lui. Dans quel but ? Ça, personne ne le savait encore. C'est à ce moment-là que Gerhard s'était laissé guider pour la première fois par son instinct professionnel. Il ne pensait plus à rien, mais faisait simplement ce qu'il avait toujours voulu faire. Le lendemain, le pays entier pouvait voir ses photos publiées dans la presse : dans les journaux du groupe Springer, elles figuraient à la dernière page, mais elles faisaient la une de tous les autres, les quotidiens libéraux. L'étudiant en question a survécu, mais un autre a été tué. Une situation complexe, trop longue à expliquer, un nouveau chapitre dans l'histoire allemande. Pour le photoreporter qu'il était alors, la manifestation n'aurait pas eu grande importance s'il n'avait pas, lui, Gerhard, pris LA fameuse photo. Des années plus tard, le *Spiegel* l'avait inscrit dans la liste des « personnes les plus courageuses de l'année 1968 ». Pourtant, Gerhard avait connu des gens bien plus courageux que lui. On le qualifia de « renard de la photo », « capable, au milieu du chaos général, de s'introduire avec ruse au cœur des événements ».

— Va te faire foutre ! avait conclu à l'époque son ami étudiant.

Aujourd'hui, son ami était un policier haut gradé qui, depuis 1968, boitait légèrement de la jambe droite.

Plus tard, Gerhard ferait encore de multiples photos, il serait de tous les combats, mais la décoration qu'il recevrait des mains de Richard Karl Freiherr von Weizsäcker, sixième président de la *Bundesrepublik Deutschland*, récompenserait une fois de plus ces photos-là et son courage en 1968. Visage solennel, debout devant le président qui épinglait la décoration sur sa poitrine… À cette simple évocation, Gerhard se sentait encore mal à l'aise. Au fond, il n'était pas persuadé d'avoir mérité cet honneur.

Une heure plus tard, Gerhard – renard et héros – fit ce qu'il savait faire le mieux. Il saisit son appareil et photographia, une à une, toutes les pièces éparses du puzzle. Lorsqu'il eut fini, il ouvrit le vieux dossier intitulé « Boszewski » et se mit à lire. Frank lui avait déjà fourni pas mal d'informations, de même qu'à Seidel, mais tous deux n'y avaient pas attaché trop d'importance.

— Sacré bon sang ! s'écria Gerhard en refermant la pochette.

Il se demanda s'il devait modifier la lettre à Dagmara, ou en écrire plutôt une autre, adressée à son ami de la police. Ou les deux. Le temps pressait. Trier la documentation et la sécuriser lui prit une bonne heure. Il s'installa au bureau et regarda sa montre.

Je t'en prie, Dagmara, n'en parle surtout à personne. Pas encore. Accordons-nous un peu de temps. L'affaire est bien plus sérieuse que je ne l'imaginais. Nous devons rester extrêmement prudents !

Fais-moi confiance, et sois raisonnable.

Sa crainte de devoir s'expliquer avec Dagmara avait disparu. Il avait d'autres soucis en tête. Il devait terminer ce qu'il avait entrepris, sans mettre personne en danger.

Après un bref moment d'hésitation, il ajouta :

P.S. Pardonne-moi.

Il marqua le point final, gros comme un bouton, plia la feuille en quatre, puis encore en deux, jusqu'à ce qu'elle devienne toute petite. Il l'aplatit et se dit qu'il n'avait plus le temps d'écrire une autre lettre.

Il récura longtemps la baignoire et le lavabo avec le détergent. Vida la poubelle. Aspira profondément et se regarda dans la glace. Il remarqua une minuscule ridule sur son nez, qui n'y était pas la veille. Il prit une douche, s'habilla et s'aspergea d'eau de toilette. Il eut le sentiment que ce geste anodin le ramenait un peu à la réalité. Ces derniers jours, sa vie s'était follement emballée. Il sortit le téléphone portable à carte, dont il ne comptait se servir qu'une seule fois.

Maintenant, précisément.

Il composa un numéro.

Seidel décrocha immédiatement, comme s'il se doutait qui se cachait derrière ce numéro inconnu. En quelques mots, Gerhard l'informa de l'enlèvement de

Frank, du courrier reçu et de l'identité de l'homme sur la photo.

Seidel se taisait. Il ne répondit qu'au bout d'un long moment. Sa voix était changée, presque méconnaissable, mais c'était bien lui.

— Êtes-vous certain que c'était Frank ?

— Absolument. Je l'ai vu de mes propres yeux.

— Vous devez rentrer au plus vite !

— Je dois abandonner Frank ici ?

— Vous ne pouvez plus rien pour lui.

— Mais…

— Rentrez tout de suite ! Vous m'entendez ?

Seidel n'élevait jamais la voix. Mais à présent, il parlait très fort. Gerhard savait qu'il se sentait responsable, de Frank comme de lui.

— Vous êtes sûr qu'il s'agit de Schlangenberger ?

— Tout à fait. Son visage est très net.

— Alors, cela voudrait dire que Frank avait entièrement raison ! gémit Seidel.

— S'il vous plaît, contactez vite Tschapieski et racontez-lui tout, dit Gerhard avec précipitation.

— Qui ?

— Tschapieski !

— D'accord, très bien, mais rentrez immédiatement, je vous en prie ! répéta Seidel avant de raccrocher.

Gerhard lui envoya le numéro de Tschapieski par SMS et se sentit soudain seul. Un homme seul. Complètement seul. Sur un terrain miné.

Il fourra ses effets personnels dans un sac de voyage et répartit tout le reste dans deux sacs en plastique rouge. Avant de sortir, il balaya la chambre du regard une dernière fois, pour ne rien oublier. Il était vingt-deux heures déjà, mais il décida de passer la nuit à l'aéroport. Il prit l'ascenseur, descendit jusqu'au restaurant et se faufila à l'extérieur par la porte de service. Il repéra les poubelles et y déposa les deux sacs rouges. Il choisit de remonter par l'escalier. Un dernier coup d'œil dans le hall de l'hôtel. De l'endroit où il se trouvait, il avait une vue parfaite sur l'entrée et la réception (sa vision était encore très correcte pour un homme de son âge). Dans un coin, derrière une colonne de marbre, était assise la fonctionnaire qu'il connaissait déjà. Gerhard fit demi-tour et reprit l'ascenseur, avec le sentiment désagréable que le temps ne jouait pas en sa faveur. À l'accueil, il demanda qu'on lui commande un taxi. Le réceptionniste lui suggéra d'aller plutôt jusqu'à la rue voisine, directement à la station de taxis, s'il était pressé, mais on pouvait, bien entendu, lui appeler un taxi, si tel était son souhait.

— Je suis très pressé, répondit Gerhard.

Il régla la note, signa ce qui lui restait à signer, puis releva la tête. Il fixa l'immense Radostin Petrov droit dans les yeux et lui tendit la main.

En sentant une liasse de billets, le jeune employé se mit à transpirer.

— S'il vous plaît, faites semblant de me saluer, fit Gerhard d'une voix neutre, sourire aux lèvres, en tenant toujours la grande main du réceptionniste dans la sienne. Et maintenant, écoutez-moi bien ! Regardez la femme assise derrière la balustrade. Quand je serai parti, elle viendra vous voir pour se renseigner sur moi. Dites-lui que je n'ai quitté l'hôtel qu'une seule fois, dans la matinée. D'accord ? Mais vous devez faire encore autre chose pour moi, poursuivit Gerhard sans lâcher la main du réceptionniste.

Les deux hommes continuaient d'afficher un large sourire amical. Toute cette scène ne dura qu'une poignée de secondes, qui leur parut à tous deux une éternité.

Gerhard tourna dans la petite rue derrière l'hôtel. La station de taxis ne se trouvait pas très loin, en effet, mais il avançait avec peine. Il réalisa soudain que, depuis la veille, il avait mal au bras. Le sac de voyage, bien que muni de roulettes, lui semblait peser une tonne.

Il s'arrêta un instant, regarda autour de lui, inquiet, et saisit son téléphone bulgare. Il pensait ne s'en servir qu'une seule fois mais, vu la situation, il devait encore absolument appeler quelqu'un. Il tapa rapidement le numéro qu'il connaissait par cœur ; depuis plusieurs heures, il se le répétait dans la tête, tel un mantra.

— Tschapieski, j'écoute ! répondit une voix de baryton.

— C'est moi ! lança à la hâte Gerhard, de plus en plus oppressé.

— Pourquoi tu m'appelles sur ce numéro ? Tu sais bien que…

— J'ai de gros problèmes, Waldemar, l'interrompit Gerhard en pressant le pas, car il avait l'impression d'être suivi.

Il avait de plus en plus chaud, l'air lui semblait irrespirable. Un groupe de jeunes gens joyeux le dépassa brusquement. *Quel jour sommes-nous donc ?* se demanda-t-il, *on doit être vendredi*. Les jeunes entrèrent dans le restaurant de l'hôtel, d'où provenait un air de musique, il reconnut la berceuse du film *Rosemary's Baby*. Il poussa un soupir de soulagement et ralentit. Mais, l'instant d'après, il entendit de nouveau des pas saccadés derrière lui.

— Je ne comprends pas, parle plus fort ! s'impatientait la voix au téléphone.

— J'ai des soucis, reprit Gerhard d'une voix rauque. De gros soucis !

— Mais qu'est-ce que tu racontes ? Où es-tu ? fit la voix, où pointait de l'inquiétude.

— Je suis en Bul… je suis en Bu… (Gerhard fut soudain pris de faiblesse, une douleur atroce lui déchira la poitrine, il fit encore quelques pas, tira sur sa cravate pour la desserrer.) Il faut que tu contactes Seidel… Seidel !

Il s'écroula.

On entendait toujours la voix affolée dans l'écouteur.

— Que je contacte qui ? Bon sang, je ne comprends rien !

— Seidel… murmura Gerhard.

— Gerhard ! Gerhard !

Durant un bref instant, il entendit encore la voix de Tschapieski… et des pas, de plus en plus proches. Il voulut crier, mais sa gorge ne put émettre qu'un râle inaudible. Dans un ultime effort, il allongea le bras et laissa tomber le téléphone dans une grille d'égout. Il entendit un léger clapotis. Un feu brûlait à l'intérieur de lui, l'empêchant de respirer.

Je brûle, pensa-t-il.

Quelqu'un se pencha au-dessus de lui et lui tâta le pouls. Un autre fouilla son sac et ses poches.

— Où est le téléphone ? demanda l'homme en parka sombre.

— Ici, dans la poche de sa veste, répondit son comparse en retirant le portable allemand de Gerhard.

De tout cela, Gerhard n'avait plus conscience, ses yeux vides fixaient l'espace devant lui.

Il était mort.

Ekaterina Konechova remit sa carte de police dans son sac. Tout en la regardant bien en face, le réceptionniste passait en revue les règles apprises en stage de formation. Il décida de s'en tenir à la n° 12 (assurer aux clients une sécurité maximale), qu'il adapta à la circonstance.

— Il a reçu un courrier… dit Ekaterina Konechova.

— Oui. Vers seize heures.

— Est-ce qu'il est sorti ?

— Une seule fois. Ce matin.

La femme le dévisagea avec méfiance.

— Il voulait modifier sa réservation, se hâta de préciser le réceptionniste.

— Et l'a-t-il modifiée ?

— Non.

— Je voudrais voir sa chambre.

— Bien entendu.

Radostin Petrov appela un garçon de service, mais la femme l'arrêta d'un geste de la main.

— Je me débrouillerai toute seule.

— Bien entendu, répéta le réceptionniste en l'accompagnant jusqu'à l'ascenseur.

Un souffle d'air souleva brusquement les longs cheveux d'Ekaterina Konechova, tandis que le tissu léger de son vêtement ondoya, mettant en valeur sa jolie silhouette. L'homme qui sortait de l'ascenseur lui adressa un sourire charmeur. Elle n'y prêta pas attention.

Arrivée au troisième étage, elle trouva rapidement la chambre, introduisit la carte magnétique dans la porte et alluma les lumières. Une banale chambre d'hôtel, avec une vague odeur de parfum flottant dans l'air. En entendant la sirène d'une ambulance, elle s'approcha de la fenêtre. Un petit attroupement se formait au coin de la rue. *Dès qu'il fait beau, ils sortent tous comme des cafards de leurs trous pourris, sous l'aile protectrice de la nuit*, pensa-t-elle avec animosité.

Elle enfila des gants en plastique et ouvrit un à un

les placards et les tiroirs. Pour finir, elle inspecta la poubelle. Rien. Son téléphone sonna, elle décrocha sur-le-champ et écouta, concentrée.

— T'en es sûr ? On a l'appareil photo ?

— Oui.

— Et le téléphone ?

— Aussi !

Elle raccrocha et revint à la fenêtre. Quelle chance ! Tout s'était déroulé selon le plan, mieux même. La foule qui s'agglutinait au coin de la rue, à proximité de l'hôtel, devenait de plus en plus dense. Une deuxième ambulance venait d'arriver. Depuis la fenêtre, on ne pouvait pas distinguer grand-chose, il fallait qu'elle se montre maligne et la joue fine avec la police et les secours. Avant de quitter l'hôtel, elle repassa à la réception.

— Est-ce que vous faites souvent le ménage dans les chambres ?

— Selon le souhait de nos clients. En principe, deux fois par jour. Nous sommes un hôtel cinq étoiles, répondit le réceptionniste, de la fierté dans la voix.

— Et dans la chambre que je viens de visiter ? demanda-t-elle tout bas en s'efforçant de ne pas regarder la caméra, placée discrètement dans le coin droit de l'accueil.

— Il faudrait que je vérifie.

Ekaterina Konechova eut un moment d'hésitation, mais elle se dit que ce n'était plus son affaire. Elle avait rempli la tâche qui lui incombait. Comme toujours.

Lorsqu'elle partit enfin, le réceptionniste essuya les filets de sueur qui perlaient sur son front, puis il porta son regard sur la grande salle du foyer. Au bar de l'hôtel, derrière d'imposants palmiers, se pressaient des clients anglais et allemands, les yeux rivés sur un écran gigantesque où était retransmis un match de foot. Chacun s'efforçait de crier plus fort que l'autre. Certains étaient ivres, on pouvait le deviner à leur voix. L'Allemagne menait. Hormis les supporters excités, il n'y avait personne d'autre dans la salle.

Excellente journée pour nous ! songea Radostin Petrov en pensant à lui et à son collègue barman. Il connaissait bien les Allemands, leur bonne humeur et leur générosité qui, en pareilles circonstances, n'avait pas de limites.

Il recula pour s'éloigner des caméras. C'est seulement lorsqu'il eut la certitude qu'aucune d'elles ne pouvait le filmer qu'il retira l'argent de sa poche. Il contempla longuement la liasse. Huit billets rose-violet, quelle belle couleur ! Tout cet argent. Une jolie somme. Mais pourquoi autant ?

Il prit peur.

Malgré son jeune âge, il savait assurément que la carte de police d'Ekaterina, dont il n'avait pas retenu le nom de famille, ne présageait rien de bon. Il avait peur, car il ignorait ce qu'il devait faire, et ce d'autant plus qu'il était innocent. Même innocent, celui qui se trouve mêlé à une affaire est forcément coupable puisqu'il est impliqué, c'est ce que lui avait appris ce pays au cours des dernières années. Il se demanda s'il ne devrait pas tout raconter à la direction de l'hôtel. Mais il eut beau se creuser la cervelle, il en arrivait invariablement à la même conclusion : il était innocent, mais mêlé à quelque chose de louche, donc coupable. Non, il ne dirait rien à personne.

Le tumulte montait depuis l'entrée de l'hôtel, mais Radostin n'y prêta aucune attention. Son esprit était entièrement préoccupé par l'argent et il se demandait quel point du règlement de l'hôtel il avait enfreint. Finalement, il se dit que ce serait l'occasion pour lui de financer les études de sa sœur, en grand frère responsable, digne de ce nom. Il demanderait d'abord conseil à son père.

Il prit un ascenseur pour descendre au sous-sol du restaurant et atteindre ainsi l'arrière-cour. On entendait toujours la musique de *Rosemary's Baby* et la voix douce et nostalgique de Mia Farrow.

Radostin Petrov jeta d'abord un coup d'œil dans la cour, puis sur les fenêtres de l'hôtel. Posé sur le couvercle de la poubelle, un moineau l'observait avec attention. Par bonheur, les poubelles se trouvaient sous un abri envahi de lierre grimpant. Un acacia touffu poussait juste devant. (Rien ne devait incommoder la vue des clients, les perturber, leur imposer des effluves malodorants.) Petrov attrapa un sac qui traînait près de la porte et fit mine d'aller jeter des détritus. Il ouvrit une vieille poubelle noire et puante dont le couvercle grinça et en sortit deux sacs rouges ; il regarda furtivement à l'intérieur.

On entendait toujours la voix de Mia Farrow, comme si le disque tournait en boucle, tandis que les sirènes des ambulances et des voitures de police s'intensifiaient dans la rue. Le réceptionniste, lui, n'entendait rien de tout cela. Il avait reçu une mission dont la réussite lui permettrait de financer les études de sa sœur. Sa décision était prise, inutile de consulter son père ! Le client lui avait dit que c'était urgent, alors il allait agir vite.

Il quitta l'hôtel avec la sensation agréable que les billets de banque fourrés dans sa poche ne lui brûleraient plus les mains. Il affichait un sourire espiègle. Une voyante lui avait prédit qu'il allait bientôt conclure une affaire juteuse, voire plusieurs.

CHAPITRE 2

> « Planifier une action, choisir une victime, agir de manière impitoyable, puis aller se coucher. Il n'y a rien de mieux au monde. »
>
> Simon Sebag Montefiore
> *Staline : la cour du tsar rouge*

La succession monotone de bâtiments du quartier de Neukölln se rompait brutalement. Pas plus large qu'un immeuble, le renfoncement (sans doute un vestige d'une bombe alliée) n'était guère accueillant, c'est le moins qu'on puisse dire. Un amas incroyable de sacs-poubelles, d'où pointaient des chicots de vieux meubles, emplissait l'espace. Des matelas éventrés et une Coccinelle rouillée et sans portes complétaient le tableau. Au fond, derrière le tas d'ordures, s'élevait la façade de l'immeuble sur laquelle on pouvait lire en grosses lettres, peintes en blanc : ILS VEULENT NOUS CHASSER AU BOUT DU MONDE, MAIS LA TERRE EST RONDE !!!

Le commissaire Kowalski ébaucha un sourire – à l'évidence, l'immeuble avait survécu non seulement aux deux guerres mondiales, mais aussi à l'occupation des squatteurs. Le crépi s'était effrité depuis bien longtemps, il ne résistait qu'en haut des murs, à l'endroit de l'inscription. Les fenêtres étaient bouchées avec des planches ou du carton. Sans doute la porte d'entrée à deux battants, avec ses grandes lucarnes, resplendissait-elle autrefois d'un chic bourgeois, mais elle affichait désormais un état lamentable. Les multiples couches de peinture à l'huile avaient complètement saccagé les motifs stylisés, il ne restait plus qu'une trace infime des ornements en fonte. Pas de sonnettes. Ni de poignées non plus.

Au clocher de l'église, l'horloge indiquait dix-huit heures. Les premières gouttes de pluie s'abattaient sur le trottoir. Dépité, le commissaire cracha et releva son col. Le nuage noir semblait suspendu pile au-dessus de lui et de l'immeuble.

Kowalski écrasa son mégot et se mit en marche. Lentement, très lentement même. À quoi bon se presser ? Il avait déjà entendu parler de cet endroit, qui occasionnait bien des soucis à ses supérieurs, les rendant complètement fous. Une véritable plaie dont on ne pouvait se débarrasser ! L'immeuble se trouvait sous la surveillance permanente de ses collègues. Actuellement, quatre véhicules de police stationnaient devant. Plusieurs officiers sécurisaient le terrain. Le commissaire reconnut l'un d'entre eux.

— C'est au dernier étage, lança-t-il à Kowalski en tournant la tête d'un air éloquent.

Le commissaire n'ignorait pas que de nombreuses perquisitions avaient été menées ici dernièrement, mais il n'en résultait jamais rien. Arrêtés pour de menus larcins, sans statut ni papiers d'identité la plupart du temps, les Roms étaient relâchés dès le lendemain, tandis que la police grinçait des dents en attendant une prochaine occasion. Combien étaient-ils ici, nul ne le savait, les uns disparaissaient, remplacés aussitôt par d'autres, parfois les anciens aussi revenaient. Au fil des années, ce n'étaient plus les Turcs, les clodos ou les dealers qui constituaient le problème majeur du quartier de Neukölln, mais bien l'immeuble des Roms qui, sur l'ensemble des échelons de la société, occupait l'honorable dernière place. « Comment coincer un Tsigane insaisissable ? » Prononcée récemment à une réunion du *Landeskriminalamt*, le bureau de police judiciaire, cette phrase résonnait encore à l'oreille de Kowalski. Il faut dire que l'*Oberhauptkommissar* Tschapieski, qui les avait convoqués ce jour-là, ne mâchait pas ses mots et employait parfois des méthodes très musclées.

L'immeuble était une sacrée épine dans le pied des policiers responsables des quartiers de Berlin-Neukölln et de Friedrichshain-Kreuzberg. Les médias en faisaient leurs choux gras, clamant que les enfants roms n'allaient pas à l'école, les femmes faisaient la manche, les hommes volaient, et que les habitants désertaient les immeubles voisins… Sans parler de la saleté ! Un véritable scandale à l'échelle européenne. À vrai dire, l'immeuble des Roms était devenu un thème si récurrent qu'il faisait bâiller tout le monde aux réunions, plus personne ne s'y intéressait vraiment. Excepté Tschapieski et le directeur Kossmann, le chef de la *Polizeidirektion* et, bien entendu, le bourgmestre, excédé par cette situation. Europe ou pas, Kossmann se trouvait face à un réel problème et il enrageait. Le bourgmestre encore plus. Sans parler de sa ligne téléphonique qui explosait après chaque article ou intervention dans les médias. Comble de malchance, ces derniers avaient fait de l'immeuble infernal et de ses immondices leur sujet de prédilection et ils prenaient un malin plaisir à l'évoquer régulièrement. C'était ainsi, il avait tout pour attirer l'attention. Cela arrive, comme avec certaines personnes.

Le commissaire Kowalski n'était pas vraiment au fait des événements, il n'avait pas grand-chose en commun avec le directeur Kossmann, ne connaissait pas le bourgmestre et se fichait royalement de l'immeuble en question. Son sixième sens lui soufflait néanmoins que cet endroit devait être maudit.

D'un pas décidé, il traversa la cour, furieux d'avoir pris l'appel de son adjoint. Il enrageait de s'être trouvé dans les parages, pestait contre la pluie, contre l'immeuble et contre la terre entière.

Il ne ressentait plus aucune envie. Plus rien ne comptait pour lui à présent. Dès le lendemain, il serait en congé ; se lancer dans une nouvelle affaire n'avait aucun sens. Son chien était malade, et Kowalski attendait un appel du vétérinaire. Il était obsédé par l'image de Babsi, sa chienne de douze ans, devenue trop faible pour japper ou faire quoi que ce soit, se contentant désormais de suivre tristement son maître des yeux. Le commissaire éprouvait une fatigue insupportable. Depuis plusieurs mois déjà, il se sentait las, épuisé, il avait perdu toute énergie.

Quand il avait entendu son portable sonner, il était convaincu que c'était le vétérinaire. Mais non, c'était son adjoint, Flatow. Cela faisait un an qu'ils travaillaient ensemble. Avec des bonheurs divers. Flatow était tout agité au téléphone.

Kowalski se trouvait à quelques pas à peine de l'immeuble des Roms. Il avait déjà eu maille à partir avec Tschapieski, le chef du bureau d'instruction, et ne tenait pas particulièrement à se faire remarquer avant son départ en congé. D'autant plus que le bruit courait que Tschapieski allait être promu d'ici peu. Le moment serait mal choisi pour s'en faire un ennemi. Kowalski poussa un soupir et répondit à son adjoint qu'il arrivait sur-le-champ. Avant de raccrocher, il eut tout de même le temps d'entendre Flatow parler de cadavre, et qu'il devait faire vite. « Parce que c'est monstrueux, monsieur le commissaire », avait-il bredouillé.

Kowalski soupira de nouveau.

Une fois de plus, le hasard perfide lui présentait une affaire au plus mauvais moment, dans l'espoir que, fidèle à ses habitudes, il ferait le maximum pour en venir à bout. Mais le hasard faisait parfois de mauvais calculs. Le commissaire avait, certes, résolu un grand nombre d'enquêtes, mais pas toutes, loin de là. Ses supérieurs fermaient volontiers les yeux sur ses méthodes de travail bien singulières, lui laissant une liberté absolue. Kowalski ne rendait jamais ses rapports en temps et en heure, n'assistait jamais aux formations, voyages et festivités en tout genre organisés par le service. Il adaptait son rythme de travail à son horloge biologique, arrivant au bureau et le quittant quand bon lui semblait et, quoi qu'il arrive, n'en faisait qu'à sa tête.

Du moins était-ce l'avis de Tschapieski. « Je vous préviens, Kowalski ! Je vous préviens ! » répétait-il en haletant et en lui agitant son gros doigt sous le nez.

Dernièrement, Tschapieski semblait plus essoufflé que d'ordinaire. En temps normal, cela aurait peut-être inquiété Kowalski mais, depuis plusieurs mois déjà, plus rien n'était normal pour lui. Les choses avaient pris une mauvaise tournure. Le temps qui passe, l'absurdité de l'existence venaient bien souvent tourmenter ses pensées ; des insomnies fréquentes, ainsi qu'un découragement croissant lui rendaient la vie très pénible.

Au cours des vingt dernières années, hormis quelques relations amoureuses fugaces et la compagnie de sa chienne Babsi, il n'avait rien connu d'autre que le travail, consacrant tout son temps et ses pensées à des enquêtes inintéressantes et ennuyeuses à mourir. Rien, semblait-il, n'était en mesure de susciter en lui le moindre engouement.

Ce jour-là aussi, il ne s'était levé que pour Babsi.

Chaque matin, il l'emmenait faire une longue promenade en ville. Une ville qu'il connaissait comme sa poche.

Kowalski avait l'habitude de vérifier chaque détail par lui-même, quitte à se déplacer jusqu'en lointaine banlieue. D'autre part, il déménageait très souvent. Tous les deux ans en moyenne, il changeait de quartier.

Ces déménagements faisaient l'objet de longues discussions avec le psychiatre de la police, mais Kowalski ne répondait pas toujours aux questions du médecin. Il n'en avait pas envie, ou bien il n'avait rien à dire, parfois. Il déménageait très souvent, voilà tout. Mais il avait compris que ne pas avoir d'attaches, ne rien devoir à personne le rassurait, il avait besoin de cette vie de nomade. Elle se révélait d'ailleurs très utile dans ses enquêtes, car il connaissait ainsi le moindre recoin de Berlin, tous les bistrots sordides, les restaurants chics, les bois, les parcs, les églises, les bordels, les théâtres, les gares, les beaux quartiers, mais aussi les endroits comme cet immeuble à Neukölln. À Berlin, on pouvait vivre partout. Se faire tuer aussi. Chez les Roms, par exemple.

Kowalski pénétra dans une cage d'escalier sombre et exiguë. Depuis la porte, un couloir menait vers une cour intérieure, cernée de bâtiments. Il n'avait pas réalisé que le siège des Roms était aussi vaste.

On va avoir du pain sur la planche, constata-t-il.

En comparaison avec le devant de l'immeuble, la

cour paraissait étonnamment propre. Au milieu poussaient quelques bouleaux tordus. Des gamins jouaient au ballon. Kowalski se demandait si ces petits Roms comprenaient l'allemand et si on allait pouvoir en tirer quelque chose.

Mais quelle importance, au fond ?

Il y a quelques mois encore, il aurait ressenti un afflux d'adrénaline, il se serait précipité, heureux d'avoir une affaire, une victime. Mais il était complètement désabusé désormais.

Instinctivement, il releva la tête. À travers les sous-vêtements en train de sécher, que personne n'était venu enlever malgré la pluie, il distingua plusieurs têtes sombres aux fenêtres. Qui s'écartèrent aussitôt. Kowalski jeta un regard sur les escaliers. Il allait devoir grimper jusqu'au quatrième. Quelle plaie !

Par la porte ouverte, un relent de pommes de terre pourries lui parvint de la cave. Hormis cela, il ne décela rien de spécial dans la cage, aucune odeur particulière, aucune voix, aucun bruit. Rien. Il sentait pourtant que quelque chose ne tournait pas rond. Il ne s'agissait pas des battements qu'il ressentait au niveau des tempes. Ni même du cadavre qu'il allait découvrir dans quelques instants, non ! Ce silence ! On aurait dit que l'immeuble était désert, sans la moindre trace de présence humaine, à part les voix d'enfants en provenance de la cour et les policiers qu'il venait de croiser dans l'escalier. Il reconnut quelques-uns de ses collègues de la *Polizeidirektion* numéro 5.

La main sur son arme, Kowalski poussa une porte au hasard. Des armoires ouvertes, un peu de pagaille, des jouets éparpillés sur le sol, une odeur de nourriture venant du fond de l'appartement. Récemment encore, des gens mangeaient ici, des enfants jouaient, on y habitait et on y vivait. Kowalski n'entra pas. À l'évidence, il ne trouverait plus personne dans ce bâtiment ; en face, en revanche, il y avait encore du monde.

Il devait se hâter.

L'arrivée rapide sur les lieux des forces de l'ordre permettrait peut-être d'établir quelque chose. Cette pensée le réconforta quelque peu. Il traversa le couloir d'un pas vif et, un instant plus tard, se tenait devant l'appartement décrit par Flatow.

— C'est bien que vous soyez déjà là, monsieur le commissaire, lui dit Flatow, livide.

Il avait dû rester tout ce temps près de la porte, à guetter son arrivée. Kowalski poussa un soupir. Il ne s'habituerait jamais à cette chiffe molle. Chaque fois que son adjoint voyait un macchabée, il se comportait comme s'il s'agissait de sa propre mère. Ces derniers mois, il avait pourtant semblé au commissaire que Flatow s'était un peu endurci, mais ce n'était qu'une impression, hélas ! Kowalski jeta un coup d'œil à l'appartement. Il n'était pas mal du tout. Pas trop de désordre. De jolis stucs au plafond, peints en rouge, certes, mais ils avaient gardé leur style d'avant-guerre. Un beau tapis bien épais. Des sofas douillets en forme de fer à cheval. Des meubles vernis massifs ; dans les vitrines, des verres colorés. Avec un minimum de rangement, il aurait pu se croire dans le quartier de Berlin-Wedding, chez sa grand-mère.

Les doubles vitrages étaient relativement propres. Côté cour, de lourds rideaux pendaient aux fenêtres. Elles donnaient sur l'ouest, sur l'immense dépôt d'immondices, et n'étaient vitrées que de l'intérieur, les carreaux extérieurs étant remplacés par un épais carton ou des planches. *C'est futé*, songea Kowalski, *dehors, des planches et du carton, dedans, de la moquette.*

— Il est dans la salle de bains, l'informa Flatow en désignant une porte qu'il poussa délicatement du pied.

Kowalski constata que les chaussures de son adjoint étaient emballées dans des sacs en plastique. Dans la salle de bains, il vit d'abord les techniciens, de dos, en train de sécuriser les empreintes. Au même instant, il aperçut quelque chose qui lui fit très vite oublier le zèle de son adjoint.

Il existe plusieurs sortes de cadavres. Kowalski en avait déjà vu des centaines au cours de sa carrière. Des victimes de crimes sexuels, d'enlèvements, de meurtres sauvages ou de simples bagarres et d'accidents. Les affaires ordinaires étaient de loin majoritaires et avaient fini par lasser le commissaire. Il ne cessait de s'interroger : qu'est-ce que tout cela lui apportait, finalement ? Le psy de la police constatait l'état du commissaire avec une inquiétude croissante et lui prescrivait de puissants antidépresseurs.

Ainsi donc dominaient des crimes qui laisseraient de marbre même les lecteurs de *Bild*. Mais il s'en produisait d'autres aussi. Le commissaire avait participé en son temps à une enquête sur un assassinat décrit par les médias comme étant l'apogée de la barbarie dans l'Allemagne d'après-guerre. Le caractère exceptionnel de ce meurtre tenait au fait que son auteur avait planté près de trois cents objets dans le corps de la victime, en commençant par les pieds. Comme l'avaient démontré les rapports des légistes, le coup fatal avait été porté avec une planche contondante, directement au cœur. Malgré tous les moyens déployés, la pression des médias et celle de la hiérarchie, non seulement on n'avait jamais réussi à établir qui était l'assassin, mais la victime non plus n'avait pu être identifiée. L'enquête avait fini par être abandonnée dans une atmosphère de scandale, laissant les investigateurs, parmi lesquels Kowalski, en proie à la frustration. Aujourd'hui encore, les manchettes des journaux restaient gravées dans la tête du commissaire : « Le tueur à la planche est parmi nous. »

Ce souvenir n'était pas revenu par hasard à l'esprit de Kowalski.

La salle de bains était étonnamment grande. Sans doute avait-elle servi un jour de buanderie : dans un angle se trouvaient une calandre rouillée, une machine à laver et de nombreuses bassines. Sous le haut plafond étaient fixés plusieurs fils à sécher le linge. Une fenêtre étroite, un chauffe-eau à gaz, l'endroit laissé vide pour la baignoire, le siège des toilettes.

Et sur la cuvette des toilettes, une forme à l'apparence humaine. Le commissaire l'observa durant de longues minutes. Sans un mot, il prit des mains tremblantes de Flatow le sac en plastique que celui-ci lui tendait, le regard rivé au sol. Kowalski comprit que Flatow n'avait pas franchi le seuil de la salle de bains depuis son arrivée. Il contemplait la scène depuis le couloir, à une prudente distance de sécurité. Pour une fois, Kowalski le comprenait.

Le corps nu avait un teint d'albâtre et, sans la forte pilosité noire de sa poitrine, on aurait pu être tenté de le comparer à un personnage de *Resident Evil.* Kowalski jouait frénétiquement à ce jeu vidéo avec son voisin, un peintre, dans son appartement humide au troisième étage d'un immeuble vétuste de la Bürnerstraße. Mais là, il ne s'agissait nullement d'un jeu, il ne se trouvait pas chez lui devant sa télé, mais bien sur une scène de crime.

L'un des techniciens s'écarta pour le laisser entrer.

Kowalski s'avança doucement, très doucement.

Les orbites de la victime étaient totalement vides, on avait ôté ses yeux et nettoyé l'ensemble avec une méticulosité presque chirurgicale. On aurait dit que la peau entre le nez et la bouche avait été étirée de manière artificielle, qu'elle était sur le point d'éclater. Ses lèvres étaient tordues, déformées. Quelqu'un lui avait tiré la langue par le larynx. Anormalement longue, elle sortait à présent de la gorge tranchée, à l'endroit habituellement réservé à un nœud de cravate.

Cette chose avait été un homme récemment encore. Depuis combien de temps était-il dans cet état ? La veille ? Quelques heures seulement ? Le cadavre était complètement nu, avec juste des chaussures aux pieds. Afin de le maintenir en position assise, on l'avait ligoté avec une corde accrochée à la chasse d'eau, de sorte que l'eau coulait de manière continue dans la cuvette.

Une image surréaliste, digne de *Resident Evil* ! Le cadavre sur la cuvette, sa langue en guise de cravate, les yeux arrachés… Coupées aux poignets, ses mains exsangues reposaient sur les bords d'une petite bassine rouge, les doigts pointaient vers le haut, comme en guise d'avertissement. La bassine était enfoncée profondément entre les cuisses serrées du mort. Sa couleur rouge semblait être le seul élément réel de cet endroit.

Une autre corde, un peu plus fine, avait été enroulée plusieurs fois autour des mains, des pieds et du tronc de la victime. Ses rares cheveux étaient complètement blancs. Kowalski n'aurait pas été surpris d'apprendre qu'ils avaient blanchi au cours de ses dernières heures de vie.

Quelque chose ne tournait pas rond dans ce scénario effarant, mais quoi ? Le commissaire n'aurait su le dire.

Il jeta un coup d'œil par la fenêtre. Des bandes de balisage délimitaient déjà le terrain. D'autres voitures de police arrivaient près du bâtiment. Kowalski contempla, morose, le spectacle offert par la cour pluvieuse.

Flatow sautillait d'un pied sur l'autre devant la porte.

— C'est un micmac terrible, quelqu'un a appelé le 110, ainsi que plusieurs autres numéros, en indiquant cette adresse avec précision. Nous sommes entrés, mais à part lui, dit-il en désignant les W-C, on n'a trouvé personne sur place. Les techniciens sont arrivés rapidement, ils n'étaient pas très loin, un accident a eu lieu tout près d'ici et les hommes de la *Polizeidirektion* n'ont pas tardé à passer l'immeuble au crible.

Kowalski tourna à nouveau son regard vers le cadavre. De côté, la vue était plus terrible encore que de face, si tant est que ce fût possible. Il jeta un coup d'œil à la bassine rouge coincée entre les jambes du mort.

Une expression étrange se lisait sur son visage.

— Quoi ? fit Flatow en sautillant.

— Et ensuite ? demanda Kowalski, les yeux toujours fixés sur la bassine.

Flatow déglutit :

— C'est vraiment très étrange. Un type a téléphoné pour déclarer le meurtre. Il a donné le nom et le prénom de la victime, l'adresse exacte, l'étage, le numéro, en précisant que le corps se trouvait dans la salle de bains. Et il a ajouté : « Le proprio est rentré au bercail. »

— Quel type ?

Le commissaire se détourna enfin de la bassine et quitta la salle de bains en y abandonnant un Flatow très choqué, qui le rejoignit quelques instants plus tard, presque aussi livide que le cadavre sur la cuvette.

— Bon. Reprenons, Flatow. Qu'a-t-il donc déclaré ? demanda Kowalski.

Flatow vomissait dans un sac en plastique. D'une voix faible, un peu hachée, il répéta :

— Il a parlé de la salle de bains.

— Et qu'il était revenu où ça ?

— Que « le proprio est rentré au bercail ».
— Quoi d'autre ?

Flatow s'essuya la bouche, prit une grosse bouffée d'air et jeta un coup d'œil à son épais calepin en cuir.

— Il a téléphoné à 17 h 45, il a parlé exactement quatre secondes. On ignore d'où il appelait. Il avait la voix altérée, un peu métallique. Il a passé plusieurs autres coups de fil à peu près à la même heure. En donnant le nom de la victime : Frank Derbach. C'est tout. Je suis arrivé ici une minute après la patrouille, répéta-t-il, et puis je vous ai appelé, ainsi que le médecin légiste, et puis… et puis, j'attends.

— Quel légiste ?
— Krenz.
— Parfait ! se réjouit le commissaire.

Quatre secondes, pas plus, pas moins, juste de quoi nous laisser au point mort, songea Kowalski en observant la rue et l'agitation autour des voitures de police. Bien sûr, on vérifierait d'où venait l'appel, mais Kowalski n'en espérait pas grand-chose. On découvrirait sans doute que le téléphone était un portable n'ayant servi qu'une seule fois et, bien entendu, sans abonnement. Quant au portrait du tueur, le commissaire pouvait déjà l'imaginer : raffiné et joueur, d'où la voix métallique. Étrange. Il devait absolument écouter l'enregistrement avec l'équipe technique.

— Comment s'appelait-il ? Frank… comment ? demanda-t-il en se tournant vers Flatow qui notait quelque chose dans son calepin en cuir.

— Frank Derbach, répondit son adjoint, toujours aussi livide.

— Frank Derbach, répéta Kowalski en fouillant dans ses poches.

Hormis le crayon à la mine cassée et mâchouillée par

son chien, il n'y trouva rien d'autre. Flatow l'observa quelques instants avant de lui tendre finalement ses notes. Elles pesaient une tonne.

— Il y avait du monde quand vous êtes arrivé dans l'immeuble ? s'enquit le commissaire en ouvrant le calepin.

Il se fermait par une serrure, et l'intérieur était garni de tout un arsenal de stylos et de crayons. Une véritable trousse d'écolier.

— Où ça ? fit Flatow sans bien comprendre.

— Dans l'immeuble !

— Juste les policiers de la patrouille. Quand ils ont réalisé que le bâtiment était vide, ils sont vite repartis.

Il se concentra quelques secondes avant d'ajouter :

— Pour ma part, je n'ai vu que des enfants dans la cour.

Kowalski nota quelque chose. On entendait de plus en plus de bruit dans la rue. Une telle agitation finirait par attirer les journalistes. Le commissaire décida de descendre. Il était sur le point de sortir quand la porte s'ouvrit brusquement. Dans l'encadrement, sa grande stature occupant presque tout le passage, se tenait l'*Oberhauptkommissar* Tschapieski, surnommé le Bouledogue par ses subalternes.

— Quelle coïncidence ! s'exclama-t-il en allumant la lumière.

Bien évidemment, il ne prit aucune précaution, laissant les traces de ses horribles paluches sur l'interrupteur. Comme d'habitude, il n'en avait rien à cirer. Sans doute Kowalski lui-même n'aurait-il pas tardé à allumer, mais il aurait utilisé un crayon ou un mouchoir. Chacun ses méthodes !

Depuis quelque temps déjà, le chef du bureau d'instruction éveillait des sentiments malsains chez le commissaire dépressif, mais aujourd'hui il se surpassait.

Kowalski ne comprenait pas, d'ailleurs, ce que le Bouledogue faisait ici. Par quel miracle avait-il pu arriver aussi vite sur les lieux ? En début de soirée, il était pratiquement impossible de traverser la longue Sonnenallee, complètement embouteillée, du quartier de Neukölln. Même avec un gyrophare allumé. Mais ce qui inquiétait surtout le commissaire, c'était de savoir pour quelle putain de raison le Bouledogue s'était déplacé en personne.

Tschapieski entra dans la pièce. Le plancher grinça sous son poids. Il était suivi par un grand type blond en uniforme et quelques hommes encore, que Kowalski voyait pour la première fois.

— C'est où ? demanda brièvement le blondinet.

En se mettant au garde-à-vous, Flatow lui désigna la porte grande ouverte.

Tschapieski obtenait toujours très vite les informations dont il avait besoin. Il représentait la vieille école allemande, avec sa devise : la confiance, c'est parfait, mais le contrôle est encore mieux ! C'était un secret de Polichinelle qu'avant de devenir chef du bureau d'instruction, il avait gravi tous les échelons de la police. Il laissait toujours des traces derrière lui et avait des hommes partout. Kowalski savait parfaitement que derrière son caractère de cochon se cachait un excellent enquêteur. Mais rien ne justifiait sa présence ici aujourd'hui. Jamais auparavant le Bouledogue ne s'était déplacé ainsi, du moins Kowalski ne se souvenait pas d'un tel cas depuis… depuis des années.

Un rictus aux lèvres, Tschapieski s'approcha de Flatow :

— C'est vous qui nous avez appelés, Falow ?

— Comme vous l'avez dit à la dernière réunion,

monsieur l'*Oberhauptkommissar*. Flatow vous rapporte immédiatement tout ce qui se passe chez les Roms !

— Beau travail, Falow ! Continuez !

Tschapieski fit mine de tapoter les épaules de Flatow, sans aller au bout de son geste.

— Oui, chef ! s'écria Flatow avec satisfaction, en ajoutant à voix basse : Flatow. Je m'appelle Flatow.

— Tss, marmonna Tschapieski en se dirigeant vers la salle de bains.

Ainsi donc, Kowalski ne s'était pas trompé au sujet de Flatow. À chaque fois qu'il le voyait, le commissaire ressentait un certain malaise. Il parvenait enfin à le formuler clairement : son adjoint n'était qu'un salopard et un faux-cul de première ! Un sale fils de pute !

L'équipe attendait sagement dans la pièce voisine.

L'*Oberhauptkommissar* sortit assez vite de la salle de bains… L'expression de son visage ne trahissait rien de particulier, en apparence, mais Kowalski le connaissait suffisamment bien pour remarquer aussitôt ses traits altérés. Ses joues flasques s'étaient affaissées davantage encore, et ses gros yeux sortaient presque de leurs orbites. À l'évidence, il n'avait pas quitté son bureau depuis longtemps, se contentant, au mieux, des photos de cadavres et d'un travail administratif frustrant.

La présence du Bouledogue confirmait l'importance du problème. Très récemment, l'ordre avait été donné d'informer personnellement Tschapieski de tout ce qui se passait dans l'immeuble des Roms. Kowalski regarda son chef à nouveau. Quelque chose ne tournait pas rond, Tschapieski avait beau être parfaitement bien informé, cette fois, il ne savait certainement pas ce qu'il allait découvrir sur place. Il devait forcément s'attendre à autre chose : un Tsigane tué lors d'une querelle ou d'une bagarre, des règlements de comptes entre Roms, à tout casser une prostituée morte, mais ÇA ? Très énervée, la voix de baryton du Bouledogue vint confirmer sa réflexion :

— Qu'est-ce qui se passe ici, bordel de merde ? C'est comme ça qu'on sécurise une scène de crime ? hurla-t-il. Dehors !

D'un coup de pied, il chassa un curieux qui voulait jeter un coup d'œil dans la salle de bains.

— Allez, fichez le camp, dehors, dehors ! vociféra-t-il en gesticulant.

Désorientés, les policiers de la *Polizeidirektion* numéro 5 sortaient sans se presser, en file indienne.

— Les empreintes ! Mes empreintes ! gémit le technicien.

Le blond en uniforme secoua la tête d'un air désapprobateur. *Un vrai désastre !* songea Kowalski en observant Flatow, toujours au garde-à-vous.

Bientôt le procureur arriva sur place. Il discuta un long moment avec Tschapieski, en regardant tour à tour le blondinet et Kowalski. Étant donné les circonstances, se dit Kowalski, Tschapieski et le procureur lui demanderaient certainement de reporter ses congés. Il ferait alors la grimace, faisant mine de réfléchir, peut-être allumerait-il une cigarette, histoire de faire traîner les choses. Et puis il finirait bien par accepter.

Les minutes passèrent. Kowalski attendait. Les deux hommes n'avaient pas bougé. Ni Tschapieski ni le procureur ne firent un pas dans sa direction. Kowalski n'alluma pas de cigarette, il ne fit pas la grimace, ni mine de réfléchir. Au lieu de quoi, le Bouledogue aboya :

— Fermez toutes les issues ! Ne laissez entrer ni sortir personne ! Tous les habitants de ces immeubles doivent être entendus, ordonna-t-il. Tous ! Qu'on fasse venir immédiatement un traducteur ! Je veux Krenz ! Je veux Garbaty. Cessez tout travail immédiatement et venez par ici !

Sans doute le Blond jugea-t-il que cet ordre ne le concernait pas, car il n'esquissa pas un geste. Les autres, quelque peu décontenancés, dirigèrent leurs regards vers leur supérieur.

— Vous avez vu ? demanda l'*Oberhauptkommissar*.

Ils hochèrent tous la tête.

— Bientôt la moitié de la ville accourra ici. Pour peu qu'on ait la poisse, on apprendra que l'auteur du coup de fil ne s'est pas contenté de nous appeler, mais qu'il a aussi alerté la presse. Pour l'instant, nous avons un cadavre massacré et l'espoir que nous soyons les seuls au courant. Aussi vous la bouclez, pas un mot à quiconque ! Personne ne sait rien, personne n'a rien vu ! C'est clair ? Demain, sept heures, tout le monde à mon bureau !

— Et que fait-on pour les Roms ? Comment être sûrs qu'ils ne parleront pas ? demanda le Blond, perplexe, en plissant les yeux.

Le Bouledogue s'avança vers lui.

— Les Tsiganes ? tonna-t-il.

— Les gens qui habitent ici, rétorqua tranquillement le Blond.

— Officiellement, personne n'habite ici.

— Mais non officiellement y vivent quelques centaines de personnes.

Ils se toisèrent quelques instants. Kowalski nota avec plaisir que Tschapieski semblait détester le blondinet davantage encore qu'il ne le détestait lui-même.

— Les Tsiganes lavent leur linge sale en famille, déclara Tschapieski, *a fortiori* celui-là. Sous-entendu : « qui ne vient pas de chez eux ».

Après des années dans la police, il avait appris à parler sans détour.

— Messieurs, messieurs, du calme ! intervint soudain le procureur, qui n'aimait pas les confrontations directes.

D'une manière générale, il préférait la théorie à la pratique. Et ce qu'il appréciait par-dessus tout, c'était de rester chez lui, derrière son bureau, à préparer des cours et des devoirs pour ses étudiants. Il s'approcha de Tschapieski et lui donna une tape sur l'épaule.

— Où sont les policiers de la patrouille ? demanda ce dernier.

— En bas, s'empressa de répondre Flatow.

— Il faut que je leur parle !

Le procureur sentit son estomac se serrer légèrement, il se gratta la tête. Aussi, fallait-il que Tschapieski se traîne jusqu'ici ? Mais, inutile de s'étonner, une telle affaire ne leur laisserait pas un instant de répit, c'est certain, ils auraient tous, sans exception, un boulot monstre !

— Comment s'appelait la victime ? demanda-t-il, histoire de commencer par quelque chose.

Il détestait ces questions rudimentaires. Lui aimait par-dessus tout la théorie de la criminologie, ses aspects scientifiques. Il l'enseignait à ses étudiants, en RDA déjà.

— Frank Derbach, intervint de nouveau Flatow.

— Comment ? s'exclama le procureur, qui espérait avoir mal entendu.

— Frank Derbach, confirma Tschapieski.

— Qu'on les amène tous ici, dans l'appartement voisin ! ordonna le procureur en rectifiant sa cravate. Vous avez bien compris, j'attends une discrétion absolue de votre part dans cette affaire.

Quelques murmures s'élevèrent pour tout acquiescement.

— Eh bien ! Alors, au travail ! Allez ! Allez ! s'écria-t-il en passant la main sur ses rares cheveux.

Kowalski constata que le procureur avait blêmi. Il l'observa avec curiosité. Il leur était déjà arrivé par le passé de travailler ensemble, mais jamais il n'avait vu le procureur aussi… « préoccupé » ni même « inquiété » par une affaire sur le terrain. Celle-ci, il fallait le reconnaître, s'annonçait exceptionnelle.

Les techniciens se remirent au travail, tandis que tous les autres quittaient l'appartement.

Le Blond s'approcha du procureur et lui murmura quelque chose à l'oreille. Ce dernier hocha la tête. Le Blond lui serra vigoureusement la main et sortit d'un pas assuré. *Il s'est vite incrusté ici, ce nouveau*, songea Kowalski. Avec lui, il ne resta plus dans l'appartement que le procureur, Tschapieski et Flatow.

— Où est Garbaty ? demanda Tschapieski.

— En congé, répondit Flatow.

Mais d'où tient-il toutes ces informations ? se demanda Kowalski. Garbaty, l'un des meilleurs techniciens de toute la ville, était en congé, et lui, Kowalski, n'était même pas au courant. En vérité, ces derniers temps, il était au courant de peu de choses.

— Krenz ?

— Sur le périphérique, coincé dans les bouchons.

— Il n'a pas de gyrophare ou quoi, putain ?

Les nerfs de Tschapieski le lâchaient.

— Mais bien sûr que si ! Le périph était bloqué à cause d'un accident, je n'ai pas pu faire plus vite, même avec mon gyrophare ! s'exclama Krenz en personne, surprenant l'assemblée par son arrivée impromptue.

Tous connaissaient l'accent mélodieux d'Hermann

Krenz, le médecin légiste, dont les véritables nom et prénom, jusqu'au début des années quatre-vingt-dix, étaient Boris Krantsov.

Hermann était un Allemand de la Volga, originaire de Krasnoïarsk. Dans cette région, isolée des années durant, il avait appris la langue de ses ancêtres grâce à sa grand-mère et à sa tante. Loin de leur patrie, sous forte influence russe, les Allemands qui peuplaient ces territoires avaient développé leur propre culture et ils auraient très bien pu créer aussi leur propre langue.

Se considérant comme un Allemand à cent pour cent, Hermann Krenz avait pourtant une façon de parler qui reflétait ce passé complexe. En privé, il s'exprimait plutôt avec aisance, allongeant seulement de manière caractéristique certaines syllabes. Au travail, en revanche, il parlait très vite, introduisant un jargon professionnel compliqué. Même si son allemand était fluide, la plupart des gens avaient du mal à le comprendre. Seul Kowalski s'y retrouvait sans problème, car lui-même maîtrisait le polonais et le russe.

— Bien, bafouilla Tschapieski en reniflant.

Revêtu déjà de sa combinaison, son appareil photo autour du cou, Hermann Krenz promena son regard sur les visages familiers et s'arrêta sur celui de Kowalski.

— Tu m'assistes ? demanda-t-il et, sans attendre de réponse, il se dirigea vers la salle de bains.

— Comment sais-tu que le corps est dans la salle de bains ? s'étonna le commissaire.

— Je lui ai dit, expliqua Flatow en suivant le médecin.

— Tu viens oui ou non ? lança Krenz à Kowalski.

— J'arrive, fit le commissaire.

— Sacré dispositif ! retentit soudain la voix enjouée du légiste.

Après avoir chuchoté quelques mots à Tschapieski, le procureur, l'air agacé, quitta les lieux. Le Bouledogue essuya la sueur qui perlait sur son front. Il promena un regard vide sur l'appartement déserté, puis s'assit sur le canapé qu'un technicien avait recouvert d'un tissu blanc. Il tenta d'analyser rapidement la situation. Au cours des dernières semaines, trois homicides avaient été commis dans la ville. Constituées à la hâte, les équipes d'enquêteurs croulaient sous le travail. Le meurtre macabre perpétré chez les Roms était une affaire prioritaire, mais ça ne changeait rien, ils n'auraient pas plus de main-d'œuvre pour autant. Tschapieski jeta un coup d'œil par la fenêtre – officiellement inhabité, l'immeuble offrait un terrain d'investigation immense. Il songea à ce qui l'attendait maintenant, aux Roms qui ne comprenaient pas ou très peu l'allemand. Et puis il allait devoir collaborer avec le procureur qui se déchargeait volontiers de ses tâches sur ses subalternes. Son meilleur enquêteur, Kowalski, partait en congé, sans oublier l'arrivée de nouveaux hommes, dont cet insolent blondinet qui semblait un peu trop sûr de lui. Il fallait contrôler cela de plus près.

Le portable de Tschapieski sonna. En voyant le numéro, celui-ci décrocha immédiatement. Il écouta un long moment la voix monotone de son patron. Il lui semblait outrageant de devoir se soumettre aux décisions d'un supérieur de vingt ans son cadet qui, après seulement quelques années passées dans le service de la criminalité financière, occupait déjà l'un des postes les plus haut placés au LKA. Pensif, il opina du chef, puis quitta l'appartement.

Kowalski le suivit du regard. Il écrasa son mégot sur l'appui de fenêtre et nota quelque chose dans le calepin de Flatow.

— Qui sont ces gens ? demanda Krenz en observant, depuis la fenêtre, le Blond qui tentait de rétablir l'ordre en bas.

— Je ne sais pas, répondit Kowalski en haussant les épaules.

— Je l'ai déjà vu quelque part, j'ignore où, mais je l'ai déjà vu, c'est sûr… marmonna Krenz en se grattant la tête.

Le docteur Krenz était confronté à un gros problème. Après avoir parlé aux techniciens et au procureur et passé plusieurs coups de fil, il ne savait toujours pas comment procéder avec le cadavre. Le transporter au laboratoire en l'état, avec la cuvette des toilettes et toute la construction, ou le laisser ici et travailler sur place ? Il ne pouvait prendre seul cette décision, et il n'y tenait pas, d'ailleurs. Il était là pour faire son boulot, non pour prendre les décisions difficiles. Son supérieur, le docteur Prinz, un petit homme sec, la soixantaine bien tassée, venait justement d'arriver, et ils débattirent longuement ensemble. Au bout d'une heure, décision fut prise de tout laisser sur place et de ne pas toucher à la scène du crime ; descendre l'ensemble du quatrième étage, même en utilisant un élévateur, n'avait pas de sens. Le docteur Prinz estimait qu'à cette étape de l'enquête, Krenz s'en sortirait parfaitement tout seul. Par la suite, ils procéderaient ensemble en salle de dissection aux analyses spécifiques.

Tschapieski voulait de tout cœur croire qu'il en serait ainsi. La paperasse d'usage signée, le docteur Prinz discuta encore un instant avec l'*Oberhauptkommissar*, salua Hermann Krenz, puis quitta l'appartement avec un vif soulagement. Il ne travaillait plus sur le terrain depuis des années. D'ordinaire, son travail accompli, il quittait son bureau à dix-sept heures au plus tard, laissant tous ses cadavres derrière la porte. Au sens propre comme au figuré. La soirée, pour l'heure, était déjà bien avancée. Si l'affaire n'avait pas été dirigée par Tschapieski en personne, il ne se serait même pas déplacé. Le docteur Prinz soupçonnait que le corps qu'il venait de voir lui occasionnerait encore pas mal de travail. Il poussa un soupir. Il avait une curieuse impression de déjà-vu. Le tueur à la planche… Le souvenir de ce monstre le fit frissonner, il monta dans sa voiture. Il avait déjà suffisamment de problèmes, de cas difficiles à élucider… Sa femme et lui avaient acheté en banlieue un jardin à cultiver, et il n'aspirait plus maintenant qu'à une paix royale. Mais quelque chose lui disait que ce ne serait pas pour tout de suite. La présence de Tschapieski n'annonçait rien de bon. Il ne leur laisserait aucun répit, inutile d'y compter. Il fallait juste s'attendre à des ennuis… et à un travail monstre.

Dans l'intervalle, Kowalski réussit à s'échapper pour aller retrouver Babsi et rester quelques minutes auprès d'elle. On lui avait administré des calmants et des antidouleurs. Elle dormait. Le commissaire finit son paquet de cigarettes. Selon le vétérinaire, il fallait faire la piqûre dès le lendemain.

— Déjà ? s'exclama Kowalski en déglutissant.

Le vétérinaire acquiesça sans le regarder. Il lui assura que Babsi ne se réveillerait pas de la nuit, qu'il était donc inutile de la traîner jusque chez lui. Qu'elle reste ici. Il la veillerait encore un moment, si Kowalski le souhaitait.

Kowalski fit un signe de tête et promit de prendre la relève après minuit. Peut-être un peu avant. Le vétérinaire répondit qu'il avait de la paperasse à remplir de toute façon, cela ne le dérangeait pas.

— Allez-y, vous pouvez partir !

Kowalski retourna à l'immeuble et, pour la énième fois, demanda à Krenz ce qu'il pensait du vétérinaire – c'est Krenz qui le lui avait conseillé des années auparavant – et, pour la énième fois, ce dernier lui confirma qu'il était très bon.

— Vraiment ?

— Le meilleur.

Ils se turent. À quoi bon discuter.

Il était près de deux heures du matin quand l'équipe technique quitta l'appartement. Krenz put enfin se mettre au travail à son tour. Il sortit son appareil photo. La victime avait déjà été photographiée sous tous les angles, mais Krenz prenait toujours des photos complémentaires avec son vieil appareil soviétique. Et, puisque Garbaty était en congé, il comptait s'appliquer deux fois plus que d'ordinaire.

Krenz et Garbaty formaient un tandem exceptionnel. Dans les affaires difficiles, tous les procureurs souhaitaient travailler avec eux. Plus d'une fois, on les avait consultés en qualité d'experts. Et ils participaient parfois à l'enquête du début à la fin.

Lorsque Kowalski, revêtu d'une combinaison, pénétra dans la salle de bains, les flashs crépitaient presque sans discontinuer.

— La mort remonte à une vingtaine d'heures, je pense, annonça Krenz, le visage invisible derrière son gros appareil. Entre quinze et vingt heures.

Depuis des années, l'assurance de Krenz provoquait invariablement l'admiration de Kowalski. Krenz avait vu le corps quelques minutes à peine, mais il était capable d'indiquer l'heure exacte du décès de manière presque infaillible. Bien souvent, il pouvait aussi en préciser la cause.

Clac. Clac. Clac. Les flashs s'enchaînaient.

— Cravate colombienne, ou sicilienne, au choix.

Clac. Clac.

— Mais il est peu probable que ce soit la cravate qui l'ait tué, poursuivit Krenz, comme s'il lisait dans les pensées de Kowalski.

Un flash, suivi d'un autre, puis d'un autre encore.

— Commençons, dit-il sans reposer son appareil.

Au même moment, ils entendirent un souffle rauque au-dessus de leur tête. Le Bouledogue était toujours là ! Kowalski n'en revenait pas.

— Alors ? retentit la voix de l'*Oberhauptkommissar*.

— À mon avis, il est mort !

— Krenz !

— Et il n'est pas allé chez l'ophtalmo depuis longtemps...

— KRENZ !!!

— On lui a mis une cravate, mais...

— Une cravate ? s'exclama Tschapieski en écarquillant les yeux et en tournant vers Kowalski un regard interrogateur.

— On tranche la gorge, par l'ouverture on extirpe la langue et voilà, on dirait une cravate !

Hermann Krenz sortit quelque chose de sa sacoche et se pencha. Il souleva avec sa pince la langue de la victime.

— Attention ! Joli travail, *da* !

Ils examinèrent l'intérieur de la gorge, si tant est que l'on puisse encore appeler ainsi ce qu'ils voyaient. Personne ne détourna le regard.

— Faites venir un technicien avec le matériel ! s'écria Krenz en s'adressant au Blond qui était de retour et qui surveillait attentivement chacun de leurs gestes depuis la porte.

— On ne fera venir aucun technicien du tout, déclara soudain Tschapieski. Plus personne ne viendra fourrer son nez ici, hormis Garbaty.

La voix fluette de Flatow leur parvint de derrière la porte :

— Pour information, Garbaty est en congé.

— La ferme ! hurla Tschapieski à son intention.

— D'accord, laissons cela pour la fin, reprit Krenz qui, tout en essayant de détacher la corde de la chasse, soutenait le cadavre. J'y arriverai pas ! Toi, tu coupes, moi je le tiens, dit-il à Kowalski en lui tendant une grosse cisaille.

Kowalski coupa la corde. Un silence de mort s'installa. L'eau cessa de couler. Le corps s'affaissa, comme ratatiné. Krenz le saisit à la taille. La tête retomba sur la poitrine.

— Tiens-le, ordonna Krenz à Kowalski, et il se leva.

Pris de court, Kowalski plissa les paupières et, de ses mains tremblantes, s'efforça de maintenir le corps. Il fallait éviter qu'il ne retombe sur la bassine contenant les mains, que Krenz tentait de retirer d'entre les cuisses du cadavre. Finalement, il en vint à bout sans trop de difficulté. Il plaça les mains cireuses dans une boîte frigorifique préparée à cet effet. Il souriait comme s'il s'apprêtait à aller pique-niquer.

Kowalski ne put s'empêcher de détourner les yeux.

— Je me demande par où commencer.

Krenz se grattait la tête en fixant tantôt la bassine, tantôt la boîte frigorifique. Pour finir, il confia la bassine à Tschapieski, éberlué, et prit son appareil.

— Mettre les yeux dans une bassine, quelle drôle

d'idée ! Levez-la un peu s'il vous plaît, mais faites extrêmement attention !

L'*Oberhauptkommissar* Tschapieski remonta docilement la bassine en s'efforçant de ne pas regarder à l'intérieur. Il déglutit et murmura d'une voix faible :

— Krenz !

— Presse-toi, lui souffla entre les dents Kowalski, dont les bras faiblissaient.

Quelques instants plus tard, Krenz reprit enfin la bassine des mains de Tschapieski et libéra Kowalski de l'étreinte du cadavre. Tschapieski mit sa main devant la bouche, imité par Kowalski.

Krenz marmonnait quelque chose dans sa barbe.

— Qu'est-ce qu'il dit ? demanda Tschapieski en tournant son visage blême vers Kowalski.

— Il est sans doute surpris que la mode des cravates soit arrivée chez nous, répliqua Kowalski, très pâle lui aussi. C'est en Colombie plutôt qu'on règle ainsi leurs comptes aux traîtres, et pas…

— Quels traîtres ? l'interrompit vivement Tschapieski, qui sentait son impatience grandir et éprouvait un immense besoin de se défouler sur quelqu'un.

— Eh bien, des traîtres, quoi ! répondit d'un ton tranquille Kowalski, sans prêter la moindre attention à la rougeur subite qui envahissait les joues du Bouledogue.

— Bordel de merde ! Qu'est-ce que vous m'emmerdez avec les Colombiens ? Quels traîtres ? fulmina Tschapieski.

Depuis toutes ces années, Kowalski et Krenz avaient eu le temps de s'habituer aux colères du Bouledogue, qui, au fond, n'étaient pas bien méchantes. Leur chef était beaucoup plus inquiétant lorsqu'il parlait lentement, calmement, sans élever la voix.

Krenz coupa la dernière corde, nouée autour des

jambes de la victime. Ses yeux brillaient comme ceux d'un enfant sur le point de déballer son cadeau. Il passa les cordes à Tschapieski qui les plaça aussitôt dans des sacs en plastique.

Pour finir, avec force précautions, Kowalski et Krenz déposèrent doucement le cadavre sur le carrelage

— Il n'y a pas de sang, constata soudain Kowalski, songeur.

Il venait juste de remarquer les nombreuses entailles à l'aine et, soudain, il eut une illumination. C'était précisément ce qui ne tournait pas rond depuis le début. Partout une propreté stérile, le carrelage blanc, le cadavre livide et pas la moindre trace de sang. Nulle part. Il avait la sensation de se réveiller d'un long sommeil. Pourquoi ne l'avait-il pas réalisé plus tôt ? Krenz avait dû le remarquer tout de suite. Tschapieski sans doute aussi. Même Flatow. Tout le monde. Tout le monde, sauf lui. Lui n'avait rien remarqué.

L'*Oberhauptkommissar* le fixait de ses petits yeux injectés de sang. Kowalski s'agenouilla près du cadavre et observa ses orbites vides.

— Tu étais encore en vie quand on t'a amené ici, Frank ? Qui t'a arrangé comme ça, hein ?

La grosse voix de Kowalski résonna dans la pièce, provoquant un bourdonnement désagréable dans les oreilles du procureur qui, depuis un bon moment déjà, observait toute la scène sans cacher son irritation. Il n'était pas loin de quatre heures du matin, et rien n'annonçait que le travail était près de s'achever. Il détestait cette affaire. Il détestait Kowalski. Il le détestait de tout son cœur.

Tschapieski inspira profondément.

— Kowalski ! dit-il tout bas.

— Monsieur le procureur ! intervint soudain Flatow,

apparu à la porte de la salle de bains. Monsieur l'*Oberhauptkommissar* ! Les recherches sur le terrain ont démontré qu'il n'y avait personne ici, en dehors de cinq gamins…

— Quoi ?!

Tschapieski, excédé, tourna ses yeux congestionnés vers Flatow.

— Quoi ? lui fit écho le procureur. Comment ça, personne ?

— Pas un chat, il n'y a que des enfants ! Ils ne parlent pas allemand. D'ailleurs, ils ne parlent pas. Ils ne font que pleurer.

CHAPITRE 3

> « Le passé ne meurt jamais. Ce n'est même pas le passé. »
>
> William Faulkner
> *Requiem pour une nonne*

Burkhard Seidel était à Berlin depuis deux jours. Il avait loué une chambre dans une petite pension de famille du quartier de Zehlendorf, à quelques arrêts de bus à peine de la maison de Gerhard.

Et depuis deux jours, il attendait.

Gerhard n'était pas là.

Son portable restait muet. Pas de signal, rien. Comme si l'abonné n'existait plus. La veille encore, Seidel n'était pas très inquiet. Il avait consacré son temps à lire la presse, regarder la télévision et régler quelques affaires urgentes. Gerhard avait pu prolonger son séjour à Sofia pour de multiples raisons, se disait-il.

Mais aujourd'hui, ne le voyant pas arriver dans la matinée, il comprit que ce n'était plus la peine de se mentir. Il était arrivé quelque chose. Quelque chose de grave. L'espoir de voir bientôt son ami atterrir à l'aéroport de Berlin s'amenuisait d'heure en heure.

À cet instant précis, cette probabilité lui paraissait aussi faible que la petite flamme vacillante avec laquelle il allumait son cigare, que d'ailleurs il appréciait de moins en moins depuis qu'il était à Berlin.

Seidel abandonna son cigare et regarda vers le restaurant.

Autrefois célèbre sous le nom d'Hôtel Herz ou de Petit Palais Radziwiłł, l'imposante bâtisse, classée monument historique, abritait désormais le fameux restaurant Le Vieux Fritz. Avec le lac en toile de fond, le bâtiment avait gardé toute sa splendeur, malgré les nombreuses modifications subies au cours des siècles. Il avait su préserver quelques éléments baroques, mais le style dominant était le classicisme. Érigé sur un plan rectangulaire, doté d'une cour intérieure et de deux ailes symétriques, il comportait aujourd'hui trois niveaux. Le rez-de-chaussée, orné de bossages et d'ogives, était réservé aux cuisines, précédées d'un grand hall ; on y trouvait également un cellier et une dépendance pour les garçons de restaurant. La partie médiane – traversée d'une rangée de hautes fenêtres surmontées de corniches – abritait la salle et les loges. La partie haute, mansardée, était tapie sous un toit émaillé de lucarnes. D'après les renseignements que Seidel avait pu obtenir, on y jouait souvent aux cartes. Pas toujours de manière légale. Mais toujours pour de grosses mises. Le dernier tournoi remontait à la semaine passée. Seidel avait dû payer très cher cette information confidentielle, seules quelques personnes de confiance étant au courant de ces pratiques.

Pendant un instant, il contempla une petite fenêtre sous les combles avant de tourner le regard vers la façade décorée de pilastres et surmontée d'un fronton triangulaire. L'aile gauche abritait six chambres d'hôtel, très prisées par la clientèle en raison d'un service d'une rare discrétion. L'aile droite appartenait à Moriz Herz, le propriétaire du restaurant. L'arrière du bâtiment ne se distinguait de sa façade que par la vue qu'il offrait. Un large panorama sur le lac Wannsee, formé par une anse de la rivière Havel.

Seidel regarda sa montre. Il allait bientôt être midi – l'heure d'ouverture du restaurant. Dans le vacarme assourdissant des cloches d'une église protestante, à pas lents, il gravit l'escalier ; d'une main, il s'appuyait sur la rambarde en fonte et de l'autre sur sa canne, délicieusement vieillotte, à la poignée dorée en forme de gueule de lion. Il l'avait dégotée, comme ses lunettes – dorées également – dans un atelier d'accessoires de théâtre. Le soleil montait au zénith. Sur le pas de la porte, il contempla l'enseigne Le Vieux Fritz ; elle crissa au-dessus de sa tête, avant de se figer aussitôt, dans la chaleur du soleil de midi.

Burkhard Seidel pénétra à l'intérieur. Il passa à côté du pupitre devant lequel se tenait habituellement un garçon, absent à ce moment-là, et alla se dissimuler derrière l'épais rideau séparant le hall d'entrée de la grande salle du restaurant. Y régnait une agréable fraîcheur. Les fenêtres panoramiques offraient aux clients une large vue sur la berge sablonneuse et l'impressionnante étendue du lac. Il arrêta son regard sur le miroir bleu de l'eau. La petite barque arrimée sur la rive lui rappela un poster resté accroché dans la chambre de ses garçons. La vieille image délavée avait depuis longtemps perdu de son attrait, mais Seidel l'aimait bien. Depuis la mort de ses fils, il n'avait rien changé dans leur chambre. Rien. Il aperçut le serveur, aux prises avec la grande porte vitrée qui grinçait horriblement. Excédé, le jeune homme jurait comme un charretier.

Des intérieurs chics évoquaient invariablement à Seidel l'hôtel Sacher, à Vienne, où il s'était rendu une fois, une vingtaine d'années plus tôt, peut-être plus. Curieusement, cela ne lui rappelait jamais Paris (qu'il n'avait visitée qu'une seule fois aussi, à peu près à la même époque, d'ailleurs), non, toujours Sacher. Aujourd'hui encore. Au Vieux Fritz, tout était d'une élégance raffinée, mais dépourvu de cette tradition viennoise lourdement chargée de rouge et d'or. Ici, le faste utilitaire de l'ancienne Prusse se limitait aux roses couleur pastel et au parfum délicat de fleurs fraîchement coupées. Sur les tables ovales aux pieds finement sculptés se dressaient des chandeliers et des lys dans des tubes en verre cristallin. Des plaids moelleux (rien à voir avec les produits IKEA) étaient posés sur les accoudoirs des fauteuils. Des colonnes de style romain soutenaient le plafond saturé d'ornements. Des rideaux fixés aux colonnes par des rubans argentés abritaient ce qui intéressait tout particulièrement Seidel : les loges.

L'une d'elles surtout, la troisième en partant de la droite, la plus spacieuse. Théoriquement, il était possible de la louer. Mais en théorie seulement, car elle était réservée à l'année pour un seul et unique client : Christian Schlangenberger.

Seidel avait passé ces derniers jours à étudier la villa dans ses moindres détails, il s'était renseigné sur les sorties de secours, avait examiné les plans, les schémas, les photographies ; tant et si bien qu'il connaissait les dates de tous les travaux de rénovation, les noms des architectes et des peintres en bâtiment. La demeure avait été tour à tour la propriété de Carl Richter, de Frédéric III, des familles de Radziwiłł et de Herz, pour passer finalement aux mains des nazis, en 1939. À la fin de la guerre, elle devint le lieu de résidence des soldats américains, pour revenir, dans les années soixante-dix, à ses propriétaires légaux. Depuis, elle abritait un restaurant et un petit hôtel discret pour une clientèle d'exception.

Ainsi Seidel savait-il absolument tout de la villa. La réussite de son entreprise en dépendait. Il avait élaboré avec précision un plan A, et avait même un plan B en réserve. Malheureusement, une recherche sur Internet n'avait rien à voir avec la réalité, et encore moins avec celle d'un Seidel tapi derrière un rideau. Il sentait les filets de sueur sur son dos. Cela ne présageait rien de bon : il fallait à tout prix préserver son maquillage, réalisé avec tant de soin. Pourvu qu'il ne transpire pas trop du visage !

Maintenant !

Il se précipita vers la loge en question.

Il inspira profondément et se faufila à l'intérieur. Les haut-parleurs diffusaient de la musique de Chopin, d'une tristesse infinie. Seidel plissa les yeux. La loge était d'une dimension impressionnante, comme une chambre spacieuse, la porte donnant sur la terrasse était restée ouverte ; peu de mobilier, des tons clairs, aucune cachette en vue ! *Pas moyen d'y dissimuler quoi que ce soit*, pensa-t-il, en proie à la panique. Une table blanche sans nappe, deux canapés d'un blanc immaculé, lisses, sans le moindre interstice ni enfoncement qui se prêterait à y cacher quelque chose, des lys blancs, le plancher clair… Tout cela était très joli, bien sûr, mais impossible, dans ces conditions, de réaliser ses plans, ni le A ni le B ; il n'avait pas prévu de plan C. Rien ne correspondait aux photos vues sur Internet. Absolument rien !

Il allait devoir improviser.

Allez, Seidel, fais travailler tes méninges !

Perplexe, il regarda désespérément autour de lui. Les

rideaux ! Surpris lui-même par son geste, il laissa glisser un petit objet dans un pli de la draperie, un objet minuscule à vrai dire, mais d'un poids surprenant. Il ressentit un léger, très léger soulagement en repensant à tout ce que ses préparatifs lui avaient coûté. Il y avait perdu de l'argent, sa santé. Et pas seulement.

Cesse de te tourmenter, ne gaspille pas ton temps précieux ! se raisonnait-il.

Luttant toujours avec la porte, le garçon de restaurant semblait enfin en venir à bout, il jurait moins. Seidel devait agir vite, traverser sans tarder la salle pour atteindre la table. SA table. Il balaya la pièce du regard. Par bonheur, ici, tout était conforme. Il pressa le pas.

Il eut à peine le temps de s'asseoir qu'il dut aussitôt retourner d'où il venait… Dans sa précipitation, il avait laissé sa canne dans la loge. Après l'avoir posée sur le canapé en cuir blanc, il l'avait complètement oubliée. Quelle imprudence ! Nerveux, le front en sueur, il s'élança vers la loge et attrapa sa canne. Hélas, un geste maladroit suffit pour que la poignée en forme de lion accroche le rideau. Seidel sentit son rythme cardiaque s'accélérer dangereusement – par chance, il échappa à une attaque de tachycardie. Le pauvre s'imaginait que seule l'adrénaline le maintenait en vie… et un miracle aussi, peut-être. Après quelques secondes d'une durée infinie et une lutte acharnée avec l'étoffe, il parvint tant bien que mal à décrocher la gueule sanguinaire du lion, qui perdit ainsi une dent en or.

Haletant, le souffle coupé, le vieil homme reprit sa place près du mur. L'avant-veille, il avait fêté ses soixante-seize ans et il les éprouvait pleinement à présent. Il se sentait déjà épuisé par ce qu'il avait entrepris, alors que rien n'avait encore commencé.

En fin de compte, il avait parfaitement choisi sa table. Les longues heures passées à étudier l'intérieur du restaurant n'avaient donc pas été vaines. Peu à peu, son esprit s'apaisa. Tout est bien qui finit bien, dit-on. La providence devait veiller sur lui. Il lui parut judicieux d'avoir caché le micro dans un pli du rideau plutôt que dans un coin du canapé, comme il en avait initialement eu l'intention. Sa seule inquiétude, c'était l'absence de nappe et de couverts sur la table de la loge, sa propreté quasi stérile. Rien ne laissait supposer qu'un repas allait y être servi. Qu'on allait y manger, boire, et surtout parler. Parler beaucoup ! À vrai dire, sa table non plus n'était pas encore dressée, elle était simplement recouverte d'une nappe brodée à la main, sur laquelle étaient posés des verres à vin.

De nouveau, il ressentit un trouble.

De la panique, même.

Assez ! Il n'allait tout de même pas s'inquiéter à l'avance. Trêve de pensées inutiles ! Tout se passerait bien. Il devait juste rester concentré. Depuis sa place, il avait une vue parfaite sur la loge. Sans attirer l'attention sur lui, il pouvait à la fois observer et écouter, feindre d'être un simple client venu ici pour se restaurer.

Il vérifia l'heure sur sa montre. Parfait ! D'après ses informations, celui qui avait mobilisé dernièrement tous ses efforts devrait faire son apparition d'une minute à l'autre. Seidel frissonna de satisfaction. Le plus dur se trouvait donc derrière lui. Il tourna son regard vers un miroir baroque suspendu à sa droite. Son visage était trempé de sueur. Il saisit une serviette en papier et essuya ses joues d'un geste vif, son chapeau tomba. Il n'en portait jamais d'habitude et avait oublié qu'il en avait un sur la tête ce jour-là. Quel idiot ! Il se pencha pour le ramasser, son postiche glissa dangereusement sur son front, dévoilant l'arrière de son crâne chauve. Un dernier coup d'œil dans le miroir, pour tout remettre en place.

Le costume en laine anglaise avec sa pochette fantaisie, acheté dans un marché aux puces, lui donnait un air distingué. C'était le but : le vieux Seidel négligé s'était transformé en dandy. Pour ne pas risquer de se voir refuser une réservation au prétexte que toutes les tables étaient déjà prises un mois à l'avance. Ce restaurant atypique choisissait lui-même ses clients, souvent des célébrités, d'ailleurs. En témoignaient les nombreuses photographies dédicacées : Romy Schneider, sourire aux lèvres, Brigitte Bardot dans les bras de Gunter Sachs, Hildegard Knef, Harald Juhnke, un verre à la main.

Un établissement à la mode, prisé par les stars et les fins gourmets ; le genre d'endroit que Seidel avait toujours évité.

Il ouvrit la carte pour la refermer aussitôt. Il eut une crampe à l'estomac. *Du calme !* se dit-il. Ne pas s'énerver, surtout, sinon, il allait se remettre à suer. Et c'était la dernière chose dont il avait besoin en ce moment. Il sortit ses lunettes à monture dorée, les ajusta sur son nez et, de nouveau, pointa son regard sur la carte. Le nombre de zéros dans le menu devint soudain très limpide. Sans diminuer pour autant. Il fit un rapide calcul, la conclusion se révéla sans appel : ce serait le déjeuner le plus cher de toute sa vie. Ce qui n'arrangeait pas ses affaires, car il avait déjà dépensé la moitié de son argent.

Les informations avaient leur prix. Et Seidel avait dû en obtenir beaucoup déjà. Sur ce restaurant, notamment, avec vue sur le lac, et sa loge dotée d'une terrasse en bois. La petite caméra et l'objet minuscule placé dans le rideau lui avaient coûté une coquette somme d'argent, sans oublier le micro-canon qu'il tenait à présent sous la table d'une façon peu élégante (entre ses jambes, précisément) et l'écouteur dont le fil reliait le micro à son oreille, à la façon d'un appareil auditif à l'usage des malentendants.

Silence.

Rien d'étonnant, la loge était vide.

Et si tout cela se soldait par un échec ? Cette pensée l'effraya, mais il se ressaisit vite. *Pas d'affolement !* Peut-être réussirait-il à vérifier le fonctionnement de son installation avant de passer commande. En vérité, il se serait volontiers contenté d'un verre d'eau et d'un gâteau. Non, pas de gâteau, même. Juste de l'eau. Impossible ! Assis à la table d'un des restaurants les plus chics de la ville, il n'avait d'autre choix que de se comporter comme un client digne de ce nom. Pour se redonner un peu d'allant, il envoya un petit clin d'œil à son reflet dans la glace… rentra le ventre… pas mal ! La perruque aussi le mettait à son avantage. Du coin de l'œil, il vit le garçon avancer dans sa direction. Il inspira profondément. Il ressentait la même chose qu'au moment de monter sur scène un jour de première. Il allait jouer le premier acte, une saynette de genre : Seidel III sur la rive du lac Wannsee.

Le garçon était là.

Il observait Seidel.

Heureusement qu'il restait immobile car, avec ses lunettes de théâtre, Seidel le voyait à trois endroits à la fois. Le vieil homme ajusta un peu l'écouteur dans son oreille, coinça le câble entre ses genoux et se renversa sur sa chaise en adoptant une pose nonchalante.

— Quel genre de vin servez-vous dans la matinée, mon brave ?

Il leva les yeux vers le serveur, les lunettes glissèrent légèrement sur son nez. L'effet était assuré.

— Dans la matinée ? marmotta le garçon, surpris, avant de reprendre d'une voix beaucoup plus forte : Dans la matinée, nous suggérons plutôt du vin blanc.

— Je ne parle pas de la couleur, précisa Seidel en claquant des doigts. Dites, je souhaiterais réserver cette table pour un certain temps, ajouta-t-il.

— Nous en serions fort honorés ! s'exclama le garçon.

— Pour le menu, je suis prêt à suivre vos conseils, mais en ce qui concerne le vin, pas question, déclara Seidel.

Il dévisagea le garçon avec désapprobation, car il avait du mal à comprendre pourquoi il parlait aussi fort. De son côté, le garçon non plus ne comprit pas bien la réprimande mais, désorienté, fit une révérence, à tout hasard.

— Voyons, pour le plat, quelque chose de pas trop copieux et d'équilibré, reprit l'homme à la moumoute, mais avec de la viande, vous comprenez ?

Le garçon comprenait parfaitement.

— Je vous propose notre spécialité, un délice ! *De la viande avariée à l'huile de Bavière.*

Imitant la voix haut perchée du garçon, Seidel renchérit :

— De Bavière, dites-vous ? À l'huile ? *La viande avariée*, c'est-à-dire vieillie, avec de la moisissure ?

— *Yes ! Oui ! Si !* Spécialement vieillie, sublimée selon une recette à l'ancienne ! s'écria de nouveau le garçon. *La viande avariée !*

— D'accord, allons-y pour cette vieille viande, acquiesça Seidel.

— Vieillie avec le plus grand soin, précisa encore le garçon avant de s'en aller.

Seidel s'essuya les tempes avec sa serviette.

Il avait besoin de repos.

Encore un peu de patience.

Il terminerait ce qu'il avait entrepris et pourrait enfin se reposer.

La salle du restaurant se remplissait petit à petit. Parmi les nouveaux arrivés, Seidel ne reconnut ni le ministre des Finances, ni le comte von Schmigdal. Comment aurait-il pu les reconnaître, puisqu'il ne les connaissait pas, tout simplement. Né à Leipzig, en Allemagne de l'Est, il venait rarement à Berlin et n'avait encore jamais séjourné sur les bords du lac Wannsee. Cependant, même s'il ignorait tout de ce beau monde, il devina d'après les pas assurés, les gestes des mains soigneusement manucurées et la mimique des visages à la peau lisse, que ces gens-là n'avaient jamais manqué de rien depuis des générations.

Le plat fut servi par trois garçons.

La petite portion de viande – minuscule pour être exact – était d'un goût assez raffiné. L'assiette comportait également une pomme de terre, une feuille de salade et une jolie boulette de ce que Seidel identifia, après consultation du menu, comme étant de la purée de céleri. Bien qu'il fît tout son possible pour prolonger la dégustation de son plat, deux minutes à peine lui suffirent pour le terminer. Le prix des desserts le dissuada d'en commander un. Pour autant, il ne renonça pas au vin, en demandant qu'on lui garde la bouteille pour le lendemain. D'ordinaire, le serveur se faisait une piètre opinion de ce genre de client, mais celui-ci avait quelque chose d'exceptionnel ; il l'avait repéré dès le premier coup d'œil.

Seidel, résigné, feuilleta deux journaux. Les tables se vidaient peu à peu. Le comte était parti, laissant sa place à un procureur. Il était bientôt seize heures…

Mais l'homme que Seidel guettait avec tant d'impatience n'apparaissait toujours pas, la loge restait désespérément vide, tandis que ses genoux s'ankylosaient. D'après ses informations, plus personne n'y venait après seize heures. Il était inutile d'attendre davantage.

Il s'apprêtait à quitter le restaurant lorsqu'il aperçut une jeune femme qui, un seau à la main, se dirigeait d'un pas énergique vers les loges. Elle disparut un long moment à l'intérieur de la loge voisine de celle qu'il surveillait avec tant d'attention. Apparemment, la jeune femme faisait le ménage. Quelques minutes plus tard, elle ressortit, et bientôt dans la loge vint s'installer une blonde magnifique, accompagnée d'un homme de type méridional. Seidel les observa un instant. L'homme aussi était très beau, très élégant. Un aimable serveur aux cheveux gris les mena jusqu'à leur table, discutant et plaisantant avec eux avant de prendre leur commande et de tirer les lourds rideaux. Seidel sentit l'huile de Bavière lui remonter à la gorge. Si le garçon tirait avec la même énergie ceux de la loge voisine… Mais il s'inquiétait inutilement. La loge restait vide. Ce jour-là, Schlangenberger ne viendrait plus.

À 16 h 15, le garçon de restaurant s'inclinait bien bas devant Seidel. Celui-ci claqua des doigts en guise d'au revoir en déclarant qu'après *la viande avariée*, il craignait une indigestion.

Le vieil homme sortit.

Perplexe, le garçon se dirigea vers le bureau du patron. Il resta un long moment devant la porte, le temps de trouver ses mots, puis il toqua.

Moriz Herz, le propriétaire du restaurant, était plongé dans ses livres de comptes depuis le matin. Fallait-il céder aux suggestions de son chef de cuisine et informatiser le restaurant ? s'interrogeait-il. Il considérait les pour et les contre en poussant de gros soupirs. En attendant, il calculait et recalculait. Après chaque vérification, il avalait une gorgée de tisane de camomille, censée apaiser sa migraine. Mais ce jour-là, le remède restait sans effet. Moriz Herz était précisément en train d'ingurgiter un antidouleur lorsqu'il entendit frapper timidement à la porte. Il fit la grimace et attendit quelques secondes avant de répondre :

— Entrez !

— Je ne vous dérange pas ?

— Si.

Schmidt travaillait chez lui depuis trois ans déjà, une longévité assez exceptionnelle. Jusqu'à présent, Herz n'avait pas eu de problèmes avec lui : même s'il n'était pas très vif d'esprit, Schmidt semblait honnête, il ne se plaignait jamais ; en somme, c'était un garçon de restaurant moyen, Herz avait connu pire. Au bout de tant d'années dans le métier, il ne se faisait plus trop d'illusions. Hormis le chef de cuisine, qu'il payait très généreusement, et deux serveurs de confiance qui s'occupaient presque exclusivement des loges, Moriz Herz changeait de personnel tous les deux ans en moyenne. Les garçons qui restaient plus longtemps finissaient tous par prendre de grands airs, poser des conditions et, surtout, exiger des augmentations. Leurs routes devaient alors se séparer. Moriz Herz tourna ses yeux fatigués vers son employé.

— C'est pour quoi ?

— De bonnes nouvelles, monsieur Herz, de très bonnes nouvelles, commença Schmidt, resté sur le seuil, un sourire timide aux lèvres.

Avec le chef, mieux valait se tenir sur ses gardes. Un jour, ça allait, un jour pas, allez savoir pourquoi. Depuis des mois, Schmidt veillait à la bonne humeur du patron, il ne ménageait pas sa peine, donnait le meilleur de lui-même. Sa petite amie était enceinte, ce qui entraînerait prochainement des dépenses. Peut-être pourrait-il enfin obtenir de l'avancement et travailler aux loges ? Il en avait vraiment besoin.

— Assieds-toi, lui dit Herz en désignant une chaise.

Schmidt s'assit. En voyant une lueur d'intérêt dans les yeux de son patron, il se détendit un peu et commença à raconter son histoire, en l'enjolivant quelque peu. Herz écoutait attentivement, sans le quitter du regard. À vrai dire, il était intrigué : un client étranger qui commençait par inspecter avec la plus grande attention les loges les plus chères et qui réservait, finalement, pour une durée indéterminée, une petite table située à une place qui était loin d'être la préférée des consommateurs. Contrairement aux suppositions de Schmidt, le client en lui-même intéressait bien davantage son patron que la perspective d'un gain supplémentaire. Herz veillait, certes, à ses intérêts, mais pas au point de s'exciter pour une petite table de rien du tout. Hormis Le Vieux Fritz, il possédait plusieurs entreprises qui, à l'inverse du restaurant, lui avaient permis de s'enrichir. Il se dit que Schmidt venait de plus en plus souvent l'importuner avec des inepties.

— C'est très vraisemblablement un riche collectionneur d'œuvres d'art, poursuivait ce dernier, des taches rouges sur le visage.

Que Seidel ne lui ait laissé aucun pourboire n'avait actuellement aucune importance.

— Intéressant, fit Herz.

Il se leva et tourna son regard vers la fenêtre. Le temps était magnifique, la terrasse bondée de monde. Des visages familiers, uniquement. Moriz les connaissait tous. Des politiciens, des banquiers, des médecins.

Même les futurs clients, il les connaissait à l'avance, informé par les serveurs de chaque nouvelle réservation. La routine, rien d'exceptionnel. De temps à autre, on voyait apparaître une célébrité de la télévision ou de la presse. Moriz Herz s'était convaincu depuis longtemps que ce milieu était aussi fermé qu'ennuyeux. Les jours se suivaient et il ne se passait rien de neuf, rien qui puisse encore surprendre le patron du Vieux Fritz. Aussi, un client inattendu comme celui d'aujourd'hui, et venant de France qui plus est, avait toutes les chances de piquer sa curiosité.

Gérer le restaurant et l'hôtel, c'était une chose, accueillir des clients exceptionnels en était une autre. La villa Herz, ainsi qu'il appelait invariablement l'immeuble où il vivait et travaillait depuis si longtemps, était pour Moriz bien plus qu'un simple lieu de travail. En vérité, tout ce clinquant lié au passé royal et à la tradition aristocratique n'était qu'une jolie enveloppe, un détail un peu snobinard qui, des années durant, avaient chatouillé sa vanité. La villa était avant tout un symbole, sa valeur avait pour Moriz Herz une dimension personnelle, il s'agissait de la résidence de ses ancêtres. C'est ici qu'avaient vécu son père et son grand-père. Après de longues pérégrinations, son père était revenu de son exil en France avec lui, un gamin de douze ans, déjà orphelin à l'époque, car sa mère était morte. Le jeune garçon qu'il était avait compris immédiatement qu'il resterait ici désormais, quoi qu'il arrive, que c'était leur maison. Son père était revenu chez lui. Combien d'autres revenaient ? Au début, Moriz avait protesté, il ne voulait pas quitter la France, il s'était révolté, avait supplié son père, il ne comprenait pas. Il mit du temps, mais lorsqu'il comprit enfin, son père devint pour lui un héros.

Une fois le bâtiment récupéré, le père avait contracté des dettes jusqu'en Amérique, il avait ouvert le restaurant d'abord, puis le petit hôtel. Il avait toujours eu foi en ce qu'il faisait. Il traitait chacun de ses clients de la même façon, comme un ami, un membre de la famille. Il avait aussi en lui ce petit quelque chose qui faisait tout son charme et que Moriz, aujourd'hui encore, avait du mal à définir. Si bien que, dans le Berlin-Ouest de l'époque, le restaurant était devenu un véritable lieu de culte. Au début, pour une petite poignée de clients seulement, mais bientôt pour un cercle de plus en plus étendu de Berlinois.

Une photo figurait à l'entrée. Pour les non-initiés, ce n'était qu'une banale photo du restaurant en vogue, mais pour Moriz, elle signifiait bien plus. Non pas parce qu'il en était l'auteur, mais parce que l'image reflétait parfaitement l'atmosphère de Berlin-Ouest.

Au premier plan, assis à une petite table, des musiciens hongrois. Le père de Moriz jouait parfois du violon avec eux. Au fond de la salle, des soldats américains en train de manger. Après le repas du soir, ils montaient à l'étage pour jouer au poker. Les loges étaient occupées par des musiciens – sur la photo, on les voit le jour de la première de *Quasimodo* – et, juste à l'entrée, son père et Willy Brandt attablés. Ce dernier est méconnaissable, avec des lunettes et un chapeau sur la tête. Ils sont penchés l'un vers l'autre. Concentrés, plongés dans une discussion.

Tous ces gens si différents ne venaient pas ici pour dîner, ils venaient pour son père, se disait Moriz. Ils en profitaient pour boire et manger, même si, à l'époque, la cuisine n'était pas encore aussi raffinée qu'aujourd'hui, c'était juste de la bonne cuisine. On jouait, on passait la nuit chez Herz. Son père trouvait toujours du temps pour tout le monde. Il collectionnait les autographes, prenait des photos. Dans un livre de souvenirs, il notait des anecdotes, des histoires amusantes qu'il racontait ensuite en y ajoutant force détails. Des légendes s'étaient ainsi créées. Quand il est mort, quelque chose s'est achevé. Moriz fut incapable de combler la place qu'occupait son père, il le souhaitait pourtant de tout son cœur. Sous sa direction, le petit hôtel et le restaurant pour initiés se métamorphosèrent peu à peu en une bonne adresse à la cuisine remarquable. Presque tout le quartier de Zehlendorf se retrouvait ici, mais il y manquait toujours ce petit rien que Moriz appréciait par-dessus tout : l'esprit de son père.

Il s'était maintes fois demandé en quoi consistait précisément cet esprit. Que possédait ce vieux juif fatigué que les autres n'avaient pas ? Que lui-même, son fils, n'avait pas ? Et il en revenait toujours au même constat : son père avait pour chacun un mot gentil. Toujours. Moriz faisait des efforts, mais il était différent, il en voulait davantage, autrement. Avec le temps, emporté par les affaires, il ne résistait plus avec la même flamme qu'autrefois. Quelque chose s'était envolé, transformé. Il avait accepté sa particularité, mais plus il vieillissait, plus il repensait au temps écoulé. Jusqu'à ce jour, son restaurant n'était toujours pas équipé d'ordinateurs, ce qui démontrait clairement son désir de conserver et de cultiver ce qui restait encore du passé. Comme cette porte qui s'ouvrait depuis des années avec le même grincement, quel que soit le temps. Ou ces soirées au cours desquelles Moriz calculait les recettes et qu'il achevait sur le même rituel que jadis son père, en buvant un verre de cognac au bar ou en fumant un cigare sur la terrasse. Comme si ces coutumes et ces manies lui permettaient de nouer un lien invisible, mais essentiel, avec l'âme de son père, dont la présence en ces lieux était toujours perceptible.

Ces souvenirs et l'assurance que le restaurant était toujours là, qu'il perdurait, même s'il était différent aujourd'hui, procuraient à Moriz un sentiment d'équilibre, car il savait qu'il avait sa place ici. Après des années de révolte, de doutes, puis d'imitation maladroite, il avait évolué. Il appréciait ce qu'il possédait, qui il était, ce qu'il avait créé, et le restaurant lui permettait de rencontrer des gens qu'il avait plaisir à recevoir et à écouter. Des gens avec lesquels il avait envie de discuter. Son credo, semblable à l'idée initiale de son père, était d'accueillir les clients et de célébrer les invités. Ainsi, avec le temps, et sans même s'en apercevoir, Moriz Herz ressemblait de plus en plus à son père.

C'est donc avec la plus grande attention qu'il écouta Schmidt.

— Parfait, dit-il lorsque celui-ci eut terminé.

Il adorait les Français. Et voilà qu'une occasion de parler leur langue se présentait enfin à lui.

Schmidt quitta le bureau extrêmement satisfait. Il avait toujours rêvé de servir les loges. L'avancement si convoité ne semblait plus être qu'une question de temps.

*

La nuit, il tomba des cordes ; la pluie tambourinait sur le toit, les vitres et les arbres, métamorphosant le jardin parfaitement entretenu en un marécage bourbeux. Une gerbe d'eau s'écoulait de la gouttière installée près de la fenêtre, égalant en volume sonore une tempête en mer. Cela n'avait pas la moindre importance. Seidel ne dormait pas de toute façon. Il s'était réveillé à cinq heures du matin et, depuis, il restait allongé, immobile, absorbé par le spectacle des arbres fouettés par la pluie sur un horizon désespérément noir. Il regardait sans rien voir, tenaillé par l'inquiétude, les remords, avant de prendre une décision cruciale. C'était une nuit difficile.

Il n'avait pas rêvé de sa propre mort, comme cela lui arrivait souvent dans les périodes difficiles. Ou de son incapacité à mourir, plus exactement. Un rêve survenu pour la première fois après le décès de sa femme et qui ne cessait de le hanter depuis. Toujours le même : il voulait mourir, mais n'y parvenait pas. Il avait peur de se réveiller et de constater qu'il était toujours là, bien en vie. Non, cette fois, il avait rêvé d'autre chose. De quelqu'un plutôt.

Il avait rêvé de Gerhard.

Ils se rendaient ensemble quelque part dans le noir. Ils allaient rendre visite à quelqu'un. Une fois sur place, ils s'apprêtaient à ouvrir une porte… lorsque Seidel se réveilla brusquement. Il ressentait la même impuissance que dans son rêve de la mort. La même peur. Qui lui glaçait le sang, imprégnant lentement l'air, puis ses souvenirs, ses pensées. Son âme. Il s'était déjà habitué à son rêve récurrent. Certes, il le terrifiait autant à chaque fois, mais il savait l'interpréter, il savait qu'il représentait la peur de la solitude. Le deuxième, totalement nouveau, concernait un danger réel.

C'était un avertissement.

Il avait pris une décision difficile, il le savait. Il se dit qu'il devrait dormir encore un peu, car la journée s'annonçait rude. Mais le sommeil ne venait pas. À sept heures, il s'avoua vaincu et se leva.

Il fallait du temps et une certaine habileté au vieux Burkhard Seidel pour se déguiser et se grimer de manière à incarner un Français avec toutes ses excentricités. Il réfléchirait plus tard. Il prit sa trousse de toilette, en sortit des pinceaux, des poudres, puis se regarda dans le miroir. Son inquiétude de la veille réapparut aussitôt : l'appareil qu'il avait laissé dans les draperies était-il encore en place ?

Il avait de sombres pensées. Pour compenser, il avait revêtu un costume en velours côtelé blanc, troqué son chapeau en tweed contre un gris, en velours côtelé également. Deux heures plus tard, cinglé par le vent et la pluie, il marchait en direction du restaurant Le Vieux Fritz. Au moment de sortir, le temps s'était un peu éclairci, il avait donc choisi de prendre sa canne dorée plutôt que son parapluie, mais il craignait maintenant d'arriver trempé sur place. *Et dire qu'il faisait si chaud hier, incroyable !* songea-t-il en évitant une flaque d'eau. Décidément, Berlin n'était pas une ville pour lui, il aurait bien du mal à vivre dans ce climat humide. De nombreux changements l'attendaient, mais déménager à Berlin n'était pas au programme. Il pressa le pas.

Les arbres balancés par le vent bruissaient de manière sinistre, une branche heurta la fenêtre du restaurant, l'enseigne ballottait dans tous les sens. Seidel frissonna, il aurait voulu être chez lui, dans sa maison de Leipzig. Il comprit soudain que, s'il parvenait à réaliser son plan, il ne pourrait pas y retourner de sitôt. Qu'adviendrait-il alors de ses archives ? Il fut de nouveau assailli par ses sombres pensées matinales. Il n'était plus en sécurité. Il ne l'était déjà pas auparavant mais, à présent, c'était une certitude.

Quand le vin est tiré, il faut le boire.

En gravissant les escaliers, il remarqua une pivoine rose clair tombée sur le sol. Il la ramassa et la fixa à la boutonnière de son veston. Trouver une pivoine protège du mal, mais Seidel ne connaissait pas les superstitions slaves, il n'y aurait pas cru, de toute façon. Pourtant, cette fleur lui fit du bien.

Midi approchait. Les cloches sonnaient à toute volée.

Malgré la pluie et la bourrasque, à l'intérieur du restaurant, rien, semblait-il, n'avait changé depuis la veille. On avait poussé les volets grinçants des fenêtres. La loge de Schlangenberger avait été nettoyée avec un soin particulier, eu égard au client annoncé pour quatorze heures. Seidel alla tranquillement s'asseoir à sa table où l'attendaient un lys frais et une nouvelle bougie. Une seule question le préoccupait : son matériel très onéreux était-il toujours en place dans les tentures ? Pourvu qu'il n'ait pas été happé par un aspirateur ou déplacé involontairement par la main d'un serveur trop zélé.

Le vieil homme parcourut la salle des yeux. Il ne vit aucun aspirateur, et les rideaux ne semblaient pas avoir bougé depuis la veille. Les garçons de restaurant s'affairaient déjà. Pour l'instant, l'endroit était désert, mais leur agitation annonçait l'arrivée imminente des clients. Le cœur de Seidel se mit à battre plus vite. L'un des serveurs finit par lui prêter attention. Préoccupé par l'état de son compte en banque, Seidel ne manqua pas de lui signaler qu'il avait été incommodé par l'huile de Bavière, la veille. Il serait bien obligé de commander son déjeuner malgré tout, la carte, déployée sur sa table, l'attendait déjà. S'efforçant de penser à autre chose, il plaça l'écouteur dans son oreille, cala le micro entre ses genoux puis consulta le menu, toujours aux aguets. Alors qu'il scrutait tour à tour la carte et la porte d'entrée, une voix vint soudain distraire sa concentration. Cette voix, qui plus est, s'exprimait en français.

— Enchanté. Moriz Herz, je suis le propriétaire de cet établissement.

En voyant la main tendue devant lui, Seidel sursauta. Son micro tomba, entraînant avec lui l'écouteur, et heurta le sol avec un écho sourd. Seidel eut juste le temps d'entendre un couinement. Par chance, au même moment quelqu'un déplaça un fauteuil avec un grincement qui éclipsa tous les autres bruits. Sans perdre contenance, Seidel serra rapidement la petite main très ferme qu'on lui tendait. Puis il se pencha et fit glisser son pied sous la table pour récupérer au plus vite les objets qu'il avait laissé tomber. Il sentit d'abord son micro et le déplaça lentement, s'efforçant de donner à son visage l'expression la plus détendue possible.

— Bonjour. Moi de même, répondit-il.

— Veuillez excuser cette intrusion, commença Moriz Herz dans un français impeccable, quelque peu désorienté que le client s'adresse à lui en allemand.

— Je vous en prie ! fit Seidel. Enchanté de faire votre connaissance !

Il concéda exceptionnellement un sourire, car l'enjeu était de taille, il ne s'agissait surtout pas d'être mis dehors.

Les yeux marron du propriétaire observaient Seidel attentivement, mais sur son visage délicat au teint mat, rien n'indiquait qu'il allait le prier de sortir. Bien au contraire, il le regardait avec une curiosité bienveillante, comme on admire un cheval racé ou un chien. Rassuré, Seidel se cala confortablement dans son fauteuil. Il se serait cru sur scène, où il se sentait toujours à l'aise et n'avait pas pour habitude de décevoir son public. Ils s'observèrent ainsi durant quelques secondes. Le teint bistre de Herz était mis en valeur par son costume gris clair et une chemise en coton bleue, échancrée. Une pochette jaune citron nouée autour du cou faisait office de cravate. Malgré ses cheveux presque entièrement gris, Herz ne devait pas avoir plus d'une cinquantaine d'années. D'épais sourcils sombres ajoutaient du caractère à son visage. Sous son nez étroit, un peu trop long, se profilait une bouche délicate, féminine, surmontant un menton saillant et anguleux. Un visage tout en contrastes, mais, assurément, Herz était un très bel homme. De la force et de l'élégance émanaient de lui.

— J'ai entendu parler de votre indisposition, commença Herz, rompant le silence. Aussi, je vous prie de bien vouloir accepter notre invitation (il parlait toujours français et, très clairement, en tirait un réel plaisir) et de vous laisser séduire…

— Séduire ? Séduire ? répéta Seidel, surpris, en haussant les sourcils.

— Séduire par notre mets de choix : du saumon à la sauce à la menthe.

D'après ce que Seidel avait retenu de la carte, le saumon à la sauce à la menthe faisait partie des plats les plus chers de ce restaurant.

— À vrai dire, hier j'ai été dérangé par une indigestion, commença-t-il d'une voix peu assurée.

— Veuillez d'autant plus accepter notre invitation…

Seidel hocha la tête en guise d'acquiescement, comme il seyait en la circonstance… Et il réalisa soudain que Mozart avait remplacé Chopin, qu'une très jolie blonde venait d'entrer dans le restaurant (la même que la veille, si ce n'est qu'elle portait une robe dévoilant son dos et était accompagnée d'un homme différent), que le soleil perçait de derrière les nuages et qu'il n'aurait pas à payer son repas. Un rêve ! Bien plus agréable que celui de cette nuit.

Le propriétaire de l'établissement souhaitait pouvoir discuter encore un moment avec Seidel à la fin du repas. Il avait rarement l'occasion de parler français et il aimait savoir ce qui amenait les clients à pousser la porte du Vieux Fritz. Euphorique, Seidel se reprit cependant.

— Vous parlez sans accent, fit-il remarquer, magnanime.

— Oui, répondit Herz en éclatant d'un rire sincère. J'ai vécu en France plus d'une dizaine d'années. J'ai d'autant plus de plaisir à discuter avec un… hum, compatriote.

— Vous êtes français ? demanda Seidel avec un intérêt soudain.

— Non. Juif.

Consterné par sa propre réponse, Herz s'empressa d'ajouter :

— Je suis né en France, mais nos racines sont ici.

Un silence s'ensuivit.

Seidel songea que, en d'autres circonstances, il aurait volontiers lié davantage connaissance avec cet homme, il l'aurait même apprécié, lui aurait parlé de sa mère, de son origine française, et aussi… Oui, en d'autres circonstances, mais pas aujourd'hui. Non, pas aujourd'hui.

— Bien entendu, volontiers, mais pas avant seize heures, ou même un peu plus tard, précisa-t-il avec un léger sourire, pour ne pas paraître grossier.

— J'en serais ravi, fit Herz en lui rendant son sourire, qui transforma aussitôt son visage.

On y lisait un intérêt sincère et une véritable envie de converser. Hélas ! Seidel n'avait le temps ni pour l'un ni pour l'autre. Cependant, comme il était bien éduqué et que, par ailleurs, on venait de lui offrir le déjeuner, malgré toute la mascarade qui accompagnait son show, il se résolut à une bonne parole.

— Je vous remercie…

Mais Herz avait déjà tourné les talons et frappait dans ses mains.

Lorsque Seidel vit émerger de derrière le rideau une petite table argentée à roulettes et trois serveurs affairés, il acquit la certitude que le saumon à la sauce à la menthe était bien LE mets le plus cher de la carte.

L'un des serveurs se chargea des boissons, l'autre des couverts, le troisième de tout le reste. Visiblement, celui qui avait servi Seidel la veille n'était pas de service.

Le saumon était délicieux, même si Seidel aurait apprécié une part un peu plus consistante. Jamais il n'avait mangé de dessert aussi savoureux que celui qu'on lui apporta : un sorbet de fruits rouges au caramel, parsemé d'amandes. Il s'essuyait la bouche avec une serviette en soie (brodée au fil doré, de la marque du restaurant) quand le client qu'il attendait tant apparut derrière le rideau rouge et se dirigea droit vers les loges. D'un pas alerte. De sportif. De gagnant.

Seidel toussa. Il faillit s'étrangler en avalant de travers un minuscule copeau d'amande… *Schlangenberger, Schlangenberger*, répétait-il en boucle dans sa tête, incapable d'entreprendre quoi que ce soit.

Pendant ce temps, Schlangenberger prit place dans sa loge. Exactement en face de Seidel. Sur un canapé qui n'était absolument pas mentionné sur la page Internet du restaurant. Les choses se mettaient donc en place. Il n'avait donc pas dépensé en vain son argent. Il n'avait pas entretenu en vain ses multiples contacts avec des informateurs qui gagnaient des fortunes, indépendamment du système politique.

Mais le moment n'était pas aux considérations philosophiques.

L'œil perçant, Schlangenberger balaya la salle du regard, puis dévisagea la blonde avec insistance. En retenant sa respiration, Seidel fit semblant d'être plongé dans la lecture du *Tageszeitung*. Quelle chance que la nappe soit assez longue pour cacher tout son arsenal d'enregistrement ! Son postiche avait un peu bougé, mais dans son accoutrement, il n'était certainement pas reconnaissable. Il avala une gorgée d'eau.

Le regard de Schlangenberger glissa soudain sur le visage de Seidel, qui se sentit comme la proie d'un serpent. Il frémit. Son cœur s'affola, mais Schlangenberger fixa de nouveau la blonde. Il ne l'avait pas reconnu. Ouf ! Seidel réalisa à cet instant seulement combien il était angoissé. Il était en nage. Il ne manquerait plus qu'il tombe dans les pommes. S'imaginer par terre avec son postiche, son micro, sa caméra et son magnétophone étalés tout autour lui fit l'effet d'une douche froide.

Du calme, Seidel ! Du calme !

Schlangenberger venait de sortir un objet de son sac.

Du moins, le grésillement dans l'écouteur le laissait-il supposer, mais peut-être était-ce juste une fausse impression ?

Brusquement, le serveur cacha à Seidel la vue sur la loge.

— Éteignez-moi ça, ordonna Schlangenberger en indiquant un haut-parleur. Et qu'on ne me dérange plus !

Sa voix aiguë fit vibrer l'oreille de Seidel. Le son était d'une netteté parfaite, comme si Schlangenberger se trouvait assis à sa table et s'adressait directement à lui.

Seidel ressentit un pincement au cœur.

Cela, il ne l'avait pas prévu. Il avait oublié que l'âme pouvait faire si mal. Comme dans son rêve, elle mourait, ça, oui ! Mais la douleur, elle, persistait… Il déglutit et se concentra à nouveau, heureux malgré tout de pouvoir agir.

— Monsieur souhaite-t-il que je tire le rideau ? demanda aimablement le garçon avant de s'éloigner.

Seidel retint son souffle, mais Schlangenberger se contenta d'agiter la main. Un instant plus tard, le garçon réapparut devant la loge avec un plateau. Quelque chose crissa, agressant une fois de plus l'oreille de Seidel.

La musique de Mozart coupée, le silence régnait dans la salle de restaurant. Un silence absolu. Seidel entendit un léger bruissement et vit que le verre de Schlangenberger se remplissait d'un liquide rouge-brun.

Schlangenberger regarda son verre, puis la blonde, puis sa montre, son portable… et de nouveau la blonde. Il se leva. S'approcha de la porte vitrée donnant sur la terrasse et contempla longuement le lac. Puis il retourna à sa place, sortit une pile de journaux de sa serviette, posa le lourd chandelier par terre, aspira un bol d'air et se mit à lire.

Burkhard Seidel attendait patiemment.

CHAPITRE 4

> « Un jour, en discutant avec Kissinger, je lui ai dit où j'avais travaillé auparavant. Il a réfléchi pendant quelques secondes, puis m'a répondu : "Tous les gens de qualité ont commencé dans le renseignement, moi aussi." »
>
> Vladimir Poutine

Comme souvent, Christian Schlangenberger était arrivé à son rendez-vous au restaurant avec une heure d'avance. Il s'était assis lourdement dans la loge et avait jeté un regard furtif dans la salle. Le garçon s'était présenté instantanément.

— Éteignez-moi ça, lui ordonna Schlangenberger en désignant un haut-parleur. Et qu'on ne me dérange pas !

— Monsieur souhaite-t-il que je tire le rideau ? demanda le garçon en s'inclinant légèrement devant lui.

Schlangenberger ne daigna pas répondre. L'air était étouffant, et cet imbécile lui demandait s'il fallait tirer le rideau ! En vérité, l'intérieur, climatisé, gardait une agréable fraîcheur, et dehors il faisait froid, mais

Christian était furieux. L'établissement aurait dû être fermé aujourd'hui. Christian avait parfaitement entendu sa secrétaire. Elle avait demandé à réserver non pas une ou plusieurs tables, mais le restaurant tout entier. « Monsieur Schlangenberger souhaiterait privatiser le restaurant », avait-elle expliqué à Herz.

S'il ne l'avait entendu de ses propres oreilles, il aurait pu penser qu'elle avait oublié de s'en occuper, mais Irma était une excellente secrétaire, la meilleure de toutes. Intelligente, perspicace, d'une extrême finesse, laide comme un pou, certes, mais cela n'avait aucune importance. C'était même mieux, au moins, il n'avait pas la tentation de reluquer ses jambes au bureau et pouvait se concentrer sur son travail. Par ailleurs, il savait d'expérience que les femmes laides étaient plus fiables. Irma était loyale envers lui, ce qui comptait énormément à ses yeux. S'il y avait une seule personne à qui il faisait encore confiance, c'était bien elle, sa camarade infaillible qu'il connaissait depuis si longtemps ; après la tourmente politique de 1986, ils s'étaient perdus de vue, mais ils s'étaient retrouvés des années plus tard. Au travail, ils formaient un duo parfait. Heureusement, même si elle était célibataire, Irma n'en demandait pas plus.

Christian balaya la salle du regard. Tous ces gens attablés qui riaient et mangeaient tranquillement, comme si de rien n'était, alors qu'il avait réservé le restaurant pour lui seul. *Cet établissement n'est plus ce qu'il était*, pensa-t-il. *Tout se perd !*

En temps normal, il aurait fait un énorme scandale, ce qui, d'ailleurs, n'aurait étonné personne, et certainement pas le serveur. Christian connaissait bien le personnel et savait parfaitement que, moyennant argent, tout était permis en ce lieu. Bientôt le garçon se tenait devant lui, une bouteille de vin à la main. Il lui présenta l'étiquette, le servit, puis repartit sans dire un mot.

Schlangenberger dévisagea la blonde assise à la table voisine. Il regarda sa montre – il était presque treize heures. Il se leva. S'approcha de la porte vitrée donnant sur la terrasse et contempla longuement le lac. La journée était pluvieuse, l'eau avait pris une teinte bleu sombre ; une barque dérivait près du bord. On ne voyait aucun promeneur. Rien ne perturbait le paysage. Après un long moment, Schlangenberger regagna sa place, éteignit son portable et sortit un paquet de journaux de sa serviette. Une petite dizaine. C'était beaucoup, mais il devait absolument en avoir le cœur net. Il ouvrit le premier quotidien. En inspirant profondément, il fixa la page qui affichait sa photo, il s'y trouva plutôt à son avantage. « L'économie n'est pas tout », annonçait le titre. Il se rendit compte qu'il avait du mal à distinguer les petites lettres. Ces derniers temps, cela lui arrivait de plus en plus fréquemment, surtout lorsqu'il était énervé. Il chaussa ses lunettes et se mit à lire. Un instant plus tard, il reposa le journal, l'air pensif, puis en saisit un autre. En dix minutes, la table entière fut couverte de pages froissées.

À peine était-il arrivé à son cabinet ce matin-là qu'Irma lui avait tendu une pile de journaux où plusieurs articles lui étaient consacrés. Il avait ressenti un réel dégoût. Il était resté un moment devant son imposant bureau à contempler la grande place en bas de l'immeuble. *Il faut que je sorte d'ici au plus vite*, s'était-il dit. Il avait du mal à se concentrer. Dans la salle voisine, les téléphones n'arrêtaient pas de sonner. Irma répondait inlassablement que M. le directeur n'était pas là, M. Schlangenberger n'était pas là, M. le député n'était pas là… et qu'il serait absent pour la journée. « Demain peut-être, essayez demain », répétait-elle. Ces deux-là se comprenaient sans parler. Il fourra les journaux dans sa serviette et quitta l'immeuble.

Il prit la fuite.

Au cours du dernier semestre, il s'était efforcé d'éviter toute publicité, refusant systématiquement les invitations à la télévision et prenant rarement la parole en public. Dans sa situation, occuper la une d'un magazine ne pouvait signifier qu'une seule chose : la disgrâce.

Il essuya la sueur qui perlait sur son front. Il ne pouvait nier qu'il avait des problèmes – un problème, plus exactement. Un gros problème. Il ne devait surtout pas céder à la panique avant que les choses ne se précisent. Et ne pas sombrer dans un délire de persécution. Autrement, il allait devenir fou. Plus que jamais, il devait garder son sang-froid. Les articles ne le ciblaient peut-être pas directement. Ils n'étaient peut-être que l'expression de l'immense ennui qui s'était emparé de la politique, en Allemagne comme en Europe. La recherche d'un scoop. Rien d'autre.

Tourmenté au plus haut point, au cours du trajet qui le menait vers le restaurant, il avait repensé à sa situation et s'était peu à peu apaisé. Récemment, il avait accordé une longue interview à un hebdomadaire très populaire. Même s'il évitait de rencontrer les médias, cette fois-là, il n'avait pas pu refuser, car il s'agissait de l'hebdomadaire le plus lu en Allemagne. Dans ce pays, seuls deux ou trois magazines comptaient véritablement, on ne pouvait pas les négliger ni, surtout, s'attirer les foudres des rédactions. Se faire un ennemi dans la presse à scandale, un tabloïd tiré à trois millions d'exemplaires, ou dans un hebdomadaire sociopolitique, fort de son petit million de lecteurs, c'était tout simplement inenvisageable pour un politicien tel que lui, animé de grandes aspirations. Pour ne pas s'exposer à un lynchage médiatique, il se devait de respecter les principes élémentaires de rigueur dans une démocratie, et dont le plus important disait : ne te mets pas la presse à dos !

Malgré leurs différences notables, les comités de rédaction ressemblaient tous à un parti au pouvoir, avec leurs zones d'influence, leurs lobbys et leurs électeurs. D'une extrême prudence, Schlangenberger veillait toujours à se faire bien voir dans ce milieu. Il pouvait oublier l'anniversaire de sa femme, mais pas celui du patron du *Bild*. Des invitations à déjeuner, des billets pour un opéra ou autres cadeaux envoyés aux rédacteurs en chef des journaux à grand tirage étaient chose courante. Irma se chargeait de tous ces détails.

En fin de compte, cela avait porté ses fruits. L'interview où il critiquait la politique menée par le ministre de l'Économie avait dû paraître la veille, il avait totalement oublié ! Tous les journaux avides de la prise de parole de Schlangenberger, muet depuis plusieurs mois, s'en étaient fait l'écho. Un quotidien reprenait même son entretien en première page, commentant ses propos les plus significatifs. Il vérifia le nom du journaliste. *Évidemment !* se dit-il. À une époque, il avait passé ses vacances en Italie avec la famille dudit journaliste, qui n'avait pas eu à débourser grand-chose… Se mettre la presse dans la poche était le meilleur investissement en matière de politique, Schlangenberger en était convaincu.

Il jeta un nouveau coup d'œil sur le gros titre. Avait-il vraiment dit cela ? C'est incroyable, tout de même, que ce genre de banalité, ressassée depuis des années, puisse susciter encore autant d'émoi. Christian esquissa une grimace. Le ministre de l'Économie, sévèrement critiqué dans l'interview, était un homme intelligent, mais il ne se préoccupait pas assez de la presse ; la politique consistait à tirer constamment les ficelles, pas seulement à avoir un doctorat en microéconomie et à passer le plus clair de son temps derrière un bureau. Il fallait entretenir les relations avec la presse, parler aux journalistes, leur donner du grain à moudre. Si doué fût-il, un ministre qui ne quittait pas son cabinet était voué à l'échec. *Ce pays a besoin de précurseurs charismatiques, ce pays a besoin de Schlangenberger !* pensa très sérieusement Christian.

Il replia et froissa le journal. Le serveur apparut immédiatement. Christian lui fourra le canard chiffonné dans les mains et lui commanda « la même chose que d'habitude », puis il ferma les yeux. Ce qui avait occupé sa pensée ces six derniers mois le hantait à nouveau. Bien sûr, il avait des soucis, mais il avait aussi remporté quelques succès. Ses affaires marchaient bien, et son parti gagnait de nouveaux alliés. Après le départ de leurs enfants, partis faire des études à l'étranger, sa femme semblait plus sereine. Depuis quelques mois, il avait une nouvelle maîtresse, la jeune et belle Félicia. Tous ces changements, espérés depuis longtemps, n'étaient pas ce qui comptait le plus à ses yeux. Pour lui, l'événement primordial de l'année avait eu lieu en février dernier : la suppression de 5,8 kilomètres de dossiers à l'Office fédéral responsable des archives de la Stasi. Quelque vingt millions de pages au format A4 ! Disparues, tout bonnement !

Presque SIX KILOMÈTRES *de dossiers se sont envolés !* s'étonna-t-il à nouveau. Le plus grand succès de sa vie ! Et le plus subtil ! Échec et mat, plus de dossiers ! Si l'on attribuait des Oscars pour des rôles interprétés dans la vraie vie, Christian aurait tout raflé : meilleur scénario, meilleure mise en scène, meilleur acteur. Il avait tout préparé méticuleusement, dans les moindres détails, étalant l'exécution de son plan sur cinq ans, sans y associer aucune personne de l'extérieur. Toute l'action avait été menée pour lui par Frank Derbach, un ami de confiance qui, ce faisant, avait rendu service à son camarade du parti, cerveau et sponsor de cette opération sans précédent, lui-même, Christian Schlangenberger.

Si l'on ne tient pas compte de la période qui a suivi la chute du Mur, où les agents de la Sécurité avaient tenté de détruire les archives, c'était le premier cas de suppression de documents à si grande échelle. Alors que la démarche précédente avait échoué, suite à l'intervention de citoyens outrés de l'ancienne RDA, celle-ci, entreprise vingt ans plus tard, ne suscita que très peu d'intérêt. Ces vieux dossiers disparus laissaient les gens indifférents, ils furent officiellement considérés comme inutiles et mobilisant le travail de nombreux fonctionnaires. Les rares médias intéressés par l'affaire gobèrent cette version sans problème. Christian, lui, savait parfaitement qu'il était impossible de tout dissimuler. En démocratie, à vouloir cacher la vérité, on a bien plus à perdre qu'à gagner. Tout dépendait, au fond, de la façon de faire. Il avait prévu que les réactions les plus virulentes viendraient de la part des directeurs de musées de Leipzig et de Berlin, de quelques opposants de l'ancienne RDA et d'une poignée de journalistes, trop jeunes pour comprendre les véritables enjeux de ce pays. Les jacasseries de la FDP, parti libéral-démocrate, qui espérait un miracle aux élections et saisissait la moindre occasion pour se faire entendre, l'inquiétaient un peu, mais, fort heureusement, un débat de fond n'avait jamais eu lieu. L'opinion publique occidentale s'était montrée très discrète, et pour cause : l'héritage de la Stasi ne faisait pas vraiment partie de ses centres d'intérêt.

Il sourit à l'évocation de son triomphe. Avec la disparition des archives, Christian Schlangenberger, ex-officier de la Sûreté, « le bienfaiteur », comme avait l'habitude de l'appeler (sans le moindre cynisme) Frank Derbach, avait enfin une biographie irréprochable et profitait par la même occasion de la gratitude d'un grand nombre de personnes influentes qui risquaient, tout comme lui, d'être compromises à cause d'un passé consigné par la Stasi.

Frank, il faut l'admettre, avait agi de main de maître. Sa dévotion et son courage (subtiliser les dossiers secrets petit à petit, cinq longues années durant, avait été laborieux, épuisant et très risqué) avaient permis à Frank Derbach de gagner non seulement la confiance sans bornes de son bienfaiteur, mais aussi beaucoup d'argent. Christian, pour sa part, outre la satisfaction d'avoir réussi l'affaire de sa vie, avait amassé une véritable petite fortune en remettant les dossiers aux intéressés, des personnes riches et influentes : procureurs, hauts fonctionnaires, politiciens de l'opposition et du parti au pouvoir, magistrats et hommes d'affaires. Le plus important, c'est que ce cercle hermétique de puissants découvrait soudain que Schlangenberger était toujours bien en vie et qu'il jouissait d'un réel pouvoir, ce qui était inestimable pour ce dernier. Et suscitait de la peur, même si personne ne l'aurait formulé ainsi, et certainement pas à haute voix.

Tous ceux qui avaient récupéré les documents secrets les concernant ignoraient totalement quelles informations leur « bienfaiteur » détenait encore, ni d'où il les tenait. Et, surtout, ils ne connaissaient pas les intentions de Schlangenberger : s'était-il réellement débarrassé des dossiers, comme il l'assurait à chacun d'entre eux lors d'une entrevue confidentielle ? De tous les dossiers ?

« On n'a guère le choix, il faut se faire confiance », murmurait-on dans les instances dirigeantes, dont l'influence s'étendait jusqu'en Australie. « Schlangenberger était toujours si gentil, si bien élevé, un homme brillant et un gentleman. » Certains voyaient déjà en lui un candidat sérieux pour les plus hautes fonctions du pays. Christian le « bienfaiteur » disait toujours que, dans une affaire aussi délicate (le mot « archives » n'était jamais prononcé), il fallait garder à l'esprit le bien commun et se soutenir mutuellement. Ce que chacun faisait en toute discrétion, lui offrant son soutien.

La machine était bien rodée, estimait Christian. Les copies des dossiers, parfois les originaux déposés dans des coffres-forts étaient une assurance pour lui ; il n'entendait pas se servir de cet arsenal d'informations dans l'immédiat. Il se prenait pour le premier futurologue du pays. Comme le disait son mentor et principal protecteur, le grand Kröger : « Le dessert, camarades, on se le gardera pour plus tard. »

Le chemin vers la réussite était pourtant difficile, semé d'embûches, et il exigeait énormément de patience. Or la patience n'était pas le point fort de Christian. Il n'aimait pas évoquer sa période crépusculaire. Après la chute du Mur, il avait été obligé de disparaître pour un temps de la scène, de rester dans l'ombre et de se consacrer principalement aux affaires. Profitant du chaos ambiant provoqué par l'effondrement du communisme, et grâce à ses connexions dans l'ancien système, qu'il connaissait à la perfection, il développa un fructueux business avec Ernesto, son cousin par alliance et ami de longue date. Il créa ainsi Securitas City, une entreprise de surveillance, avec d'abord des filiales dans tout le pays, puis au-delà de ses frontières : en Pologne, en République tchèque et même en Suisse. Tout cela n'était qu'une activité commerciale et Christian s'en lassa rapidement. Il se sentait profondément déçu. Le grand Kröger disait pourtant : « Il faut parfois attendre patiemment de longues années avant de renaître, tel un phénix, de ses cendres. » Mais rien, dans cette époque de marasme, n'apportait de consolation à Schlangenberger.

Le temps, cependant, œuvrait en sa faveur. Personne, pas même lui, ne pouvait se douter que les changements surviendraient de manière aussi rapide et radicale dans le pays. Une fois de plus, il eut la confirmation que la mémoire humaine était sélective. Il observait avec étonnement le succès de ses anciens collègues dans l'Allemagne réunifiée, incapable de s'expliquer le nombre important d'électeurs qui, faisant fi de leur passé communiste, votaient pour eux. Ainsi des anciens indicateurs et autres apparatchiks se retrouvaient-ils nombreux à présent dans la fonction publique et les organes administratifs des territoires est de la nouvelle Allemagne. Dans l'État de Brandebourg, une région chère à son cœur, sur les vingt-six députés de gauche au Landtag, un sur quatre avait jadis travaillé pour la Stasi. Leur nouvel électorat, tout comme l'ancien d'ailleurs, celui de la RDA, commençait à ressentir personnellement les effets du capitalisme. Au début, ils évoquaient le bon vieux temps à voix basse, puis le clamaient de plus en plus fort et avec nostalgie : gratuité des soins médicaux, crèches ouvertes vingt-quatre heures sur vingt-quatre, bons d'achat, facilité de crédit, vacances en Bulgarie. La liste des bienfaits du socialisme était longue, de plus en plus longue, et cela se répercutait sur le vote.

— C'est normal, disait alors Ernesto, le cousin de Christian, en haussant les épaules. Pour qui voulez-vous qu'ils votent ? Pour les *Wessis*[1] ?

Christian ne pouvait que lui donner raison. Les *Ossis* ne s'entendaient bien qu'entre eux, tandis que les *Wessis* regardaient de haut leurs frères de l'Est. Il est vrai qu'une partie des *Ossis* était allée s'installer en Allemagne de l'Ouest, mais ils en étaient vite revenus.

— Un paysan, ça finit toujours par retourner dans sa cambrousse, lançait Ernesto en riant.

Ernesto était originaire du Chili. En 1973, il était arrivé en Allemagne avec son père et sa cousine, et n'était jamais retourné dans son pays natal. À présent, le Chili ne représentait plus pour lui qu'une terre lointaine. Ernesto avait dix ans à l'époque, son père s'était suicidé, et le garçon s'était retrouvé seul avec sa cousine Leticia. Une bien triste histoire, enfouie sous une avalanche d'événements successifs.

La plupart de leurs anciens camarades dont les noms, à leur si grande surprise, figuraient sur les listes électorales, avaient fait leurs études dans une école d'élite à Potsdam, l'*Akademie für Staats- und Rechtswissenschaft der DDR*[2]. L'*Akademie* formait les futurs ministres, juges, diplomates ou généraux, certains moins doués que d'autres, mais tous d'une fidélité absolue au système, des apparatchiks dont la RDA avait grandement besoin en ces temps difficiles. Considéré comme l'un

1. Dans le langage courant, le mot allemand « Wessis » désigne les personnes originaires de la RFA (République fédérale d'Allemagne) d'avant la réunification. « Ossis » est employé pour les ressortissants de l'ancienne Allemagne de l'Est. (*N.d.T.*)

2. *Deutsche Akademie für Staats- und Rechtswissenschaft der DDR* : Académie allemande de sciences politiques et juridiques de la RDA.

des meilleurs étudiants de l'histoire de l'école, Christian était sorti major de sa promotion. Le directeur de l'établissement, Herbert Kröger, l'avait immédiatement repéré et avait perçu en lui une âme sœur. Il avait pris sous son aile son brillant élève et encourageait ses aspirations, comme celle de poursuivre ses études à Moscou et de se lancer dans une carrière jugée difficile. En vérité, le directeur aurait préféré que Christian devienne ministre, mais ce dernier lui avait expliqué qu'il devait d'abord acquérir de l'expérience, faire ses preuves. Kröger ne pouvait qu'approuver. Lui-même avait dû se démener longtemps avant d'obtenir son poste dans l'enseignement supérieur. Né en 1913 à Dortmund, Herbert Kröger était un homme durement éprouvé par le destin. Membre du parti nazi, le NSDAP, et soldat SS au grade d'*Oberscharführer*, il était encombré d'un lourd passé. Néanmoins, poussé par ses ambitions, assoiffé d'expériences nouvelles, il s'était épris de l'idéologie communiste après la guerre, alors qu'il se trouvait en captivité chez les Soviétiques, et avait tissé des liens avec Wilhelm Zaisser, celui-là même qui allait devenir le premier chef de la Stasi, en 1950. Ses nombreuses relations avaient permis à l'*Oberscharführer SS* Kröger de développer des activités professionnelles juteuses et de mener une vie heureuse dans une Allemagne de l'Est antifasciste et libérée de l'idéologie du NSDAP. Après avoir abandonné sa carrière universitaire, il avait occupé des fonctions importantes au sein du gouvernement de cette nouvelle Allemagne, représentant le pays sur le forum international. Il avait notamment dirigé durant trente ans le Conseil des droits de l'homme. Christian n'avait jamais oublié l'enseignement dispensé par le directeur de l'école. S'il avait connu son passé « trouble », Kröger aurait bénéficié à ses yeux d'un prestige plus grand encore. Quoi qu'il en soit, c'est bien Kröger qui s'évertuait à lui répéter : « Les grands hommes finissent toujours dans un ministère. »

Le premier discours politique de Christian passa à la postérité.

Il avait choisi la meilleure stratégie possible, devançant son époque. Le fait est qu'il misait toujours sur l'avenir. Sa tactique initiale, soigneusement réfléchie, était d'une simplicité confondante et, comme il l'avait prévu, d'une efficacité redoutable. En un mot, Christian Schlangenberger s'était surpassé.

— Génial ! s'exclama Ernesto, émerveillé.

— Incroyable, patron, tout simplement incroyable ! ajoutèrent, triomphants, Irma et Frank Derbach, son premier staff électoral.

Les coups de poing sur le pupitre et la voix douceâtre et paternaliste de ce sexagénaire, encore bel homme et à l'allure sportive, avaient pour objectif de rappeler aux femmes oubliées de l'ancienne RDA qui elles étaient, d'où elles venaient et quel pourrait être désormais leur avenir. Et lui – LUI, Christian Schlangenberger – allait les aider ! Ce fut un moment historique pour son nouveau parti, ou celui qu'il avait retrouvé, plus précisément. Composé à quarante pour cent de femmes. Dorénavant, celles-ci allaient constituer son nouvel électorat.

« C'est le communisme, système tant décrié aujourd'hui, qui a contribué à l'essor du féminisme, chères camarades, il a permis aux femmes d'entrer dans l'industrie lourde et les a autorisées à conduire un tracteur. C'est le communisme qui a envoyé Valentina Terechkova dans l'espace, qui a incité massivement les femmes à travailler. Oui, le communisme ! » hurlait Christian du haut de son estrade, laissant une forte impression auprès de la gauche féministe, mais aussi de l'ensemble de son auditoire.

« Et c'est encore le communisme qui a construit des centaines de crèches et d'écoles maternelles, qui a martelé des slogans sur l'égalité des sexes, mais n'étaient-ce que des slogans, mes chères camarades, n'étaient-ce que des slogans ?! » Là-dessus, Christian s'était interrompu pour saluer les dames présentes dans la salle et tandis qu'il leur souriait, de beaux jeunes gens leur distribuaient des fleurs. Mais pas les œillets classiques, qui rappelaient trop une époque ancienne, non ! Des roses ! Symbole du renouveau, d'un futur meilleur !

Comme au bon vieux temps, des applaudissements nourris firent trembler la salle de congrès de Berlin-Est ; tout le monde applaudissait, les jeunes filles de l'Ouest et celles de l'Est, les serveuses, et même les employées du vestiaire ; les dames du premier rang se levaient de leur chaise…

« Qui sommes-nous, mes amis, chères militantes et chers militants, qui ? poursuivait Christian Schlangenberger, le nouveau messie de la nouvelle Ligue des Femmes. D'où venons-nous ? Nous sommes des anciens de la RDA ! Voilà la vérité. Il ne faut pas en avoir honte ! C'est ici que nous avons grandi ! Ici ! »

Il avait poursuivi son discours une dizaine de minutes encore, suscitant de telles vagues d'émotions que, pour le protéger, de solides gaillards de Securitas City avaient fini par l'évacuer de la salle.

Schlangenberger hérita ainsi du titre de plus grand défenseur de la cause féminine et de plus grand réformateur de l'histoire de l'Allemagne. Quelle merveilleuse entrée en politique. C'eût été sacrilège de gâcher de tels débuts. Même s'il était loin d'approuver les idées qu'il prônait, Schlangenberger, l'apprenti féministe, s'investissait avec passion et conviction dans son premier grand rôle en démocratie.

Il fit son show, démontrant ainsi son enthousiasme pour les droits des femmes. Seul un grand homme est capable de convaincre et d'entraîner des foules entières derrière lui, quelqu'un d'authentique dans tout ce qu'il entreprend, de totalement dévoué. Mais seul un génie, dépourvu de toutes ces qualités, peut mentir de manière aussi persuasive. Le voilà, le roi des hypocrites, le plus grand imposteur que le mouvement féministe ait jamais connu, Christian Schlangenberger, un menteur titulaire d'un diplôme de psychologie de l'école soviétique.

Il percevait parfaitement les humeurs et les tendances. Peu de choses avaient changé depuis toutes ces années. Certes, à une époque, les femmes avaient conduit des tracteurs, réparé des voitures, travaillé à l'usine, mais hier comme aujourd'hui, personne, au parti, n'était dupe. Tout en restant politiquement correct, on estimait dans les hautes sphères que la vraie politique était une affaire d'hommes, point final. Les femmes constituaient un bon pilier, une base solide, mais ne nous leurrons pas, messieurs ! À de rares exceptions près, comme la chancelière Merkel, par exemple, une femme reste une femme. La politique n'est pas faite pour les femmes, mais ça, on ne peut l'affirmer qu'autour d'une bière ou d'une vodka, ou encore d'un poker, chez Herz, jamais on ne l'avouera officiellement dans les cabinets ministériels. Dans les ministères, il convient de serrer la main des politicardes. Des politiciennes ? Des femmes politiques ?

— On les emmerde ! s'esclaffait Christian en levant sa chope de bière et en lançant un clin d'œil à ses compères.

— On les emmerde ! renchérissaient ses compagnons de jeu.

Depuis deux ans, Christian était à la tête de son groupe parlementaire au Landtag mais, au vu de ses projets, de ses aspirations, cela ne représentait rien du tout. Il avait encore beaucoup à rattraper, il voulait vivre pleinement, il se sentait fort, il était quelqu'un, un homme de plus en plus puissant, de plus en plus influent, il le constatait chaque jour. Un homme comme lui, qui se trouvait sur un piédestal, ne pouvait permettre qu'un seul fichier, une seule page, une seule ligne de dossiers compromettants voient le jour. Tous ces documents indésirables devaient disparaître à jamais. Christian jouait son va-tout. Tenus avec une méticulosité de bénédictin, les rapports de la Stasi prouvaient noir sur blanc que Christian Schlangenberger était un officier particulièrement brillant et zélé, auquel le renseignement de l'ex-RDA devait beaucoup. En particulier, une longue collaboration – fructueuse, quoique compliquée parfois – avec les services frontaliers bulgares. Schlangenberger avait mis en place un système pour traquer les fugitifs de RDA qui tentaient de passer en Grèce ou en Turquie. Pour chaque fugitif, mort ou vif, une prime était prévue. Ce système faisait partie d'une opération secrète de plus grande envergure, une mission spéciale, qui lui avait été confiée, à lui, Christian Schlangenberger, le meilleur des agents, le seul capable de la mener à bien.

Vers la fin des années soixante-dix, une série de disparitions avait ainsi été programmée. La procédure, toujours la même, s'inspirait des bonnes vieilles méthodes, maintes fois éprouvées. Elle s'appliqua à vingt-sept opposants tchèques, polonais et hongrois. Sur leur lieu de travail, ces activistes gênants (ou des membres de leur famille) se voyaient proposer des séjours en Bulgarie

– très populaires à l'époque – dans des villes balnéaires ou bien en montagne. Pendant le trajet vers les Sables d'or, par exemple, ou Albena, parfois Mitchourine, ils étaient victimes d'accidents de la route. De noyades. Ou bien ils disparaissaient, tout simplement. Chaque opération était soigneusement planifiée et devait être menée à la perfection. Pas plus d'un « malheureux accident » par ville. Les témoins éventuels, extrêmement rares, étaient liquidés.

Connues en RDA, Bulgarie, Pologne, Tchécoslovaquie et Hongrie sous le nom de code « Le Magicien », ces opérations faisaient partie des enlèvements les mieux organisés de cette époque. Jamais personne n'a soupçonné ni découvert quoi que ce soit. Jamais personne n'a mis en doute les circonstances de ces accidents.

Aussitôt après la chute du Mur, tous les dossiers concernant cette mission spéciale s'étaient volatilisés. Des archives allemandes, mais également polonaises, tchèques et hongroises. S'il existait encore une quelconque documentation sur cette opération, ce ne pouvait être qu'au ministère bulgare de la Défense, lointain et inaccessible. Tous les documents, tous sans exception, qui pouvaient avoir un rapport avec ces histoires du passé devaient disparaître. Et ils disparurent en effet. La nostalgie des soutiens de Schlangenberger et ses semblables – plus importants, plus puissants encore – dans les pays de la nouvelle Europe avait probablement ses limites. Malheureusement, dans les registres de la Stasi, il restait toujours des traces concernant la personne de Christian Schlangenberger. Aussi la disparition des kilomètres d'archives apporta-t-elle à ce dernier une sérénité espérée depuis longtemps. Mieux encore, ses chances d'embrasser le poste le plus important de son parti avaient considérablement augmenté. Et plus

Christian Schlangenberger se hissait haut, plus il en voulait.

Tout aurait été parfait, si seulement…

Le 6 janvier 2011, à 8 h 15, Christian Schlangenberger terminait son entraînement matinal habituel. Lorsque sa coach (une belle femme, un peu trop musclée à son goût) était sortie, il avait suivi pendant quelques instants une chaîne d'informations en continu. À neuf heures, il avait éteint la télévision, pris une douche froide, revêtu un beau costume noir et s'apprêtait à se rendre à l'université pour une célébration sans grand intérêt. Il devait y recevoir un prix – prestigieux, apparemment –, unique raison pour laquelle il se déplaçait. Il prononcerait un discours, qui serait suivi d'applaudissements. Puis il serait convié à un bon dîner, discuterait avec le recteur en buvant un peu de vin. Le recteur porterait un toast à ses succès en politique et soulignerait son amour pour la démocratie. Christian porterait le deuxième toast, en l'honneur du recteur, de l'université, des étudiants. Après quoi, il retrouverait Félicia. Le meilleur moment de la journée.

Les choses se seraient passées ainsi si, à 9 h 10 précises, le facteur n'avait pas sonné à la porte.

— C'est pour toi, chéri, l'avait appelé Leticia, son épouse, prête à sortir.

Dans son costume Chanel clair, elle était particulièrement à son avantage mais, lorsque Christian la regardait, il était de plus en plus souvent frappé par sa ressemblance avec Ernesto.

Sur le seuil de sa spacieuse villa de Potsdam, il avait rapidement signé le reçu, pressé par sa femme (« Ta cravate, chéri, ta cravate est de travers ! ») et par son chauffeur (« Patron, vous êtes déjà en retard ! »). Il recevait rarement du courrier important à son adresse privée, il était d'autant plus étonné. À 9 h 20, il avait ouvert la grande enveloppe bleue. Il en avait sorti le contenu. L'avait posé sur la table. Fixé des yeux.

Vingt photos numérotées se trouvaient devant lui.

Son chauffeur klaxonnait, Leticia disait quelque chose ; comme dans un mauvais film, le temps s'était suspendu.

Finalement, il n'avait vu personne ce jour-là. Et il n'était allé nulle part.

Un mois plus tard, une nouvelle lettre était arrivée. Cette fois, elle contenait dix photos numérotées. Les enveloppes bleues arrivaient désormais de manière très régulière, le premier mardi du mois. Au bout de quatre mois, Schlangenberger était en possession de quarante photographies, et il savait parfaitement quelle image en surgirait à la fin.

Elle le représentait lui, Christian, des gardes-frontières bulgares et le corps d'un jeune homme de dix-huit ans, Michael W., un fugitif de Leipzig, abattu en 1980 alors qu'il tentait de passer en Grèce. Le malheureux avait reçu deux balles et s'était vidé de son sang près du massif montagneux de Pirin, au sud de la Bulgarie, à cent cinquante mètres de la frontière grecque. On ne voyait pas son visage, car il manquait encore une dizaine de photos pour compléter l'ensemble, mais Christian était certain qu'il s'agissait bien de Michael W.

Durant des années, Schlangenberger avait évité la frontière bulgare comme la peste. Il ne s'y était rendu qu'une seule fois, en 1980, justement. La photo avait forcément dû être prise à ce moment-là. L'un des officiers avait insisté pour lui montrer le corps afin de lui prouver que les soldats effectuaient scrupuleusement leur travail. Et maintenant, il avait sa photo-souvenir

– lui et le cadavre de Michael W., ensemble, au premier plan.

La situation exigeait une réaction rapide, Christian devait immédiatement mobiliser tous ses contacts et se concentrer au maximum. Et ce dans une discrétion absolue. Quelques jours plus tard, il en avait appris déjà beaucoup. Par exemple, que les parents de Michael W. étaient morts dans les années quatre-vingt-dix, et que Michael était leur unique enfant. Il avait un oncle, qui souffrait de démence sénile et vivait depuis quelques années dans une maison de retraite en Suède. Il était donc peu probable que la photo lui ait été envoyée par un membre de la famille.

Ce ne pouvait pas être non plus l'officier zélé Voloykov, qui l'avait convaincu de venir voir le corps, puisqu'il était mort voilà bien longtemps. Il s'était tiré une balle dans la tête. Les autres soldats, Christian ne les reconnaissait pas. Hormis le sien, tous les visages étaient flous. Il s'ingénia néanmoins à les retrouver tous, ce qui n'était pas bien compliqué, étant donné que la plupart des anciens gardes-frontières étaient devenus vigiles dans les divers centres commerciaux entre Sofia et Bourgas. Beaucoup étaient déjà à la retraite. Aucun d'eux n'était le mystérieux expéditeur.

La dernière missive lui était parvenue de Sofia, cependant Christian doutait fort qu'elle ait été expédiée par un Bulgare. D'après les tampons de la poste, les courriers provenaient de différentes villes d'Europe. De nombreuses empreintes avaient été retrouvées sur les enveloppes, mais aucune sur les photos, ce qui signifiait qu'il s'agissait de l'œuvre d'un professionnel. On voulait le faire chanter, se venger, lui faire peur, ou peut-être les trois à la fois.

Il n'avait aucun indice. Il établit d'abord une liste

de suspects potentiels, qui comportait trente-six noms. Dans un premier temps, il enquêta sur tous ceux qui l'avaient aidé à liquider les dossiers concernant ces opérations. Puis sur toutes les personnes qui lui avaient rendu çà et là divers services. Il n'imaginait pas avoir des ennemis dans ce milieu mais, lorsque rien n'est sûr, tout est possible. Il commença par ses amis et termina par ses ennemis, mais avait de plus en plus de mal, à vrai dire, à discerner les uns des autres. À la fin de la liste se trouvaient quelques directeurs et employés de musées, dont un fondateur d'archives privées, un certain Burkhard Seidel. En ce qui concernait ce dernier, les suppositions de Schlangenberger avaient été rapidement confirmées : Seidel s'appelait en vérité Seiden. Un juif, donc, de Leipzig. À cause du couple Seidel, Christian avait eu autrefois de sérieux ennuis. Leurs fils, des jumeaux, avaient décidé de quitter le pays en passant par la Grèce. De fuir. Ils avaient péri sur place. Les Seidel avaient été informés de leur tentative. Christian, pourtant, ne cessait de le répéter : « Moins on en sait, mieux on dort ! » Pris d'un élan de sincérité, quelqu'un, dans les hautes sphères, n'avait pas su tenir sa langue. Dieu sait comment, grâce à l'intervention d'un idiot quelconque au parti ou ailleurs (Christian ne l'a jamais su), M. et Mme Seidel avaient réussi à se rendre en Bulgarie. Ils avaient pu voir les corps avant qu'ils ne soient incinérés et les cendres avaient été envoyées par avion à Leipzig, via Berlin.

D'après le procès-verbal du 14 juillet 1985, les parents s'étaient comportés de manière très raisonnable. Ils avaient regardé leurs fils assassinés du bon côté, c'est-à-dire le droit, le moins abîmé. Hélas ! Donne un doigt au diable, il voudra toute la main. Christian le disait toujours : « Reste sagement dans ton coin, fais mine de ne rien savoir… » Bref, il avait dû intervenir personnellement et discuter avec les parents des jeunes gens. Comme si cela ne suffisait pas, un abruti de soldat avait cité son nom en leur annonçant distinctement que le lieutenant Schlangenberger allait venir leur parler. L'entretien n'avait pas suffi. Peu après, les Seidel avaient commencé à envoyer des lettres à droite et à gauche, tentant d'agir par eux-mêmes, au point qu'il avait dû les convoquer pour une nouvelle entrevue, histoire de les effrayer. Seidel reçut quelques coups dans un coin sombre, on lui fit comprendre qu'une chose terrible pourrait advenir à son épouse. En définitive, ils laissèrent tomber pour de bon. Quelques années plus tard, les premières fissures étaient apparues sur le rideau de fer, et finalement, en 1989, le consul de RDA à Sofia avait évoqué des « tirs intentionnels, causant la mort de jeunes gens innocents ». Ce qui redonna des ailes aux Seidel. Ils engagèrent aussitôt un avocat en Allemagne, et un second en Bulgarie. S'appuyant sur l'article 115 du Code pénal bulgare, ils déposèrent une plainte pour meurtre, qui leur donna accès à tous les comptes-rendus. Comment s'y étaient-ils pris ? Ça, Christian ne le comprenait toujours pas. Les Seidel avaient retenu que la tête et la nuque présentaient des lésions sans aucun lien avec les coups mortels. Étaient-ce les traces d'une chute ? D'une bagarre ? Voulant apprendre à tout prix comment étaient morts leurs fils, les Seidel avaient fini par obtenir la réouverture du dossier, et intenté une action en justice contre le capitaine Voloykov. Ce dernier ne l'avait pas supporté. Il s'était suicidé. Il en savait trop sur bon nombre de gens influents.

Schlangenberger suivait fébrilement cette affaire, il connaissait très bien Voloykov, mais comment aurait-il pu intervenir ? Ses anciens alliés faisaient marche arrière, leurs opinions politiques avaient changé ; certains appartenaient maintenant à un autre parti, d'autres se tenaient tranquilles, comme lui. C'étaient des temps difficiles. Le temps des Seidel et autres désespérés. Le temps des épreuves pour les faibles comme Voloykov ou les forts comme Schlangenberger. Le début des années quatre-vingt-dix.

Heureusement pour Christian et les autres, les procureurs berlinois avaient expliqué aux Seidel que seul le tribunal bulgare était compétent pour rejuger l'affaire, et que leur unique recours désormais était d'intenter un procès en Bulgarie. Mais ils venaient précisément de le faire. Voloykov s'était suicidé, qui accuser maintenant ? Leur dossier était vide. La procédure fut gelée à la fin de 1994. La mère des garçons décéda peu de temps après. Seidel laissa tomber l'affaire définitivement.

Mais il fallait se méfier des juifs ! comme le martelait déjà le père de Christian : « Jamais ils ne te laisseront en paix, mon fils. » Les paroles prophétiques de Schlangenberger senior s'étaient incrustées dans l'esprit du rejeton et restaient suspendues, telle une guillotine, au-dessus de sa tête. Contrairement aux slogans et aux principes fondamentaux du programme de son parti, Christian détestait les juifs, les gays et autres « déviants ». Ce qu'il avait découvert dans le courrier de Seidel lui prouva que son père et lui avaient raison. Les pommes véreuses devaient être éliminées. Sur-le-champ. Son idée initiale de se débarrasser des Seidel était parfaitement judicieuse. Malheureusement, à la fin des années quatre-vingt, ses supérieurs ne voulaient pas d'ennuis supplémentaires en Bulgarie, et surtout pas de publicité. Quelques mois plus tard, les anciens apparatchiks n'avaient plus leur mot à dire. Les Seidel s'en étaient tirés à bon compte.

À présent, grâce à une enquête approfondie, Christian réalisa que Seidel n'avait rien à voir avec les photos mais, comme on dit : ennemi un jour, ennemi toujours. Il décida de le surveiller d'un peu plus près, lui et son fameux musée de Leipzig. Qu'en était-il exactement ? Frank Derbach, qui avait enquêté en Allemagne sur toutes les personnes figurant sur la liste, essayait de rassurer Christian, de le tempérer : « À trop vouloir remuer des affaires enterrées depuis longtemps, elles finiront par sentir mauvais, insistait-il. Pourquoi donc effaçons-nous toutes les traces ? Ce n'est pas pour aller ensuite nous fourrer dans la gueule du loup ! » Christian écoutait Frank avec la plus grande attention. « Que Seidel et ses semblables s'occupent de leurs petites archives ! Ce sont des parasites inoffensifs, poursuivait Frank Derbach. Mais quand tu remues la merde, ça pue. Il ne s'est rien passé durant toutes ces années, pourquoi cela devrait-il commencer maintenant ? »

Étudiant zélé, Christian devait beaucoup à Kröger. Il avait aussi énormément appris durant ses études à Moscou, notamment que les apparences pouvaient être trompeuses et qu'il convenait toujours de se méfier des certitudes. À présent, il était lui-même un maître pour les autres, un chef d'opposition de plus en plus influent. Fort de ses convictions, il ne discutait pas avec Frank, il ne voulait pas le contredire, mais savait à quoi s'en tenir. Un jour ou l'autre, il faudrait bien faire le ménage et mettre les choses au clair. Le chef, c'était lui. C'est lui qui savait, qui tranchait, qui prenait les responsabilités. Frank était juste un ingénieur doué, un compagnon, un ami, rien de plus. Christian faisait confiance à ses plus proches collaborateurs, mais il avait parfois l'impression que Derbach ne jouait pas franc-jeu avec lui, surtout lorsqu'il se montrait trop insistant, essayant à tout prix de le convaincre. Aussi avait-il fait surveiller Frank, pour en avoir le cœur net mais, depuis maintenant plusieurs mois, il n'avait plus la tête à ça. Les courriers qu'il recevait avec les photos avaient éclipsé tout le reste.

Christian avait fini par connaître le contenu de trente-six boîtes mails, trente-six comptes bancaires, ainsi que des centaines de petits secrets qui ne lui serviraient à rien. Une chose était sûre : aucun des individus soupçonnés ne lui avait envoyé ces photos. Après deux mois d'enquête, il élargit sa liste de suspects potentiels à quatre-vingts noms : depuis ses concurrents politiques jusqu'à ses anciennes maîtresses. Les recherches coûtaient une fortune. Il en était ressorti que la plupart des personnes en question étaient décédées ; les autres n'avaient aucun rapport avec les lettres.

Pour la première fois de sa vie, Schlangenberger était confronté à une affaire qu'il ne maîtrisait pas. Tout était décidé par un expéditeur inconnu. Un expéditeur fantôme. Il se consolait à la pensée que l'explication arriverait bientôt, que l'attente s'achèverait enfin. En mai, il recevrait les dernières photos qui compléteraient l'image. On verrait Michael W. en entier – ses mains, son corps et son visage. Le maître chanteur se révélerait, formulant ses exigences. Christian prendrait alors une décision. Pour l'instant, il ne lui restait qu'à attendre.

Il attendait.

Chaque premier mardi du mois se déroulait de la même façon : après un léger somme, il se levait fatigué, avec un mal de crâne, les muscles tendus. Impuissant, il observait ses cernes sous les yeux. Il retrouvait un peu d'allant vers le milieu du mois, mais très vite il était de nouveau préoccupé par le mardi qui, fatalement, surviendrait. Une nuit, il fut réveillé par un cri. C'était lui qui criait. Dans son sommeil. Cela allait de mal en pis. La situation avait de fâcheuses répercussions sur sa vie privée. Il était obligé de passer la nuit à la maison. Il n'avait pas l'intention de crier d'effroi en présence de Félicia. Sa femme lui tapotait patiemment les joues, lui préparait des compresses chaudes ; le soir, elle plaçait sur sa table de chevet des infusions de plantes censées l'apaiser.

Il devait réagir. Sans tarder.

Il décida d'emménager pour un certain temps dans son tout nouvel appartement.

Le mardi 3 mai 2011 arriva enfin. Schlangenberger attendit la lettre. En vain. Aucun courrier ne lui parvint ce jour-là.

Le mardi passa, puis le mercredi et le jeudi. La semaine entière. Mais rien ne se produisit. Personne n'appela, personne ne se présenta. Pas de lettre. Pas de photos. Rien.

Deux semaines s'écoulèrent ainsi.

Schlangenberger avait le choix : devenir fou ou s'attaquer à son planning du jour, comme si de rien n'était. Bien sûr, il n'était pas question de se laisser aller à la folie, il avait trop les pieds sur terre et il pensait de manière rationnelle. Par ailleurs, il ne croyait pas aux miracles. Ni aux chimères. Jamais il n'avait pris les vraies menaces à la légère. Il savait pertinemment que personne n'abandonnerait un jeu qui promettait de rapporter beaucoup. Il flairait le danger, redoutant le coup fatal. Quand tomberait-il ? Cela, il l'ignorait. Tout ce qu'il savait, c'est que la Bulgarie était pour lui une véritable catastrophe, et que nul ne pourrait le sortir de ce bourbier. Aussi depuis le mois de janvier se tenait-il en état d'alerte.

Mais à présent il se sentait fatigué et s'accordait le

droit à l'illusion : tout ce qu'il s'était ingénié à construire depuis des années ne pouvait pas s'effondrer du jour au lendemain à cause d'une simple photo. Il s'était déjà tiré d'un bien plus mauvais pas.

Le hic, c'est qu'il avait beau se raisonner le jour, la nuit avait ses propres règles. Un cauchemar, toujours le même, venait le hanter régulièrement : il se trouve dans une salle de dissection, il a froid. Il est debout face au cadavre de Michael W. Mais il ne voit que ses pieds. Voloykov, l'officier garde-frontière, lui explique qu'ils ont déjà reçu des centaines de pieds identiques, si ce n'est des milliers, puis il lui tend une lettre. Il sourit à Christian, met brusquement son pistolet dans la bouche et appuie sur la détente. Christian à son tour met le canon de son pistolet dans sa bouche, appuie et… Que se passe-t-il ensuite ? Il l'ignore. Il fait nuit. Fin du cauchemar.

En ce début d'après-midi, Christian Schlangenberger était assis au Vieux Fritz et contemplait, songeur, les eaux bleues du lac Wannsee.. Il se sentait fatigué, il n'avait pas bien dormi la nuit précédente. Dehors, il pleuvait. Il devait voir Félicia en fin de journée, il voulait lui montrer son nouvel appartement et lui avait préparé une surprise. L'idée de passer un agréable moment avec sa maîtresse chassa les images de son cauchemar et fit même revenir un sourire sur son visage. Des gens avec un pistolet pointé contre la tempe, il en avait vu bien souvent, il lui était arrivé de tenir lui-même le pistolet. Assez de ces rêves cauchemardesques, assez de cris et de problèmes ! Il devenait ridicule en vieillissant.

Le serveur s'approcha, une bouteille de Clos Erasmus à la main, le vin préféré de Christian.

— Monsieur désire la « même chose » tout de suite ?

« Monsieur » acquiesça et rendit la carte. Le relâchement lui avait ouvert l'appétit et attisé ses envies sexuelles. À cette heure-là, il avait l'habitude de boire du vin, attablé ici avec son fidèle camarade qui, curieusement, était en retard. C'est dans cette loge que Christian réglait les affaires importantes, jamais à son bureau ni chez lui. C'est ici qu'il donnait rendez-vous à des gens influents, ministres, procureurs, juges. Qu'il réglait les affaires avec Frank Derbach, notamment.

Mais ce n'était pas Frank qu'il attendait aujourd'hui.

Christian s'enfonça confortablement dans son fauteuil. La blonde assise à la table proche de sa loge avait un dos splendide et les cheveux coiffés en chignon. Elle discutait à mi-voix avec un chauve qui semblait un peu plus âgé que Christian. Le simple fait de constater qu'un type plus vieux que lui s'amusait avec une toute jeune femme lui procura du plaisir. Il aimait les femmes. Toutes les femmes. De plus, la jolie blonde l'excitait.

Il commanda une deuxième bouteille de vin.

Ernesto, la deuxième personne de confiance de Christian après Frank Derbach – la troisième, peut-être, car il fallait compter avec l'irremplaçable Irma –, avait déjà dix minutes de retard. Depuis qu'il observait la blonde, l'attente était un peu plus supportable. Quand il retrouverait Félicia ce soir, il lui demanderait de relever ses cheveux en chignon et ils s'adonneraient à leur activité habituelle, devenue bien trop rare ces derniers temps.

Le restaurant était presque vide. Hormis la blonde et son compagnon, Christian remarqua un petit vieux attablé dans un coin de la salle. En parlant de gens de son âge, il disait toujours « des petits vieux », persuadé que lui-même ne faisait pas encore partie de cette catégorie.

Ernesto arriva au moment où le compagnon de la blonde réglait l'addition.

La jeune femme se leva. Schlangenberger la voyait de profil, il regarda avec convoitise ses hanches, ses épaules charnues et ses gros seins. La blonde se retourna et le dévisagea rapidement. Christian connaissait trop bien la gent féminine pour ne pas déceler dans ce regard une lueur d'envie. Il frissonna de désir. Elle avait un sublime teint nordique et ce petit quelque chose dont peu de femmes pouvaient se vanter : du sex-appeal. L'homme jeta délicatement un châle sur les épaules de sa compagne, lui enlaça la taille, et ils quittèrent le restaurant. Christian appela le garçon et lui chuchota quelque chose à l'oreille, puis il glissa plusieurs billets froissés dans la poche de son frac. Le garçon sourit en faisant un rapide calcul dans sa tête. Mettre discrètement la blonde en contact avec Christian Schlangenberger ne poserait pas de problème. La devise du restaurant précisait bien : « DISCRÉTION ABSOLUE. SERVICE RAPIDE ». Le client exige, le client obtient – surtout un client tel que celui-ci. C'est précisément pour ce genre d'avantages que Schlangenberger appréciait autant cet établissement.

Ernesto attendit patiemment.

— Quoi de neuf ? lui demanda Christian d'un ton redevenu professionnel.

— J'ai quelque chose à vous dire, répondit Ernesto en regardant autour de lui. Allons plutôt à l'extérieur.

Schlangenberger reposa son verre. Ernesto – son homme de confiance, le cousin de son épouse, camarade de longue date et compagnon fidèle – était toujours à l'heure ; il devait donc y avoir une bonne raison à son retard. Qui plus est, ils n'allaient jamais dehors pour discuter. L'affaire paraissait grave.

Ernesto était au courant pour les photos. C'est lui qui était chargé d'en établir la provenance. Lui et Frank Derbach. Schlangenberger n'avait pas de secrets pour ces deux-là, et c'était réciproque. Malgré leur différence d'âge, ils se trouvaient dans le même bateau. À l'époque où Christian débutait sa carrière, Ernesto et Frank étaient encore des enfants, mais bientôt eux aussi allaient rendre d'énormes services à leur patrie : la République démocratique allemande. Tous trois se connaissaient depuis de longues années et avaient surmonté ensemble de nombreux obstacles. Frank devait donc s'occuper de l'affaire des photos en Allemagne ; Ernesto, lui, enquêtait à l'étranger, une mission bien plus difficile. Depuis quelque temps, Frank ne semblait plus être lui-même. Pourtant, il buvait nettement moins. Christian lui avait toujours dit que l'alcool le conduirait à sa perte. Bien sûr, il n'y avait pas de mal à boire de temps en temps, mais pas au point d'en perdre la tête. Même si, en apparence, rien n'avait changé au cours de ces derniers mois, même si Frank continuait à accomplir son travail sérieusement, quelque chose avait dû se produire, Christian avait l'impression qu'il avait perdu son énergie habituelle. L'affaire des dossiers de la Stasi l'avait-elle épuisé à ce point ? Peut-être, tout simplement, Frank était-il plus performant après une bonne cuite.

Christian lui avait néanmoins transmis la liste des noms, et Frank ne l'avait pas déçu, il travaillait toujours consciencieusement. Ernesto, certes, paraissait dorénavant plus efficace, mais après tout, les recherches sur le terrain étaient sa spécialité. C'est donc à lui que Schlangenberger avait confié la tâche la plus ardue, et Ernesto voulait s'en acquitter à tout prix, avec trop de zèle d'ailleurs, parfois. Du sang chilien coulait dans ses veines ! Christian avait bien connu les années soixante-dix. Les Latinos écervelés et arrogants qu'il fréquentait à cette époque atteignaient rarement la quarantaine, alors qu'Ernesto l'avait dépassée depuis longtemps. Christian scrutait et analysait chacun de ses mouvements. Il savait que, pour gagner sa confiance, Ernesto rivalisait depuis longtemps avec Frank et qu'il faisait des affaires derrière son dos. Ce n'était pas grave, on a tous besoin de s'éclater un peu. Ernesto faisait partie de la famille. La famille ! Qu'était-ce au juste ? Leticia, son père, son fils, sa fille, Ernesto ?

Christian était capable de pardonner beaucoup à Ernesto et à Frank, il fermait parfois les yeux sur leurs petites magouilles. Tous les deux étaient orphelins. À l'époque où il recrutait des jeunes pour en faire de nouveaux cadres du parti, il prospectait souvent dans les orphelinats. Les orphelins étaient les plus malléables, idéologiquement. Il avait trouvé Frank dans un orphelinat de Leipzig. Ernesto et Leticia, eux, avaient grandi dans un village près de Halle.

Frank et Ernesto étaient doués, inventifs et malins, mais très différents l'un de l'autre. Frank, le philosophe, toujours pensif, excellent orateur, avait une préférence pour le travail administratif ; Ernesto, un homme d'action, tenait difficilement en place. Christian avait conseillé à Frank de poursuivre des études, il lui avait même suggéré une école. Et il avait eu raison. En trois ans, le garçon terminait la prestigieuse *Akademie* avec distinction. Pas de chance, c'était en 1989 !

Avec Ernesto, les choses s'étaient passées tout autrement. Il n'était pas prédisposé pour les études. Il débordait d'énergie. Christian avait d'abord cru qu'il souffrait du syndrome d'Asperger, même si les tests ne l'avaient jamais confirmé. L'intérêt démesuré d'Ernesto pour sa cousine, ses capacités manuelles extraordinaires et la facilité de contact avec ses camarades, tous ces éléments contredisaient clairement les soupçons de Christian, mais rien ne pouvait le faire changer d'avis. Il avait sa propre théorie ; selon lui, les tests n'étaient qu'un jeu d'enfant pour cet esprit rusé. Il était persuadé qu'Ernesto, s'il le voulait, savait parfaitement feindre la normalité.

— Tu n'as pas besoin de faire des études, avait-il expliqué au garçon, visiblement très déçu.

En guise de consolation, il lui confiait des tâches bien plus responsables qu'à Frank. Ernesto savait l'apprécier, il s'en réjouissait même, mais il n'en restait pas moins jaloux de Frank, de son instruction, de sa relation avec Christian, de tout. En vérité, c'est du « syndrome de Frank » qu'il souffrait. Croyant, dans sa naïveté, pouvoir garder le secret, il s'était mis à étudier discrètement l'informatique. Il passa des examens et, deux ans plus tard, obtenait son diplôme. Christian n'approuvait pas sa démarche, persuadé qu'un diplôme ne guérirait pas Ernesto de ses complexes mais, comme ce dernier ne manquait jamais à ses devoirs envers lui, et que ses études « secrètes » n'influaient pas sur la qualité de son travail, il ne disait rien. Il avait besoin de l'un comme de l'autre et faisait de son mieux pour partager entre eux son attention, son attachement et… les missions. Jamais ils ne l'avaient déçu. Ils étaient de loin les meilleurs. Christian était donc convaincu que si Ernesto ne parvenait pas à établir qui envoyait ces damnées photos, personne ne pourrait le faire. Ils avaient au moins acquis la certitude que ce n'était pas quelqu'un de proche, mais un étranger. Une putain de canaille !

Ils venaient tout juste d'en terminer avec les archives de la Stasi, et voilà un nouveau souci !

Christian fut surpris par la gravité qui se lisait sur le visage d'Ernesto. On aurait dit Leticia lorsqu'il lui avait annoncé qu'ils ne passeraient pas les vacances ensemble cette année. Il se sentit soudain vieux et las. Il en avait assez des problèmes.

Dehors soufflait un vent léger. Le ciel restait couvert, mais la pluie avait cessé. L'air était gorgé d'humidité. Après plusieurs journées ensoleillées, le temps était automnal. Christian voulait monter sur la jetée, mais Ernesto l'entraîna en direction d'un banc, abrité par un saule pleureur. En parcourant la berge sablonneuse, il lui relata un fait troublant. Il s'agissait d'un certain Gerhard S. qui, à Sofia, avait demandé l'accès aux archives, dont personne, pourtant, n'était censé connaître l'existence. Gerhard S. n'avait rien d'un chercheur inoffensif, ni d'un rat de bibliothèque, non ! C'était un photographe et un journaliste, assez connu, d'ailleurs. Jusqu'à présent, ils n'avaient encore jamais eu affaire à lui. L'informateur bulgare semblait plutôt rassurant : le photographe n'avait rien obtenu de concret, car les dossiers qui l'intéressaient étaient tout simplement inaccessibles. Enfermés sous clef, ils reposaient dans les archives secrètes de l'armée, et personne ne pouvait les consulter.

Comment Gerhard S. avait-il pu se procurer la photo qu'il avait montrée aux fonctionnaires bulgares ? Il savait exactement ce qu'elle représentait et il avait posé des questions très précises. Tout semblait indiquer qu'il connaissait parfaitement le sujet. C'était très étonnant, voire inquiétant. On ignorait à qui d'autre il avait pu en parler ou montrer la photo. Il était trop tard, hélas ! pour lui poser la question, pour la simple et bonne raison qu'il était mort le même jour, d'une crise cardiaque.

— Trop de curiosité, ça ne paie pas en Bulgarie !

lança Ernesto en riant, mais il se ravisa aussitôt en voyant la mine de Christian. Heureusement, tous les effets personnels de Gerhard, y compris la photo, ont pu être récupérés. (Ernesto tapota avec satisfaction l'attaché-case qu'il tenait sous le bras.) De toute façon, comme je viens de le dire, cela ne lui a pas porté chance !

Christian esquissa un sourire sardonique. La mort d'un individu ne signifiait pas pour autant la fin des problèmes. Il irait même jusqu'à dire que, ces derniers temps, c'étaient justement les cadavres bulgares qui lui causaient le plus de soucis. Il remarqua une petite rougeur sur les joues d'Ernesto, visible surtout à la naissance du cou. Cela lui rappela sa femme. Puis il jeta un regard sur l'attaché-case et fixa un moment les mains d'Ernesto. Il n'arrivait pas à détacher ses yeux des gants que portait le cousin de sa femme, de vrais gants de pédé !

Ernesto souffrait d'une phobie : il devait sans cesse se laver les mains. Une preuve supplémentaire, selon Christian, qu'il n'était pas tout à fait normal. Ces derniers mois, il était devenu impossible de discuter plus de dix minutes avec lui. Au moment le moins opportun, il se précipitait vers les toilettes. Cela agaçait beaucoup Christian, lui faisait perdre le fil de sa pensée et perturbait son discours. Qui plus est, il considérait ce trouble comme un signe de faiblesse, indigne de ses plus proches collaborateurs. Il le prenait comme un manque de respect envers lui. Il finit par envoyer Ernesto consulter un ami médecin. Ce dernier appliqua une thérapie de choc, en lui annonçant que, s'il n'arrêtait pas, il faudrait bientôt l'amputer des deux mains. Lorsqu'on agite le spectre de la peur, même une personne aussi futée qu'Ernesto tombe dans le panneau. Après sa visite chez le médecin, il se mit à porter des gants. Ils lui donnaient un air efféminé, mais il cessa au moins de se laver les mains sans arrêt.

Un éclair jaillit à l'horizon, annonçant le premier orage de la saison.

Schlangenberger contempla le lac, à présent d'un vert profond. Ses cheveux poivre et sel étaient encore épais pour son âge ; une mèche, d'ordinaire soigneusement fixée au-dessus de son front, était ébouriffée à présent, dévoilant sa calvitie frontale. Son teint pâle soulignait les cernes sous ses yeux. Ses lèvres charnues, détail le plus marquant de son visage, restaient serrées. On voyait qu'il était concentré. En résumé, c'était un bel homme, bien conservé, d'humeur exécrable.

— Qui t'en a informé ?

La voix de Christian était impassible. Pour qui ne le connaissait pas, il aurait pu paraître simplement distrait.

— Ekaterina Konechova.

— Tiens donc !

Comme le monde était petit. Ekaterina Konechova figurait aussi sur sa liste de suspects. Durant un certain temps, ils avaient travaillé ensemble, elle était devenue sa maîtresse, puis s'était éloignée, avant de refaire son apparition quelque temps plus tard. Il ne savait plus trop à quelle occasion.

— Une très jolie femme. Cela fait longtemps que je ne l'ai pas vue.

Il se pencha pour ramasser une petite pierre au bord de l'eau. La vague lécha délicatement ses chaussures, d'une propreté impeccable. Il lança la pierre sur la surface, elle fit quatre ricochets de suite.

— Montre-moi cette photo, dit-il.

Il s'essuya les mains dans un mouchoir, puis se

dirigea vers le banc sous le saule pleureur. Ernesto le suivit en jetant un coup d'œil à la ronde.

Les premières gouttes de pluie s'abattirent sur le lac, formant des cercles de plus en plus étendus sur sa surface noire. Il pleuvait à verse. Quelques éclairs déchirèrent le ciel.

Le saule pleureur cinglait les épaules d'Ernesto pendant qu'il ouvrait son attaché-case pour en sortir la photo. Hormis eux, il n'y avait personne ici, mais Ernesto n'arrêtait pas de surveiller l'endroit du regard. Il ne se sentait en sécurité nulle part.

— Ah, j'en ai assez des photos ! soupira Schlangenberger. Qui est-ce ?

— Boszewski, un Polonais, disparu en 1980…

— Je sais quand il a disparu.

La sonorité de ce nom polonais rappela à Christian les images et les événements qui s'y rattachaient. Il avait une excellente mémoire. Meilleure, peut-être, que celle d'Ernesto. Il lui rendit la photo.

— Quel âge avait-il, ce Gerhard ?

— Soixante-huit ans. Un type assez connu, bonne situation. Une petite famille : une femme médecin et une belle-fille journaliste, une dénommée Dagmara Bosch, répondit Ernesto en s'interrompant brusquement, sans doute pour voir la réaction de Christian.

Il n'y en eut aucune. Ernesto reprit donc sa phrase :

— Dagmara Bosch. Ça vous dit quelque chose ?

Pour toute réponse, Christian haussa les épaules, car il ne pouvait aucunement s'agir de la même Dagmara Bosch. Non, certainement pas !

Ernesto sortit alors une autre photo. Cette fois-ci de la poche de sa veste.

— Pas mal, non ? lança-t-il en esquissant un petit sourire, comme s'il montrait une image de *Playboy*. Elle ressemble à cette… comment s'appelle-t-elle déjà… à cette actrice ? s'interrogea-t-il en se grattant la tête. Ah, oui, Sharon Stone !

Christian jeta un coup d'œil sur le cliché, qui représentait une célèbre journaliste de télévision. Il tordit les lèvres, ce qui lui donna un air de vieux loup enragé

— Pourquoi tu te marres, idiot ? s'écria-t-il, c'est cette foutue journaliste !

Aussitôt, Ernesto redevint sérieux.

— Non, rien… fit-il en marquant une pause. C'est juste que je sais qui a envoyé les lettres.

Christian crut d'abord qu'il avait mal entendu, mais Ernesto répéta la phrase, pas trop fort, mais bien distinctement :

— Je sais qui envoie les lettres. Ou plus exactement qui les envoyait. Car il ne pourra plus le faire. J'ai déjà tout vérifié.

— Et alors ?

— Alors, je sais tout !

— C'est elle, dis ? s'exclama Christian en agitant la photo de Dagmara.

— Non.

— Alors, qui est-ce ? Mais parle, putain, ou je vais perdre patience !

— C'est son père.

— Qui ça, son père ?

— Eh bien, ce Gerhard S.

— Quoi ?

— Gerhard S.

— Lui ? fit Christian, sans rien comprendre.

Un silence s'ensuivit. Un silence triomphant. Ernesto savourait l'effet que cette information avait produit sur Christian, resté sans voix.

— Mais comment ça ? marmonna-t-il enfin.

— J'ai lu son journal intime, ses notes, tout. Et que croyez-vous qu'Ekaterina ait trouvé dans son sac de voyage, hein ?

Ernesto souleva l'attaché-case, puis le serra de nouveau contre lui, méfiant. Sans même attendre la réponse de son patron, il poursuivit :

— Des clichés, un appareil photo, des films…

Christian Schlangenberger s'assit sur le banc. Le bois était mouillé, mais il n'y prêta pas attention. À ce moment-là, il ne prêtait attention à rien. Le saule agitait éperdument ses branches, comme dans une danse folle, cinglant les deux hommes venus perturber sa quiétude.

— Dagmara Bosch est la fille de Boszewski, reprit Ernesto. Vous comprenez maintenant ? Dagmara Bosch. Bosch, un diminutif de Boszewski.

Schlangenberger acquiesça de la tête. Il commençait tout juste à comprendre.

— Gerhard S. est son beau-père. Le journaliste-photographe ! Il a voulu élucider le mystère, et voilà : il a eu une crise cardiaque ! Il l'a provoquée lui-même… oh ! peut-être avec un petit coup de pouce de Konechova. Cela explique pourquoi personne n'a pris contact avec nous et pourquoi on n'a pas reçu de photo en mai, débita Ernesto d'un trait, comme dans un élan d'excitation.

Christian ne le quittait pas des yeux.

— Il n'a pas eu le temps de les expédier…

Ils éclatèrent de rire. En chœur. D'un rire sonore, rassurant. À en perdre le souffle. Un vrai coup de chance ! La chance sourit aux audacieux. C'était leur devise.

HA HA ! HA HA HA !

Ils repartirent, joyeux. Leur rire, répercuté par la surface du lac, retentit jusqu'au restaurant, parvenant aux oreilles de Seidel et de Moriz Herz qui, la tête endolorie par la migraine, tourna le regard vers la fenêtre. Il ne vit que la rive sablonneuse.

Le serveur s'approcha de leur loge.

— Ces messieurs souhaitent peut-être quelque chose d'un peu plus fort ?

Ernesto hocha la tête. Un instant plus tard apparaissaient sur la table des amuse-gueules bien gras et deux bouteilles de vodka – une russe et une polonaise – baignant dans des glaçons.

— Allez, buvons à notre victoire !

Haussant les sourcils, Ernesto prit un verre dans chaque main, qu'il leva bien haut.

Le garçon se dirigea presque au pas de course vers les rideaux couleur rouge sang qui masquaient une petite table ciselée. Pas aussi jolie que celle où avait été servi le déjeuner de Seidel quelques heures plus tôt, mais très chic également. La première était parée d'ornements en argent véritable. Moriz Herz l'avait rapportée de Vienne en personne ; il l'avait obtenue aux enchères, au Palais Dorotheum, contre une belle somme d'argent. On ne la sortait qu'en de rares occasions, des occasions exceptionnelles, et pour des clients exceptionnels uniquement. Elle avait servi dernièrement pour le dîner d'un célèbre acteur américain, et aujourd'hui, Seidel aussi avait eu cet honneur. L'autre table était en bois, sculptée, une belle table. Qui regorgeait de victuailles. Un dîner… pour plusieurs personnes.

Schlangenberger avala une gorgée de vodka polonaise, puis croqua dans un cornichon mariné.

— Il faudra appeler Frank, pour qu'il arrête de chercher. Je n'ai plus de ses nouvelles depuis plusieurs jours, dit-il.

— Il doit être ivre mort, déclara Ernesto d'un ton morose.

— Je ne crois pas, répliqua Christian, pensif. Il ne se manifeste plus depuis une semaine, ça ne lui ressemble pas. Tu as peut-être entendu parler de quelque chose ?

— Je vais m'en occuper, répondit Ernesto en se levant pour fermer le rideau.

Il lui avait semblé voir miroiter un éclair dans les plis de l'épais tissu, suivi d'un léger bruit. Méfiant, il jeta un regard vigilant autour de lui, secoua les rideaux avant de les tirer complètement, de manière qu'on ne puisse les voir. Il n'aimait pas parler affaires en présence de témoins, et les garçons de restaurant ne cessaient d'aller et venir en les observant du coin de l'œil.

Christian entrouvrit la porte donnant sur la terrasse et exposa ses joues brûlantes à la lueur de la lune, tel un loup sur le point de hurler. De l'air humide pénétra à l'intérieur. Il ne pleuvait plus, mais un vent violent s'était levé ; le lac s'agitait de plus en plus fort, rappelant le bruissement de la mer. Ernesto entendit un craquement près de la terrasse. Inquiet, il sortit précipitamment.

— Détends-toi, Ernesto ! s'exclama Christian en riant, et il remplit le verre de son cousin.

Une pensée traversa l'esprit de Christian, qu'il chassa aussitôt ; elle fut suivie d'une autre beaucoup plus déprimante. Il y a quelques années, se souvint Christian, Dagmara Bosch l'avait invité dans son émission. Il comptait s'y rendre d'ailleurs mais, lorsqu'il avait appris le thème du débat, il avait décliné l'invitation. La journaliste voulait l'interroger sur sa volonté de restaurer le « mouvement féministe ». De but en blanc, elle l'avait informé qu'elle avait assisté au congrès de la Ligue des Femmes et qu'elle ne croyait pas un mot du discours qu'il avait alors prononcé. Après cette entrée en matière, il n'avait plus répondu à aucune de ses sollicitations.

— S'il a parlé de l'affaire à cette Bosch… commença-t-il.

— Qui ça ? demanda Ernesto.

— Ce fichu photographe ! Comment s'appelait-il déjà ?

— Gerhard…

— Gerhard… répéta Schlangenberger, songeur.

— Elle n'est au courant de rien. Personne n'est au courant.

— Et qu'est-ce que tu en sais ?

— J'ai lu son journal, répondit Ernesto en tapotant son gros attaché-case.

— Son journal… répéta Schlangenberger machinalement.

Détendu par l'alcool et la bonne humeur, son cerveau travaillait au ralenti.

— Son carnet de bord, Ekaterina l'a retrouvé.

Schlangenberger fixait avec convoitise le bel attaché-case en cuir. Il le voulait. On aurait pu croire qu'Ernesto lisait dans ses pensées.

— Il va falloir le déposer à la banque ou dans un coffre-fort.

— Il faut le brûler ! l'interrompit vivement Schlangenberger.

— Ou le brûler, répéta Ernesto. Oui, le mieux, c'est de le brûler, conclut-il en le tendant à Christian.

Tout ému, Christian gardait les yeux fixés sur son cousin. La tranquillité d'Ernesto, sa discrétion, sa sérénité d'esprit le touchaient particulièrement aujourd'hui.

— Sacré vieux frère ! s'exclama-t-il en se levant pour l'embrasser sur le front.

Sur le beau visage d'Ernesto, un visage de crapule

qui n'avait pas changé depuis des années, on pouvait lire la fidélité, la générosité, un dévouement absolu. Des qualités inestimables auxquelles venait s'ajouter, en cet instant, une expression de bonheur absolu. Et de petites lueurs d'arrogance aussi, que Christian ne discerna pas.

— Quant à cette fameuse journaliste, ne vous en faites pas, cette pimbêche ne soupçonne rien du tout. J'ai vérifié ! affirma Ernesto en resservant de la vodka.

Quelle chance, tout de même, songeait Christian.

Combien d'hommes aussi fiables qu'Ernesto et Frank comptait-il dans ses rangs ?

— Combien ? s'exclama-t-il à voix haute en vidant son verre. (Et, pour masquer son émotion, il se mit à crier :) La vodka, où est la vodka ?

Ernesto leva son verre.

Le serveur accourut avec un plateau.

— Oust ! rugit Schlangenberger, déjà bien éméché, avant de lancer entre deux hoquets : Brûlons-le !

*

Tandis qu'Ernesto et Schlangenberger sortaient prendre l'air, un échange étonnamment agréable avait lieu entre Seidel et Moriz Herz au cours duquel ils réalisèrent qu'ils avaient de nombreux points communs. Leurs mères, juives toutes les deux, étaient nées à Paris, Seidel et Herz avaient vu le jour en France, eux aussi, pas à Paris, mais en province, où leur famille s'était réfugiée pendant la guerre. Seidel aurait volontiers poursuivi la conversation, cependant à 17 h 05, Schlangenberger et Ernesto étaient de retour. Herz s'excusa auprès de Seidel et se précipita à leur rencontre. Schlangenberger lui passa aussitôt un savon en rappelant qu'il avait réservé le restaurant tout entier, ce que Herz, apparemment, avait oublié. Ne voulant pas attirer l'attention sur lui, Seidel quitta les lieux sans tarder. Il ne se rendit pas directement à sa pension de famille toutefois. Abandonnant l'allée principale, il tourna prestement dans un chemin transversal.

Il pleuvait des cordes, le temps avait changé du tout au tout en comparaison de ces derniers jours. Seidel était complètement trempé déjà, mais il n'était pas question pour lui d'abandonner. Il fallait qu'il sache. Qu'il sache ce que les deux hommes avaient en tête, ce qu'ils prévoyaient de faire. Il poursuivit son chemin, s'éloignant de plus en plus de la petite rue d'Am Grossen Wannsee.

Au même moment, le cuisinier du restaurant se tenait à la fenêtre, le regard plongé au-dehors. C'était un Irlandais, l'une des meilleures recrues de Herz. Même s'ils n'étaient pas toujours d'accord, Herz prenait toujours son avis en considération. Ces deux derniers jours, ils avaient beaucoup discuté, sans parvenir à un consensus. Fallait-il ou non introduire l'informatique au restaurant ? Le cuisinier était pour le progrès, Herz pour la tradition. Mais l'excellent cuisinier avait bien d'autres soucis en tête pour l'instant. De nombreux soucis qu'il pourrait énumérer sans fin. Fervent catholique, éduqué dans la foi par des parents très pieux, il ressentait de terribles remords du fait de sa dépendance à la nicotine, mais aussi parce qu'il était tombé amoureux d'un garçon de restaurant. Rempli d'un sentiment de honte, il négligeait la pratique religieuse et n'allait plus se confesser. Il s'éloignait de Dieu, fumait, buvait et pratiquait un amour coupable… Désespéré, il grillait cigarette sur cigarette en se lamentant sur son sort. Pendant ce temps, il sentit l'humidité pénétrer à l'intérieur. Ce n'est pas tant qu'il craignait l'humidité, ou qu'il n'y était pas habitué, il habitait à Berlin depuis un an ! Et puis, il était irlandais, il savait ce que c'était, simplement, il n'aimait pas la pluie. Lui aimait le soleil, la chaleur. S'il n'avait pas été amoureux, il aurait laissé tomber depuis longtemps son travail chez Herz… Il saisit la poignée en laiton sculptée de la grande fenêtre et s'apprêtait à la tourner, mais resta coi en voyant une silhouette filer en sautillant dans la pénombre du petit parc de la villa. Il jeta sa cigarette, essuya ses lunettes embuées et se signa à toute vitesse, puis il s'empara d'une flasque gravée (un cadeau de son père) et en avala une bonne lampée.

Il avait toujours dit à Herz que ce palais était hanté ! Un Polonais lui avait parlé des Radziwiłły, lui certifiant qu'ils erraient maintenant dans le parc. Le cuisinier l'avait cru.

Il essuya la sueur qui perlait sur son front et, d'un pas rapide, traversa la pièce en direction d'une fenêtre orientée vers le sud. Il s'enfila une nouvelle gorgée pour se donner du courage, puis pencha la tête par la fenêtre entrouverte. Celle-ci grinça de manière sinistre. Le diable se dirigeait en sautillant vers le lac !

— Doux Jésus ! hurla l'Irlandais.

Pendant ce temps, Burkhard Seidel, parfaitement familiarisé avec le terrain, s'était installé sous la terrasse en bois, proche de la loge. Assis sur une pierre, il avait mis ses écouteurs et dirigé son micro vers le haut. La réception était nettement moins bonne ici, mais tout à fait correcte une fois effectués les ajustements. Deux heures plus tard, il apprenait non seulement que Gerhard était mort, mais aussi que Frank Derbach travaillait depuis des années pour Schlangenberger. Il avait l'impression qu'une division de chars lui était passée sur le corps et l'avait laminé. Il entendit encore le bégaiement aviné de Schlangenberger :

— Dehors !!! Oust ! Brûlons-le !

Manifestement, Christian exigeait d'Ernesto qu'il détruise les carnets de Gerhard.

— Espérez toujours ! Vous ne perdez rien pour attendre, salopards, murmura Seidel.

Il essuya les larmes qui emplissaient ses yeux, ôta ses écouteurs et se leva sans hâte. Il en savait plus, bien plus que les deux là-haut, mais il avait besoin d'aide, il ne pourrait pas gérer ça à lui seul. Tout semblait indiquer qu'il allait devoir prolonger son séjour à Berlin. Il rechercha dans son portable le dernier message de Gerhard. Durant quelques secondes, il fixa le numéro inconnu puis, d'une main tremblante, appuya sur les touches. Le répondeur se déclencha aussitôt et il entendit une voix de baryton fort désagréable : « Tschapieski ! Si c'est important, laissez un message, sinon, merci de ne pas déranger ! »

Seidel ravala sa salive et commença à raconter nerveusement son histoire. Le temps d'enregistrement était très court. Bien trop court ! Il dut s'y reprendre à trois fois, et fut interrompu juste au moment où il commençait à parler de Gerhard.

C'est peut-être aussi bien, se dit-il. *Il vaut mieux que j'aille voir Tschapieski en personne pour l'informer de la mort de Gerhard.* Seidel avait promis à son ami qu'au cas où quelque chose lui arriverait, il préviendrait aussi Dagmara. Gerhard lui en avait parlé un jour, au détour d'une conversation. Ils en avaient même ri à l'époque. Ils étaient prudents, raisonnables, que pourrait-il leur arriver ? Ils vivaient dans un État de droit, non ? Ils s'étaient donc bien amusés, pendant que

Frank Derbach fumait sa cigarette en les observant de son regard insondable.

Les larmes, lourdes et salées, coulaient le long des joues ridées du vieil homme. Il n'était donc pas qu'un désert asséché. Si quelque chose lui arrivait, il serait inutile d'appeler ou de prévenir qui que ce soit. Pour la première fois de sa vie, Seidel ne regrettait pas d'être seul. Paradoxalement, cette triste constatation, associée à ses larmes, lui apporta un peu de réconfort.

Dire qu'il y a quelques heures à peine, il était en train de déjeuner, puis de discuter avec Moriz Herz. À présent, il se trouvait là, trempé, frigorifié, mal assis... Il avait à peine remis ses écouteurs qu'il entendit une espèce de hurlement, on aurait dit le cri d'un animal blessé.

Le vieil homme retint son souffle, quelque chose de grave venait de se passer. Sa cachette avait beau être entourée de buissons, il ne s'y sentit plus en sécurité. Ernesto ne cessait de sortir en courant, il traversait la terrasse de long en large, faisant grincer les planches. Seidel avait le cœur serré, il avait peur. Bientôt, de l'intérieur du restaurant lui parvint une clameur, du chahut... puis un craquement effrayant se fit entendre dans l'écouteur. Et ensuite, plus rien. Le silence absolu.

Seidel déglutit bruyamment, il arracha son écouteur et rangea en un clin d'œil son matériel dans son sac. Ernesto avait découvert le micro ! De là-haut lui parvint un bruit de verres et d'assiettes cassés, un fracas de chaises et de tables renversées. Au milieu de tout ce tintamarre, Seidel distinguait les éclats de voix de Schlangenberger et le rugissement d'Ernesto. Complètement saoul, Christian semblait ne rien comprendre à la situation. Ernesto essayait en vain de lui expliquer, mais il était ivre lui aussi, et bégayait tellement que son discours était incompréhensible. Seidel se rappela soudain que l'un de ses fils (le plus jeune de deux minutes) bégayait lorsqu'il était énervé.

Les lumières s'allumèrent aux étages de l'hôtel.

Par chance, il pleuvait toujours. Par chance, la lune s'était cachée derrière un nuage. Et par chance encore, personne ne soupçonnait que le véritable danger était tapi sous la terrasse. Seidel s'extirpa aussi vite que possible de son refuge. Il traversa le parc au pas de course. À peine une minute plus tard, il se retrouvait devant le restaurant. Il regarda autour de lui, puis se précipita derrière un arbre. Au même moment, une limousine traversa la pelouse et s'arrêta devant la villa. Quelqu'un ouvrit la portière et monta les marches en courant. Peu après, empruntant le même trajet que la limousine, un taxi pénétra dans la propriété. Seidel serait bien monté dedans, mais le taxi n'était pas pour lui. Trempé jusqu'aux os, le vieil homme marchait droit devant lui en se cachant derrière les voitures garées dans la sombre ruelle Am Grossen Wannsee. Il n'aspirait qu'à une seule chose, atteindre l'étroite Zum Heckeshorn, retrouver la pension de la veuve et laisser toute cette aventure derrière lui.

*

Dès qu'Ernesto avait obtenu l'information concernant Gerhard, il n'avait pas tardé à s'occuper de Dagmara. Un jeune homme de Securitas City ou, plus concrètement, de la cellule spéciale qui travaillait exclusivement pour Ernesto, avait fait le guet devant l'immeuble de la journaliste, tandis que d'autres fouillaient son appartement. Ils devaient faire vite, Dagmara Bosch rentrait chez elle à des heures tout à fait incongrues. Il s'en était fallu d'un cheveu qu'ils se fassent surprendre. Elle était arrivée à l'improviste avec un type, et l'homme de faction avait dû jouer les admirateurs. L'appartement de la journaliste avait été passé au peigne fin, sans qu'on mette la main sur quoi que ce soit d'intéressant. Manifestement, Dagmara Bosch n'était pas impliquée dans l'affaire. Ernesto savait pourtant qu'une journaliste dont le père était mort en Bulgarie dans des circonstances assez troubles, et dont le beau-père venait de connaître le même sort, ne resterait pas les bras croisés. Malheureusement, il ne pouvait rien entreprendre dans l'immédiat, il se contenta donc d'emporter quelques notes trouvées sur place, afin de les soumettre à une expertise graphologique.

Comme il le soupçonnait déjà, l'expertise lui confirma que la journaliste représentait une réelle menace. Sans parler de son QI exceptionnel (toutes les femmes aujourd'hui avaient un QI élevé), les conclusions de l'étude donnaient à réfléchir. Depuis des années, Ernesto profitait des services d'un spécialiste qui avait autrefois travaillé pour la Stasi. Âgé de soixante-quinze ans, le docteur Kamil Slomka, ancien professeur de l'*Akademie für Staats- und Rechtswissenschaft der DDR* de Potsdam, était réputé pour être le meilleur graphologue de toute l'Allemagne. Dorénavant, il ne travaillait plus que pour des particuliers. Il feignait d'ignorer que, sous cette couverture, il remplissait des missions pour le renseignement américain, parfois pour le contre-espionnage allemand. Il aidait aussi la police. Hélas ! les services publics allemands voyaient régulièrement leur budget restreint, et là où il n'y a pas de moyens, il n'y a pas de place pour la fantaisie. Ainsi donc, pour une coquette somme d'argent et en souvenir d'une vieille amitié,

Ernesto pouvait compter sur des résultats d'évaluation très rapides. L'analyse du docteur Kamil Slomka commençait par ces mots : « Femme de rang social élevé, très sûre d'elle, prête à tout pour atteindre ses objectifs… »

Ernesto s'était toujours demandé par quel miracle ce vieux praticien reconnaissait infailliblement le sexe de ses « patients », alors que rien ne l'indiquait dans le texte qu'il expertisait. Au fur et à mesure de sa lecture, sa mine s'allongea. Bosch était plus dangereuse qu'il ne le pensait.

Il retrouva sur Internet des débats animés par la journaliste, qu'il visionna très scrupuleusement pendant plusieurs heures. Un sujet sur l'exportation d'armes en Afrique retint plus particulièrement son attention. Parmi les invités, il reconnut plusieurs représentants du gouvernement de l'époque. *Le temps passe*, songea-t-il en regardant les visages familiers. Aujourd'hui, plus aucun d'entre eux ne faisait partie du gouvernement, ni même de l'opposition. Ils s'étaient trouvé un travail bien plus lucratif, et pas forcément en Allemagne. De bonnes vieilles connaissances, avec qui l'on jouait au poker chez Herz.

À l'antenne depuis des années, l'émission de Dagmara Bosch connaissait toujours le même succès d'audience. En suivant les échanges entre les participants et la journaliste, Ernesto comprit rapidement la raison de ce succès. En grande professionnelle, la journaliste adoptait toujours une position très claire dans le débat et ne lâchait jamais rien. Cette attitude était très appréciée de son public, même si elle exigeait de sa part énormément de souplesse et de diplomatie.

Ernesto ne voulait pas gâcher l'humeur de son chef et il avait minimisé jusque-là l'importance de cette

Dagmara Bosch, mais il n'avait plus le choix, il allait devoir prendre l'affaire en main et s'en occuper sérieusement. Schlangenberger avait un immense respect pour les médias, il les flattait au possible et n'aurait jamais permis à Ernesto de toucher à un seul cheveu de la journaliste. Ernesto se comporta donc comme s'il ne lui portait pas d'intérêt particulier. En insistant sur la ressemblance de la jeune femme avec une actrice, il obtint ce qu'il espérait : passer pour un imbécile aux yeux de Christian. Un tel comportement avait ses avantages, il détournait efficacement l'attention du problème essentiel. Il suffisait de se focaliser sur les notes de Gerhard (qui, à vrai dire, ne contenaient rien d'intéressant) et le tour était joué. Ernesto espérait ainsi écarter définitivement tout soupçon sur ses intentions réelles. Schlangenberger devait ignorer ses plans. Moins il en savait, mieux il se portait. Avec sa fichue politique, il perdait la notion de ce qui se passait dans le monde.

Oui, cette journaliste était une adversaire de choix, mais il n'y aurait pas de jeu : *game over*. Les opposants dangereux, même potentiellement, devaient être liquidés sans tarder, comme ce fut le cas à l'époque de l'opération « Le Magicien ». Le raisonnement d'Ernesto était on ne peut plus simple : « C'est elle ou nous. » La fille partagerait le sort de son père. Sinon, l'avenir réserverait un scénario bien douloureux à Christian et n'épargnerait pas non plus Ernesto ni sa cousine.

En apprenant que Gerhard était le beau-père de Dagmara Bosch, Ernesto s'était aussitôt mis à surveiller les e-mails, les appels téléphoniques et les réseaux sociaux de la journaliste. Il l'avait fait suivre aussi. En dehors de ses appels professionnels et de ses tentatives infructueuses de joindre sa mère ou Gerhard, quelqu'un avait essayé de la contacter depuis la Bulgarie. Ernesto avait rapidement établi que le numéro correspondait à celui de l'hôtel où avait séjourné Gerhard, à Sofia. Ce ne pouvait être ce dernier, puisqu'il était mort. Étrange ! Quelque chose ne collait pas. Ekaterina lui avait pourtant promis d'attendre quelques jours avant de prévenir Dagmara et sa mère. Ces quelques jours comptaient beaucoup pour Ernesto, car il voulait vérifier si Dagmara était au courant de quelque chose. Elle ne savait rien encore, mais les choses pouvaient changer rapidement, surtout avec ce coup de fil de Bulgarie.

Qui donc l'avait appelée ? Et pour quelles raisons ? Gerhard avait-il des complices ? Non, c'était peu probable. Ekaterina l'aurait découvert depuis longtemps. Pourtant, quelque chose clochait, il fallait qu'il vérifie. Ernesto était un perfectionniste, il ne supportait pas les sous-entendus, les problèmes non résolus ; avec lui, les choses devaient être réglées de A à Z. Dans son domaine, il était infaillible.

À tout hasard, il entreprit quelques préparatifs. (Il avait toujours un plan d'urgence à disposition.) Par le passé, Bosch avait fait usage de drogues raffinées… Il suffirait de joindre une lettre d'adieu… Elle quitterait ce monde avant même d'avoir pu songer à une quelconque enquête journalistique.

Après avoir lu les carnets de Gerhard, Ernesto fut presque rassuré. Ce n'était rien d'autre que des souvenirs fastidieux d'un excentrique. On y apprenait que Gerhard n'avait jamais avoué à sa femme et sa belle-fille qu'il connaissait Piotr Boszewski bien avant de les avoir rencontrées toutes les deux. Qu'il avait toujours voulu ressembler à ce Boszewski et était tombé amoureux de sa femme dès l'instant où il l'avait vue en photo. Une bonne partie des notes de Gerhard dataient de l'époque où sa belle-fille était arrivée à Berlin.

Il relatait les péripéties à n'en plus finir pour l'obtention de son passeport. Et toujours son amour pour sa femme, et encore des lamentations à n'en plus finir : aurait-il jamais le courage d'avouer la vérité à Krystyna et à Dagmara ?

Au fil des pages, Ernesto se mit à tout confondre, les noms, les gens, les lieux. Agacé, il repoussa le carnet. Une saga incroyablement compliquée, un peu comme les telenovelas chiliennes que Leticia regardait inlassablement depuis que ses enfants étaient partis faire leurs études.

Ainsi donc, c'étaient là tous les secrets de ce Gerhard S., un homme avec ses multiples angoisses, à l'image d'un héros de soap opera.

Mais une épine demeurait dans le pied d'Ernesto, quelque chose lui soufflait que tout cela était trop simple. Dagmara l'inquiétait. Et, c'est bien connu, contre l'anxiété, rien de tel qu'une bonne vodka polonaise.

CHAPITRE 5

> « Le viol ? Une femme fait toujours semblant de résister. »
>
> Janusz Korwin-Mikke

Le portable de Dagmara n'arrêtait pas de sonner. Elle le mit en mode silencieux pour éviter d'attirer l'attention de son chef. Elle n'avait pas envie de parler à ce chauvin borné. Pas maintenant, en tout cas. Elle jeta un coup d'œil au numéro qui s'affichait, mais ne put l'identifier. Elle ne répondait jamais aux appels inconnus.

Elle devait discuter avec son chef de plusieurs sujets importants, mais elle n'était pas d'humeur. Elle se sentait terriblement fatiguée. Elle entra dans une salle éclairée par une longue rangée d'écrans de télévision et jeta un coup d'œil, indécise. Cela faisait plusieurs années qu'elle n'était pas revenue ici, alors qu'elle passait devant plusieurs fois par jour. Appuyée contre la porte, elle observa les images de la police serbe en train d'arrêter Ratko Mladić, l'ancien chef des groupes armées de la République serbe, poursuivi pour crimes de guerre. Les autres chaînes diffusaient des informations sur des pays lointains : bombardements, gens en détresse, vies brisées… Des images presque irréelles : un vieillard édenté devant des flots houleux, un jeune homme avec des béquilles… Un journaliste français s'interrogeait sur la population mondiale : le sept milliardième habitant de la planète naîtrait-il en Chine ou en Inde ? Sur l'un des écrans, CNN diffusait un reportage sur les Allemands de l'Est qui avaient fui leur pays par la frontière bulgare. Dagmara leva les yeux au ciel. Qui cela pouvait-il encore intéresser ? Elle ne comprenait pas qu'on puisse encore réaliser ce genre de programme. Sur un autre écran, on pouvait suivre une émission tournée au sein même du bâtiment, celui où elle travaillait depuis une bonne dizaine d'années. Elle avait débuté dans cette pièce sombre, remplie de télés qui à l'époque étaient bien plus petites. Tout semblait alors plus lent, plus naïf qu'aujourd'hui. C'est Gerhard qui lui avait dégoté ce travail. Mais, pour le reste, elle avait dû faire ses preuves et se débrouiller seule. Absolument seule.

Elle ressentit le besoin de réfléchir un peu plus à tous ces changements, au temps qui passe, mais son attention fut soudain attirée par un homme menotté, portant une barbe de plusieurs jours et une chemise défraîchie. Dominique Strauss-Kahn venait d'être arrêté à New York et accusé d'agression sexuelle et de tentative de viol par une femme de chambre de l'hôtel Sofitel. C'est le directeur de la chaîne en personne qui commentait l'affaire. La chaîne de télévision où travaillait Dagmara. Son chef. Celui qu'elle préférait éviter. La fatigue de la journaliste disparut brusquement, son cœur se mit à battre plus fort. C'était toujours le cas lorsqu'elle se trouvait devant une info inattendue qu'elle mourait d'envie de traiter. Le genre de *news* qui avaient fait sa réputation.

Pendant un court instant, elle se demanda si elle n'aurait pas dû ouvrir sa porte et courir voir son patron. Il ne devait pas encore être parti. Il était peut-être en train de pousser le battant en verre, il hélait le chauffeur, hurlait quelque chose dans son portable, ou peut-être lorgnait-il avec convoitise le décolleté d'une rédactrice qu'il feignait d'écouter avec la plus grande attention, parce qu'en Afghanistan, parce qu'en Syrie, parce qu'à Haïti, parce que la navette spatiale Endeavour… oui, il allait y réfléchir, elle pourrait peut-être passer dans son bureau… pourquoi pas ? Alors à plus, ciao, ciao !

Non, pas question, elle n'allait pas courir après ce sale type.

Son nouveau portable (bien trop grand, pas pratique du tout) lui glissa soudain des mains pour atterrir sous le bureau d'un journaliste qui avait un écouteur dans l'oreille. « Chut ! » siffla-t-il, mais en apercevant Dagmara, il leva juste les sourcils et lui fit un signe amical de la main.

— *Sorry !* murmura-t-elle en quittant la pièce.

Elle se demanda qui appeler en premier. Son assistant, ou bien Elsa, sa secrétaire ? Cheveux courts, consciencieuse, toujours prête à l'attaque, Elsa était une militante féministe. De son côté, René savait absolument tout et connaissait tout le monde.

Dagmara alluma une cigarette, ouvrit la fenêtre et composa un numéro.

— Je l'ai vu monter dans une voiture, dit René dans un éclat de rire. Il y est toujours, mais pas seul.

— T'es où ? demanda-t-elle.

— À la fenêtre, je vois sa voiture et je sens la fumée de ta cigarette. Non mais, tu fumes !

Elle rit doucement.

— T'as entendu l'histoire avec Strauss-Kahn ?

— Oui, évidemment… répondit René avec prudence.
— On a très peu de temps…
— Ah non ! Pas question ! protesta-t-il avec vigueur en élevant la voix, car il pressentait que l'attendait ce qu'il détestait le plus : un changement de programme. T'es pas sérieuse ?
— Bien sûr que si ! fit-elle sur un ton qu'il connaissait parfaitement et qui excluait toute contestation.
— Écoute-moi et note…
— Mais ils ont déjà tous confirmé leur participation. Je dois faire quoi maintenant ? Décommander le ministre et déplacer l'émission parce qu'un séducteur s'est jeté sur une femme de chambre ?
Il prononça les derniers mots avec un réel plaisir, même s'il paraissait déçu par les changements qui s'annonçaient.
— On fera un enregistrement, on décalera, j'en sais trop rien, on verra. Vas-y, écris !
— Tu t'arrangeras avec le patron !
— Ne discute pas ! lança-t-elle en lui dictant plusieurs noms.
— Tant que ça ? gémit René.
— Appelle-les. Si quelqu'un d'autre me vient à l'esprit, je t'envoie un message.
Elle raccrocha.
Il restait peu de temps pour préparer l'émission. Elle devait absolument informer le chef du bouleversement du programme. Elle réfléchit au cadrage, il faudrait des gros plans absolument parfaits. Elle avait prévu d'inviter deux féministes, une denrée rare en Allemagne, du moins dans les médias, à l'exception d'Alice Schwarzer, mais combien de fois pouvait-on inviter Alice Schwarzer ? Les féministes réagissent souvent de façon émotionnelle, imprévisible, agressive, et c'est justement ce

qu'elle voulait montrer ! Comme toute espèce menacée, elles sont coriaces et fortes en gueule. En Allemagne, on ne les prend pas très au sérieux. Il n'empêche qu'après 1968, les femmes allemandes ont remporté une victoire durable. Actuellement, par exemple, le ministre de la Défense et le chef du gouvernement sont des femmes ; pour cette dernière, on a même créé le mot « *Kanzlerin* », chancelière. Il va de soi que lorsqu'un candidat à la présidence de la France agresse sexuellement une femme de chambre dans un hôtel, les médias se réveillent, s'indignent et sont prêts à laisser s'exprimer les féministes en attendant un nouveau scoop, ou une catastrophe, comme un tsunami en Thaïlande ou un tueur fou en Suède. La presse européenne ne se priverait pas de saisir l'occasion pour se moquer un peu de la France. Un politicien français réputé qui se jette sur une femme de chambre à New York pour la violer, mais quelles brutes, ces Français ! Tandis que pour les Allemands, que de chemin parcouru ! Quel progrès ! Et le savoir-vivre ! Pauvre France, où est ton savoir-vivre ? C'est exactement ce genre de fadaises que publieraient les médias du monde entier, car le sujet était toujours d'actualité, au fond, et tellement proféministe, l'Europe elle-même était fondamentalement proféministe. Bref, un sujet que l'on pouvait traiter à l'infini.

Dagmara se frotte les mains, elle compte bien analyser tout ce *shit* universel dans son programme, même si elle sait que cela n'aboutira à rien, strictement à rien, on blablatera encore et encore en agitant un doigt virtuel devant le nez des futurs violeurs. Mais la chose la plus importante, c'est l'audience. Rien à faire, c'est l'essentiel ! Que celui qui aime la compétition lève la main ! Dagmara, elle, lève les deux mains – la course à la réussite, c'est ce qui la stimule le plus.

En tout cas, elle n'est pas hypocrite, notre Dagmara, n'est-ce pas Gerhard ? Car Gerhard fait la moue après chacune de ses émissions, il la fatigue avec sa propre carrière et sa propre expérience. « Ton travail, ma chère Dagmara, ce n'est pas juste un flirt avec la caméra, il s'agit de tout autre chose, tu veux que je t'explique ? » se propose-t-il, mais elle se met à bâiller, discrètement d'abord, puis sans se cacher, et Gerhard se tait. Il sait, au fond, qu'il est impossible de faire cadeau de son expérience à quelqu'un. Et certainement pas à Dagmara, qui est d'une ambition maladive depuis toute jeune, décidée à conquérir le monde à elle seule, sans l'aide de personne, quitte à commettre des erreurs.

La vieille Renate, la bonne que Gerhard emploie depuis de longues années, le lui répète souvent : « Dagmara n'écoute jamais personne. » Mais qui tiendrait compte de l'avis de Renate ? Ou des sempiternelles jérémiades de Gerhard ? De toute façon, Renate est morte depuis quelque temps déjà. Gerhard aussi est mort. Mais ça, Dagmara ne le sait pas encore, puisque, à la demande d'Ernesto, Ekaterina Konechova n'a pas encore révélé l'information. Burkhard Seidel, quant à lui, se trouve toujours à la pension de la veuve. Entre deux quintes de toux, il essaie de reprendre des forces après son escapade nocturne, et il se creuse la tête. Lui, qui est capable d'encaisser les plus terribles nouvelles, se sent totalement démuni pour les annoncer aux autres. Comment annoncer la mort de Gerhard à Krystyna et à Dagmara ? Il l'ignore, il réfléchit encore et encore… Par où commencer ? Il tousse.

Pour l'heure, la journaliste Dagmara Bosch ne pense pas à la mort, elle ne pense ni aux conflits mondiaux ni aux catastrophes. Non. Elle est préoccupée par le cadrage des féministes dans son émission, par leur mise en valeur. Elle doit réfléchir au moindre détail. C'est ça, son boulot.

Dagmara connaît bien son public. Elle doit trouver d'urgence un chef opérateur. Son opérateur préféré a tourné son dernier sujet la semaine passée, il vient de prendre sa retraite. Elle est allée à son pot de départ. Quand elle a débuté à la télévision, il avait le même âge qu'elle à présent. D'ailleurs, il ne s'est pas privé de le lui rappeler. Le jeune retraité et la quadra ont consommé quelques drogues bon marché et sont ensuite allés vomir en chœur, enfermés dans les toilettes d'un bistrot, quelque part dans Kreuzberg. Ils se sentaient comme des hipsters, qu'ils n'étaient pas, en réalité, et ne seront jamais. Le lendemain, Dagmara avait l'air d'une loque, et ni le cameraman ni même l'excellente maquilleuse n'ont réussi à le dissimuler complètement.

Elsa faisait partie de ces féministes dont le mouvement avait obtenu de nombreux droits en 1968. Elle avait beau être très engagée, elle gagnait toujours moins que son collègue René, alors qu'elle était pourtant plus âgée que lui et plus expérimentée. Sans oublier qu'elle avait passé son enfance en RDA. Pour remplacer l'ancien chef opérateur, elle trouva tout de suite une solution :

— On a une nouvelle qui manie la caméra à merveille, elle est vraiment excellente…

— Pourquoi pas ? fit Dagmara qui, d'un point de vue professionnel, se fichait éperdument du sexe des gens. Tout ce que je veux, c'est que la caméra fasse un travail impeccable.

— Elle est la meilleure, tu verras. Dis, et si on invitait quelqu'un qui n'a rien à voir avec la politique ?

— Qui par exemple ?

— Je ne sais pas. Un mec. De préférence, un gros macho, lança Elsa dans un éclat de rire.

Oui, un macho, c'était une excellente idée.

— Mais qui alors ? demanda Dagmara avec le plus grand sérieux.

— Tu trouveras bien quelqu'un ! dit Elsa en lui envoyant un clin d'œil.

Depuis quelque temps, Dagmara ressentait de plus en plus souvent un manque, un sentiment cuisant de vide. Après des années de travail à la télévision, l'univers des médias lui semblait trop ennuyeux, trop lisse, trop creux, et surtout trop cynique. Elle avait parfois envie de tout laisser tomber, d'exploser, de secouer les gens autour d'elle et de crier haut et fort ce qu'elle pensait du métier et d'un pays dans lequel elle ne se retrouvait plus. Sans doute amplifiait-elle le problème, mais quand on pique une crise, il faut aller jusqu'au bout et vomir tout ce qu'on a sur le cœur… Dagmara en avait plus qu'assez des sujets doucereux et sans intérêt. Elle réalisa brusquement qu'elle se mettait à penser comme Gerhard. Elle essaya de se raisonner. Il ne fallait pas exagérer, elle avait un bon métier, du succès dans son travail. Bref, tout allait plutôt bien pour elle. Elle avait juste envie de se renouveler. Mais se renouveler comment ? Elle l'ignorait.

Elle éprouvait la drôle de sensation d'être à l'étroit dans son propre corps, comme on est à l'étroit dans une robe, mais le moment était mal choisi pour les états d'âme. *Reprends-toi, pense à l'émission, une femme déshonorée par un violeur, voilà ce qu'il faut montrer, expliquer, pour susciter de l'émotion, n'est-ce pas un défi suffisant ?* se demandait Dagmara. De nouveau, son portable sonna. Était-ce Gerhard ? Maman ? Non, encore ce numéro inconnu. Que lui voulait-on ? Elle s'en occuperait plus tard… Pour le moment, le plus important, c'était de trouver un type pour son émission. Elle décida d'inviter un rappeur d'origine turque. Elle envoya immédiatement un SMS à René. Il fallait trouver un rappeur, un Bushido, par exemple, ou un membre de Genetikk, n'importe qui, pourvu qu'il mette de l'ambiance sur le plateau, que ça gueule. Et adieu l'ennui !

La voilà de nouveau devant la fenêtre, une cigarette aux lèvres. Elle fumait trop, Elsa avait raison. Elle écrasa le mégot et le jeta dehors en espérant que personne ne la verrait. L'air sentait la pluie et le printemps.

Pourquoi maman est-elle partie ? Le départ précipité de sa mère en cure, la semaine dernière, avait surpris Dagmara. Cela ne lui correspondait pas. Krystyna ne faisait jamais rien sur un coup de tête ; dans sa vie, tout était planifié, dosé, comme les ingrédients dans une recette de cuisine. Lorsqu'elle avait demandé à sa mère si elle avait des soucis, si elle était malade, celle-ci avait nié avec vigueur, de façon bien trop catégorique. Ensuite, elle avait répété à plusieurs reprises que tout allait parfaitement bien, mais depuis son départ elle n'avait appelé sa fille qu'une seule fois. Et si maman avait quelqu'un ? Ou bien Gerhard ? Dagmara prit son téléphone et appela le numéro qu'elle connaissait par cœur. Elle patienta un moment, puis raccrocha dès qu'elle entendit le répondeur.

Elle réfléchit. Krystyna ne partait jamais sans Gerhard. Ils voyageaient toujours ensemble, sauf si Gerhard devait s'absenter pour son travail, comme c'était le cas actuellement. Krystyna l'attendait alors à la maison. Mais pas cette fois-ci.

Dagmara composa le numéro de Gerhard.

Le numéro n'était pas en service.

Étrange.

Quelqu'un avait encore tenté de la joindre. La même personne que tout à l'heure. Six appels. Cela devait être vraiment important. Elle regarda sa montre. Déjà trois heures ! Elle alluma son ordinateur et s'installa devant son bureau en repensant à l'affaire Strauss-Kahn. Qui pourrait-elle inviter encore dans son émission ? Elle tourna son regard vers une petite télé qui diffusait des informations en continu. Les *news* de dernière minute, avec des extraits d'une conférence de presse.

Dans la lumière des flashs, le chef de la police berlinoise et un homme en sueur étaient assis derrière une table. Les deux disaient à peu près la même chose : à ce stade de l'enquête, ils ne pouvaient rien confirmer ni infirmer, ils ne disposaient pas encore de données suffisantes… Fin de la conférence de presse. Crissement de chaises, lueurs de flashs. Parmi les personnes quittant la salle, Dagmara crut reconnaître la silhouette de Tschapieski, un ami de Gerhard. On voyait à présent sur l'écran, sous une pluie diluvienne, un immeuble éclairé par de puissants projecteurs. Un journaliste dépêché sur place livrait quelques détails sur cette « affaire bouleversante ». En bas de l'écran, une inscription défilait sur un bandeau rouge : « L'horrible meurtre d'un employé de l'Office en charge des archives de la Stasi. »

— Durant la conférence de presse, nous avons reçu peu de réponses aux questions que tout le monde se pose, relatait le journaliste, tout agité. C'est ici même, dans cet immeuble, que le meurtre sauvage a eu lieu. Selon des sources non officielles, la victime serait un fonctionnaire de l'administration Gauck. Ce crime macabre a été perpétré il y a plusieurs jours, à cet endroit précis, conclut-il en s'écartant pour montrer l'immeuble décrépit.

Dagmara esquissa un léger sourire. Elle avait connu ce journaliste à l'université. Il s'occupait depuis des années des faits divers. Voilà enfin qu'il avait droit à quelque chose d'intéressant ! À l'époque, ils avaient flirté un peu, s'étaient donné rendez-vous deux ou trois fois, mais lorsqu'il s'était révélé, au détour d'une conversation, que le futur journaliste ignorait le nom de la capitale polonaise, elle l'avait laissé tomber. C'était quand déjà ? Il y a des lustres.

Elle jeta un coup d'œil à sa montre et se dit qu'il était grand temps d'appeler René pour lui demander où il en était dans ses recherches. Occupé ! Bon signe, la preuve qu'il travaillait. Elle parcourut des centaines d'infos sur Internet. Partout s'affichait le même nom. L'imprimante crachait une multitude de communiqués et de photos de Dominique Strauss-Kahn, un peu moins de la femme de chambre, une mère célibataire d'origine guinéenne. Les forums de discussion bouillonnaient, les internautes indignés postaient une multitude de commentaires. Le dernier disait : « Encore un mec qui a agressé sexuellement une femme. On ne peut plus laisser faire ça sans réagir. »

Eh bien, non ! On ne peut pas, songea Dagmara.

Trouver la plupart des informations dont elle avait besoin lui prit une heure environ. Elle devait encore s'entretenir avec quelques personnes et parcourir rapidement le livre d'un des invités. Après quoi, elle serait enfin prête pour son émission.

Elle éteignit la lumière. Avoir bouclé la préparation de son programme en un temps record ne lui procura aucune satisfaction. Gerhard lui disait toujours que le journalisme exigeait un engagement total. Et il devait avoir raison.

Le téléphone sonna de nouveau. Elle vérifia le numéro qui s'affichait. Toujours le même.

— Allô ! lança-t-elle d'un ton sec.

— Ici Radostin Petrov, dit une voix en anglais au fort accent russe (non, pas russe, d'un pays voisin plutôt). Je dois vous parler de quelque chose de très important.

— Je n'ai pas le temps, fit-elle.

— Madame, j'ai pour vous les affaires de Gerhard Samuel ! Je…

— Quelles affaires ?

— Des affaires personnelles.

CHAPITRE 6

« La mort résout tous les problèmes. Pas d'homme, pas de problème. »

Joseph Staline
Les Enfants de l'Arbat, Anatoli Rybakov

Il pleuvait.

Christian entendait les gouttes de pluie heurter la vitre du toit au-dessus de la tête de Félicia. Il lui suffisait d'appuyer sur un bouton et le toit de verre s'inclinerait rapidement et sans bruit. Hier encore ils auraient fait l'amour à la belle étoile, par un temps magnifique. Mais ce soir il pleuvait sur le Gendarmenmarkt, l'une des plus belles places d'Europe. Une semi-obscurité avait envahi la pièce. À la demande de Christian, la jeune femme avait relevé ses cheveux en un chignon, à l'image de la blonde sexy du restaurant de Herz. Dénouée maintenant, sa longue chevelure noire et épaisse s'étalait sur ses frêles épaules ; Félicia la rejetait sans cesse en arrière, le laissant admirer ses gros seins.

Félicia était très belle mais, ce soir-là, Christian s'imaginait faire l'amour avec la blonde nordique. Il fermait les yeux et tentait de se persuader qu'il se sentait parfaitement bien avec sa maîtresse. Mais ce n'était pas le cas. Elle n'était pas blonde. Il aimait pourtant se livrer à elle, se soumettre, il aimait lorsqu'elle s'asseyait sur lui, qu'elle laissait courir ses lèvres sur son ventre et promenait ses mains sur son corps bien entretenu, ses muscles encore puissants. Il avait alors l'impression que tout pourrait être si simple, si beau, mais il chassait vite ces rêveries. Il n'aimait pas ces pensées, si sentimentales et larmoyantes. Faibles. Il avait tout bonnement besoin de cette fille qui s'agitait au-dessus de lui, de son jeune corps. Il en avait besoin pour bien commencer la journée, mais la nuit plus encore. Avant de s'endormir. Plus tard, il la laisserait tomber. Plus tard. Un jour.

— N'est-ce pas magnifique ? s'exclama Félicia d'une voix enfantine.

Elle l'embrassa sur la bouche, le sortant de son demi-sommeil. Christian sentait en lui le balancement de ses hanches menues et il lui rendit ses baisers avec fougue. Son excitation ne faiblissait pas, mais il devait rester vigilant, cette fille lui avait trop manqué ces derniers temps, elle pourrait s'en rendre compte et en profiter. Il n'en était pas question. Personne ne profiterait de lui, pas même Félicia. Il la saisit par les épaules pour la retourner sur le dos. Surprise, elle serra les paupières, ses cheveux se déployèrent doucement sur l'oreiller. Lorsqu'elle se mit à crier et à lui planter ses ongles dans le dos, une immense vague de désir le submergea soudain. Il la laissa s'échapper doucement.

Il se relâcha, mais il ne fallait surtout pas qu'il s'endorme. Il ne fallait pas que Félicia l'entende crier dans son sommeil. Il ne manquerait plus que cette fille (à qui il se confiait davantage qu'à n'importe quelle autre femme) le surprenne à faire des cauchemars, qu'elle découvre qu'il était rongé par la peur.

Avait-il vraiment peur ? Non, Christian Schlangenberger n'avait peur de rien.

— Je t'aime, dit doucement Félicia en se serrant très fort contre lui.

Il lui caressa la tête.

La querelle débuta vers vingt-deux heures, lorsque les vieux lampadaires à neuf têtes du Gendarmenmarkt resplendirent de leur lumière laiteuse. Le sujet était toujours le même, abordé dans un ordre variable, et Christian en connaissait par cœur les quatre points. Ce soir-là, tout avait commencé par le plus important, pour finir par le plus douloureux, selon les critères de Félicia, bien évidemment : Quand finirait-il par demander ce foutu divorce ? Quand emménageraient-ils enfin ensemble ? Est-ce qu'il la trompait ? Pourquoi ne pouvait-elle pas passer la nuit avec lui ?

Après cette dernière question s'ensuivaient des larmes et des insultes en espagnol.

Il adorait son tempérament, il l'adorait tout entière, mais aujourd'hui il était fatigué. Et si Félicia ne sortait pas immédiatement, tout son plan pour ce soir, la surprise qu'il lui avait préparée, tomberait à l'eau. La jeune femme se dirigeait lentement et de mauvaise grâce vers l'ascenseur, persuadée que Christian allait la retenir, attendri par ses larmes, comme toujours. Mais il se montra inflexible.

— Allez ! s'exclama-t-il, impatienté. Dépêche-toi !

Il appuya sur le bouton pour appeler l'ascenseur. Celui-ci, donnant directement dans son appartement, était à son usage exclusif. Christian avait pu faire construire ce *penthouse*, le seul sur les toits du Gendarmenmarkt, grâce à un fonctionnaire influent dont le dossier compromettant du temps de la RDA reposait tranquillement dans un coffre-fort à la banque de Schlangenberger.

Félicia tentait de protester, mais l'ascenseur était déjà là, et Christian poussa la jeune femme à l'intérieur. Leurs regards se croisèrent. Il perçut des lueurs nouvelles dans les yeux de sa maîtresse. Il devrait sans doute payer cher pour se faire pardonner. Il lui offrirait une fourrure, peut-être, ou des boucles d'oreilles en diamant ? Ou bien il pourrait l'emmener demain faire les boutiques sur la Friedrichstraße, la plus élégante rue de Berlin, sa préférée. Un classique. Sans doute le meilleur moyen d'apaiser son humeur, mais en avait-il vraiment envie ? Il lui donnerait de l'argent, qu'elle y aille toute seule.

Félicia appuya sur l'un des deux boutons dans la paroi en miroir.

— Je te déteste, entendit-il. Je te déteste !

La porte se referma.

Ah ! Les femmes !

Personne ne lui avait parlé de la sorte depuis longtemps, la dernière fois remontait au début des années quatre-vingt-dix. Un couple s'en était pris à lui, prétendant qu'il était responsable de la mort de leur fille. Quelle absurdité ! La vérité, c'est que la plupart des gens étaient eux-mêmes responsables de leur mort à l'époque. À croire qu'ils jouaient avec leur vie.

Schlangenberger sortit sur la terrasse. Il regarda le ciel, puis la tour de la télévision au loin ; la terrasse de l'Hôtel de Rome était éclairée et pleine de monde. En bas s'étendait l'immense place carrée de plus de trois hectares, avec son *Konzerthaus* au centre, la salle de concert, la cathédrale allemande au sud et la française au nord. Les uns estimaient que le Gendarmenmarkt devait sa physionomie à la Plazza del Popolo de Rome, d'autres, que les architectes avaient pris pour modèle le Old Royal Naval College de Greenwich.

Des imbéciles ! s'énervait Christian. Les grands architectes prussiens avaient-ils besoin de modèles quelconques ? Ce sont les Prussiens qui étaient un exemple pour l'Europe, une inspiration dans tous les domaines et non le contraire. Les Prussiens !

Christian Schlangenberger était venu pour la première fois sur cette place en 1948, à l'occasion du centième anniversaire de la révolution de mars. Il était avec son père, un communiste endurci, dévoué corps et âme au SED[1] et à la nouvelle Allemagne. Il avait huit ans à l'époque. Il se tenait debout sur les décombres, pressé par la foule, petit, maigre et affamé, toujours affamé. Des années après, l'enfance restait associée pour lui à la faim. À la faim et à rien d'autre. Il rêvait souvent d'une grosse miche de pain que sa grand-mère mettait à cuire dans le four à la campagne et qui sentait si bon. Son père soutenait qu'il ne pouvait se le rappeler, mais Christian s'en souvenait bien pourtant – la faim, ça ne s'oublie pas. En 1948, le Gendarmenmarkt était une ruine abandonnée par les Berlinois. C'est le deuxième Congrès populaire allemand qui lui redonna l'importance qu'il méritait. Ils se pressaient, émus, son père et lui, au milieu de la foule en liesse, parmi des dizaines de camarades, sur les marches dévastées par les bombardements. Témoins de l'histoire. C'est ici, sur cette place, qu'est née la RDA et sa nouvelle constitution, un État de droit, avec le SED à sa tête, un État à qui Christian devait tant.

1. *Sozialistische Einheitspartei Deutschlands* (Parti socialiste unifié d'Allemagne).

Son appartement se situait très exactement en face de la salle de concert, entièrement rebâtie, reconstituée avec un soin particulier. Le haut du noble édifice, conçu par le grand Karl Friedrich Schinkel, était dominé par le magnifique et éternellement jeune Apollon sur son char. La statue du poète Friedrich Schiller, pensif, avait le regard plongé au loin, vers l'inconnu. Les cathédrales chichement éclairées, l'allemande et la française, projetaient leurs longues ombres sur la place. Couvertes de platine, leurs coupoles miroitaient doucement à la lueur de la lune. Elles rassemblaient des œuvres d'art désormais, et non plus des fidèles. *Heureusement*, songeait Christian, *le temps implacable a anéanti l'obscurantisme religieux.* Mais de nouvelles menaces étaient apparues, ici, au cœur même de Berlin, un peu moins visibles cependant. Jusqu'à présent, Christian n'avait pas encore remarqué dans son quartier la pire des plaies : les gays et les Turcs. La place et les hôtels avoisinants regorgeaient de touristes étrangers, mais ces derniers rapportaient de l'argent, puis rentraient chez eux.

Oui, le Gendarmenmarkt, surnommé un temps place de l'Académie, était un endroit parfait pour Christian, celui de son futur triomphe. Un jour, bientôt peut-être, c'est ici, sur l'escalier recouvert d'un tapis rouge, qu'il prononcerait son discours le plus important. Cette nuit, cela ne lui semblait plus du tout si lointain et irréel. Si seulement il le voulait, il était capable de tout. Il croyait comme jamais en son pouvoir et en sa bonne étoile.

Il inspira une profonde bouffée d'air et regarda la statue du poète songeur.

Maintenant !

Félicia se dirigeait vers un taxi quand, soudain, comme par un coup de baguette magique, le poète s'enflamma d'une féerie de lumières en même temps que la place tout entière et son bâtiment historique. Depuis l'Hôtel de Rome, une clameur enthousiaste parvint jusqu'aux oreilles de Christian.

— Réglé comme une horloge prussienne, murmura Christian en se penchant pour mieux apprécier le coûteux spectacle qu'il avait mis en scène et financé.

Le chauffeur sortit de son taxi et admira lui aussi, ainsi que Félicia, la place illuminée. La jeune femme se réveilla enfin et leva la tête. Du haut de sa terrasse, Christian s'inclina bien bas devant elle. Ils s'observèrent de loin, séparés par la pluie, et par autre chose encore. Malgré la distance, Christian percevait l'agressivité dans chacun des gestes de Félicia – il percevait la colère jusqu'à son pied menu qui disparaissait maintenant à l'intérieur de la voiture. La portière avait à peine claqué que la vitre s'ouvrait.

— Allons-y ! lança-t-elle au chauffeur qui, figé comme une statue, était plongé tout entier dans le spectacle de lumière.

— Félicia ! Ah Félicia ! s'exclama Christian en tordant ses grosses lèvres en un sourire.

La plus impatiente, la plus exigeante de toutes ses femmes. D'habitude, il adorait ses accès de colère mais, aujourd'hui, il sentit pour la première fois qu'il commençait à s'en lasser.

Le taxi s'éloigna. Christian jeta un dernier regard sur la place. Inondée de lumière. Parce que lui, Christian Schlangenberger, en avait décidé ainsi. Des acclamations et des applaudissements lui parvinrent. Il faillit saluer. Le spectacle avait duré moins de trois minutes puis, le taxi de Félicia à peine disparu, tout s'était éteint.

Christian resta encore quelques minutes sur la terrasse. Alors qu'il possédait son appartement depuis quelque temps déjà, il commençait tout juste à l'apprécier. En partie grâce à Ernesto, à qui il devait tant de choses, d'ailleurs. Ce dernier avait besoin de congés, sans doute n'en avait-il jamais pris. Christian pouvait bien lui pardonner sa scène chez Herz. D'ailleurs, il se souvenait à peine de ce qui s'était passé au restaurant, il était presque inconscient quand son chauffeur l'avait déposé chez lui. Le lendemain, il s'était pourtant réveillé frais et dispos, sans aucun souvenir d'aucun cauchemar. À quoi servent, tout de même, un bon entraînement et un esprit sain ! Il ne s'était pas senti aussi bien depuis des mois. Il ne recevrait plus aucune de ces fichues lettres. Michael W. ne retrouverait pas son visage, c'en était fini de Michael W., fini des cauchemars, heureusement. Dans quelques jours, il dirait peut-être à Félicia qu'il avait acheté cet appartement pour elle. Pour eux. Mais rien ne pressait.

Il retourna à l'intérieur.

Il se prépara un verre : un whisky japonais, des glaçons. Il en avala une gorgée. Il était merveilleusement détendu à présent, presque reposé. Voilà ce dont il avait besoin. De femmes et de whisky.

L'horloge sur la cheminée indiquait seulement vingt-trois heures. Une nuit tranquille s'annonçait. La première depuis des mois. Il pourrait enfin commencer à récupérer.

Lorsqu'il entendit soudain sonner son téléphone, il pensa que c'était Félicia et se dirigea sans hâte vers son bureau où le portable vibrait avec impatience. Avant qu'il ait pu s'en saisir, le téléphone tomba par terre.

Ce n'était pas Félicia. Surpris, Christian observa le numéro qui s'affichait sur l'écran : c'était celui du procureur. Autrefois, il jouait aux cartes avec lui. Certaines personnes parviennent à garder le même poste pendant des années, indépendamment des systèmes et des gouvernements. Le procureur était l'un de ces chanceux. Un débiteur reconnaissant, qui n'avait jamais oublié à qui il devait un dossier vierge dans les archives de la Stasi.

— J'ai pensé que ça pourrait t'intéresser, chuchota le procureur sans autre préambule. Franck Derbach est mort, il a été assassiné, poursuivit-il d'une voix de conspirateur, et il raccrocha aussitôt.

CHAPITRE 7

> « Puisqu'il faut les abattre, qu'on agisse sans faire disparaître le corps, le corps doit rester chez nous. »
>
> Erich Mielke

Seidel aurait voulu rencontrer Dagmara personnellement, mais il ignorait où elle habitait, il ne savait pas non plus où elle travaillait.

Il avait d'abord songé à contacter Krystyna. Malheureusement, une fois que Gerhard avait dit toute la vérité à sa femme, celle-ci l'avait quitté. Définitivement, selon Seidel. Aujourd'hui, il était trop tard, Krystyna ne rendrait plus visite à Gerhard qu'au cimetière. En Pologne, les femmes avaient l'habitude d'aller au cimetière régulièrement. La voisine de Seidel à Leipzig, une Polonaise, se rendait tous les dimanches sur la tombe de son ivrogne de mari. Il l'avait battue, insultée, mais maintenant qu'il était mort, elle allait fleurir sa tombe et y allumer des bougies. Une pierre tombale en marbre ! Qu'elle avait pu faire installer grâce à l'argent que Seidel lui avait prêté. Seidel, lui, n'avait pas fait poser de pierre tombale pour sa femme et ses garçons. Leurs cendres reposaient dans le même cimetière que le mari de sa voisine. Il avait prêté de l'argent à cette femme parce qu'elle s'occupait de Frank Derbach à l'orphelinat, elle s'en occupait très bien, d'ailleurs.

Non, il ne parlerait pas à Krystyna.

Restait encore la bonne. Dans ce genre de situation, il était toujours intéressant de discuter avec la bonne. N'étant pas de la famille, elle verserait quelques larmes, serait un peu troublée, mais garderait une certaine distance, et Seidel pourrait peut-être en apprendre un peu plus. Oui, il devait rencontrer Renate. Il avait déjà rendu visite à Gerhard plusieurs fois à Berlin, où il avait fait la connaissance de Krystyna et de Dagmara. Une famille charmante. Renate était une femme honnête, cela se voyait au premier coup d'œil, et elle semblait très proche de Dagmara.

Seidel composa le numéro.

Au bout du septième signal, alors qu'il s'apprêtait à raccrocher, une voix inconnue au fort accent slave l'informa qu'elle était la nouvelle femme de ménage, que monsieur et madame étaient absents, et que Mme Renate était décédée il y a quelques mois. « Voulez-vous laisser un message à monsieur ou à madame ? » demanda-t-elle, mais Seidel raccrocha sans répondre.

Dans sa chambre de la pension à Zehlendorf, assis au petit bureau près de la fenêtre, il réfléchissait, essayant de replacer les choses chronologiquement. Gerhard n'avait jamais évoqué la mort de Renate. Quelques mois… Cela correspondait à la période durant laquelle Frank Derbach lui faisait parvenir ces nouvelles photos. Le cas Boszewski se précipitait et occultait les autres événements, comme la mort d'une bonne, par exemple. C'est dire à quel point cette affaire avait pris de l'importance pour eux tous… Alors qu'elle avait commencé de manière si innocente : une rencontre, une question, une photo… Au bout de quelques semaines, plus rien d'autre ne comptait pour Gerhard, Frank et Seidel.

Seidel ouvrit la fenêtre. L'air vif et printanier de ce mois de mai envahit la pièce étouffante. Dehors, le bourbier avait disparu, le jardin rappelait de nouveau une clairière au milieu de la forêt. Les fleurs des champs se redressaient après la tempête. Les abeilles avaient colonisé les tulipes. Des papillons voletaient dans le verger où la propriétaire de la pension, une veuve d'un certain âge, cueillait les premiers oignons. Un chat dormait à l'ombre d'un vieux chêne. Il y avait même une niche entourée de pots de fleurs et envahie de lierre. Tout s'éveillait à la vie, tout était plein d'espoir, plein d'allant. Au cours de la nuit, le printemps s'était transformé en été, apportant l'espoir, la confiance envers les gens et dans l'avenir. Seidel eut envie d'y croire. Peut-être tout cela n'était-il qu'une tragique erreur ? Peut-être Gerhard était-il encore en vie ? Comment expliquer autrement le fait que personne ne sache rien chez lui ? « Puis-je transmettre un message à monsieur ou à madame ? » avait demandé la femme de ménage. Seidel devait absolument joindre Dagmara au plus vite !

Il observa son hôtesse qui s'activait dehors, en tablier et foulard sur la tête. Qu'il était bon de n'avoir à s'occuper que de son jardin ! Point culminant de la journée : arroser les fleurs et transplanter les hortensias. Pourrait-il vivre ainsi ? Avait-il jamais vécu ainsi ? Autrefois, quand les enfants étaient petits, sa femme et lui possédaient un bout de terrain où ils avaient planté des groseilliers, des framboisiers, des concombres. Il essayait de se protéger de ces images. Elles surgissaient toujours à l'improviste, brutalement, même après toutes ces années, et toujours aussi douloureuses. Qui a dit que le temps guérissait les blessures, qu'elles finissaient par devenir indolores ? Que faire lorsque les souvenirs vous assaillent au beau milieu de la journée, qu'ils vous étreignent, vous étouffent... Il n'y avait rien à faire. Rien du tout. Des années après le drame, vous êtes terrassé de la même façon qu'autrefois, mais vous savez que votre mort ne surviendra pas d'un coup et que simplement, au fil des ans, vous deviendrez de plus en plus faible. Seidel était un vieillard désormais, il avait tant d'années derrière lui, mais il devait continuer à vivre, alors que ses fils, eux, étaient partis si jeunes. Il n'en revenait pas d'avoir survécu si longtemps sans eux, il s'affolait alors : mais comment était-ce possible ? Il était encore là, toujours vivant ? Jamais il ne pouvait songer librement au passé. Les souvenirs ne sont agréables que s'ils poursuivent leur cours. Un cours favorable, ou du moins supportable. Celui de Seidel s'était rompu des années auparavant, en 1985.

Le silence de la mi-journée fut soudain brisé par le son des cloches de l'église, qui s'accordait parfaitement avec le moral de Seidel. Il provenait du côté du vieux cimetière, situé juste derrière la Lindenstraße, une rue bordée de tilleuls, comme l'indiquait son nom. Elle n'était pas aussi grande, majestueuse et mystérieuse que celle qui s'étirait sur des kilomètres depuis la Porte de Brandebourg jusqu'à la Karl Liebknecht Straße, et se poursuivait ensuite jusqu'aux frontières mêmes de la Pologne. Non, celle-ci était étroite, tranquille, comme il convient à la rue d'un cimetière. Seules les cloches sonnaient ici de manière sinistre et funèbre, comme pour accompagner la terrible réalité : Gerhard, l'ami de Seidel, était mort, comme étaient morts ses propres enfants et sa femme. Même Renate, la bonne, était morte. Ils étaient tous morts.

Seidel se sentait coupable. Fidèle compagne, la culpabilité l'accompagnait partout. Pendant qu'il travaillait, qu'il regardait la télévision ou lisait, elle restait derrière lui, une capuche noire rabattue sur ses yeux, l'observant par-dessus son épaule. Comme en ce moment. Il était responsable de toutes ces morts, celle de ses fils, de sa femme… et Gerhard maintenant ! Cette dernière culpabilité était plus pesante encore car, une fois de plus, elle ravivait le passé.

Au cours de ses dernières nuits si pénibles, tout se mélangeait dans sa tête. Était-il en Allemagne de l'Est ou bien à l'Ouest ? En 1985 ou en 2011 ? Aurait-il pu faire quelque chose ? Mais quoi ? Lorsque Gerhard lui avait confirmé son intention de se rendre en Bulgarie, Seidel pressentait que le scénario qui s'annonçait serait bien noir. Il avait conjuré le photographe de renoncer à ce voyage. En vain ! Il n'avait pas réussi à l'arrêter. Gerhard était parti. Seidel avait échoué. Cette fois comme par le passé. En 1985 aussi, il avait essayé. Il avait demandé à ses fils de ne pas partir. Il les avait implorés, les suppliant de penser à leur mère ; il leur avait fourni un tas de raisons, mais elles paraissaient toutes si dérisoires, insuffisantes pour les retenir. Ses fils chéris ! Oui, il était coupable, c'est certain.

Même si ses garçons lui cachaient la véritable raison de leur voyage, lui savait. Un père sait ce genre de choses. Il savait pourquoi ils n'emportaient pas seulement des duvets dans leurs bagages, mais aussi des objets totalement inutiles pour aller faire du camping en Bulgarie. Depuis le début, il avait un pressentiment, il savait pourquoi les jumeaux voulaient partir. Tout simplement, ils ne supportaient plus de vivre ici, dans ce pays pourri. Lorsque les garçons avaient compris qu'il était inutile de tromper leur père, puisqu'il était au courant, ils avaient continué à argumenter en tenant des propos sans queue ni tête, comme tous les jeunes quand ils ont une idée dans le crâne et y croient dur comme fer. Après tout, ils étaient majeurs depuis quelques mois, l'aurait-il oublié ? Ils lui avaient juste demandé de ne rien dire à leur mère, pour ne pas l'inquiéter.

Seidel ne dit donc rien à sa femme, il ne laissa pas tomber pour autant. Mais il eut beau s'agenouiller, supplier, demander, s'énerver, crier, menacer. En vain ! Tout avait commencé par un voyage à Paris, où il était allé voilà plus d'un quart de siècle. Vingt-six ans déjà ? Incroyable ! Il était parti pour quelques jours seulement, et avait pu rendre visite à sa mère, dans sa maison de retraite. En 1961, une semaine avant la construction du Mur, sa mère avait rejoint la France en passant par Berlin-Ouest. Elle n'en était jamais revenue. Son âme juive déchirée ne savait toujours pas si sa patrie était celle de son père, l'Allemagne, ou celle de sa mère, la France. Seidel n'avait revu sa mère que vingt ans plus tard. Elle ne l'avait pas reconnu. Elle était si menue ! Ses cheveux étaient devenus tout gris ! Mais elle avait l'air en bonne santé.

— Papa, je suis si contente que tu sois enfin là ! l'avait-elle accueilli d'un sourire heureux.

Sa propre mère !

« Le bonheur, c'est avoir une bonne santé et une mauvaise mémoire », avait-il lu sur le mur d'un café parisien. Cette phrase semblait avoir été écrite spécialement pour sa mère, pour lui, pour cette circonstance. Par Hemingway peut-être ? Ensuite, une fois dehors, lorsqu'il s'était retrouvé sur les pavés gris, sa mère avait agité son mouchoir par la fenêtre en criant très fort :

— Mon petit papa part au front ! Il part au front !

Seidel avait conclu que, dans l'esprit de sa mère, ce

devait être l'année 1914. L'ancienne guerre laisse toujours de moins mauvais souvenirs, elle semble moins cruelle que la plus récente. Sans doute la Seconde Guerre mondiale s'était-elle effacée de la mémoire de sa mère. Seidel se dit alors que parfois la maladie avait quelque chose de bon, dans cette fichue vie.

— Au revoir, papa !

Sa mère était restée longtemps à la fenêtre, jusqu'à ce qu'il disparaisse au coin de la rue. Il avait murmuré : « Adieu, maman ! » car une petite voix lui soufflait qu'il ne la reverrait plus jamais. Lui retournait en Allemagne de l'Est, elle dans son oubli. Cela revenait un peu au même.

Sans doute était-ce mieux ainsi, pour elle, pour lui, pour eux deux.

Ensuite, pour se consoler, il avait pris d'innombrables photos de Paris. Suivant strictement les ordres qu'il avait reçus de l'officier est-allemand avant son départ, il transmit ce qu'il avait à transmettre – une sacoche contenant des dossiers – à qui il fallait. À Paris d'abord, puis à Vienne. Il avait rempli sa mission. Il ne se souvenait plus très bien de tout cela, il n'avait pas envie de se souvenir. Ç'avait été le véritable but de son voyage, la seule raison pour laquelle ils l'avaient laissé partir. Pour qu'il remplisse la mission qu'on lui avait confiée, pour la patrie. Et au nom de la patrie, il devait l'oublier aussitôt. S'il fallait recommencer, il irait à nouveau. C'étaient juste des petits services qu'il devait rendre pour la Stasi, lui, Seidel, ou plus exactement Seiden. Ils connaissaient son vrai nom, ils savaient qu'en réalité, c'était un juif français.

« La RDA n'oublie pas les services rendus », lui avait longuement expliqué cet officier avant que Seidel accepte de collaborer. Il pouvait avoir l'œil sur ses voisins. Pourquoi pas ? Elle, une Polonaise, posée, débrouillarde, travaillait à l'orphelinat ; lui était allemand, un ivrogne et un salaud. À l'époque, il ne battait pas encore sa femme. Ils avaient trois enfants. Des catholiques. En réalité, Seidel n'avait pas grand-chose à en dire, mais il ne tenait pas à contrarier l'officier. Alors il s'était mis à lui raconter n'importe quoi : que ses voisins partaient souvent cultiver leur jardin ouvrier, puis ils rentraient chez eux, qu'ils allaient faire leurs courses, se promener, etc. Des choses sans aucun intérêt, si bien que l'officier se lassa et ne donna plus de nouvelles missions à Seidel. « Tu n'iras plus à Paris », lui annonça-t-il. Voyager au nom de la patrie bien-aimée, ça se mérite, transmettre des dossiers importants exige une contrepartie ! Que Seidel s'en souvienne et surveille ses voisins plus consciencieusement, et pas juste depuis sa fenêtre.

Pour l'heure, il devait donc se rendre à Paris, puis à Vienne, et il se réjouissait qu'on l'ait choisi, lui, pour cette mission. Seidel était un artiste, certes, mais un ouvrier de choc également (parmi les artistes aussi, il y avait des stakhanovistes !). Un gars comme ça n'allait pas refuser, c'est sûr. Il ne refusa pas. Ce devait être le voyage de sa vie, un retour vers son enfance, vers sa mère, or il était devenu la graine du Golgotha. S'il avait su, si seulement il avait su…

Mais il ne savait pas.

Une semaine plus tard, de retour à Leipzig, il avait montré ses photos à sa famille. Il avait tant de choses à leur raconter, il leur avait fait comprendre combien il avait apprécié son voyage à l'Ouest. Il avait dû parler à voix basse, pour que ses voisins n'entendent pas (qui sait, peut-être avaient-ils dû signer quelque chose, eux aussi). Il n'avoua jamais à sa femme et à ses fils à quel point il regrettait de ne pas avoir accompagné sa mère à Paris autrefois, de ne pas l'avoir écoutée et d'avoir refusé la nationalité française. Il s'était contenté de leur parler de ces deux villes. Il en parlait tellement bien. Vienne était magnifique et Paris plus somptueuse encore. Riche, prospère, dorée. Il était fier de lui, parce qu'il était revenu. Ce n'était pas le cas de tout le monde, mais lui était revenu retrouver sa famille. Ses fils, sa femme buvaient ses paroles. Sa femme était rassurée qu'il soit rentré à la maison. Elle maudirait ensuite le sang français qu'il avait transmis à leurs enfants. Les jumeaux passeraient des jours entiers, leurs deux têtes blondes penchées sur les photos de la Seine, de l'Arc de triomphe… On aurait dit qu'ils étaient possédés par le diable, Paris, Paris et encore Paris. S'enfuir le plus loin possible. Et voilà ! Adviendrait ce qui devait advenir. À peine quelques mois plus tard, leur père constaterait qu'il avait été incapable de les arrêter. Il avait échoué.

Par la suite, il se rendrait en Bulgarie avec sa femme. En guise de récompense, pour les services rendus, parce que la RDA n'oubliait jamais les bons et loyaux services. Ce n'étaient pas des vacances, non, ils étaient partis récupérer le corps de leurs fils. D'abord, cet officier, le premier que Seidel avait rencontré, vint leur rendre visite, un bon garçon somme toute, du moins pas le pire, puisqu'il était venu en personne, il n'avait pas oublié. Quel choc quand ils entendirent ce qui s'était passé ! Sa femme avait poussé un grand cri, s'effondrant sur le sol… Seidel, par chance, ne se souvient pas de sa propre réaction. Ensuite, l'autre officier, bien connu de Seidel, celui qui lui avait remis la sacoche pour Paris, était venu à son tour. Qu'avait-il dit ? Seidel ne s'en souvient pas non plus.

En revanche, il se rappelle parfaitement la morgue

en Bulgarie, où sa femme et lui avaient longuement regardé leurs fils décédés. Presque identiques tous les deux. 1,75 m, bien bâtis, de beaux garçons au corps d'athlète. Ils ne semblaient pas très abîmés, pas du tout même. Lavés, recousus, prêts pour le transport et la crémation. Leurs cendres seraient conservées au cimetière de Leipzig.

Ce que Seidel et sa femme n'avaient pas vu figurait dans le rapport d'autopsie établi par un médecin légiste de l'Armée bulgare populaire, le lieutenant-colonel Jordan Todor Milieviev. Vingt-six ans plus tard, quelques jours avant sa propre mort, Frank Derbach rencontrera ce médecin dans un charmant café de Sofia, joliment aménagé, à l'européenne. Il lira ce rapport, constatera qu'il a été rédigé avec la plus grande rigueur – comme tout fonctionnaire ayant eu l'honneur de travailler dans des administrations telles que l'Office responsable des archives de la Stasi, il était familiarisé avec la paperasse. Il résultait clairement de ces quelques pages que les balles ayant causé la mort des jeunes Seidel avaient été tirées d'une distance de moins de 1,50 m. Dans le cas du plus jeune (de deux minutes), après avoir traversé le côté gauche du visage, le cou et le thorax, la balle s'était logée dans le dos, en dessous de l'aisselle droite, elle avait broyé l'os zygomatique, l'os maxillaire et deux vertèbres cervicales, écrasé la moelle épinière, arraché une partie de l'aorte et le poumon droit. Le second avait reçu deux balles en plein cœur. L'agonie du plus jeune avait duré de longues minutes. L'aîné était mort sur le coup. Voilà ce qu'avait retenu Frank.

Pour sa part, Seidel se souviendrait de ses fils, ses si beaux garçons, qui ne semblaient pas trop marqués (« Les montrer du côté droit ! » hurlait Voloykov, le capitaine des gardes-frontières, avant qu'on laisse entrer les Seidel. « Du côté droit ! »). Il se souviendrait aussi d'une pièce carrelée, en sous-sol, de la taille d'une petite cuisine ; au mur, des tableaux avec des inscriptions en bulgare. Et d'une odeur douceâtre de décomposition qui vous prenait les narines. La porte en métal marron refermée, puis une autre encore, cette odeur tenace ne disparaîtrait pas dans la pénombre de la nuit de la capitale bulgare.

Des kilomètres et des années séparaient maintenant Seidel de la vieille morgue, toujours en activité, de l'Académie militaire de médecine de Sofia. Pourtant, cette odeur le hantera à jamais. Dans son portefeuille, il gardera la photographie de sa femme avec ses fils. Une odeur, une photo et la culpabilité, tels étaient désormais les compagnons de Seidel.

Vingt-six ans plus tard, Frank Derbach à son tour poussa cette porte marron, il respira, lui aussi, cette odeur dans cette même morgue. Trois cadavres attendaient, nus, prêts pour l'autopsie. Frank les regarda sans les voir. Car, à leur place, il revoyait les jeunes Seidel. Bien vivants, l'allure sportive, des sacs sur le dos, ils lui font signe pour la dernière fois, tandis que lui feint de comprendre pourquoi il ne peut pas partir avec eux cette fois. Pourquoi n'avoir pas protesté ce jour-là ? Il ne le sait toujours pas aujourd'hui. Il les voit qui rebroussent chemin. Le plus jeune, celui dont le côté gauche du visage a été traversé par une balle, pose son sac à dos un instant et regarde Frank dans les yeux ; il lui demande de ne pas leur en vouloir. C'est curieux, tous ces mots qu'on peut prononcer, ce débit de paroles mensongères qu'on peut sortir de sa bouche quand on ne veut pas faire souffrir. Le plus jeune est sensible, même s'il raconte des histoires. L'aîné, celui qui a été touché en plein cœur, l'est moins, il n'a jamais su mentir, il revient vers son frère, lui dit qu'ils vont être en retard, qu'ils doivent se dépêcher. Les jumeaux repartent en courant.

Frank rouvrit les yeux. En quittant la morgue, il se mit à courir, lui aussi. Pas pour aller camper, non ! Il devait retrouver un journaliste, Gerhard S., dans un café.

De tout cela, Seidel ne savait rien. Il ne cessait de s'interroger : *Où se trouve Frank Derbach ? Que lui est-il arrivé ? Qui l'a enlevé ? Est-ce que Frank est… ?* Une fois de plus, il se sentit coupable, car il avait rompu son principe implacable : toujours travailler seul et ne pas faire intervenir d'étrangers dans ses archives, qui ne devaient constituer qu'une collection d'informations générales, privées, pour ainsi dire. Il se l'était promis tant de fois. Des institutions plus puissantes étaient là pour se charger des cas particuliers. Et pourtant ! Pourtant, convaincu par Frank, il avait commis une erreur irréversible. Il avait fait confiance, s'était laissé influencer. Il avait aidé Gerhard, et voilà le résultat ! L'énigme qu'ils avaient dénouée s'était révélée fatale.

Pour la première fois, il avait laissé opérer quelqu'un de l'extérieur, et une chose épouvantable était survenue. Le mal avait resurgi, ramassant une terrible récolte. Grâce à sa rigueur, Seidel avait progressivement élargi sa collection, créé un petit musée. Ses archives n'occupaient que quelques pièces à l'arrière du théâtre, mais elles faisaient forte impression et étaient visitées depuis quelques années par des groupes scolaires, des étudiants… Il ne voulait rien d'autre, seuls comptaient le souvenir, la mémoire. Il fallait rester discret, éviter la publicité. Hélas ! Hélas !… Quelle mouche l'avait piqué ? Comment avait-il pu se laisser convaincre ? Stupide vieillard !

En fin de compte, c'était facile à expliquer : Gerhard inspirait confiance, quant à Frank Derbach, Seidel le connaissait depuis de longues années. De plus, le cas de Boszewski lui paraissait extrêmement intéressant. Frank lui avait apporté pas mal de documentation et, de fil en aiguille, Seidel s'était mis à réfléchir, à se poser des questions : pourquoi un Polonais d'une trentaine d'années, Piotr Boszewski, abandonne-t-il soudain sa famille pendant des vacances en Bulgarie pour s'enfuir à travers la montagne ? Pourquoi décide-t-il brusquement, sans prévenir personne, de passer illégalement une frontière très surveillée ? Comment meurt-il ? Où ? A-t-on tiré sur lui ? Pourquoi fuit-il ? Et qui fuit-il ?

Seidel avait très vite décrypté le mystérieux numéro figurant sur les photos de Boszewski ; il correspondait aux derniers chiffres de son passeport. Il y était parvenu en bonne partie grâce à Frank, qui ne cessait de leur apporter de nouveaux documents et de lancer quelques indications à demi-mot. Quel roublard ! L'affaire Boszewski résolue, Frank décida qu'il était temps de dévoiler un peu son jeu. En se balançant sur son tabouret, comme à son habitude, il leur révéla que les fugitifs de la RDA n'étaient pas les seuls à avoir disparu à la frontière bulgare dans des circonstances mystérieuses. Si, si, ils verraient. Prochainement, il allait se procurer des preuves. Seidel l'avait alors interrompu, agacé. Assez ! Il ne voulait plus entendre parler de cette affaire. Ses archives étaient un lieu sacré de la mémoire et sûrement pas un bureau d'investigation. Fini toutes ces intrigues ! Il en avait marre.

— D'accord, très bien ! répondait Frank, mais, têtu comme une mule, il revenait régulièrement à la charge.

Oui. Le musée de Seidel était impressionnant. Ébahi, Gerhard n'en revenait pas. Seidel lui avait fait visiter avec fierté les petites salles débordant de documents divers et de pièces d'exposition. Tout ne venait pas de Frank, il y avait aussi des dons de nombreuses personnes, bienveillantes et désintéressées, qui envoyaient à Seidel des photos, des lettres, des dossiers… Les parents d'une victime, Vera S., une jeune fille tuée à la frontière bulgare en 1972, lui avaient même apporté ses chaussures, son sac, son portefeuille et quelques autres objets que leur fille avait portés « jusqu'à la fin », comme l'avait précisé son père. Une infirmière, qui s'était probablement occupée du corps, avait consenti à échanger secrètement les effets personnels de l'adolescente assassinée contre une Wartburg.

Vera S. avait échoué.

Comme bon nombre d'autres fugitifs, elle avait essayé d'atteindre la Turquie par la frontière bulgare, persuadée que c'était plus facile que de traverser la frontière entre les deux Allemagnes. Une sorte de *no man's land* en pleine montagne, voilà l'idée que s'en faisaient les Allemands de l'Est décidés à fuir leur pays. Vera S. le pensait aussi. Vains espoirs ! Seidel et sa femme, ainsi que d'autres pères, mères, épouses, sœurs ou frères en savaient quelque chose.

La frontière bulgare était étroitement surveillée, au moins autant que celle entre les deux Allemagnes. Selon Frank, on y pratiquait régulièrement la chasse aux fuyards, est-allemands en particulier. Les soldats recevaient même une prime pour chaque fugitif qu'ils interceptaient.

— Une prime ? s'étonna Gerhard, incrédule.

Seidel se taisait. Il faut dire que Frank l'exaspérait souvent. Mais cette fois-là, il ne l'interrompit pas. Il avait déjà lu des articles sur ces primes. Avant l'entrée de la Bulgarie dans l'Union européenne, de nombreuses publications étaient parues à ce sujet. Puis, le temps passant, elles étaient devenues de plus en plus rares. Finalement, le sujet était tombé dans l'oubli. L'Allemagne fait de bonnes affaires en Bulgarie. Pourquoi remuer le couteau dans la plaie ? Les morts ne reviendront pas.

— Huit mille marks est-allemands pour chaque fuyard allemand abattu, une belle somme ! déclara Frank, impassible, sans se soucier de l'effet produit.

— Et comment tu sais ça, toi ?

— Je le sais, c'est tout, déclara-t-il en haussant les épaules.

— Des bobards ! rétorqua Seidel.

Il refusait d'en parler, il ne voulait même plus y penser. Pourtant, tout cela le tourmentait. Avait-on payé pour ses fils aussi ? Si on offrait huit mille marks par personne, alors seize mille pour deux ? Ou peut-être un peu moins, un prix de gros ? Combien coûte la mort de jumeaux ? Comment en calcule-t-on le prix ?

— Tais-toi donc, Frank !

Frank Derbach se rendait souvent en Bulgarie, il connaissait assez bien ce pays.

— Aujourd'hui, la frontière n'est plus vraiment la même qu'à l'époque, mais autrement rien n'a changé, sinon en pire. Devant le magasin du village, des ânes et des chèvres broutent de l'herbe. Je n'ai pas vu une seule voiture. La frontière passe en bas, le long de la rivière. Juste derrière se trouve la Grèce. C'est là qu'habitent les familles bulgares. Exactement comme autrefois. Les gens qui fuyaient devaient se dire : « Je traverse la rivière et me voilà libre ! » Vous me suivez ?

— Et comment tu fais pour communiquer avec eux ? voulut savoir Gerhard.

— Avec qui ?

— Avec ces gens, là-bas.

— Normalement. En russe.

— Toi, tu parles russe ? demanda Gerhard, interloqué.

— Et pourquoi pas ? fit Frank.

Gerhard tourna son regard vers Seidel. Sans doute lui aussi parlait-il le russe, comme la moitié des habitants de Leipzig. Seul Gerhard, apparemment, ne connaissait pas cette langue.

— Dans le temps, le petit village frontalier comptait six cents habitants, poursuivit Frank, alors qu'aujourd'hui ils ne sont plus qu'une soixantaine. L'état des routes est déplorable, pire qu'il y a trente ans. J'ai eu du mal à y accéder. Là-bas, tout se déglingue. Ils vivaient mieux pendant le communisme.

— Ce sont eux qui le disent ou toi ? demanda Seidel, excédé.

— Calmez-vous, monsieur Seidel ! Eux ou moi, quelle différence ? À l'époque, ils vivaient mieux. Avec la frontière, ils se faisaient de l'argent.

— De l'argent ?

On aurait dit que Seidel allait défaillir. Il s'assit lourdement sur le tabouret que Frank venait de libérer.

— Eh bien, oui ! Dès qu'ils voyaient un étranger, ils allaient le dénoncer aux soldats. Une patrouille était alors lancée. Si elle attrapait quelqu'un, le paysan, lui, recevait une récompense.

Seidel et Gerhard observaient Frank en silence.

— Des bons d'achat pour des vêtements, par exemple, ou pour des friandises. Voilà comment cela fonctionnait.

Une chèvre, un âne, un banc en bois brut, des vieillards édentés, une vieille femme avec une miche de pain.

— C'est eux qui te racontent tout ça, hein ?

Seidel contemplait les images en écoutant avec attention le récit de Frank. Un peu malgré lui, car il aurait préféré ne rien entendre. Gerhard fixait les photos des yeux et se disait, non sans une certaine philosophie, que les terrains frontaliers semblaient partout aussi pauvres et misérables.

— Oui. Ils n'ont pas grand-chose d'autre à faire, dit Frank en s'arrêtant sur un cliché. C'est là que Boszewski a été tué. Exactement là ! s'écria-t-il en s'animant soudain.

Ils se penchèrent tous pour observer le point qu'il leur indiquait : des broussailles, des arbres. Une chèvre dans le fond.

— Vous allez voir, ça va faire l'effet d'une bombe ! On y envoyait des gens de toute l'Europe. Et tout le monde gagnait du pognon avec ça. Tout le monde ! Depuis le paysan jusqu'au soldat, et jusqu'à sa hiérarchie même et les hautes sphères. Quand je vais exposer tout ça au grand jour, monsieur Seidel… (Frank s'arrêta un instant en s'esclaffant d'un rire rauque.) J'ignore encore comment je vais le prouver, mais je le prouverai… pour vos garçons, monsieur Seidel. Et pour toi aussi, Gerhard.

Stop ! Ça suffit ! Ils en avaient plus qu'assez d'écouter les récits délirants de Frank.

— Arrête, Frank ! Tais-toi, enfin !

— Nous aussi, nous allons nous faire de l'argent, vous verrez, monsieur Seidel !

— Je n'ai besoin de rien, moi, rétorqua Seidel en

essayant de chasser de son esprit les folles élucubrations de Frank.

— Oh, ne soyez pas si susceptible ! Un peu de revenus profiterait à vos archives, le local est délabré. Sans travaux de rénovation, cette vieille bicoque finira par tomber en ruine.

Gerhard tournait son regard tantôt vers l'un, tantôt vers l'autre. D'ordinaire très patient, Seidel commençait à ne plus supporter Frank. Mais depuis un certain temps, ce dernier revenait toujours vers le même sujet, de façon quasi obsessionnelle, espérant que Seidel accepterait l'argent qu'il voulait lui offrir pour la restauration de son musée. Depuis sa création, Seidel finançait tout avec ses propres moyens, il n'avait jamais demandé aucune aide financière. Selon lui, plus on demandait de subventions, plus on s'attirait d'ennuis.

— Je ne veux pas me faire remarquer, répétait-il. Frank, laisse tomber !

Gerhard, pour sa part, estimait que si Frank offrait de l'argent, il fallait le prendre. Lui-même était prêt à apporter discrètement sa contribution.

— C'est pour la bonne cause ! intervenait-il en faveur de Derbach.

Seidel répondait invariablement qu'il n'accepterait jamais de l'argent dont il ignorait la provenance. Et même s'il la connaissait, d'ailleurs, ajoutait-il en tournant son regard vers Gerhard. Jamais ! Frank ne se vexait pas, il changeait de conversation et passait à un autre sujet top secret. Et plus ses récits étaient effroyables, plus Gerhard y décelait un sens caché, une vérité difficile à entendre. Était-ce à ce moment-là qu'il avait pris la décision de se rendre à Sofia, de tout vérifier par lui-même ? Sans doute. Pourtant Seidel avait bien essayé de l'en dissuader :

— Gerhard, ne faites pas de bêtises, oubliez ce voyage à Sofia. Et toi, Frank, tais-toi enfin !

— Évidemment que tu devrais y aller ! s'écria Frank.

— Frank !

— Mais écoutez-moi, monsieur Seidel…

— Je ne veux plus entendre parler de la Bulgarie ! Tu comprends ? Ça suffit ! Et toi aussi, cesse ce petit jeu !

— Petit jeu ? Quel petit jeu ? s'exclamait alors Frank en écarquillant les yeux, avant d'ajouter d'une voix lugubre, à faire froid dans le dos : Ce n'est pas un jeu, monsieur Seidel.

Frank Derbach ne jouait pas, en effet. Depuis le dernier coup de fil de Gerhard, Seidel en avait la certitude absolue. Son enlèvement confirmait clairement l'existence des preuves dont il leur avait parlé. Lorsque Gerhard l'avait appelé de Sofia et lui avait lu l'information laconique qui figurait sur la photo découpée, Seidel n'eut plus le moindre doute : il fallait écouter Frank avec toute l'attention qu'il méritait. Frank n'était ni un fou ni un fanatique. Et Boszewski n'avait jamais eu la moindre intention de s'évader par la frontière bulgare. On lui avait tiré dessus de façon préméditée, en l'attirant dans ce lieu sous un faux prétexte. Désormais, Seidel savait qui envoyait les photos à Christian Schlangenberger. Ce n'était pas Gerhard, comme le croyait Ernesto. Ah, sacré Frank !

Mais pourquoi faisait-il cela ? Pourquoi ?

Seidel jeta un coup d'œil par la fenêtre. L'hôtesse de la pension agita une main dans sa direction et lui demanda s'il déjeunait sur place, car la veille elle ne l'avait pas vu. Elle n'en comprenait pas la raison, puisqu'il avait payé la *Vollpension*. Percevant un petit reproche dans sa voix, Seidel lui confirma qu'il serait là et qu'il mangerait volontiers une assiette d'*Eintopf*, une soupe épaisse aux lardons, préparée avec « des légumes bio fraîchement cueillis dans le jardin ».

— Très bonne pour la santé ! Avec du pain artisanal que je fabrique moi-même, ajouta-t-elle.

Il hocha la tête et referma la fenêtre.

Elle s'en alla, ravie d'avoir enfin un compagnon pour déjeuner. Rien de plus triste que de devoir manger seule devant sa télé ! Seidel la suivit du regard, songeur. Il n'avait aucune envie de soupe, de légumes bio, ni de dessert. Les événements de ces derniers jours lui avaient coupé l'appétit. Il n'avait pas la tête à déjeuner, pas plus ici qu'ailleurs, son esprit était entièrement préoccupé par autre chose. La veille, il avait eu droit au meilleur repas de sa vie, et cela lui suffisait. Il avait passé la nuit à réfléchir. La conversation qu'il avait interceptée lui avait permis de comprendre comment Frank Derbach avait réussi à se procurer autant de documents pour ses archives. Il n'avait pas perdu un seul mot des propos de Christian Schlangenberger, complètement ivre, ni de ceux d'Ernesto, qui semblait plus ivre encore. Ils avaient évoqué le plan génial qui leur avait ouvert de nouvelles perspectives. Seidel comprit le rôle de Frank qui, durant les cinq dernières années, lui avait fourni des passeports, des cartes d'identité, des lettres écrites par les quelques rares survivants, des procès-verbaux d'interrogatoires menés en Bulgarie. Frank n'avait rien détruit, il avait déposé toutes les pièces dans des coffres en banque, et le reste dans les archives de Seidel. Ainsi Seidel était-il entré en possession d'un grand nombre de documents secrets, ce qui, d'ailleurs, l'effrayait parfois, l'empêchant même de dormir, car seules les archives bulgares, étroitement surveillées, pouvaient en contenir davantage. Il réalisa enfin que parmi les personnes disparues se trouvaient nombre de Tchèques, de Hongrois et de Polonais. Les photos de Boszewski étaient accompagnées d'un acte de décès, ainsi que du rapport détaillé de l'autopsie. Son cas était le mieux documenté. Comme si Frank y tenait particulièrement. Bientôt, Seidel croula sous les documents, au point de ne plus pouvoir tout exposer dans son local, faute de place. Du reste, il n'était pas certain de vouloir tout montrer, il s'en justifiait comme il le pouvait devant Frank.

— Est-ce que tu ne prends pas trop de risques ? lui avait-il demandé lors de leur dernier entretien.

Frank avait haussé les épaules et regardé Seidel de ses grands yeux chagrins, toujours humides, compatissants.

— Et vous, vous ne prenez pas de risques, peut-être ?

Comme tous les orphelins, Frank Derbach avait les yeux tristes. Seidel connaissait bien ce regard. Frank fréquentait la même école que ses fils, ils étaient dans la même classe, allaient ensemble à la piscine. Après les cours, Frank ne rentrait pas dans sa maison familiale, mais dans un orphelinat. Parfois, cédant aux demandes de leurs garçons, Seidel et sa femme le prenaient chez eux. Leur voisine, une Polonaise, employée comme éducatrice à l'orphelinat, invitait aussi Frank chez elle de temps à autre. Ce gamin mérite bien mieux, disait-elle. Pour les jeunes Seidel, Frank était presque comme un frère. « Presque » – Frank devait la vie à ce seul mot. Ils faisaient tout ensemble, mais les jumeaux n'avaient pas voulu l'emmener en Bulgarie.

Après la mort de ses fils, Seidel avait perdu contact avec Frank durant de longs mois. Sa femme et lui avaient d'abord cru qu'il les évitait par peur. N'étaient-ils pas intervenus auprès des autorités pour demander que l'on respecte leurs droits de parents, pour demander justice ? Ce qui, en 1985, était très rare, presque personne n'osait le faire. Qui pouvait se douter que le régime allait tomber cinq ans plus tard ? En attendant, agir avec courage comportait de grands risques. Schlangenberger avait convoqué Seidel, il avait proféré des menaces. Quelques jours plus tard, des inconnus avaient battu Seidel sous une porte cochère, on lui avait recommandé de faire très attention s'il voulait éviter qu'un malheur arrive à sa femme. Depuis ce moment-là, Seidel savait qu'il se souviendrait de Schlangenberger toute sa vie. À l'époque, Frank n'était plus avec eux. Devenu majeur, il était parti s'installer ailleurs.

En vérité, Frank n'avait pas rompu le contact, il cherchait, agissait à sa manière. Il lui avait fallu du temps pour pardonner aux jumeaux d'être partis en Bulgarie sans lui, de ne pas l'avoir mis dans la confidence, de ne pas l'avoir considéré comme un frère tout court, mais « presque » comme un frère. Ils ne lui avaient pas dit la vérité sur leur escapade en Bulgarie. Ils l'avaient trahi. Les orphelins – petits et chétifs comme lui – privés de mère, de père, de grands-parents, de tout, s'attachent énormément aux gens. Un frère, c'est sacré. Bien plus tard, Frank avoua à Seidel et à sa femme que cela n'avait pas été simple de leur pardonner et qu'il était passé par des phases difficiles. À présent, il avait un bon travail, mais il poursuivait aussi des études ; des études spéciales, avec des stages pratiques. Il avait choisi ce travail-là, précisément, pour pouvoir venger un jour ses frères, avait-il ajouté.

— Venger ? fit Mme Seidel en blêmissant.

— Laisse tomber la vengeance, mon garçon, cela ne sert à rien, fais plutôt attention à toi ! lui répétait souvent Seidel, mais, à l'instar de ses deux fils, Frank ne l'écoutait pas.

— C'est quoi au juste, ce bon travail ? Et ces stages pratiques ? voulait savoir la femme de Seidel.

Seidel lui avait posé la même question à plusieurs reprises. Il venait enfin d'obtenir la réponse. Il rassemblait enfin toutes les pièces du puzzle. Aujourd'hui, caché sous la terrasse, il avait compris quelle était la véritable activité de Frank. Il avait compris ce que Frank voulait dire en parlant de vengeance, du travail qu'il n'avait pas choisi par hasard. Quel fou, quel gamin incorrigible, ce Frank ! Aussi incorrigible que ses propres fils. Seidel pleurait. Assis devant le petit bureau de sa chambre, il se rappela que, des années auparavant, il avait confié à Frank que Schlangenberger l'avait menacé lorsqu'il s'était rendu en Bulgarie avec son épouse pour voir le corps de leurs fils. Après cette conversation, Frank avait disparu, et ils ne l'avaient plus revu, sa femme et lui, durant près de deux ans. Seidel se prit la tête dans les mains. Tout était devenu clair à présent.

Après leurs vaines tentatives d'ouvrir un procès en Bulgarie, la femme de Seidel avait perdu tout espoir. Elle faiblit peu à peu, tomba malade et, un beau matin, mourut dans son lit. Seidel s'allongea à côté d'elle, il ne voulait plus se lever, mais aller la rejoindre. C'est la voisine qui avertit Frank, qui arriva aussitôt. Il discuta longuement avec Seidel et lui reparla de son travail : « Un travail tout ce qu'il y a de plus honnête, monsieur Seidel, cela vous plairait bien, j'en suis sûr », disait-il. Seidel avait même cru qu'il travaillait pour la Croix-Rouge. Depuis, Frank venait lui rendre visite tous les jours, comme au bon vieux temps, et il expliquait et réexpliquait à Burkhard Seidel, anéanti par la douleur, qu'il devait tenir bon, surtout ne pas se laisser aller, mais Seidel refusait de l'écouter. Il aurait voulu mourir avec sa femme. Qu'on le laisse enfin tranquille !

— Et qu'est-ce que je vais devenir, moi, si vous mourez ? lui demanda Frank avant de sortir en claquant la porte.

Peu après, il souffla à Burkhard l'idée des archives et il le fit si habilement que Seidel crut longtemps qu'il l'avait lui-même imaginée. Quoi qu'il en soit, le projet l'enthousiasma. C'était environ un an après la mort de sa femme. Comme d'habitude, Frank était venu chez lui avec une bouteille de vodka et l'avait persuadé d'entreprendre quelque chose d'utile, autrement il allait « moisir ». Seule une action véritablement utile, une « grande cause », pourrait peut-être l'aider à atténuer sa douleur et son deuil.

— Il faut avoir une activité qui a du sens, occuper entièrement votre esprit, monsieur Seidel, ne plus ressasser les vieux souvenirs.

Quelques jours avant son départ pour la Bulgarie, Frank avait raconté à Seidel et à Gerhard une nouvelle histoire complètement invraisemblable.

— Un magicien ? Mais arrête, enfin ! C'est quoi, ce délire ?

Pourtant, en voyant le carton rempli de passeports de diverses nationalités, Seidel pressentait déjà que Frank disait la vérité.

— « Le Magicien », pas mal comme nom de code, hein ? Digne des services spéciaux, remarqua Frank dans un rire narquois. Franchement, on est forcé d'admettre qu'ils avaient un sacré sens de l'humour ! Tu es là, puis tu disparais. Abracadabra, et voilà ! Plus rien. Comme par un tour de magie. Comme le grand Houdini. Je connais un salaud là-bas, responsable de tous ces actes, et vous le connaissez aussi, monsieur Seidel. Un type chargé des tâches spéciales… Je vais le retrouver, il s'appelle… poursuivit Frank.

Mais Seidel l'arrêta net, il ne voulait plus entendre parler de tout cela. Gerhard, lui, enregistrait leur conversation, plongé dans ses pensées.

Finalement, Gerhard était parti pour la Bulgarie. Il avait suivi Frank sans trop réfléchir aux conséquences. *Mais qu'est-ce qui lui a pris d'aller rejoindre ce dingue ?* se demandait Seidel, abattu. *Et maintenant, Frank a disparu, il a été enlevé, et Gerhard est mort. Que s'est-il passé ? Où est Frank ?*

Seidel savait à présent trop de choses pour rester là, à ne rien faire. Il ne pouvait plus rentrer chez lui pour attendre tranquillement la mort. Il était d'un calme inhabituel, comme si un lien invisible l'unissait à Frank et à Gerhard, à leurs derniers instants. Jamais, pourtant, il ne connaîtrait les circonstances de leur mort.

Soudain, quelqu'un frappa énergiquement à la porte. Seidel bondit sur ses pieds.

— Le déjeuner est prêt ! annonça une voix derrière la porte.

Tout compte fait, il avait faim. La soupe se révéla être un délice. Un véritable délice, capable de vous remonter le moral. D'ailleurs, il sentit ses forces revenir. Non, il ne pouvait pas promettre de rentrer pour le dîner. Il termina son assiette, remercia son hôtesse et partit. Il avait encore beaucoup de choses à faire en ville et il devait se changer. La veuve semblait déçue. Tant pis ! Le moment était mal choisi pour de petits dîners tranquilles. Il trouva sur Internet l'endroit où travaillait Tschapieski et décida d'aller le voir sans tarder.

Il ouvrait la porte d'entrée lorsqu'il entendit les sirènes assourdissantes d'une voiture de pompiers.

— Oh, Seigneur, la villa des Herz brûle ! s'écria son hôtesse en courant vers le portail. Elle est en flammes ! Il n'en reste presque rien !

— *Mein Gott !* fit Seidel.

— À la radio, on dit qu'il y aurait des victimes.

— Qui ça ?

— Le cuisinier, d'après la voisine.

Pendant que la veuve continuait de se lamenter, Seidel s'adossa contre le muret et, prenant appui contre la surface rugueuse, il put avancer ainsi jusqu'au banc. Il s'y affala de tout son poids. Il se reposerait un instant, puis irait chez Tschapieski. Soudain, il sauta sur ses deux jambes. Non ! Il n'y avait pas une seconde à perdre.

CHAPITRE 8

« *Ich bin ein Berliner* »

John Kennedy

Encore une journée de congé…

Le deuxième ou troisième jour qu'il buvait. Il ignorait que les chiens mouraient les yeux ouverts. Krenz lui expliquerait plus tard que c'était faux, mais Kowalski n'en démordait pas : Babsi avait les yeux ouverts.

— D'abord, on lui injectera un somnifère, avait dit le vétérinaire en le fixant du regard, comme pour une intervention normale, tu comprends ?

Kowalski ne le regardait pas. Tout ce qu'il voyait, c'étaient les yeux mi-clos et voilés de Babsi.

— À quoi ça sert, puisqu'elle dort déjà ? avait-il demandé.

— Possible, mais nous devons en être absolument certains, avait conclu le vétérinaire en se penchant au-dessus de la chienne.

C'était tout. Il n'y avait rien à ajouter. Du reste, Kowalski n'était pas en état de comprendre. Il ignorait que Babsi allait se transformer en une sorte de loque ratatinée, molle et humide. Comme il ignorait que, malgré l'interdiction formelle, on pouvait toujours s'arranger avec les services vétérinaires et emporter le cadavre de l'animal dans une boîte en carton, pour l'enterrer où on voulait.

Lorsque Babsi fut endormie, le vétérinaire jeta un dernier regard à Kowalski, haussa les épaules, éteignit la lumière et sortit.

À midi, Kowalski partit avec la laisse, mais sans Babsi.

Sa chienne, ou plutôt ce qu'il en restait, gisait à présent dans un carton. Krenz s'était occupé de tout. Il était venu chez Kowalski, et ils avaient enterré ensemble la pauvre Babsi.

Krenz était un type bien.

Mais Kowalski ne l'apprécierait que plus tard.

Pour l'heure, il ne pensait à rien.

Il devait juste surmonter sa peine.

Le premier jour, il s'était donc saoulé à cause de Babsi ; le deuxième, à cause de Tschapieski. Le troisième jour, il boirait juste pour le plaisir de boire, le quatrième, parce qu'il se souviendrait de la mort de Babsi. Les jours suivants, il boirait tout autant, mais sans se souvenir de rien, jusqu'à ce qu'un événement inopiné vienne perturber ses habitudes. Mais ça, Kowalski l'ignorait encore.

Au début, il emportait toujours la laisse au bistrot. Par habitude. Une laisse de bonne qualité, solide. Il l'avait achetée à l'époque où le mark existait encore. Douze ans plus tôt, une collègue de la protection des douanes lui avait parlé d'un refuge pour animaux, près de la frontière. Kowalski s'y était rendu et avait choisi une chienne, alors âgée de deux ans. À présent, Babsi était morte, le jour de son propre anniversaire. S'était-il bien occupé d'elle ?

Le voilà en deuil.

La tête vide, il écoute une mouche voler et les pas lourds du barman qui descend à la cave.

Aujourd'hui, c'est sa dernière cuite. Sauf qu'il n'a pas vraiment envie d'arrêter. Il boira donc. Un peu moins, peut-être, mais il continuera de s'enivrer. Pour oublier, ne plus penser… À rien ! Il boira à cause de Tschapieski surtout, et aussi un peu à cause de Babsi… Babsi qui est au ciel ! Et à cause de ce, de ce… il n'y a pas de nom pour ce genre d'individu. Du moins Kowalski ne connaît aucune injure suffisamment insultante pour Tschapieski.

Parce que ce salaud l'avait exclu de l'enquête.

Pire, il avait eu l'audace de le faire devant tout le monde.

Bref, il l'avait viré.

Après le travail minutieux qu'ils avaient effectué dans l'immeuble où l'on avait découvert le corps massacré, quand sur la scène du crime ne restaient plus que cet idiot de Flatow, Krenz, le Blond et le procureur, le Bouledogue avait soudain piqué une colère. D'abord, il l'avait insulté, lui, Kowalski. Puis il l'avait humilié. Et, pour finir, il l'avait écarté de l'enquête. Kowalski n'avait pas réagi tout de suite mais, cédant à la provocation, il s'était laissé entraîner dans un échange de propos virulents. Tout cela devant les autres. Le commissaire ne savait pas ce qui l'avait le plus blessé : d'avoir été écarté de l'enquête ou d'avoir été humilié par le Bouledogue devant ses collègues.

Sans doute d'avoir été humilié devant ses collègues.

Au fond, il aurait très bien pu s'en moquer, il était en congé et cette affaire ne l'intéressait pas vraiment, mais il s'agissait de tout autre chose. C'est lui, Kowalski, qui s'occupait des cas les plus difficiles. Lui, et non pas cette espèce de blondinet en uniforme. Lui ! Tout le monde le savait ! Tout le monde faisait appel à lui dans les situations compliquées.

Kowalski se sentait blessé.

Il était temps qu'il en finisse avec ce boulot.

Qu'il se tire.

Fini. *Schluss. Ende. Finito.*

Il allait donner sa démission.

Il deviendrait concierge. Justement, on en cherchait un dans son immeuble. Un concierge boit, dort peu et a la gueule de bois en permanence. En plus, il a droit à un logement gratuit. C'est exactement ce qu'il lui fallait. Il présentait toutes les qualités requises pour ce poste. Parfait ! Il venait de se trouver un nouveau métier.

Le problème, c'est qu'il était fonctionnaire de l'État et qu'il avait prêté serment. Tant pis, il prendrait des dispositions pour se « défonctionnariser ». « J'abdique ! » lança-t-il en hoquetant. Pris d'un fou rire, il attrapa le calepin de Flatow et l'ouvrit au hasard, à une page remplie de notes pêle-mêle. Songeur, il remarqua que l'écriture de Flatow était bien propre, soignée, alors que la sienne, négligée, reflétait à la perfection ses déboires d'ivrogne.

Depuis que Kowalski s'était approprié ce fichu carnet, les pages étaient devenues bien plus sales, grasses, collantes même. Un peu de sa précieuse poudre avait dû tomber dessus. *Plus de drogue ! Plus d'alcool !* se dit-il. *Rien !*

Rien du tout ? Un peu brutal comme changement. Ce serait un véritable choc pour son organisme. Pas très bon pour la santé. Il n'avait plus vingt ans. Il était un homme mûr, dans la fleur de l'âge. Et une fleur, ça s'arrose. De plus, il se trouvait dans un bistrot. Et l'endroit ne se prêtait nullement à ce genre de décision radicale.

Il se gratta la tête et nota dans le calepin une idée qui lui était venue à l'esprit dans la matinée. Il relut tout ce qui était lisible, en biffant, corrigeant, mettant des points d'interrogation… Non, il ne faisait pas que boire. Il se saoulait, certes, mais il réfléchissait aussi. Son cerveau restait en alerte. Il repensa au cadavre sans bras, les yeux crevés, de ce pauvre type assis sur les toilettes dans l'immeuble des Roms.

Kowalski l'ignorait encore quelques jours auparavant, mais la nouvelle s'était répandue depuis : la victime, Frank Derbach, travaillait pour l'office Gauck. Rien d'extraordinaire en apparence. Pourtant, si c'était un indice ? Le commissaire avait donc suivi cette voie et, une fois de plus, son instinct ne l'avait pas trahi. Il avait cherché, fouillé, vérifié, et il avait trouvé : Frank Derbach, ingénieur en télécommunication, avait fait ses études dans une grande école renommée de la RDA. À la sortie, il s'était vu offrir un poste de rêve au service technique du ministère de l'Intérieur. Il y aurait sans doute fait une belle carrière, mais le Mur était tombé.

Kowalski se demandait qui était réellement Frank. Un opportuniste ? Un ancien fonctionnaire de la Stasi, devenu l'un des soixante-dix-neuf agents recrutés au BStU[1] en 1991 par le grand Joachim Gauck (en qui Kowalski voyait déjà le président de l'Allemagne réunifiée). Le BStU, c'était le nom officiel de cette

1. *Bundesbeauftragte für die Unterlagen des Staatssicherheitsdienstes der ehemaligen Deutschen Demokratischen Republik*, mandataire fédéral pour la documentation du service de sécurité de l'État de l'ex-République démocratique allemande. (*N.d.T.*)

institution, mais tout le monde l'appelait l'office Gauck. Joachim Gauck fut son premier directeur, et c'est lui qui avait eu l'idée d'employer d'anciens agents de la Sécurité, qu'il considérait comme indispensables pour analyser les archives. Des Frank, des Hans, des Herman ou des Wolfgang, des méchants qui étaient tous devenus des gentils. Du jour au lendemain. Des spécialistes des archives de la Stasi. Des comptables, des experts, des analystes, des conseillers.

Les soixante-dix-neuf braves.

Le fait est qu'ils étaient bien indispensables. Personne ne connaissait mieux qu'eux ces centaines de milliers de rapports, dont certains avaient peut-être été rédigés de leur main. C'était leur domaine, les dossiers n'avaient pas de secret pour eux.

Malgré ses excès d'alcool, Kowalski continuait donc à travailler. Il cherchait, enquêtait, puis remettait bout à bout les bribes d'informations obtenues. Il en avait trouvé un certain nombre sur Internet. L'affaire semblait fascinante, mais sentait mauvais. Grâce à ses investigations, il était parvenu à découvrir des éléments jamais découverts auparavant. Étrange, tout de même. Et inquiétant, d'ailleurs, car ces renseignements n'étaient pas si difficiles à trouver. Peut-être les enquêteurs de la police n'avaient-ils pas voulu suivre la bonne piste ? Délibérément.

Le commissaire avait la ferme intention d'obtenir davantage d'informations encore, mais pour cela il avait besoin de consulter les annales d'une vieille revue qui n'existait plus depuis une dizaine d'années. Il préférait éviter de se connecter à Internet depuis chez lui. Des années de travail dans la police lui avaient appris que certaines théories, qualifiées parfois de complotistes, n'étaient pas entièrement fausses. Dans ce pays, tout le monde pouvait être placé sur écoute, et ce n'était pas toujours le fait des services étrangers. Tu veux fouiller, creuser, explorer, alors vas-y, mais fais gaffe ! Et surtout, n'utilise pas ton propre ordinateur. Il nota les numéros et l'adresse où l'on pouvait obtenir les informations qui l'intéressaient. Celle d'une bibliothèque, située au centre-ville et entourée de tilleuls.

— Un lieu sûr, un des rares endroits qui ne soient pas mis sur écoute, lui avait expliqué en riant un ami ingénieur, spécialiste du son. Il paraît que les personnes qui valent la peine d'être surveillées ne lisent pas. À quoi bon un livre pour quelqu'un qui tire les ficelles du pouvoir ! Moi non plus, je ne lis pas !

Kowalski n'avait pas pu s'empêcher de citer sa mère : elle lui disait toujours d'éviter les gens qui n'avaient lu qu'un seul livre dans leur vie.

Là-dessus, l'ingénieur s'était offusqué.

— Moi, je n'en ai lu aucun. Ça change tout, non ? dit-il d'une voix rauque, altérée par l'alcool.

Plusieurs semaines s'étaient écoulées depuis leur réunion arrosée, mais il était peu probable qu'entre-temps quelqu'un ait eu l'idée d'installer des micros dans la bibliothèque. Kowalski se rasa, se brossa les dents, mit un peu de déodorant. Il mangea une brioche et but une bière. Une seule. Décidément, il ressemblait de plus en plus à un être humain normal.

Il emprunta subrepticement un vélo à son ami peintre et roula sous la pluie jusqu'au quartier de Mitte, où il s'arrêta devant une imposante grille en fer forgé noir. Il dut attendre l'ouverture de ce temple de la connaissance où avait jadis étudié Lénine, comme l'indiquait une plaque commémorative. À peine eut-il traversé la cour, dont la partie centrale était occupée par une fontaine, qu'un gardien lui ordonna de laisser son vélo à l'extérieur. Lénine aurait sans doute eu la permission de rouler dans la cour sur son vélo, mais pas Kowalski. Les temps avaient changé. Le prolétariat n'avait plus la cote.

Le commissaire était pressé, il voulait s'inscrire, recevoir sa carte de lecteur et faire un emprunt sans attendre. À une heure aussi matinale, il n'y avait encore personne, aussi la gentille bibliothécaire avait-elle pu l'aider à faire ses recherches en toute tranquillité. Toutefois, pour emprunter les documents choisis, il devait revenir dans l'après-midi. C'était le règlement. Irrité, Kowalski essaya de négocier, mais en vain.

— Signez à cet endroit, s'il vous plaît, dit-elle en lui tendant une feuille qui ressemblait à un formulaire des années soixante-dix.

Le regard de la bibliothécaire sembla soudain moins doux. Confus, Kowalski baissa les yeux ; ses longs cils jetèrent de l'ombre sur ses joues hâlées, ce qui lui donna un petit air d'innocence. Il signa vite fait. *Drôle de bibliophile*, pensa la femme. Elle le fixa un moment encore d'un œil interrogateur. *Il doit avoir la quarantaine, un peu moins peut-être*, se dit-elle. Elle se demanda quel métier il exerçait, mais des relents d'alcool et d'eau de toilette perturbèrent sa réflexion.

— Alors, je peux emporter ça maintenant ? insista Kowalski.

La bibliothécaire n'était pas seulement une fonctionnaire tatillonne, c'était aussi une femme d'un certain âge et d'une grande expérience. Elle avait passé quatre années de sa vie dans un centre de détention en République démocratique allemande. Elle avait aussi vécu personnellement pas mal de choses décrites dans le magazine auquel s'intéressait tant l'homme planté devant elle. Personne ne lisait plus cette publication depuis très longtemps. Le dernier emprunt datait de 2001 ; la bibliothécaire venait de le vérifier sur son ordinateur. Auparavant, dans les années quatre-vingt-dix, le journal était consulté régulièrement.

— Ce journal ne doit plus exister, n'est-ce pas ? demanda Kowalski, alors qu'il connaissait parfaitement la réponse.

La femme leva sur lui ses yeux gris. Elle lui parut soudain très fragile. Il ressentit un curieux trouble. Il regretta de s'être montré impoli avec elle, de s'être énervé. Comme un gamin, il bredouilla : « Pardon ! » Elle lui sourit, puis s'en alla, le laissant seul avec son ordinateur dont l'écran affichait les références des articles, les numéros des journaux et le titre du livre dont il avait besoin. Elle revint au bout d'un moment, lui demanda de signer un autre papier et lui tendit une bonne partie des documents qu'il avait demandés. « Le reste, si je le retrouve, sera à retirer dans l'après-midi », conclut-elle.

Il revint à l'heure indiquée, sobre, car il avait honte devant la vieille dame. Elle n'était pas là ; du moins, il ne la vit pas. En revanche, il y avait déjà une queue gigantesque. Après une heure d'attente, il put enfin récupérer sa commande : des livres et deux classeurs de journaux. Son attention fut attirée par un ouvrage intitulé *Le Tombeau des pharaons de la Stasi*. Il parcourut la quatrième de couverture : « Une découverte sensationnelle dans le bureau 107 de l'Office responsable des archives de la Stasi. Un ingénieur en télécommunication a réussi à casser le code de la base de données secrète. Que savait réellement le bureau de renseignements de la HVA[1] et qui lui procurait des

1. *Hauptverwaltung Aufklärung*, cellule de la Stasi chargée des opérations à l'étranger. (*N.d.T.*)

informations ? Une découverte aussi importante que celle des archives Rosenholz… »

Kowalski passa la journée entière à lire. Il commença dans le métro, puis poursuivit la lecture chez lui, sans même boire une seule bière, car il devait avoir l'esprit clair. Lorsqu'il eut terminé, il prit un bain. Il avait besoin de se débarrasser de la saleté de ce monde. Il but aussi quantité d'eau, mais ne se sentit pas mieux pour autant. La saleté lui collait toujours à la peau. L'ingénieur qui était parvenu à casser le code, un certain monsieur X, était l'un des soixante-dix-neuf braves recrutés par Gauck. Intéressant !

Le cerveau du commissaire tournait à plein régime. Publié en quelques centaines d'exemplaires à peine par un éditeur inconnu, l'ouvrage ne mentionnait nulle part le nom de l'ingénieur, mais Kowalski savait qui pourrait l'aider à le retrouver. Non, certainement pas ses collègues de bureau. Ce n'était pas leur domaine d'activité. Il monta à l'étage, chez son ami peintre, et lui demanda de vérifier. Le peintre, un artiste de grand talent, mais totalement méconnu, faisait une multitude de petits travaux pour boucler ses fins de mois : il passait la tondeuse dans les jardins des professeurs à Zehlendorf, vendait des glaces dans le quartier de Prenzlauer Berg, et parfois aussi cassait des codes informatiques. Une sorte de dada. « Crois-moi, mon vieux, l'art, ça peut vous rendre fou ! » se plaisait-il à dire.

Quelques dizaines de minutes plus tard, le peintre tapait de gros coups sur le plancher pour avertir Kowalski. Celui-ci faillit se fouler une cheville en montant l'escalier à grandes enjambées.

— Frank Derbach, déclara le peintre.

Sur ces mots, il s'écroula, car il avait une sacrée gueule de bois. Il faut dire qu'il avait pas mal bu avec

Kowalski ces derniers jours, en portant des toasts à l'art et aux artistes.

Kowalski n'avait plus envie d'aller au bistrot ce jour-là. Mais vers vingt-deux heures, il s'y résolut malgré tout. Où aurait-il bien pu aller sinon ? Se promener ? Sans Babsi ? Du reste, pourquoi se prendre la tête avec tout ça ? Il n'en avait rien à faire de la RDA ! Il en avait bien assez de ses propres problèmes. Oui mais voilà – il avait une affaire à résoudre.

L'immense intérêt que les médias avaient porté à l'assassinat de Frank Derbach, puis leur silence soudain et l'absence totale d'informations sur le sujet, sans oublier l'apparition immédiate d'inconnus sur la scène du crime, tout cela ne pouvait signifier qu'une seule chose : l'affaire était on ne peut plus sérieuse. Kowalski le savait et il savait aussi qu'elle puait. Et n'avait rien à voir avec les Roms ! On avait amené spécialement le corps de Frank Derbach dans leur immeuble. Kowalski retrouva subitement son énergie. Il ressentit le besoin d'agir. En vérité, il n'allait pas devenir concierge. Il était policier, point barre. POLICIER. Il fallait absolument s'occuper du cas de Frank Derbach, et une petite voix lui murmurait que personne ne le ferait aussi bien que lui.

En attendant, il allait encore boire un coup.

Il était donc installé au bar du bistrot Le Lilas blanc. Penché au-dessus de son calepin, il travaillait. La nuque engourdie, les yeux larmoyants, le cou raide. Il se leva enfin, s'étira, rangea le calepin dans sa poche et se dit : *Bon, ça suffit pour aujourd'hui !* Il plissa les yeux et regarda autour de lui. Le peintre, son voisin d'immeuble et compagnon de beuverie, dormait en ronflant, la tête posée sur une table. Kowalski n'avait même pas remarqué à quel moment il s'était assis à ses côtés. Il comptait sans doute se plaindre et lui parler de son vélo disparu, mais Kowalski savait que le peintre l'avait acheté illégalement, à un receleur, aussi n'avait-il pas le moindre remords d'avoir abandonné la bécane devant la bibliothèque. La justice, selon le commissaire, se résumait à ce dicton : tu voles, alors on te volera un jour, toi aussi. Il tourna le regard vers le barman, occupé à expliquer à un touriste américain, un jeune blond, qu'on ne proposait pas de carte dans cet établissement. Le client n'avait qu'à dire ce qu'il désirait pour être servi. Le blond opina de la tête et commanda une bière.

— Une Heineken !

Le commissaire eut l'impression que la joue tatouée du barman était devenue blême. Ici, personne ne demandait la carte, personne ne commandait de Heineken, cette marque qu'on voyait partout dans les publicités – la honte des bistrots dignes de ce nom.

— Ici, c'est bière, vodka ou vodka avec bière, déclara le barman en donnant un coup de lavette sur le comptoir.

Tous les ivrognes présents entrouvrirent les yeux. Péniblement. Quelques secondes. On entendit le bourdonnement d'une mouche et le froissement des pages du dictionnaire *Langenscheidt* que l'Américain feuilletait de ses doigts poisseux.

— Vous avez quelque chose sans bière ? bredouilla-t-il, troublé.

— Oui, de la soupe !

— Alors une bière, *please*.

Le Yankee prit sa chope et repartit s'asseoir près de la fenêtre. Les autres retournèrent à leurs verres et leurs ronflements. Malgré tout, Kowalski préférait cet endroit à son appartement désert et humide, qu'il était parfois obligé de chauffer avec un radiateur électrique en plein mois de mai. Il le faisait tant que Babsi était en vie. Il réfléchit un instant au destin de sa chienne, puis, cédant à la souffrance de son sevrage alcoolique, héla le barman.

— La même chose ? lui demanda celui-ci.

Lorsque le verre d'un litre en forme de tulipe, le fameux *Tulpe*, se remplit enfin d'une belle mousse épaisse, Kowalski sentit son cœur battre de nouveau dans sa poitrine. Un peu vite. Tic-tac, tic-tac… Tant mieux, il n'aurait pas l'alcool triste. Le barman lui adressa un sourire incertain. Avec Kowalski, on pouvait s'attendre à tout. Il déclenchait souvent des bagarres. La dernière, pas plus tard qu'hier. Un jour, il avait salement endommagé l'intérieur du bistrot. Quand ça n'allait pas, le commissaire pouvait se montrer très désagréable. Mais c'était tout de même un brave type. Curieusement, c'est sa chienne qui l'aidait à filer droit. Dès qu'elle se mettait à grogner, il se calmait. De temps à autre, le barman et le commissaire se rendaient mutuellement de petits services. Le plus souvent, c'était le barman qui dépannait Kowalski, en lui procurant de la poudre, par exemple. Une petite drogue légère, jamais de substances dures. Le barman, lui, ne touchait plus aux stupéfiants depuis plusieurs années. À cause de ses problèmes cardiaques.

— Une petite vodka avec ça ? demanda-t-il et, sans même attendre la réponse du commissaire, il lui versa une double portion.

Kowalski tourna machinalement son regard vers le coin de la pièce où Babsi avait l'habitude de se coucher. Il ferma vite les yeux, puis les rouvrit, mais la couche de sa chienne n'avait pas disparu. Babsi attendait toujours patiemment que son maître se lève. Feignant de dormir, les yeux mi-clos, elle observait chacun de ses gestes.

Depuis qu'ils avaient emménagé dans ce quartier, Kowalski parcourait invariablement le même trajet : bistrot – promenade – maison. Babsi s'y était habituée. Elle ne grognait plus contre les ivrognes excités. Sauf contre lui, quand il avait trop bu. Là, oui, elle grognait comme une épouse furieuse. Puis quittait le bistrot, fâchée, sa laisse dans la gueule. Elle avançait devant lui, vieille et grosse. Elle lui montrait les dents (le vétérinaire avait bien précisé à Kowalski qu'il fallait les brosser, alors il s'appliquait). Tous les habitués du bistrot pouvaient confirmer que les dents de Babsi étaient d'une propreté impeccable. Et que Kowalski obéissait à sa chienne. Et qu'elle l'aimait. Et qu'ils formaient un vrai couple.

Il l'emmenait en promenade dans de petits chemins boueux bordés de bouleaux. Ils passaient à côté de squares sombres, de vitrines de magasin illuminées, traversaient des aires de jeux où traînaient des mouchoirs en papier et des seringues usagées. Rien que de plus normal à Berlin. Ils flânaient dans la ville, sans but précis. Babsi marchait avec peine, de plus en plus lentement chaque jour. Kowalski la suivait en traînant les pieds.

Ils longeaient des immeubles sinistres, parfois délabrés. Kowalski essayait de ne pas penser à son travail, de ne pas se demander derrière quelle fenêtre dormait une future victime. Une femme tuée par son mari, un homme poignardé par son épouse… Un cas désespéré, un de plus. Mort naturelle, agression, suicide, meurtre… Et c'est lui, le commissaire Kowalski, qui serait chargé de l'enquête, obligé de fouiller dans une vie ennuyeuse, de chercher des mobiles, d'élucider les petits secrets du quartier de Neukölln. Ensuite, il devrait passer de longues heures à rédiger des rapports et, finalement, se ferait sermonner par Tschapieski sous prétexte d'un retard, du manque de discipline, d'un travail bâclé… Comme si un rapport pouvait changer quoi que ce soit.

Depuis quelque temps, Kowalski était miné par une souffrance qu'il ne comprenait pas. Le psychologue de la police lui avait pourtant expliqué qu'il s'agissait d'un problème mental, que la douleur se situait à l'intérieur même de son être, de son âme. Mais les mots « être » ou « âme » n'existaient pas dans le vocabulaire de Kowalski. Kowalski n'avait pas d'âme et ne croyait pas à la psychologie.

Comment dites-vous ?

Une… quoi ?

Une dépression ?

Quelle dépression ?

Lui, une dépression ?

Impossible !

Pas lui.

Non !

Cependant, depuis un mois, il prenait un médicament que lui avait prescrit le psy. Des petites pilules. Kowalski avait même plaisanté, en disant qu'un truc aussi petit ne pouvait pas lui faire de mal. Mais cela n'avait pas fait rire le médecin. Le commissaire essayait donc de ne pas oublier de prendre ses pilules. Il se levait le matin, traversait le couloir froid et allait directement dans la cuisine pour avaler ces petites cochonneries avec un bol de café soluble, acheté chez Aldi. En apparence, tout était comme avant. Inchangé. Mais, jour après jour, il devait se livrer à une lutte. Pour se lever. Continuer à vivre. Et s'il ne se levait pas ? S'il pouvait tout oublier, oublier la vie, s'oublier lui-même…

Il se levait.

Dernièrement, quelque chose avait changé pourtant. Kowalski le remarqua à partir de petits détails, dans des instants éphémères, mais qui existaient bel et bien. Il s'en rendait compte lorsqu'il respirait l'odeur des trottoirs mouillés, des petits squares sordides, des bistrots étouffants, ouverts jour et nuit. Il pensait alors que tout n'allait peut-être pas si mal, puisqu'il était là, dans la rue, en vie. Cette ville lui faisait le plus grand bien. Des souvenirs lointains lui revenaient en mémoire. Une joie enfantine. Qui avait même une odeur. Une odeur indéfinissable.

Au cours d'une de ses dernières sorties avec Babsi, il s'était dit que son existence n'avait peut-être pas beaucoup de sens, mais au moins il était chez lui, dans sa ville. Il n'avait encore jamais vu les choses de cette façon. Il n'y avait pas réfléchi, tout simplement. Né à Gdańsk, il était arrivé à Berlin à l'âge de neuf ans, avec sa mère, pour rejoindre ses grands-parents allemands. Il n'était donc pas un Berlinois de souche, ni de l'Est ni de l'Ouest.

— Tu viens de nulle part, lui avait dit d'emblée son grand-père, un Berlinois patriote. Mais ne t'en fais pas ! Tu as un grand-père !

Bien des années plus tard (son grand-père n'était plus de ce monde), Kowalski avait finalement acquis la certitude d'être d'ici. Tout bien réfléchi, Berlin était davantage sa ville que celle de son grand-père. D'autant plus que le vieil homme n'avait jamais accepté les conséquences de la chute du Mur, surtout l'unification de son quartier de l'Ouest, si tranquille (« ce n'est plus la même ville ! ») avec les quartiers de Berlin-Est (« Ah, ce fichu Prenzlauer Berg ! »).

Né en 1920, le grand-père était un admirateur inconditionnel de Bismarck. Il vénérait la force et la grandeur, quelles qu'elles soient, et citait toujours en exemple la RFA, jamais la ville de Berlin réunifiée, et encore moins la nouvelle Allemagne.

— C'est Napoléon qui était le plus grand assassin de tous les temps ! Pas Hit… déclarait-il d'une petite voix, puis il ajoutait : Pourquoi toujours s'en prendre à Hitler ? Non, c'est Napoléon. Oui, je dis bien Napoléon ! Napoléon ! Tu ne le savais pas ? Alors, lis ça !

Il tenait à la main le livre *Die Napoleonischen Kriege*, espérant une réaction de la part de son petit-fils, alors âgé de dix-huit ans. En vain. Tout ce qu'il entendit, ce furent les hurlements des Dead Kennedys.

— Et je ne vous parle pas du nombre d'Indiens tués ! En Amérique, la barbarie existe toujours ! Oui, aujourd'hui encore !!! hurlait le grand-père, presque aussi fort que les Dead Kennedys.

Avec sa canne, il tapait de toutes ses forces sur la porte.

— C'est fini, ce boucan ? Arrête ! criait à son tour la grand-mère, un peu dure d'oreille. Tu vas abîmer la peinture de la porte, idiot ! *O Gott*, la peinture !

De tout cela, Kowalski ne percevait pas grand-chose. Il chantait à tue-tête avec les Dead Kennedys :

California Über Alles
California Über Alles
Über Alles California
Über Alles California
Zen fascists will control you
100 % natural
You will jog for the master race
And always wear the happy face
Close your eyes, can't happen here
Big Bro' on white horse is near
The hippies won't come back you say
Mellow out or you will pay
Mellow out or you will pay !

Curieusement, la renaissance de la grande Allemagne n'avait pas réjoui le grand-père. Il était mort un an après la chute du Mur. Kowalski n'avait jamais compris pourquoi cet adorateur de Bismarck refusait d'accepter la réunification, de même qu'il ne comprenait pas les paroles de la chanson des Dead Kennedys.

Oui, incontestablement, Berlin était sa ville. Kowalski s'y sentait bien. Contrairement à sa mère qui, elle, se languissait toujours de Gdańsk et des rosiers du jardin de sa maison natale.

— Alors pourquoi es-tu venue ici ? lui demandait la grand-mère, l'épouse du grand-père.

— Pour lui, répondait la mère. Pour lui.

— Oui, évidemment.

Et elles tournaient leur regard vers le petit Thomas Kowalski, qui n'était plus si petit que ça, et que sa mère appelait toujours Tomek, le diminutif polonais de son prénom.

— Et le nom de famille, tu penses le lui changer quand ? voulait savoir le grand-père qui, en 1989, commençait à avoir de graves ennuis de santé.

Dans cette famille, on attachait une grande importance aux noms et aux prénoms, les grands-parents surtout. Kowalski nettement moins. À vrai dire, pas du tout. Son grand-père s'appelait Otto Eduard Leopold Glump. Pour les intimes, Léo ou bien Otti.

— Il va falloir arranger ça au plus vite. Pourquoi Kowalski et non pas Glump ? insistait grand-père Léo.

La mère de Kowalski n'avait pas eu le temps de changer leur nom de famille. Après sa mort, lui non plus ne l'avait pas modifié. Il garda le nom hérité de sa mère. Alors qu'il aurait très bien pu s'appeler Glump, comme ses grands-parents paternels.

Berlin était donc bel et bien la ville de Thomas

Kowalski. Sa mère lui avait dit un jour : « Tu es d'ici, tu sauras te débrouiller. » Oui, il se sentait chez lui ici. La ville lui appartenait bien plus qu'aux jeunes banlieusards vêtus de leur vestes de combat (on aurait dit qu'ils étaient nés avec), des jeunes sortis du ventre de leur mère dans un hôpital en béton, quelque part en périphérie de la capitale. Lorsqu'il lui arrivait parfois d'interroger ces petits loubards de l'Est, en leur demandant ce qu'ils faisaient, le soir, dans le quartier berlinois de Britz, ils répondaient qu'ils n'avaient jamais mis les pieds dans cette « ville ». Quand il demandait à des voyous de l'Ouest en blouson de base-ball ce qu'ils fichaient à Pankow, ils répondaient qu'ils ne connaissaient pas cette « cambrousse ». Leurs parents avaient salué avec joie la chute du Mur, mais leurs enfants, eux, s'en moquaient éperdument. Ils n'étaient pas concernés, ils ne comprenaient pas. L'histoire les dépassait.

— La division entre l'Est et l'Ouest a toujours existé et existera toujours, et ce n'est pas toute cette agitation qui y mettra fin, avait déclaré grand-père Léo en observant la foule en liesse qui avait envahi le Mur.

À l'époque, les jeunes interpellés par Kowalski n'étaient pas encore nés.

Dernièrement, le commissaire était tellement absorbé par ses réflexions que, sans même s'en apercevoir, il perdait régulièrement Babsi lors de leurs promenades. La chienne s'arrêtait tout simplement, trop fatiguée pour continuer d'avancer. Il la retrouvait devant le bistrot Le Lilas blanc. Elle l'attendait à la porte. Il revenait toujours la chercher, et elle l'attendait chaque fois, patiemment. Sa chienne fidèle !

À présent, il avait beau attendre, Babsi n'était plus là.

Abîmé dans ses pensées devant sa chope de bière, il

se demanda si les chiens allaient au paradis. Si c'était le cas, les chances de sa chienne semblaient bien minces. Récemment encore, elle avait mordu une dame (elle n'aimait pas les femmes), alors que celle-ci voulait juste la caresser. Elle avait la fâcheuse habitude d'aboyer sur les enfants et refusait de courir chercher le bâton que Kowalski lui lançait. Elle grognait systématiquement sur les voisins, à l'exception du peintre qui habitait au-dessus et des ivrognes du Lilas blanc. Elle aboyait et poussait des hurlements lorsqu'elle restait seule à la maison. Bref, elle en faisait voir de toutes les couleurs à son maître.

Tout cela, c'était maintenant du passé.

Le barman jeta un coup d'œil à Kowalski. Quant à l'Américain, il abandonna sa bière un instant pour pointer son téléphone portable sur le zinc, puis sur la porte des cabinets de toilettes. Kowalski se dit que, à vingt ans, s'il s'était trouvé à Chicago, par exemple, il aurait aussi tout photographié ou filmé. Peut-être même aurait-il tenu un journal ? Il ressentit soudain une vague nostalgie de l'inconnu. Mais Berlin n'était pas Chicago. Il se leva.

— Encore un coup ? fit le barman en lui tendant un verre de vodka.

Le barman avait toujours peur que Kowalski déclenche une bagarre. Il crut un instant que le commissaire voulait en découdre avec le jeune Yankee. Sans ses problèmes de foie, de cœur et de tension, le barman aurait volontiers avalé une vodka cul sec et participé lui-même à la rixe.

— Non merci ! fit Kowalski en repoussant le verre.

La vodka se répandit sur le bar. Les ivrognes levèrent la tête. *Ici, ce n'est peut-être pas Chicago*, pensa Kowalski, *mais Le Lilas blanc n'est pas non plus n'importe quel boui-boui... L'établissement a tout de même sa renommée, et pas seulement chez les alcoolos. Tant mieux si le jeune prend des photos, il fera connaître le bistrot sur YouTube.* Kowalski rota et se dirigea vers le Yankee. Il lui tapota l'épaule en fixant ses yeux bleus. Puis il décida de lui raconter l'histoire du Lilas blanc.

— Est-ce que tu tiens un journal ?

L'Américain fit non de la tête.

— Peu importe. Écoute-moi !

La réputation du bistrot était solide et semblait inaltérable. Tout au début, l'établissement s'appelait Le Lilas noir, c'était avant la guerre. Après la guerre, le nom s'est transformé en Lilas blanc. Une appellation pure et innocente. On racontait un tas d'histoires incroyables au sujet de la spécialité du bistrot : un mélange de bière (pas mauvaise du tout !) et de vodka à base de pommes de terre à quatre-vingts degrés, distillée à la cave de façon artisanale ; sans oublier son légendaire barman, tatoué de la tête aux pieds, mais uniquement du côté gauche. La renommée du lieu avait traversé l'enceinte de la ville pour arriver jusqu'à la lointaine Bavière. On en parlait aussi dans certains guides *underground.* Après la chute du mur de Berlin et la fin de la guerre froide, le barman, propriétaire du bistrot, était resté là, toujours fidèle au poste. Un peu plus voûté peut-être, un peu moins pugnace aussi. Il y a encore quelques années, si un client avait osé lui commander une Heineken, il lui aurait cassé les dents. Brasseur dans l'âme, le barman ne supportait pas l'insulte et défendait bec et ongles la réputation de la vieille recette, transmise de père en fils dans le plus grand secret.

Kowalski ne réussit à raconter que le début de son histoire, limité par son anglais médiocre. Il s'arrêta net sur les mots : « dans le plus grand secret… » Il ne parvenait pas à se concentrer, car un client était en train de vomir dans les toilettes. L'Américain le remercia et le prit même en photo. Kowalski lui fit un signe de la main et se leva en rotant de nouveau.

Un petit écran de télévision était fixé au-dessus du bar où s'empilaient les chopes à bière et les verres à vodka. Le commissaire vit défiler des photos : Schwarzenegger, Bill Clinton, Silvio Berlusconi, le président israélien Moshe Katsav, condamné pour un double viol, et un acteur purgeant une peine de prison pour viol et agression. En dernier apparut Dominique Strauss-Kahn, chemise défraîchie, devant le tribunal de New York. Une journaliste connue (en minijupe et talons aiguilles) revendiquait plus d'attention et de justice pour les femmes victimes d'abus sexuels. Kowalski observa un instant ses jambes. Jolies jambes ! Strauss-Kahn ne lui disait pas grand-chose, il n'était pas au courant de l'affaire. La journaliste présenta ses invités, et une universitaire commença à dénoncer l'attitude de certains hommes qui, parce qu'ils avaient de l'argent et du pouvoir, se croyaient tout permis. Une chercheuse moins connue enchaîna en citant la phrase que Frédéric le Grand avait prononcée lorsqu'on lui avait demandé pourquoi il avait attaqué l'Autriche : « *Weil ich kann*[1]. »

Il pleuvait des cordes. Le barman s'approcha de la porte d'entrée, l'entrouvrit et retourna l'écriteau « Ouvert », pour afficher la face « Fermé ».

— Temps de merde ! s'écria-t-il en crachant.

Le commissaire posa un billet sur le zinc et se leva.

Le barman secoua l'épaule du Yankee plongé dans la lecture de *1 000 Places to See before You Die*.

1. Parce que je le peux. (*N.d.T.*)

— On ferme !

— *Just one moment*, fit le jeune homme en pointant son verre de bière à moitié plein.

— On ferme ! répéta le barman.

— *Why ?*

Le barman jeta un regard furtif sur l'écran.

— *Weil ich kann !*

Sur ces mots, il éclata de rire. Comme tous les barmans de cette ville, il était un grand admirateur de Frédéric le Grand.

Kowalski remonta le col de son Perfecto, qui retomba rapidement, car les cols, dans les blousons à la Marlon Brando, ne tenaient pas droit. Il sortit. Patienta sous un abri minuscule en attendant une accalmie. La pluie, cependant, redoublait d'intensité. Il habitait tout près, mais Babsi n'étant plus là, le commissaire n'avait aucune raison de se presser.

Sans trop savoir comment, il se retrouva devant le fameux immeuble des Roms. L'endroit était lugubre. Dans la lumière blafarde, les fenêtres clouées de planches de bois le firent penser aux orbites vides de Frank Derbach. Devant l'entrée s'entassaient des sacs à ordures, débordant jusque dans la rue. Tout cela avait quelque chose de macabre. À vous donner le frisson.

Kowalski était sur le point de partir lorsqu'une voiture apparut brusquement au coin de la rue. Elle ralentit, puis s'arrêta. Une femme en sortit, elle regarda autour d'elle et jeta deux sacs-poubelles sur les amas de déchets. La voiture redémarra aussitôt, la lumière des phares disparut. Cette fois-ci, Kowalski voulut s'en aller pour de bon, mais une autre voiture fit son apparition, et deux Turcs baraqués déposèrent eux aussi leurs sacs devant l'immeuble. *Excellente idée ! Vraiment excellente !* songea

Kowalski. Il allait, lui aussi, venir déposer ici sa vieille télé et un placard. Il informerait même ses voisins, surtout le peintre, de ce dépôt d'ordures sauvage.

Soudain, la flamme d'un briquet brilla dans un coin sombre. Au même instant, Kowalski entendit un halètement familier. À quelques mètres de lui, abrité sous un balcon, se tenait l'*Oberhauptkommissar* Tschapieski, les yeux rivés droit devant lui, sur Kowalski.

— On discute ?

Cela sonna comme : « On danse ? »

Sacré bon sang !

Une hallucination.

Fuir. Fuir à toutes jambes !

Voilà ce qui arrive quand on boit trop.

L'hallucination fut incroyablement rapide. Elle barra le chemin à Kowalski en vacillant légèrement. C'était difficile à croire, mais elle était passablement éméchée. Bien plus que le commissaire.

— Attends ! Faut qu'on discute !

Effrayé, Kowalski se mit à courir. Tschapieski le suivit.

La femme qui venait de jeter les sacs-poubelles devant l'immeuble sortit la tête par la vitre baissée et les suivit du regard un long moment. Mais un bras musclé la tira à l'intérieur.

— Tu es imprudente, murmura une voix d'homme d'un air de reproche.

— Ferme-la ! dit la femme, le regard tourné vers les fenêtres sombres, qui lui rappelaient étrangement les yeux vides de Frank Derbach.

Malgré un froid vif, elle se sentait de bonne humeur. Elle rit doucement. L'homme rit aussi, puis il lui baisa les mains avec dévotion.

CHAPITRE 9

« Je n'ai pas bu trop d'alcool. Ce sont les autres qui sont en retard de trois verres. »

Humphrey Bogart

Kowalski ouvrit les yeux. Il avait soif. Il se passa la langue sur les lèvres, elles étaient gercées. Quelque chose lui chatouillait les narines et le fit éternuer.

Il se tourna lentement sur le côté. Il avait dû boire beaucoup et avait sûrement peu dormi, car ses paupières étaient lourdes. On aurait dit que sa tête allait éclater. Quel affreux cauchemar ! Seigneur, pourvu qu'il n'ait consommé aucune substance ! Il se sentait agréablement détendu. Ce ne serait pas le cas s'il avait pris de la drogue. Alors qu'il s'étirait, sa main rencontra un obstacle. Il ouvrit grand les yeux. L'image floue, confuse, commença lentement à se cristalliser.

La place à côté de lui dans le lit était occupée.

Qu'est-ce que c'était ?

Il aiguisa son regard.

Impossible.

Il se frotta les yeux. Une fois. Deux fois.

C'était un homme.

Aaah !

Le Bouledogue !

En train de ronfler.

Oui, c'était bel et bien le Bouledogue. Couché à côté de lui, il dormait tranquillement.

Kowalski se crispa. Il avait peut-être pris quelque chose finalement. Une drogue un peu forte. Il fallait vraiment qu'il arrête. Il essaya de se concentrer et observa son chef qui ronflait… la bouche ouverte. Il pouvait admirer sa dentition, encore tout à fait… convenable… pour un bouledogue. Cet homme allongé à côté de lui, c'était donc Tschapieski.

Du calme. Surtout du calme. Pendant un bref instant, Kowalski espéra encore que ce n'était qu'un cauchemar. S'accrochant à cette idée comme à une bouée de sauvetage, il ferma les yeux, les rouvrit, mais la vision restait inchangée.

Le Bouledogue n'avait pas bougé d'un pouce.

De rares cheveux blancs ébouriffés, les paupières mi-closes, le cou ridé, de grosses joues, une barbe de plusieurs jours… Sa chemise à moitié déboutonnée découvrait un poitrail couvert de poils gris. Son gros ventre se soulevait et retombait brutalement. Le reste, heureusement, était caché par une couverture, seule une jambe en dépassait ; pâle, étonnamment maigre, avec une chaussette au pied. Kowalski déglutit bruyamment, son regard s'attarda sur la poussière qui s'élevait dans la pièce. L'air était épais. Sale. Comme l'étaient le matelas et les draps. Tout était sale et poisseux ici : les murs, le sol et les rideaux à travers lesquels le soleil tentait de percer.

Kowalski se leva. Le lit grinça de manière sinistre. Lui rappelant son petit voisin du dessous, qui grattait du violon toute la journée. Un Turc. Le pauvre gamin, il n'était pas très doué.

Un faible rayon de soleil se posa sur le lit. Dans un instant, il éclairerait le visage du Bouledogue. Ainsi Kowalski venait-il de passer la nuit sur un vieux lit miteux, à côté de son chef. Il se dirigea vers la fenêtre. Il sentait ses chaussettes adhérer au sol. Les planches craquèrent. Le Bouledogue se racla la gorge, se tourna sur le côté et continua de dormir. Du bout des doigts, Kowalski écarta le rideau. La cour, sombre et humide, ne lui rappelait rien. D'après la position du soleil, la matinée n'était pas encore bien avancée. Il avait plu pendant la nuit. Kowalski avait besoin d'espace, maintenant, tout de suite, et surtout il fallait qu'il retrouve la mémoire au plus vite. Il se souvenait que la veille il pleuvait, en effet, et qu'il avait rencontré Tschapieski près de l'immeuble des Roms (ou n'était-ce qu'une hallucination ?). Par quel miracle s'était-il retrouvé ensuite dans cette chambre ? Il n'en avait pas la moindre idée.

Le bâtiment en face avait des barreaux aux fenêtres.

Kowalski se retourna et parcourut la pièce du regard. Un fauteuil, deux lits, deux chaises, une petite table en bois, un lavabo et une bassine. On aurait dit une cellule. Une cellule améliorée. Peut-être les avait-on embarqués hier soir ? Mais pour quelle raison ? Et qui donc les aurait arrêtés, Tschapieski et lui ? Non ! Impossible !

On aurait dit que le temps s'était arrêté. Sa mémoire ne revenait toujours pas. Il se sentait de plus en plus mal.

Contrairement à son chef, Kowalski était habillé. Il ne lui manquait que ses chaussures. Maigre réconfort ! Sur la pointe des pieds, il s'approcha du lit, se pencha et les trouva à côté d'un string. Une image lui revint brusquement, qu'il chassa vite de son esprit. Il se hâta de mettre ses chaussures. En ramassant son veston qui traînait par terre, il découvrit un chausson de femme. Rose, avec un pompon. Ridicule. Babsi l'aurait déchiqueté en deux temps trois mouvements.

Trois pas encore, et il atteignit la porte. Il baissa la poignée. La porte était verrouillée !

— Où vous pressez-vous ainsi ? entendit-il soudain.

C'était Tschapieski. Assis au bord du lit, les cheveux hirsutes, l'*Oberhauptkommissar* s'étirait en bâillant. Il gratta sa poitrine velue. Puis tenta de remettre de l'ordre dans ses cheveux. Tout en continuant d'arranger sa coiffure d'une main, il se pencha pour attraper son pantalon de l'autre. De la monnaie tomba de sa poche. Le lit gémit affreusement.

Le Bouledogue enfila son pantalon, ferma consciencieusement tous les boutons de sa chemise, que tendait pitoyablement son gros ventre. Médusé, Kowalski s'efforça de rester impassible devant ce spectacle. Il se racla la gorge.

Son chef se leva, faisant craquer le dernier ressort du lit. *Putain, mais qu'est-ce que je fous ici ?* se demanda Kowalski. Le Bouledogue, à son tour, alla chercher un peu d'air près de la fenêtre. Il tira les rideaux. Kowalski remarqua qu'il boitait légèrement. Il ne l'avait jamais constaté auparavant. À vrai dire, il s'en fichait royalement que le Bouledogue boite ou pas.

Entre-temps, Tschapieski ouvrit la fenêtre. Le soleil inonda la pièce. Le Bouledogue resta là, immobile, reprenant son souffle. Certes, Kowalski n'était pas particulièrement pressé, mais sa patience avait déjà atteint ses limites. Ses tempes palpitaient violemment. Curieusement, il n'avait pas envie de vomir, la vodka qu'ils avaient consommée ne devait pas être mauvaise. C'était déjà un bon point. Il avait quand même la gueule de bois, il fallait le reconnaître.

— La porte est fermée à clef, grommela-t-il.

Tschapieski lui jeta un regard en coin et donna un coup de pied dans une chaise ; celle-ci chancela légèrement, sans se renverser.

— Asseyez-vous ! ordonna-t-il d'une voix forte, mais sans sa rudesse coutumière.

Kowalski inspira profondément. *Ça va chauffer maintenant*, se dit-il. *Il va voir, ce salopard...* Kowalski en avait assez de sa gueule de con, assez de ses cris, de ses murmures plus redoutables que ses colères, il avait très envie de lui foutre son poing dans la tronche, d'aplatir son nez rouge en trompette, et puis de le cogner à nouveau, de cogner sa sale tête de Bouledogue qu'il détestait tant, et de recommencer, encore, encore… Ce crétin qui l'avait humilié, ridiculisé devant ses collègues… Des nuits d'insomnie, des pilules, du stress, et le voilà maintenant encore coincé avec ce salaud ! Dans cette chambre ! Il allait voir ! Kowalski levait déjà le bras quand, soudain, tout lui revint en mémoire. Il avait déjà éprouvé la même fureur et la même envie de cogner. Ce devait être la veille. Oui, il se rappelait maintenant. Deux femmes : l'une déjà d'un certain âge, l'autre très jeune. Bien trop jeune, sans doute, pour qu'il puisse… dans des conditions normales… hum… faire quoi que ce soit avec elle. Pourtant, il se souvenait qu'elle l'avait embrassé. Dans cette chambre. Sur les lèvres. Et il lui avait rendu ses baisers…

Il n'avait encore jamais embrassé de prostituée ! Mais c'est bien ce qui était arrivé hier. La jeune fille avait les cheveux foncés, une taille fine, la peau douce… Et il ne s'était pas contenté de l'embrasser. Kowalski tâta sa poche, et se rendit compte qu'elle contenait quelque chose. Il en sortit un foulard en soie. Qui sentait fort le parfum. Elle lui avait bandé les yeux avec, pour qu'il ne voie rien. « Je me sens gênée », avait-elle balbutié à plusieurs reprises.

— Asseyez-vous, répéta le Bouledogue, car le commissaire se tenait toujours au milieu de la pièce, le nez plongé dans le foulard. Asseyez-vous.

Tschapieski regarda Kowalski. Ses yeux injectés de sang étaient attentifs, concentrés ; rien ne leur échappait. Kowalski n'avait aucune envie de discuter, il n'avait envie de rien du tout. De s'en griller une, éventuellement, mais il ne voyait de cigarettes nulle part. Qu'est-ce qu'il fabriquait ici, putain ! Chez les putes, avec Tschapieski, avec ce foutu foulard, qu'est-ce qu'il fichait ici ?

Quelqu'un tourna une clef dans la serrure, avant de frapper à la porte.

Sur le seuil se tenait une femme bien en chair, d'une cinquantaine d'années, un peu plus peut-être. Kowalski reconnut la compagne de nuit du Bouledogue. Elle était habillée à présent, ses épais cheveux noirs relevés en un chignon. Elle avait un visage agréable et des pattes-d'oie autour des yeux. Kowalski la trouva sympathique, comme il l'avait trouvée sympathique la veille déjà. Robuste, en pleine forme, elle avait l'air d'une fermière avec sa jupe longue et son châle à fleurs noué autour de la taille. Sans son teint mat et ses cheveux de jais, on aurait pu la prendre pour une paysanne, venue de Bavière ou de Russie, mais elle était originaire du Sud. Kowalski savait aussi qu'elle exerçait une autre profession. Plus courante en ville qu'à la campagne. Elle entra en souriant, un plateau reluisant à la main. La pièce s'emplit soudain d'une odeur d'œufs et de bacon.

— Le petit déjeuner est servi ! annonça-t-elle d'une voix rauque au fort accent italien, ou espagnol peut-être.

Le regard enjoué, elle se tourna vers l'*Oberhaupt-kommissar* Tschapieski. Ce dernier lui caressa la tête avec tendresse, puis lui donna une petite tape sur le derrière. Elle éclata d'un rire franc. Frotta la table avec son châle et y déposa le plateau.

— Coiffe-toi un peu, grogna-t-elle en tirant avec énergie la joue de Tschapieski, lequel sembla ravi.

Au même moment, une jeune fille aux cheveux noirs entra dans la pièce, elle devait avoir dix-huit ans tout au plus. Kowalski espéra fortement que c'était le cas. Elle était mince, toute menue. Elle posa sur la table une bouteille de vodka et des verres à liqueur, puis sortit de sa poche un paquet de cigarettes. Elle ne regarda pas Kowalski. « Rends-moi mon foulard », dit-elle en détournant les yeux.

Kowalski le lui tendit.

Les femmes sortirent, sans verrouiller la porte. Le Bouledogue se mit aussitôt à table et attaqua son petit déjeuner de bon cœur. « Mangeons ! » dit-il en plantant sa fourchette dans les œufs brouillés. Il engloutissait d'énormes quantités en un temps record. La montagne d'œufs au bacon et les tomates disparurent presque instantanément et, une minute plus tard, il ne restait plus de pain non plus. Durant quelques secondes, Tschapieski observa l'assiette de Kowalski avec convoitise, mais il finit par en détacher le regard.

— Vous n'avez pas faim ? demanda-t-il en essuyant sa bouche grasse avec un mouchoir.

Kowalski ne daigna pas répondre.

— Nous sommes dans un endroit sûr, poursuivit le Bouledogue, pas du tout démonté par le mutisme de l'inspecteur. Un des rares dans cette ville, ajouta-t-il en rotant.

Kowalski prit son temps et alluma une cigarette. Il en aspira une longue bouffée. Le Bouledogue dévissa la bouteille. Il s'apprêtait à remplir le verre posé devant le commissaire, mais un coup d'œil lui suffit pour comprendre que ce dernier n'allait pas boire avec lui maintenant, qu'il n'allait plus boire du tout dans les prochaines heures, ni même les prochains jours. Kowalski n'était pas un ivrogne ordinaire. Quand il avait eu sa dose, il était capable d'arrêter d'un coup et de ne plus toucher à l'alcool pendant un an. C'était un gars étrange, compliqué et imprévisible. En ce moment même, ses yeux bleus transperçaient Tschapieski d'un regard assassin. Que cet endroit soit sûr ou pas, le commissaire n'en avait strictement rien à faire, comme il n'en avait rien à faire de la vodka. Le Bouledogue écarta la bouteille et poussa un profond soupir. Il se mit à parler très vite et alla droit au but. Heureusement, car Kowalski était prêt à se jeter sur lui ! Il aurait pu le tuer.

Tschapieski commença par le début. Les faits étaient les suivants. Quelques minutes à peine après le coup de fil l'informant de la découverte du corps dans l'immeuble des Roms, le ministère de l'Intérieur s'intéressait déjà à l'affaire. Averti par son supérieur, entré en trombe dans son bureau, Tschapieski reçut l'ordre de se rendre sans tarder sur les lieux du meurtre, ce qui le décontenança quelque peu : il n'analysait plus les scènes de crime depuis bien longtemps. Mais ce n'était pas l'heure de tergiverser. Tout se déroula en un temps record, on ne lui laissa pas la moindre occasion de discuter. Ce n'était pas du goût du Bouledogue, il détestait être brusqué. Les cheveux en bataille, son chef le précédait au pas de course. Il lui présenta rapidement un grand blond en uniforme de police – en insistant particulièrement sur son grade élevé –, ainsi que les autres hommes qui l'accompagnaient. Une voiture l'attendait déjà, Tschapieski fut pratiquement poussé à l'intérieur, il eut tout juste le temps de comprendre qu'il devait faciliter le travail : « Vous ne devez en aucun cas leur compliquer la tâche, mais les aider, quoi que vous trouviez sur place, c'est clair ? » poursuivait son supérieur, exigeant une subordination absolue de Tschapieski. Pour le bien de l'enquête ! Si jamais on lui posait des questions, si on lui demandait qui étaient ces gens venus avec lui, Tschapieski devait répondre qu'ils faisaient partie de l'équipe, sans entrer dans les détails. Tschapieski protesta. Comment faire comprendre à ses hommes qu'il leur amenait d'autres enquêteurs ? Son supérieur ne lui fournit aucune explication. Il referma vivement la portière de la voiture, sans prendre garde au trench-coat taille XXL de Tschapieski, qui volait au vent, ni à son doigt ! La voiture démarra aussitôt. Tschapieski avait porté son manteau au pressing, il n'espérait guère le récupérer en bon état. Son doigt avait enflé, il était toujours douloureux.

Le Bouledogue savait que le blondinet en uniforme n'était pas un policier… Une telle insistance sur le grade était toujours suspecte ; par ailleurs il s'agissait d'une affaire délicate, à en croire le tuyau qui lui avait été transmis par un homme au ministère. D'après la longue expérience de Tschapieski, « délicate » signifiait soit qu'il n'y aurait bientôt plus d'affaire, soit qu'elle entraînerait des problèmes. La nervosité de la direction était tangible. Le Bouledogue le sentait de tout son être. Il s'efforçait de ne pas se trahir car, naturellement, il en savait davantage que ne l'aurait souhaité son chef. Et, naturellement, ce dernier ne voulait rien entendre ; la seule chose qui lui importait, c'était de vite refermer la portière sur Tschapieski, de faire son devoir et d'oublier cette affaire. Le chef n'était pas à la hauteur, et il en était parfaitement conscient. Cela ne changeait rien à la situation, hélas ! Ainsi donc, il fallut que Tschapieski se rende en personne dans l'immeuble des Roms. Il devait faire croire que le Blond et sa suite étaient avec lui, mais en réalité, il veillait surtout à ce que Krenz, Garbaty ou autre Kowalski ne les dérangent pas. L'*Oberhaupt-kommissar* Tschapieski travaillait depuis trop longtemps dans la police pour ignorer comment se réglaient les affaires dont se mêlaient les services de renseignement.

Cela n'arrivait pas très fréquemment et, lorsque c'était le cas, cette ingérence paraissait toujours bien fondée. Cette fois-ci, pourtant, quelque chose chiffonnait Tschapieski. L'intervention du renseignement à ce stade de l'enquête s'opérait généralement dans le plus grand secret, sans remous. À coup sûr, il se passait quelque chose d'inhabituel. Pourquoi prendre autant de risques ? Pourquoi ne pas suivre l'affaire à distance, discrètement, comme toujours ? *Et si ce n'étaient pas les services secrets ?* se demanda Tschapieski. Non, impossible ! Le tuyau provenait d'une source sûre. Son indic était un gars de confiance, il n'aurait jamais inventé un truc aussi stupide.

Que voulaient-ils donc couvrir ? Ou, plus précisément, qu'espéraient-ils apprendre ? Leur présence pouvait s'expliquer de plusieurs façons : soit ils n'avaient pu trouver de taupe chez les moins gradés, ce qui réjouirait infiniment Tschapieski, soit l'affaire était autrement plus grave qu'il ne le supposait. Et valait tous les risques. Contrairement aux autres services de renseignement européens, l'espionnage allemand n'avait le droit ni de procéder à des arrestations, ni de mener des perquisitions, ni, *a fortiori*, d'interférer dans les opérations policières. Officiellement. C'est pourtant bien ce qui était en train de se produire ! Pour agir de manière aussi ouverte, il fallait des raisons extrêmement importantes. Si l'affaire sortait au grand jour, elle provoquerait un scandale énorme, une crise de l'État de droit dans tout le pays, à tous les niveaux – un État dans lequel Tschapieski croyait malgré tout. « Croire », un mot étrange qui, dans son langage, signifiait « comprendre ». Comprendre à sa manière. En 1968, il avait décidé d'interrompre ses études. Il voulait rejoindre la police pour changer ce monde pourri avec ses vérités anciennes, ses idées dépassées, qui n'avaient pas été dépoussiérées depuis trop longtemps. Sans doute aurait-il déjà oublié les émeutes estudiantines si, à l'époque, un imbécile en manteau de cuir (car ils étaient toujours vêtus de manteaux de cuir) ne lui avait cassé la jambe droite. Depuis, il boitait. Avec l'âge et les changements de temps, la douleur se faisait sentir de plus en plus. Comme aujourd'hui, par exemple. Pour en revenir au fond du problème, toutefois, au moindre faux pas, le passé nazi des responsables du renseignement allemand leur serait aussitôt reproché. On leur rappellerait que ce dernier était né des anciens de la Gestapo et que, à ce jour, on n'avait pas encore soldé leur passé délicat, que l'Office fédéral de protection de la Constitution (une institution au nom pompeux qui, en réalité, représentait l'espionnage, tout simplement) violait la Constitution même qu'il était censé protéger.

Plus Tschapieski y réfléchissait, plus la situation lui paraissait incompréhensible. Qu'ils s'en mêlent ou pas n'était pas le problème, mais pourquoi tant d'imprudence ? Agir aussi impunément en faisant fi de tous les règlements, de toutes les procédures bureaucratiques ? Il était tout de même question de l'assassinat d'un fonctionnaire de l'Office en charge des archives de la Stasi. Le Bouledogue n'aimait pas cela du tout !

La pagaille dans son service, c'est ce qu'il détestait le plus au monde.

Mais revenons-en au moment où, sous le feu des sirènes, il se rendait en catastrophe sur les lieux du meurtre. Il pressentait qu'un désastre se préparait. Dans la voiture, il n'avait guère eu le temps de réfléchir et avait donc dû improviser sur place, guère aidé par l'état choquant du cadavre ni par l'immeuble de piètre réputation, sans parler de la mine insolente de Kowalski. Mais l'improvisation, c'était de son ressort. La scène avec le commissaire, qui s'était achevée par son exclusion pure et simple de l'affaire, avait été impressionnante. Un grand rôle, devant peu de spectateurs, certes, mais joué à la perfection. Fort heureusement, l'*Oberhauptkommissar* n'était pas imbu de sa personne et n'attendait pas de bravos.

Après la spectaculaire éviction de Kowalski, l'affaire fut confiée à Flatow. Tschapieski avait fait circuler la rumeur selon laquelle le commissaire Kowalski n'était pas au mieux de sa forme et que, après ses congés, il partirait certainement en cure. L'information parvint aux oreilles de qui de droit et endormit la vigilance des instances supérieures. Malheureusement, le meurtre avait eu lieu dans un bâtiment bien connu des médias, ce qui ajoutait du piquant à l'affaire. Une conférence de presse fut organisée, retransmise par plusieurs chaînes de télévision. Il en résulta ce qui devait en résulter, c'est-à-dire rien du tout. Une semaine plus tard à peine, la presse ne disait plus un mot sur le meurtre. Oublié ! Du jour au lendemain, silence total. Étrange. Dire qu'il avait prié si souvent par le passé pour que ces horribles journalistes n'entravent pas les enquêtes !

Tschapieski relatait tout cela à Kowalski de manière

prolixe et très détaillée, et d'une voix étonnamment calme. Il jetait sans cesse des coups d'œil au commissaire, essuyait la sueur de son front, buvait une gorgée de vodka, se levait, se rasseyait ou faisait les cent pas sur le sol poisseux. Il avait besoin de Kowalski, d'un Kowalski à l'esprit vif, et non pas dépressif, éméché. Il avait besoin d'un commissaire prêt à collaborer avec lui. Depuis un certain temps déjà, il observait son subordonné et constatait non sans inquiétude que son meilleur élément traversait une mauvaise passe. Il n'avait pas de femme, pas de famille, toute sa vie était consacrée à son travail et à son foutu chien. L'amour, le succès, une enquête difficile, voilà les meilleurs remèdes contre les crises et la déprime. Justement, une enquête difficile s'offrait à eux. Mais si Tschapieski prenait autant de risques au bordel de Margeritha, ce n'était pas par égard pour le commissaire. De ces dernières réflexions, il ne souffla mot à Kowalski. Déjà, il avait rarement été aussi sincère. Il fallait toujours doser ses émotions. Pour soi-même comme pour les autres.

En attendant, l'intéressé n'avait jamais vu son supérieur s'adresser à lui de manière si cordiale et confidentielle ; il ne se souvenait pas non plus qu'il ait jamais parlé autant. Pour la première fois depuis qu'ils travaillaient ensemble, Kowalski n'avait pas cherché à l'interrompre ni à le contredire, lui prêtant une oreille attentive. Quelques phrases lui avaient suffi à comprendre ce qui était en jeu, mais il écouta patiemment son chef jusqu'au bout.

— Ça paraissait crédible, conclut-il sèchement lorsque le Bouledogue, épuisé par la chaleur et son monologue, se tut enfin et s'affala sur une chaise.

— Quoi ? demanda Tschapieski.

— Mon éviction de l'enquête !

— N'est-ce pas ? fit le Bouledogue en souriant, mais il reprit rapidement son sérieux. Personne ne doit savoir que nous continuons à nous occuper de cette affaire, vous et moi, dit-il en fixant le commissaire de ses yeux rougis.

— Parce que c'est le cas ? demanda Kowalski, qui jouait avec son briquet sans regarder son interlocuteur.

Le Bouledogue savait pertinemment ce qui se cachait derrière cette indifférence de façade, mais il feignit la surprise. Ils se connaissaient parfaitement tous les deux, mais ils avaient besoin de ce petit jeu.

— Ça dépend.

— Ça dépend de quoi ?

— De vous, répondit Tschapieski, puis il ajouta : Et de moi !

Kowalski attendit la suite, mais le Bouledogue se taisait.

— Donc, cela dépend de vous et de moi… l'encouragea Kowalski.

Le Bouledogue n'avait pas été avare d'informations. Mais le commissaire, même s'il était impatient d'en savoir encore davantage, ne comptait pas satisfaire son chef aussi rapidement. Il se sentait trop humilié par la façon abjecte dont celui-ci l'avait traité chez les Roms.

Ils restèrent donc silencieux l'un et l'autre pendant de longues minutes, à observer les restes du petit déjeuner, la vodka et les tasses de café. Finalement, Kowalski n'y tint plus :

— Je planche là-dessus depuis plusieurs jours. Les preuves existent, il faut juste fouiller un peu. Frank Derbach avait mis la main sur plusieurs documents intéressants. Je soupçonne qu'il en a trop dit, ou bien…

— Ou bien ? l'incita Tschapieski.

— Ou bien il comptait vendre ses informations…

— Curieux… dit le Bouledogue sans paraître surpris pour autant. J'espère que personne n'est au courant que… que vous planchez là-dessus, ajouta-t-il en se grattant le menton.

— Je me suis connecté sur l'ordi d'un type de Dortmund, en passant par un hôpital de Nämberch. Vous pouvez être tranquille.

— Kowalski ! Ne soyez pas naïf ! Il ne s'agit pas de plaisanter, là !

— Pas de souci, répliqua Kowalski en souriant.

Il alluma une nouvelle cigarette et reprit :

— Le type en question est hospitalisé à Nämberch. Il a fait un arrêt cardiaque et respire par une sonde. Ne vous prenez pas la tête avec ce genre de détails, je sais ce que je fais.

Kowalski plissa les yeux et observa attentivement Tschapieski.

— OK, reprit-il, et maintenant passons aux choses sérieuses : Pourquoi cette affaire vous tient-elle tant à cœur ?

Le Bouledogue restait silencieux.

— Vous le connaissiez, ce Derbach, ou quoi ?

Ils s'affrontèrent du regard. Quelques minutes auparavant, Tschapieski se demandait encore s'il faisait bien de mettre le commissaire dans la confidence. Tous ses doutes disparurent en un instant. Ce bougre de Kowalski l'avait percé à jour immédiatement. Il ne lui avait pas demandé ce qu'ils faisaient ensemble dans un bordel, il ne l'avait pas interrogé sur des milliers d'autres choses comme l'aurait fait n'importe qui. Il aurait très bien pu s'en aller, d'ailleurs, personne ne l'en empêchait. Mais non ! Il avait posé directement la question qui embarrassait le plus Tschapieski, celle à laquelle il avait le plus de mal à répondre.

— Non, répliqua sobrement le Bouledogue.

— De quoi s'agit-il alors ?

— Je connaissais quelqu'un d'autre, répondit Tschapieski en se renfrognant.

— Quelqu'un d'autre ?

Le Bouledogue se leva et marcha dans la pièce, en chaussettes. Le plancher grinçait, tandis qu'il faisait les cent pas autour de la table.

— On ne va pas tarder à me retirer cette affaire, dit-il en changeant de sujet.

— C'est déjà fait ! lança Kowalski.

— Vous parlez de vous sans doute, grogna Tschapieski.

— De moi ? s'esclaffa Kowalski en se penchant sur son siège et en croisant les bras derrière la tête. Moi, je suis en congé.

— Personne ne m'a encore jamais retiré aucune affaire, jamais !

— Ah bon ? Vous êtes donc tenu informé ? Je veux dire, de quelque chose d'important ? Même à la conférence de presse, c'est le président de la police qui est intervenu, et pas vous ! Vous étiez assis comme un pion en bout de rang, sans même un verre d'eau gazeuse devant vous. Cela vous fait quoi, tout ça, hein ? fit Kowalski qui s'amusait comme un beau diable en se balançant sur sa chaise.

Tschapieski resta un long moment à la fenêtre, lui tournant le dos. Enfin il prit la parole :

— Demain au plus tard, je recevrai le rapport d'autopsie et le compte-rendu de Garbaty, si cela vous intéresse, bien sûr.

— Tiens, tiens ! Est-ce bien prudent de se la jouer solo, sans avertir sa hiérarchie ?

— Kowalski ! s'exclama le Bouledogue. (Il se

retourna brusquement et s'approcha de la table :) Soyez sérieux ! ajouta-t-il.

— Premièrement, l'interrompit Kowalski, pourquoi tenez-vous tant à cette affaire ? Deuxièmement, poursuivit-il en jouant toujours avec son briquet, je veux TOUT savoir !

Sur ce, il regarda Tschapieski droit dans les yeux. Celui-ci baissa la tête, fixa ses chaussettes sales, puis s'assit lourdement. Ce n'est pas tant qu'il voulait cacher quoi que ce soit au commissaire, mais il avait besoin de rassembler son courage.

— Je ne m'occupe pas des cas que je ne comprends pas, reprit Kowalski. Je sais ou je ne sais pas, et quand je ne sais pas, je laisse tomber…

Il attendit quelques secondes, mais comme le Bouledogue ne réagissait pas, il se leva, épousseta son pantalon et se dirigea vers la porte. Il avait déjà la main posée sur la poignée, quand Tschapieski commença à parler. D'une voix étrange, altérée.

— Juste avant qu'on ait trouvé ce Derbach, j'ai reçu un coup de fil de mon ami. Je savais qu'il était parti à l'étranger s'occuper d'une affaire, mais je n'avais aucune idée de ce dont il s'agissait. Et cette nuit, un homme m'a appelé, il a laissé un message sur mon répondeur. Il a raconté une histoire si invraisemblable que je ne l'aurais sans doute pas cru si Gerhard ne m'avait pas demandé de le contacter.

— Gerhard ? répéta Kowalski qui ne comprenait pas.

— Mon ami.

— Quelle histoire ?

— Il affirmait que Frank Derbach était en Bulgarie, où il travaillait sur un dossier, quand soudain toute trace de lui a disparu. Il est convaincu qu'il a été enlevé.

— Enlevé ?

— Oui, à Sofia, en plein jour, et Gerhard, qui se trouvait lui aussi en Bulgarie, l'aurait vu de ses propres yeux, paraît-il, expliqua Tschapieski en passant la main sur ses rares cheveux.

— Notre Frank Derbach ?

— Oui !

— Mais qui vous a appelé, je ne comprends pas ?

— Seidel, un type qui possède des archives à Leipzig, expliqua Tschapieski avec un soupir. (Il se rendait compte à quel point cela paraissait étrange.) Seidel, c'est un ami de Gerhard.

— Quelles archives ?

— Une sorte de musée que Seidel a créé là-bas.

— Un musée ? Mais quel musée ? demanda Kowalski, un peu perdu.

— Il y conserve tout ce qui se rapporte aux fugitifs qui sont morts à la frontière bulgare.

— Des Allemands ?

— Quoi, quels Allemands ? s'étonna à son tour le Bouledogue.

— Des fugitifs allemands ?

— Sans doute, oui, acquiesça Tschapieski. Et pourquoi demandez-vous s'il s'agit d'Allemands ? En quoi ça vous intéresse ?

— J'ai lu des choses à ce sujet, répondit le commissaire, pensif.

Après une profonde inspiration, le Bouledogue reprit son récit. Il parla pendant plusieurs minutes, en s'efforçant de rapporter le plus scrupuleusement possible les informations qu'il avait obtenues de Seidel. Lorsqu'il eut fini, un silence s'ensuivit.

— On parle bien de CE Schlangenberger ? parvint enfin à articuler Kowalski.

Tschapieski acquiesça.

— Et vous croyez Seidel ?

Le Bouledogue réfléchit quelques secondes.

— Gerhard lui fait confiance et il le respecte. Ils ont travaillé ensemble. Par ailleurs, il m'a appelé de Bulgarie en me demandant de contacter Seidel. Qui pourrait bien inventer une chose pareille ?

— Gerhard vous a appelé ? Quand ?

— Il y a quelques jours.

— Et vous le croyez ? insista Kowalski.

— Absolument.

— Sacrée histoire ! s'exclama le commissaire, toujours en train de digérer ce qu'il venait d'entendre. Ça concorderait d'ailleurs avec ce que j'ai pu trouver sur ce fameux Frank. Il était une figure assez importante à l'office Gauck. Il a décrypté une base de données classée secrète. Et pas n'importe laquelle ! C'est lui, figurez-vous, qui a trouvé la pièce manquante pour déchiffrer les dossiers Rosenholz.

La bouche sèche d'émotion, Kowalski s'interrompit et avala une gorgée de café froid.

— Qu'est-ce que vous dites ? s'écria Tschapieski, stupéfait. Rosenholz ? Mais enfin, ces dossiers sont depuis longtemps aux mains des Américains !

— Rosenholz, oui, mais Frank a ensuite décrypté de vieilles bandes d'enregistrement et récupéré la liste des employés de Markus Wolf, c'est-à-dire le nom de tous les informateurs secrets du bureau de la HVA.

Tschapieski écarquilla les yeux. Il n'en revenait pas ! À l'époque, il avait suivi cette affaire de très près. D'une main tremblante, il se versa un verre de vodka.

— Vous plaisantez, je suppose. Frank Derbach aurait cassé le code ? Ça alors ! Vous êtes certain qu'il s'agissait bien de Frank Derbach ?

— À cent pour cent.

— Mais comment le savez-vous ?

— Je l'ai lu.

— Où ça ?

— Dans un livre, et aussi, vous n'allez pas le croire… dans un vieux *Spiegel* de 1999, dit Kowalski en éclatant d'un rire franc.

— Et c'est écrit noir sur blanc que Frank Derbach a cassé le code ? fit le Bouledogue en regardant le commissaire d'un air incrédule.

Il reposa son verre. Il devrait sans doute cesser de boire, lui aussi.

— Non, il ne faut pas exagérer, répondit Kowalski, redevenu sérieux.

— Alors comment savez-vous que c'est lui ?

— Eh bien, je le sais. Point, s'impatienta le commissaire.

Tschapieski soupira de nouveau. Sans doute, en effet, ne tenait-il pas trop à apprendre comment Kowalski avait obtenu cette information.

— Incroyable ! dit-il seulement. Mais cette affaire n'a probablement rien à voir avec cette histoire de code. Seidel a parlé d'un certain… attendez, attendez… ça va me revenir, d'un certain « Magicien ».

— Un magicien ? C'est quoi ça encore ?

— Le nom de code d'une opération secrète en Bulgarie.

— Une autre découverte de Frank, peut-être… Quoique… les deux affaires peuvent être liées… réfléchissait Kowalski à voix haute.

— Allez savoir ! Une chose est sûre : Seidel, Derbach et Gerhard travaillaient ensemble sur cette affaire, dit Tschapieski.

Il se gratta vigoureusement la poitrine. Si fort qu'un

bouton de sa chemise se détacha et alla se nicher quelque part sous la table.

— Gerhard, un ami de l'*Oberhauptkommissar* Tschapieski... Seidel, un conservateur de Leipzig... Frank Derbach, de l'office Gauck, qui a découvert des dossiers secrets et a été retrouvé démembré... plus Schlangenberger, énuméra Kowalski, l'air grave. Je vais vous dire, chef, ajouta-t-il, je me demande si nous ne devrions pas nous réjouir que le Blond veuille s'occuper de cette affaire.

Kowalski n'avait pas l'air de plaisanter. Tschapieski se leva et se remit à tourner autour de la table.

— Qu'il s'en occupe, murmura-t-il au bout d'un instant. Moi, je veux juste savoir ce qui se passe avec Gerhard, vous comprenez ? Avant d'être enlevé, Frank Derbach lui a fait parvenir des dossiers.

— Quels dossiers ?

— Les dossiers du Magicien !

— Les dossiers du Magicien. Vous m'en direz tant ! s'exclama le commissaire en secouant la tête. Et où sont-ils, maintenant, ces fameux dossiers ?

— Eh bien ! C'est Gerhard qui les a.

— Et ce Gerhard, où est-il ?

— C'est bien le problème, je n'en sais rien, répondit Tschapieski, très troublé à nouveau. Je n'arrive pas à le joindre. Après son dernier coup de fil, il ne s'est plus manifesté, il était très bizarre au téléphone, j'avais du mal à comprendre ce qu'il voulait. Il m'a simplement demandé de contacter Seidel.

— Étrange. Et ce Seidel ? Il est peut-être au courant de quelque chose ?

— Il m'a juste laissé un message sur le répondeur, rétorqua le Bouledogue en essuyant la sueur sur son front. Je ne lui ai pas parlé.

— On doit le trouver au plus vite, s'enflamma Kowalski. Où est-il en ce moment ?

— Je n'en ai aucune idée. Ma messagerie était pleine, son message a été interrompu.

— Oh putain ! Pile au mauvais moment… fit Kowalski en roulant des yeux.

Le Bouledogue réfléchit.

— Vous savez quoi ? Le mieux serait que je vous fasse écouter son message.

Tschapieski se leva, alla vers le fauteuil où se trouvait le reste de ses affaires. Quand il mit enfin la main sur son portable, il rechercha rapidement le message de Seidel et tendit le téléphone à Kowalski. Puis il se dirigea vers le lavabo où était disposé tout un nécessaire à raser. Kowalski comprit que son chef était un vieux client de la maison. Un filet jaune, nauséabond, s'écoula du robinet.

« Monsieur Tschapieski, je vous appelle à la demande de mon ami… » À sa voix tremblante et pas toujours audible, on sentait que la personne au bout du fil était bouleversée. « …Vous vous souvenez peut-être de moi, nous nous sommes rencontrés chez Gerhard, il y a quelques mois, à son anniversaire. Je m'appelle Burkhard Seidel, j'habite à Leipzig, je tiens des archives et je dirige un petit théâtre pour enfants. Je viens d'apprendre quelque chose de terrible. Je sais que vous aurez beaucoup de mal à y croire, mais faites-moi confiance, je dis la vérité… »

Tout en écoutant l'enregistrement, le commissaire fouillait dans son veston. Il en sortit enfin son carnet, un stylo, et commença à noter. Il écrivait, barrait, recommençait. Tschapieski en profita pour se laver, se raser, s'habiller et finir l'assiette de Kowalski. Au bout d'une demi-heure, le commissaire reposa enfin le portable, et Tschapieski sa fourchette. L'oreille de Kowalski était toute rouge sous ses cheveux en bataille. L'air pensif, il regarda par la fenêtre, le soleil était déjà levé depuis longtemps.

— Il semblerait que Derbach ait été tué par Schlangenberger, commença Kowalski en pointant dans son carnet un dessin qui ressemblait à un arbre généalogique. Mais d'après ce que dit Seidel, Schlangenberger considérait Frank comme son meilleur ami et lui faisait confiance jusqu'au bout. Est-ce que j'ai bien tout compris ?

— Précisément ! Et c'est là que l'affaire se corse, approuva Tschapieski. Et vous allez m'élucider cette histoire. Je dois savoir ce qui se passe avec Gerhard !

— Il faudrait que je réécoute ça encore une fois, dit Kowalski en désignant le portable.

— Je vous en prie, écoutez tant que vous voulez.

Le Bouledogue se pencha pour nouer les lacets de ses chaussures. Kowalski rangea le téléphone dans sa poche en observant son chef en silence.

— Et je dois aussi parler à ce Seidel, ajouta-t-il.

— On va arranger tout ça !

Tschapieski se leva, sortit un bout de papier de sa serviette et regarda son subordonné d'un petit air rusé.

— Vous disposerez de tout le temps qu'il vous faudra. Vous aurez un congé de deux mois. Vous parlerez avec qui vous voudrez, autant que vous voudrez. S'il le faut, on prolongera vos congés. Je veux tout savoir : sur quoi ils travaillaient, qui a tué Frank Derbach, et pourquoi. Je veux savoir ce que contenaient ces fameux dossiers, et si la famille de Gerhard ne court aucun danger. Vous comprenez ? Prenez ça ! ajouta-t-il en secouant le papier qu'il tenait à la main.

— Au début, vous vouliez juste savoir où était

Gerhard, constata Kowalski en faisant claquer sa langue. (Ignorant le bout de papier agité par son chef, il posa les pieds sur la table.) Et maintenant vous voulez tout savoir. Et moi, je dois vous sortir tout ça de mon chapeau… Tout seul. Eh bien, dites donc ! Et tout ça pour rien…

— Qui a dit que ce serait pour rien ? répliqua Tschapieski en jetant le papier sur la table.

Kowalski s'étira et regarda à nouveau par la fenêtre. Il avait quand même la gueule de bois, mais il était en congé, et il aimait bien taquiner Tschapieski. Il souffla sur sa frange, jeta un coup d'œil machinal à ses ongles, il faudrait qu'il songe à les limer.

— Regardez donc, putain, ou je vais craquer ! marmonna enfin Tschapieski.

Kowalski poussa un soupir, se pencha pour prendre le morceau de papier et, surpris, haussa les sourcils.

— Une station thermale ? Quelle station thermale ?

— Sur le lac Wannsee. Ce n'est pas très loin. Vous mènerez votre enquête comme d'habitude, mais vous le ferez en secret.

Kowalski regarda tour à tour le papier et le Bouledogue.

— Pas question ! éructa-t-il.

— Allez ! Vous ne m'aurez pas dans les pattes, et moi, ça me fera des vacances aussi, fit le Bouledogue en riant doucement.

Kowalski voulut ajouter quelque chose, mais il se dit : *Pourquoi pas, après tout ?* Babsi ne l'attendait plus chez lui ; à quoi bon rentrer dans une maison vide ? Travailler le plus loin possible du Bouledogue ? Voilà une idée bien tentante.

CHAPITRE 10

« Personne n'a l'intention de construire un mur. »

Walter Ulbricht

À 11 h 02, Dagmara était assise dans un petit café sur la Leipziger Platz, les yeux rivés sur un embouteillage gigantesque – l'endroit était considéré comme l'un des plus fréquentés et des plus névralgiques de Berlin. Les immeubles de verre autour de cette place octogonale créaient un effet d'arc-en-ciel, comme dans un film en 3D. Cela irritait les yeux de la jeune femme. Elle rajusta ses lunettes de soleil et tourna son regard vers un homme assis à la table voisine. Un beau blond, grand, d'une quarantaine d'années environ. Elle avait l'impression de l'avoir déjà vu quelque part, très récemment. Mais où donc ? Elle ne savait plus. Il buvait un café noir, fumait une cigarette et observait d'un œil distrait la foule des passants. Il avait le menton légèrement saillant, les cheveux lisses et les yeux bleus. On aurait dit qu'il mâchait nerveusement quelque chose. Son veston beige, sa chemise bleu clair et ses baskets à la *Miami Vice* lui allaient à ravir, mais Dagmara n'appréciait guère les blonds à la *Miami Vice* et au menton saillant. L'homme devait sentir sur lui son regard, car il la dévisagea, bâilla, tourna nonchalamment la tête vers la foule, puis reprit la lecture de son journal. Il alluma une cigarette, la troisième au moins depuis son arrivée. La foule devenait de plus en plus dense, la chaleur insoutenable. Dagmara ne supportait plus cette ville au trafic insensé, qui grouillait de monde, même dans la matinée.

11 h 03. Trois minutes de retard.

Le Bulgare qui avait tant insisté pour la voir avait déjà trois minutes de retard. Rencontrer des étrangers, surtout originaires de lointains pays du Sud, dans des cafés noircis par les gaz d'échappement ne faisait pas partie du quotidien de Dagmara Bosch. Dans des circonstances normales, elle n'aurait jamais donné rendez-vous à un inconnu et n'aurait certainement pas toléré le moindre retard de sa part. À 11 h 05, elle aurait avalé la dernière gorgée de son jus de carotte frais et serait partie, après avoir payé l'addition. Mais depuis l'instant où elle avait répondu à l'appel de Radostin Petrov, les circonstances n'avaient plus rien eu de normal. Désormais, elle était impatiente de découvrir enfin qui était cet homme et ce qu'il avait de si urgent à lui transmettre et, surtout, d'apprendre où était passé Gerhard. Une profonde inquiétude au sujet de son beau-père l'avait réveillée au petit matin. Elle était restée un moment sur la terrasse en observant le clair de lune couleur sang, ce qui, d'habitude, lui faisait oublier ses cauchemars, plus rarement la peur. Cette fois-là, la lune n'avait produit aucun effet, le rêve n'avait pas disparu, la peur encore moins.

Une psychologue d'origine turque, qui recevait dans son cabinet la moitié du show-biz berlinois, avait conseillé à Dagmara une thérapie à base de fleurs de Bach pour soigner son « vague à l'âme ». Depuis, les rêves de Dagmara étaient devenus encore plus fréquents. À vrai dire, elle ne se souvenait pas de leur contenu, mais ils provoquaient en elle un fort sentiment de malaise, et ses réveils étaient très pénibles.

« Tu dois te purifier, d'abord », lui avait expliqué la psychologue turque qui entendait des voix, paraît-il. « Tes rêves t'avertissent d'un problème, ils te parlent. » Elle levait ses jolies mains manucurées au-dessus de la tête de Dagmara. « Tu es sensible, alors tu ressens plus d'émotions. » Pour finir, elle murmurait longuement une sorte de formule, telle une chamane. « Tu devrais les noter, tes rêves, peut-être cela t'aiderait-il à découvrir la vérité. »

En quelques semaines à peine, Dagmara avait rempli un cahier entier et elle réalisa qu'elle ne tenait pas à connaître la vérité et qu'elle en avait assez des fleurs de Bach, même si ces mixtures à base d'alcool avaient un goût plaisant et lui procuraient un agréable frisson, un léger vertige, comme après une coupe de champagne. Cependant, certaines plantes avaient dû produire leur effet indésirable de manière prolongée ; depuis quelque temps, en effet, Dagmara était hantée par de curieuses images, même en plein jour et aux moments les plus inattendus. C'était comme s'il y avait deux Dagmara qui devaient se supporter mutuellement. La nouvelle Dagmara pressentait ce qui allait se passer, par exemple, qu'un vieil ami, perdu de vue depuis des lustres, allait soudain déboucher au coin de la rue, ou bien qu'une camarade d'école, depuis longtemps oubliée, allait lui téléphoner. Dagmara, la vraie, se frappait alors le front en se disant qu'elle devenait folle.

« Les degrés d'initiation peuvent se comparer à un

éveil », lui expliquait la thérapeute. « Tu les passes très vite. Bien trop vite. Pour le moment, arrête les gouttes. » Après quoi, elle se hissait sur la pointe des pieds pour former de nouveau une pyramide avec ses mains au-dessus de la tête de Dagmara. De nouvelles images, des mots inconnus se bousculaient alors dans l'esprit de la jeune femme, comme si elle perdait le contrôle d'elle-même. Lors de la dernière séance, la Turque la fixa longuement du regard : « Quand nous avons peur du changement, les choses ne s'améliorent pas… »

Tant pis ! Dagmara n'était pas très réceptive à ce genre de discours. Lassée, elle mit fin à la thérapie. Les élixirs restèrent enfermés dans le placard de sa salle de bains en attendant de terminer à la poubelle. Bientôt, d'autres thérapies viendraient les remplacer. Elle avait entendu parler d'un philosophe allemand qui soignait selon une approche plus rationnelle – un peu à la Freud ou à la Jung –, de bonnes vieilles méthodes européennes !

Dagmara poussa un soupir et consulta de nouveau sa montre : 11 h 09. Elle sentit un coup de fatigue. Elle repensa à son rêve, il était revenu plusieurs fois dans la semaine et se rapportait à un fait réel qui avait eu lieu en Pologne, des années auparavant. Il ne contenait rien d'inquiétant, mais inspirait néanmoins une énorme frayeur à Dagmara. À lui glacer le sang. Elle devait absolument consigner ce cauchemar, l'analyser, pour s'en débarrasser une fois pour toutes. Elle sortit un carnet de son sac.

« Pologne, début des années quatre-vingt… » Elle lut la phrase inachevée, fermement décidée à la terminer cette fois-ci. *Drôle d'intitulé*, pensa-t-elle. « Début des années quatre-vingt », on aurait dit qu'il s'agissait d'un spectacle, d'un reportage, d'une réalité vue à travers un papier de soie transparent ou une voilette... Elle s'attacha les cheveux avec un élastique et se mit à écrire, sous l'œil attentif du blond de la table voisine.

Pologne, début des années quatre-vingt.

Avant de quitter Wrocław, maman n'avait pas déposé de demande d'autorisation pour un long séjour en Allemagne, car il était clair qu'elle ne l'obtiendrait jamais. Après deux voyages à Berlin, d'où elle était toujours revenue docilement, les problèmes pour obtenir un passeport avaient soudain commencé. Deux fois par semaine, elle se rendait chez le voisin du rez-de-chaussée, le professeur Wieland, pour prendre des cours d'allemand. Elle s'appliquait énormément, soucieuse de toujours faire de son mieux. Le soir, elle révisait son vocabulaire en essayant de me motiver, moi aussi, pour apprendre cette langue. Je refusais catégoriquement.

— Mais pourquoi ? demandait-elle d'une voix pleine de reproches.

— Je veux bien m'inscrire à des cours d'anglais, répondais-je.

— D'anglais ? Mais pourquoi d'anglais ?

— Bożena en prend bien, elle !

— Grand bien lui fasse ! Nous, on ne peut pas se le permettre.

— Mais des cours d'allemand, on peut ?

— L'allemand, c'est autre chose.

— Et pourquoi donc ?

Cette question restait sans réponse. Nous évitions de parler du départ. La sœur de mon père, tante Wiesia, et moi savions bien que maman voulait émigrer en Allemagne, avec moi, évidemment, mais jamais personne n'abordait ce sujet de front. On discutait d'un tas de choses qui ne nous concernaient pas directement : que les Schmit étaient partis en Australie, que les Piotrowski projetaient d'émigrer en Amérique, mais parler de notre départ et de ses conséquences, ça, jamais ! Les sujets délicats étaient soigneusement évités.

Dans notre famille, comme dans tout l'immeuble et tout le quartier, on ne gaspillait pas l'argent, ni la parole. Les mois s'écoulaient, maman s'évertuait à réviser des mots nouveaux, ses cheveux devenaient de plus en plus grisonnants, malgré les soins colorants de L'Oréal, achetés avec les devises que Gerhard nous faisait parvenir. Il nous envoyait non seulement de l'argent, mais aussi des invitations en bonne et due forme, sans lesquelles il était impossible d'obtenir un passeport. Mais le plus important, c'était l'accord des autorités polonaises, autrement les invitations ne servaient à rien. Tantôt c'est maman qui recevait son passeport, tantôt moi. Jamais les deux en même temps. Gerhard envoyait de nouvelles invitations, et c'était reparti. Si l'une obtenait une autorisation, l'autre recevait aussitôt une lettre de refus. « Je vous hais ! Je vous hais ! » Maman déchirait le papier rêche du formulaire officiel et éclatait en sanglots. Elle devait l'aimer, ce Gerhard, ou bien vraiment détester notre ville. Quoi qu'il en soit, c'était son problème. Pas le mien. C'était sa punition pour avoir trop vite oublié papa, ne pas aller au cimetière se recueillir sur sa tombe.

— Il n'y a personne là-dedans, affirmait Bożena, sans le moindre respect.

— Personne, vraiment ? m'exclamais-je, effrayée.

À ce moment-là, tante Wiesia faisait invariablement son apparition, comme surgie de nulle part. Elle abandonnait son chiffon dans un coin, s'asseyait près de moi et me serrait contre elle.

— Tu n'as pas honte de raconter ces bêtises ! Ton papa est au ciel, ma petite, au ciel !

— Et alors, insistait Bożena, il y a quoi dans la tombe ?

— Le corps du papa de Dagmara, répondait ma tante, en ajoutant d'une voix tremblante : Mais son âme est au ciel, c'est certain !

Puis elle se mouchait, menaçait Bożena du doigt et sortait. À peine la porte se refermait-elle sur tante Wiesia que Bożena me murmurait à l'oreille :

— Ton père n'est pas rentré de Bulgarie, c'est sûr ! C'est mon père qui l'a dit au professeur Wieland.

Ma tante avait piqué une colère noire lorsque je lui en avais parlé quelques jours plus tard.

— Le plus important, c'est l'âme ! s'était-elle exclamée. Et toi, tu ne devrais plus fréquenter cette petite effrontée.

En attendant, de nouvelles invitations nous arrivaient d'Allemagne, mais on refusait toujours de nous délivrer nos passeports.

— Vas-y seule ! proposa un jour tante Wiesia à ma mère.

— Comment ça, seule ?

— Eh bien, tout simplement !

Ma tante était en train de laver des assiettes. Elle aimait faire la vaisselle. Elle disait que cela l'aidait à remettre ses idées en place. Maman se tenait à la porte et observait tante Wiesia avec le même regard que j'avais, moi, lorsqu'elle essayait de me convaincre d'apprendre l'allemand.

— Mais qu'est-ce que tu racontes ? s'offusqua ma mère.

La République populaire polonaise refusait de délivrer son passeport à maman, car elle était l'épouse de Piotr Boszewski. Sa veuve, pour être exacte, mais une veuve est tout de même une ancienne épouse. Un militant anticommuniste méritait une punition. Dans ce cas précis, il fallait réprimer quelqu'un à sa place, l'épouse, la veuve ou la sœur. Tante Wiesia, bien plus âgée que ma mère, touchait une pension et faisait un peu de couture pour joindre les deux bouts. Quoi de plus simple que de sanctionner la sœur retraitée pour les actes de dissidence commis par son frère ? Un ennemi du régime, un fauteur de troubles ! Et pourquoi ne pas punir aussi la veuve de Boszewski ? Papa était parti en Bulgarie et n'en était jamais revenu – ni son corps ni son âme, d'ailleurs ; n'était-ce pas suffisant comme punition ? Bientôt la pension de retraite de ma tante diminua drastiquement, elle ne percevait plus que le minimum obligatoire. Quant à ma mère, elle fut licenciée de l'hôpital régional où elle exerçait. Ce n'est que grâce aux démarches de l'épouse du professeur Wieland qu'elle put obtenir un autre travail. Elle réintégra l'hôpital, comme simple secrétaire. De la fenêtre de son bureau, elle observait ses collègues médecins aller et venir dans son ancien service. Elle n'utilisait plus qu'un stylo et un crayon et, de jour en jour, perdait cette agilité des mains dont un chirurgien a tant besoin pour opérer.

— Encore heureux que tu aies un travail ! déclarait ma tante, coupant court à toute discussion à ce sujet.

Ma tante avait alors quarante ans au moins, elle était donc vieille à mes yeux. Vieille et pragmatique, elle ne perdait pas son temps en bavardages inutiles. Il y avait tant de choses à faire : le ménage, le repassage, les courses avec les interminables files d'attente dans les magasins, les visites au cimetière…

— Il faut garder la face ! Oui, garder la face !

répétait-elle, forte de son expérience. Et se fondre dans la masse, autrement tu es perdue, me disait-elle, bien des années avant la découverte de la particule divine, le boson de Higgs.

Ma mère avait nettement plus de mal que ma tante à garder la face. Elle ressentait un mélange d'amertume et d'injustice : ce n'était pas elle qui imprimait des tracts clandestins, qui écrivait sur les murs des slogans contre le régime ou qui faisait passer des enregistrements illégaux à l'étranger... Non, pas elle ! Bon d'accord, elle aussi, mais personne n'était au courant. Dans la Pologne populaire, la famille était jugée comme coresponsable, et toute faute devait être punie. C'était le principe même de la responsabilité collective. Le chemin vers la démocratie était encore long, malgré les paroles du pape Jean-Paul II, prononcées lors de sa visite en Pologne : « Que descende ton Esprit et qu'il renouvelle la face de la terre... De cette terre ! » Au début des années quatre-vingt, la Pologne traversait une crise terrible, et rien n'annonçait le moindre renouveau. Le général Jaruzelski venait d'instaurer l'État de guerre. Persécuter les gens au nom d'une conscience nationale communiste était à l'ordre du jour.

— On veut nous achever, déclara maman un jour.

— Pas seulement nous, hélas ! remarqua ma tante, les yeux embués de larmes.

C'était l'anniversaire de la mort de papa. Maman était persuadée que nous avions été suivies au cimetière.

— Arrête, Krystyna, arrête enfin ! Tu deviens folle !

Tante Wiesia en avait marre des théories du complot. Son option, c'était la providence divine vers laquelle elle se tournait invariablement dans les moments difficiles. Elle ne croyait pas ma mère. Elle préférait croire en Dieu, c'était plus commode. Mais moi aussi j'avais l'impression que quelqu'un nous observait et que, devant notre maison, sous la pluie, une silhouette regardait vers nos fenêtres.

— Je te dis juste ce que je ressens... expliquait maman.

— Cesse de te tourmenter ! Pourquoi toujours remuer le couteau dans la plaie ? Tu ne rendras pas la vie à Piotr ! lui répondait ma tante.

Bien plus tard, à Berlin, j'ai essayé de me souvenir des notes que j'écrivais régulièrement dans mon journal en Pologne ; journal que j'avais brûlé avec ostentation dans notre cheminée, quelques jours avant notre départ pour l'Allemagne.

— Quelle sagesse, mon enfant ! Tu as bien fait. C'est très symbolique. Avant de partir, on efface toutes les traces derrière nous ! s'était écriée maman en regardant avec un sourire le cahier en flammes.

— Maman... Maman, je ne pars pas. JE RESTE ICI ! avais-je hurlé toute tremblante, sans pouvoir retenir mes larmes. Tu comprends ? Je-res-ti-ci !

Un silence s'installa dans la pièce. Je me tenais devant la fenêtre ouverte. Aucun bruit, pas un murmure ne montait depuis la place, ce qui était très inhabituel. La place du marché était toujours bruyante. Soudain, une gifle, puis une deuxième retentirent dans ce silence pesant. Je les avais bien méritées.

— Je ne sais pas ce qui se passe avec elle, dit maman en faisant ses valises.

C'est ainsi que prit fin ma révolte.

Dagmara reposa son stylo. Elle regarda au loin, mais ne vit ni les immeubles entourant la place, ni les tours de verre en pleine construction. Assise dans un café de la Leipziger Platz, dans le tumulte de la circulation, elle revoyait la fin de son rêve.

C'était l'automne.

Il pleuvait à n'en plus finir, et j'ai encore eu l'impression que quelqu'un se tenait en face de notre immeuble, le regard fixé sur nos fenêtres. Ma valise et mon sac à dos étaient prêts et m'attendaient, impassibles. Quelques heures plus tôt, j'avais offert à Bożena un chat en argent avec un œil en améthyste. C'était une broche, un peu trop grande à mon goût. Un cadeau de papa pour mon anniversaire.

— Tiens !

— T'es sérieuse ? m'a demandé Bożena en tendant la main.

En vérité, je n'avais pas très envie de le lui donner, ce chat, mais je ne pouvais pas l'emporter avec moi. Cela faisait deux ans qu'il habitait sur une étagère au milieu de mes livres, et je me disais qu'il devait être très casanier. C'était un chat de maison, ou plus exactement, d'étagère, et non un vagabond.

— Un chat d'étagère ? a fait Bożena, étonnée.

— Peu importe ! Prends-le.

Elle l'a pris.

Je suis partie.

Quelques heures auparavant, Dagmara quittait son domicile en jetant des coups d'œil inquiets tout autour. Elle ne se sentait pas rassurée et éprouvait une peur irrationnelle au fond d'elle, comme une enfant sans défense. Mais elle était une adulte à présent, elle vivait dans un pays européen civilisé. Elle était en sécurité. Au fur et à mesure que la journée avançait, elle retrouvait ses esprits, le contrôle de soi. À cause des embouteillages, elle mit quarante minutes pour atteindre la place de Potsdam. Elle se gara au quatrième sous-sol d'un parking souterrain, prit l'ascenseur et bientôt marchait sur la place qui, pendant presque vingt ans, avait été un immense chantier, le plus grand chantier d'Europe. Elle avait mis des chaussures confortables pour se rendre au lieu du mystérieux rendez-vous, car elle devait traverser toute la place. Les habitués savaient que le terrain y était glissant comme du verre. Dagmara aussi le savait, elle assistait très souvent ici à des expositions, des bals, des premières, elle se déplaçait alors lentement sur ses hauts talons. À chaque étage du parking, des panonceaux indiquaient que Securitas City veillait à la sécurité de tous. Ici, donc, régnait l'*Ordnung*.

Le café où elle s'était installée était, lui aussi, sous la surveillance de Securitas City, comme l'attestait une plaque dorée. Dagmara jeta un coup d'œil à sa montre, qui indiquait 11 h 30, puis à son carnet. Six pages remplies d'une écriture fine. Elle le referma puis le rouvrit au hasard : « Rêve de Gerhard ». Elle avait noté ce cauchemar une semaine plus tôt environ. Un frisson la parcourut. Elle rangea vite ses notes dans son sac, tira la fermeture éclair, puis posa son foulard dessus.

Elle buvait son jus par à-coups nerveux, une gorgée, une deuxième, un coup d'œil rapide à sa montre, une autre gorgée. Elle attendait. Il lui sembla un court instant que le blond la regardait de nouveau, ou pas, peut-être n'était-ce qu'une impression, comme cela lui arrivait souvent ces derniers temps. Par exemple, elle avait cru pendant plusieurs jours que quelqu'un la suivait. Simple hallucination d'une journaliste névrosée, affaiblie par les fleurs de Bach, la transcription de ses rêves et un travail harassant. Son job occultait tout le reste, mais il était tellement prenant, enrichissant, que Dagmara n'avait besoin de rien d'autre. Du moins n'avait-elle pas le temps d'y penser. Elle avait des amis, beaucoup d'amis. Et de nombreux soupirants, ne serait-ce que René, qui n'était pas mal du tout, d'ailleurs, avec ses cheveux gélifiés. Mais elle n'était pas faite pour des hommes comme René. Il fallait être courageux, ou bien complètement fou, pour aborder une femme telle que Dagmara. Ce genre d'homme n'existait pas, ou il n'était pas encore né. Elle avait des adorateurs, des amis, certes, mais elle aspirait à autre chose, sans savoir à quoi exactement, aussi travaillait-elle sans relâche, elle courait, s'agitait, voulait changer le monde.

Ces trois derniers jours, elle avait remarqué qu'un homme la suivait, un déséquilibré, sans doute. René avait du mal à y croire : « Comment ça, il te suit ? Il te drague ? » Il finit par monter avec Dagmara, affolée, dans sa Volvo et l'accompagna jusqu'à la porte de son immeuble. Un homme était bel et bien là, en train d'attendre. René sortit de la voiture et l'interpella avec vigueur, mais il découvrit que ce n'était qu'un admirateur inoffensif. D'ailleurs, ce dernier s'empressa de tendre à Dagmara un stylo, une photo, ainsi que son livre, que la journaliste lui dédicaça aussitôt. Son fan la remercia et Dagmara n'entendrait plus jamais parler de lui.

En réalité, le gars en question se trouvait là pour une tout autre raison, il faisait le guet.

Pendant que Dagmara lui signait sa photo, les agents qui s'étaient introduits chez elle avaient eu le temps de s'éclipser. Une fois rentrée, après avoir abandonné dans la rue son assistant dépité, elle avait retrouvé son appartement tel qu'elle l'avait quitté, avec son ordre habituel, son silence et sa solitude. Elle ne pouvait pas deviner que son « admirateur » était chargé de prévenir de son arrivée les hommes d'Ernesto qui fouillaient sa maison. Ils n'étaient pas les seuls. Les collègues du Blond avaient, eux aussi, passé au peigne fin l'appartement de la journaliste, ainsi que son bureau, d'ailleurs. Mais cela, Dagmara l'ignorait aussi et elle n'en saurait jamais rien.

Pour l'heure, elle s'enfonça confortablement dans le siège canné du troquet, puis rajusta ses lunettes. Son regard fut attiré cette fois par une femme accompagnée d'un pinscher nain en tricot, qui occupait une petite table située à la diagonale. Dagmara plissa les yeux et l'observa pendant quelques secondes. Elle devait avoir une trentaine d'années. Une quarantaine plutôt, à y regarder de plus près. Elle avait les cheveux longs, des lèvres pulpeuses, et portait un chemisier décolleté, très ajusté. Posé sur la table, un sac de marque, immense, en cuir brillant, masquait tout le reste. *Nadiejda !* pensa Dagmara, et elle se retourna vivement. Une ancienne connaissance. Très ancienne ! Ses gros seins et ses lèvres botoxées la changeaient un peu, mais c'était elle, sans aucun doute. Dagmara revit aussitôt la réception très arrosée, organisée après la réunification de l'Allemagne, peu avant le début du grand chantier entrepris pour le réaménagement des places de Potsdam et de Leipzig par de gros investisseurs privés. Elle avait d'ailleurs réalisé un reportage audacieux sur cet événement, qui lui avait valu une récompense. Bien des années s'étaient écoulées depuis, mais elle n'avait pas oublié cette fête.

Le garçon de café s'approcha de la table de Nadiejda. Celle-ci sortit de son sac un énorme portefeuille décoré d'une boucle dorée, aussi clinquant que le reste. Après avoir reçu un généreux pourboire, le garçon échangea quelques mots en russe avec sa cliente, lui fit un baisemain et s'éloigna. Nadiejda s'attaqua à sa salade de fruits, en la partageant avec son pinscher en tricot. Le chien remuait la queue, poussait des jappements aigus insupportables. Sa maîtresse faisait clapper sa langue et s'enthousiasmait telle une mère devant son enfant : « Mais ne sois pas si impatient ! » Dagmara savait que le personnel n'oserait pas interrompre ce charmant duo pour lui demander de faire moins de bruit : le café, la boutique attenante ainsi que la moitié du complexe étaient la propriété du mari de Nadiejda, la sienne, par conséquent. Dagmara avait écrit un article sur l'oligarque russe qui se gagnait les faveurs des fonctionnaires en investissant dans toute l'Allemagne. Elle avait utilisé un pseudonyme – parfois elle aussi avait peur.

Le chien continuait d'aboyer, la foule affluait, les klaxons se déchaînaient. Il était presque 11 h 40. Dans cette ville, les cafés se trouvaient toujours très près de la rue, des gaz d'échappement et des embouteillages. Bref, l'endroit s'agitait, et toujours pas de Radostin Petrov en vue.

À 11 h 46, Dagmara composa le numéro de Gerhard d'une main tremblante, mais le téléphone de son beau-père était éteint. Sa mère non plus ne répondit pas à son appel. Rien. Silence radio. *Tant pis ! Ils n'appellent pas, ne donnent plus de leurs nouvelles, ils ont dû couper leur téléphone, comme des ados qui découchent. Bravo ! Bravo, Krystyna, bravo, Gerhard !* Dagmara préparait déjà le discours auquel ils auraient droit à leur retour. Elle sentait une boule désagréable dans sa gorge, qui surgissait chaque fois qu'elle était stressée. Elle prenait du sélénium pour y remédier. Vous avez « une petite, toute petite inflammation thyroïdienne », lui avait annoncé le médecin qu'elle avait fini par consulter au bout de deux ans, sous la pression de Krystyna. « Tout va bien, lui avait-il dit, vous devez juste vous détendre, arrêter de fumer, ne plus boire d'alcool, éviter les tensions. Pratiquez le yoga, restez zen, faites du sport… » Merci, docteur !

Dagmara appela le garçon de café et commanda une vodka. Une petite vodka qu'on lui apporta aussitôt, c'était le bon côté des établissements tenus par des Russes.

Il était pratiquement 11 h 49. Dagmara en avait assez de la foule qui heurtait sa table sans arrêt, et elle en avait marre d'attendre. Une nouvelle fois resurgit devant elle une étrange image du passé. Elle essaya de la faire disparaître avec la vodka, en vain ! La foule, en revanche, se noya dans une espèce de brouillard, même le pinscher était devenu moins bruyant. Elle se revoyait, des années auparavant, ici même, à l'endroit où elle savourait en ce moment son jus de carotte. Sur cet emplacement totalement désert se dressait autrefois un mur de presque quatre mètres de haut. Elle l'avait vu de ses propres yeux. Long de cent cinquante-cinq kilomètres, il entourait la ville. Comme on l'inculquait aux enfants et à qui voulait l'entendre, ce mur était un rempart antifasciste, destiné à empêcher la peste hitlérienne, encore vivace après la terrible guerre, de pénétrer dans Berlin-Est, en Pologne, en Union soviétique, en Tchécoslovaquie, en Hongrie et dans tout le bloc communiste. La Potsdamer Platz et la Leipziger Platz, les deux endroits les plus animés de la capitale, étaient à l'époque un espace désert, coupé en son milieu par le mur, planté comme un pieu au cœur de la ville. Il jouissait d'une renommée douteuse, côté occidental. Côté est, ce no man's land n'intéressait pas grand monde car, en dehors des soldats et de leurs chiens, des fossés, des barbelés et des miradors, il n'y avait rien ni personne à cet endroit.

Dagmara revoyait une photo-souvenir, l'une des nombreuses photos que l'on retrouvait partout dans la maison de Gerhard : dans ses albums, son ordinateur, sur les étagères de son bureau. La pièce croulait littéralement sous les objets de toutes sortes, Gerhard n'aimait pas se séparer des objets ni des personnes. En l'absence de son mari, Krystyna montait au grenier tout ce qu'elle pouvait. De son côté, Gerhard profitait de la moindre occasion pour tout redescendre. La pauvre Renate époussetait ce bazar en soupirant. La photo évoquée par Dagmara datait de l'une de leurs premières promenades dans Berlin. Prise par Gerhard, elle avait atterri dans un album, le premier qui retraçait leur vie commune. Sur la couverture, en lettres dorées, on pouvait lire : « Année 1983 ». Krystyna et Dagmara se tiennent enlacées devant le mur couvert de graffitis, près d'une boutique de souvenirs. Derrière elles s'étale l'Est lointain, infini, sur lequel plane un brouillard permanent constitué de charbon noir et des gaz d'échappement des Trabant et des Wartburg : le smog de Berlin-Est, exonéré de tout droit douanier.

Dagmara se rappelle qu'elle avait sali ses chaussures ce jour-là. Les souvenirs vendus dans les magasins près du mur paraissaient très kitch, même à elle qui raffolait pourtant de ces babioles à deux sous. Petite Polonaise de douze ans, fraîchement débarquée de son pays natal, Dagmara était en visite touristique dans une enclave de l'Ouest, en compagnie de sa maman éternellement jeune et de son fiancé Gerhard, âgé d'une quarantaine d'années. Quel beau tableau ! Les petites saucisses achetées « Au Mur », un bar au nom si romantique, étaient un peu brûlées et ne ressemblaient pas à celles que Dagmara connaissait en Pologne. Vraiment, la fillette ne voyait pas du tout en quoi la partie occidentale était mieux que l'autre. Pour elle, quitter leur pays pour s'installer dans cette ville étrangère, capitaliste, n'était rien d'autre qu'une lubie des années quatre-vingt. Rien ne lui était familier ici, rien ne l'attirait, même pas les *Currywürste*.

Elle avait pressenti en cet instant à quel point sa vie à Berlin serait merdique. C'est exactement ce qu'elle avait dit à sa mère. « Merdique ! » Une ville inintéressante, vide, boueuse, où elle avait sali ses chaussures. Et Gerhard qui leur faisait des signes de la main, qui montait sur une petite tour, les traînait derrière lui pour qu'elles voient, qu'elles constatent comme le pays d'où elles venaient était laid et triste alors qu'ici tout était merveilleux… Souvenir lointain et singulier qui, allez savoir pourquoi, resurgissait aujourd'hui dans toute sa splendeur dans ce petit café de la place de Leipzig.

De sa voix claire, Gerhard lui avait expliqué à l'époque que la ville avait été divisée en secteurs par les Alliés. Puis il les avait prises en photo toutes les deux à l'endroit précis où se rejoignaient les frontières des trois zones : américaine, britannique et française. La mère de Dagmara était enthousiasmée par Gerhard, par l'enclave, elle avait finalement réussi, elle était arrivée ici, à Berlin, à l'Ouest, sans perdre la raison, elle avait de quoi être fière. Mais contrairement à sa mère qui parlait un peu allemand, Dagmara ne comprenait rien encore, et ne voulait rien comprendre. « Ce n'était pas son cirque, pas ses singes ! » Joli dicton : elle l'avait entendu de la bouche de son amie Bożena et emporté dans ses bagages. Elle se l'était répété plus tard, comme un mantra, tous les jours, matin et soir, pendant six mois, jusqu'à la nausée. Aussi avait-elle lancé d'un air bougon à Gerhard, en pataugeant dans la boue avec ses chaussures rouges : « Et qu'est-ce qu'on en a à faire ! » « Dagmara ! » l'avait reprise sa mère.

La tête de Dagmara allait bientôt éclater avec cette flopée de souvenirs, mais elle continuait de voir le

Gerhard d'autrefois agiter les bras et lui parler, elle pouvait même encore sentir l'odeur de son parfum. Elle avait enfoui depuis longtemps ces images au fond d'elle, mais elles refaisaient surface à présent, comme des diapositives transparentes venues se superposer sur l'homme blond, son ancienne camarade Nadiejda, et la nouvelle Leipziger Platz riche en couleurs. *Ce sont les nerfs*, se rassurait-elle, *le manque de sommeil.* Elle avait oublié de prendre son sélénium ce matin. Elle oubliait toujours quelque chose, parce qu'elle n'arrêtait pas de courir, occupée du matin au soir.

Toujours est-il que la photo de Krystyna enlaçant Dagmara sur la Potsdamer Platz, déserte en ce temps-là, était devenue la préférée de Gerhard. Il en avait fait un agrandissement, qu'il avait encadré et posé sur son bureau. Dagmara détournait toujours les yeux de ce cadre, tandis que son beau-père le dépoussiérait régulièrement, pour que tous puissent admirer et apprécier son plus beau trophée : la famille.

Dagmara n'avait pas repensé à toute cette période depuis longtemps. Gerhard n'était plus aujourd'hui cet inconnu ouest-allemand qu'elle venait de rencontrer. L'angoisse et la douleur de ces années-là avaient disparu, en même temps que ses chaussures rouges tachées de boue, que la bonne Renate avait fini par mettre à la poubelle. Elle revoyait Gerhard, en 1983, infatigable, qui lui montrait des photos d'avant-guerre en lui parlant de la splendeur de la place dans les années vingt. « C'est ici qu'on a installé les premiers feux de signalisation en Allemagne, qu'on a construit le premier métro berlinois, et avant cela, en Prusse encore, la première voie de chemin de fer. » Les premiers mots d'allemand qu'elle avait appris n'étaient pas : « *Ich bin Dagmara* », « *nein* », « *gut* », ou « *auf wiedersehen* », mais « *erste*, *erster*, *ersten* », le premier, la première, les premiers… L'infatigable Gerhard poursuivait :

— Ensuite, avec la construction du mur, le 13 août 1961, la Potsdamer Platz a été séparée en deux parties.

— Coupée en deux, ajouta Renate, et paf !

— C'est bon, on a compris, l'interrompait Gerhard, un peu jaloux, car Krystyna et Dagmara étaient venues vivre chez lui, et pas chez sa bonne Renate.

Par ailleurs, il avait remarqué que Dagmara en avait assez de ses histoires, qu'elle n'y comprenait rien et peu lui importaient le mur ou la place. Bientôt Wrocław, sa ville, lui manquerait terriblement, ainsi que ses poupées et son amie Bożena. Par bonheur, elle avait embarqué avec elle tous les mots polonais possibles, toutes les expressions, tous ses souvenirs. Elle les noterait dans un journal, elle en rêverait, la nuit seulement.

À l'époque déjà, Renate avait compris que tout finirait par s'arranger. « Ça va aller », disait-elle, et elle hochait la tête avec bienveillance en regardant Dagmara. Elle l'aimait bien, cette petite venue de Pologne. Elle-même n'avait pas d'enfant. À la fin de la guerre, un soldat russe lui avait pris sa virginité, ensuite elle n'avait pas réussi à se trouver un mari. Renate aimait les enfants…

— Oui, oui, certainement, disait Gerhard en hochant la tête à son tour.

Cette gamine lui plaisait beaucoup à lui aussi. Si grande, si sage, toute prête déjà, plus besoin de lui donner le biberon, de la changer. Il suffisait de lui apprendre la langue et elle deviendrait une parfaite jeune fille allemande. Sa Dagmara. Dagmara Bosch, du quartier de Zehlendorf.

Gut Ding will Weile haben, petit à petit l'oiseau fait son nid, tout vient à point à qui sait attendre, disait souvent Renate, qui était un véritable livre de dictons. Dommage qu'elle ne soit plus là, avec son dialecte de Poméranie, ses mains noueuses et son éternel torchon. Tout cela, elle l'avait emporté dans sa tombe. Mais Dagmara n'oubliait pas la vieille bonne. En revanche, ses débuts difficiles à Berlin, elle n'y pensait plus. Oubliés ! Balayés !

Pourquoi Gerhard et maman ne m'appellent pas ? se demanda à nouveau la jeune femme, soucieuse. *Mais qu'est-ce qu'ils s'imaginent !* Elle se raisonna en se rappelant que, lorsqu'ils étaient partis en vacances en Sicile, ils n'avaient pas donné signe de vie durant une semaine entière. Seulement, cette fois-ci, elle ressentait une inquiétude inhabituelle. Leur silence pouvait sans doute s'expliquer par une multitude de raisons, mais qu'en était-il en réalité ? Et il y avait aussi ce rêve… Prémonitoire ?

Dagmara remit ses lunettes noires. Elle essayait de chasser ces sombres pensées lorsqu'elle entendit soudain quelqu'un lui parler :

— Désolé pour le retard. Je ne connais pas bien Berlin ! Madame Bosch ?

Surprise, Dagmara eut du mal à comprendre, elle oublia Renate, Gerhard, sa mère… Quelqu'un lui parlait, lui tendait la main, s'excusait… Elle leva les yeux et vit un homme jeune et grand comme une montagne.

— Radostin Petrov, se présenta l'homme au visage hâlé.

Dagmara réfléchit un instant, incapable de distinguer le nom du prénom de l'homme planté devant elle, mais le serveur arriva et Radostin Petrov (ou Petrov Radostin) passa commande, content d'avoir enfin trouvé la personne qu'il cherchait. Il sourit en dévoilant ses jolies dents bien entretenues. Dagmara ne lui rendit pas son sourire. Elle remonta ses lunettes, puis inspira profondément pour reprendre ses esprits.

— Dagmara Bosch, dit-elle.

— Excusez-moi encore pour le retard, répéta le Bulgare en roulant les « r ».

Mais quelle langue parle-t-il ? se demanda Dagmara, encore étourdie. *Est-ce de l'anglais ?* Elle ne répondit pas, fit juste un léger signe de tête pour montrer qu'elle acceptait ses excuses et qu'elle était impatiente d'entendre ce qu'il avait à lui dire. Radostin Petrov n'avait pas besoin d'explication pour tout comprendre, il savait lire les attentes de ses clients sur leur visage. Déformation professionnelle ! Même ici, à Berlin, il avait gardé ses réflexes de réceptionniste. Il posa deux sacs en plastique rouge sur la table et se pencha vers la jeune femme.

— Votre père m'a demandé de vous transmettre ceci, dit-il en esquissant un sourire. Voilà !

— Qu'est-ce que c'est ?

— À vrai dire, je n'en sais rien, répondit Radostin, imperturbable, sans même hausser les épaules.

Dans les hôtels cinq étoiles de Sofia ou de Bucarest, les réceptionnistes ne haussent jamais les épaules, contrairement à leurs confrères de Nice, par exemple. Dans l'ancien bloc de l'Est, on écoute avec la plus grande empathie les souhaits et réclamations des clients, en essayant de trouver une solution immédiate à tous leurs ennuis et désagréments. Sans parler des commandes particulières que l'on s'empresse de satisfaire, car elles rapportent des euros supplémentaires au personnel hôtelier.

— J'ai jeté un coup d'œil à l'intérieur pour vérifier si je pouvais emporter ces sacs dans l'avion, précisa Radostin.

— Je ne comprends rien, et puis ce n'est pas mon père, précisa Dagmara, désorientée.

— Monsieur Gerhard était client de l'hôtel où je travaille à Sofia, il m'a demandé de vous transmettre ses affaires.

— Mais pourquoi vous ? Où est-il ?

— Je ne sais pas.

Radostin Petrov semblait embarrassé. L'autre jour, après avoir terminé son travail à la réception, il avait posé quelques jours de congé et s'était rendu chez ses parents, à la campagne. Il ignorait tout du sort de son client. Il avait réfléchi à la situation, pesé le pour et le contre, se demandant surtout si ce voyage pouvait lui rapporter un peu plus d'argent encore. Ayant conclu que c'était fort probable, il avait aussitôt pris un avion pour Berlin. Il devrait reprendre son service à Sofia dès le lendemain mais, pour l'heure, il n'avait pas l'intention de dévoiler son plan astucieux à cette bonne femme. Elle était trop nerveuse et ne semblait pas faire confiance aux gens, il suffisait de la voir écarquiller les yeux pendant qu'il lui parlait.

— C'est quoi, ces histoires ? fit Dagmara en haussant légèrement le ton. Vous venez ici pour m'apporter des sacs en plastique ! Ils sont à lui ?

Elle souleva brusquement les sacs au-dessus de la table. On aurait dit des sacs de Media Market, mais avec des inscriptions en cyrillique.

— Oui, affirma Radostin Petrov.

— Et cela fait partie des obligations du personnel hôtelier chez vous, hein ?

— Votre père…

— Ce n'est pas mon père ! s'exclama Dagmara.

Plusieurs personnes, dont le Blond, tournèrent la tête vers elle.

— Pardonnez-moi, mais le monsieur qui m'a confié ces sacs disait « ma fille » en parlant de vous, expliqua calmement le Bulgare. Il avait l'air d'y tenir énormément. Il m'a payé pour ce service et m'a même donné de quoi acheter le billet d'avion. Je ne pouvais pas refuser. C'est-à-dire, j'aurais pu, mais il a insisté. Tout s'est passé très vite. Il m'a dit qu'il était suivi, il ne m'a pas vraiment laissé le choix, soupira-t-il avant d'ajouter : il m'a laissé ces sacs dans une poubelle.

— Dans une poubelle ?

Dagmara avait beau fixer avec la plus grande attention le visage de son interlocuteur, elle ne parvenait pas à y déceler le moindre mensonge. Les yeux de Radostin exprimaient tout autre chose. Mais elle ignorait quoi. Qui aurait pu inventer une telle histoire ? Et dans quel but ? Elle le regardait, désorientée, incapable de dire quoi que ce soit. Que peut-on bien dire à un homme qui prétend avoir récupéré deux sacs dans une poubelle bulgare à la demande de votre beau-père, puis prend l'avion jusqu'à Berlin pour vous les remettre en main propre ? Et pourquoi Gerhard devait-il payer quelqu'un au lieu de tout faire lui-même ? Soudain, un mot prononcé par le Bulgare lui revint à l'esprit : « suivi ».

D'une main tremblante, elle dégagea une mèche de cheveux de son visage.

— Il était suivi ? Par qui ?

Elle posa cette question, une parmi mille autres qui se bousculaient dans sa tête, puis regarda à l'intérieur des sacs. Ils contenaient des documents, le vieil appareil photo de Gerhard, quelques feuilles en vrac, des cahiers, une pellicule et un petit mouchoir que Gerhard portait souvent à la boutonnière. Un mouchoir en soie qui avait appartenu à sa mère. Il avait une longue histoire, ce mouchoir, et Gerhard s'en séparait rarement.

— Je vous crois, dit Dagmara en déglutissant.

Elle venait de comprendre que l'inquiétude qu'elle ressentait depuis l'instant où elle avait entendu la voix du Bulgare au téléphone était parfaitement justifiée. Elle regarda l'homme droit dans les yeux.

— Racontez-moi tout depuis le début, s'il vous plaît.

— J'aimerais vous aider, mais je ne sais rien d'autre, répondit-il.

— Racontez-moi tout une fois encore, depuis le début, et dans les moindres détails, répéta-t-elle en essayant de maîtriser le tremblement de sa voix et de parler le plus distinctement possible.

Elle sortit son carnet et un stylo de son sac, et se rapprocha du Bulgare. Sourire en coin, celui-ci se balança d'avant en arrière sur sa chaise.

— Comme ça, gratuitement ?

Dagmara reposa le stylo et le transperça du regard.

— Oui ! dit-elle sèchement.

— Mais… Rien n'est gratuit.

Radostin prit le carnet posé sur la table, l'ouvrit, nota quelque chose sous la phrase : « Pologne, début des années quatre-vingt », puis le poussa vers Dagmara. Celle-ci jeta un regard furtif sur les chiffres mal écrits, remit le carnet dans le sac et se leva. L'homme blond ne la quittait pas des yeux. Le Bulgare pâlit.

— Rasseyez-vous, dit-il. Je vous raconterai tout ce que je sais, mais pas gratuitement.

Dagmara se pencha et inscrivit quelque chose sur la serviette. Petrov fit une grimace, mais acquiesça de la tête.

— Je ne sais pas grand-chose, mais la police m'a questionné à propos de votre père… votre beau-père, se corrigea-t-il.

— La police ? Quand ça ? demanda Dagmara en blêmissant.

— Juste après qu'il a quitté l'hôtel.

— Vous êtes sûr que c'était la police ?

— Absolument sûr.

— Mais pour quelle raison ?

— Je n'en sais rien, moi, fit Radostin en haussant les épaules, cette fois-ci. C'était une femme. Une très jolie femme.

— Une femme ? Quelle femme ?

— Eh bien, une femme ! Elle voulait savoir des choses sur lui. Elle m'a montré sa carte de police et m'a posé un tas de questions, dit Petrov tout bas, en jetant des regards inquiets autour de lui. C'était une police spéciale, ajouta-t-il plus bas encore.

— Vous vous souvenez comment s'appelait cette femme ?

— Ekaterina, je crois, mais j'ai oublié son nom de famille.

— Et ensuite ?

— Rien. Elle a fouillé la chambre de votre père, c'est-à-dire de votre beau-père, et moi, je suis allé chercher les sacs dans les poubelles de l'hôtel, et me voilà ici, termina-t-il, le sourire aux lèvres.

— Vous dites que c'était la police secrète ?

— Oui.

Le sourire disparut du visage de Petrov, et Dagmara eut la certitude qu'il lui disait la vérité. En apparence, rien n'avait changé : le soleil brillait, le chien aboyait, les voitures klaxonnaient, mais l'atmosphère pesante qui régnait désormais autour de leur table se transmit instantanément à la table voisine. Le Blond termina lentement son café. En regardant Dagmara d'un œil qui se voulait indifférent, il replaça un écouteur invisible dans son oreille. Il sortit un portable de sa poche, composa un numéro et murmura quelque chose dans l'écouteur. Puis il se leva, épousseta son jean et quitta le café. Au coin de la rue l'attendait un homme brun, une pochette à la main. Il venait de sortir d'un monospace.

— Je veux savoir ce qu'il y a dans ces sacs, lui dit le Blond.

Sans même attendre la réponse, il retourna au café, où il ne trouva plus que le Bulgare. Un rictus aux lèvres, celui-ci était en train de payer l'addition, la sienne et celle de la journaliste. Dagmara était déjà partie en emportant avec elle les sacs de Media Markt.

*

Le portillon donnant accès au jardin de Gerhard et Krystyna crissa avant de se refermer avec un claquement sourd. Dagmara sursauta. Fichu portillon !

Personne ne l'attendait, personne ne lui faisait de grands signes en se précipitant à sa rencontre. Dans ces moments-là, elle réalisait pleinement que Renate était morte. Elle jeta un regard désespéré au sombre jardin, à la haie de buis qui séparait la villa de la rue tranquille et des voisins – elle mesurait au moins deux mètres de haut et ne laissait pas filtrer le soleil. Un petit sentier menait jusqu'à la maison, ses gravillons blancs crépitaient affreusement, même sous les pattes du chat Ajax, pourtant maigre comme un clou. Une étrange aura vaporeuse entourait le mur prussien et les vitres en mosaïque de la porte d'entrée. Dagmara eut soudain un mauvais pressentiment, elle s'apprêtait à rebrousser chemin et fit même un pas en arrière. Puis elle jeta un coup d'œil aux sacs de Gerhard et se décida finalement à avancer. Elle monta deux à deux les marches de la terrasse et ouvrit la porte qui grinça comme la grille d'un vieux manoir endormi depuis des siècles. Abandonnant la clef sur la commode, elle alluma la lumière. La grande entrée lui parut sombre, sinistre. C'était d'ordinaire un endroit accueillant, agréable, plein de vie. Peu rassurée, elle parcourut la pièce des yeux. Elle avait l'impression que tous les esprits des anciens habitants de cette maison planaient au-dessus d'elle, sous le plafond. Elle releva la tête instinctivement. Non, cette maison n'était pas hantée, tout simplement, sans Renate, il lui manquait une âme.

C'était la première fois que Dagmara se retrouvait seule ici. Elle avança, allumant les lumières au fur et à mesure, et parvint jusqu'au bureau de Gerhard. Si son beau-père l'avait appelée à ce moment-là pour lui demander de trouver un papier datant de 1971, une facture d'électricité, par exemple, cela ne lui aurait posé aucun problème. Il lui aurait suffi de se diriger vers l'étagère, de prendre le dossier « Factures 1971 » et d'en sortir le document en question. La maniaquerie de Gerhard était tout de même spécifique et se limitait à son bureau, ses papiers et ses photos. Le reste de la pièce était toujours plongé dans un chaos total, que Krystyna s'était efforcée de contrôler jusque-là. Aujourd'hui, pourtant, la pagaille sur le bureau de Gerhard était indescriptible, comme s'il avait cherché quelque chose dans la précipitation, juste avant de filer… D'ordinaire fermé à clef, le tiroir était en partie tiré, les placards aussi étaient restés entrouverts. Un tas de papiers, des cahiers jaunis, des lettres étalées, des crayons étaient éparpillés un peu partout, il restait aussi une tasse de thé à moitié pleine encore, recouverte d'une épaisse couche de moisissure. Dagmara tressaillit. Gerhard n'avait même pas pris son stylo-plume préféré.

Depuis un certain temps déjà, Dagmara avait l'intention de venir jeter un coup d'œil à ce bureau, elle voulait vérifier ce que son beau-père y cachait. Elle voulait savoir où il se rendait si souvent ces dernières semaines, pourquoi il avait cessé de discuter avec elle. Malgré leurs différends, ils s'étaient toujours parlé régulièrement.

Elle regarda à l'intérieur d'une serviette noire posée près du bureau, et y trouva un ordinateur portable. *Gerhard n'avait pas emporté son portable ?* Dagmara n'avait jamais été très sage ni très disciplinée. Peut-être, d'ailleurs, Gerhard comptait-il là-dessus ? Il voulait peut-être qu'elle fouille dans ses affaires…

Eh bien ! Elle allait s'y mettre tout de suite.

Elle jeta son manteau sur le sol, repoussa vivement toute la paperasse sur le côté pour libérer de la place sur le bureau. Le liquide de la tasse se renversa, la couche de moisissure atterrit sur la photo préférée de Gerhard : Dagmara et sa mère devant le mur de Berlin. La jeune femme fit la grimace et essuya le cadre avec un pan de rideau.

Elle laissa glisser le contenu des sacs plastique sur le bureau et observa la pile de documents. Au sommet, juste sous le mouchoir ayant appartenu à la mère de Gerhard, elle remarqua une enveloppe. Dessus, elle vit son nom, écrit en lettres capitales bien distinctes : « DAGMARA ».

Ma chère Dagmara !

Durant toutes ces années…

Quelques heures plus tard, elle était toujours enfermée dans le bureau de Gerhard, le visage blême, immobile, les yeux plongés dans la photo préférée de son beau-père.

*

Peu de temps après, Dagmara notait sur la dernière page libre de son carnet :

Un rêve récurrent.

J'ai entendu des pas.

Maman se tenait à la porte du bureau. Son visage avait la même expression qu'il y a trente ans.

— Il est mort, a-t-elle dit d'une voix sourde. Il est mort à Sofia.

Je n'ai pas demandé de qui elle parlait. Je savais qu'il s'agissait de Gerhard. L'ampoule sous laquelle se trouvait ma mère a soudain éclaté en mille morceaux, mais elle-même restait immobile dans l'obscurité du couloir, des particules argentées s'étaient fixées sur ses cheveux grisonnants, comme une auréole. Cette vision d'une lumière diffuse me poursuit jour et nuit. Ce sera pour toujours un mauvais présage. Il n'est rien arrivé à maman, mais enfin, ce n'est pas de cela qu'il s'agit. Un geste, une seconde suffit à faire basculer une vie. Une supernova sur l'ampoule, sur les cheveux et dans les cœurs. La seconde de la mort.

Dagmara l'ignorait encore, mais cet instant précis signifierait pour elle la fin d'un cycle, marquant un nouveau départ.

*

Arriver jusqu'à Tschapieski n'était pas simple.

Burkhard Seidel erra longtemps dans les couloirs,

mais il n'était pas entré dans le bon bâtiment. Ensuite, une fois le bon immeuble trouvé, il ne put pénétrer à l'intérieur. Il expliqua à l'homme de faction derrière sa vitre que c'était très important, qu'il était venu spécialement de Leipzig, il insista, montra sa carte d'identité. Finalement, il comprit qu'il allait devoir changer de tactique.

Il se tourna d'un bloc vers le gardien et, les yeux mi-clos, le visage grave, il murmura : « Active un peu, bon sang, ou tu vas le regretter ! J'ai des infos top secret à transmettre au patron ! » Puis il se frappa la tête (ou plutôt le chapeau). Il savait que c'était pitoyable, mais rien de mieux ne lui était venu à l'esprit.

À son grand étonnement, le gars se redressa aussitôt et saisit le téléphone. Une voix forte dans le combiné ordonna d'amener sur-le-champ M. Seidel en salle 204. Ce dernier n'eut pas le temps de faire un pas que le gardien était déjà devant lui ; il le palpa le long du pantalon, sous les aisselles, lui ôta son chapeau qu'il tapota, puis regarda à l'intérieur. Seidel roula des yeux, recoiffa ses faux cheveux et récupéra son chapeau avec force. Il devait jouer son rôle jusqu'au bout.

Soudain, il vit le gardien sursauter ; il sursauta lui aussi, car devant eux avait surgi une femme osseuse, qui devait avoir entre trente et soixante ans. Elle toisa Seidel de la tête aux pieds et l'informa d'un ton peu amène qu'elle était la secrétaire personnelle du directeur Tschapieski et qu'on ne dérangeait pas ainsi un homme de son importance. Elle ne comprenait même pas, d'ailleurs, pourquoi le directeur prenait la peine de le recevoir… Puis elle jeta un regard à la carte d'identité de Burkhard Seidel.

— On prend rendez-vous à l'avance, c'est compris ?

le sermonna-t-elle et, sans attendre de réponse, elle l'invita à la suivre dans les escaliers.

Seidel obéit en se demandant pourquoi cette femme ne profitait pas de l'ascenseur qui se trouvait à quelques pas des escaliers. Apparemment, la secrétaire efflanquée de Tschapieski aimait le sport.

Il sentit aussitôt une terrible lassitude à l'idée de devoir encore se déplacer, grimper Dieu sait où. Il saisit la rampe et toussa péniblement, mais la secrétaire ne ralentit pas l'allure, elle escalada les marches de ses maigres tibias, telle une alpiniste. Bien entendu, le bureau dans lequel ils se rendaient se trouvait tout au bout d'un long couloir.

Tschapieski l'attendait déjà sur le pas de la porte. Seidel eut l'impression que l'*Oberhaupkomissar* avait bien grossi depuis le temps où il l'avait vu, quelques mois auparavant, à l'anniversaire de Gerhard. Il avait les yeux cernés et semblait exténué.

— Je vous en prie, l'invita l'*Oberhauptkommissar*.

Il traversa le secrétariat, ouvrit la porte de son bureau, sans quitter Seidel du regard.

— Qu'on ne nous dérange pas ! ordonna-t-il à sa secrétaire.

— Et le thé ?

— On s'en fout, du thé ! lança-t-il en refermant la porte derrière lui.

Il s'approcha de la fenêtre qu'il ouvrit en grand, invita Seidel à le rejoindre et lui demanda à voix basse : « Parlez ! Racontez-moi tout ! »

Plus grand-chose ne pouvait étonner Seidel. Il se plaça docilement dans le courant d'air et, au milieu du bruit des travaux de rue, commença son récit. Il n'était pas absolument certain que l'homme obèse en face de lui crût tout ce qu'il lui racontait. Il lui rappelait un peu un bouledogue. Après un monologue interminable, interrompu par des quintes de toux, il en vint à l'incendie au restaurant de Herz.

Livide, Tschapieski alla vers son bureau et se laissa tomber sur sa chaise.

— Vous êtes certain que Gerhard est mort ?

— À cent pour cent, répondit Burkhard Seidel d'une voix triste.

Waldemar Tschapieski se prit la tête dans les mains et resta prostré ainsi un temps incroyablement long. Seidel s'assit dans un fauteuil près de la fenêtre, il se sentait un peu faible.

— Vous en avez déjà parlé à quelqu'un ? demanda enfin Tschapieski.

— À vous seul.

— Je vous demande de garder ça pour vous ! À quel hôtel êtes-vous descendu ? Notez-moi votre adresse et votre numéro de téléphone, dit Tschapieski en tendant une feuille de papier.

Seidel écrivit sagement le nom de la pension, l'adresse, le nom de la veuve, ainsi que son adresse à Leipzig.

— Je vais essayer de contacter Dagmara, dit-il.

— Si vous vous en sentez la force…

Seidel crut déceler un vif soulagement dans la voix de l'*Oberhauptkommissar*. Celui-ci se leva, serra la main du vieil homme en lui disant :

— Un homme va venir vous voir, il s'appelle Kowalski. Je vous remercie pour ces informations, monsieur. Je vous libère.

Seidel voulut lui poser encore une question mais, lorsqu'il se retourna, il vit les épaules de Tschapieski trembler convulsivement. Il sortit.

Moins d'une heure plus tard, il était de retour dans le quartier de Zehlendorf. Tout le monde ne parlait que de l'incendie. D'après les bribes de conversations que put saisir Seidel, il comprit que Herz était sain et sauf et en éprouva un énorme apaisement. Il s'était beaucoup inquiété à son sujet. La veuve n'était pas à la pension, elle devait se trouver avec ses voisines près du restaurant, essayant d'en apprendre plus. Elle lui rappelait un peu sa défunte femme.

Seidel entra dans la maison. Il n'alla pas dans sa chambre, mais se dirigea vers le bureau de la propriétaire, où trônait un vieil ordinateur qui acceptait encore les disquettes et faisait un bruit infernal. Il était relié à l'extérieur par un long câble branché à la prise de téléphone. Seidel l'alluma, patienta quelques instants, mais il ne se passa rien. Il songea à contrecœur qu'il allait devoir ressortir et trouver un cybercafé en ville. Il était prêt à se lever lorsqu'une page s'ouvrit soudain sur l'écran. Il tapa « Dagmara Bosch » et attendit. Une minute plus tard, il vit ce qu'il cherchait. Mais l'image commença à sauter, puis disparut complètement, et l'ordinateur s'éteignit. Seidel se retint de toutes ses forces de le balancer par la fenêtre. Il essaya encore une fois, attendit la connexion téléphonique, lança de nouveau sa recherche. Au bout d'une demi-heure, il obtint enfin ce qu'il voulait. Il passa plusieurs coups de fil, avant de tomber sur Elsa Müller. Il se présenta puis demanda l'adresse de Dagmara Bosch. Elsa fit aussitôt le rapprochement avec le théâtre de marionnettes et avec Gerhard.

Oui, Gerhard avait parlé de son nouveau projet ! Seidel poussa un soupir. Il apprit que Dagmara était en congé et qu'elle devait être, très vraisemblablement, dans la maison de ses parents. Soulagé de pouvoir enfin retrouver la fille de son ami, il se dit que les choses, parfois, pouvaient aussi être simples. Il appela un taxi et réalisa brusquement avec effroi que Gerhard avait parlé de lui et de son théâtre à des inconnus. Qu'avait-il bien pu raconter d'autre encore, ce pauvre Gerhard, il était si naïf ! Par ailleurs, il se dit qu'Elsa ne devrait pas communiquer ce genre d'informations aussi facilement à tout le monde. Il déglutit. Frank était mort, Gerhard était mort, le restaurant avait pris feu. Et Dagmara ? Était-elle en sécurité ? Mais pourquoi ne le serait-elle pas ? Et lui-même, l'était-il ? Son taxi arrivait sur place, il en sortit rapidement. De loin lui parvint un bruit de sirènes. Une fois devant la grille, il comprit qu'il ne s'agissait pas de sirènes, mais d'un bourdonnement désagréable dans ses oreilles, qui le tourmentait depuis plusieurs semaines déjà. Il se sentait épuisé.

Il sonna.

Il sonna encore une fois.

Rien.

Il avait imaginé divers scénarios, mais il ne s'attendait pas à ce que Dagmara ne le laisse pas entrer. Il agita la poignée, elle céda. La barrière était ouverte, la sonnette ne fonctionnait pas… Il sentit son vieux cœur battre de manière irrégulière, avança d'un pas vif jusqu'à la porte et tapa du poing. Krystyna lui ouvrit presque aussitôt ; derrière elle se tenait Dagmara. Seidel ne les reconnut pas immédiatement, ce n'étaient plus les mêmes femmes, quelque chose en elles avait changé.

Krystyna et Dagmara étaient déjà au courant de tout. De tout, peut-être pas. Mais elles savaient l'essentiel, que Gerhard était mort. Seidel l'avait lu dans leurs yeux à la seconde où il les avaient vues. Deux femmes qui avaient tout perdu. Pour la seconde fois de leur vie. Le vieux Burkhard Seidel connaissait bien ce sentiment.

CHAPITRE 11

« Les manuscrits ne brûlent pas. »

Mikhaïl Boulgakov
Le Maître et Marguerite[1]

23 h 15. Devant la villa de Gerhard.

Ernesto reposa le recueil de poèmes de Pablo Neruda sur le tableau de bord. Avec le temps, ce livre, relié dans un cuir un peu terni, était devenu pour lui une sorte de missel, il y cherchait du réconfort dans les moments difficiles. Il ferma les yeux et récita de mémoire :

... Je découvris
la loi de l'infortune,
le trône d'or sanglant,
la liberté entremetteuse,
la patrie sans abri[2]

1. Éditions Robert Laffont, Pavillon poche, traduit par Claude Ligny. (*N.d.T.*)

2. Pablo Neruda, « L'injustice – Le mémorial de l'île noire », Éditions Gallimard, traduit par Claude Couffon. (*N.d.T.*)

C'était le seul souvenir qui lui restait de son père. Le seul livre en espagnol qu'il avait gardé. Durant quelques instants, Ernesto replongea dans un lointain passé, il revit un garçon rêveur qui, brutalement, en 1973, avait dû devenir adulte, un adulte brave et fort. Oui, fort avant tout. Ernesto tressaillit et chassa vite cette image de son esprit. Le moment était mal choisi pour ce genre de méditation. Les vers de Neruda ne lui apportaient aucun soulagement aujourd'hui. Ils l'avaient ramené à une triste période. Il n'avait pas besoin de cela.

Tiré de ses réflexions par les vibrations du téléphone, il décrocha et écouta avec attention durant quelques secondes. L'appel concernait la blonde que Schlangenberger avait repérée la veille chez Herz.

— Paie-la, dit-il brièvement à l'un de ses hommes de la cellule spéciale.

Un instant plus tard, son portable vibra de nouveau.

— Quoi encore ? hurla-t-il.

Cette fois, il s'agissait du garçon de restaurant, venu réclamer son dû.

— Qu'il appelle Schlangenberger dans la journée et lui arrange un rendez-vous avec cette pouffiasse, dit Ernesto d'une voix fatiguée.

Le serveur en question se débrouillait plutôt bien, il recevait de l'argent à la fois de Christian et d'Ernesto. Le premier le payait pour qu'il le mette en contact avec ces femmes, et le second pour qu'il se prête à tout ce cirque. Le procédé était toujours plus ou moins identique : Ernesto repérait des femmes, puis s'arrangeait pour qu'elles croisent Christian, le séducteur ; une fois que celui-ci avait mordu à l'hameçon, le garçon de restaurant jouait l'entremetteur.

— Paie-le, répéta Ernesto, et qu'il aille se faire voir. Bande de chacals !

Il jeta son portable qui vint heurter le pare-brise avant d'atterrir sous le siège. Peu importe, il n'en aurait plus besoin aujourd'hui.

Ernesto payait cher ses acolytes pour jouer toute cette comédie, et gérer ces rencontres nécessitait de sa part des efforts et une vigilance accrue. Cependant, il n'avait pas d'autre solution. Christian Schlangenberger était un homme attirant, un seul moment d'inattention de la part d'Ernesto et il se retrouvait avec une fille comme Félicia à ses basques. Ce n'est pas tant qu'Ernesto se plaignît de son patron, il aurait décroché la lune pour lui, car Christian méritait ce qu'il y avait de meilleur. Mais le hic, c'est que Félicia ne méritait pas Schlangenberger. Malheureusement, elle lui avait tourné la tête plus que n'importe quelle autre nana jusqu'ici. Ils étaient ensemble depuis des mois, les exigences de cette pouffe devenaient de plus en plus grandes, et aucun changement ne s'annonçait à l'horizon. Il ne manquerait plus qu'ils emménagent ensemble, ce serait le bazar total.

C'était donc à Ernesto de veiller au bonheur familial des Schlangenberger !

À l'évidence, Christian avait besoin d'une nouvelle maîtresse. Ernesto lui en avait déjà dégoté une. La blonde plaisait à Christian et, avec un petit coup de pouce de sa part, elle remplacerait rapidement Félicia. Ce n'était pas compliqué. Le chef d'Ernesto aimait les belles femmes, et plus encore quand elles avaient de gros seins. Il suffisait de faire jouer les contrastes. Félicia était une jeune fille de caractère, petite, à la beauté originale, elle avait la peau mate et une forte poitrine. Pour la remplacer, Ernesto avait donc sélectionné une beauté nordique qui, tout comme Félicia, avait une poitrine généreuse. C'était leur seul point commun. La stratégie d'Ernesto se révéla efficace. Au restaurant, son chef ne pouvait détacher les yeux de la belle blonde, et le vieux à ses côtés avait conforté Schlangenberger dans l'idée que lui-même pouvait redevenir un dieu de l'amour.

Ces femmes finiront par l'achever, songeait Ernesto, non sans inquiétude, car il ne connaissait son chef que trop bien. Tout ce qu'il pouvait faire, c'était garder un œil vigilant et contrôler la situation. Il avait d'excellentes raisons pour cela.

Il ferma les yeux et songea à Leticia. Elle représentait pour lui bien plus qu'une cousine, elle était une sœur, véritablement. Quant à Christian, Ernesto ne voyait jamais en lui un membre de la famille, mais toujours le chef, un chef qu'il comprenait parfaitement et dont il acceptait tout. Il lui devait tellement ! Depuis qu'il avait fait sa connaissance, il n'avait cessé de l'admirer. Après la mort de son père, Leticia et lui avaient vécu plusieurs années dans un orphelinat minable, près de Halle. C'étaient des temps difficiles, mais, avec le recul, Ernesto revoyait cette époque avec froideur, distance, ses émotions étaient restées à Halle, cette époque n'avait plus aucune importance pour lui désormais. Un beau jour, Christian Schlangenberger, grand, l'allure sportive, était arrivé à l'orphelinat et il l'avait choisi, lui, Ernesto, parmi tant d'autres garçons. Il avait ouvert de nouveaux horizons aux deux orphelins, leur avait offert une nouvelle vie. Ernesto était un petit malin ; en 1984, sa jeune cousine épousa Christian. Ainsi, il avait trouvé une femme honnête pour son chef, et un bon mari pour Leticia, et ils vécurent tous heureux pendant de longues années.

Ernesto esquissa un sourire. Ils formaient un beau couple, son chef était fou amoureux. Au début, tout allait bien, ils eurent deux enfants, Leticia était heureuse. Par la suite aussi, elle était heureuse. Ernesto se pliait en quatre pour que rien ne vienne ternir ce bonheur. Bien sûr, Leticia savait que son mari la trompait, mais rien, malgré tout, ne menaçait sérieusement leur mariage. Originaire d'Amérique du Sud, elle avait une meilleure connaissance des hommes que les femmes européennes et était capable de pardonner davantage, de se montrer plus compréhensive. Sa cousine était une femme intelligente, Ernesto n'en doutait pas un instant, elle connaissait la vie, il suffisait de la soutenir un peu.

Ainsi donc, il la soutenait !

Personne ne devait mettre en danger la situation de Leticia, surtout pas des filles comme Félicia. Et personne ne devait profiter de Christian. Personne. Initialement, Ernesto avait prévu de faire pression sur Félicia pour qu'elle quitte Schlangenberger. Il en vint rapidement à la conclusion, toutefois, que la jeune femme ne méritait pas de jouer le rôle de la Dame aux Camélias, et que lui-même était trop jeune pour celui du père de Duval. Cette histoire pourrait encore se terminer par un drame et un grand amour. Ernesto fit donc ce qu'il avait l'habitude de faire : il trouva une nouvelle pouffiasse pour Christian.

Quelque chose s'agita sur l'écran.

Ernesto dirigea son regard sur le moniteur de navigation. Il enfonça un écouteur. La seconde oreille devait rester libre. Avant de passer à l'action, il vérifia une dernière fois s'il y avait du nouveau chez Dagmara. Elle était sans doute au courant de la mort de son beau-père, car depuis plusieurs heures elle ne répondait plus au téléphone et n'utilisait plus Internet. Le mystérieux correspondant de Bulgarie n'avait pas rappelé. Ernesto consulta encore les derniers e-mails de la journaliste. Rien. Ses téléphones, portable et professionnel. Rien.

La mort de Gerhard l'avait momentanément tétanisée. Mais Ernesto ne se faisait guère d'illusions, sitôt après l'enterrement de son beau-père, la journaliste s'activerait de plus belle.

Il fit un tour sur ses réseaux sociaux, rien non plus. Il ne trouva aucune information utile ni sur Twitter ni sur Facebook. Dagmara ne publiait pas beaucoup de posts ni de photos. Lorsqu'il lui arrivait de faire des commentaires, cela concernait la politique la plupart du temps. Dernièrement, elle avait parlé de Strauss-Kahn. Contrairement à son profil professionnel, suivi par des milliers de fans, elle ne totalisait que trois cents amis sur son compte personnel. Devenir son « ami » n'était pas facile, mais Ernesto savait s'y prendre. Pour lui, c'était un jeu d'enfant. Quelques jours auparavant, il avait usurpé l'identité de l'une des amies de Dagmara, une certaine Bożena, qui vivait en Pologne, et la journaliste l'avait accepté aussitôt. Une fois amis, Dagmara commença à lui envoyer en MP un nombre d'informations effarant. En polonais ! Il n'y comprenait strictement rien. Google Translate ne se révéla pas très utile.

Finalement, elle cessa d'écrire. Étant donné les circonstances, Ernesto craignait qu'elle ne veuille contacter Bożena de vive voix, il avait même installé une alarme dans son téléphone pour être prévenu d'un éventuel appel mais, par chance, rien de tel n'arriva. Il connaissait plusieurs dizaines de numéros de téléphone par cœur. S'y ajouta celui de Bożena Niedzielska, de Wrocław. Sa mémoire phénoménale lui était très utile dans son travail, et il l'utilisait largement.

Il desserra un peu son col de chemise et tomba sur un message qu'Elsa Müller venait de laisser en MP à Dagmara. Il faillit avoir une attaque !

Un ami de Gerhard te cherche, un vieux monsieur,

très gentil. J'ai oublié son nom. Je lui ai donné ton adresse et ton numéro.

Pourquoi tu ne réponds pas au tél ? T'es toujours fâchée ?

Après la beuverie chez Herz, Ernesto sentait que sa tête allait exploser pour de bon. Ce qu'il redoutait venait sans doute de commencer. Un certain vieux monsieur voulait joindre Dagmara… Ernesto savait parfaitement de qui il s'agissait. Il attendit un moment. Aucune réponse de Dagmara.

Ernesto éteignit l'écran.

Il se trouvait face à un nouveau défi. Il fallait qu'il libère son esprit de toutes ses pensées parasites pour se concentrer sur une seule chose.

Il prit son pistolet, sortit du véhicule et observa les maisons alentour. Le quartier était paisible, les villas séparées les unes des autres par des clôtures très hautes, anciennes, solides, impossibles à franchir. Il n'y avait que trois voitures garées le long du trottoir : la Volvo de Dagmara, celle de Krystyna, et son propre van. De hauts platanes bordaient la rue. La maison de Gerhard était voisine d'une coquette villa, la « Villa des Schlachter », éclairée de toutes parts. Qui plus est, M. et Mme Schlachter ne possédaient ni Internet ni portable, ce qui n'arrangeait pas Ernesto. Ne disposant d'aucun moyen pour les espionner, il ignorait même s'ils étaient chez eux, à l'épier peut-être derrière leurs rideaux. Par chance, la situation de l'autre côté de la rue semblait bien meilleure : retirées à l'arrière de la propriété, les constructions étaient à peine visibles. Parmi celles-ci, une villa néogothique du XXe siècle, avec piscine et courts de tennis. Ses propriétaires, un couple âgé sans enfants, étaient en voyage et ne devaient rentrer qu'un mois plus tard. Le domaine, très vaste, s'étendait jusqu'au bout de la rue où se trouvait une maison isolée, la vieille villa historique de la famille Becker. *Que des juifs*, se dit Ernesto, et il cracha en direction des habitations.

La maison était protégée par un système d'alarme et se trouvait sous la surveillance de Securitas City, comme la majorité des villas de ce quartier. Le couple était en froid et n'y vivait plus depuis un mois. Ernesto ne pouvait pas le savoir. L'essentiel, pour lui, c'est qu'ici, il était en position de force, personne ne l'observait.

Pour la troisième fois ce jour-là, il ouvrit le portillon de la villa de Gerhard le plus doucement possible. Il fit le tour du jardin et de la maison dans l'espoir qu'il se passerait quelque chose. Mais il ne put rien constater d'autre que la présence d'un chat qui miaula désespérément, et d'un oiseau qui pépia comme un enfant. Quelque chose tomba d'un arbre, les buissons frémirent. Ernesto s'arrêta et tendit l'oreille. L'oiseau se tut. Le chat aussi. Le silence régna à nouveau

Tapi au fond du jardin, il observa les fenêtres de la villa, attendant que les lumières s'éteignent pour qu'il puisse enfin pénétrer à l'intérieur. Il fallait qu'il mette au plus vite la main sur les documents de Gerhard. Il était vingt-deux heures passées, Dagmara et Krystyna étaient dans la maison, en compagnie d'un visiteur. Qui exactement, ça, Ernesto l'ignorait. Peut-être s'agissait-il du « vieux monsieur » mentionné par Elsa ? Et qu'il avait déjà informé les deux femmes de la situation ? Ernesto allait très certainement devoir patienter toute la nuit. La menace avait atteint son comble, mais il était prêt à tous les sacrifices. Passer une nuit dans un jardin n'avait rien d'un sacrifice pour lui.

Et dire qu'il y a quelque temps à peine, le monde semblait si beau et si simple. Lorsque la fidèle Ekaterina Konechova leur avait appris la mort du reporter, ils avaient sauté de joie et fêté comme il se doit cette nouvelle.

Hélas ! Le sentiment de victoire et la conviction qu'ils retombaient toujours sur leurs pattes avaient été de courte durée. Le destin les soumettait à rude épreuve. Après avoir abondamment trinqué à la gloire de la vodka polonaise et alors qu'il voulait récupérer l'attaché-case sous la table, Ernesto avait découvert en bas des rideaux un minuscule objet brillant. Il s'était longuement frotté les yeux, mais le petit disque n'avait pas disparu, il était toujours là, à l'entrée de la loge, scintillant sur le tissu foncé. La vodka polonaise était très forte et en dépit de tous ses efforts, Ernesto avait du mal à rassembler et exprimer ses pensées.

Il se mit à bégayer.

Quand il vivait encore au Chili, son père l'avait emmené chez les meilleurs spécialistes, mais ensuite plus personne ne s'était préoccupé de ce problème. À l'orphelinat, il s'efforçait de ne pas trop parler. Les bègues subissaient des brimades de la part des éducateurs et des autres gamins. Avec ses camarades, Ernesto ne s'en sortait pas trop mal, mais avec les éducateurs, c'était une autre histoire. Ils l'enfermaient dans la « salle d'exercices ».

Ernesto frémit.

— Qu, qu, qu, qu'est-ce, ce, ce… que, que, que, ce, ce, ce, c'est ? Putain !!! hurla-t-il.

Il gémit, plutôt, et dessaoula sur-le-champ. Et quand il dessaoulait, comme son défunt père autrefois, il piquait une crise.

Cette fois aussi, il devint fou furieux. Il renversa le

canapé, arracha les rideaux, trébucha, emportant dans sa chute la nappe avec tout ce qui se trouvait dessus. Il se blessa à l'arcade sourcilière, mais se releva aussitôt et se jeta en titubant sur le serveur abasourdi. Ce qui se passa ensuite, Ernesto ne s'en souvenait plus. Quand il reprit connaissance, il constata qu'il était assis, adossé contre le mur, couvert de sang. Il se tâta le crâne et poussa un hurlement, le sang avait eu le temps de sécher, mais la blessure était douloureuse. Il était très mal en point, il hoqueta bruyamment et sentit dans la bouche un relent aigrelet de hareng et de champignons. Il se redressa tout doucement, écarta les jambes, appuya les mains contre le mur et, durant de longues minutes, vomit tripes et boyaux.

Enfin, il s'essuya la bouche, releva la tête et, de sous ses paupières, scruta attentivement la salle. À part le chef, il n'y avait plus personne. *C'est ainsi qu'on traite les clients dans les établissements juifs, on les abandonne à leur triste sort*, songea Ernesto avec amertume. Schlangenberger bringuebalait sur son siège, il ne semblait pas fâché, il avait plutôt l'air exceptionnellement doux. Il marmonnait quelque chose dans sa barbe, le sourire aux lèvres.

Une fois l'estomac d'Ernesto nettoyé, sa tête, même affaiblie, fonctionnait déjà de manière plutôt efficace. Il n'avait plus de nausées mais, à la pensée qu'on les avait mis sur écoute, il sentit la sueur envahir ses aisselles. Il ne souhaitait qu'une seule chose, se laver sur-le-champ, se laver les mains surtout. Cette fichue manie se rappelait à son bon souvenir. Depuis plusieurs semaines, il cachait ses mains écorchées sous des gants imprégnés d'un produit spécial. Des mitaines. Il étouffa ce besoin infernal de toutes ses forces. La mise en garde du médecin n'était guère encourageante : s'il ne cessait pas de se laver tout le temps les mains, il risquait l'amputation !

Au début, Ernesto ne croyait pas à ces inepties, mais le spécialiste conseillé par Christian lui avait cité des cas de patients à qui il avait personnellement amputé les mains.

— Vous plaisantez, sans doute ?

— Vous croyez que j'ai le temps de plaisanter ? avait rétorqué le médecin.

Ernesto avait quitté la clinique avec une seule idée en tête : se laver les mains. Il en rêvait à présent aussi, mais il savait qu'il n'en ferait rien. Il avait besoin de ses mains ! Sans ses mains, il ne serait plus Ernesto, il ne serait plus personne. Il repensa aux écoutes. Après ses beuveries, Ernesto devenait hystérique, mais ce n'était rien en comparaison de Christian. Son chef, lui, se muait en un individu dangereux, un monstre à la force herculéenne. Christian n'était plus tout jeune mais, dans ces moments-là, impossible de le maîtriser, même à plusieurs.

Ernesto avala nerveusement sa salive, tout cela était sa faute. Non seulement il n'avait pas veillé comme il se devait à la sécurité de Christian Schlangenberger, mais il avait déçu son chef sur toute la ligne. Quelqu'un écoutait leurs conversations, le même, sans doute, qui harcelait le chef avec des photos ! *Ce satané reporter ne devait pas agir seul !* songea Ernesto. Quelque chose lui disait que le pire était encore à venir. Et ce qu'il n'allait pas tarder à apprendre témoignait effectivement de graves erreurs, les premières négligences sérieuses dans sa longue carrière. Ernesto s'était tout bonnement laissé abuser, de manière insensée, hélas ! Depuis les nouvelles de Sofia jusqu'aux derniers événements de Berlin, tout semblait indiquer un heureux dénouement.

Conclusion ? Il aurait dû tout vérifier scrupuleusement, mais il ne l'avait pas fait. Les dénouements merveilleux, les cadeaux du destin, ça n'existe pas ! Comment avait-il pu se tromper de la sorte ? Toujours la même erreur : il voulait prouver trop de choses. Le premier principe que Christian lui avait inculqué durant des années était pourtant celui-ci : « N'essaie pas de te distinguer à tout prix. » Il n'en avait pas tenu compte, et maintenant il prenait tout dans la gueule, quelle catastrophe ! D'un autre côté, s'il ne s'était pas laissé avoir ainsi, il n'aurait jamais connu son véritable ennemi.

23 h 30.

Ernesto jeta un coup d'œil à ses mains, mais s'empressa de les cacher dans son dos. Il donnerait cher pour quelques gouttes d'eau. Il mit une nouvelle feuille de coca dans sa bouche et ferma les yeux ; cela faisait presque vingt-quatre heures qu'il n'avait pas dormi. Durant ce temps, le destin perfide l'avait transformé de combattant victorieux en *loser*. Le destin ? Quel destin ? Son manque de vigilance, oui ! Les prochaines heures seraient décisives. Dorénavant, tout dépendait de lui, il savait déjà qui faisait chanter son chef, qui était le traître. Il ne lui manquait plus qu'une seule preuve, la preuve ultime.

Il serra les poings.

Il entendit soudain une branche craquer. D'un bond, il s'éloigna de l'arbre, le sang lui monta à la tête. Il dirigea son regard vers l'endroit d'où venait le bruit et saisit son pistolet. Cette fois, ce n'était sûrement pas un chat. Il tendit l'oreille, prêt à attaquer, mais rien ne se passa. La lune disparut derrière un sombre nuage, plongeant la maison et son environnement dans l'obscurité. La villa prit soudain un aspect sinistre, les balcons miniatures ressemblaient à des orbites et la porte d'entrée à une bouche grimaçante. Ernesto se redressa et, le pistolet à la main, se dirigea vers les buissons. Il devait en avoir le cœur net. Rien. Le silence. Il décida de faire une fois de plus le tour du jardin. Il se déplaçait avec prudence, concentré sur le moindre détail. Dix minutes plus tard, il se trouvait à nouveau à l'endroit le plus obscur de la propriété. Il n'y avait personne d'autre que lui ici, juste le chat en train de dépiauter un oiseau. L'eau de la fontaine coulait doucement, un hibou hulula.

Ernesto commençait à perdre patience, il était sur place depuis le début de l'après-midi. En arrivant, il avait vu que Dagmara se trouvait déjà dans la maison, puis sa mère aussi était rentrée chez elle. Quelques heures plus tard, pendant qu'Ernesto écoutait une radio locale où il était question de l'incendie du restaurant (rapidement maîtrisé, hélas !), quelqu'un d'autre s'était pointé à la villa. Depuis sa voiture, Ernesto avait aperçu, de dos, une silhouette trapue, pas très grande, qu'il avait été incapable d'identifier. Il avait aussitôt sorti une paire de jumelles, mais l'inconnu ouvrait déjà le portillon et disparaissait à l'intérieur. Pour un tel manque d'attention, Securitas City n'hésitait pas à licencier ses employés, mais Ernesto n'allait pas se licencier lui-même.

La radio parlait toujours de l'incendie ; selon le reporter, les habitants étaient sous le choc. Il s'agissait d'un malheureux accident, dont on ne pouvait pas encore établir les causes exactes, peut-être un manque de vigilance du cuisinier, seule victime des flammes. Ernesto savait pertinemment que jamais personne ne découvrirait les auteurs et les raisons de cet incendie. Ses hommes et lui-même connaissaient leur boulot, ils étaient de loin les meilleurs. Du reste, la moitié des incendies de cette ville était leur ouvrage.

Le chef avait raison lorsqu'il désignait l'ennemi et le plus grand danger pour l'Allemagne. Toujours le même, depuis des années. Herz, ce salaud de juif, les avait trompés, et il devait recevoir une petite leçon. L'incendie, c'était sa punition pour ne pas avoir surveillé les loges… Avec les salutations du chef de Securitas City. Ernesto sourit de satisfaction, au moins un petit plaisir après une journée difficile. Au fond de lui cependant, il restait furieux. Herz touchait un bon paquet d'argent pour la réservation permanente de la loge. Il avait promis d'y veiller comme à la prunelle de ses yeux, mais il avait manqué à ses obligations. Qui sait, peut-être lui aussi agissait-il contre eux ? Quel dommage qu'Ernesto n'ait pu lui régler son compte personnellement, à ce salopard. Il savait bien, lui, comment faire parler ce genre d'individu ! De mémoire, personne ne lui avait jamais résisté durant ses longues années de pratique. Mais cette fois, Ernesto avait dû s'abstenir. Il aurait dû l'interroger sur la soirée qu'ils avaient passée dans son restaurant, ce qui aurait immanquablement attiré l'attention de Herz sur Schlangenberger. À cette seule pensée, Ernesto se signa nerveusement. Dans sa profession, la règle d'or était : aucune trace, aucun lien. Prudence, habileté, précision et discrétion. Rien ne devait entraîner le moindre soupçon, aucun fil ne devait mener à l'écheveau, son chef : Christian Schlangenberger. Ernesto poussa un lourd soupir. Autrefois, ils menaient la belle vie ! Mais dès l'instant où Christian s'était lancé en politique, Ernesto était devenu extrêmement méfiant. Et même carrément paranoïaque depuis l'affaire des archives de l'administration Gauck. Plus rien n'était comme avant. Bon gré, mal gré, Ernesto avait dû commencer à agir de son propre chef, comme pour l'incendie, dont s'étaient chargés ses fidèles artificiers de la cellule spéciale de

Securitas City. Ernesto pouvait toujours compter sur eux, de même que Christian pouvait toujours compter sur son loyal collaborateur. Les gars de la cellule avaient posé des caméras dans le bureau d'Irma, la secrétaire de Christian, ainsi que dans l'appartement de Frank Derbach. Chez quelques autres individus aussi à qui, contrairement à son chef, Ernesto ne faisait pas totalement confiance. Il y a un certain temps déjà, il avait fait installer une caméra dans leur loge chez Herz. Ernesto archivait ces enregistrements dans un dossier spécial, intitulé sobrement « Loge », mais il ne les avait jamais visionnés. Suite à ses dernières expériences dramatiques, il avait décidé de tout regarder.

À minuit, quand l'orgie d'alcool d'Ernesto et de Schlangenberger prit fin, les serveurs appelèrent un numéro confidentiel. Bientôt, l'élégante limousine noire de Schlangenberger arriva devant le restaurant, suivie de très près par le taxi d'Ernesto. La voiture appartenait en réalité au chauffeur personnel d'Ernesto, qui refusait de s'afficher en limousine, estimant à juste titre que les taxis attiraient moins l'œil.

Avec l'aide des serveurs, les chauffeurs firent monter les deux hommes dans les véhicules. Ernesto avait le visage amoché et Christian était à peine conscient. La limousine et le taxi s'éloignèrent. Les serveurs poussèrent un grand soupir de soulagement. Alors qu'ils nettoyaient la salle, ils se demandaient si l'argent qu'on leur jetait ainsi à la figure valait vraiment toutes ces humiliations. Ils éprouvaient toutefois un petit sentiment de satisfaction, car l'un deux, attaqué par un Ernesto en furie, avait répliqué en lui assénant un coup de bouteille sur la tête, ce qui calma la bête. Ils décidèrent de parler sérieusement à Herz de la façon odieuse dont les traitaient Schlangenberger & Co. Cela ne pouvait plus continuer ainsi. Mais le lendemain, l'incendie leur fit tout oublier, plus personne ne songeait à Schlangenberger et à Ernesto, mais seulement au malheureux cuisinier.

Pendant que le chauffeur de Christian mettait ce dernier au lit, celui d'Ernesto s'engageait dans un quartier résidentiel très tranquille. Les appartements y étaient principalement occupés par des touristes. Ernesto habitait dans l'un d'eux, près de la place de Potsdam. Son chauffeur l'aida à atteindre tant bien que mal l'ascenseur, puis accompagna son patron, suspendu à son cou, jusque dans sa chambre. Ernesto s'écroula sur son oreiller et resta un long moment sans bouger. Profitant de cet état d'inertie, le taxi retourna à la voiture pour chercher une trousse à pharmacie. Ernesto s'était blessé à la tête avec une bouteille, il fallait nettoyer la plaie sans tarder. Avec délicatesse, l'homme lui ôta son gant couvert de sang et banda sa main, blessée également. Affaibli, Ernesto ne protesta pas. Sa main le démangeait terriblement, mais son crâne était plus douloureux encore.

— Il va sans doute falloir recoudre, pronostiqua le chauffeur en essuyant de nouvelles gouttes de sang.

Si tu savais, vieux, ce que cette tête a supporté de blessures sans avoir à être recousue, pensait Ernesto, le regard vide. Mais il ne dit rien. Dans sa tête endolorie, il ne songeait qu'à une seule chose : ce n'était pas le moment de rester au lit ni de s'occuper de bandages, il fallait agir sans tarder, se prendre en main. Incapable de se mettre debout, il jura méchamment et leva le bras comme il put.

— Alcool ! grogna-t-il en désignant une petite armoire.

Le chauffeur en sortit une grande bouteille, imbiba de liquide un morceau de coton et, sans un mot, la tendit à

Ernesto. Ce dernier appliqua la ouate contre sa blessure. Une minute plus tard, le saignement avait cessé.

— Pansement ! beugla Ernesto, puis il s'évanouit, retombant sur son oreiller.

Quand il reprit connaissance, le chauffeur se pencha, essaya de lui ôter ses chaussures. Mais son patient en avait assez de se faire dorloter, il donna un coup de pied au chauffeur, tellement puissant que ce dernier tituba jusqu'à la porte.

— Dé... Dé... Dégage ! balbutia Ernesto en respirant lourdement.

Malgré sa douleur infernale au crâne, il réussit tout de même à s'endormir. Il se réveilla six heures plus tard. Il avait encore des vertiges, mais il connaissait bien son organisme et savait que tout rentrerait dans l'ordre. Pendant qu'il s'affairait dans la pièce, son chauffeur somnolait dans la voiture. Son repos fut interrompu par un fracas de verre brisé. Venant de l'une des fenêtres de l'appartement, un objet lourd atterrit sur le capot. L'impact était superficiel, pourtant le chauffeur nota dans son agenda, à la rubrique « dépenses » : « *Totalschaden* » ; le véhicule était bon pour la casse.

Ernesto haletait tel un animal blessé. Il alla prendre une douche glacée. Puis, nu et encore humide, il s'assit à croupetons dans la grande pièce vide aux murs blancs et resta ainsi plus d'une heure sans bouger. Ses traits se lissaient, ses muscles se détendaient progressivement, mais il avait plus de mal que d'habitude à retrouver sa sérénité, il lui fallait davantage de temps. Enfin il se leva et se rendit dans la salle de bains ; il se rasa, s'habilla et se regarda dans le miroir. Son visage exprimait une concentration absolue, sa cravate était parfaitement ajustée. En revanche, ses genoux tremblaient, chaque muscle était douloureux, d'énormes poches s'étaient formées sous ses yeux. Il considéra malgré tout qu'il était apte au travail.

À neuf heures du matin, Ernesto franchissait le seuil de son bureau sur la Potsdamer Platz. Au dernier étage d'un parking souterrain se trouvaient plusieurs salles, équipées de manière spartiate. Il referma rapidement la porte et son regard se dirigea aussitôt vers une table où il aperçut une petite clef USB et deux enveloppes A4, dans lesquelles les employés de la cellule spéciale déposaient les informations d'une extrême importance. Il balaya les enveloppes d'un revers de main, il n'avait pas de temps à perdre avec ça. Seul l'intéressait le contenu de la clef. Il s'approcha d'une étagère Ikea qu'il repoussa légèrement. Il se retrouva devant un mur gris, souleva un clapet qui ressemblait à celui d'une prise de courant et saisit un code : le mur s'écarta sans bruit. Ernesto entra à l'intérieur, la cloison se referma automatiquement derrière lui. Dans cet endroit, il était impossible de placer un micro ou d'installer un quelconque dispositif de surveillance. Un endroit unique au monde, comme l'espérait Ernesto. Revêtu d'un matériau particulier qui ne laissait filtrer aucun son à l'extérieur. Un cabinet secret, qui ne figurait sur aucun plan de sécurité incendie ou technique. Officiellement, cette pièce n'existait pas. Personne, même le plus fidèle de ses employés, n'était au courant de son existence.

Ernesto s'assit dans un fauteuil confortable et regarda les photos posées sur son bureau. L'une d'elles représentait Leticia. Elle devait avoir quatorze ans tout au plus : de longues tresses, une robe courte – trop courte – un peu sale, un chien à ses côtés. Elle avait l'air triste et démunie, mais Ernesto aimait beaucoup cette petite fille sans défense. Il caressa le cadre vitré et éprouva soudain des remords. Il pensa à Leticia, si seule à présent que ses enfants étaient partis faire leurs études. Il devrait l'appeler, lui proposer une sortie, il se promit de le faire, mais un peu plus tard, lorsqu'il aurait réglé tous les problèmes.

Il ouvrit une canette de boisson énergétique et se mit aussitôt au travail. Il brancha la clef USB, puis se tourna vers un écran immense, aussi grand qu'un home cinéma, et commença à visionner les images enregistrées dans la loge. Elles étaient d'assez bonne qualité et plutôt distinctes, malgré la pénombre. Les premières images ne dévoilèrent rien d'inhabituel. Ernesto fixait l'écran, attentif, les yeux écarquillés ; il accéléra légèrement le rythme. Pendant un long moment il ne se passa rien, on entendait en bruit de fond les sons typiques d'un restaurant, on voyait les silhouettes assombries des garçons qui s'agitaient, et celles des clients, un peu plus claires. Le soleil se coucha, Herz fit son apparition, les stores furent baissés, la porte donnant sur la terrasse allait et venait, comme dans un saloon, une nuit tranquille s'écoula. Au petit matin, les stores se relevèrent, le soleil se montra à nouveau, la femme de ménage nettoyait les loges, un serveur passait l'aspirateur. C'était à mourir d'ennui, Ernesto ne voyait rien, absolument rien d'intéressant. Il commençait à se dire que le micro avait été installé bien avant, et qu'il allait devoir visionner tous les enregistrements depuis le début. Il avait déjà perdu tout espoir de découvrir quoi que ce soit d'instructif, lorsqu'il aperçut une ombre sur l'écran. Il augmenta le volume. Alors que les cloches de l'église voisine sonnaient à toute volée, quelqu'un agita les rideaux.

Il aiguisa son regard.

Il remarqua nettement une silhouette masculine. Devant la loge se tenait un homme élégant, un chapeau sur la tête, une canne à la main. Il tourna la tête une fois à droite une fois à gauche, et secoua les rideaux. Puis, abandonnant sa canne sur le canapé, comme si de rien n'était, il déposa un petit objet dans le drapé des rideaux. Ernesto ne put distinguer d'autres détails, le visage de l'inconnu était masqué par son chapeau. Le tout n'avait duré que quelques secondes à peine, mais Ernesto n'en était pas à son premier visionnage, et il savait parfaitement chercher ce qu'il fallait. Il revint en arrière. Observa chaque mouvement au ralenti. L'homme apparaissait à plusieurs reprises sur l'enregistrement. La dernière fois, alors qu'on le voyait revenir à la hâte dans la loge pour y rechercher sa canne oubliée, la poignée de celle-ci s'accrocha au rideau. L'inconnu releva la tête, son chapeau partit en arrière, dévoilant son visage. Ernesto reconnut aussitôt l'un des clients du restaurant. Il appuya sur pause et fixa l'image durant quelques instants. Il était physionomiste, il savait que les vêtements finissaient toujours par vous trahir, quoi que l'on fasse. En attendant, il constatait que quelque chose clochait dans l'accoutrement de cet homme. Pendant les minutes qui suivirent, Ernesto étudia dans les moindres détails sa tenue fantasque : un chapeau en tweed, un costume anglais en pied-de-poule, des boutons luxueux, un mouchoir en soie dans la poche de la veste, un col de chemise usé, un peu sale, des chaussures à bouts dorés, plus toutes neuves, une canne à poignée dorée en forme de tête de lion à gueule ouverte.

Son matériel sophistiqué et infaillible était capable de zoomer, d'agrandir, d'affiner la netteté de l'image… Ernesto remarqua sur le visage de l'inconnu des gouttes de sueur, une égratignure sur la joue et une petite cicatrice sous l'œil. Il constata aussi différentes colorations de la peau, sans doute dues à un maquillage abondant.

Ce qui expliquerait le col sale et la carnation de ses mains, beaucoup plus claire que celle de son visage.

Ernesto se pencha en arrière et continua à fixer l'écran avec la plus grande attention. Voulant se faire passer pour quelqu'un d'autre, l'homme s'était grimé. En adoptant une fausse personnalité, sans doute espérait-il ne pas se faire reconnaître. Il semblait désespéré, transpirait, et agissait sous tension. Tout cela était très curieux. Qui était réellement cet homme, et que cherchait-il ? Pourquoi épiait-il leurs conversations ?

Ernesto regarda sa montre, il n'était pas loin de 9 h 50. Il devait faire vite.

Il gomma le chapeau de la tête de l'inconnu, compléta le haut de son visage en utilisant un logiciel spécifique et très fiable, il éclaircit la peau, fit ressortir la cicatrice et le grain de beauté qu'il avait découvert sur son menton. Il observa longuement les cheveux ; la loupe de l'ordinateur lui révéla leur rigidité peu naturelle. Ernesto soupçonna qu'il s'agissait d'un postiche qui suivait les mouvements du chapeau. L'individu devait être chauve. Ernesto étudia scrupuleusement son visage, il ne ressemblait plus du tout au profil bronzé de l'homme en chapeau qu'il avait découvert vingt minutes auparavant.

Ernesto ouvrit un programme qu'il avait créé. Une base de données spéciale, réactualisée régulièrement. Il lança une recherche sur le visage qu'il venait d'obtenir. Il se mordillait les lèvres dans l'attente du résultat. Quelques minutes plus tard, parmi les rares visages analogiques, celui de *Seidel, Burkhard, 76 ans, archiviste à Leipzig* affichait une concordance à quatre-vingt-huit pour cent.

Ernesto n'avait jamais vu cet homme auparavant, mais il se rappela instantanément que son nom figurait sur la liste de Christian Schlangenberger. Seidel faisait partie des personnes que devait contrôler Frank Derbach. Frank n'avait-il pas expliqué récemment au chef que des petites merdes comme Seidel ne valaient même pas la peine qu'on s'y intéresse ?

Ernesto tapota des doigts sur la table. Le temps passait, et il avait à peine progressé dans un labyrinthe qu'il ne comprenait pas. Quelque chose lui échappait… Qu'était-ce donc ? Seidel figurait sur la liste de Schlangenberger, et c'était à Frank de s'en occuper. Le cerveau d'Ernesto travaillait à toute allure : « Seidel, Seidel, Derbach, Derbach », se répétait-il comme un mantra en espérant que cela lui apporterait une réponse. En vain ! Avec la fatigue et le surplus d'informations, ses pensées s'éparpillaient et finissaient par s'emmêler complètement. Qu'est-ce que tout cela signifiait ?

Il laissa traîner son regard las sur les enveloppes et ouvrit la première qui lui tombait sous la main. Il en sortit une feuille, fine comme du papier de soie et bien remplie. À première vue, il s'agissait d'une police d'assurance. Pourquoi diable la cellule spéciale venait-elle l'emmerder avec des polices d'assurance, est-ce qu'il avait vraiment le temps de s'occuper de ce type de paperasse ? Il était si énervé que les lettres se brouillèrent sous ses yeux. Il compacta la feuille en une grosse boule qu'il balança en l'air ; tel un papillon, elle voleta quelques secondes avant d'atterrir dans un coin sombre. Une vague de torpeur l'envahit, il se massa le côté gauche du crâne, le droit était en trop mauvais état. Il saisit la seconde enveloppe et en sortit une feuille de papier épaisse, marquée d'un logo. Police d'écriture : Arial, taille : onze maximum, des signatures dynamiques, dont une qu'il connaissait bien. La seconde ne lui disait rien. Sous les deux signatures, un gros tampon rouge. Ernesto lut avec la plus grande attention le contenu du document. Au fur et à mesure de sa lecture, il se redressait peu à peu sur sa chaise ; une minute plus tard, il était debout, tendu comme une corde.

Notaire
Bernd Barsch
Prinz Eugen Str.
21 12353 Berlin

Le 26.04.2011 (vingt-six avril deux mille onze) comparaît devant Bernd Barsch, notaire à Berlin :

M. Frank Derbach, fils de Kathrina et Helmut Derbach, né le 23.09.1967 à Leipzig, demeurant à Berlin, 12353, Jägerstraße 45.

Le notaire établit les données personnelles du comparant, conformément à sa carte d'identité n° DEA 234331, délivrée par le maire de la ville de Berlin, date de validité 01.01.2017.

Testament

§ 1

1. N'ayant aucun parent ou proche vivant, dans le cas où il viendrait à mourir, le comparant nomme légataire de tout son héritage M. Burkhard Seidel, né le 12.03.1935, demeurant à Leipzig, 04347, au 17a de la rue Ossietzky, le considérant comme la personne la plus proche.

2. L'héritage se compose notamment d'un montant de 140 000 (cent quarante mille) euros auquel s'ajoutent les intérêts, déposé sur un compte d'épargne à la Deutsche Bank, filiale de la Friedrichstraße. 181,

10117 Berlin-Mitte, sous réserve émise par le comparant que la somme ci-dessus soit entièrement dédiée par M. Burkhard Seidel aux travaux de ses archives, situées rue Kastanienallee 10b à Leipzig.

§ 2

Le comparant désigne comme exécuteur testamentaire la personne agissant en tant que notaire, laquelle accepte ce choix.

§ 3

Le comparant charge l'exécuteur testamentaire de veiller à ce que l'héritage soit transmis à M. Burkhard Seidel sous réserve des dispositions du § 1 art. 2 du présent acte.

Le présent acte a été lu en présence du comparant, qui en confirme le libellé.

Un extrait du présent acte doit être délivré à l'héritier du comparant.

Perçu la somme de :
50,00 euros au titre de la taxe notariale ;
9,50 euros au titre de la T.V.A.

Frank Derbach

Bernd Barsch – notaire à Berlin

Ernesto sentit soudain sa respiration s'accélérer.

Il s'empressa de développer les informations qui se trouvaient sous le nom de Burkhard Seidel. Ses doigts se déplaçaient fébrilement sur le clavier. Quelques instants lui suffirent à tout savoir de l'individu.

Il commençait enfin à y voir clair dans ce casse-tête.

Au cours des six derniers mois, Frank s'absentait régulièrement. La CS en profitait alors pour fouiller son appartement. En vain, hélas ! En désespoir de cause, Ernesto leur avait même ordonné de visiter la cave mais, hormis un rat mort et de vieux livres, ils n'avaient jamais rien trouvé. Derbach ne possédait pas grand-chose, même pas de classeurs avec des documents. À croire qu'en dehors de son travail aux Archives et ses missions pour Schlangenberger, il n'avait pas de vie. Ernesto avait du mal à comprendre un tel ascétisme. Il perdait peu à peu l'espoir de tomber sur un détail intéressant dans cet appartement stérile. Il continuait de creuser malgré tout, son instinct lui dictant de ne pas abandonner, et Ernesto écoutait toujours son instinct. Il élaborait inlassablement de nouvelles hypothèses. Quelque chose lui disait que Frank était sur le point de commettre une erreur. Et, effectivement, cela ne tarda pas. Au cours d'une de ses dernières fouilles, la CS avait trouvé une vieille photo de Frank, perdue au milieu d'une pile de journaux.

Il y posait en compagnie d'un homme, à Berlin, devant le mur très dégradé, au-dessus de leur tête on pouvait lire distinctement : « *Fucking the wall* ». Au loin, on apercevait un mirador déserté. Au dos de la photo, il était écrit : « Nous, mai 1990 ».

— Qui ça, « nous » ? s'écria Ernesto en scrutant les deux visages.

Il fit retirer la photo. Le jour même, l'original retrouva sa place parmi les journaux, tandis que la copie trônait sur le bureau de la planque d'Ernesto, près de la photo de sa cousine. Enfin, pas trop près non plus, Frank ne méritait pas la compagnie de Leticia. Ainsi, depuis plusieurs semaines, Ernesto observait la trogne insolente de Frank en ne pensant qu'à une seule chose : *Je t'aurai, sale bâtard !* Frank filait un mauvais coton. Ernesto le sentait bien. Incontestablement, il y avait anguille sous roche. Même s'il n'arrivait pas à le formuler, son flair infaillible le mettait en garde. Une image encore imperceptible, mais inquiétante, commençait à se dessiner dans son esprit. « Y a un truc pas net », disait-il à ses hommes de la CS, et il leur ordonna de prendre Frank en filature à Leipzig également.

Si ce n'est qu'il avait cessé de boire, les employés de la cellule spéciale ne constatèrent rien de nouveau chez Frank. Il passait son temps chez lui, allait chez le dentiste ou partait à Leipzig rendre visite à sa vieille éducatrice de l'orphelinat. Ernesto fixa longuement l'adresse de Burkhard Seidel. Elle lui semblait familière, mais il ne savait pas encore pourquoi. Rue Ossietzky, Ossietzky, pourquoi ce nom lui disait-il quelque chose ?

Lorsque Derbach n'était pas en voyage, les caméras installées chez lui montraient toujours les mêmes images : Frank en train de manger, de lire, de regarder la télévision, rien d'autre. On aurait dit un film qui tournait en boucle.

Un film ?

Ernesto essuya la sueur sur son front. Seraient-ils en train de regarder un film pendant que Frank vaquerait à d'autres activités, en dehors de chez lui par exemple ?

Au vu de ce qu'il venait de découvrir, cela lui semblait tout à fait probable. Qu'est-ce qui se tramait là ? Ernesto ne comprenait pas tout encore, mais les soupçons qu'il avait devenaient de plus en plus alarmants.

Et ce n'est que la veille du départ de Frank pour Sofia, où celui-ci devait régler une affaire pour Schlangenberger, que l'un des employés de la CS remarqua quelque chose de surprenant. Alors qu'en surveillant son écran, il venait de voir Frank, un peignoir sur le dos, en train de se brosser les dents, un autre agent lui signalait au même moment que Frank sortait de chez lui ! Le gredin ! Comment était-il possible qu'il soit à l'extérieur, tandis que la caméra continuait de le montrer dans sa salle de bains ?

Frank avait pris deux taxis pour aller en ville, puis le métro ; il était sorti à la station Friedrichstraße, avait emprunté la Dorotheenstraße. Près de l'Université Humboldt, il avait disparu quelques secondes avant de traverser en courant l'avenue Unter den Linden. Il était passé devant la Bebelplatz, la cathédrale Sainte-Edwige et s'était engagé dans la ruelle Hedwigskirchgasse, où il avait semé de nouveau les agents qui l'avaient pris en filature. Frank maîtrisait parfaitement cet exercice. Par deux fois, il avait brouillé les pistes : d'abord, avec son faux enregistrement, et ensuite en jouant à cache-cache dans des rues étroites. Sans son portable qui indiquait précisément sa position, il leur aurait échappé pour de bon à coup sûr. Mais, guidé par un pressentiment, Ernesto s'était préparé en conséquence et utilisait tous les moyens pour vérifier où se trouvait Frank et ce qu'il faisait. D'habitude, ce dernier laissait son portable chez lui, du moins, celui que connaissait Ernesto. Mais en l'emportant ce jour-là, il avait commis une grossière erreur.

Ernesto triomphait ! La canaille ! Il devait manigancer quelque chose puisqu'il se cachait. Il aurait très bien pu descendre deux stations plus tôt s'il voulait se rendre rue Hedwigskirchgasse. Il n'était pas obligé de louvoyer ainsi. Toujours est-il que les agents de la CS l'avaient repéré de nouveau au moment où il entrait au 21, rue Prinz Eugen, dans un office notarial.

Un notaire ? Pour quoi faire ? s'était étonné Ernesto.

Les premiers temps, il avait attendu avec impatience

des nouvelles de la CS, mais avec toute cette confusion autour de Gerhard S., il en avait complètement oublié le reste. Pourtant, la cellule n'était pas restée inactive. Elle avait pu mettre la main sur l'enregistrement de l'acte notarial qui intéressait tant Ernesto.

Ce dernier jeta un coup d'œil autour de lui, plongea sous le bureau et rechercha durant de longues secondes la boulette qu'il avait jetée avec rage un peu plus tôt. L'ayant enfin trouvée, il la défroissa, prit une grande inspiration et se mit à lire. Le contenu ne lui sembla plus aussi compliqué. Il cherchait uniquement des noms et des signatures. Ses suppositions se trouvèrent confirmées : si Derbach venait à mourir, sa police d'assurance devait être cédée à Burkhard Seidel, demeurant à Leipzig, rue, rue, rue… Ossietzky. Au numéro 17a ! Il rechercha rapidement un papier qu'il avait déjà parcouru des yeux et tomba vite sur ce qu'il voulait. Impossible ! L'éducatrice, la vieille Polonaise à qui Derbach rendait régulièrement visite, habitait à Leipzig rue… Ossietzky, au numéro 17a…

— Aaah !!!

Comment les meilleurs de ses hommes avaient-ils pu merder à ce point ? L'éducatrice de Derbach habitait le même immeuble que Seidel ! Ernesto ne pouvait croire à un tel concours de circonstances ! Comment, malgré une surveillance très poussée, ses employés avaient-ils laissé échapper cette évidence ? Derbach n'allait pas du tout chez son éducatrice, il allait chez Seidel ! Les excellents détectives de la CS s'étaient donc contentés d'observer Frank pénétrer dans la cage d'escalier ? Ils ne s'étaient pas interrogés sur ce qu'il faisait à l'intérieur, ils n'avaient pas vérifié à quelle porte il avait sonné ? Ernesto n'en revenait pas. Mépriser à ce point leurs obligations ? Avec le salaire qu'il leur versait ?

Durant quelques instants, il se demanda ce qui l'énervait davantage, l'attitude de Derbach ou le boulot désastreux de la cellule spéciale. Une telle incompétence était inadmissible. Sans le laisser-aller de ses agents, il aurait percé à jour Derbach depuis bien longtemps !

— Je vais les tuer un par un ! siffla-t-il en sentant sur ses lèvres le goût sucré du sang qui s'était soudain remis à couler de sa blessure à la tête.

Ernesto cria si fort qu'il en fit trembler les verres sur la table du concierge, qui habitait un étage plus haut. Malgré les épais murs capitonnés, ce dernier ressentait depuis quelque temps des vibrations désagréables dans les sous-sols. Réveillé dans sa sieste matinale, il s'agita nerveusement.

En méditant sur son triste sort de retraité de l'Est, le concierge avala une gorgée de thé froid. Ces dernières années, il en avait accumulé, des rancœurs ! Il ressentait une terrible injustice, une grande frustration. L'Ouest – des gens qui parlaient la même langue que lui, mais venaient d'un autre pays, lui reprochant, qui plus est, un passé détestable. Très vite, dès 1990, il avait fait l'objet d'une enquête, lui, Olaf, un ancien garde-frontière qui durant vingt longues années avait été de faction le long du mur, dans la fournaise ou le froid glacial, avec son arme et son chien. Qu'il n'ait jamais tué personne, qu'il n'ait même jamais blessé personne (quand il tirait, il manquait volontairement sa cible) n'intéressait pas grand monde.

Et voilà qu'à présent, au seuil de sa vie, il en était réduit à travailler chez Securitas City pour gagner sa croûte. Il ne se plaignait pas, non, il n'était pas mal loti ici, mais il était vieux et fatigué. Il avait besoin de ce boulot, malheureusement. Le fait est que, malgré son âge avancé, il aimait les petits plaisirs de la vie, et invitait de temps à autre des jeunes filles à la peau sombre, qui dansaient pour lui. Il poussa un lourd soupir. C'était un bon gars, ce Christian Schlangenberger, c'est lui qui avait trouvé ce travail pour Olaf. En échange, celui-ci devait simplement lui rapporter régulièrement ce que fabriquait Ernesto. Jusqu'à présent, Olaf n'avait rien appris, car Ernesto disparaissait dans sa tanière, et Olaf le voyait rarement. Mais ces derniers temps, quelque chose lui disait qu'il aurait bientôt des choses à raconter à M. Christian. Il toucherait quelques sous et pourrait à nouveau profiter de ses danseuses. Olaf Klimke bâilla et, malgré les vibrations, replongea dans sa sieste.

Ernesto finit par se calmer un peu. Il inspectait obstinément le sous-sol à la recherche d'alcool. Il n'en trouva pas. Son esprit était tourmenté par une idée qui, à la lumière de ses dernières informations, venait compléter un ensemble très habile, quoique extrêmement inquiétant. Ekaterina, qui s'était jointe aux investigations d'Ernesto et avait filé Frank, n'avait-elle pas mentionné qu'elle avait localisé Gerhard S. grâce à leur « collègue commun » ? Ernesto avait cru alors que ce fameux collègue était l'un de leurs nombreux collaborateurs, mais ne s'agissait-il pas plutôt de Frank, par hasard ? Il n'avait plus été question de Frank par la suite, Ekaterina avait juste mentionné Gerhard. En entendant parler de « collègue commun », Ernesto ne s'était pas étonné outre mesure. Absorbé par la surveillance de Dagmara, la lecture des carnets de Gerhard et ses saouleries avec Schlangenberger, il n'y avait pas accordé beaucoup d'importance. En réalité, c'est Frank qui avait mené Ekaterina à Gerhard, et donc Frank et Gerhard se connaissaient.

Il devait joindre Ekaterina.

Tout de suite !

Il s'assit à son bureau et lui envoya un court message. Sa réponse lui parvint au bout de quelques minutes. Effectivement, écrivait-elle, Frank était en contact avec ce journaliste, Gerhard S., il l'avait appelé plusieurs fois. Pour Ekaterina, cela faisait partie de leur plan commun. LEUR plan, c'est-à-dire celui d'Ernesto et de Frank. Elle avait cru que les coups de fil de Frank étaient un signal qui devait l'amener jusqu'au reporter. En retraçant les appels, elle avait ainsi pu retrouver Gerhard dans le service d'administration, au moment où il montrait la photo de Boszewski.

Ernesto n'avait plus de mots !

Il tapa simplement : « Où est Frank ? » Ekaterina lui répondit qu'il était sans doute rentré en Allemagne, car il avait disparu, il ne se trouvait plus en Bulgarie, elle avait vérifié.

Ernesto voulait lui demander de quoi avaient discuté Gerhard et Frank, mais son échange avec Ekaterina ne pouvait dépasser soixante-dix secondes d'affilée. En parfaite professionnelle, comme toujours, Ekaterina se déconnecta au bout du temps imparti. C'est Ernesto qui avait trouvé cette astuce : ils échangeaient leurs messages en passant par le portail d'un journal tchèque.

Ernesto patienta un instant avant d'écrire à nouveau ; cette fois, son message resta sans réponse. Il se dit qu'au vu de la situation exceptionnelle, il allait devoir appeler Ekaterina pour lui parler de vive voix. Malheureusement, ici, au sous-sol, il n'y avait pas beaucoup de réseau.

En appuyant un bout de coton contre sa blessure, Ernesto sortit un carnet et vérifia les dates de séjour à Sofia de Frank. Depuis un certain temps déjà, il les notait scrupuleusement. Dans quel but ? Il était incapable de l'expliquer. Dans son activité, il était très souvent guidé par son sixième sens, qui avait fait ses preuves depuis les longues années de collaboration d'Ernesto avec la Stasi. À quel point son chef appréciait ce don si particulier, associé à une obstination sans pareille, Ernesto l'ignorait. Une chose ne faisait aucun doute, Schlangenberger avait en la personne de son cousin par alliance et de Frank de très brillants disciples. Hélas, avec ce dernier, un adversaire également, qui pourrait bien les achever en beauté tous les deux, son chef et lui-même. Ernesto devait agir sans délai. Il venait de découvrir que la date d'expédition de la toute première lettre avec les photos correspondait au premier séjour de Frank en Bulgarie. Il vérifia les autres dates. Les courriers avaient été postés de différents pays, mais sans aucun doute possible, la période concordait toujours avec les voyages de Derbach. Curieux…

Ernesto se passa la main dans les cheveux, il gémit, sa blessure à la tête était terriblement douloureuse. Il se remit à son bureau et tapa fébrilement dans le moteur de recherche : « Seidel archives Leipzig Bulgarie ». Peut-être avait-il laissé échapper un élément important.

Ce qu'il cherchait apparut sur la deuxième page. Les archives n'avaient pas de site propre. Sur Wikipedia non plus il ne trouva rien à leur sujet, mais il tomba sur le blog d'un étudiant qui décrivait ses impressions après avoir vu les « malheureux » fugitifs d'Allemagne de l'Est. C'est cet article qui amena Ernesto à l'adresse qui l'intéressait. Il le copia, l'agrandit et observa le bâtiment, ou plutôt la vieille baraque sur laquelle était écrit : *Kindertheater Mirakules*. Sa tête bourdonnait d'excitation, il explora le tour du bâtiment et découvrit une cour avec des constructions qui semblaient sur le point de s'effondrer.

Des ruines, pensa Ernesto, non sans satisfaction. Il agrandit l'image jusqu'à pouvoir lire la modeste inscription qui apparaissait sur l'écran : « Archives » et, un peu plus bas, une citation gravée dans le bois : *« L'humanisme, ce n'est pas dire : "Ce que j'ai fait, aucun animal ne l'aurait fait", c'est dire : "Nous avons refusé ce que voulait en nous la bête, et nous voulons retrouver l'homme partout où nous avons trouvé ce qui l'écrase." » André Malraux.*

Il ne trouverait rien d'autre ici que des détails insignifiants. Il ferma la page et revint en arrière. Cette fois, son regard fut attiré par un autre lien, une ligne en dessous : *Burkhard Seidel, Kindertheater*. Il s'agissait d'une interview concernant le théâtre, réalisée pour un célèbre quotidien par un certain… Gerhard S. ! Ernesto écarquilla les yeux et cliqua sur le lien : il vit tout d'abord la photo, bien nette, qui représentait l'homme interviewé, et aussi, sans conteste, le type que Frank Derbach enlaçait devant le mur en 1990, sur le cliché trouvé chez lui par la cellule spéciale.

Ernesto asséna un violent coup de poing sur son bureau. Dans l'élan, la chaise à roulettes sur laquelle il était assis fut propulsée jusqu'au mur qu'il heurta rudement. Il hurla. Non de douleur, mais d'une fureur impuissante : Frank connaissait Gerhard ! Frank connaissait Seidel !

Même si Ernesto n'appréciait pas beaucoup Frank, jalousant l'affection presque paternelle que lui témoignait Schlangenberger, jamais il n'aurait imaginé ce qu'il venait de découvrir.

Seidel, Gerhard et Frank travaillaient donc ensemble.

Ernesto n'avait besoin d'aucune autre information, en tout cas, pas dans l'immédiat. Il fallait qu'il sorte de sa cachette.

Il traversa un sombre corridor pour se rendre dans son bureau officiel. Il appuya sur un bouton et, un instant plus tard, se trouvait dans l'ascenseur extérieur le plus rapide d'Europe.

De l'air. Il lui fallait de l'air.

Il avançait droit devant lui d'un pas rapide ; il dérapa sur le sol rétroéclairé et pesta, agacé. Il perdait l'équilibre, pas seulement la tête, songea-t-il en crachant aux pieds d'une passante. Ne cachant pas son indignation, la touriste américaine lui agita son appareil photo sous le nez avant de s'éloigner, choquée. Quelqu'un montra du doigt la salle César, construite dans l'impressionnant centre architectural Sony ; aussitôt toute l'excursion américaine pointa ses appareils vers les vestiges de l'ancien et luxueux Grand Hôtel Esplanade.

Ernesto, lui, ne voyait rien. Marchant à vive allure, il se dirigeait tête baissée vers son but, sans prêter la moindre attention aux passants, aux chiens ni aux vélos. Enfin il s'arrêta au cœur même de la place de Potsdam. Tournant le visage vers le ciel, ignorant les badauds, il se mit à parler à voix basse, bras levés, tel un moine. Une minute plus tard, il baissa les bras, laissant errer un regard vide sur les touristes qui, déçus par le spectacle, se dirigèrent vers un écran géant qui diffusait les meilleures images des Berlinades : Matt Damon, Hugh Jackman, Anne Hathaway, Meryl Streep, tout sourire, foulant le tapis rouge du Stage Theater. Même s'il n'y entendait pas grand-chose, Ernesto savait les profits que ce festival générait pour sa société, aussi le considérait-il avec grand respect. Il était parfaitement à l'aise ici, sur cette place, il croyait en la force apaisante de son feng shui. Il inspira profondément et soudain, au milieu de la foule, il lui sembla apercevoir Dagmara Bosch. Ce qu'il ignorait, c'est qu'à cet instant précis la journaliste se rendait à son rendez-vous avec le Bulgare. Ernesto scruta l'endroit d'un œil attentif, mais la jeune femme avait disparu.

Même s'il en mourait d'envie, Ernesto n'avait pas encore réussi à installer partout des caméras et des micros.

— Hallucinations ! bougonna-t-il, furieux.

Il passa la main sur ses cheveux noirs épargnés par la canitie. Il se voyait dans le reflet de la vitre. Malgré son manteau élégant et sa cravate, le verre terne, trouble, lui renvoyait l'image de quelqu'un en petite forme. Le pansement qui cachait la blessure sur son arcade sourcilière, ses yeux vitreux, sa peau grise n'étaient qu'une vilaine caricature du bel Ernesto qu'il était la veille encore. Il poussa un lourd soupir et regarda à l'intérieur d'un café très en vogue, surveillé vingt-quatre heures sur vingt-quatre contre une belle somme d'argent par Securitas City. Une charmante serveuse aux formes très affriolantes agita joyeusement la main dans sa direction. Il lui répondit d'un signe de tête en s'empressant de couvrir de son manteau un endroit de son corps qui s'était soudain mis à grossir, bombant à la limite du possible la partie haute de son pantalon. Il déglutit et adressa un sourire nostalgique à la jeune fille. Celle-ci s'approcha de la vitre, y collant sa bouche pour lui envoyer un baiser, puis elle désigna la porte, convaincue qu'il viendrait la voir, discuterait un moment avec elle, peut-être l'inviterait à nouveau. Mais rien de tel ne se produisit, Ernesto tourna les talons et s'en alla, énervé. Il n'avait pas le temps en ce moment pour les femmes. Il n'oublierait pas la serveuse de sitôt pourtant. Il revit sa poitrine enserrée dans son corset, qui se déversait généreusement de son décolleté bavarois. Il avait une furieuse envie de dénouer ce corset, d'en libérer son corps enduit d'huile d'olive. Ils s'étaient déjà rencontrés plusieurs fois. Pauvre et passionnée, prête à tout sacrifier, comme tant d'autres, pour un monde meilleur. L'illusion d'un monde meilleur… Le genre de fille qu'il aimait. Il tenta de se ressaisir et de calmer ses ardeurs. En vain. Il fut contraint de laisser passer plusieurs personnes qui attendaient l'ascenseur, avant de s'engouffrer dans le suivant.

En bas, dans les toilettes spartiates, il s'aspergea le visage d'eau glacée, mais cela ne lui apporta pas le soulagement espéré. Il sortit donc de son pantalon son organe tendu, en pensant à sa petite amie. Elle l'excitait tant. Il n'avait pas eu de telles sensations avec une fille depuis longtemps. Il l'appellerait plus tard. À la simple idée d'entendre sa voix, son désir redoubla. Deviendrait-il comme Schlangenberger avec l'âge ? Fallait-il qu'il lui ressemble en tout ? Il se lava à l'eau froide en s'efforçant de ne plus penser à la serveuse, à son décolleté et son corset… Il prit un réel plaisir à laisser ses mains sous le jet. Au bout de plusieurs longues minutes, il les essuya dans une serviette et remit ses gants. Ses mains le brûlaient davantage encore que ses blessures. Pendant quelques secondes, il se demanda s'il n'inviterait pas la fille ici, chez lui, mais un seul regard au miroir régla l'affaire. Ce n'est qu'à la lueur des néons qu'il réalisa que son nez aussi avait souffert chez Herz : il était rouge et enflé. Il s'allongea sur le carrelage froid, effectua quelques exercices que lui avait appris Schlangenberger, il y a très longtemps. Il se releva, jeta un coup d'œil à sa blessure, qui saignait de nouveau. Rien à faire, au moindre effort, ça recommençait. Il appuya son mouchoir contre sa tempe.

— Putain, je vais mettre du sang partout !

Il sortit son portable et donna quelques ordres

rapides : *Rápido ! Rápido !* ajouta-t-il en achevant la conversation.

Il retourna à son bureau et attendit, en réfléchissant toujours à cette histoire avec Frank. Il n'avait plus le moindre doute : Seidel, Gerhard et Frank avaient tout combiné ensemble. Le chantage, et Dieu sait quoi d'autre encore. Maintenant, il devait en convaincre Christian. Mais avant, il avait besoin de faits concrets. Ils se présentaient de la manière suivante :

1. La photo où l'on voyait Frank en compagnie de Gerhard ;
2. Le testament et la police d'assurance destinés à Seidel et à ses archives ;
3. Les allers-retours constants de Frank à Leipzig.

Mais était-ce suffisant ? Pour ébranler la forteresse que représentait Frank Derbach aux yeux de Christian, peut-être. Pour l'anéantir, la réduire en poudre, certainement pas ! L'adversaire était trop rusé. En aucun cas Ernesto ne devait sous-estimer Frank. Celui-ci pouvait toujours prétendre en riant que la photo où on les voyait ensemble, Gerhard et lui, était une relique du passé, et qu'il n'avait pas vu le reporter depuis des années. Il ne manquerait plus qu'il inverse les rôles et retourne les soupçons contre lui ! Il serait bien capable d'accuser Ernesto de manipulation en suggérant que, dans sa lutte pour s'attirer les faveurs du chef, Ernesto avait falsifié son testament et sa police d'assurance ! Frank avait toujours un atout dans la main, il avait un talent de persuasion, qui sait ce qu'il avait prévu au cas où il serait démasqué ? Les gens de son espèce ne laissaient rien au hasard. Malgré toutes les preuves contre lui, il pouvait encore trouver une oreille attentive auprès de Christian, d'autant plus que ce dernier reprochait toujours à Ernesto de rivaliser inutilement avec Frank.

— Mais qu'est-ce qui t'arrive ? l'avait-il sermonné récemment. On ne peut plus discuter normalement avec toi. Soit tu te laves les mains toutes les cinq minutes, soit tu t'en prends à Frank ! Ressaisis-toi !

Ernesto connaissait son patron. On ne le dérangeait pas pour rien. Quand on venait lui parler, il fallait disposer de preuves irréfutables et il valait mieux que tout soit réglé à l'avance. Schlangenberger exigeait des informations concrètes, précises et fiables à cent pour cent. Ernesto devait donc le convaincre totalement, et il y était presque arrivé. Même si Schlangenberger restait persuadé que son collaborateur était obsédé par Frank, il allait devoir réviser son jugement. Eh oui ! Frank se trouvait dans la merde jusqu'au cou.

Derbach agissait avec beaucoup de prudence, il se doutait qu'il était suivi et faisait tout son possible pour ne pas laisser de traces derrière lui. Ce n'était pas le cas de son ami Gerhard, qui ne se méfiait pas assez et avait même accordé une interview à la presse. Pour Ernesto, c'était la piste à suivre. L'ultime pièce du puzzle, il allait la trouver dans la maison du photoreporter ou bien dans les archives de Seidel. Il ne lui manquait plus qu'un élément décisif – une photo, un mail, un document, quelque chose qui puisse accuser Derbach, confirmer qu'il était bel et bien l'expéditeur des lettres, et qu'il avait reçu le soutien de Gerhard et de Seidel. Il fallait donc à tout prix retrouver le vieux Seidel et l'effrayer suffisamment pour qu'il se mette à table. *Espérons que les gars de la cellule seront à la hauteur cette fois-ci*, pensa Ernesto.

À cet instant, on toqua à la porte. Des hommes sportifs et baraqués firent irruption dans la pièce et se placèrent en rang devant le bureau d'Ernesto. Un regard leur suffit pour comprendre la situation. Ernesto avait des poches sombres sous les yeux. Il pressait un mouchoir rougi contre sa blessure et les toisait d'un œil noir.

— Vous en avez mis du temps, putain !

L'un des hommes s'approcha du bureau et y posa un sac en plastique rempli de médicaments.

— Déballe ! hurla Ernesto.

L'homme s'exécuta. Des seringues et des fioles s'éparpillèrent sur le bureau. Ernesto retira le mouchoir de sa tête. Un filet de sang ruissela sur son front.

— Recouds-moi ça ! ordonna-t-il.

— Mais voyons, chef…

— Tais-toi, putain, et recouds !

L'homme ne bougea pas, ses yeux exprimaient de la frayeur. Le visage ensanglanté d'Ernesto faisait peur à voir. Un silence de plomb régnait dans la pièce. Ernesto sentit une colère irrépressible l'envahir ; un instant encore et il se serait jeté sur cette bande de nuls, ces bons à rien. Il était sur le point de se lever quand un homme au crâne rasé, le plus grand et le plus musclé du groupe, déclara d'une voix sonore : « Chef, je vais chercher Olaf, il s'y connaît, dans ce genre de trucs. »

Et il sortit sans attendre la réponse.

Vingt-cinq minutes plus tard, le chauve tatoué éventait Ernesto avec un journal, tandis qu'Olaf Klimke, le concierge, terminait son ouvrage par une piqûre : « À tout hasard, chef ! »

Le reste des « bons à rien » faisait le guet dans le couloir en essayant de déceler le moindre gémissement, le moindre signe de faiblesse du patron. Pas un bruit ! Il faut dire que la porte était capitonnée et, même si elle ne l'avait pas été, ils n'auraient rien entendu du tout, car Ernesto ne disait pas un mot. Malgré son attitude courageuse, il se rendait compte qu'il n'était plus aussi bon qu'avant. Fallait-il qu'il passe la main ? Dans le temps, il encaissait bien mieux ce genre de coups. À ce jeu-là, il était le meilleur. Et pour ce faire, il fallait constamment agir sur le terrain en bravant le danger. Mais son activité se limitait de plus en plus à travailler assis à son bureau.

Finalement, tu seras trahi par l'un de tes proches, un Frank Derbach, par exemple, songea Ernesto en sentant une douleur atroce dans le crâne. Heureusement, la morphine commençait à agir. Bientôt, il serait remis sur pied. Il essaya de lutter contre la fatigue qui s'était emparée de lui. Le concierge restait là, à le surveiller. Lorsqu'il constata que tout allait bien, Ernesto ouvrit enfin les yeux.

— Dégage ! s'écria-t-il.

Cela ne décontenança pas le moins du monde Olaf Klimke. *Quel dur à cuire !* pensa-t-il en quittant le bureau d'Ernesto. Il se dit aussi qu'il avait enfin affaire à un chef qui jouait dans la cour des grands, et qu'un chef ne supportait pas que quelqu'un soit témoin de sa faiblesse. Le concierge s'y connaissait en psychologie humaine. Ce n'était pas pour rien qu'il avait longtemps dirigé la brigade de protection de la frontière, et qu'il avait lui-même obéi aux ordres de divers supérieurs. Non seulement Olaf Klimke était d'une grande indulgence envers les autres, mais c'était aussi un homme polyvalent. Son premier métier était celui d'infirmier ; des plaies, il en avait vu de bien plus graves. Il poussa un soupir. Il avait toujours rêvé de travailler comme chirurgien à l'hôpital de la Charité de Berlin. Il regrettait souvent de ne pas avoir persisté dans ses études, mais la vie lui avait réservé un autre destin : l'honneur et la patrie.

Dans son immeuble, il faisait des piqûres à des petites vieilles malades, il lui arrivait parfois de prodiguer d'autres soins aussi. Un moyen comme un autre pour ce « vétéran de la guerre froide », mal considéré, de se faire un peu d'argent au noir. Plus d'une fois, il avait dû intervenir pour nettoyer des blessures par balle et d'autres petits bobos. Il était encore très habile de ses mains et pratiquait des prix raisonnables. Ainsi, tous ceux qui ne voulaient pas se retrouver à l'hôpital, ni répondre aux questions indiscrètes des médecins ou des policiers faisaient appel à lui. Olaf Klimke était la discrétion même ! Il ne demandait rien, ne voulait rien savoir, se contentant de faire son travail : recoudre et soigner. Sa petite entreprise médicale était très appréciée. Un seul regard sur le patient, et il savait à qui il avait affaire. Il classa vite Ernesto dans la catégorie la plus élevée. Pas un seul gémissement lorsqu'il avait nettoyé la plaie sur sa tête tailladée par une bouteille, ni lorsqu'il avait enfoncé une aiguille pour le recoudre. Il cousait vite, sans attendre, alors qu'il savait que le médicament anesthésiant n'avait pas encore produit son effet. Ernesto, pourtant, ne disait rien. Quel exemple de maîtrise et de courage pour tous ces sbires baraqués ! Encore faudrait-il qu'ils sachent l'apprécier, avec leurs cervelles d'oiseau. Le Chauve, lui, était visiblement impressionné.

Mais comment a-t-il fait pour être si amoché ? se demanda Olaf en se pressant vers sa loge. Il devait maintenant rédiger une note pour son bienfaiteur Christian Schlangenberger, préciser exactement ce qu'il avait vu et entendu chez Ernesto. Il avait encore de bonnes oreilles. C'était appréciable. Il n'avait pas fait d'études de chirurgie, mais avait fréquenté d'excellentes écoles où l'on vous apprenait à obéir et à écouter. À écouter et à rapporter.

Ernesto attrapa brusquement la main du Chauve qui l'éventait avec un journal.

— Ça suffit ! lança-t-il d'une voix rauque.

Il se leva et, d'un pas chancelant, se dirigea vers son bureau. Il indiqua la porte du regard, faisant ainsi comprendre au Chauve qu'il était temps de laisser entrer les gars. *La racaille*, pensa Ernesto. Ils entrèrent un à un, intimidés, incertains de ce qu'ils allaient découvrir. Ils virent la tête pansée ct le visage livide de leur chef, mais ses yeux brillaient déjà du même éclat que d'ordinaire. Ernesto avait repris du poil de la bête. Leur inquiétude disparut, ils étaient de nouveau une horde de loups affamés, prêts à exécuter les ordres.

Ernesto les fixa du regard. Ils dressèrent l'oreille, car le chef parlait d'une voix basse et n'avait pas l'habitude de se répéter.

En deux minutes, tout était dit.

Un sourire radieux illumina tous ces visages de voyous. Enfin, il se passait quelque chose ! Seul le Chauve s'arrêta sur le seuil avant de quitter la pièce et contempla Ernesto.

— Vous êtes sûr, chef ?

S'il avait été en meilleure forme, Ernesto aurait cassé la sale trogne de cet arrogant. Quel toupet ! C'est bien le Chauve qui avait été chargé de surveiller Frank Derbach jour et nuit à Leipzig, il avait terriblement déçu Ernesto. Et voilà que cet incapable osait ouvrir sa grande gueule et remettre ses ordres en question. Les mains dans les poches de sa veste, Ernesto serra les poings. Il parvint à maîtriser sa colère. Une action compliquée exigeait des hommes solides, concentrés et suffisamment motivés pour ne pas se laisser guider par leurs sentiments.

— Mettez le feu ! Mais avant, passez tout au peigne fin ! siffla-t-il, agacé, sans même jeter un regard au Chauve.

Ce dernier sortit sans un mot.

Franchement, pensa Ernesto, *devoir se justifier devant ce type, être obligé de se répéter ! Dans le temps, ç'aurait été impensable !* Il prit une longue inspiration, il devrait contenir un peu mieux ses émotions s'il voulait mener cette affaire jusqu'au bout. Le temps filait inexorablement, jouait contre lui. À la fin, seuls les vainqueurs auraient leur place au soleil, les perdants seraient engloutis sous terre.

Il jeta un regard sur une grande photographie fixée au mur. Elle occupait quasiment tout l'espace : le mur de Berlin, presque grandeur nature. Pris du bon côté, selon Ernesto, sans aucun graffiti ni slogan injurieux ; un message clair adressé à un peuple qui n'était pas encore prêt à accomplir la tâche si admirablement décrite par Pablo Neruda.

Pendant que le restaurant de Herz était la proie des flammes, avec le cuisinier irlandais à l'intérieur, des inconnus passaient au crible les archives de Seidel à Leipzig. Il s'agissait de trois experts des missions spéciales. Deux types musclés restaient plantés devant la cage d'escalier : l'un fumait, l'autre observait l'arrêt de bus. À cette heure de la journée, les passants étaient encore rares dans ce quartier tranquille, et l'unique caméra de surveillance de la ville venait malencontreusement de tomber en panne. Quelques minutes après l'incident, personne ne serait en mesure de se rappeler quoi que ce soit. Personne n'aurait rien vu ni entendu, comme si tout était parfaitement normal.

« Comment a-t-on pu laisser le théâtre et les archives prendre feu ? » « Pourquoi ? » « Quel malheureux accident ! » « Par bonheur, monsieur Seidel était absent ! » Ce furent les seuls commentaires à ce sujet. Les pompiers et la police attribuèrent la cause de l'incendie à un court-circuit survenu dans l'installation électrique, vieille de trente ans. « Vieille de trente ans, eh bien dis donc ! Quelle imprudence ! Des enfants venaient ici pourtant, des touristes… C'est un scandale ! Il y a bien un coupable ! Qui ? Seidel, sans doute ! » Bientôt, personne dans le voisinage ne dirait plus « monsieur Seidel », mais « ce vieillard irresponsable » – même la Polonaise, l'ancienne éducatrice de Frank à l'orphelinat, l'appellerait ainsi, elle qui, grâce à l'argent de Seidel, avait pu offrir un monument funéraire à son défunt mari.

Mais auparavant, après avoir trié avec minutie tout ce qui leur était tombé sous la main, les experts de la cellule spéciale, sous l'œil vigilant du Chauve, avaient sélectionné quatre boîtes remplies de documents divers. À présent, ils filaient sur l'autoroute avec leur butin. Deux gars à la physionomie peu sympathique restèrent à Leipzig. Ils avaient pour mission de localiser Seidel et de l'amener ensuite à leur chef.

Les flammes ravagèrent presque instantanément le local en bois du théâtre et le dépôt d'archives. Le fruit du long travail de Seidel était parti en fumée. Pendant ce temps, ignorant tout de l'incident, Burkhard Seidel séjournait à la pension de la veuve. Assis devant l'ordinateur, il se rongeait les ongles, très énervé. Au moment où il avait appelé Elsa Müller, il ne restait plus de ses archives que les quatre grosses boîtes qu'Ernesto attendait avec impatience. Malgré un mal de tête persistant, accompagné de vertiges, ce dernier décida de se rendre sans tarder à la villa de Gerhard. Cette fois-ci, il réussirait sa mission et fournirait des preuves irréfutables à Christian. Il était plus malin que Frank, il sauverait Christian, démontrant ainsi qu'il était le meilleur.

Ernesto repensa aux deux incendies et sentit une boule dans le ventre. Pas par compassion pour Herz ou pour Seidel, non ! Pas le moins du monde, simplement il appréhendait les discussions avec le patron. Christian Schlangenberger ne demandait jamais : « Comment l'as-tu appris ? » mais « Qu'est-ce que tu as appris ? » Parfois aussi il voulait s'assurer que toutes les mesures avaient été prises pour ne laisser aucune trace. Or, cette fois-ci, Ernesto avait laissé un incendie derrière lui. Il allait devoir se creuser les méninges afin de se justifier. Et Schlangenberger serait obligé d'écouter une bien longue histoire.

Ernesto avait beau essayer de dissiper son inquiétude, peine perdue, la sonnerie de son portable lui rappelait constamment l'exercice compliqué qui l'attendait. Depuis la veille, Christian n'arrêtait pas de l'appeler, mais Ernesto repoussait le moment de la conversation ; ils se connaissaient trop bien, et le patron aurait compris au seul timbre de sa voix qu'il y avait un problème.

Une heure du matin. Dans le jardin de Gerhard.

Ernesto ne sentait plus ses jambes à force de rester debout. Au cours des dernières heures, les lumières ne cessaient de s'allumer et de s'éteindre aux deux étages de la villa. La cuisine et le bureau étaient éclairés depuis un bon moment. On aurait dit qu'il y avait une inspection, une fouille. Que cherchait-on ici ? Ernesto préférait ne pas trop y réfléchir. Enfin, tout s'éteignit, les volets électriques furent abaissés, sauf dans le bureau et la cuisine.

— Sales bonnes femmes ! lança-t-il tout bas, le regard fixé sur les fenêtres du bureau.

Au même instant, une silhouette d'homme se profila derrière une fenêtre, puis une tête se pencha au-dehors. Ernesto sortit ses jumelles en avançant d'un pas. Dans le clair de lune, il reconnut le visage qu'il avait découvert le matin même dans le fichier.

— Bon sang, c'est lui !

Dans l'embrasure se tenait Burkhard Seidel en personne. Il regarda attentivement la rue durant quelques secondes, puis referma la fenêtre et tira les rideaux.

Ernesto s'appuya contre un arbre, savourant ce concours de circonstances inattendu. Le matin même, ses hommes avaient mis la main sur les informations indispensables, et maintenant, il fallait agir. L'arrivée de Dagmara, puis l'apparition de Seidel poussèrent Ernesto à modifier son plan. Il n'avait plus besoin des documents qui se trouvaient chez Gerhard ; à lui seul, Seidel constituait la meilleure preuve. Ernesto allait lui faire cracher le morceau. Tout se déroulait enfin selon son scénario. Avant que la police ne parvienne à établir un lien entre Gerhard et Seidel, les archives de Leipzig seraient dévorées par les flammes, si ce n'était déjà fait. Personne ne ferait alors le rapprochement entre ces deux hommes, personne ne chercherait le petit vieux. Seidel était à lui.

Pour finir, la lumière s'éteignit dans le bureau également. La villa baignait à présent dans une obscurité totale. Ernesto se dressa sur la pointe des pieds. Il ne voyait rien, mais il avait une excellente mémoire et se rappelait la disposition exacte des pièces. Il allait pénétrer à l'intérieur par la fenêtre de la cuisine où un volet était cassé. Soudain, il entendit des pas derrière lui. Il se retourna et resta cloué sur place, interloqué.

— Mais qu'est-ce que tu fais ici ? murmura-t-il.

Il n'eut pas le temps de dire quoi que ce soit d'autre. Le coup fut très fort et atteignit directement sa blessure fraîchement recousue.

Il ouvrit les yeux. Il se trouvait dans une pièce claire. Curieusement, il ne pouvait plus bouger les jambes… elles étaient ligotées, ses mains aussi. Il sentait une vive douleur sous les aisselles et dans l'entrejambe. Quelqu'un se penchait au-dessus de lui.

— Il est vivant, déclara avec étonnement une voix qui lui était familière.

Il voulut crier, mais une main énorme lui écrasa la bouche et il commença à étouffer… Quelqu'un lui attrapa la langue… Quelqu'un d'autre lui enfonça quelque chose dans le bras.

Il était en train de vomir.

Non, il ne vomissait pas.

Il était en train de mourir.

CHAPITRE 12

« Tout ce que l'on sait à propos de certaines personnalités d'État, c'est qu'il est interdit de les offenser. »

Karl Kraus

Malgré sa grande expérience dans la police, l'*Oberhauptkommissar* Tschapieski eut beaucoup de mal à s'attaquer au dossier posé sur son magnifique bureau en chêne massif. Aussi entendait-on de temps à autre le froissement des feuilles de papier, entrecoupé par ses profonds soupirs. Surmontant sa répulsion, il reprenait pourtant sa lecture. De plus en plus horrifié, il découvrait les détails du corps massacré : la nuque brisée, l'aine incisée, la langue arrachée, les mains tranchées et autres monstruosités. Ni la terminologie médicale compliquée, ni les noms latins ne pouvaient occulter la bestialité du criminel et le supplice de l'homme torturé qui figurait sur les photos. Tschapieski n'arrivait pas à se faire une opinion sur cet homicide, mais il savait une chose avec certitude : abstraction faite du tueur à la planche, l'assassinat perpétré sur le fonctionnaire de l'État Frank Derbach était le crime le plus diabolique auquel il avait été confronté au cours de sa longue carrière.

Il ôta ses lunettes et frotta ses yeux fatigués. Il était plutôt en forme, mais après sa nuit blanche il s'attendait à un coup de barre imminent. Déjà, il sentait des pulsations dans les tempes, ce qui ne présageait rien de bon. La journée s'annonçait difficile. Il avala un comprimé contre le mal de tête et finit la mousse qui restait au fond de sa tasse à café. Il tourna son regard vers la fenêtre et vers les placards en bois sombre, pratiquement vides. Il venait d'emménager dans ce bureau et ne s'était pas encore accoutumé à son nouveau lieu de travail.

Il avait été promu.

Cet avancement était aussi important qu'inattendu. Il soupira. Se balança d'avant en arrière sur sa chaise, la faisant crisser dangereusement. Il posa de nouveau son regard sur le dossier étalé devant lui. Les détails du meurtre lui avaient donné la nausée. À vrai dire, cette affaire n'était plus de son ressort, mais depuis sa promotion, le directeur Tschapieski avait le pouvoir de décider lui-même de ce qui était de son ressort ou pas.

Il chaussa ses lunettes et, en évitant de trop regarder les photos, reprit la lecture du rapport : la description minutieuse du cadavre, le compte-rendu des techniciens ainsi qu'un rapport préliminaire d'une trentaine de pages. Les photos de la victime étaient très précises, en couleurs, profil gauche, profil droit, en position assise, allongée, avec la bassine, sans la bassine, avec les mains, sans les mains et sans les yeux. Toujours sans les yeux. D'autres clichés allaient arriver. (Le docteur Krenz était passionné par son travail et aimait s'en vanter.) Ils attendaient sans doute déjà dans la boîte mail de Tschapieski. Comme par enchantement, l'écran de son ordinateur s'éclaira, signalant un nouveau message.

Un courrier avec une pièce jointe, expédié par Krenz. Objet : Frank Derbach.

Tschapieski lâcha un juron.

Il copia vite le message sur une clef USB, avant de le supprimer. Même s'il savait que c'était inutile. Il jura de nouveau. Certaines personnes s'intéressaient davantage aux mails supprimés qu'à tout le reste et n'hésitaient pas à venir cueillir des informations directement sur le lieu du crime. Il repensa avec antipathie au blondinet qui traînait partout dans l'immeuble des Roms, comme s'il faisait partie de l'équipe, de son équipe.

Tschapieski reprit l'étude du dossier. Les premiers interrogatoires des voisins et des quelques rares amis de Frank Derbach (tous des employés de l'administration Gauck) décrivaient un homme paisible, aimable et sans problème. Il n'avait pas de famille. Personne – ni femme ni enfant, pas de père, pas de mère, pas de fratrie. Il n'entretenait de contacts qu'avec son ancienne éducatrice de l'orphelinat de Leipzig. Un être seul. Un pauvre homme. En parcourant le rapport, le Bouledogue avait parfois du mal à croire ce qu'il lisait. Un récit très détaillé décrivait un malheureux gamin qui avait perdu ses parents très tôt, qui avait été un excellent élève à l'école et le préféré des éducateurs à l'orphelinat. Il avait ensuite poursuivi ses études dans une université d'élite et, pour pimenter la chose, s'était retrouvé dans les rangs de la Stasi, puis dans l'administration Gauck. Aucune précision sur ses fonctions. Les faits les plus significatifs pour l'enquête n'apparaissaient pas non plus. Si le Bouledogue ne connaissait pas Flatow, l'auteur de ce tas d'idioties, il aurait pu croire que le rapport avait été rédigé par un individu perfide qui voulait sciemment diriger la police vers une fausse piste. Il aurait sans doute pensé qu'il s'agissait d'une manipulation grossière, mais Flatow en était incapable. Tschapieski enrageait, jamais encore il n'avait lu de telles sottises. Pourtant, de multiples rapports atterrissaient régulièrement sur son bureau, très mauvais parfois, les pires venant généralement de Kowalski. Mais ce qu'il avait reçu le matin même de la part de Flatow surpassait largement, par sa nullité, les comptes-rendus expéditifs de Kowalski. Le dossier se terminait par une note administrative précisant que le jeune commissaire de la police criminelle, Siegfried Flatow, l'auteur dudit rapport, devait reprendre l'affaire sans délai. *C'est Flatow son nom, pas Falow ?* pensa Tschapieski en se grattant le front. *Falow, Flatow, peu importe !* C'était donc ça, l'intention du procureur : confier l'enquête à un commissaire inexpérimenté, pour finalement ordonner un non-lieu. À l'évidence, quelqu'un faisait pression sur le procureur, mais qui donc ?

Bien entendu, personne n'avait mis Tschapieski dans la confidence.

Rien n'avait été dit clairement.

Mais Tschapieski savait.

On ne berne pas un vieux flic rusé.

Le rapport de police n'était pas le seul élément qui posait problème. La suite ne valait guère mieux. Tschapieski avait réussi à faire venir Garbaty. Ce dernier avait interrompu ses vacances pour procéder à quelques analyses supplémentaires, dont il ne résultait pas grand-chose. L'ADN des auteurs du crime n'apporta pas non plus les précisions attendues. Apparemment ils étaient deux, mais n'avaient pas de casier judiciaire. Aucune trace exploitable n'avait été relevée. Garbaty et Krenz semblaient intrigués par l'ADN, mais puisque rien de probant n'était apparu à ce stade de l'enquête, l'*Oberhauptkommissar* n'y prêta pas trop d'attention.

— Pour le moment, cela ne nous sert pas à grand-chose, expliqua Garbaty, mais bientôt ces indices pourraient s'avérer décisifs.

Tschapieski n'écoutait pas, il se demandait s'il fallait mettre Krenz et Garbaty au parfum, mais quelque chose lui disait qu'il valait mieux attendre encore.

Le procureur ne jurait que par les empreintes digitales des Roms, retrouvées sur le carrelage et le sol de la salle de bains ainsi que sur les bassines. Le seul indice déterminant, selon lui.

— Loin de moi l'idée de vous influencer, mais c'est bien une piste, non ? répétait-il au nouveau commissaire en lui faisant un cours de criminologie à l'ancienne.

Le rapport de Flatow ne mentionnait pas l'existence des deux codes ADN. En revanche, les empreintes digitales des Roms y occupaient une place de choix.

Bien entendu, il était impensable d'associer à l'enquête des experts aussi renommés que Garbaty et Krenz. Tschapieski n'était pas dupe et il avait vite compris ce qui était en train de se jouer.

Le docteur Krenz, chargé de l'autopsie, n'avait pas demandé pourquoi il devait signer trois formulaires au lieu des deux habituels. Son jeune assistant n'avait posé aucune question, heureux de seconder le maître. Quant au vieux Prinz, leur supérieur, il se tenait à l'écart et ne se mêlait de rien. Ses hommes savaient ce qu'ils faisaient, même si lui-même ignorait parfois ce qu'il signait. Il avait une maison à la campagne et une épouse d'une dizaine d'années plus jeune que lui. La maison lui prenait beaucoup de temps, sa femme bien plus encore. Il savait que l'affaire Frank Derbach touchait à sa fin, tout au moins dans leur service, et s'en réjouissait. Que d'autres s'en occupent désormais ! Lui avait accompli son devoir. Il avait signé, se disait-il. C'est justement le rapport paraphé de sa main, ni trop long ni trop court, qui se trouvait à présent dans le dossier posé sur le bureau de Tschapieski. Ce dernier l'avait déjà lu plusieurs fois, mais s'apprêtait à s'y plonger de nouveau malgré un mal de tête atroce, de plus en plus violent, comme si un marteau-piqueur lui transperçait le crâne. On ne sait jamais, peut-être avait-il laissé échapper un détail important ?

Il appela sa secrétaire pour qu'elle lui apporte un autre café. Il en avait grand besoin pour se concentrer. Son corps exigeait du repos : fermer les yeux, allonger les jambes et dormir, dormir, dormir. Tschapieski n'aurait pas dû retourner chez Margeritha cette nuit. Mais depuis que Seidel lui avait appris la mort de Gerhard, il ne pouvait plus rentrer dans sa maison vide et dormir comme si de rien n'était. Il ne supportait plus de rester seul. Il poussa un profond soupir et reprit la lecture du rapport.

Pendant qu'il lisait, sa secrétaire Barbara Matuschek – surnommée « l'horrible Barberousse » par les employés du Bouledogue – se lissa les cheveux, épousseta la manche de son tailleur, jeta un coup d'œil dans le miroir vénitien qu'elle avait fait apporter de chez elle, puis seulement frappa à la porte du bureau de Tschapieski. Il n'entendit rien à cause du vrombissement douloureux dans sa tête. Elle frappa plus énergiquement.

— Entrez !

Depuis que son chef avait été promu, Barberousse se sentait rajeunie, plus belle, plus attirante. Le monde autour d'elle semblait se parer de couleurs et offrir enfin des opportunités inespérées à cette vieille fille. Elle entra d'un pas lent, dansant.

— Tenez, dit-elle, votre café.

L'*Oberhauptkommissar* jeta un coup d'œil sur le plateau avec la tasse accompagnée de quelques petits gâteaux et la remercia d'un bref signe de tête. Barberousse avança en remuant les hanches, ce qui ne produisit aucun effet sur son chef. Il ne fut pas plus sensible à son décolleté plongeant qu'à sa jupe et à ses nouveaux escarpins – le tout dans des coloris gris clair, ce qui, pour sa secrétaire, tenait d'une véritable audace. Mais rien, pas la moindre attention !

— Merci, fit le Bouledogue en la gratifiant d'un regard transparent.

« *Cirrhosis hepatis*, cirrhose du foie importante, ayant détruit en grande partie la structure de l'organe », lisait Tschapieski sans lever les yeux du dossier. Un alcoolique, donc. D'après la description, Frank n'aurait pas pu vivre bien longtemps avec ce foie. Qui étaient ses compagnons de beuverie ?

Tschapieski avait complètement oublié la présence de Barberousse qui, plantée derrière lui, toussotait légèrement sans même essayer de dissimuler sa déception : elle espérait tant un mot gentil pour tous ses efforts vestimentaires. Rien qu'un petit mot. Elle avait immédiatement repéré les cernes sous les yeux, bien plus marqués que la veille. Son admiration envers son patron n'en fut que plus grande, car non seulement il était venu directement au bureau après les funérailles de son ami, mais il se trouvait déjà en plein travail. Elle ressentit aussi de l'inquiétude. Peut-être était-il malade ? Elle était au courant de la mort de Gerhard, c'est elle qui avait commandé la couronne pour son enterrement et qui s'était occupée d'une multitude de formalités, car la femme et la fille du défunt étaient sous le choc, trop bouleversées pour le faire. Mais de là à tomber malade ? Soucieuse, elle contempla le visage de Waldemar Tschapieski. Le chagrin, oui, c'était normal, mais ce teint terreux, ces yeux injectés de sang, cette pâleur… Étrange ! Elle quitta le bureau, inquiète. Le chef voulait sans doute surmonter son chagrin par le travail. Elle allait devoir lui prêter plus d'attention, le réconforter, le consoler peut-être ?

Après le départ de sa secrétaire, Tschapieski avala une gorgée de café. Barberousse lui avait apporté une grande tasse, signe qu'elle voulait apaiser quelque peu sa tristesse. Mais sa compassion n'allait pas jusqu'à y ajouter du sucre. Sa secrétaire ne sucrait jamais son café, elle lui imposait un régime strict, c'est pourquoi il était obligé de se nourrir (en plus !) au bordel de Margeritha. Si Barberousse avait vu son petit déjeuner ce matin : du bacon, huit œufs brouillés, des oignons frits, une saucisse ! Mais elle n'en savait rien. Tschapieski chercha une clef violette dans son trousseau, ouvrit un petit placard et, sans quitter la porte d'entrée des yeux, versa une cuillerée de sucre dans son café. Il goûta. Une fois. Deux fois. Le café était toujours aussi amer. Vite, il y rajouta une deuxième cuillère, une troisième, une quatrième… Un peu de sucre se déversa sur le bureau, car il agissait dans la précipitation, sous pression, voire dans l'angoisse. Allez, une cinquième cuillère encore ! Sa main tremblait, son cœur battait à cent à l'heure. Tout le monde a peur de quelque chose, Tschapieski aussi. Mais jamais il n'aurait avoué, même sous la torture, qu'il avait si peur de Barberousse, de ses récriminations, de ses plaintes, de ses ronchonnements continuels. Par bonheur, ce jour-là, elle lui épargnait tout cela.

Le café avait enfin un goût acceptable. Tschapieski referma le placard, rangea le trousseau de clefs et soupira de soulagement. Il reprit le dossier. « Fibrose hépatique, nodules structurellement anormaux… » lut-il une fois de plus. Bref, le foie de Frank était fichu.

Grâce à Seidel, Tschapieski avait compris avec qui buvait Frank Derbach et pourquoi. Quant au procureur, il n'en saurait rien, il n'apprendrait pas grand-chose du rapport de Flatow ; du reste, tout portait à croire qu'il n'avait pas envie de savoir. Le dossier ne contenait aucune information sur l'enlèvement de Derbach à Sofia par des inconnus, deux jours avant la découverte de son corps dans l'immeuble des Roms. Flatow n'avait pas fait mention de la mort de Gerhard ni des archives de Burkhard Seidel, rien non plus au sujet du dossier secret, classé sous le nom de code « Le Magicien », ni de l'opposant polonais Piotr Boszewski. Pas un mot à propos du politicien Christian Schlangenberger, ni de la double activité de Frank Derbach et des rapports étroits, quasi amicaux, qui liaient ces deux hommes. Quant à l'enquête confidentielle menée depuis quelques jours par Kowalski, rien ne pouvait en filtrer. C'était top secret. Hormis Kowalski, Tschapieski et Seidel, personne n'était au courant.

La veille, Kowalski et Tschapieski avaient rencontré Seidel à la pension de la veuve. Secoué par la toux, le vieil homme leur avait livré tout ce qu'il savait, il leur avait aussi transmis le film de plusieurs heures tourné par Gerhard lors de leurs réunions au 17a de la rue Ossietzky.

— C'est tout ce qui me reste de mes archives et de mon théâtre, dit Seidel en désignant le CD et sa canne à la poignée en forme de gueule de lion, avant de subir une nouvelle quinte de toux.

— Allez-vous-en ! ordonna brusquement la veuve aux deux policiers.

Elle venait d'entrer dans la chambre et obligea Seidel à avaler une cuillère de sirop « bio ». Le malade n'eut pas la force de protester, il se contenta de cligner nerveusement des yeux. Depuis l'arrivée des deux hommes, la veuve n'avait cessé de les importuner, elle interrompait leur conversation au beau milieu d'une phrase, faisant irruption dans la pièce avec ses tisanes. Excédé, Kowalski la prit par le coude et la fit sortir. Tschapieski s'empressa de fermer la porte à clef.

— Ils ont mis le feu aux archives, comme ils ont incendié le restaurant aussi, continua Seidel. Heureusement, j'avais emporté le film, quelques documents et les photos de Boszewski, des photocopies, car les originaux étaient chez Gerhard. Je ne sais pas ce qu'il en a fait. Je n'en sais strictement rien ! ajouta-t-il en essuyant discrètement une larme. Je ne sais même pas où Frank a été enterré.

À ces mots, Seidel fondit en larmes ; Kowalski en eut le cœur serré.

— L'enterrement n'a pas encore eu lieu, lança le Bouledogue. Et vous serez le premier informé de l'endroit où il repose. Je vous le promets !

Tschapieski se tourna vers la fenêtre, satisfait d'avoir réussi à épargner au vieil homme les détails macabres de la mort de Frank Derbach.

— Il était comme un fils pour moi, dit Seidel, la voix déchirée par les sanglots. Quel enterrement peut espérer un orphelin ? Dites-le-moi !

L'état de santé de Seidel devenait très préoccupant. Il ne se sentait pas la force de rentrer à Leipzig. D'ailleurs, rien ne l'attendait là-bas. Il n'était pas question non plus qu'il se rende aux funérailles de Gerhard. Tschapieski s'assit près de lui et, pour le réconforter, lui parla de son amitié avec Gerhard, de Dagmara. Il vanta aussi le courage du vieil homme qui, dans ces moments éprouvants, était allé chez Krystyna et sa fille pour leur apporter son soutien. En toute confiance, l'archiviste lui transmit la clef de son appartement. Kowalski fut surpris par le flot de paroles émanant de la bouche du Bouledogue qui n'avait pas l'habitude d'exprimer de l'empathie.

Seidel fixa longuement du regard les yeux sombres de Tschapieski. On voyait bien qu'il hésitait, mais finalement il prit la décision de se livrer à de nouvelles confidences, de tout leur dire. Il parla un bon moment, en dévoilant une multitude de détails. Kowalski notait tout avec soin, Tschapieski se raclait la gorge de temps à autre. L'affaire prenait soudain un tour nouveau. Ils venaient de faire un grand bond en avant. Kowalski, impatient, tournait les clefs dans sa main en consultant sans arrêt sa montre. Tschapieski avait compris ce que le commissaire avait en tête et lui fit un léger signe d'approbation :

— Allez-y ! Vous pouvez partir.

— Un instant ! l'arrêta Seidel. J'ai encore les enregistrements du restaurant. J'ai tout enregistré. Gerhard a tourné son film, et moi j'ai enregistré la conversation entre Schlangenberger et son complice. Gerhard me disait toujours : « La mémoire est parfois trompeuse, mais un enregistrement ne ment pas ! »

Kowalski prit la pochette que lui avait indiquée Seidel ; elle contenait des photos, un cahier jauni et un CD. *Génial !* se dit-il. Désormais, leur enquête allait vraiment avancer. Il ouvrit d'un coup sec la porte de la chambre et faillit renverser la veuve qui se tenait juste derrière.

— Je vais porter plainte contre vous ! le menaça-t-elle.

Pendant que le Bouledogue écoutait le récit de

l'archiviste fiévreux, Kowalski courait à la recherche d'un taxi. À 18 h 03, plongé dans la lecture des documents, un casque sur les oreilles, il partait vers Leipzig par le dernier train.

Seidel était assis, le dos appuyé contre les oreillers ; Tschapieski se tenait à côté de lui, sur le bord très dur du lit. Il ne sentait plus son coccyx, mais ne savait pas comment faire comprendre au vieil homme qu'il était pressé de partir. Ne voulant pas le décevoir, ni trahir sa confiance, il se taisait. Le malade le regarda de ses yeux d'un bleu délavé et lui sourit avec gratitude.

— Je voudrais vous dire quelque chose encore. Vous savez, parmi toutes les pièces de mes archives, celle qui me tient le plus à cœur est la photographie de Werner, un jeune garçon de dix-sept ans qui a été abattu à la frontière bulgare en 1978. Elle n'a pas brûlé, car je la porte toujours sur moi, depuis des années, dit Seidel en ravalant bruyamment sa salive. Par une belle matinée de juillet, Werner a quitté son camp de vacances et il est parti vers le sud. On n'a jamais retrouvé son corps. La photo a été prise quelques heures avant sa mort. C'est la mère de Werner qui me l'a confiée. Le souvenir le plus précieux d'une mère qui survit à son enfant, c'est parfois juste une photo. Elle l'a reçue de la petite amie de Werner, qui l'a développée après son retour de Bulgarie, spécialement pour l'offrir à la mère. Afin que celle-ci puisse garder en mémoire l'image de son fils souriant.

Seidel esquissa un sourire et demanda à Tschapieski de lui passer un verre d'eau. Puis il pointa sa veste du doigt.

— Prenez mon portefeuille dans la poche latérale, s'il vous plaît.

Tschapieski se redressa en étirant ses lombaires

endolories et s'exécuta en silence. Le vieil homme se souleva, ouvrit son portefeuille usé et lui tendit une photo blanchie : un beau jeune homme au bord de la mer Noire, peu avant son départ vers la frontière turque.

— Le camping de Nessebar, précisa doucement Seidel. Mes fils aussi y ont séjourné quelques années plus tard… (Il s'interrompit un instant, réfléchit, soucieux de ne rien oublier, de n'omettre aucun détail.) En 1994, j'ai mis une annonce dans un journal local : j'étais à la recherche de pièces d'archives pour mon futur musée. C'est Frank qui m'avait soufflé cette idée. Comme j'étais naïf ! s'exclama-t-il en riant tristement. Très vite, j'ai été contacté par les familles des disparus en Bulgarie. La photo de Werner, c'est ma première pièce de musée. Durant des années, j'ai repensé à cette pauvre mère en espérant qu'elle n'allait pas prendre connaissance des terribles articles publiés dans la presse. Car, voyez-vous, j'ai lu que le corps des victimes était souvent abandonné dans la nature. Cette mère n'a jamais pu enterrer son enfant. On peut dire que le sort a été plus clément avec nous, ma femme et moi avons eu la chance de pouvoir offrir des funérailles à nos garçons. Les cadavres, paraît-il, étaient parfois la proie des animaux sauvages. Par bonheur, cela fut épargné à nos fils. Prenez-la, s'il vous plaît ! dit Seidel en agrippant de ses doigts décharnés le bras du policier. Je n'ai aidé personne avec mes archives, je n'ai pas atteint mon but mais, voyez-vous, cette photo m'a fait comprendre qu'il ne fallait pas laisser tomber, que je devais poursuivre ma tâche du mieux que je pouvais. Mais il est temps de passer la main. Gardez-la !

Tschapieski glissa docilement la photo dans sa poche. Pour finir, Seidel lui montra les photographies de sa femme et de leurs jumeaux.

— Ils ne sourient jamais, conclut-il en laissant retomber sa tête sur l'oreiller. Sur aucune photo.

Il ferma les yeux, livide comme un cadavre. Puis une toux grasse résonna de nouveau dans la chambre. En partant, Tschapieski appela une ambulance. La veuve le toisa d'un regard malveillant.

Le voyage à Leipzig fut un véritable fiasco. La voisine de Seidel, l'ancienne éducatrice de Frank à l'orphelinat, était peu encline aux confidences. Elle en avait plus qu'assez des visites impromptues. La police était déjà venue la questionner, mais elle n'était au courant de rien. Son voisin, M. Seidel, se trouvait actuellement en voyage. Combien de fois allait-elle devoir le répéter ? Il aurait dû mieux vérifier son installation électrique. Heureusement, aucun enfant n'avait été brûlé ! Dire que tout cela aurait pu provoquer une explosion ! On vit des années dans le même immeuble sans vraiment se connaître. « Frank ? Quel Frank ? Mais qui êtes-vous, monsieur ? Un policier en civil ? Je ne sais rien, je ne me souviens de rien ! » s'écria-t-elle en claquant la porte au nez de Kowalski.

Dans des moments pareils, le commissaire sentait toute la différence entre une enquête officielle et une enquête officieuse. Il attendit la nuit et l'extinction des lumières chez la voisine pour pénétrer dans l'appartement de Seidel. Tout y semblait normal, impossible cependant de constater si, oui ou non, des documents avaient disparu. Seidel prétendait n'avoir rien gardé d'important chez lui. Le commissaire ne trouva pas les albums photo rangés habituellement dans la chambre des jumeaux.

— Il a très bien pu les mettre ailleurs, suggéra

Tschapieski le lendemain, lorsqu'ils se retrouvèrent de nouveau dans le bordel de Margeritha.

Il était en train de manger, tandis que Kowalski fumait en réfléchissant à haute voix.

— Je ne pense pas. Cette chambre, on dirait que… que… s'interrompit-il en se grattant le menton. On dirait que le temps s'y est arrêté. Les années quatre-vingt. Sur les murs, il y a encore de vieilles affiches de cette époque.

— Quel genre d'affiches ?

— Les Dead Kennedys, par exemple.

— Kennedy ? s'étonna le Bouledogue.

John Kennedy dans la chambre de jeunes garçons, dans la RDA des années quatre-vingt, cela semblait en effet très surprenant.

— Des petits gars courageux, constata-t-il avec approbation.

— Il ne s'agit pas de John Kennedy, mais des Dead Kennedys ! Un groupe punk américain, rectifia Kowalski en levant les yeux au ciel. Seidel n'a touché à rien dans la chambre de ses fils. À rien, depuis leur départ. Vous comprenez ? C'est une sorte de sanctuaire envahi de toiles d'araignée. Un véritable musée !

Tschapieski léchait son assiette. Kowalski regardait par la fenêtre.

— Comment a-t-il fait pour continuer à vivre ? demanda le commissaire après un moment de silence.

— Qui donc ?

— Seidel !

Cela, Tschapieski l'ignorait.

Kowalski écrasa sa cigarette et se replongea dans sa réflexion. La conversation avec le vieil archiviste lui avait révélé les coulisses de la mort de Boszewski et le passé criminel de Schlangenberger, mais le commissaire restait néanmoins persuadé que ce dernier n'était pas le commanditaire de l'assassinat de Frank Derbach et de Gerhard.

— Il croyait pourtant que Gerhard le faisait chanter, lui rappela le Bouledogue.

— Et qu'est-ce que ça prouve ? D'ailleurs, il ne l'a appris qu'après la mort de Gerhard. Avant, il ne savait rien de lui. De toute façon, il n'aurait pas éliminé quelqu'un qui lui faisait du chantage avec des photos de Bulgarie.

— Allez savoir ! Et Derbach, alors ?

— Frank faisait partie de ses amis proches. Malgré ce que prétend Seidel, Schlangenberger ne soupçonnait Frank d'aucune manigance. Il s'inquiétait pour lui. Il a même demandé de ses nouvelles à Ernesto.

— Peut-être faisait-il juste semblant ?

— Et dans quel but ? Cela ne tient pas. Il était ivre et il a demandé plusieurs fois ce qui se passait avec Frank. Non, il s'agit d'autre chose ! Je crois que Schlangenberger avait la trouille. Je repense tout le temps à ce coup de téléphone : « Le proprio est rentré au bercail. » C'est une information on ne peut plus concrète de quelqu'un qui…

— De quelqu'un ? l'interrompit le Bouledogue. De l'assassin, vous voulez dire.

— J'ai besoin d'en savoir plus sur cet immeuble.

— Je vais essayer de me renseigner, promit Tschapieski.

— Il y a tant de choses à vérifier, je n'y arrive pas tout seul…

— Je vais y réfléchir.

— Même Flatow ferait l'affaire, gémit Kowalski en se dépêchant d'ajouter : Non, je plaisante !

— J'ai une idée, fit Tschapieski, qui avait visiblement quelque chose en tête.

Dehors, le jour déclinait. Hormis un chat qui se promenait dans la cour, il ne se passait rien. Kowalski contempla la chambre, les meubles, la porte.

— Pourquoi avoir choisi cet endroit précisément ? demanda-t-il de but en blanc.

— C'est de loin le plus sûr, répondit Tschapieski en haussant les épaules.

— Et comment savez-vous que nous n'avons pas été suivis ?

— Je n'en sais rien. On est allés aux putes.

— Et alors ?

— Alors, on a le droit d'aller où bon nous semble, non ? Ici, personne ne peut nous entendre. Cet endroit est sûr.

— Vous avez déjà traité ici ce genre d'affaires ?

— Vous êtes un peu trop curieux, Kowalski !

— Je veux savoir, insista le commissaire.

— J'y viens de temps en temps pour des raisons, euh… comment dire, pour des raisons de sociabilité.

— Ce n'est pas ce que je vous demande.

— D'accord, une fois ! répondit Tschapieski, avant d'ajouter : Là, c'est la deuxième fois. Bon, peut-être la troisième.

— La deuxième ou la troisième ?

— Oh, mais fichez-moi la paix !

Tschapieski n'avait nulle envie de poursuivre cette conversation. De plus, Margeritha entra dans la chambre en lui lançant un regard langoureux. Kowalski se leva.

— On ne vit pas que pour le travail, déclara Tschapieski, qui donna une petite tape sur les fesses de Margeritha en adressant un clin d'œil entendu au commissaire.

— Mais, bien sûr ! s'écria Kowalski en se frappant

le front, comme s'il s'était souvenu d'un détail crucial : Je dois encore visionner ce film.

— Quel film ? voulut savoir Tschapieski.

— Le film de Gerhard !

Sur ce, il s'en alla précipitamment.

— Quel bosseur ! remarqua Margeritha en caressant le ventre du Bouledogue.

Soudain, surprise, elle dirigea son regard vers un endroit anormalement dur et bombé en haut de la cuisse de Tschapieski.

— Oui, un sacré bosseur ! confirma celui-ci en sortant de sa gaine le dernier modèle d'un petit Walther PPK.

— Je ne veux pas de ça chez moi, dit la femme en le repoussant. Ici, c'est un bordel qui se respecte, compris ?

Tschapieski lui caressa la joue.

— Je sais, dit-il en l'attirant vers lui.

Elle fit semblant de lui résister. En vérité, elle avait un faible pour lui. Depuis qu'il lui rendait visite régulièrement, elle ne prenait plus d'autres clients.

De retour chez lui, Kowalski se dirigea vers la salle de bains. Il posa son ordinateur portable sur un tabouret et fit couler de l'eau dans la baignoire. Il resta dans son bain plusieurs heures. De temps en temps, il revoyait certains extraits du film et remettait de l'eau chaude. Le bouchon de sa vieille baignoire n'était pas très étanche. Et Kowalski se dit que les informations les plus importantes lui échappaient, elles semblaient fuir, comme l'eau de son bain.

De nombreuses questions tourmentaient Tschapieski. Qui alors ? Qui a tué son ami Gerhard à Sofia et Frank Derbach à Berlin ? Et quel était le point commun entre ces deux assassinats ? Un simple hasard ? Selon Seidel, les meurtres étaient liés à l'affaire Boszewski. Kowalski était du même avis.

Tschapieski essuya la sueur de son front. La climatisation ne fonctionnait pas dans son nouveau bureau. Son mal de crâne s'était un peu dissipé, mais il entendait du bruit à l'extérieur, qui l'empêchait de se concentrer. Il s'approcha de la fenêtre. Il aperçut une BMW noire garée à un endroit interdit au stationnement. Elle se trouvait là depuis le matin. Son propriétaire était penché au-dessus du capot, il avait baissé les vitres et mis à fond de la musique orientale. Un petit rideau à la vitre arrière flottait au gré du vent. En temps normal, Tschapieski aurait piqué une crise, il serait descendu en courant et aurait arraché le rideau. Ce jour-là, il se contenta de fermer la fenêtre ; il s'appuya contre le mur froid et pensa à autre chose. En temps normal, il se serait aussi occupé de Flatow, il l'aurait envoyé à la circulation. Tschapieski détestait les délateurs et les hommes de paille, mais Flatow avait sûrement un rôle à jouer dans l'enquête, sinon son comportement n'aurait eu aucun sens. Le matin même, il était arrivé de bonne heure dans le bureau du Bouledogue en agitant son rapport merdique, la tronche illuminée d'un sourire rusé. Cheveux ébouriffés, yeux brillants, chemise débraillée, il était méconnaissable.

— Monsieur le directeur ! Monsieur le directeur ! s'était-il écrié dès l'entrée.

Tschapieski l'avait accueilli avec un regard hostile. Il avait prévu de voir Krystyna et Dagmara bien avant la cérémonie funéraire et devait se dépêcher. D'autant plus qu'il avait l'intention de passer par un petit snack en bas de l'immeuble pour s'acheter quelque chose à manger avant d'affronter le moment difficile qui l'attendait. Il fallait que ce Falow se pointe ici maintenant ! C'était bien la dernière personne qu'il avait envie de voir aujourd'hui.

— Je dois sortir. On parlera en bas, grogna Tschapieski.

Mécontente, Barberousse lança un regard assassin en direction de Flatow.

— La prochaine fois, je ne vous laisse pas entrer sans rendez-vous ! déclara-t-elle.

L'ascenseur étant en panne, ils descendirent par l'escalier. On aurait dit que Flatow allait exploser d'une minute à l'autre, mais il se conforma au souhait du Bouledogue et ne dit pas un mot.

En arrivant près du poste d'accueil, Tschapieski observa le vieil homme souriant qui s'asseyait derrière la vitre, puis posait sur une petite table un Thermos et des tartines pour son casse-croûte. Appuyé sur une canne, son collègue qui quittait son service rangeait son journal et un petit récipient en plastique dans un sac Lidl. Le Bouledogue se dit avec une certaine amertume que si un fou ou un terroriste faisait irruption dans les locaux, il ne rencontrerait pas grande résistance.

— Et l'ascenseur, il sera réparé quand ? demanda-t-il.

Le gardien qui était en train d'empiler ses tartines se mit au garde-à-vous, fixant le directeur Tschapieski d'un œil apeuré.

— Jeudi, monsieur le directeur, répondit son collègue, à peine plus jeune, qui devait avoir dans les soixante-dix ans.

— Nous sommes lundi, alors pourquoi seulement jeudi ?

— Parce que demain, l'équipe est prise à la Chancellerie fédérale, et le mercredi, ils ne travaillent pas !

Tschapieski poussa un soupir et tourna son regard vers Flatow. Les joues enflammées, ce dernier avait visiblement du mal à se retenir de parler.

— Qu'est-ce qu'il y a ? lui demanda Tschapieski sèchement.

Garé devant l'entrée, le chauffeur replia son journal et se précipita pour ouvrir la portière au directeur. À son grand étonnement, celui-ci ne monta pas dans la voiture, mais se dirigea droit devant lui en boitant légèrement. Un petit homme le suivait en gesticulant.

— J'ai appris de la part d'un collègue qu'un dingue était probablement en train de se jouer de nous et j'ai pensé que cela pouvait vous intéresser, dit Flatow tout bas.

La limousine noire roulait au pas derrière eux, sans bruit. Arrivé devant le snack, Tschapieski rejoignit la file d'attente.

— Va droit au but, je n'ai pas le temps ! bougonna-t-il, un peu nerveux, car il ne restait plus que trois saucisses, et trois personnes se trouvaient encore devant lui dans la file.

— Quelqu'un a appelé le poste de police pour signaler un meurtre, lança Flatow, ses joues creuses rougies par l'émotion. Il a indiqué le nom et le prénom de la victime, l'adresse exacte, l'étage… et il a dit que c'était dans la salle de bains. Puis il a ajouté : « Le proprio est rentré au bercail. »

Une drôle d'expression se dessina soudain sur le visage de Tschapieski.

— Il a appelé le 110 et quelques autres numéros encore, et il a donné une adresse proche de celle où a été assassiné Derbach, murmura Flatow en jetant des regards inquiets autour de lui. La cage d'escalier voisine.

— Quand ?

— Aujourd'hui ! C'était juste une blague, mais j'ai pensé que cela pouvait vous intéresser quand même. Vous avez bien dit de vous rapporter tout ce qui se passait dans l'immeuble des Roms.

Tschapieski dévisagea Flatow en silence.

— Quelques minutes après le coup de fil, le policier de garde a été informé qu'il s'agissait d'une plaisanterie. Vous comprenez, monsieur le directeur, une prétendue fausse information. Il a vérifié auprès d'autres collègues de garde, et tous ont reçu le même appel, suivi du même démenti.

Tschapieski put acheter la dernière saucisse, la personne devant lui ayant changé d'avis. Elle avait bien fait, car la saucisse semblait complètement carbonisée. Il paya, mit la saucisse entière dans sa bouche et la mâcha lentement.

— Le problème, voyez-vous, c'est que le policier affirme que la voix était identique… C'est le même policier qui était de garde ce jour-là. Vous comprenez ?

— Identique, c'est-à-dire ?

— Je ne vous suis pas.

— Comment était-elle, cette voix ?

— Eh bien ! c'était la même qu'il y a quelques jours. Une voix métallique, déformée ! Qui a donné le nom de la victime : Ernesto Marquez. Exactement comme pour Derbach. Sauf que c'était dans la cage d'escalier voisine.

— Ouais… fit Tschapieski.

Il faillit s'étouffer avec le dernier bout de saucisse, qu'il avala de travers. Il toussa avec force, puis se tourna vers Flatow qui lui assénait des tapes dans le dos.

— Mais arrêtez, bordel ! hurla le Bouledogue en faisant s'envoler quelques pigeons effrayés. Et regardez-moi quand je vous parle !

Flatow se mit instantanément au garde-à-vous.

— Écoutez-moi, Falow ! C'est juste une plaisanterie macabre. Je suis fier de vous, Falow. Oui, très fier. Nous avons besoin de gars comme vous. De personnes loyales ! dit-il en tapant Flatow sur l'épaule, puis il ajouta : De personnes intelligentes !

— Oui, chef ! s'écria Flatow, avant de murmurer tout bas : Flatow ! Moi, c'est Flatow.

— Un bon boulot, Falow ! Continuez ainsi !

Sur ces mots, il redonna une petite tape dans le dos de Flatow, puis se dirigea vers sa voiture de fonction, car le chauffeur était sorti et lui faisait signe de se dépêcher. La voiture démarra. Le directeur Tschapieski s'essuya les doigts avec un mouchoir pendant un long moment.

Flatow resta devant la grande bâtisse en briques, content de lui. Il lissa ses cheveux et regarda le monde alentour qui lui sembla différent. Le Turc était toujours en train de bricoler le moteur de sa voiture ; assise sur un banc, une petite vieille jetait des miettes de pain aux moineaux ; le vendeur de saucisses faisait marcher son gril, mais le commissaire Flatow n'était plus le même homme. Il allait leur montrer de quel bois il se chauffait. Il regarda le panneau d'interdiction de stationnement et se dirigea vers le petit rideau flottant au gré du vent.

— Qu'est-ce qui se passe ici, hein ? demanda-t-il.

— Pourquoi ? fit le Turc en sortant son visage barbouillé de sous le capot.

— Parce que ! s'écria Flatow de sa voix stridente. Vos papiers !!!

Les manches retroussées, le propriétaire du véhicule fouilla ses poches avec fébrilité. Flatow sortit son insigne de policier et avança d'un pas.

— *Schneller !* hurla-t-il. *Schneller !*

*

Waldemar Tschapieski et tante Wiesia sortirent de la chambre funéraire, soutenant Krystyna Boszewski-Samuel, éplorée. L'enterrement devait avoir lieu dans trois heures. Tout allait si vite, pourtant Dagmara avait l'impression de se trouver dans un endroit où le mouvement était ralenti. Dans quelques instants, des hommes viendraient fermer le cercueil. Combien de temps avait-elle ? Une demi-heure, dix minutes ? Comment fait-on ses adieux à un mort ? À un père ? Elle l'ignorait, elle ne l'avait jamais fait. Et à un beau-père ? Il n'y avait plus aucun bruit derrière la porte, tout le monde était parti. Dagmara resta seule avec le mort.

Elle s'approcha et toucha furtivement la main froide de Gerhard. Les larmes lui montèrent aux yeux, mais elle savait qu'elle ne pleurerait pas. C'était ainsi depuis toujours, plus elle souffrait, plus ses yeux restaient secs. Elle regardait le visage anormalement pâle qui reposait sur un oreiller de soie. Gerhard semblait dormir. Peut-être dormait-il ? Il était rassurant de le croire. Elle se pencha, on aurait dit que le temps n'avait pas eu d'emprise sur lui ; on pouvait même dire qu'avec l'âge, à bientôt soixante-dix ans, Gerhard était plus séduisant que des années auparavant. Ce qui était loin d'être le cas de son ami Waldemar Tschapieski, pourtant bien plus jeune. Gerhard, un homme d'âge mûr, efflanqué, aux yeux intelligents, pouvait encore plaire aux dames… Mais lui n'avait d'yeux que pour Krystyna, l'unique amour de sa vie. C'est ce que révélaient ses carnets. Dagmara poussa un soupir, pourquoi pensait-elle à cela maintenant ? Elle le savait depuis des années, elle avait lu les notes enfermées sous clef dans le bureau de son beau-père. Ce bureau l'attirait, l'appelait sans cesse : « Ouvre, regarde ! » Eh bien, elle l'avait donc ouvert, elle avait regardé…

Debout près du corps de Gerhard, elle aurait voulu ne penser qu'à lui. Impossible ! Tout ce qu'elle avait repoussé dans l'oubli lui revenait en mémoire, et elle revit soudain son père, sa mère, et le Gerhard de l'époque.

Qui était le plus coupable des deux ? Dagmara, qui avait lu les carnets jaunis de son beau-père, ou bien Gerhard, qui y avait décrit ses péchés. Gerhard aimait Krystyna depuis des années. Il l'avait vue en photo et avait tout de suite su qu'il n'épouserait jamais aucune autre femme. « Je suis possédé d'une passion insensée, une folie », avait-il noté. Le père de Dagmara ajoutait de l'huile sur le feu en se confiant à Gerhard, en parlant de son épouse… et Gerhard était tombé fou amoureux.

Il avait fait la connaissance de Boszewski à Gdańsk, en 1979. Un an plus tard, ce dernier cofondait le comité de grève interentreprises à Wrocław. Gerhard l'accompagnait avec sa caméra. À l'époque, les grévistes avaient obtenu une aide financière de la part des syndicalistes allemands et français. Le reporter devait leur faire parvenir cet argent. Boszewski était un émissaire, il parcourait la Pologne de ville en ville : Lublin, Elbląg, Gdańsk, Szczecin, Wrocław, rapportant les événements qui secouaient le pays. Dans les années quatre-vingt, les téléphones portables n'existaient pas encore en Pologne, Internet non plus. Quand on voulait joindre quelqu'un en dehors de la ville, dans le pays ou à l'étranger, il fallait passer par la poste et commander la communication, attendre des heures, bien souvent, avant de l'obtenir. Tout cela semble appartenir à un autre temps aujourd'hui, alors que cette époque n'est pourtant pas si lointaine.

« Un héraut qui parvient en quelques mots à enflammer la volonté des travailleurs. Sans en être un lui-même, il sait convaincre les ouvriers de surmonter leur peur, il sait les persuader qu'une fois la lutte engagée, il faut la poursuivre jusqu'au bout. » Voilà ce qu'écrivait Gerhard sur le père de Dagmara. Tante Wiesia rappelait souvent qu'en juillet et août de cette année-là, son frère n'était jamais à la maison. Elle soutenait que, sans l'engagement de Piotr Boszewski, les grèves n'auraient sans doute pas pris une telle ampleur à Lublin et à Świdnik. La tante aimait le pathos, elle aimait les héros. Dagmara abordait ces récits avec prudence, même s'il est vrai que les débrayages au Département des travaux d'aviation avaient commencé au moment où son père, ingénieur en mécanique, y était consultant. Mais Dagmara n'aimait pas s'appesantir sur ces souvenirs, cette époque était sortie de sa mémoire, à croire que l'été 1980 n'avait jamais existé.

« Manifestement, Piotr Boszewski ne se contentait pas de fournir ses conseils dans le domaine mécanique », écrivait Gerhard. Les circonstances avaient fait que Gerhard s'était trouvé à Lublin en 1979, en même temps que le père de Dagmara. Il travaillait pour la chaîne de télévision allemande ZDF à l'époque, et était venu sur invitation de l'usine, invitation qu'aucun autre journaliste de la chaîne n'avait voulu accepter. Un reportage sur la vie des ouvriers polonais ! Derrière le rideau de fer ! Seul Gerhard pouvait être intéressé. Sur place, il avait rencontré Boszewski, tous deux parlaient anglais, ils avaient sympathisé. L'année suivante, le père de Dagmara invitait de nouveau Gerhard, à Lublin, puis à Gdańsk : « Tu ne vas pas le regretter, aurait-il dit, tu veux connaître la vie d'un ouvrier ici, alors, viens ! » Gerhard ne l'avait pas regretté, en effet. Dans son journal, il avait noté : « Je n'avais pas peur, car je ne comprenais pas grand-chose à la situation. » Il avait tenu compagnie à Boszewski pendant une semaine, immortalisant avec sa caméra les événements les plus brûlants, d'abord ceux de juillet à Lublin, puis le débrayage dans les chantiers navals de Gdańsk au mois d'août. Ses enregistrements étaient transmis aux marins qui, contre un bon paquet de devises, les faisaient passer clandestinement à l'Ouest, cachés sous le charbon. Alors que dans la presse locale pas un mot ne filtrait sur les grèves qui duraient depuis le 9 juillet, Radio Free Europe en parlait depuis la première heure, grâce aux envois du reporter, justement. Idem pour la chaîne allemande ZDF.

Dans le journal de Gerhard, on pouvait lire :

Partout où se trouve Boszewski surviennent des émeutes, rapidement suivies d'une grève et de revendications audacieuses pour la libération des prisonniers, une augmentation des salaires ou l'abolition des privilèges pour les hommes au pouvoir. Je n'y comprends pas grand-chose, mais je peux voir ce qui se passe quand je pointe la caméra à l'endroit désigné par Piotr. Les gens boivent ses paroles et se mettent à parler, à devenir exigeants. Piotr est dans son élément. À cause des grèves, les célébrations du 22 juillet n'ont pas eu lieu, or la fête nationale compte énormément pour les communistes. Soixante-dix entreprises ont cessé leurs activités : Polmozbyt, Agromet, les usines automobiles, les ateliers d'azote, les chemins de fer et les transports publics, rien ne fonctionne. Les grévistes ont des idées, eux aussi. Hier, ils ont soudé les locomotives aux voies ferrées. Piotr ne cesse de le répéter à tous, c'est maintenant ou jamais ! Il se déplace partout, à Szczecin, Cracovie, Gdańsk, pour raconter ce qui se passe à Lublin. Moi, je le suis avec ma caméra, je l'ai filmé pendant plusieurs jours. À Gdańsk, des gens ont été emprisonnés, Piotr affirme qu'on a dépassé la mesure. Si la situation se développe de manière aussi intense, qui sait jusqu'où ça peut mener. « Les augmentations de prix, le licenciement d'Anna Walentynowicz, les arrestations ! Qu'est-ce qu'ils fabriquent ? Des imbéciles ! Mais c'est parfait, si ça continue ainsi, bientôt nous serons libres ! » La nuit, j'ai regardé toutes ces images. Piotr s'était endormi d'épuisement, moi, je ne pouvais pas, il m'avait tellement excité avec ses paroles qu'il n'était pas question de dormir. Il y a quelques jours, j'ai voulu confier l'enregistrement (que j'ai appelé LA GRÈVE, *tout simplement) à des collègues qui prenaient le bateau, mais Piotr a dit qu'il allait s'en occuper lui-même. Hélas, d'après ce que je sais, le film n'est pas encore arrivé à destination, je crains qu'il ne se soit perdu, en même temps que d'autres documents envoyés à Radio Free Europe. Piotr se frappe le front et il dit que l'homme à qui il a transmis la pellicule est une personne de confiance. Il me traite d'alarmiste et me conseille de rentrer, de parler de ce que j'ai vu. En attendant, lui part une semaine en Bulgarie avec sa famille, car il l'a promis depuis longtemps à sa femme. « Ce n'est pas le moment de prendre des vacances, mais si je refuse, ma famille va se décomposer, je n'ai pas vu ma femme et ma fille depuis deux mois. »*

Je ne cesse de penser à ce qu'est devenu ce film. À qui Piotr l'a-t-il donné ? Il l'a confié à un ami que je connais bien, paraît-il. J'ai peur.

Fin août, sous la pression de sa famille, Boszewski alla passer une semaine en Bulgarie. Au début, il ne voulait pas, estimant que l'heure n'était pas aux vacances, et encore moins aux affaires. Le voyage, cependant, était organisé, réglé et il n'était pas question qu'il refuse de partir.

Krystyna ne cherchait pas à savoir pourquoi l'entreprise de son mari leur offrait ce voyage. On leur donnait, ils prenaient. Les Boszewski avaient besoin d'argent ; ce voyage leur permettrait d'en gagner un peu. Tante Wiesia trouvait un peu étonnant que seul son frère ait bénéficié d'une telle faveur, d'autant qu'il se murmurait depuis longtemps que Boszewski se faisait trop remarquer. Mais peut-être n'étaient-ce que des histoires qu'elle se raconta bien plus tard ? Comment savoir ce qui lui trottait dans la tête après ce drame ? Dagmara se souvient seulement que, à leur retour, elles allaient très souvent à l'église, et que sa tante priait beaucoup. Ça, c'était après la Bulgarie. Avant, il n'y avait pas de temps pour l'église, avant, c'étaient les grands préparatifs pour tirer de ce voyage le meilleur profit possible. Tante Wiesia avait fourni les marchandises à troquer en Bulgarie : déodorants, préservatifs, saucisses. Krystyna avait déjà effectué avec sa belle-sœur deux voyages « commerciaux » en Russie, et avec l'or qu'elle avait pu y acheter, elle avait gagné pas mal d'argent au retour. De son séjour en Bulgarie, elle espérait bien ramener de nouvelles devises, qui serviraient de pot-de-vin pour obtenir un appartement public. La tante de Dagmara s'était rendue onze fois en Bulgarie, huit fois en Russie, et elle voyageait aussi très souvent en RDA. Elle disait toujours qu'elle ne connaissait personne qui avait battu son record. Elle avait investi toutes ses économies pour soudoyer qui de droit, et avait rapidement obtenu un appartement, puis elle s'était acheté une petite Fiat. Son bien-être, elle le devait à ses excursions au bord de la mer Noire, elle ne s'en cachait pas. « Un ingénieur et une chirurgienne, quel beau couple, mon Dieu ! Depuis le début, je vous le dis, prenez exemple sur Wiesia ! On a eu des envies d'université ! » soupirait-elle. Mais elle n'était pas méchante, elle les aiderait ! Et elle expliqua longuement à Krystyna comment profiter de cette aubaine pour se faire de l'argent : « Tu feras plusieurs voyages et toi aussi tu auras ton propre appartement ! » Krystyna a très vite compris, mais Piotr, mon Dieu ! Piotr n'était bon à rien, pas même à écouter.

À leur retour, Krystyna devait graisser la patte à une connaissance de Wiesia, à la coopérative. À l'époque, ils vivaient tous ensemble dans un trente-huit mètres carrés, dans la vieille ville de Wrocław : Dagmara, sa tante, son père et sa mère. Non pas qu'elle voulait se débarrasser d'eux, tante Wiesia les aimait beaucoup, elle essayait juste de les aider.

Pour ses premières expéditions, elle avait choisi Varna, en Bulgarie. Elle s'y rendait en voiture avec son fiancé en passant par l'URSS, aujourd'hui l'Ukraine. Il fallait s'en tenir au trajet fixé et ne s'arrêter qu'aux endroits autorisés. Puis, on traversait la Roumanie, un vrai cauchemar, comme elle le rappelait, mais qui se révélait très rentable. En Roumanie, elle vendait du Biseptol. De Bulgarie, on revenait avec du cuir, échangé contre des foulards en soie. En URSS, on vendait des jeans et des tissus (achetés auparavant en RDA) pour pouvoir se payer de l'or. Tout se passait très bien si le prétendu touriste ne se faisait pas voler par des miliciens ou des douaniers, mais la tante avait ses méthodes. On entendait des choses affreuses à propos des gens qui se rendaient en Bulgarie en voiture, mais Wiesia et son fiancé avaient toujours eu de la chance. La tante finit pourtant par le quitter, ce fiancé. Il s'était montré malhonnête, il lui avait volé le tissu pour des robes qu'elle avait acheté en Allemagne de l'Est. Depuis, la tante partait avec des amies, en train. Il fallait avoir les nerfs solides pour de telles excursions. Lors d'un voyage, elle avait perdu la moitié de ses déodorants. Elle gardait le pire souvenir des trains du Sud. Le plus terrible, c'était la Roumanie, où des gamins sales, à moitié nus, qui mendiaient près des fenêtres des wagons, se faisaient matraquer par la milice. Quant aux douaniers, ils emportaient tout ce qui leur tombait sous la main ! C'est eux qui lui avaient confisqué ses déodorants et ses préservatifs. Quel traumatisme pour la scrupuleuse Wiesia. Des années après, elle les singeait encore : « Je peux, je peux ? » C'était le seul mot qu'ils connaissaient ! « Je peux », pour eux, ça voulait dire : « Je prends. »

De toutes les villes bulgares, Bourgas était sans conteste la plus « polonaise », à cause de Mickiewicz, de sa statue, de la rue qui portait son nom, etc. Elle était relativement proche de la frontière turque et accueillait les touristes les plus fortunés. Après plusieurs années de troc, tante Wiesia faisait partie, elle aussi, de cette catégorie ; elle avait du culot, des devises et des contacts. Elle évoquait le plus volontiers la Côte du Soleil, sur le littoral de la mer Noire, où elle se rendait en avion désormais. L'endroit était fréquenté par de nombreux touristes occidentaux. On s'y serait presque cru à l'Ouest, la milice surveillait les plages pour qu'il n'y ait pas de fraternisation, et les touristes devaient manger dans des salles qui leur étaient réservées. La « bouffe grossière du bloc de l'Est » ne dérangeait pas la tante. En brassant de l'argent qui dépassait très largement les salaires bulgares et les montants autorisés sur les livrets d'épargne en devises, elle avait gagné une petite fortune et se surnommait la « Reine de la Côte du Soleil ». Elle avait même un amoureux là-bas, paraît-il. Et pas qu'un seul, à en croire les parents de Bożena.

Avec le temps, ce Bourgas « polonais » avec sa statue de Mickiewicz aurait pu engendrer de nombreuses légendes familiales. Hélas, il était associé pour toujours à la disparition de Piotr. Krystyna et Dagmara changèrent de vie. La mort de son frère priva tante Wiesia d'une famille. Elle avait pris ses souvenirs et la meilleure période de sa vie en horreur. Parfois seulement, des sensations lui revenaient, lorsqu'elle venait rendre visite à Krystyna et Dagmara à Berlin et qu'elle voyait les multiples flacons de déodorant sur l'étagère de la salle de bains.

— Mon Dieu, qui donc, aujourd'hui, peut encore comprendre cette époque ?

Et, toujours après les déodorants, elle commençait à évoquer son frère adoré qu'elle respectait tant et qui l'aimait tant lui aussi, ce héros, grand oublié des grèves de 1980. Dagmara était toujours troublée par ces paroles, et surtout par l'ordre dans lequel elles intervenaient, comme si elles venaient ôter un peu de prestige à son père.

Dans les années quatre-vingt, on ne pouvait plus voyager aussi facilement : dès les débuts de *Solidarność*, les frontières avaient été fermées, une simple carte d'identité ne suffisait plus pour quitter le territoire, il fallait obtenir un passeport. Or ce passeport ne pouvait être obtenu que si l'on recevait une invitation dûment confirmée par les autorités, ou bien si l'on partait en voyage organisé. C'est justement avec l'agence Orbis que les Boszewski étaient partis pour leurs premières vacances en famille depuis des années.

La mère et la fille étaient rentrées sans le père.

Dagmara ne se souvenait plus de leur retour. Il s'était effacé de sa mémoire. Une partie de ses souvenirs venaient de sa tante Wiesia, une autre des carnets de Gerhard, où il était principalement question de Krystyna. Gerhard y révélait ses inquiétudes à son sujet, il écrivait qu'il fallait l'aider, qu'il devait faire quelque chose, que c'était terrible, qu'il n'y croyait pas. Quand Krystyna retrouva la parole, car elle l'avait perdue, elle répétait seulement que tout cela avait été organisé, qu'il ne s'agissait pas d'un accident. Tante Wiesia disait que Krystyna était sous le choc. Dagmara, elle, se rappelait seulement qu'elle n'était pas allée à l'école pendant un mois. Elle ne voulait pas se souvenir d'autre chose. Elle cessa aussi de lire les carnets de son beau-père. L'ardeur de l'amour de Gerhard pour sa mère l'intimidait et la paralysait presque autant que les tragiques circonstances de la mort de son père, disparu dans un étrange accident de voiture. Il était parti Dieu sait où, sans informer personne. Concrètement, il avait brûlé, et il n'y avait même pas de cadavre.

Bożena avait raison, son père ne se trouvait pas dans le cimetière de Wrocław.

Peu après, Gerhard commença à venir leur rendre visite. Krystyna avait fait sa connaissance par hasard, paraît-il. Dagmara se demandait comment Gerhard avait arrangé ce fameux « hasard ». Pourquoi ne leur avait-il jamais dit la vérité ? Quel mal y avait-il au fait qu'il ait connu son père autrefois ? « Rien ne me retient ici, dira bientôt Krystyna à sa belle-sœur. J'ai perdu mon mari, je n'ai plus de travail, je n'ai pas de maison. Je t'enverrai des colis ! Je pars ! »

Dagmara regrettait sincèrement d'avoir ouvert un jour ce fameux bureau et découvert ces carnets jaunis. Tant de fois elle avait voulu dire à Gerhard ce qu'elle pensait des tricheurs, mais elle aurait dû lui avouer alors qu'elle aussi était malhonnête, tout comme lui. L'obligation de silence était sa punition pour avoir fouillé dans les affaires de son beau-père, celle de Gerhard était de vivre avec son mensonge.

Et elle se trouvait là à présent, devant le cercueil de Gerhard, à s'interroger encore, à se demander comment lui dire adieu. Considérait-elle Gerhard comme un proche ? Comment dire adieu à un proche ? Elle songea une fois de plus qu'elle ne tenait pas à ce qu'on l'associe trop à son beau-père. Rebelle, toujours ! Pourtant, elle ne le croyait pas coupable, non, il n'était pas coupable, il était faible. Quelle douce pensée, surgie à l'improviste. Une autre aussi lui avait récemment traversé l'esprit, ou le cœur plutôt : « Gerhard le renard ». Waldemar répétait souvent que Gerhard était un renard. Elle n'avait jamais compris ce que cela signifiait. Un renard. Gerhard le Renard. Elle retournait ces mots dans sa tête, mais rien n'en résultait. Dans les années soixante-dix, Gerhard avait passé deux ans à Hambourg. Il avait cofondé la chaîne de télévision ZDF. En 1968, il avait réalisé sa photo la plus célèbre ; dans les années soixante-dix, il s'était intéressé à la Pologne. Il s'y rendait souvent. Dès les premiers mouvements de grève, en 1980, puis en 1989, il avait commencé à faire passer clandestinement des enregistrements, des photos de grévistes. C'est vrai, finalement, quand elle y réfléchissait, Gerhard s'était toujours trouvé aux endroits où il se passait quelque chose d'important – elle ne l'avait jamais considéré sous cet angle auparavant.

Des années plus tard, lorsqu'elle-même faisait ses premiers pas dans le monde du travail, la gloire, la notoriété, tout cela était déjà derrière lui. Les avait-il jamais pris au sérieux, d'ailleurs ? Il croyait en d'autres valeurs, s'était trouvé d'autres centres d'intérêt, comme le théâtre de marionnettes du vieux Seidel à Leipzig. Professionnellement, que ce soit avec sa caméra ou son appareil photo, il ne réalisait plus que des choses un peu étranges, vues à travers son propre prisme, s'intéressant à des sujets que Dagmara n'était pas apte à comprendre. Elle aimait l'art alternatif, les gens un peu farfelus, un peu fous, mais Gerhard poussait son art encore plus loin. Il ne s'intéressait à aucune mode actuelle, mais à toutes les expressions créatives avant même qu'elles se manifestent. Il n'y avait pas de nom pour ça.

— J'ai déjà vu ce genre de choses, je l'ai déjà vécu, disait-il à Dagmara, j'ai même été squatteur, je peux te montrer des photos.

Et c'était vrai, en effet.

Dagmara se souvenait de la dernière exposition de Gerhard, inaugurée par le président allemand en personne. Des discours, des applaudissements, des flashs. Parmi les invités se trouvaient des artistes, des politiques, des gens de la presse écrite, dont l'actuel chef de Dagmara, l'ancien patron de son beau-père. Gerhard somnolait, Krystyna le poussait du coude sans arrêt. Ce jour-là, Dagmara s'était demandé comment son beau-père avait fait pour se retrouver là, à recevoir ces honneurs. Et si elle lui devait tout, finalement ? *Parmi les invités, combien pensaient la même chose ?* s'interrogeait-elle en parcourant la salle des yeux. Elle avait beau faire tous les efforts possibles pour s'affranchir de Gerhard, on l'associait à lui de plus en plus, on la prenait pour sa vraie fille. D'où venait donc son aversion pour tout ce qu'il entreprenait ? Tenait-elle vraiment son origine dans le mensonge de Gerhard, révélé dans ses carnets ? Ou plutôt dans le fait que son beau-père n'était pas étranger à sa réussite ? Cette pensée troublante mettait Dagmara dans une rage folle ; elle avait beau savoir qu'il n'en était rien, elle craignait que les autres puissent le penser. Mais peut-être était-ce la vérité après tout ? Peut-être se faisait-elle des illusions en estimant qu'elle devait tout à son seul travail ? Peut-être, tout simplement, était-elle jalouse ?

Elle n'était pas jalouse. Au contraire, elle admirait secrètement Gerhard pour cet authentique détachement. Non, il s'agissait d'autre chose. Depuis toujours et en toutes circonstances, Dagmara avait voulu agir seule, se débrouiller seule, seule, sans l'aide de personne !

— Et maintenant, quels sont tes projets ? lui avait demandé Renate quand Dagmara avait obtenu son baccalauréat.

— Je vais faire de la télévision, avait répondu la jeune fille, sans savoir si elle était davantage surprise par la question que par sa propre réponse.

— Comme Gerhard ?

— Non, comme moi.

Quand elle avait su parler allemand (elle rêvait même en allemand), elle avait lu les carnets de Gerhard, et dès lors c'en fut fini. Longtemps elle n'avait pu lui pardonner. De nombreuses années passèrent avant qu'ils ne se rapprochent l'un de l'autre, mais jamais comme ils auraient dû. Aujourd'hui, il était trop tard. Trop tard pour les explications, trop tard pour ressortir et analyser ses anciens griefs, ses vieilles rancunes. Elle aurait été prête à discuter et à écouter Gerhard, mais il n'était plus là. Elle ne pouvait que tenir sa main froide, si bien soignée, avec laquelle il ne toucherait plus rien, ne ferait plus de photos.

Dagmara se releva, elle ne s'était même pas rendu compte qu'elle s'était agenouillée. Elle sortit de sa poche un mouchoir en soie froissé, celui que Gerhard conservait toujours sur lui, un souvenir de Klara, sa mère, une femme terrible, mais quelle importance ? Une mère reste une mère. Gerhard l'aimait et il avait gardé son mouchoir. En le plaçant dans le sac en plastique rouge, il avait voulu faire comprendre à Dagmara combien leur contenu était important, il voulait lui fournir la preuve que les sacs venaient bien de lui. Très judicieux… Dagmara posa le mouchoir sur l'oreiller, près de la tête de son beau-père, qu'elle regarda une dernière fois. Elle n'avait plus qu'un refrain en tête : Gerhard, le renard. Pendant l'enterrement aussi, elle avait pensé à ces deux mots, Gerhard le renard. De retour à la maison, elle ressortit les sacs que lui avait donnés Radostin Petrov. Elle n'avait pas pu tout regarder le jour même, car sa mère était venue lui annoncer… La supernova sur l'ampoule, sur les cheveux, l'ampoule qui explose, Gerhard…

Dagmara jeta un coup d'œil sur la table remplie de notes, de photos et de dossiers, et à nouveau elle songea : *Gerhard le renard... le renard...*

Ma chère Dagmara,

Durant toutes ces années, je n'ai pas eu le courage de t'avouer que je connaissais ton père avant même de faire la connaissance de ta maman. Disons que l'occasion ne s'est jamais présentée. J'ai essayé de t'en parler à plusieurs reprises, mais quelque chose m'en empêchait à chaque fois. La peur, sans doute. Ce n'était jamais le bon moment. Et plus le temps passait, plus ça devenait difficile.

Je suis profondément désolé que tu l'apprennes si tard et de cette façon, dans une lettre...

Une heure plus tard, Dagmara refermait d'une main tremblante une chemise intitulée : « PIOTR BOSZEWSKI ». Elle n'était pas très épaisse, mais contenait des informations essentielles sur son père. Son lieu de naissance, son adresse, les écoles qu'il avait fréquentées, les études qu'il avait suivies. Qui étaient ses parents, sa sœur, sa femme, sa fille. Divers renseignements sur leurs activités. Il y avait même les bulletins scolaires de Dagmara. Y figuraient de très nombreux détails sur ce qu'avait fait Boszewski en 1979 : ses voyages à Lublin et à Świdnik, les « agitations » des ouvriers, la rédaction d'un journal clandestin, même les slogans hostiles qu'il écrivait sur les murs. Également des rapports sur ce qui se passait chez lui. La dernière page du dossier s'achevait en décembre par cette annotation : « Des informateurs de confiance d'origine allemande rapportent que le 24.12.1979, les époux Boszewski ont eu une scène pendant le réveillon. L'individu sous surveillance passe la plupart de son temps hors de la maison. Proposition : diriger l'affaire n° 32-554-85 sur MAG ».

Dagmara avala bruyamment sa salive. « Des indicateurs de confiance d'origine allemande. » Qu'est-ce que cela voulait dire ? Elle recopia dans son agenda : « affaire n° 32-554-85 sur MAG », puis saisit une autre chemise qui portait le même numéro et la même inscription : PIOTR BOSZEWSKI. Le dossier commençait en janvier 1980, il s'achevait en 1981.

Elle prit une profonde inspiration et regarda une fois encore la lettre de Gerhard. Dans un post-scriptum confus qui semblait avoir été ajouté à la hâte, il lui demandait de ne pas regarder les photos, mais de lire tout le reste très attentivement, en prenant son temps. Ensuite elle devait contacter sans tarder Waldemar Tschapieski. Dagmara ouvrit la chemise, le cœur battant… Bien sûr, elle commença par regarder les photos. D'une main tremblante, elle les mettait de côté au fur et à mesure, rassemblant son courage pour entamer la lecture. Celle-ci se révéla plus difficile, laborieuse. Au bout d'un moment, elle repoussa tous ces papiers, elle n'y arrivait plus, non, impossible, elle ne voulait pas…

Les photos la montraient devant son école, sur le terrain de foot de l'école, il y avait aussi sa mère devant l'hôpital où elle travaillait, les fenêtres de leur appartement de Wrocław, lumières éteintes, ou allumées. Enfin des photos de son père, de la dépouille de son père.

Le cabinet de Gerhard tangua, Dagmara s'agrippa au bureau. Tout ce qu'elle avait soigneusement enfoui de ces années-là, qu'elle avait rendu invisible, se dressait devant ses yeux, très distinctement. Non pas comme dans un rêve, mais là, maintenant, comme dans une semi-réalité, elle voyait tout à nouveau, sur les murs, au plafond, partout autour d'elle…

À l'époque, lorsqu'elles étaient revenues de Bourgas, sa mère et elle, Dagmara vomissait tous les jours. Elle se sentait à présent oppressée de la même manière. Des torsions matin et soir, et un silence terrible dans la maison. Et une autre image encore : son père, qui lui fait signe au bord de la mer, à Bourgas. Elle sourit en agitant les saucisses destinées au troc, elle fait des grimaces, éclate de rire, maman s'énerve. Sa mère lui a acheté un nouveau maillot de bain, Dagmara nage avec papa dans la mer. Papa a des coups de soleil sur les épaules, mais il assure que ça ne fait pas mal. Elle aussi a le dos brûlé, elle essaie d'être courageuse, malgré la douleur. Le lendemain, des gens sur la plage – en longs manteaux alors que c'est l'été – s'approchent de maman. Puis sa mère et elle en train de courir, sa mère devant, Dagmara qui la suit. Les valises avec les déodorants, qu'elles ont laissées dans la chambre d'hôtel, la femme de ménage qui lui donne des bonbons… le départ. Qui part ? Elles s'en vont toutes les deux, maman et elle. Maman ne dit pas un mot. Elles prennent l'avion.

Dagmara se leva et ouvrit grand la fenêtre.

Elle respira lourdement, profondément. Sa tête tournait encore, mais elle se sentait déjà mieux. « Nous sommes en 2011, je suis adulte, j'habite et je vis à Berlin, je m'appelle Dagmara Bosch, j'ai trente-huit ans. » Voilà, c'est bien, elle va le répéter encore une fois : elle est adulte, elle habite et travaille à Berlin, elle a trente-huit ans… « Je suis à la fenêtre, nous sommes en 2011, je suis adulte, j'habite et je travaille à Berlin, je m'appelle Dagmara Bosch, j'ai trente-huit ans. »

Elle revint s'asseoir, il fallait qu'elle lise jusqu'au bout, qu'elle se concentre, qu'elle recommence depuis le début.

Le dossier de 1981 se terminait par ces mots : « Les voisins nous informent de la visite d'un Allemand, Gerhard Samuel, soupçonné de conspiration avec Piotr Boszewski. Gerhard Samuel est très probablement l'auteur du film qui a pu être saisi à la frontière de Kołbaskowo en 1980. Comme nous l'apprennent les voisins, Gerhard Samuel est venu rendre visite à Krystyna Boszewski. La surveillance se poursuit de manière permanente. » Dagmara s'arrêta et lut à nouveau : « a pu être saisi à la frontière de Kołbaskowo… »

Pour terminer, la chemise la plus épaisse et la plus lourde, marquée du numéro 32-554-85 MAG.

Lire encore ce dossier serait sans doute au-dessus de ses forces.

Elle alla vomir.

Ensuite, elle resta longtemps allongée dans le bureau de Gerhard, sur son divan, à regarder le plafond. Elle y découvrit une petite tache. Gerhard s'allongeait souvent ici, lui aussi. C'était son tour à présent, et elle pouvait voir la même chose que lui.

Était-ce pour cette raison qu'il avait caché la vérité à sa mère et à elle-même ? Parce qu'il se sentait coupable d'avoir contribué inconsciemment à la mort de son père ? Était-ce à cause de ce film que Gerhard avait tourné avec son père pour Radio Free Europe ? Qui était cette personne dont parlait Gerhard dans ses carnets ? À qui son père avait-il fait confiance ? À un ami ou à un traître ?

Était-ce pour cette raison que son père était mort ? À cause de ce film ? À cause de ce film sur *Solidarność* que Gerhard avait tourné ? Était-ce pour cette unique raison que Gerhard ne leur avait jamais dit toute la vérité ? Se sentait-il responsable de la mort de son père ? Pensait-il vraiment que, à cause de ce film, il y avait bêtement contribué ? Dagmara déglutit. Oui, c'était pour ça. Elle éclata en sanglots. Elle se rappela les paroles que Gerhard avait notées dans ses carnets en septembre 1980 : « J'ai rêvé tant de fois que Piotr n'était plus là, qu'il disparaissait quelque part et que Krystyna devenait mienne. Et maintenant, il n'est vraiment plus là. Est-ce que ce sont mes mauvaises pensées qui l'ont tué ? »

Il fallait qu'elle en parle à quelqu'un… Mais à qui ?

Quelques heures plus tard, alors qu'elle refermait soigneusement les sacs rouges, Waldemar frappa à la porte du bureau et, sans attendre de réponse, comme à son habitude, il entra. Dagmara se dit que tout était sujet à la distorsion du temps.

— Y a-t-il quelque chose que je puisse faire pour toi ? demanda-t-il.

Il eut l'impression qu'elle hésitait un instant.

— Occupe-toi de maman, répondit-elle en rangeant

dans son sac à main le cadre avec la photo sur la place de Potsdam. Je vais être très occupée.

Waldemar Tschapieski l'observa un long moment, avant de hocher la tête.

*

Tschapieski se demandait s'il n'était pas suivi.

Il consulta sa montre et se creusa la cervelle : comment faire croire qu'il se trouvait dans son bureau alors qu'il n'y était pas ? Il sortit de la voiture, pénétra dans les locaux de la police, salua le vieux gardien à l'accueil et se dirigea droit vers l'escalier. Le gardien reprit aussitôt sa lecture, alors que le directeur filait vers une sortie débouchant sur la cour. Il n'avait pas le choix. Il voulait éviter de devoir se justifier devant Barberousse, sa secrétaire avait dépassé les bornes. Elle était de mèche avec cette canaille de chauffeur qui l'informait de tous les faits et gestes du patron.

— Le directeur va chez la veuve maintenant, avait relaté le chauffeur à Barbara Matuschek à la sortie de la cérémonie d'enterrement.

Il débitait ses mots comme un automate, sans se soucier de la présence de son patron qui, assis sur le siège arrière, entendait tout. Tschapieski crut d'abord avoir mal compris, mais en quittant la maison de Gerhard, il avait entendu de nouveau :

— Le directeur retourne au bureau.

Stupéfait, il avait alors tapoté le chauffeur sur l'épaule.

— Vous faites quoi, hein ?

— Je téléphone à Barbara Matuschek, avait répondu naïvement le chauffeur.

— Alors, ferme ta gueule et conduis ! Plus d'appels ! Plus d'espionnage ! Compris ? Vas-y, répète !

Effrayé, le chauffeur avait répété les paroles de Tschapieski, mais il était tellement fébrile qu'il s'était trompé. En bon pédagogue, le Bouledogue lui avait ordonné de tout reprendre depuis le début.

— Encore une fois ! hurla-t-il. Répète encore !

Lorsque la voiture s'arrêta devant le siège de la police, Tschapieski demanda au chauffeur de lui dire pour qui il travaillait.

— Pour vous ! répondit-il.

— Eh bien, tâche donc de ne pas l'oublier ! Demain, tu auras droit à la leçon numéro deux !

D'un regard expert, Tschapieski vérifia qu'il n'y avait pas de caméras de surveillance, puis il sortit dans la cour. Après s'être assuré que le chauffeur était bien parti, il se pressa vers un grand peuplier. Il traversa la rue en courant, caché par une grosse dépanneuse qui était en train d'embarquer la BMW noire ; il passa à côté du marchand de saucisses et d'un banc occupé par deux clodos, puis disparut derrière un amas d'ordures. Essoufflé, il s'arrêta sous un lampadaire entouré de buissons et lança un regard hostile à une bande de jeunes assis sur le banc en face de lui. Certains buvaient de la bière, d'autres s'acharnaient sur une poubelle et assénaient des coups de bâton sur les arbres, les buissons et tout ce qui leur tombait sous la main.

Le Bouledogue ouvrit son journal, Kowalski était en retard… Ils n'auraient pas beaucoup de temps. Il soupira, comme toujours lorsqu'il pensait au commissaire. Des valeurs qu'il considérait comme sacrées – l'ordre, la discipline, la ponctualité – étaient étrangères à Kowalski qui n'en avait rien à faire des sacro-saints principes de

Tschapieski. Incorrigible, insolent, jamais à l'heure, le commissaire était en même temps un excellent enquêteur – le meilleur, pour être exact. Certes, les principes vous facilitent la vie mais, après de longues années de service dans la police, Tschapieski avait perdu ses illusions, aussi ses exigences envers ses subalternes se limitaient-elles désormais à : utile, inutile. Ce jour-là, il plaça son chauffeur dans la deuxième catégorie.

Le matin même, lors de la cérémonie funéraire, Kowalski, venu « en observateur », lui avait confirmé l'information de Flatow.

— C'est la même voix que celle qui nous a informés pour Derbach.

— De quoi parlez-vous ? demanda Tschapieski, pensif.

— Je vous parle d'Ernesto.

— Plus tard ! Je suis à un enterrement.

— Dans la soirée, j'en saurai sans doute un peu plus. Je vois Krenz et Garbaty, poursuivit le commissaire.

Tschapieski lui serra le bras.

— On ne met personne au parfum ! grogna-t-il.

— Pour qui me prenez-vous ? fit le commissaire en haussant les épaules. Alors à ce soir !

Le Bouledogue s'essuya le front. Dans la chaleur du soleil matinal, au petit cimetière de Zehlendorf, il accompagnait son meilleur ami dans son ultime voyage. En jetant une poignée de terre sur le cercueil, il promit à Gerhard de résoudre l'affaire, d'aller jusqu'au bout. Il ferma les yeux en serrant fort les paupières, mais il voyait toujours Krystyna. Fragile, effondrée, inconsolable, elle se tenait devant avec Dagmara. Krystyna pleurait, Dagmara ne pleurait pas, mais elle avait l'air si, si… *si quoi au juste* ? se demanda-t-il. Si étrange. Elle semblait différente. Pas vraiment triste, ni abattue.

Non. Il avait du mal à comprendre. Il l'avait pourtant observée ces derniers jours, prêtant une attention particulière à ce qu'elle disait, à ce qu'elle voulait savoir. Elle lui avait demandé, par exemple, pourquoi le corps de Gerhard avait été retenu si longtemps à Sofia.

— Longtemps ? Et comment le sais-tu ? lui avait-il demandé en essayant de dissimuler son étonnement. La durée était tout à fait réglementaire. Ce genre de procédure peut prendre bien plus de temps.

— Quel genre de procédure ?

Elle devait forcément être au courant de quelque chose, mais de quoi ? Il avait compris qu'elle était bien informée. Mais par quel biais ? Peut-être avait-elle lu le rapport d'autopsie ? Impossible ! Lui-même venait tout juste de recevoir une expertise préliminaire de Sofia. Dagmara était sous le choc, comme tout le monde, mais elle avait une idée derrière la tête. Il le voyait bien.

Tschapieski regarda sa montre. Pourvu que le commissaire n'ait pas trop de retard, sinon il allait encore devoir se justifier devant Barberousse. À ce moment-là, un jeune homme aux cheveux longs sauta de son vélo, rajusta ses lunettes noires et son drôle de chapeau et s'assit à côté de Tschapieski. L'inconnu ouvrit un livre et se plongea dans la lecture.

— Flatow avait raison, on a un nouveau cadavre sur les bras ! fit soudain une voix que le Bouledogue connaissait parfaitement.

Bien qu'un peu déformée, cette voix si familière était celle de Kowalski. Mais ce n'était certainement pas Kowalski qui se trouvait assis sur le banc.

— Gardez votre calme, monsieur le directeur. Vous avez été suivi toute la journée, mais vous venez de les semer. Nous devons rester très vigilants. Dépliez votre journal, s'il vous plaît. L'homme assis à côté de vous est un ami et je lui fais confiance. C'est lui qui nous servira d'intermédiaire pour communiquer.

On avait l'impression que la voix provenait d'un téléphone mis sur haut-parleur.

— *Hi !* fit le peintre, le voisin de Kowalski, en levant la main dans un salut indien, puis il retourna à sa lecture.

Tschapieski n'eut pas le temps de réagir, car Kowalski poursuivit aussitôt :

— Je vous ai déjà dit que nous ne pouvions plus nous rencontrer personnellement, pas même au bordel ! Vous êtes suivi constamment par un Turc dans une BMW noire. Vous ne l'avez pas remarqué ? J'ignore qui est ce type, mais il écoute toutes vos conversations. Levez un peu plus haut votre journal pour cacher l'expression de votre visage. On voit bien que vous n'êtes pas, hmm… dans votre assiette. Écoutez-moi, maintenant ! J'ai l'enregistrement d'hier, celui dont a parlé Flatow. Tout concorde. C'est la même voix !

Un jeune du groupe d'en face jeta une canette de bière en direction du Bouledogue, puis éclata d'un rire sinistre, menaçant, aussitôt repris par ses copains. Le voisin de Tschapieski continuait tranquillement sa lecture, sans même lever la tête.

— Mais ce n'est pas tout, continua Kowalski. La nuit dernière, les gars du blondinet ont fait sortir du lit le médecin légiste.

— Quels gars ? Ils ont appelé Krenz ?

— Non, pas Krenz, son confrère. Il a dû procéder à une autopsie au pied levé et faire un rapport avant midi. Je peux vous dire que le confrère en question ne connaît pas le nom de la victime. Krenz me tuera s'il apprend que je vous en ai parlé. Cet autre légiste pleurait comme une Madeleine en racontant tout à Krenz devant un verre de vodka, et il avait une peur bleue. D'après Krenz, l'état du cadavre ressemblait étrangement à celui de Frank Derbach.

Le Bouledogue écarquilla les yeux en fixant les lettres du journal.

— C'est Krenz qui a découpé Ernesto ?

— Non, pas lui. Je viens de vous dire que c'était un de ses collègues.

— Un de ses collègues ? Quel collègue ?

— Krenz ne peut pas le dire, mais il s'est souvenu d'où il connaissait notre Blond. Il y a quelques années, il a effectué pour lui un travail confidentiel, sans déclaration officielle ni signature.

— Quel genre de travail ?

— Mais je suis en train de vous l'expliquer ! Il a dû autopsier un cadavre pour le Blond. Il devait tout oublier au plus vite. Vous ne devinerez pas, chef, qui il a autopsié.

— Qui ?

— Une victime du tueur à la planche.

— Quoi ?

Un silence s'installa, soudain interrompu par un bruit métallique. Une canette de bière venait de s'écraser contre la poubelle, tout près de Tschapieski.

— Le collègue de Krenz lui a donc parlé du corps massacré…

— Celui d'Ernesto Marquez ? demanda le Bouledogue, dont la mâchoire tremblait.

— C'est ce qu'il pense…

Une autre canette atterrit à côté de la chaussure de Tschapieski. Un des jeunes se dirigea vers leur banc. Le Bouledogue se leva. Ce n'était pas le moment de plaisanter. Il dégaina son petit Walther PPK, dernier modèle.

— Foutez le camp ! hurla-t-il, furieux.

Le garçon blêmit et s'arrêta à mi-pas. Apeurées, les filles du groupe se mirent à piailler. Certains enfourchèrent vite leur vélo, d'autres abandonnèrent le leur et partirent en courant. Le voisin du Bouledogue bondit, sur le qui-vive.

Pendant un moment encore, on entendit le bruit des pas précipités et les crissements des pneus sur le gravier de l'allée. Dans le petit parc, il ne restait plus que Tschapieski et son voisin de banc aux cheveux longs. Le jour tombait lentement. Le Bouledogue rangea son pistolet et épousseta son pantalon. Il reprit sa place et rouvrit son journal comme si de rien n'était. Son voisin s'assit délicatement tout au bout du banc.

— Qu'est-ce que vous êtes nerveux ! fit la voix de Kowalski, qui éclata de rire. Moi aussi j'aimerais bien savoir s'il s'agit de Marquez. Vous devriez le vérifier.

— Je ne suis pas magicien ! répondit Tschapieski.

— Moi non plus ! Et j'en fais déjà beaucoup. Et tout seul !

Le jeune homme chevelu regarda sa montre, se leva et, au lieu de prendre sa bécane, se dirigea vers les vélos abandonnés, en choisit un, un modèle bien plus récent que le sien, et s'en alla en saluant Tschapieski d'un signe de la main. Ce dernier cligna des yeux et aperçut un talkie-walkie dans la poche du sac à dos du cycliste.

Bientôt, le gardien planté à une fenêtre du siège de la police berlinoise et le Turc tapi au coin de la rue furent témoins d'une scène insolite. Voici que montait sur le trottoir une bicyclette déglinguée, conduite par le directeur Tschapieski en personne. Le Turc se frotta les yeux, le vieux gardien avala de travers un bout de son sandwich. Ils ne parvenaient pas à comprendre par quel miracle Tschapieski se trouvait dehors, alors qu'il n'avait pas quitté l'immeuble. Les laissant à leur stupéfaction, le Bouledogue monta l'escalier avec ce qui lui restait de forces et s'affala sur le fauteuil de son bureau, où l'attendait déjà un message de sa secrétaire : « Cela ne peut plus continuer ainsi. »

L'*Oberhauptkommissar* tapa un grand coup de poing sur la table. Lui aussi était de cet avis.

Le lendemain, après une nuit passée chez lui en solitaire, Waldemar Tschapieski était de nouveau assis à son bureau, débordé par le travail. Il ne savait où donner de la tête. Il était de très mauvaise humeur, tant et si bien qu'il réagit violemment aux récriminations de Barbara Matuschek.

— Taisez-vous ! s'écria-t-il.

Peu après, des pleurs lui parvinrent depuis le bureau voisin. Parfait ! De temps en temps, il fallait secouer les employés. Il ne manquerait plus que cet idiot de chauffeur appelle Barberousse pour l'informer qu'il venait de déposer le directeur devant le bordel ! *Non, je ne me laisserai pas avoir par ses larmes !* se dit Tschapieski. Il n'avait pas le temps de s'occuper de ses crises d'hystérie.

Depuis la veille, il n'arrêtait pas de penser à Kowalski et à Dagmara. Il ne pouvait pas se prévaloir d'avoir une excellente mémoire, il avait interrompu ses études et n'avait pas reçu de distinction de la part du président Weizsäcker, mais il avait le nez creux et savait deviner le caractère des gens ; il avait aussi une autre qualité : il connaissait ses limites. Au travail, il essayait toujours de s'entourer de personnes plus talentueuses que lui. Cette tactique lui avait permis de devenir le chef de la

Criminelle et, bien des années plus tard, de prendre la direction de la police et de déménager dans le bureau 204, celui précisément où il était assis à cet instant, une pipe entre les lèvres. Il fumait rarement, seulement dans les moments décisifs.

Les sanglots de Barberousse le dérangeaient. Afin d'y mettre fin, il entra dans son bureau et lui dit ce qu'il pensait de son espionnage. Elle piqua un fard en lui expliquant que c'était uniquement pour son bien, puis elle se remit à pleurnicher. Si elle voulait savoir où il se trouvait, c'était juste pour avoir fini son travail à temps, pour que le déjeuner, le café soient toujours prêts.

Mon œil ! se dit-il. Depuis le début, elle voulait le contrôler. Il avait même l'intention de lui dire ce qu'il pensait des déjeuners bio qu'elle s'évertuait à lui commander. De ces fichus brocolis sans aucun goût, de la viande sèche comme un copeau… Mais en la voyant sangloter de nouveau, il laissa tomber. Il lui tapota doucement l'épaule et repartit dans son bureau où l'attendait sa pipe. Un instant plus tard, Barberousse frappait à sa porte pour lui demander si elle pouvait sortir plus tôt. À la vue de ses yeux rougis, il eut le cœur serré. Bien sûr qu'elle pouvait.

Elle s'en alla.

Tschapieski poussa un soupir de soulagement, posa les pieds sur son bureau, tapota sa pipe et reprit sa réflexion interrompue.

L'enquête piétinait.

Dans un immeuble où il ne restait plus un seul locataire, un immeuble placé sous haute surveillance, entouré de barrières, et dont l'entrée était interdite à toute personne, un nouveau crime venait d'être commis. Le mode opératoire était le même que pour l'assassinat de Frank Derbach. Un appel anonyme à la police pour informer de l'endroit et de l'identité de la victime, mais cette fois-ci quelqu'un avait tout fait pour ne pas alerter la Criminelle ni la presse. Ordonnée avec un certain retard, plusieurs heures après l'appel, une première enquête n'avait donné aucun résultat. Rien n'avait été trouvé dans la salle de bains. Les vigiles qui surveillaient l'endroit n'avaient rien vu, rien entendu. Personne n'était entré dans l'immeuble. Ni le policier qui avait pris l'appel ni Flatow ne pouvaient donc pousser l'investigation. Les enquêteurs semblaient avoir les mains liées. D'autant plus que le charismatique président de la police berlinoise avait déclaré dans une interview que ce prétendu homicide n'était qu'une affabulation sans queue ni tête, et qu'il n'y avait pas de nouvelle victime.

Tschapieski avait beau penser et repenser à l'affaire, il en revenait toujours au même point : Kowalski avait besoin d'aide. Étant donné sa fonction, Tschapieski avait théoriquement le pouvoir de tout entreprendre, il pouvait même convoquer une commission parlementaire. Mais il préférait l'éviter. Plus une affaire opaque était ébruitée, plus les chances de l'élucider devenaient minces. Et l'enquête se transformerait au bout du compte en une simple farce médiatique. Il en résulterait que Gerhard avait succombé à une crise cardiaque, qu'Ernesto avait quitté le pays et que le pauvre Schlangenberger avait été injustement calomnié. Il avait déjà vu de tels revirements. Par ailleurs, il risquerait fort de perdre son poste – un poste convoité depuis tant d'années.

Tschapieski avait dû remplacer au pied levé son jeune chef incompétent, muté dans un autre département. Il n'était pas encore bien installé dans son nouveau bureau, mais avait déjà pu constater le désordre et l'inexpérience de son prédécesseur dans le traitement des dossiers. Tout cela lui incombait désormais, et il devait se mettre à l'œuvre sans tarder. Un nouveau défi, le surplus de travail et les retours tardifs à la maison ne lui faisaient pas peur, le plus difficile serait de l'expliquer à Margeritha. Il n'avait plus qu'un seul patron, ce flemmard de Romanowsky, le président de la police de Berlin. Cela ne lui facilitait pas la tâche. Il n'aurait guère le temps ni la possibilité de trouver un coéquipier pour Kowalski. Il fallait donc absolument qu'il persuade Dagmara de collaborer avec le commissaire. Il se doutait qu'elle mijotait quelque chose, et que plus il tenterait de la dissuader, de la mettre en garde, plus elle se mobiliserait pour agir.

La sonnerie du téléphone interrompit brusquement sa réflexion. C'était le procureur. Son intérêt excessif pour l'enquête, ses interventions personnelles dans le dossier de Frank Derbach n'étaient pas une attitude habituelle chez lui.

— J'ai discuté avec le docteur Prinz, dit le procureur. Quand puis-je espérer recevoir le rapport ?

Tschapieski écouta avec la plus grande attention la petite voix doucereuse du procureur. Il jeta un regard distrait sur le dossier que lui avait apporté Flatow. Il l'avait complètement oublié. Du point de vue de l'enquête, il n'en résultait rien d'intéressant.

— Quel rapport ? demanda-t-il en feignant la surprise.

— Celui que vous a transmis le commissaire Flatow. Il me faut tous les exemplaires, ajouta le procureur. Je comprends bien qu'il s'agit d'une affaire prioritaire et que vous êtes toujours en train d'y travailler.

Là-dessus, le procureur se tut un moment. L'*Oberhauptkommissar* dressa l'oreille.

— Le commissaire Flatow m'a fait part de votre demande d'avoir un droit de regard sur l'enquête, reprit le procureur.

Les yeux écarquillés, Tschapieski faillit s'étrangler de colère. *Quel crétin, quel imbécile, ce Falow ! Putain de larve ! Sale carpette ! Lèche-cul !* Il compta jusqu'à trois pour se calmer.

— C'est la première enquête du commissaire Falow, et il a encore beaucoup à apprendre. Je lui ai bien précisé hier qu'il devait d'abord s'adresser à vous, et ne pas me déranger pour rien, dit-il en déformant légèrement la réalité.

— Vraiment ? fit le procureur, incrédule.

— Je crois que je vais devoir le convoquer une nouvelle fois et lui faire la leçon. Au pire, on trouvera quelqu'un d'autre pour mener cette enquête !

Tschapieski fulminait et n'essayait même plus de cacher son agacement.

— Non ! Ce ne sera pas nécessaire, protesta vivement le procureur. J'ai dû mal comprendre…

— Ne le défendez pas !

— Non, c'est moi le fautif, insista le procureur. Veuillez m'excuser de vous avoir contrarié dans votre travail.

— Je vous transmettrai le dossier dès que je le retrouverai, répondit sèchement le directeur Tschapieski.

— Bien évidemment ! Ne vous tracassez pas. Au revoir.

Tschapieski reposa l'écouteur. Ce bref échange lui fit comprendre qu'il devrait se maîtriser davantage. Et surtout s'occuper de ce salaud de Falow. *Sale mouchard ! Fumier !* Il haleta de rage pendant un petit moment encore, puis repensa à un autre sujet préoccupant : le procureur. Des universitaires rêveurs métamorphosés en fins limiers dévoués à l'affaire qu'ils instruisaient lui faisaient toujours peur. C'était le cas de la plupart des magistrats. Finalement, dans l'enquête en cours, une certaine ignorance du procureur l'arrangeait plutôt. C'était leur affaire, à Tschapieski et à Kowalski, et bientôt probablement à Dagmara aussi.

Il alluma la photocopieuse et, durant une dizaine de minutes, copia l'ensemble du dossier. Une heure plus tard, Sebastiano, son chauffeur mouchard, déposait les documents aux destinataires. Deux pochettes scellées pour le procureur, une pour le président ; des copies supplémentaires étaient destinées à Kowalski.

Tschapieski prit son téléphone et appela Dagmara. Elle répondit immédiatement.

Elle répondit immédiatement.

— Tu as bien fait de m'appeler, dit-elle.

Tschapieski crut percevoir une pointe de soulagement dans sa voix.

— Tout va bien, mon petit ? demanda-t-il avec un sourire rusé.

— Il faut absolument qu'on se voie ! dit-elle.

Et voilà ! Parfois les problèmes se résolvent tout seuls. Kowalski aurait bientôt une coéquipière pour son enquête.

CHAPITRE 13

« Pourquoi avoir peur ? Il faut travailler ! »

Joseph Staline

« N'oublie pas d'arroser les fleurs ! » lui dit Krystyna.

Dagmara l'embrassa sur le front.

La voiture partit. Waldemar reconduisait maman à la clinique. Elle avait grand besoin de repos. Tante Wiesia n'en revenait pas, penser aux fleurs dans un moment pareil ! Dagmara n'avait pas envie de lui expliquer que Krystyna et Gerhard partageaient la même passion des fleurs et de leur jardin, et que c'était tout ce qui restait à présent à sa mère de leur vie commune. À la fois beaucoup et très peu, c'est-à-dire rien. Vieille fille sans enfant, tante Wiesia était trop âgée pour comprendre ce genre de subtilité.

Le lendemain, Dagmara accompagna sa tante à la gare. Elle la remercia pour sa venue et l'assura qu'elle n'avait pas besoin d'aide. Sa tante repartie à Wrocław et sa mère à la clinique, Dagmara se retrouvait seule dans la grande maison vide. Cela tombait bien, elle avait besoin de calme. Elle s'assit devant le bureau de Gerhard, où s'entassaient de nombreux journaux. Elle en prit un au hasard et fixa longuement une photographie de Schlangenberger. Au-dessus figurait le titre de l'interview : « L'économie n'est pas tout. »

L'article avait été publié quelques jours plus tôt. Son auteur, un ami de Dagmara, avait mis à sa disposition la documentation qu'il avait réunie en préparant son entretien avec « ce roublard ».

— Roublard ? avait-elle relevé.

— Il maîtrise parfaitement sa stratégie.

— Qu'est-ce que tu entends par là ?

— Avant l'interview, il a offert une belle bouteille de champagne au directeur de la rédaction et a envoyé à la secrétaire un énorme bouquet de fleurs, qui a littéralement envahi son bureau.

— Et toi, tu as eu droit à quoi ?

— À une interview très médiocre, avait répondu le journaliste en rigolant.

— C'était quel genre de champagne ?

— Un millésime 1945 !

Dagmara avait perçu dans la voix du journaliste une pointe de jalousie que même son rire ne parvenait pas à dissimuler.

Les bonnes vieilles méthodes communistes ! Il ne manquait plus que le cognac et le chocolat, comme il était de coutume dans l'ancien bloc de l'Est.

Dagmara lut attentivement toutes les interviews de Schlangenberger parues au cours des deux dernières années. Même les articles de magazines où il posait devant sa villa blanche. On le voyait assis dans un fauteuil en osier, entouré de sa femme, de ses enfants, de son chien. Un grand jardin, une grande terrasse, des colonnes de style classique. Dagmara mit un certain temps avant de comprendre ce que cela lui rappelait : la Maison Blanche en miniature.

Oui, il était heureux et se sentait presque comblé, déclarait le politicien. Presque ? insistait la journaliste d'une célèbre revue féminine. Avec un geste évasif de la main, il lui avait répondu qu'il n'allait pas ennuyer ses lectrices avec la politique. Peut-être voulait-elle plutôt voir les chevaux qu'il avait achetés pour sa femme ? Oui, tout cela, il l'avait obtenu grâce à un travail acharné. Une sorte d'*american dream* à Potsdam. Ses enfants faisaient leurs études à l'étranger : sa fille aux États-Unis, son fils en Angleterre. Ils rentraient à la maison pour les vacances. Sa jolie épouse en tailleur Chanel ajouta, dans un sourire ravissant : « Christian est un bourreau de travail. »

En titre, on pouvait lire : « LE COUPLE DE L'ANNÉE. »

Dagmara regardait toutes les photos avec beaucoup d'intérêt. Ce succès à l'américaine l'intriguait. D'autant plus que dans ses discours, qu'elle avait écoutés et réécoutés dernièrement, Schlangenberger faisait souvent référence à la grande époque de l'économie collectiviste. Dans des interviews accordées à des revues politiques, il n'hésitait pas à jouer la provocation en demandant aux journalistes quel mal ils voyaient dans les crèches de la RDA, ouvertes jour et nuit. Et qu'avaient-ils à reprocher aux organisations de la jeunesse ? Valait-il mieux laisser les jeunes livrés à eux-mêmes pour qu'ils tuent, matraquent, incendient ? « Où sont les associations pour la jeunesse, où sont les scouts, les clubs sportifs ? » les apostrophait-il. Est-ce que les parents, fatigués par le travail, devaient être les seuls à s'occuper de tout ? Aidons ces pauvres familles ! Aidons les mères célibataires !

La thématique du discours de Schlangenberger était à la fois ancienne et nouvelle. Dans l'Allemagne réunifiée, personne n'avait parlé ainsi depuis longtemps.

Qui aurait eu le culot d'affirmer, soixante-dix ans après la guerre, que les organisations extrascolaires, surtout celles qui faisaient marcher au pas la jeunesse allemande, étaient une excellente chose ? Cela aurait risqué de rappeler la Jeunesse libre allemande ou, pire encore, la *Hitlerjugend*. Il existe tout de même des limites à ne pas dépasser, des sujets interdits, tabous en politique.

Mais, comme l'avait si bien souligné l'ami de Dagmara, Schlangenberger maîtrisait parfaitement sa stratégie. Il s'exprimait toujours avec une grande éloquence et n'hésitait pas à frôler les limites de l'interdit.

Son écrivain préféré ? Thilo Sarrazin ! « Pour vous, c'est un écrivain ? » lui avait demandé le journaliste. « Et pourquoi pas ? » avait répondu le politicien.

Le nom de Schlangenberger apparaissait aussi dans des publications plus élitistes. « Il faut lui rendre justice, ce n'est pas un menteur ; cet ancien colonel, agent méritant de la Stasi, actuellement l'un des propriétaires de la société Securitas City, apprécie les qualités de la nation qui l'a vu grandir. Qui donc a dit qu'après 1989, la Russie a été le seul pays à privatiser selon de bonnes vieilles méthodes communistes ? » Cette phrase concluait un article intitulé « Le Magicien ». Le journaliste se cachait derrière un pseudonyme : « Le limier ». Dagmara eut beau chercher d'autres articles de lui, elle ne trouva que quelques reportages bouleversants sur les orphelinats en Allemagne de l'Est.

Les derniers articles consacrés à Schlangenberger dévoilaient l'image gênante d'un populiste dont la cote de popularité augmentait à une vitesse effarante. Dagmara étudia aussi la page Internet du politicien et ses interventions les plus récentes. Son épouse avait entièrement raison en soutenant que Christian était un vrai bourreau de travail. Il se rendait sans cesse dans de petites villes pauvres de l'est du pays, où même le NPD, le parti ultranationaliste, ne mettait pas les pieds. Ces endroits abandonnés par Dieu et par les politiciens constituaient sa principale force électorale. Une force dangereuse. Tout portait à croire que la copie de la Maison Blanche ne lui suffisait plus. Il visait la Chancellerie et ne s'en cachait pas.

Dagmara interrompit sa lecture et sortit les photos de Gerhard des sacs que lui avait transmis le Bulgare. Elle comprit instantanément que son beau-père avait d'excellentes raisons d'avoir peur.

*

En pleine nuit, elle fut réveillée par un cri. « *Nein !!!* » C'était son propre cri.

Elle avait pleuré dans son sommeil. Elle avait dû courir aussi. Elle revit soudain une vague image de son rêve : elle fuyait, effrayée. Des secondes passèrent, des minutes, peut-être, elle ne s'en rendait pas bien compte. La nuit, tout est imprécis. Elle était juste consciente de cette course, de ses pleurs et de ses cris. Sa gorge desséchée lui faisait mal, comme si elle avait fumé plusieurs joints la veille. Dommage, elle aurait dû le faire, elle ne se sentirait pas plus mal. Elle s'assit au bord du lit et se cacha le visage dans les mains.

Elle chercha l'interrupteur à tâtons. Alluma la lumière. Elle se trouvait dans la chambre à coucher de sa mère et de Gerhard. Elle avait dormi dans leur lit. Elle regarda l'heure : 5 h 30. Trop tôt pour se lever, trop tard pour se rendormir.

À six heures du matin, elle se leva finalement. Elle

regarda autour d'elle, hésitante. Le silence de cette maison la terrifiait. Elle eut un frisson. Elle alluma plusieurs lampes avant d'arriver jusqu'à la cuisine. Dans le placard sous l'évier, il y avait des bouteilles d'eau. Sa mère était convaincue que seule une eau reposée pouvait nourrir les fleurs. Dagmara remplit un arrosoir et se dirigea vers le couloir. Elle monta rapidement l'escalier grinçant et s'arrêta à mi-étage, à la galerie qui entourait le grand hall. Partout, il y avait des livres, de gros volumes. Sa chambre, son ancienne chambre, se trouvait là, de même que la bibliothèque.

Elle eut une curieuse impression de déjà-vu.

Elle dépassa sa chambre et s'arrêta devant l'entrée de la bibliothèque. Des années auparavant, un menuisier berlinois avait gravé au-dessus de la porte les mots : *MAGNUM BONUM*. Dagmara ne savait plus si elle se trouvait dans un rêve ou dans la réalité. Elle se concentra un instant, puis arrosa le géranium. La terre, bien qu'humide, absorba l'eau instantanément. « Les vieilles fleurs sont comme les vieilles personnes », disait la mère de Gerhard, Klara. D'après elle, les vieux dormaient peu et mangeaient beaucoup. Dagmara lui avait répondu qu'en Pologne aussi les vieux dormaient peu, mais qu'ils ne mangeaient pas beaucoup.

— Peut-être chez vous, à l'Est, mais ici les vieilles sont toujours affamées et ne pensent qu'à s'empiffrer ! avait lancé Klara.

La foule à l'enterrement, maman bourrée de sédatifs, tante Wiesia et Waldemar qui la font monter dans la voiture, tout cela semblait plus douloureux à Dagmara que l'enterrement lui-même, dont d'ailleurs elle se souvenait à peine. Elle revit soudain une image du passé : Gerhard, maman et elle-même, assis ensemble à la longue table en chêne massif. Et aussi, la chevelure grise de Klara dans l'interstice de la porte. À l'époque, tout comme aujourd'hui, elle se disait que les poutres en bois allaient leur tomber sur la tête. Il y avait des livres partout, mais Dagmara ne remarquait que ces poutres.

— L'élégance du style rustique, disait Klara avec fierté et aussi un léger étonnement que le destin l'ait choisie, elle, une veuve réfugiée de la Prusse orientale, pour devenir l'héritière de cette élégante villa dans la pure esthétique *Landhaus*.

C'était un après-midi de janvier, en 1982 :

Trois têtes penchées au-dessus d'une table longue et massive, en bois sombre, comme les poutres au plafond. Elle avait réalisé cet après-midi-là qu'elle ne retournerait sans doute plus jamais chez elle avec sa mère. Chez elle, c'est-à-dire dans la ville de Wrocław. On traversait d'abord un faubourg aux maisons fleuries de géraniums avant d'arriver sur la grand-place. C'est là que Dagmara habitait, la fenêtre de sa chambre avait un parapet en bois, où elle s'asseyait souvent en attendant le retour de son père. Car il allait sûrement revenir un jour. Bożena prétendait le contraire, mais Bożena était stupide. Du reste, elles avaient fini par se disputer.

C'était sa première vie.

La deuxième avait commencé le jour où, dans un allemand approximatif, elle avait demandé à Gerhard si elle pouvait aménager à sa manière la pièce où elle habitait (elle ne savait pas encore comment dire « temporairement »). Elle espérait que Gerhard ferait la grimace et dirait à sa mère : « Mais enfin, Krystyna, elle n'a pas de chambre ici. »

« Évidemment ! » s'était exclamé Gerhard en souriant, alors que Dagmara savait bien qu'il avait passé des mois à préparer une chambre spécialement pour

elle. Reconnaissante, sa mère envoya un large sourire à Gerhard et dévisagea Dagmara d'un œil sévère. Celle-ci haussa les épaules et sortit. Après une brève consultation, ils lui demandèrent de revenir à la bibliothèque, où l'on réglait toutes les affaires importantes avec Renate, parfois avec Klara. De gros catalogues étaient posés sur la table, celle-ci était si grande qu'une bonne partie de ses petits camarades de jeux auraient pu s'asseoir autour. Ses camarades de Wrocław, car ici il n'y avait pas d'enfants. Les seuls locataires de cette maison étaient Gerhard, maman, Klara, la bonne Renate et le chat Ajax. Et elle-même, bien sûr (temporairement).

— Qu'est-ce que c'est ? demanda-t-elle à Gerhard en fixant les catalogues du regard.

Il baissa les yeux. La chaise de maman grinça.

— Des catalogues.

— Quels catalogues ?

— Pour t'aider à choisir des meubles pour ta chambre.

Elle aurait dû s'en douter. Non seulement elle s'était retrouvée ici contre son gré, mais à présent maman et Gerhard accordaient une importance démesurée à son installation dans cette maison, à sa future chambre (temporaire, évidemment). Bientôt ils sonneraient du clairon !

— Regarde bien, tu trouveras peut-être quelque chose qui te plaira, on pourra le commander.

La chaise grinça de nouveau. L'horloge sur la cheminée faisait tic-tac. Tout le monde attendait qu'elle dise quelque chose. Dagmara se leva. Sa mère lui adressa un regard plein d'espoir.

— J'y vais, dit Dagmara.

— Où ça ?

— *Zu mir*[1] *!*

— *Ah !*

Visiblement, maman avait apprécié cette expression en allemand, car son visage s'illumina. Elle se tourna vers Gerhard. Des inséparables ! pensa Dagmara en se dirigeant vers la sortie.

— *Tu as oublié les catalogues !*

C'était la voix de Gerhard. Elle se retourna, un sourire en coin. Avant même qu'elle puisse les prendre, il saisit les catalogues et les porta à l'étage, jusque dans sa chambre. Le serviteur de la reine-maman. Rapide et adroit.

En vérité, la chambre de Dagmara n'était pas mal du tout. Grande, haute de plafond, claire. Du Landhausstil, avec des poutres peintes en blanc. Une petite table sculptée devant la fenêtre, des fauteuils. Un petit bureau blanc, une grande bibliothèque encore vide, car presque tous ses livres étaient restés en Pologne. L'étagère du haut était occupée par une poupée Barbie en robe de mariée. Un cadeau de Noël de Gerhard. Hissée sur son étagère, la poupée la regardait d'un air de reproche.

Dagmara feuilleta les catalogues. Comment pouvait-on commander ainsi des meubles ? Faire son choix sans même aller dans un magasin ?

Quelques jours plus tard, elle montra à sa mère des meubles de la marque OTTO.

— *Gris ? s'étonna maman.*

— *Oui.*

— *Mais pourquoi une couleur si terne ?*

— *Parce que !*

— *Comme tu veux.*

Elles ne dirent plus rien.

1. « Chez moi ! » (*N.d.T.*)

Deux semaines plus tard, les meubles étaient là. Gerhard et Waldemar Tschapieski les avaient assemblés en pestant, car il manquait toujours une vis et les éléments ne s'accordaient pas bien. Sans parler des erreurs de livraison, au lieu d'une porte d'armoire, par exemple, ils avaient reçu une petite porte de placard vitrée.

— Scheisse ! s'écria Waldemar, excédé.

Contrairement à Gerhard, il ne prêtait pas attention à l'humeur de Dagmara.

Le soir, les meubles étaient assemblés, mais l'armoire n'avait toujours pas de porte. Maman apparut sur le seuil, le visage impassible.

— C'est sympa, ça fait jeune, dit Gerhard timidement.

Dagmara sentit trois paires d'yeux pointées sur elle.

— Cela n'a pas l'air de plaire à la petite, fit Waldemar, amusé, en tirant la langue.

Quel idiot !

En Pologne, ses meubles étaient laids et gris, mais ils étaient à ELLE. *Ici, ils étaient tout aussi laids et gris, mais envoyés par un certain OTTO. De plus, dans cette chambre gigantesque, on aurait dit des meubles de poupée.*

— Voilà, tu vas enfin pouvoir t'installer ! dit Dagmara à sa Barbie.

Et elle alla défaire sa valise qui n'avait pas bougé de place depuis plusieurs mois. Elle accrocha son manteau en peau lainée, ses chemisiers et ses deux jupes dans la penderie de l'armoire sans porte. Sur les étagères, elle rangea les pulls et les sous-vêtements. Dans la bibliothèque grise, elle mit trois livres : Sindbad le marin, Anne... La maison aux pignons verts et Les Tournesols. Tante Wiesia avait promis de lui en envoyer d'autres.

La tête de Klara apparut dans l'entrebâillement de la porte.

— Oh, hübsch !

Comme Dagmara ne savait pas encore que hübsch voulait dire « joli », elle attrapa machinalement un catalogue. Il était si lourd qu'il ne vola pas bien loin. À moins d'un mètre. Klara retira précipitamment la tête, puis elle réapparut aussitôt à la porte.

— Hübsch ! Hübsch !

Est-ce ce jour-là qu'avait commencé leur guerre ? Non, ça devait être plus tôt. Dagmara se souvient parfaitement qu'elles se disputaient au moins une fois par semaine. Ni Gerhard ni maman n'étaient au courant de rien. Klara et Dagmara s'efforçaient de préserver les apparences. Le dimanche matin, tout ce petit monde partageait la même table. On se passait le beurre, le sel, le sucre. Le petit déjeuner familial, des visages souriants dans la salle à manger sombre à la décoration Landhaus.

Dès qu'elles se retrouvaient seules, plus question de trêve.

Dagmara et Klara ne savaient pas se parler. La maison était grande, elles pouvaient donc s'éviter facilement. Se terrer dans la chambre numéro huit, disparaître dans l'aile droite ou dans l'aile gauche, dans le jardin, faire semblant de ne pas être là.

Klara se montrait méchante envers maman. S'il l'avait su, Gerhard aurait pris la défense de Krystyna. Et de Dagmara aussi, probablement. C'est terrible, la trahison d'un fils. Aussi Klara profitait-elle des moments où il était absent.

— Tu ne prépares rien à manger ?

— Pour quoi faire ? Gerhard est dehors la plupart du temps.

— Mais pas ta fille !

— Je travaille.

— Et la petite ? Elle doit se nourrir d'air ?

— Tu penses que je ne devrais pas travailler ? demandait maman, soucieuse.

Dagmara déjeunait à la cantine. Il n'y avait vraiment pas de quoi s'inquiéter.

— C'est toi qui devrais me faire à manger si tu te fais tant de souci pour moi, intervenait Dagmara, qui savait que Klara cherchait un prétexte pour la dispute.

— Mais comment tu parles à une personne âgée ? s'écriait maman, outrée.

Klara l'était bien plus encore.

— Quelle personne âgée ? Je ne te permets pas !

— Pardonne-moi, maman, disait alors Dagmara, tout sourire.

— Demande plutôt pardon à mémé.

— Quelle mémé ? Les mémés, ça fait la manche devant l'église ! Moi, je suis une Grossmutter, mais pas pour vous ! Pour vous, je suis « madame » ! Vous comprenez ? Madame !

— Je suis désolée, disait alors maman en baissant les yeux.

Krystyna n'était plus la même qu'avant. Dagmara avait parfois du mal à reconnaître sa mère.

— Désolée ? Mais tu n'as pas à être désolée ! lançait Dagmara.

— Dagmara, voyons !

— En voilà des manières ! Quelles rustres !

Klara jouait son rôle avec passion. Elle montait à l'étage, la tête haute. Méprisant tout ce qui était différent, étranger, tout ce qui venait de Pologne.

— Pauvre idiote ! sifflait Dagmara.

— Dagmara, ça suffit ! la réprimandait Krystyna, excédée.

— Ne vous en faites pas pour elle, dit un jour Waldemar qui assistait à l'une de ces scènes.

Il fit ensuite un baisemain à Krystyna, coutume très rare en Allemagne. Au point que Dagmara le soupçonna d'être secrètement amoureux de sa mère.

— Klara a eu une vie difficile, dit-il pour apaiser la situation.

— Je n'en ai rien à faire. Elle est méchante. Je ne la supporte plus !

— Elle a beaucoup souffert durant la guerre, ajouta-t-il.

— Elle l'a bien mérité !

— Dagmara, je t'en prie !

Maman semblait épuisée.

— Et nous ? On n'a peut-être pas souffert à cause des Allemands ?

— Pas toi, en tout cas, fit remarquer maman.

— Et moi aussi, je fais partie de ces mauvais Allemands ? demanda Waldemar d'un air sérieux.

— Non, pas toi.

— Et Gerhard ?

— Lui non plus.

— Ah ! Alors, je vais te prendre sur mes épaules !

— Maman, au secours !

Ils éclataient de rire, tous les trois, sans se préoccuper de Klara. Comme si la vie avait été facile pour elles. Comme s'il n'y avait pas eu ces longs mois de préparatifs : les leçons d'allemand, les tentatives de communiquer par signes avec Gerhard, les nuits entières passées à pleurer, et les petites maisons avec des géraniums aux fenêtres, qui revenaient sans cesse dans les rêves de Dagmara. Comme s'il n'y avait pas eu papa.

La villa de Klara semblait tout droit sortie d'un conte de fées. L'architecte avait conçu un toit original, massif et plus large que les murs du bâtiment, avec ses quatre coins légèrement surélevés. Sous un imposant avant-toit se trouvaient des ouvertures étroites, le premier étage possédait de grands balcons. Au-dessus des baies vitrées de la bibliothèque, dans la partie de la façade ornée de bois, on pouvait voir de petites sculptures. Des personnages en bois, abrités sous de minuscules toits pointus. « Ce sont des elfes », disait Gerhard. « Non, ce sont des fantômes », disait Dagmara. Ils avaient des visages horriblement déformés et, la nuit, quittaient leur niche sous l'avant-toit de la villa.

— Ils pénètrent dans nos âmes et se délectent de leur nectar !

— Quelles sottises ! s'écriait Renate, ahurie, en cessant d'éplucher ses patates.

Gerhard avait beaucoup d'imagination et racontait des histoires incroyables. Il aimait, entre autres, raconter celle de la maison. La villa qu'ils habitaient était, paraît-il, inspirée d'une vieille maison de la ville de Sopot, en Pologne, qui avait été jadis habitée par l'oncle et la tante de Gerhard. Après la Première Guerre mondiale, le couple était parti s'installer dans le quartier de Berlin-Grunewald, où il avait fait construire une villa, une copie de celle de Sopot.

Dagmara ne croyait pas Gerhard. On ne peut pas construire deux fois la même maison. Chaque construction est différente. Celle ci surtout ! Elle était si... si... Dagmara ne savait pas comment la définir, si...

compliquée. Oui, cette maison était trop compliquée. Des tourelles, des boiseries, de petits balcons tarabiscotés, comme celui de sa chambre. Son balcon faisait à peine quelques dizaines de centimètres de large. La rambarde en bois était décorée de boules massives en fer forgé. Parfois, Dagmara y attachait un élastique, dont elle passait l'autre bout autour du pied d'un lourd fauteuil, et elle s'amusait à sauter, sauter, sauter, jusqu'à ce que Klara, furieuse, fasse irruption dans sa chambre.

— Arrête tout de suite ! Tout de suite ! s'écriait-elle comme une folle en se bouchant les oreilles et en levant les yeux au ciel.

Puis elle se calmait. On aurait dit qu'elle rapetissait. Une petite vieille fragile. Il aurait suffi de la pousser légèrement pour qu'elle tombe et dévale l'escalier jusqu'en bas où elle se serait éparpillée en mille morceaux.

Klara était vieille, agaçante et souvent imprévisible, mais elle avait quelque chose de majestueux et d'impressionnant qui forçait le respect. Elle marchait lentement, donnait même parfois l'impression de boiter, mais elle se déplaçait avec grâce, telle une comtesse. Menue, elle avait les yeux très clairs, qui avaient jadis été bleus. Elle coiffait ses cheveux clairsemés en un chignon qu'elle fixait à l'aide d'une barrette en argent. Elle s'habillait modestement et, la plupart du temps, portait des robes en dentelle noire. Elle n'en possédait pas beaucoup, d'ailleurs, mais toutes étaient de très bonne qualité, d'après Krystyna. Klara les agrémentait de petits cols brodés, blancs, roses, bleu clair.

Dagmara se souvient parfaitement de ses mains, usées par le travail, mais toujours belles. Klara en prenait grand soin. Chaque semaine, Renate appelait la manucure pour un rendez-vous à domicile. Ces séances étaient un moment de détente pour Klara et un véritable calvaire pour la manucure terrorisée : « C'est pas bon ! Ça peut aller ! Non, c'est moche ! Trop court ! Aïe ! » Pendant ce temps, Renate plongeait ses pieds dans une bassine d'eau chaude, mais jamais très longtemps, car au bout d'un quart d'heure un cri lui parvenait depuis l'étage : « Renaaaate ! » Elle montait donc voir sa patronne en chassant Ajax, qu'elle détestait et qui se mettait en travers de son chemin. Le chat ne l'aimait pas non plus. Dans cette maison, chacun remplissait une fonction précise, et ne supportait pas au moins l'un de ses habitants. Gerhard n'aimait pas Renate, Renate n'aimait pas Ajax, Ajax n'aimait pas Krystyna, Klara n'aimait pas Dagmara, et réciproquement. Seule Krystyna aimait tout le monde et avait surtout besoin de paix.

Maman adorait son jardin et, d'une certaine façon, considérait sa nouvelle vie en Allemagne comme un miracle. Dagmara s'apercevait parfois à quel point elle était jalouse du bonheur de sa mère, de sa capacité à se réjouir de ce qu'elle avait. Elle avait un travail qui était sa passion, elle se sentait aimée, elle s'occupait de sa fille qui allait hériter de tous ses biens. Elle avait de quoi être pleinement satisfaite : n'avait-elle pas pris les bonnes décisions ?

Au premier étage, l'aile gauche de la villa était inoccupée. Pendant quelque temps, les chambres avaient été louées à des étudiants. Une fois les étudiants partis, Gerhard avait fait repeindre les murs et envisageait une nouvelle location, mais Klara s'y était fermement opposée. Peu à peu, les meubles avaient été recouverts de protections en plastique, le ménage ne se faisait plus qu'une fois par an, au printemps. Désormais personne n'y habitait. Dagmara pressentait que les fantômes n'allaient pas tarder à s'y installer. Elle ne s'était pas trompée. Bientôt, on pouvait entendre leurs chants. Les fantômes avaient retiré les housses des meubles et s'affairaient en haut. Impossible de savoir ce qu'ils faisaient au juste, mais ils se sentaient chez eux. Depuis, ils ne s'aventuraient plus au rez-de-chaussée.

Un jour, Dagmara surprit une conversation de sa mère.

— Tout l'héritage reviendra à Dagmara, disait-elle par téléphone à tante Wiesia.

Dans sa voix, on percevait une pointe de fierté, exactement comme chez Klara lorsqu'elle prononçait le mot « Landhausstil ».

— Oui, c'est ça, Dagmara sera la seule héritière, répéta-t-elle d'une voix forte et catégorique. Mais d'abord, lorsqu'elle grandira, elle s'installera dans l'aile gauche de la maison.

Du calme ! Respire profondément ! Très profondément ! Dagmara se pince le mollet. Aïe ! Tout va bien. Nous sommes en 2011, elle est adulte, elle vit et travaille à Berlin, elle a trente-huit ans… Elle le répète à voix haute : je suis adulte, je vis et je travaille à Berlin, j'ai trente-huit ans… !

L'arrosoir à la main, elle se tient devant un géranium royal, elle est journaliste, elle a son propre appartement et ne vit pas dans l'aile gauche de cette villa. Elle n'est là que parce que Renate est morte, parce que Gerhard est mort, et parce que… Elle s'assied lourdement sur l'escalier.

Elle peut enfin pleurer.

Soudain, le téléphone sonne.

— Tout va bien, mon petit ? demande Waldemar Tschapieski.

— Il faut absolument qu'on se voie ! lance-t-elle à la hâte, tout en reniflant.

CHAPITRE 14

« Plus de papier, plus d'homme »

Mikhaïl Boulgakov
Le Maître et Marguerite

Olaf Klimke aurait bien aimé pouvoir refermer sans bruit le coffre de sa vieille Fiesta, mais la voiture n'était plus toute jeune, le coffre grinçait. Les mains tremblantes, il plaçait un à un les cartons à l'intérieur, mais le dernier glissa et atterrit sur le sol. Olaf pesta doucement et regarda sa montre, il était 1 h 44, il ne lui restait plus que six minutes pour quitter discrètement le parking. Il allait devoir se mettre à quatre pattes pour ramasser les feuilles, les passeports et les enveloppes éparpillés sur le sol. *Vite, la torche, où était la torche ? Ah, la voilà !*

Après avoir tout récupéré, il se redressa, referma vivement le coffre, monta dans la voiture et s'empressa de démarrer. En partant, il remarqua une ombre dans le rétroviseur, près de la porte du couloir. Plusieurs personnes en cagoule pénétrèrent à l'intérieur en courant. Olaf sentit une chaleur l'envahir. Ils avaient dû attendre que le dernier véhicule sorte du parking, et le dernier était sa Fiesta.

Instinctivement, il appuya sur la pédale d'accélérateur et parvint à quitter le garage juste à temps, plus aucune foutue caméra ne pouvait l'enregistrer. Depuis quelques semaines, il s'était parfaitement familiarisé avec le mécanisme technique du sous-sol, et aujourd'hui il mettait cette connaissance à profit pour s'emparer des derniers cartons dans le bureau d'Ernesto. Chez lui, il évaluerait leur contenu, puis préparerait un compte-rendu pour Christian Schlangenberger, ou plus exactement une petite facture, pour sa loyauté.

Alors que tout se déroulait selon son plan, voilà que brusquement se pointaient des visiteurs indésirables : armés, casqués, en cagoules et combinaisons noires. Une unité spéciale, Olaf n'avait aucun doute là-dessus.

Il se sentit mal.

Il se retrouva dans la rue. Il se passa la main sur le front et s'apprêtait à prendre son portable lorsqu'il vit une voiture blindée, garée à l'arrière d'un restaurant de luxe, près de l'issue de secours. Quelques hommes armés, en combinaisons noires et le visage masqué, se cachaient derrière.

Olaf Klimke déglutit, mais tourna sans se presser dans la ruelle opposée. Pas trop vite, pas trop lentement, selon le principe « je ne vois rien, je n'entends rien, je ne suis pas là ». Il connaissait à la perfection l'agencement compliqué des petites rues situées autour de la place de Potsdam. Étroites, sinueuses, presque impraticables aux heures de pointe, marquées par les séances de cinéma, de théâtre, les expositions dans les galeries… Heureusement pour lui, à cette heure très tardive, elles étaient quasiment désertes. Il passa devant un cinéma, des clubs, un théâtre, des restaurants encore illuminés et, quelques secondes plus tard, déboucha sur la très large Potsdamer Straße. Il ne fut soulagé qu'après avoir dépassé l'entrée du Legoland, avec son immense girafe jaune en Lego. Il tourna dans la rue Ben-Gourion et accéléra. Une minute plus tard, il se trouvait sur la Hofjägerallee, l'une des quatre grandes artères qui traversaient les deux cents hectares du parc Tiergarten. Il se gara près d'un banc, sous un lampadaire imitant le style des années vingt. Il jeta un coup d'œil alentour et composa rapidement le numéro du Chauve.

— Où es-tu ?

— Pourquoi ?

Olaf entendait de la musique techno en fond sonore, et avait du mal à comprendre son interlocuteur.

— Quoi ?

— Quoi, quoi ?

— C'est la merde ! hurla-t-il, car ses nerfs commençaient à le lâcher. Bouge ton cul ! Ernesto a des invités surprise !

— Putain ! entendit-il seulement.

— Au bureau !

— Putain ! lâcha encore le Chauve avant de raccrocher.

Olaf Klimke baissa la vitre. Dans le parc aux tilleuls régnait un silence total. Au loin, face à lui, il pouvait voir la fière et triomphante Elsa d'or. Cette vue magnifique sur la Colonne de la Victoire, la *Siegessäule*, ne perturbait pas ses pensées cependant. En temps normal, il s'interrogeait sur la qualité de l'or qui recouvrait cette lourde statue de bronze en haut de la colonne, mais pour le moment, il n'entendait que les battements de son cœur et songeait à tout autre chose : les visiteurs inattendus l'avaient-ils vu avec le carton ? Depuis combien de temps étaient-ils là ? Comment avait-il pu ne pas les remarquer ? Que cherchaient-ils ? Par qui étaient-ils envoyés ?

Dans sa salle de contrôle, une dizaine d'écrans scrutaient en permanence les points névralgiques de la place de Potsdam, Olaf savait précisément ce qui se passait et à quel endroit. Écouter les plaintes des utilisateurs du parking lui prenait un peu de temps, mais son occupation principale consistait à surveiller le bureau d'Ernesto et les couloirs. Il se dit que les hommes cagoulés avaient dû surgir à la dernière minute, puisqu'il ne les avait pas vus. Sans doute au moment où lui-même quittait sa loge et transmettait les clefs au collègue qui le remplaçait quelques heures par nuit. Ils avaient dû arriver alors qu'il rejoignait sa voiture. Cela le calma un peu.

Cette nuit-là, il n'avait pas vu d'autres voitures dans la zone réservée au bureau d'Ernesto Marquez. Son collègue se déplaçait en métro. Il récupérait les clefs dès qu'il arrivait et allait faire son tour d'inspection habituel, parcourant tous les étages du parking. Cela lui prenait au moins une heure et demie. Olaf n'en saurait pas plus. Qui étaient ces individus ? Que voulaient-ils ?

Des gouttes de sueur salée lui brûlaient les lèvres. Il réagissait toujours de la même façon lorsqu'il avait peur et perdait la maîtrise de soi. Si ce genre de commando venait maintenant rendre visite à Securitas, cela ne présageait rien de bon.

« Les caméras, c'est bien joli, mais rien ne vaut un œil averti », voilà le principe que lui avait inculqué Ernesto dès les premiers jours de son apprentissage. Un principe essentiel, et toujours d'actualité.

En parlant d'Ernesto, ce dernier ne donnait plus signe de vie depuis plusieurs jours. Il avait disparu. Aurait-il flairé le danger ? Olaf ne savait qu'en penser. En revanche, il s'y connaissait en unités spéciales. Celle-ci savait exactement quand se pointer, elle était parfaitement informée des heures de travail d'Olaf et de son remplaçant. Trop bien informée. Si Olaf n'avait pas quitté sa loge six minutes plus tôt que d'habitude, il n'aurait même pas remarqué leur présence, il n'aurait rien vu dans son rétroviseur. Une sécheresse désagréable lui chatouillait la gorge. Apparemment, il n'était pas le seul à avoir perçu la confusion que l'absence prolongée d'Ernesto avait semée à la CS. *Ça sent pas bon du tout, cette histoire, pas bon du tout.* Olaf essuya ses lèvres salées du revers de la manche.

Et maintenant ? Après réflexion, Olaf décida de quitter le parc au plus vite. Il ne s'y sentait pas en sécurité. Il démarra. Il erra un peu en ville avant de venir garer sa voiture devant un immeuble discret près de la gare de Lichtenberg. À cette heure de la nuit, la moitié des habitants dormait, l'autre moitié travaillait. C'était ainsi dans ce quartier.

Une légère brise agitait les feuilles du grand chêne qui poussait juste sous la fenêtre de son appartement. « Adolf ! Au pied ! » s'écria quelqu'un d'une voix étouffée. Le voisin du deuxième étage, autrefois un soldat de la garde frontalière, comme Olaf, le salua amicalement et appela son chien une nouvelle fois : « Adolf ! » Au bout d'un instant, il disparut au coin de la rue avec son berger allemand, dressé à la perfection.

Un ivrogne sortit en titubant de la halle ferroviaire et dégringola l'escalier. Il se racla la gorge avant d'envoyer un gros crachat par terre, puis il disparut en zigzaguant dans les profondeurs de la nuit. Olaf secoua la tête. *On rencontre cette vermine avinée à tous les coins de rue*, se dit-il. *Autrefois, on croisait des patrouilles policières partout, elles faisaient régner l'ordre, la tranquillité, que ce soit dans la gare ou les autres lieux publics, on respectait ces endroits.* Il regarda le mur barbouillé.

Des graffitis ? Aurait-on jamais vu chose pareille dans le temps ?

Le silence de la nuit fut troué par le crissement d'un train entrant en gare. Olaf Klimke ressentit les vibrations familières, il poussa un soupir et jeta un regard lugubre sur l'immeuble voisin. Habillé d'échafaudages, il était en travaux depuis un certain temps. Le lampadaire, datant encore de l'époque de Honecker, grésillait doucement, sans donner de lumière.

Olaf en eut soudain gros sur le cœur, comme si son monde disparaissait inexorablement. Il se bagarra quelques minutes avec le coffre. Enfin le gémissement spasmodique de la porte se répercuta en écho dans les cages d'escalier. Olaf Klimke mit le contenu du carton dans un grand sac en plastique bleu marqué du nom d'un empire suédois du mobilier et, en gémissant sous le poids, se dirigea vers l'entrée de l'immeuble. Il poussa la porte à deux battants, qui n'avait pas été rénovée depuis des dizaines d'années, et pénétra dans un long passage à la voûte richement décorée. Il remarqua qu'un élément des moulures aux motifs floraux était à nouveau tombé du plafond. Il le ramassa et le posa sur le rebord de fenêtre, à côté d'une rangée d'autres fleurs et grappes de raisin en plâtre. En respirant lourdement, il entra dans la cour et se dirigea vers des garages, aussi vétustes que le lampadaire grésillant.

Le vieux lilas sous le balcon de la voisine, les poutrelles vermoulues, les fenêtres en état de décomposition et les balcons aux balustrades forgées, bien conservés encore – tout cela lui convenait bien. Depuis des années, rien n'avait changé ici ; les mêmes familles, avec leurs problèmes, leurs arrangements, leurs secrets, avaient par miracle continué de vivre ici sans mésalliance ces dernières décennies. Tout le monde se connaissait. Quelques bons amis de la première heure étaient morts, ainsi va le destin. Deux logements étaient vides déjà, personne n'envisageait d'y emménager. Mais, à en juger par les échafaudages de l'immeuble voisin, l'équilibre ancien serait bientôt rompu. Le propriétaire avait annoncé des travaux, ce qui signifiait la fin.

Oui, la fin… Mais pas pour tous.

Olaf regarda autour de lui en s'aidant d'une vieille lampe militaire. Elle lui rendait fidèlement service depuis l'époque du Mur et bourdonnait comme une mouche hystérique, mais au moins elle éclairait bien. Lui ne déménagerait nulle part, il ne se laisserait pas mettre dehors, il tiendrait bon. Il avait économisé un peu d'argent, peut-être cela suffirait-il pour payer le loyer, qui augmenterait très certainement après les travaux. On ne déracine pas les vieux arbres. Olaf Klimke était né ici, au deuxième étage, sa mère avait bien souffert en accouchant, et c'est ici et nulle part ailleurs qu'il avait l'intention de mourir.

Il ouvrit le garage, alluma la lumière. Il vida tout le contenu du sac et examina longuement les passeports : des passeports bulgares, allemands, polonais et tchèques. Quelques autres cartons remplis de dossiers l'attendaient déjà depuis vingt-quatre heures. La nuit dernière, il avait étudié en détail tout ce fatras de documents, de bandes magnétiques et de photos, en tentant d'y voir clair. Peine perdue ! Les passeports lui apporteraient un autre éclairage.

Il avait sorti les trésors de la planque d'Ernesto au fur et à mesure, pendant que les caméras étaient hors service. Il en connaissait mieux que personne le fonctionnement. Toutes les gaines des circuits et les compteurs électriques de Securitas City se trouvaient installés dans sa loge. Quand on n'a presque rien à faire de ses journées, on observe et on voit des choses. Olaf était particulièrement intrigué par des câbles qui ne semblaient mener nulle part, ainsi que par des fusibles étiquetés en vert. Il avait trouvé une autre gaine avec les mêmes marquages juste à l'entrée du bureau d'Ernesto, et son instinct lui soufflait qu'ils avaient une signification particulière. Il avait passé plusieurs semaines à étudier les plans des parkings souterrains. Rien ne correspondait à ce qu'il avait sous les yeux. Il comprit très vite que la disposition technique du sous-sol était pour le moins fantaisiste. Le système devait pourtant suivre une logique pour fonctionner, obéir à une règle ? Laquelle ?

Olaf découvrit que les boutons verts correspondaient au bureau d'Ernesto. Comparés à la superficie du local, ils étaient bien trop nombreux. Olaf Klimke s'y connaissait en câbles, il avait travaillé pendant des années sur le secteur frontalier. Il ne se contentait pas de recoudre des fronts tailladés, il avait aussi veillé à l'ordre dans la zone de démarcation, il en avait vu, des câbles, des fusibles et des électriciens. Le risque-tout qui voulait forcer le mur de Berlin devait auparavant surmonter les obstacles qui se trouvaient devant et autour du mur : des barbelés, une clôture sous tension électrique et un enchevêtrement de fils qui, au moindre mouvement, activaient une alarme. Quand le système, parfois, se déréglait, il fallait le réparer sur-le-champ. Olaf était chargé de ces réparations. Bien entendu, les vrais experts arrivaient ensuite très rapidement et remettaient l'électricité en état de marche. Il n'était pas question d'installations provisoires dans cet endroit de l'Europe. Si une panne survenait, elle durait quelques minutes tout au plus. Indépendamment des circonstances, on pouvait toujours compter sur la solidité et la fiabilité du travail allemand, où que ce soit.

Ernesto devait avoir une autre pièce à sa disposition, Olaf en était certain. Souvent, il le voyait entrer dans son local, et ensuite, plus aucune trace de lui. Il n'était ni dans les toilettes ni dans la pièce principale, alors qu'il n'avait pas quitté son bureau. Où donc se cachait-il ? Où ? Cette question empêchait Olaf de dormir. Aussi avait-il décidé de fouiller le bureau d'Ernesto en son absence. Et c'est ainsi qu'un beau jour, derrière l'étagère Ikea, il était tombé sur une planque où il avait trouvé les quatre grandes caisses. Une étrange dalle dans le mur l'intriguait, mais le temps lui manquait pour de plus longues investigations. Il avait vidé les caisses et en avait placé le contenu dans des cartons et des sacs qui se trouvaient actuellement devant lui, sur la longue table de son vieux garage.

Il devait y avoir un lien entre les dossiers et les passeports. Mais lequel ? Sur la dernière page de chaque dossier figurait un tampon officiel de la HVA : « Strictement confidentiel ». Chaque inculpé y était décrit comme « ennemi dangereux des États frères du Pacte de Varsovie ». Pas de nom, pas de prénom, juste un numéro. Une note était ajoutée pour chacun : « Premier niveau de menace », puis des tampons et une signature en bulgare ; en dessous, un nom en lettres d'imprimerie : Voloykov. Sur les six cent trois dossiers figurait un tampon bulgare avec la date et une annotation, en allemand cette fois : « Ordre exécuté », suivie de la date, de l'heure et de l'endroit.

Une chose étonnait Olaf : des tampons bulgares, des signatures bulgares, des dossiers en allemand ? *C'était quoi ce merdier ?* se demandait-il. Pour finir, il trouva encore un carnet intitulé « MAG », ainsi qu'une cassette vidéo soigneusement enveloppée d'une feuille de plastique transparent. Sur une étiquette blanche, il lut : 32-554-85 MAG. Qu'est-ce que c'était encore ? Olaf possédait un lecteur en bon état, sur lequel il revoyait les vieux James Bond avec ses copains (ils aimaient beaucoup Sean Connery, un peu moins Roger Moore), il n'aurait donc aucun problème à regarder la cassette le jour même.

Apparemment, à chaque dossier correspondait un passeport. Mais quel passeport attribuer à quel dossier ? Pour n'importe qui d'autre, cette énigme pourrait sembler impossible à résoudre. Pour Olaf, un soldat, un garde-frontière, collaborateur de la Stasi, diplômé des cours spéciaux, elle ne présentait aucune difficulté. Le code se révéla assez simple, le numéro noté sur le dossier correspondait aux derniers chiffres du passeport, suivi des trois lettres : MAG.

Les passeports comportaient tous un cachet avec la date d'entrée en Bulgarie, mais Olaf ne voyait aucune trace de la date de sortie. Il réfléchit un bon moment. Après plusieurs heures fastidieuses, entrecoupées d'une courte pause pour déjeuner, il réussit à associer un passeport à la moitié des dossiers. Il plancha près de huit heures sur ce travail difficile. Il avait mal aux yeux. Il s'étira, bâilla et rentra chez lui. Il dormit dix heures d'affilée. Heureusement, il ne travaillait pas le lendemain. En se réveillant, il avala un petit pain rassis, accompagné d'un verre de lait, et retourna à son garage.

Il passa de longues heures à terminer le travail entrepris. Enfin, il se retrouva avec un dernier passeport, sans dossier correspondant. C'était un passeport polonais, établi au nom d'un certain Boszewski. Il jeta un coup d'œil à la cassette vidéo et au numéro qui précédait les lettres « MAG ». Il se gratta le menton et sourit : le numéro coïncidait avec les derniers chiffres du passeport. Avant de quitter les lieux, il nota encore au hasard les noms, prénoms et dates de naissance de quelques Allemands et de quelques Polonais.

Le soleil était déjà bien haut. Le lilas en fleur embaumait. « Adolf ! » appelait de nouveau son voisin. « Adolf ! »

Sur un banc, près d'une vieille cabane, était assise une mémé de quatre-vingt-dix ans, un foulard sur la tête. Une habituée. La veuve d'un ancien officier dans une unité de faction près du mur. Autrefois, elle enseignait l'histoire, elle était désormais aveugle et presque sourde. Arrivé chez lui, Olaf Klimke vérifia qui était donc ce Voloykov. Il y en avait un paquet, de Voloykov, sur Internet, mais lui cherchait un capitaine des gardes-frontières en Bulgarie, ce qui limitait considérablement sa recherche. Olaf persévéra. Il suffisait de savoir où chercher et en quelle langue. Seuls l'intéressaient les Voloykov dont les informations figuraient à la fois en cyrillique et en allemand. Il trouva rapidement l'homme qu'il voulait, mais découvrit aussitôt qu'il était décédé. Il s'était tiré une balle dans la tête dans les années 1990. Dans le numéro d'archives du *Leipziger Tageszeitung*, on mentionnait brièvement un procès qu'un certain Seidel, de Leipzig, lui aurait intenté. M et Mme Seidel plus précisément. Leipzig… très curieux… « Leurs fils ont disparu à la frontière bulgare en 1985 », notait également le journal. De plus en plus curieux !

Entre-temps, les dernières nouvelles rapportaient qu'à Leipzig justement, le musée consacré aux fugitifs allemands en Bulgarie, appartenant à M. Burkhard Seidel, venait d'être entièrement détruit par un incendie… Drôle de coïncidence… Olaf entra dans le moteur de recherche les noms choisis au hasard dans les passeports, mais deux seulement apparurent à l'écran. Un Allemand qui s'était noyé à Bourgas et un deuxième, mort dans un accident de voiture. D'après les informations de Wikipedia, ce dernier avait été décoré à titre posthume de la Croix fédérale du mérite pour ses activités d'opposant. Il avait même une rue à son nom à Rostock.

Olaf Klimke resta encore quelques instants devant son ordinateur, les yeux rivés sur l'écran. Puis il se rendit à la cuisine, se prépara un café à la turque très fort et, en se brûlant les lèvres, observa la vue derrière la fenêtre. Il ne s'y passait rien. Une belle journée ensoleillée, le sol vibrait, annonçant l'arrivée d'un train. Un jour comme un autre.

Il revint dans le salon, alluma son magnétoscope, y introduisit la cassette. L'appareil fonctionnait, même si l'image sautait un peu au début. Un homme parlait très vite, en polonais, il agitait la main en montrant quelque chose. Malgré la piètre qualité de l'image, Olaf reconnut le chantier naval de Gdańsk, une énorme inscription en lettres rouges : « SOLIDARNOŚĆ ».

Le film, assez long, montrait une foule agitée et un homme qui déambulait sur le chantier et discutait avec les gens. Olaf ne comprenait pas ce qu'ils disaient, mais il savait que les images représentaient ce qui était noté sur l'étiquette de la cassette : « LA GRÈVE ».

Il remballa soigneusement celle-ci dans sa pochette plastique. La grève, bien sûr ! Son plus jeune frère effectuait à l'époque son service militaire et il en avait très souvent parlé. En 1981, ils n'attendaient tous qu'un seul signal pour prendre la direction de la Pologne. Comme son père en 1968, avant l'invasion de la Tchécoslovaquie.

Le devoir d'abord, pensa Olaf Klimke en ouvrant une canette de chez Aldi. Tout en sirotant sa bière, il parcourut le carnet intitulé « MAG ». Pour terminer, il jeta encore un coup d'œil à son ordinateur, se gratta la tête et se dit qu'il détenait une véritable bombe dans son garage. Soit il y gagnerait un paquet d'argent, soit elle lui exploserait au visage, l'emportant lui et l'immeuble tout entier, y compris la petite vieille de quatre-vingt-dix ans, ancienne professeur d'histoire.

Il éteignit son portable (acheté en soldes chez Aldi, après plusieurs heures de queue devant le magasin, dans le froid, comme au bon vieux temps) et repartit vers son garage. Abandonnant cette fois son pas alerte, il marcha lentement, en réfléchissant. Il mettrait tout dans des boîtes qu'il enfouirait au fond de sa vieille armoire. En rangeant les dossiers, il remarqua que le carton rigide, dans l'une des chemises, s'était décollé légèrement, dévoilant une espèce de petite cachette. Il secoua la chemise, des photos tombèrent sur le sol. Plusieurs photos. De cadavres humains, allongés sur des tables, dans une morgue, ou dans l'herbe. Parfois, près de la tête du mort, on voyait un bout de chaussure militaire ou de crosse de carabine. Olaf Klimke étudia les clichés dans les moindres détails. Il arrêta un long moment son regard sur l'une des photos ; ce qu'il y vit ne s'effacerait pas de sitôt de sa mémoire. Il se souvenait très bien de Schlangenberger, du temps où il était colonel dans l'armée. Et l'homme qu'il voyait, c'était bien lui : le colonel Schlangenberger, souriant, entouré de ses soldats… Olaf en eut le souffle coupé.

Pourquoi Ernesto gardait-il donc ces dossiers dans son bureau ? Qu'est-ce que cela voulait dire ?

Une chose était certaine, Olaf Klimke ne parlerait pas de ces caisses à son bienfaiteur. D'ailleurs, Christian Schlangenberger (pour qui tous les habitants de l'immeuble avaient voté aux dernières élections, même l'ancienne prof d'histoire devenue sourde) n'attendait probablement pas ce genre d'informations de la part d'Olaf, et ne voulait pas non plus partager avec lui ses souvenirs.

Christian ! Eh bien, ça alors ! Olaf réfléchit durant quelques secondes à tout ce qu'il devait à Schlangenberger, mais il en vint à la conclusion qu'il ne lui devait pas tant que ça, au fond. Il ne fallait rien exagérer. La loyauté, c'est bien beau, mais rien ne vaut la vie. La vie continue, même si elle passe de plus en plus lentement, comme ce train derrière la fenêtre, vieux, rouillé, d'une autre époque. Ici, à la gare de Lichtenberg, il y en avait énormément, des vieux trains, qu'Olaf contemplait depuis le vasistas de son garage.

Il prit une nouvelle canette de bière, mais constata qu'elle était vide.

Que faire maintenant ? Une idée, il avait besoin d'une idée astucieuse ! Depuis quelque temps déjà germait dans sa tête une pensée qui commençait peu à peu à prendre forme. Il fallait maintenant trouver le moyen de tirer le meilleur profit de sa découverte. Qui pourrait payer la plus belle somme d'argent pour des informations concernant des opposants assassinés à la frontière bulgare ?

À qui parler du trésor enfermé dans son garage ? À qui vendre ce dossier explosif ?

*

Le Blond retira sa cagoule et parcourut du regard la pièce vidée de ses meubles. En dehors du bureau, simple et ordinaire, installé en plein milieu, il n'y avait plus rien ici qui valait le coup d'œil. Il épousseta sa combinaison noire et consulta sa montre. Bientôt 3 h 50.

Il attendit que ses hommes emportent le bureau, puis se dirigea vers la sortie. Cinq minutes plus tard, un véhicule blindé passait sans hâte devant une girafe composée de milliers de Lego et tournait dans la rue Ben-Gourion. Une cagoule sur la tête, le chauffeur appuya sur la pédale de l'accélérateur et, quelques secondes plus tard, la voiture disparaissait dans la grisaille des artères qui traversaient le parc Tiergarten. Au même moment, le remplaçant d'Olaf Klimke revenait de sa ronde, il jeta un coup d'œil au mur couvert d'écrans et s'assit dans un fauteuil. Il bâilla et se mit à somnoler.

Quelques minutes plus tard, un homme chauve, athlétique, s'extirpa d'un taxi monospace. Il ouvrit la porte de secours à l'arrière du restaurant et pénétra à l'intérieur. Plusieurs gars au crâne rasé très court, tout aussi musclés que lui, en chino noir, le suivirent en file indienne.

Depuis deux jours, le Chauve ne pensait qu'à une seule chose : où était Ernesto ? Certes, il arrivait que son chef disparaisse, parfois même une semaine entière. En règle générale, cela ne l'inquiétait pas outre mesure, mais après l'incendie du restaurant Herz, il avait besoin de nouvelles consignes. Sa meute de loups affamés exécutait les ordres sans piper mot. Elle méritait non seulement une prime, mais aussi quelques paroles de reconnaissance. Pourtant aucune trace, aucun signe d'Ernesto. Rien. Silence radio. Le Chauve avait appelé plusieurs fois son numéro privé, pas de réponse. D'habitude, le chef le rappelait aussitôt. Très inquiet, le Chauve était même allé rendre visite à la serveuse qu'Ernesto fréquentait depuis quelques semaines. Après lui avoir parlé, il se sentit encore plus mal. Son chef n'avait pas contacté la jeune fille depuis plusieurs jours, elle prétendait qu'il l'évitait. Comme si cela ne suffisait pas, la blonde nordique aux longues jambes s'était présentée au bureau dans l'après-midi, en exigeant de parler à Ernesto Marquez.

— Tu as eu ton argent, qu'est-ce que tu veux ? demanda le Chauve qui s'assit au bureau du chef en adoptant naturellement sa façon de parler.

— J'ai téléphoné, mais personne ne répond à mes appels. Je ne sais pas quoi faire, mon client ne s'annonce pas, j'ai pensé qu'il y avait un problème.

— Ne pense pas !

— Je veux juste savoir si notre accord tient toujours, dit-elle en haussant les épaules.

— Je ne sais pas, répondit-il en toute franchise.

Elle avertit le Chauve que, si le client ne se présentait pas, elle gardait l'argent.

— Vous n'êtes pas sérieux, d'abord vous ne me laissez pas tranquille, vous m'appelez tout le temps, vous me dites que c'est très important, et maintenant quoi ? lança-t-elle avant de s'en aller.

Elle n'avait pas tort. C'était étrange.

D'après ce qu'il savait, le mystérieux client d'Ernesto réagissait rapidement et il était friand de tout ce qui traînait en jupe. Le Chauve savait aussi qu'Ernesto tenait particulièrement aux services de cette blonde sculpturale. Bref, tout cela était très déconcertant.

Était-ce une raison suffisante pour appeler le numéro spécial, réservé aux situations de crise ? Le Chauve ne s'en était encore jamais servi. Après réflexion, il estima que c'était prématuré. Manifestement, les deux incendies et la mauvaise condition physique d'Ernesto influaient de manière néfaste sur tout le monde, y compris sur lui-même. Comme son chef, il commençait à être épuisé. Ce qui expliquait ces idées noires. Par ailleurs, il n'y avait pas que le travail dans la vie. Dans la soirée, il se rendit avec ses gars dans un club privé de Görlitz. C'est là qu'il trouvait la plupart des filles pour les clients d'Ernesto. Débordantes d'énergie, belles, élégantes. Des clients que personne, en dehors d'Ernesto Marquez, ne connaissait.

En temps normal, le Chauve ne buvait pas, il ne fumait pas non plus mais, ce soir-là, il se laissa tenter par un petit verre. La sonnerie de son portable l'arracha des bras d'une séduisante brunette à un moment mal approprié. Olaf Klimke l'informait d'une voix étouffée que quelqu'un s'était introduit dans le bureau de la CS. Le Chauve rassembla sur-le-champ tous ses hommes présents au club, ils avalèrent une tablette de caféine et attendirent tranquillement un taxi. Ils avaient bu et, dans leur profession, on ne prenait pas le volant après avoir consommé de l'alcool. Le premier point du code de l'agent de la CS était : « Ne te fais pas remarquer. » Tous les autres points débutaient également par une négation.

Görlitz étant assez éloigné du siège de Securitas City, ils ne parvinrent sur place qu'une heure et demie après l'appel d'Olaf Klimke. Debout dans le bureau d'Ernesto, le Chauve regardait la photo du mur de Berlin, grande de deux mètres sur deux, qui lui paraissait légèrement de travers. Ça commençait à sentir le roussi. Il repoussa l'étagère Ikea pour accéder à la cachette où son équipe avait placé les caisses de Leipzig peu de temps auparavant. Il n'y avait plus ni caisses ni cloison, seulement une ouverture béante, des morceaux de plâtre, des centaines de câbles. Une pagaille totale, comme si une bombe venait juste d'exploser.

Il entendait derrière lui sa meute désorientée qui chuchotait, s'interrogeait.

— Putain ! C'est quoi, ça ? Qu'est-ce qui s'est passé ?

D'une main tremblante, le Chauve tenta de composer un numéro sur son portable. Il y parvint enfin, mais seul un silence de mort lui répondit.

*

Dagmara avait contacté tous ceux qu'elle pouvait. Elle avait utilisé toutes ses influences. Nulle part elle ne trouva de film intitulé *La Grève*. Un homme qui travaillait depuis de très nombreuses années pour Radio Free Europe lui avait juré qu'il n'avait jamais entendu parler d'un quelconque Boszewski.

Grâce à un ami polonais qui bossait depuis une trentaine d'années aux archives de la télévision allemande, elle put avoir accès non seulement aux documents informatisés, mais aussi fouiller les archives papier car, étonnamment, elles existaient encore. De longues rangées de feuilles dans des caisses en bois ! Jeune journaliste débutante, elle les avait explorées, les joues rouges d'émotion et, depuis toutes ces années, elles étaient restées à la même place. Rien n'avait changé ici. Dagmara tenait volontiers compagnie à Gerhard quand il venait rendre visite à son collègue des archives autrefois. Puis, elle y était venue seule. Elle voulait connaître chaque recoin, elle voulait tout savoir de ce bâtiment fascinant. Cette fois, l'odeur d'une époque passée ne distrayait pas ses pensées. Elle était ici dans un but précis, mais les bases de données auxquelles elle avait libre accès n'incluaient sans doute pas les sujets qui l'intéressaient.

Après avoir entendu les explications de la journaliste, l'archiviste assura n'avoir jamais entendu parler de bandes enregistrées en 1980 par Gerhard. Certes, les archives contenaient bien quelques dépêches sur les grèves de Gdańsk, on pouvait y trouver une somme incroyable de documentations sur ces événements, mais à coup sûr rien du tout concernant un Piotr Boszewski. Sur Wałęsa, oui, sur Michnik ou sur Jaruzelski aussi, mais sur un certain Boszewski ?

— Vous en êtes sûr ? Je m'intéresse seulement à ce qu'a pu filmer Gerhard.

Ils étaient dans l'une des nombreuses salles, remplies du sol au plafond de rayonnages de bandes magnétiques. Dans le local voisin s'entassaient des étagères pleines de fichiers papier que personne ne semblait pressé d'informatiser.

— Vous croyez vraiment que je pourrais oublier ce genre d'enregistrement ? s'exclama le vieil homme chaussé d'antiques lunettes qui le faisaient un peu ressembler à une mouche.

Il portait un nom adéquat : Mouchinski.

Elle leva sur lui un regard interrogateur. Elle ne voulait pas être désagréable mais, pour parler franchement, elle était d'avis que oui, il aurait très bien pu oublier.

— Ma chère enfant, poursuivit-il avec un sourire amer, j'ai commencé à travailler ici avant que tu sois née. Viens, je vais faire du thé !

Elle n'avait ni le temps ni l'envie pour un thé, mais elle l'accompagna. Gerhard appréciait beaucoup Mouchinski.

Quelques instants plus tard, ce dernier entama son récit en buvant son thé dans une vieille tasse qui rappelait à Dagmara celle qu'utilisait tante Wiesia à Wrocław.

— J'habitais à Szczecin, j'ai émigré en 1975. En décembre 1970, cinq ans plus tôt, j'avais quinze ans. Je revenais de l'école quand je me suis retrouvé tout à fait par hasard au milieu de grévistes du chantier naval.

J'ai vu le comité régional du parti communiste en feu, les heurts avec la milice, les véhicules militaires blindés et les chars. À l'endroit où j'étais, on tirait de partout, des gens ont été tués. La plus jeune victime de ces incidents était un gamin de quinze ans, un ami de mon frère, conclut-il tranquillement, comme s'il parlait de ses vacances, ou de la pluie et du beau temps.

Il se tut et promena son regard sur les casiers pendant que Dagmara se représentait le bâtiment de la police en feu, les hommes en grève et le garçon mort.

La voix de Mouchinski l'arracha aux flammes de Szczecin.

— Je connais chaque film de Gerhard. Chaque film ! répéta-t-il avec insistance. Crois-tu vraiment que j'aurais oublié un tel enregistrement ? Je connais la moindre information concernant la période de *Solidarność*, mais je ne connais aucun Boszewski. Qui est-ce ?

— Mon père.

— Ton père ? reprit-il, étonné, en haussant les sourcils.

Sans doute, comme la plupart des connaissances de Gerhard, pensait-il que Dagmara était sa fille biologique.

Elle lui parla un peu de son père, elle lui apprit que Gerhard le connaissait, qu'il était allé à Świdnik, au…

— À Świdnik ? l'interrompit l'archiviste en se grattant la tête. J'ai quelque chose sur Świdnik, mais qui date de 1979 !

— Ah oui ?

Il leur fallut patienter plusieurs heures avant de pouvoir regarder la pellicule que Mouchinski avait apportée dans une boîte ronde toute poussiéreuse. Et ce grâce à l'obligeance d'un homme qui ne s'était déplacé que sur l'insistance de l'archiviste. « Je travaillais à temps complet autrefois, puis à mi-temps. Maintenant, je ne travaille plus qu'un quart-temps, c'est la vie », expliqua-t-il en ôtant délicatement l'étui du matériel antédiluvien.

Durant quinze minutes, la caméra montrait des gens en train de crier, de courir, le drapeau polonais à la main ou brandissant l'image de la Vierge Marie. Dagmara désespérait de découvrir quelque chose d'intéressant. Elle commençait à penser que c'était une fausse piste quand elle vit surgir de la foule le visage de son père. Il se tenait sur un tas de gros sacs, près d'une voie ferrée, et il hurlait. Impossible de comprendre ses paroles, car sa voix, à peine audible, se perdait dans le brouhaha et les clameurs des manifestants. La pellicule s'arrêtait là. Dagmara déglutit et s'adossa contre le mur froid.

— Ça va ? lui demanda l'archiviste en regardant avec inquiétude son visage décomposé. Un peu d'eau ?

De la vodka, plutôt, se dit-elle en s'affalant sur une chaise.

Il ne s'agissait certainement pas du film évoqué dans les carnets de Gerhard, tourné à Gdańsk. Celui-ci venait de Świdnik. Dagmara souhaitait l'avoir en sa possession malgré tout.

Mouchinski lui promit une copie pour le lendemain, ou le surlendemain au plus tard, elle n'avait qu'à lui signer un formulaire. Elle sortit en repensant au visage de son père. Son père ! Maigre et fatigué. Sur les images qu'elle avait vues, il lui semblait plus petit que dans ses souvenirs.

Elle monta dans sa voiture. Elle voulait appeler Waldemar, mais n'en avait pas la force. Elle se rendit directement à la villa de Gerhard. À son bureau. Elle revenait toujours au bureau de Gerhard.

Son téléphone sonna. C'était Waldemar Tschapieski.

— Tu appelles au bon moment.

Elle lui expliqua succinctement ce qu'elle venait de découvrir aux archives.

— J'arrive, répondit-il.

Il avait à peine franchi le seuil qu'il lui demanda :

— À quoi ça va te servir d'avoir ce film ?

Il était pâle comme un mort.

— Comment ça, à quoi ça va me servir ? Je veux voir s'il valait la peine qu'on meure pour lui, répliqua-t-elle, furieuse.

Tschapieski resta silencieux.

— Qu'on meure pour qui ? demanda-t-il finalement.

— Pour le film !

Il voulut lui caresser la joue, mais elle détourna la tête.

Waldemar Tschapieski savait qu'il ne pouvait pas avouer à Dagmara qui s'était fait prendre à la frontière avec ce foutu film. Il n'avait pas le moindre doute là-dessus. À l'époque, Piotr Boszewski ne faisait plus confiance aux marins depuis un bon bout de temps. Il ne faisait plus confiance à personne, d'ailleurs. Gerhard avait convaincu Waldemar de partir quelques jours à Wrocław et de l'aider à acheminer l'argent pour les grévistes. Sur place, Waldemar avait fait la connaissance de Boszewski. Lorsque ce dernier avait demandé à Waldemar de lui rendre un service, il avait accepté. Il n'avait vu Piotr Boszewski qu'une seule fois dans sa vie, mais il ne l'avait jamais oublié. Le premier acte de contrebande de Waldemar avait été un succès, il avait réussi à faire passer l'argent en Pologne. Il n'en alla pas de même pour le suivant, qui se révéla être le dernier. Waldemar se fit prendre à la frontière. On aurait dit qu'ils l'attendaient. Ils le fouillèrent et trouvèrent rapidement le film, sous un épais carton de sa valise. Ils ne le gardèrent que deux jours à la frontière est-allemande, deux jours seulement, sans même lever la main sur lui. En revanche, ils lui confisquèrent un objet à la valeur inestimable, le film que Dagmara recherchait à présent avec tant d'obstination.

Dans ces temps-là, quand on tenait un flic de Berlin-Ouest, on pouvait négocier, en tirer quelque chose. Les gardes-frontières est-allemands savaient absolument tout de Waldemar Tschapieski : dans quel quartier il travaillait, qui était son supérieur direct, quels étaient ses amis, ses voisins. Ils parlaient tout le temps. Lui ne disait pas un mot. Du reste, personne ne lui demandait rien. Tschapieski avait l'impression qu'ils en savaient davantage que lui-même, il n'était qu'un misérable pion dans leur jeu. Tout s'était passé très vite. Deux jours plus tard, il était déjà de retour chez lui. Il le paya par une longue stagnation de sa carrière et de nombreux désagréments. À vrai dire, durant une année entière, il n'avait pu travailler.

Tschapieski serra les paupières. Cette histoire avait été pour lui bien plus douloureuse à l'Ouest que côté Est. Boszewski avait été assassiné, Gerhard était mort, alors que lui, Waldemar Tschapieski, n'avait même pas reçu un seul coup de matraque à l'époque. Matraque ? Quelle matraque ? Il n'y avait pas de matraque à la frontière. Les agents s'étaient comportés avec lui comme s'ils marchaient sur des œufs. Qui avaient-ils exigé en échange de sa libération ? Contre qui l'avaient-ils échangé ? Tschapieski l'ignorait.

Non, il ne parlerait jamais de cette histoire à Dagmara. Personne n'en saurait jamais rien. Il avait compris depuis longtemps que, dans la vie, le mensonge valait parfois mieux que la vérité – bien mieux. Ce n'était pas toujours mal de mentir. Il n'avouerait pas à Dagmara qu'il n'avait pas réussi à faire passer le film de Gerhard et que, très probablement, cet échec avait coûté la vie à son père. Plus il y réfléchissait, plus il en était convaincu. Les démons endormis de l'*Oberhauptkommissar* – ses remords d'avoir failli à sa mission – venaient de refaire surface.

Il fallait qu'il se ressaisisse. Il fallait que Dagmara et lui se serrent les coudes.

— Pas question, rétorqua Dagmara. (Énervée, elle faisait les cent pas dans la grande bibliothèque, telle une panthère.) Pas question, répéta-t-elle, comme pour se convaincre elle-même.

— À toi de décider, conclut Tschapieski en se levant. Je vais voir Krystyna…

— J'irai lui rendre visite demain ou après-demain, le coupa-t-elle sans le regarder. Pour l'instant je ne peux pas, j'ai trop de travail.

— Elle t'attend…

— Je sais, je sais, mais en ce moment je ne peux pas, répéta-t-elle, fébrile.

— Mais tu es en congé !

Elle agita la main.

— Dagmara, tu ne peux pas rester enfermée ici tout le temps. Tu vas devenir folle. Sors, va prendre l'air, va discuter avec quelqu'un. Fais-moi confiance, le commissaire Kowalski…

— Waldemar, comprends-moi, je ne peux pas travailler avec quelqu'un que je ne connais pas. Il s'agit de mon père et de mon beau-père. Ça se passerait comment, à ton avis ?

Tschapieski haussa les épaules.

— Simplement. Il va t'aider, tu vas l'aider…

— Mais je travaille toujours seule, je n'y arrive pas autrement !

— Personne ne travaille jamais seul.

— Non, je ne peux pas…

— Nom de Dieu ! Ce n'est pas de la télé, Dagmara !

Tschapieski en avait assez, il était là depuis une heure et ne s'était pas imaginé les choses ainsi.

— Des gens sont morts, tu ne comprends pas ? Tu ne peux pas t'occuper de ça toute seule, sois raisonnable ! C'est trop dangereux ! Tu as besoin de quelqu'un pour t'aider.

Après quelques instants, il ajouta sur un ton plus amène :

— Je m'inquiète pour toi, ta mère aussi s'inquiète.

Dagmara s'approcha de la fenêtre. Elle tournait le dos à Tchapieski, les yeux plongés dans la petite fontaine que Gerhard avait installée spécialement pour Krystyna.

— Je t'en prie, Dagmara, fais ça pour moi et pour Gerhard, tu sais bien ce qu'il aurait voulu !

— Qu'est-ce qu'il aurait voulu ? demanda-t-elle d'une voix sourde.

Ils restèrent silencieux.

— Gerhard m'avait appelé de Sofia, dit enfin Tschapieski, la voix altérée. En me demandant de l'aide.

Elle ne frémit même pas, elle se tenait immobile, tel un roc.

Tschapieski frotta ses yeux fatigués. Il en avait assez de toute cette enquête. Pourtant, ils n'en étaient qu'au tout début, et le chemin s'annonçait long et difficile. Il se mit à douter soudain de jamais parvenir à dénouer ce sac de nœuds.

— Gerhard a été tué, n'est-ce pas ?

Elle le regarda droit dans ses yeux sombres, cernés.

Il ne lui répondit pas tout de suite.

— Oui, je suppose que oui.

— Qui d'autre a disparu ?

Il se demanda s'il devait répondre à cette question. Il se lança :

— Un collaborateur de Schlangenberger.

Elle esquissa un drôle de sourire, comme réconfortée par cette réponse, puis alla vers le bureau et fouilla dans la paperasse.

— Est-ce que cela a un rapport avec cet immeuble des Roms ?

La maligne, elle en savait davantage que ce qu'il supposait.

— Tu n'as pas à le savoir, fit-il pour la provoquer.

— Je l'apprendrai d'une manière ou d'une autre !

— Mais pas par moi, conclut-il.

Il fit volte-face et sortit.

Il était déjà près du portillon lorsqu'il entendit :

— Waldi ! Attends !

*

Tschapieski appuya sur le bouton rouge et entendit aussitôt de l'autre côté la voix impatiente du président de la police berlinoise.

— Pourquoi si tard ?

En quelques phrases, l'*Oberhauptkommissar* mit son supérieur au courant de la situation. Comme il fallait s'y attendre, Romanowsky n'était pas content.

— Cela ne se présente pas bien !

— Non, en effet, répondit Tschapieski en essayant de réprimer un léger bâillement, qui sait, quelqu'un était peut-être en train d'écouter leur conversation…

— On n'a vraiment rien ? Cette affaire n'a donc pas progressé d'un pouce ?

— Même pas d'un iota, reconnut Tschapieski.

— De toute manière, cela ne vous concerne plus, maintenant ! Après votre promotion, vous avez de nouvelles obligations et de nombreuses questions à débattre, de très nombreuses questions, conclut le président en l'invitant à dîner chez lui, ce qui, pour être exact, voulait dire au restaurant.

Le soir même, autour d'une bonne table, le président cessa de jouer les mécontents, surtout lorsqu'il entendit de la bouche de Tschapieski que tout n'allait pas si mal en définitive. Il apprit en effet que l'immeuble des Roms, entièrement vide et protégé par des barrières, se trouvait sous surveillance policière. « Plus personne ne s'y installera, lui assura Tschapieski. Si tout se passe bien, le propriétaire de l'immeuble consentira à le revendre à la ville, qui pourra enfin procéder à sa démolition. » Les accès au bâtiment avaient été condamnés, des panneaux « Défense d'entrer » indiquaient qu'il était menacé d'effondrement. Ce n'était pas l'exacte vérité, mais qui allait s'en soucier ? Certainement pas eux. Interrompant son dîner, le président Romanowsky écouta Tschapieski avec la plus grande attention, car ce dernier abordait des questions cruciales pour son patron. Les Roms avaient abandonné l'immeuble et quitté le quartier. S'il le voulait, le président de la police berlinoise pourrait annoncer officiellement cette bonne nouvelle d'ici quelques jours. Il pourrait, par exemple, participer à un talk-show, en compagnie d'un sénateur connu ou du procureur. Quelle satisfaction il éprouverait au moment où les caméras de télévision montreraient le terrain nettoyé et les Roms installés dans de bonnes conditions. À ces paroles, Romanowsky, ébahi, haussa les sourcils. Tschapieski parlait lentement, en distillant les bonnes nouvelles, gardant le meilleur pour la fin : les Roms se trouvaient dans un centre d'accueil, dans un quartier géré par Kossmann. Tschapieski n'ignorait pas que Kossmann était l'éternel rival de Romanowsky, il s'en était fallu d'un cheveu qu'il devienne le président de la police berlinoise à sa place. Dans l'atmosphère feutrée du restaurant, Tschapieski pouvait en parler librement. Il pouvait observer son chef et voir son visage s'éclairer.

— Qu'en penses-tu ? demanda-t-il pour finir, en adoptant un ton plus convivial.

Un Tsigane prit place au piano, accompagné au violon par sa petite-fille. Dans le brouhaha et la musique, personne n'entendait un mot de la discussion entre le chef de la police et son subordonné.

Romanowsky alluma une cigarette électronique – véritable malédiction pour tous les fumeurs.

— De merveilleuses nouvelles ! J'ai du mal à y croire ! Comment t'y es-tu pris ?

— Dans le centre, nous avons d'abord installé des enfants roms. Là où il y a des enfants, les parents ne tardent pas.

— Fantastique !

Romanowsky n'en dit pas plus mais, dans sa bouche, cela signifiait déjà beaucoup. Il était très avare de compliments.

Il le savait bien, Tschapieski, que c'était fantastique. Car l'un dans l'autre, ces actions effaceraient l'image peu glorieuse laissée par le président lors de la récente conférence de presse. Les Roms, apparemment, n'avaient pas tous accepté de bon cœur le prélèvement des empreintes digitales et le fait est que la police ne les avait pas traités de la meilleure façon. Ce qui provoqua un scandale. La conférence de presse n'avait pas été des mieux perçues par une opinion publique sensible. La télévision préparait déjà, semble-t-il, quelques débats sur ce thème et bientôt paraîtraient dans la presse de larges articles sur la situation des Roms en Allemagne. Il fallait trouver un responsable. Tschapieski, toutefois, se garda bien d'en parler à Romanowsky. Pourquoi lui gâcher sa bonne humeur ? La conférence de presse avait suffi, son téléphone ne cessait de sonner depuis.

— D'accord, qu'est-ce que tu veux ? demanda Romanowsky, car il n'était pas dupe.

Le Bouledogue ne répondit pas immédiatement. Il s'essuya soigneusement la bouche – le repas était copieux, bien gras. Il parcourut la salle des yeux, commanda une boisson, y trempa ses lèvres avant de reposer son verre sur la jolie nappe brodée de lilas rouges dans un champ doré.

— C'est joli ce qu'ils nous jouent, ces Tsiganes.

D'un geste agacé, le président remit ses lunettes en place sur son long nez.

— Fais pas le con, accouche ! lança-t-il, comme au bon vieux temps où ils allaient ensemble à l'école, Kossmann, Tschapieski et lui.

L'*Oberhauptkommissar* prit ses aises sur le sofa et dit simplement :

— Une broutille !

Tschapieski venait justement d'apprendre qu'Ernesto, le chef de Securitas City, était mort, et qu'on avait trouvé son corps dans l'immeuble des Roms. Romanowsky fit une drôle de tête en l'écoutant, il semblait ne rien comprendre à ce que lui racontait l'*Oberhauptkommissar*.

— Nous avons deux cadavres, poursuivit donc le

Bouledogue. (Il évita de parler de Gerhard, peut-être que son chef ne savait encore rien à son sujet.) Hier dans l'immeuble des Roms, on a trouvé le cadavre d'Ernesto Marquez, le bras droit de Christian Schlangenberger.

Le président ôta ses lunettes. Il les retourna dans ses mains durant quelques minutes, puis il planta ses yeux dans ceux de l'*Oberhauptkommissar*. Il le fixa du regard – le regard éloquent d'un homme au service de la police depuis très longtemps. Aussi longtemps que Tschapieski lui-même.

— C'est l'endroit même où a été tué Frank Derbach une semaine plus tôt, précisa Tschapieski en avalant une gorgée de son cocktail.

— Qu'est-ce que tu veux ? répéta le président.

— Pas grand-chose, répondit Tschapieski avec un sourire sincère. Tout ce que tu sais sur le sujet.

— Je ne sais rien !

Romanowsky cilla.

— Je veux tout savoir concernant Ernesto, déclara Tschapieski en s'adossant au canapé. Tout !

— Je ne sais rien !

— Tu te rappelles où travaillait Frank Derbach ?

— Oui, pourquoi ? demanda Romanowsky en haussant les épaules.

— Pour rien, simplement…

— Quoi ?

— Il était très avisé ! Il a enfermé dans un coffre à la banque des documents compromettants. Des dossiers qui contiennent divers noms, très importants…

– Nous devons en informer au plus vite le ministre, déclara Romanowsky en se levant.

— Qui sait si le nom du ministre lui-même ne figure pas sur cette liste ?

Romanowsky avait blêmi, il passa une main tremblante dans ses cheveux et se rassit sur son siège.

— Puisqu'ils sont dans un coffre, comment es-tu au courant ? demanda-t-il au bout de quelques secondes en fixant Tschapieski d'un regard perçant.

— Disons que je l'ai appris par un ami.

— Un ami…

— Tu es l'une des rares personnes honnêtes dans les plus hautes instances. Le moment venu, les personnes concernées sauront à qui imputer…

— Fais pas chier ! l'interrompit sèchement Romanowsky. (Il réfléchit cependant et ajouta :) Demain ! (Avant de rectifier :) Demain, peut-être.

— Eh bien, c'est dommage ! constata Tschapieski.

Il termina son cocktail et se leva…

— Attends !

Romanowsky se leva à son tour, il sortit dans la rue sans enfiler sa veste, en bras de chemise. Il passa plusieurs coups de fil, cela dura un petit moment. Le Bouledogue pouvait le voir aller et venir devant le restaurant. Qui appelait-il ? Tschapieski s'en fichait éperdument.

Enfin, le chef de la police revint à sa place, essuya sa calvitie avec une grande serviette.

— Quand est-ce que ces… informations verront le jour ? demanda-t-il.

— Qui peut le savoir ?

— Mais quelle garantie j'ai…

— Aucune !

— Putain ! Tschapieski, ne pousse pas le bouchon trop loin…

Le Tsigane et sa fille jouèrent longtemps ce soir-là.

Tschapieski commanda une grande bière, il avait déjà bu trois cocktails.

— Tu risques gros, dit le président d'un ton beaucoup plus calme en sortant une cigarette de son paquet. Très gros ! Si tu glisses sur une peau de banane, moi, je n'en saurai rien, tu seras seul avec cette merde et avec ce…

— Avec qui donc ? demanda le Bouledogue d'un ton bienveillant.

— Celui avec qui tu collabores…

Sacré roublard, se dit Tschapieski, *mais tu es un idiot quoi qu'il en soit.* Puis, tout sourire, il précisa à voix haute :

— Avec Romanowsky !

— Non, mon cher, non, pas cette fois.

Le président en avait plus qu'assez de toute cette histoire, il reboutonna sa chemise, enfila sa veste, chaussa ses lunettes, jeta dans son verre vide le mégot de sa cigarette, qui grésilla avant de s'éteindre.

— Je vais te dire une chose, c'est une bien trop grosse affaire, même pour moi, ajouta-t-il.

— Tu as toujours été trop modeste ! rétorqua le Bouledogue en souriant, et il avala une gorgée de bière.

— Je nierai tout !

— Tu es honnête ?

— À cent pour cent !

— Eh bien, tu vois… Tu n'as aucune raison d'avoir peur ! s'exclama Tschapieski en levant sa chope. Sais-tu ce que signifie perdre son meilleur ami ? demanda-t-il quelques secondes plus tard, un peu éméché.

Romanowsky lui lança un regard indifférent.

— Un ami ? répéta-t-il. Qu'est-ce que tu me chantes ? Tu crois encore à ce genre de choses ?

— Oui !

— Tu as toujours été bizarre.

Romanowsky se leva, épousseta son pantalon, lissa sa veste et, sans prendre congé, dirigea ses talons vers la sortie.

Tschapieski paya l'addition, donna un pourboire au serveur et jeta quelques pièces dans le chapeau du Tsigane. Durant tout ce temps, il continua d'observer les épaules voûtées de Romanowsky. Il connaissait bien le président de la police berlinoise, hélas ! En poussant un profond soupir, il composa sur son vieux portable le numéro privé de son patron.

— Quoi ?

— Pas un mot ! C'est clair ? grommela-t-il en regardant du côté du vestiaire où se trouvait le président, et il mit un doigt sur sa bouche.

Romanowsky s'empressa de sortir.

Tschapieski pouvait-il agir autrement ? Non. Une conversation avec le président de la police était inévitable, elle devait avoir lieu, et elle eut lieu exactement de la façon dont il l'avait prévue.

Pour l'heure, il ne se demandait même pas ce qui se passerait lorsqu'on apprendrait qu'il n'y avait aucun document dans les coffres. Pas à sa connaissance, du moins. Il avait bluffé ! Il fallait à tout prix qu'il obtienne des informations sur Ernesto Marquez, n'importe lesquelles. Il n'en avait pas seulement besoin dans le cadre de son enquête. Il fallait aussi qu'il remonte le moral, tombé au plus bas, de Kowalski.

*

— Non ! Non et encore non !

Kowalski était assis sur un banc dans le jardin de Max Liebermann. L'expression de son visage était indescriptible.

— Mais ce n'est pas ce que vous croyez, cette femme…

— Je ne suis pas d'accord ! l'interrompit Kowalski, je travaille seul, seul, vous comprenez ? SEUL !

— Mais vraiment, c'est quelqu'un qui peut nous aider !

— Une femme ! ricana Kowalski en secouant la tête.

Il était de très mauvaise humeur. Il n'avançait pas d'un iota dans cette fichue enquête. Rien de nouveau, rien du tout, depuis un certain temps, il avait l'impression que c'était à lui qu'on avait noué une cravate colombienne. Il venait dans ce jardin pour oublier un peu cette putain de station thermale. Une maison de fous, plutôt, où l'avait sournoisement enfermé le Bouledogue, de mèche avec le psychiatre de la police. Il venait au musée et au jardin, car il était incapable de supporter les séances de groupe avec les patients névrotiques et dépressifs ! Il pétait les plombs rien qu'à les voir.

Tschapieski s'amusa à faire des ricochets dans l'eau. Une vieille dame qui passait le toisa.

— Monsieur, ces nénuphars sont légendaires, observa-t-elle en le menaçant de son ombrelle.

Dans le grand jardin de Max Liebermann, situé près du lac Wannsee, il n'y avait presque pas de visiteurs. On était en milieu de semaine, il avait plu toute la journée, le soleil n'avait fait son apparition qu'en fin d'après-midi. À dix-huit heures, les habitants de la ville n'avaient pas encore eu le temps d'arriver. Le jardin et la villa fermaient à vingt heures, sauf les jours de concert. Kowalski en était au stade où il assistait à des concerts de musique classique. Pas de concert aujourd'hui, mais la veille, oui. Du Chopin. Tout valait mieux que son voisin de chambre, même Chopin.

Kowalski regarda le petit voilier qui voguait près des nénuphars, se dirigeant droit vers le coucher de soleil rose. Les barques amarrées près du club de voile clapotaient en venant heurter le petit pont de bois, les bouleaux dorés bruissaient, les insectes bourdonnaient. Une image idyllique.

— On n'irait pas boire un café ? demanda Tschapieski en désignant les parasols blancs sur la terrasse d'une brasserie. Ou bien un verre de vin ?

— Je ne bois pas, rétorqua Kowalski d'un air de reproche.

Le Bouledogue poussa un soupir et prit place à côté du commissaire, sur une chaise blanche garnie de coussins.

— C'est joli ici, fit-il en regardant autour de lui. (Un petit papillon se posa sur le rosier grimpant ornant une tonnelle.) Comme sur les tableaux de…

Kowalski haussa les épaules d'un air indifférent.

— De ce… comment s'appelle-t-il déjà ?

— Liebermann, répondit Kowalski d'une voix résignée.

— Vous êtes vraiment bizarre, dit Tschapieski, vous êtes célibataire depuis trop longtemps, ajouta-t-il en éclatant d'un rire grossier, mais, hormis un moustique, personne ne lui fit écho.

Plantant dans l'herbe sa bottine Mezcalero (une paire qu'il avait achetée quelques années plus tôt, à l'occasion d'un concert du groupe londonien The Vibrators), le commissaire expliqua :

— Chef, je ne retourne pas chez ces tarés. Le type qui partage ma chambre commande des pizzas en cachette et les remonte par la fenêtre avec son drap !

— Cette cure vous fait du bien, pourtant, fit remarquer Tschapieski. Vraiment ! Vous avez même pris des couleurs !

— Je ne retourne pas chez ces cinglés !

— Tout de suite, vous dramatisez ! souffla le Bouledogue, persuadé que Kowalski exagérait, comme toujours.

— Ce matin, par exemple, j'ai dû expliquer pourquoi je ne voulais pas participer aux travaux manuels. Ils s'amusent à fabriquer des pots en argile et des bonshommes avec des châtaignes, ajouta le commissaire dans un murmure, en vérifiant que personne ne les écoutait. (Il se leva et fit quelques pas nerveux entre les chaises en osier.) Le soir, ce sont des activités avec une femme qui vous fait marcher pieds nus au milieu des arbres.

— Et alors ?

— Nous ne devons plus faire qu'un avec la mousse ! Une seule entité. « Un, j'inspire, je me fonds dans la mousse, je suis la mousse ; deux, j'expire, je me dissocie… »

— Ah oui ! Effectivement…

— Je suis sérieux, je rentre chez moi !

Tschapieski plissa le front. Il ne se doutait pas que le psychiatre de la police avait pris le cas de Kowalski avec autant de sérieux.

— Cela remettrait en question tout notre plan, constata-t-il, affligé.

— Quel plan ? De la merde, pas un plan ! explosa Kowalski. (Toute cette affaire lui sortait par les trous de nez.) Nous n'avons pas progressé d'un pouce. Je ne peux pas interroger les témoins, je ne peux appeler personne, je n'ai même pas d'ordinateur, je ne peux rien faire, vous comprenez ? Par contre, on me demande de fabriquer des bonshommes avec des châtaignes ! C'est une maison de fous.

— Et si on vous donnait une chambre particulière ?

Le commissaire rougit.

— Laissez tomber !

— Parce que, voyez-vous, j'ai quelque chose pour vous, dit Tschapieski en agitant sous le nez du commissaire l'un des nombreux documents qu'il avait obtenus de Romanowsky.

— Qu'est-ce que c'est ? demanda Kowalski d'un air blasé.

— Des photos !

— Quelles photos ?

— De l'autopsie d'Ernesto Marquez, avec le rapport et…

Les yeux du commissaire se mirent à briller.

— Et plein d'autres choses intéressantes. Mais on n'a rien sans rien, mon cher ! Vous contacterez votre nouvelle partenaire dans quelques jours. Disons que le mieux, ce serait demain. Tenez, voici son numéro et un portable.

Kowalski regarda son chef d'un air perplexe.

— Un nouveau téléphone ? Pour quoi faire ? Je vous ai déjà dit qu'avec les femmes…

Il se tut un instant, regarda de nouveau la feuille avec le numéro, puis s'exclama :

— Avec elle ?

— Eh bien quoi ?

— Mais pourquoi avec elle ?

— Parce que ! C'est la belle-fille de Gerhard Samuel, et une bonne journaliste. Elle ne voudra pas laisser les choses en plan comme ça. Schlangenberger a tué son père il y a des années, et maintenant, voyez vous-même…

En disant cela, Tschapieski observa le soleil couchant, il se retourna pour faire face au commissaire et le fixa droit dans les yeux. Kowalski découvrit quelque chose d'inquiétant dans ce regard, quelque chose qu'il n'avait encore jamais décelé jusqu'à ce jour. De l'angoisse ? Oui. Mais aussi autre chose. Une supplique ?

Il se sentit tout drôle. Tschapieski devait être mal à l'aise lui aussi, car il se détourna de nouveau. Tous deux dirigèrent leur regard vers le voilier, qui ne formait plus qu'un petit point à l'horizon.

— Je m'inquiète pour elle, reconnut honnêtement le Bouledogue.

— Quelle bonne idée alors de l'entraîner là-dedans…

— Hm ! fit le Bouledogue avec un geste de la main.

À quoi bon lui expliquer, il constaterait par lui-même.

CHAPITRE 15

« *Berlin, Berlin, du bist so wunderbar…* »

Kaiserbase

Kowalski avait à peine posé sa tasse sur la table de nuit que celle-ci s'affaissa brusquement, et la moitié du café se renversa. Il avait oublié que Babsi avait un jour sérieusement mordillé un pied de cette table. Tant pis pour le café, à moins qu'il puisse récupérer encore quelques granulés au fond du pot. Il alla dans la cuisine et fit bouillir de l'eau. Puis il revint dans la chambre et s'assit sur son lit humide.

Il ne pensait presque plus à Babsi.

La tasse à la main (un cadeau de Noël de Krenz, avec une photo de Babsi incrustée dessus), il observait le fauteuil couvert des poils blancs de sa chienne et la flaque d'eau dans sa chambre. Il pleuvait depuis une semaine. Il avait oublié de fermer la fenêtre, et voilà le résultat. La flaque était si grande qu'il pouvait aisément y patauger. La salle de bains aussi était inondée, un tuyau avait pété et l'eau lui arrivait jusqu'à la cheville. Son voisin du dessous, Paweł le bricoleur, un Polonais, n'allait pas tarder à accourir en criant que de l'eau gouttait de son plafond. Justement, quelqu'un se mit à donner de grands coups à la porte de Kowalski. Qu'il continue ! En ce moment, le commissaire avait bien d'autres soucis.

Il contempla sa chambre, il devait absolument faire quelques travaux ou, mieux encore, déménager. L'odeur d'une souris morte, sans doute noyée dans la salle de bains, devenait insupportable. Quelle puanteur ! C'était pire que son mal de crâne, comme une vrille dans la tête, résultat malheureux de sa cure de désintoxication ! Chaque fois qu'il cessait de boire, il avait mal partout. Son organisme subissait un choc. Mais peut-être était-ce aussi dû aux massages et à la nage qu'il pratiquait depuis qu'il était en cure. Jamais il n'aurait avoué à quiconque qu'il aimait ça. Heureusement, il disposait enfin d'une chambre particulière, avec un téléphone et un ordinateur ; des conditions acceptables pour vivre et travailler au calme. Il commençait tôt sa journée, à sept heures précises, par un petit déjeuner ; ensuite, il allait à la piscine, puis chez le kiné pour se faire masser. Après le massage, il avait une consultation chez le psychologue. Les côtés agréables de son séjour dans cet établissement thermal s'arrêtaient là. Tschapieski l'avait pourtant prévenu qu'il ne s'agissait pas d'un spa, c'était bel et bien une cure médicalisée, et l'inspecteur avait l'obligation de suivre au moins la moitié du programme.

— Il faut préserver les apparences.

— C'est vous qui êtes filé, pas moi.

— Plus maintenant, je crois, fit Tschapieski en jetant un coup d'œil par la fenêtre, vers un groupe de petits vieux en train de pratiquer du yoga sur la pelouse. Non, pas ici !

— Peut-être pas, acquiesça Kowalski.

En effet, il n'y avait plus aucune raison de suivre le Bouledogue. Après sa promotion, celui-ci avait laissé l'enquête à Flatow, se retirant ainsi officiellement de l'affaire.

— Comportez-vous en bon curiste, évitons aux gens de jaser.

— Mais comment ai-je pu me laisser entraîner dans cette galère ? soupira Kowalski.

En vérité, il préférait cent fois être en cure plutôt que de rester dans son appartement vide. Mais il n'avait pas à le reconnaître devant Tschapieski. Au fond, il avait du mal à avouer qu'il se plaisait ici, et qu'il parvenait même à se reposer.

— Écoutez-moi bien ! lança le Bouledogue. Continuez sérieusement le programme de soin et ne parlez pas autant ! Personne, à part vous et Dagmara, ne doit être au courant de quoi que ce soit. Personne ! Compris ?

C'était l'éternelle rengaine du Bouledogue. Kowalski pratiquait donc la natation et le massage de façon assidue et régulière. Qui plus est, il participait aux déjeuners et aux dîners communs avec l'ensemble des vieux curistes et ne touchait plus à une goutte d'alcool. Bref, il s'acquittait de ses obligations avec un grand dévouement. Malheureusement, Tschapieski et son compère le psychiatre ne partageaient pas cet avis. À l'évidence, ces deux-là avaient bien préparé leur coup. Le commissaire se demandait d'ailleurs comment il avait pu se laisser embrigader à ce point par Tschapieski. Qu'est-ce qui avait modifié son attitude par rapport à cet homme qu'il estimait, certes, mais qu'il n'aimait pas et avec lequel il se disputait constamment ? De plus, il avait même accepté de collaborer avec une femme. Cela faisait quelques jours qu'ils travaillaient ensemble, et tout se passait plutôt bien. Il n'en revenait pas. Jamais il n'aurait cru pouvoir changer à ce point ses habitudes et son comportement. La mort de Babsi avait dû sérieusement l'ébranler.

Il regarda ses tongs trempées, son lit en bois vermoulu, le salpêtre qui avait envahi un coin de mur et le panier de Babsi, recouvert d'un plaid noir et d'un coussin marron. Elle l'utilisait rarement, préférant de loin le fauteuil. Il se dit qu'il ne se sentait plus vraiment chez lui ici.

Il consulta sa montre. Son rendez-vous avec Dagmara était à dix-huit heures. Il allait devoir se dépêcher. Mais pourquoi l'appelait-il Dagmara, et non pas « la journaliste » ? Il était à peine midi, et déjà il s'inquiétait de faire attendre Dag. Dag ? Tiens donc ! Maintenant il disait Dag en pensant à elle. Non, ce n'était franchement pas normal !

Il tressaillit. Un son strident, insupportable, résonna dans l'arrière-cour de l'immeuble, pénétrant sans la moindre pitié dans tous les appartements. Kowalski entendit les locataires fermer hâtivement leurs fenêtres. On était samedi, et le petit Moustafa Hasan Burak Yilmaz accordait son violon avant de se mettre à jouer. Le garçonnet habitait un étage plus élevé, à l'opposé de l'appartement de Kowalski, mais sa musique était infernale. Les cordes maltraitées produisaient laborieusement un soupçon de mélodie que le petit Turc avait dû composer lui-même. Dans quelque temps, deux dizaines d'années peut-être, de cet acharnement naîtrait sans doute un tube planétaire, faisant du jeune voisin un grand violoniste mondialement connu. Pour l'heure, la voie de la célébrité paraissait bien longue. Néanmoins, il devait exister une sorte d'intuition collective dans cet immeuble de la Bürknerstraße, sinon comment expliquer que l'ensemble de ses habitants, qui ne rataient pas une occasion pour se disputer – les poussettes dans l'entrée, les poubelles oubliées, les plantes mal entretenues –, fassent preuve d'une tolérance surprenante face au calvaire musical que leur infligeait le petit Turc. Personne n'avait jamais émis la moindre remarque. Et c'est avec un courage étonnant que tout le monde supportait cette curieuse passion pour un instrument tout à fait inconnu dans le lointain village d'Anatolie dont étaient originaires la moitié des locataires de l'immeuble. Les autres venaient d'Inde. Il y avait aussi un Polonais, un étudiant allemand et lui, le commissaire Kowalski. En somme, une petite minorité sans importance. Quoi qu'il en soit, il semblait évident que les artistes jouissaient d'une grande estime au numéro 29/31 de la Bürknerstraße.

À l'étage, le peintre donnait des coups sur son plancher, sans doute avait-il déjà trouvé le renseignement que Kowalski lui avait demandé. Il s'agissait d'informations sur un certain Ernesto Marquez. Le peintre voudrait sans doute que l'inspecteur lui paie un pot pour ce petit service. Mais il n'en était pas question. Le commissaire avait déjà rendez-vous avec Dag aujourd'hui. Avec Dag. Enfin… Dagmara.

Kowalski reposa sa tasse sur la table de nuit, un peu de café se renversa de nouveau. Il glissa dans son sac des slips propres, prit une douche en sifflotant dans sa salle de bains au tuyau percé. Il se sentait revigoré, plein d'énergie, ce qu'il n'avait pas éprouvé depuis longtemps. Son vieil ordinateur ronronnait, son antique imprimante fonctionnait avec peine. La bouilloire sifflait dans la cuisine, tandis que le peintre glissait sous la porte de Kowalski des feuilles abondamment remplies. Le commissaire allait se mettre au travail sans tarder, lire toute cette documentation et réfléchir à l'affaire, autrement dit préparer minutieusement sa rencontre avec Dagmara Bosch. Il faut dire qu'ils avaient bien avancé ces derniers jours et avaient réussi à y voir plus clair dans ce labyrinthe d'énigmes. L'enquête progressait enfin.

Kowalski se rasa et se frictionna le visage avec une lotion qui lui piqua les joues. Il lut le rapport du peintre en se frottant les mains, puis ouvrit le carnet défraîchi qu'il avait piqué à Flatow (et n'avait d'ailleurs aucune intention de lui rendre). Il jeta un coup d'œil inquiet à son téléphone.

Pourquoi Dagmara ne l'appelait-elle pas ? À vrai dire, elle n'avait aucune raison de lui téléphoner avant leur rendez-vous. Mais peut-être avait-elle pu obtenir des informations sur l'immeuble des Roms. Il se demandait si ce n'était pas plutôt à lui d'appeler, lorsque son portable vibra.

— J'ai tout ce qu'il faut ! Une véritable bombe ! Tu ne vas jamais le croire !

— Je pensais à toi, dit-il spontanément (*mais qu'est-ce qui me prend ? qu'est-ce que je raconte ?*). Je veux dire, j'allais justement te téléphoner.

— Parfait ! s'exclama joyeusement Dagmara.

— Je me suis dit que nous pourrions nous voir un peu plus tôt, à dix-sept heures, par exemple ?

Il eut la chair de poule en s'entendant parler. Sa voix prenait des intonations débiles. Quel empoté ! Il réalisa qu'il n'avait pas discuté avec une femme depuis longtemps. Car la fille du bordel ne comptait pas vraiment, avec elle, il ne s'agissait pas de discuter. Pour paraître moins bête, il ajouta donc, consterné :

— Moi aussi, j'ai des informations intéressantes.

À sa grande surprise, il entendit la voix douce de Dagmara lui répondre :

— D'accord. Dépêche-toi alors !

Avait-elle réellement dit cela ou avait-il mal compris ? Il garda un instant encore le portable dans sa main et se sentit rougir. Décidément, il se passait quelque chose de curieux avec lui, il perdait le contrôle. N'était-ce pas un effet secondaire de la prise prolongée de ses gélules ?

Des coups à la porte interrompirent sa réflexion. C'était sûrement Paweł, son voisin bricoleur. Il allait ouvrir et lui faire croire qu'il avait déjà contacté le syndic de la copropriété au sujet de son tuyau. Contrarié par ses joues roses, il se traîna vers l'entrée. Ce n'était pas Paweł. Derrière la porte se tenait Flatow, le poing levé, prêt à frapper encore et encore.

— Il faut qu'on parle, dit l'ancien adjoint de Kowalski d'une voix sèche, avant de se faufiler à l'intérieur.

Pour la première fois depuis leur longue collaboration, Flatow réussit à surprendre le commissaire.

Kowalski lui indiqua la cuisine, le seul endroit de l'appartement qui n'était pas inondé. Flatow choisit une chaise près de la fenêtre et tapota sur la table avec ses doigts.

— Vous voulez boire quelque chose ? demanda Kowalski, qui sentait la moutarde lui monter au nez.

Il détestait qu'on tambourine sur la table, sur quoi que ce soit d'ailleurs, et il n'aimait pas Flatow.

— Un café.

— Un café ?

Le commissaire s'assit en face de Flatow et poussa vers lui la tasse avec Babsi. C'était tout ce qu'il avait à lui offrir, le fond de son café refroidi. Flatow esquissa un sourire forcé, il ne savait comment réagir à un tel élan de générosité. Il fit un signe de la tête pour dire merci, puis passa au vif du sujet. Il posa sur la table un petit paquet rectangulaire. Le commissaire ne put voir de quoi il s'agissait, car Flatow le recouvrit aussitôt de sa main maigre et noueuse, comme s'il craignait que Kowalski ne s'en empare. Mais il n'en fut rien. La main de Flatow tremblait, il la mit vite dans sa poche, en même temps que le petit paquet.

— Je viens vous voir à titre privé, car j'ai beaucoup d'estime pour vous, commença-t-il, suscitant ainsi un vif étonnement chez le commissaire. Mais si vous ne me fournissez pas de réponse satisfaisante, je serai dans l'obligation de vous convoquer dans mon bureau.

En prononçant cette dernière phrase, il eut du mal à contenir sa satisfaction.

— Non, vraiment ?

— Oui ! confirma Flatow, d'un ton moins assuré.

— Et que voulez-vous savoir ? fit Kowalski d'une voix courtoise.

— Où étiez-vous hier à quatorze heures ? lui demanda Flatow en le fixant du regard.

— Sans doute en train de déjeuner. Pourquoi ?

— Seul ?

— Hélas non ! répondit Kowalski en poussant un soupir sincère. Avec une foule de gens.

— Quels gens ?

Le commissaire ne répondit pas tout de suite. Il prit une pose nonchalante et, renversé sur sa chaise, une cigarette aux lèvres, expira tranquillement la fumée par le nez.

— Des curistes, finit-il par répondre.

Cette façon de fumer, il l'avait découverte des années auparavant dans des films français et il s'était longuement exercé avant de la maîtriser à la perfection. Les commissaires français – visage buriné, tignasse noire et teint pâle – parlaient, se promenaient dans Paris et faisaient l'amour sans jamais quitter leur cigarette.

À croire qu'elle était collée à leurs lèvres. Kowalski ne savait plus fumer autrement, ce qui produisait toujours une forte impression sur Flatow.

— Oui, je comprends, bredouilla ce dernier.

— De quoi s'agit-il donc ? s'impatienta Kowalski en regardant la pendule de la cuisine.

— Je peux ? demanda Flatow en pointant le paquet de cigarettes.

Le commissaire acquiesça de la tête.

— J'ai une nouvelle affaire sur les bras, déclara Flatow, tout en essayant d'allumer péniblement sa cigarette. Hier à dix-huit heures, près d'un bistrot au coin de votre rue, une voiture a foncé sur un jeune homme, le blessant mortellement.

— Et qu'est-ce que ça peut me faire, hein ?

Kowalski était en train de sortir ses bottines préférées. Il était presque treize heures.

— Vous figurez sur ses photos.

— Les photos de qui ?

— Du jeune homme.

— Quel jeune homme ?

— Nous avons trouvé des photos dans son téléphone portable. Les photos de différentes personnes. Du propriétaire du bistrot, par exemple, et de quelques habitués du lieu. Mais surtout de vous.

— Montrez-moi ! ordonna Kowalski en ravalant sa salive, car quelque chose lui revenait en mémoire.

Flatow essuya la table avec la manche de son veston, puis sortit de sa poche les photos qu'il venait d'y cacher. On aurait dit des liasses de billets de banque. Chacune soigneusement enserrée par un élastique sous lequel était glissé un bout de papier. Kowalski reconnut l'écriture calligraphiée de Flatow et aperçut, écrit sur l'un deux : « Suspects potentiels ». Flatow espérait que Kowalski ne l'avait pas vu. Il s'empressa de le froisser et de le glisser dans une poche.

— Le problème, c'est qu'il ne s'agit pas d'un simple accident. Quelqu'un a volontairement écrasé le pauvre garçon en plein jour. La voiture qui l'a heurté roulait très vite. Nous avons des témoins. Il est mort sur le coup.

Tout en parlant, Flatow retira un à un les élastiques et étala les photos sur la table. Elles étaient de très bonne qualité, pour des photos prises avec un téléphone portable. Il semblait clair que ce n'était pas l'œuvre d'un amateur. Le contenu en était pour le moins pitoyable : Kowalski et le peintre, Kowalski seul, Kowalski et le barman du Lilas blanc, puis tout seul encore…

Sur toutes les photos, il avait un air épouvantable : ivre, cheveux décoiffés, traits tirés, visage bouffi. Le commissaire ne supportait pas de se voir ainsi et il avait du mal à écouter Flatow.

— La police est arrivée sur place sept minutes après les faits. Elle s'est aussitôt lancée à la poursuite de la voiture. Nous avions tout : la plaque d'immatriculation, la description du véhicule, mais nous avons perdu sa trace, hélas !

— C'est un Américain, dit le commissaire.

— Qui ça ?

— Le garçon.

— Un Américain ?

— De Chicago, je crois, mais je n'en suis pas sûr. Il est venu au bistrot boire un verre. Puis il nous a pris en photo.

— Incroyable !

— Pourquoi donc ?

— Parce que nous n'avons trouvé aucun papier d'identité sur lui. Pas de portefeuille, pas de passeport.

Nous ne savons rien de lui. Dans son sac à dos, il y avait seulement son téléphone, qui avait glissé tout au fond, et aussi un livre : *1 000 places to see before you die*.

Choqués par ce titre, ils restèrent muets quelques instants.

— Il avait tout du touriste typique, il prenait des photos et feuilletait tout le temps ce guide, reprit Kowalski en rompant le silence.

— Très intéressant !

— Quoi donc ?

— Eh bien, il a pris énormément de photos. Il a photographié l'immeuble des Roms sous toutes les coutures, fit Flatow en montrant d'autres clichés. Regardez seulement. Il faisait des photos tout le temps, même la nuit. Le jour du meurtre de Frank Derbach aussi. Voyez-vous, je me demande si cet accident de voiture a un lien avec l'affaire…

— Avec quoi ? reprit Kowalski en fixant du regard son ancien adjoint.

— Derbach a été assassiné près de l'immeuble des Roms, non ? Et regardez… La moitié des photos ont été prises dans cet immeuble justement. Des vues différentes, depuis la cage d'escalier, la cour avec des bouleaux, les fenêtres. L'une a dû être faite depuis un appartement.

— Oui, en effet.

Kowalski reconnut l'inscription à la peinture blanche près du portail, c'était tout à fait la vue depuis la salle de bains, la scène du crime. Il inspira profondément. Il ne devait surtout pas commettre la moindre erreur, ne pas rebuter Flatow, sinon celui-ci allait se braquer, alors qu'il racontait des choses très intéressantes. Il le regarda donc avec bienveillance en allumant une nouvelle cigarette.

— Peut-être faudrait-il en informer Tschapieski, non ? demanda Kowalski, l'air ingénu.

— Et pourquoi donc ? demanda Flatow en piquant un fard.

— Il a bien demandé à être informé de tout ce qui avait un lien avec cet immeuble, n'est-ce pas ?

Kowalski fit tout son possible pour que sa voix reste naturelle et aimable. En vain. Flatow se leva si brusquement qu'il renversa sa chaise.

— Vous êtes vraiment une ordure !

Kowalski aurait dû s'en douter, Flatow avait parfaitement compris l'allusion à son double jeu, au fait qu'il mouchardait. C'était la réalité pourtant, et Kowalski n'y pouvait rien.

— Je vois que vous n'avez toujours pas digéré mon avancement, déclara Flatow d'une voix théâtrale.

— Mais pas du tout…

— Tout le monde a droit à sa chance, dit Flatow en levant très haut son bras.

Le commissaire s'efforça de ne pas éclater de rire. Malheureusement, il n'y parvint pas.

— Je savais bien que je ne pouvais pas compter sur vous ! lança Flatow en se dirigeant vers la sortie.

Kowalski se précipita derrière lui pour l'arrêter, mais Flatow fut plus rapide. La main sur la poignée de la porte, il se retourna, comme s'il venait de se rappeler quelque chose :

— Rendez-moi mon carnet, s'il vous plaît.

— Je l'ai perdu, répondit le commissaire sans sourciller, amusé par ce petit mensonge.

— Demain, à quatorze heures chez moi, au commissariat ! siffla Flatow d'une voix menaçante.

Son visage s'était durci, et Kowalski réalisa soudain à qui il lui faisait penser : au vilain chat d'une voisine.

Maigre comme un clou, ce chat était un fou furieux. Il passait ses journées sur le rebord de la fenêtre à siffler comme un serpent.

— Décidément, Kowalski, je me demande comment j'ai pu vous supporter durant une année entière, siffla encore Flatow-le-chat.

Le couloir était sombre, mais le commissaire eut l'impression que Flatow avait craché deux fois par terre. Cette larve se permettait de cracher chez lui, de souiller le plancher de son appartement ! Il fit un pas en avant, saisit Flatow par le col de son vêtement, le souleva et le pressa contre le mur.

— Écoute-moi bien ! Je ne suis Kowalski que pour mes amis, compris ?

Si Flatow n'était pas en train d'étouffer, il aurait sûrement acquiescé. D'une main, Kowalski l'écrasait contre le mur, de l'autre il fouillait ses poches. Pour finir, il trouva ce qu'il cherchait, la petite fiche avec l'annotation « Suspects potentiels ».

— Moi, un suspect potentiel, moi ? murmura-t-il, les dents serrées. Ouvre ta gueule !

Le visage de Flatow virait déjà au vert. Kowalski desserra sa prise, attendit que Flatow reprenne son souffle, puis lui enfonça le bout de papier dans la bouche.

— Mange !

Flatow se mit à mâchouiller.

— Avale !

Flatow s'exécuta.

Kowalski ouvrit grand la porte d'entrée.

— Tourne-toi !

Flatow se retourna. Le commissaire lui asséna un coup de pied au derrière en le poussant dehors. Puis il alla dans la cuisine et s'aspergea le visage d'eau froide. Il prit son portable et tapa un numéro qu'il était le seul à connaître.

— Vous allez sûrement recevoir sous peu la visite de Flatow, dit-il.

— Flatow, quel Flatow ? Ah, celui-là... Pour quelle raison ? Je n'ai pas le temps !

Kowalski crut entendre un gémissement étouffé dans l'écouteur.

— Il a des informations et des photos intéressantes. Pour nous, ces photos sont d'une importance capitale. Prenez-les-lui, mais en lui faisant croire qu'il vous les donne de son plein gré.

— Je vois.

— J'ai encore une question.

— Dites.

Kowalski avait le sentiment que Flatow tenait à l'interroger de manière officielle, mais que, au fond, il ne s'intéressait vraiment ni aux photos ni à l'Américain. Il s'agissait de bien autre chose.

— Est-ce que Flatow occupe mon bureau maintenant ? Il est assis dans mon fauteuil, n'est-ce pas ?

Tschapieski mit un certain temps avant de répondre.

— Pourquoi Flatow occupe-t-il mon bureau ? répéta Kowalski.

Pendant que le Bouledogue se confondait en explications, Kowalski raccrocha. Aussitôt, son téléphone se mit à sonner avec insistance. Il finit par l'éteindre. Il pouvait tout comprendre mais, cette fois-ci, Tschapieski avait dépassé les bornes.

*

Ils venaient de porter le corps d'Ernesto dans la cage d'escalier. Lui devait le monter à l'étage, pendant qu'elle repartait chercher son sac.

Le jeune homme apparut soudainement. Il se tenait sous un bouleau et les observait sans se cacher. Puis il se retourna et entra rapidement dans la cage d'escalier voisine.

Ce n'était pas un Rom, il n'était personne et s'accordait mal avec le plan qu'elle avait si soigneusement élaboré. L'irruption subite d'un inconnu était un très mauvais présage.

Il mit longtemps à l'apaiser.

Il faut s'en débarrasser, dit-elle.

Il lui donna raison et fila le garçon pendant deux jours.

Celui-ci (de nationalité américaine, d'après son passeport) habitait dans un hôtel en plein centre-ville. L'endroit était bien trop fréquenté pour pouvoir mettre en œuvre des plans sophistiqués. Ils réussirent à lui voler sa valise, son appareil photo et son passeport, n'abandonnant que son sac à dos et un livre.

Il demanda qu'elle lui fasse confiance. L'avait-il déjà déçue ? Non, jamais, répondit-elle. Après toutes les désillusions qu'elle venait de vivre ces derniers temps, c'était le seul homme qui avait encore toute sa confiance. Son mari et son cousin l'avaient terriblement déçue. Tandis que lui restait toujours là, auprès d'elle, partageant les bons et les mauvais moments de sa vie. Fidèle. Un ami d'enfance.

Aussi accepta-t-elle son plan.

Elle se tenait devant Le Lilas blanc et observait avec indifférence la voiture prendre de la vitesse. Il conduisait si bien. Mieux que personne. Elle était la seule à l'apprécier vraiment. Schlangenberger et Ernesto Marquez ne l'avaient jamais estimé à sa juste valeur. Tant pis pour eux !

Le jeune homme fut propulsé en l'air, avant de retomber lourdement sur le sol.

Elle se tenait à proximité, le garçon avait les yeux ouverts, étonnés et immobiles. C'est elle qui avait appelé la police. Ensuite, elle téléphona à sa fille qui vivait à Los Angeles. La nuit, elle avait fait un mauvais rêve : son fils et sa fille disparaissaient dans une sorte de brouillard, sans qu'elle puisse les toucher, ils étaient transparents. Elle voulait donc s'assurer que tout allait bien. « Oui, tout va bien, maman », lui avait dit sa fille chérie. Son fils, elle l'appellerait plus tard. Elle s'inquiétait du peu de contact qu'elle avait avec ses enfants. « Ils sont adultes », lui répétait-il. Mais qu'en savait-il, au fond ? Rien. C'était elle, leur mère.

Ce rêve était comme un mauvais présage, aussi avait-elle décidé de les rappeler encore une fois plus tard.

La police arriva au bout de sept minutes.

« Le garçon est mort », dit le médecin à un jeune policier qu'elle ne connaissait pas. Elle s'attendait à en voir un autre. Pourquoi n'était-ce pas celui qu'elle espérait ? Le médecin et le technicien prenaient des photos. Une multitude de photos. La lumière des flashs la perturba un peu, mais elle se rassura en le voyant de nouveau auprès d'elle ; cela signifiait que leur plan avait marché, qu'ils avaient réussi.

Elle lui sourit. Il lui rendit son sourire. En effet, il était le plus fort, et il l'avait déjà prouvé à Sofia en organisant l'enlèvement de Derbach.

— Je suis le meilleur de tous ! s'était-il alors écrié triomphalement.

Elle savait ce qu'il entendait par là, qu'il était meilleur que Frank Derbach et que son cousin Ernesto Marquez. Il venait de le démontrer une fois encore.

Christian Schlangenberger aussi finirait par s'en rendre compte un jour.

— Personne n'est meilleur que moi, répétait-il.

— Non, personne ! acquiesçait-elle avec conviction.

Il avait de quoi être fier. Il avait vaincu les hommes de confiance de Schlangenberger. Il avait réussi ce dont il rêvait depuis longtemps. Il les avait supprimés. Il avait prouvé sa puissance.

Elle, en revanche, devait encore attendre sa victoire personnelle. Depuis une semaine, elle espérait recevoir un signe de la part du commissaire Kowalski. Hélas ! Sans doute n'avait-il pas encore trouvé la pièce manquante du puzzle.

Le puzzle que Leticia envoyait chaque mois à sa propre adresse, morceau par morceau. Elle éprouvait toujours une petite satisfaction en voyant le visage décomposé de Christian au moment où il signait l'accusé de réception.

Ces photos, elle les avait reçues de Frank Derbach. Comme il était naïf, ce pauvre Frank ! Il avait assuré Leticia que ce serait l'affaire de sa vie. C'est ensemble qu'ils avaient eu l'idée d'envoyer, à tour de rôle, les photos à Christian.

Très amusant, ce puzzle !

Il fallait tout de même que le commissaire Kowalski se dépêche. Le temps filait inexorablement. Jour après jour, elle observait sur l'écran de son ordinateur l'homme avec qui elle vivait, avec qui elle avait passé trente ans de sa vie. Elle le regardait lancer des jurons, pleurer, se saouler, fixer des yeux le téléphone. Il attendait, mais ni Frank Derbach ni Ernesto Marquez ne l'appelleraient plus.

Elle poussa un petit rire.

Christian Schlangenberger, l'ancien colonel de la

Stasi, était désormais seul sur le champ de bataille. Abandonné de tous. Elle voyait bien qu'il perdait espoir. Il n'avait plus la tête à rien. Il avait même oublié de fermer le toit dans son nouveau pied-à-terre, et la pluie avait inondé le lit où il venait de faire l'amour avec Félicia.

Leticia connaissait le moindre recoin de cet appartement, alors qu'elle n'y avait pourtant jamais mis les pieds. Des caméras minuscules épiaient chaque geste de son mari : dans la chambre à coucher, dans le salon, dans la salle de bains, dans la cuisine, et même dans l'ascenseur, partout.

Il avait offert à sa maîtresse un joli nid d'amour. Très joli !

La porte claqua soudain au rez-de-chaussée. L'escalier grinça.

— Je t'ai amené Félicia, dit l'homme qu'elle connaissait si bien. Tu veux lui parler directement, ou tu préfères que je m'en occupe d'abord ?

Elle se retourna sur sa chaise. Il se tenait à la porte et la regardait avec adoration. La même adoration depuis tant d'années.

Elle lui envoya son plus beau sourire et écarta les jambes. Elle ne portait pas de culotte. C'était ça, sa récompense. Il accourut vers elle comme un chien. Elle lui caressa les cheveux. Il gémit de plaisir.

CHAPITRE 16

> « Les hommes ne la prenaient pas au sérieux, jusqu'à ce qu'elle les tue, mais alors cela n'avait plus aucune importance. »
>
> Terry Pratchett

> « La vache n'est pas un oiseau, la mer n'est pas un ruisseau ! Heureux celui qui aime rimer les mots ! »
>
> Bolesław Leśmian

« Une dizaine de personnes au moins attendent qu'une place se libère ici », remarqua Krenz, grognon. Accompagné de son ami Garbaty, il était venu rendre visite à Kowalski et observait l'endroit d'un œil expert.

— Tu as plus de chance que de cervelle. Est-ce que tu sais, mon vieux, que c'est l'adresse la plus courue de la ville ? Tu dois être vraiment malade, ou je n'y comprends rien, dit Krenz en fixant Kowalski d'un regard incrédule. Ou alors…

— Ou alors Tschapieski tient énormément à toi, ajouta Garbaty.

— Ça, je ne crois pas, non, objecta Kowalski d'une voix amère. Flatow occupe déjà mon bureau !

— Oui, j'ai vu, confirma Garbaty.

C'est lui qui avait trouvé le portable dans le sac à dos de l'Américain et qui l'avait apporté à Flatow, sur son nouveau lieu de travail.

— Maintenant tout le monde est persuadé que tu as été écarté de cette enquête, dit Krenz.

— Et que Tschapieski te déteste !

— Et que ton retour reste problématique !

— Et que tu séjournes chez les fous !

— Merci, chers amis, c'est très sympa ! fit Kowalski.

— Moi, je resterais bien ici. J'ai des douleurs dans le dos, sans parler de tout le reste…

Deux mois plus tôt, Garbaty venait d'avoir son quatrième enfant. Une quatrième fille. Il avait droit à un congé parental. Tschapieski lui avait même ajouté deux semaines supplémentaires, aussitôt annulées à cause de l'affaire Derbach. Il les lui avait accordées de nouveau lorsque l'enquête avait été reprise par Flatow, mais Garbaty avait refusé. Comparé à ce qui l'attendait chez lui, son travail lui semblait bien plus reposant.

— Un congé dans ces conditions-là, ça me plairait bien, dit-il en balayant la pièce d'un regard envieux.

— Si tu veux être enfermé chez les fous, je peux en toucher un mot à notre psychiatre, murmura Krenz, un sourire ironique aux lèvres.

— Pourquoi pas ? répondit sérieusement Garbaty.

Depuis quelque temps, en effet, il comptait sur l'appui de Krenz, mais ne voulait pas le lui demander directement. Pour un père de quatre filles, un séjour en cure serait un véritable rêve.

— Pas chez les fous, pitié ! protesta Kowalski.

Il s'approcha de la fenêtre et l'ouvrit. Après une semaine pluvieuse, le soleil faisait enfin son apparition. Kowalski occupait une chambre claire sous les combles d'une grande villa qui avait jadis appartenu à la famille Siemens. Elle se trouvait sur une colline, et le parc de conifères, avec sa vieille fontaine, ne cachait pas aux curistes la vue sur le lac Wannsee. Des oiseaux chantaient, des kayaks naviguaient sur l'eau, les bateaux à moteur accostaient à l'embarcadère de l'autre côté du lac.

Garbaty poussa un soupir.

— Ma fille de quatre ans dort dans notre lit, la toute petite juste à côté, celle de six ans se réveille plusieurs fois par nuit, et il lui arrive encore de faire pipi dans sa culotte. L'aînée veut déménager chez sa grand-mère parce qu'elle trouve que personne ne l'aime.

Le pauvre Garbaty n'était pas beau à voir. Il avait maigri, s'était ratatiné, il avait le teint terreux et sa paupière gauche tremblait.

— T'as voulu des gosses pour tes vieux jours !

Krenz hocha la tête, car cela le dépassait. Lui en était déjà à sa troisième épouse et il avait un fils adolescent, issu de son premier mariage, un fils qui lui en faisait voir de toutes les couleurs. Au moins autant que les quatre filles de Garbaty réunies. Le garçon avait changé trois fois d'école en une année. Bref, Krenz ressentait un peu de peine pour Garbaty, mais pas trop, et il n'était surtout pas venu ici pour parler des enfants. D'autant plus qu'il n'avait pas de quoi se vanter. Il s'empressa donc de changer de sujet.

— Tu as plutôt bonne mine, mon vieux, s'adressa-t-il à Kowalski.

— C'est vrai, dis donc ! confirma Garbaty avec admiration et envie. Il suffit que tu arrêtes l'alcool et tu as tout de suite l'air d'un jeune premier.

— Tu vas pouvoir jouer les séducteurs maintenant, dit Krenz en rigolant.

Garbaty éclata de rire à son tour. Kowalski piqua un fard.

— Laisse tomber, répondit-il à la hâte. Dites-moi plutôt s'il y a du nouveau.

Malgré la demande expresse de Tschapieski, le commissaire avait mis Garbaty et Krenz au parfum dès le premier jour. Il n'avait pas de secrets pour eux. Le problème, c'est qu'ils n'avaient pas eu grand-chose à lui communiquer jusqu'à présent. Kowalski espérait vivement qu'il n'en serait pas de même cette fois-ci.

— Allez-y, racontez, répéta-t-il.

— Il n'y a rien à dire.

— Comment ça ? fit Kowalski, sans cacher sa déception. Vous n'êtes pas allés inspecter l'immeuble ?

— Il n'y a rien à dire parce qu'il n'y a rien là-bas, répondit Krenz en haussant les épaules.

Pendant un moment, ils contemplèrent en silence les barques, les kayaks et la gondole qui flottaient sur le lac. Garbaty poussait de gros soupirs. N'y tenant plus, Krenz finit par jeter une œillade au commissaire.

— Je plaisantais. Nous y sommes allés de nuit, mais j'ai l'impression que cela n'aurait pas posé plus de problème dans la journée. Cette agence de sécurité, c'est du bidon. Ils gardent cet immeuble aussi mollement que mon grand-père gardait jadis ses chèvres à Krasnoïarsk.

— Nous avons prélevé des échantillons et effectuons toutes les analyses nous-mêmes, dit Garbaty. De quelles chèvres parles-tu ?

Krenz lui fit signe de laisser tomber.

— Nous faisons tout à l'école.

— Au labo de chimie, ajouta Garbaty.

— Dans quelle école, bon sang ? lança Kowalski, inquiet.

— On ne va pas t'encombrer d'explications, fit Krenz en réalisant un peu tard qu'il en avait trop dit. Dans une école, point barre.

Cependant il ne put s'empêcher d'ajouter qu'il avait réussi à analyser un bout d'ongle d'Ernesto.

— Où ça ? s'enquit de nouveau Kowalski en ravalant sa salive.

— Eh bien, là-bas.

— Au labo de chimie, précisa Garbaty.

— Au labo de chimie ! Et d'où tu le sors, cet ongle, hein ? s'écria Kowalski en se tournant vers Krenz, mais il se ravisa aussitôt : Non, je préfère ne rien savoir !

— Qu'est-ce que tu peux être nerveux ! constata Krenz en rigolant. Nous avons passé la moitié de la nuit à quatre pattes. Nous avons analysé tout ce que nous avons pu et, finalement, sur le rebord de la fenêtre, nous avons trouvé les mêmes empreintes digitales.

Kowalski fronça les sourcils, il n'avait pas l'air de comprendre.

— Les mêmes que sur le rebord de fenêtre de la première salle de bains et que sur les chaussures de Derbach, s'empressa d'expliquer Garbaty.

— Et vous ne m'avez rien dit ? Vous ne m'en parlez qu'aujourd'hui alors que c'est d'une importance capitale ! fit Kowalski, mécontent.

— Nous le savons seulement depuis hier, répliqua Garbaty. Avant, nous n'avions aucune certitude. Dans la deuxième salle de bains, il n'y avait rien, juste un emplacement vide où aurait dû se trouver la cuvette des W-C. Et on s'est aperçu que les empreintes étaient similaires.

Garbaty sortit quelques photos de sa veste froissée.

— Regarde, poursuivit-il en pointant une photo. Il n'y a rien ici. Pas de baignoire, pas de lavabo, juste le carrelage et cette place vide. C'est le même type de cuvette.

— Il n'y a aucune cuvette ici, observa Kowalski, le regard fixé sur les photos.

— Parce que les photos ont été prises « après » et non pas « avant » les faits. Ils ont embarqué la cuvette en même temps qu'Ernesto !

— Alors comment sais-tu que c'est le même individu ? voulut savoir Kowalski, toujours aussi méticuleux.

— Fais-moi confiance, j'ai mes sources, répondit le technicien. Les deuxièmes toilettes n'étaient plus utilisées, car elles ne fonctionnaient plus depuis un moment, d'où l'absence quasi totale d'indices. À l'exception de ceux qui concordaient.

— Qui concordaient ? Avec quoi donc ? s'impatienta Kowalski.

— Avec les empreintes trouvées sur le rebord de la fenêtre. Du reste, celles de la deuxième salle de bains sont sans importance, car ce sont des empreintes d'enfants. Ils ont dû y jouer ou je ne sais quoi. Sauf, bien sûr, les empreintes trouvées sur le rebord !

— De façon générale, toutes les autres empreintes appartiennent aux Roms, intervint Krenz. Prendre les empreintes digitales d'un Rom, tu imagines la galère ?

— Surtout quand c'est Flatow qui s'en charge, ajouta Garbaty en roulant les yeux. Plusieurs Roms ont refusé, alors Flatow les a forcés. Ça a fichu une de ces pagailles ! Une bagarre a même éclaté, paraît-il.

— Ils ont réussi malgré tout à prélever une centaine d'empreintes digitales, ha ! ha ! ha ! Flatow a fait un gros travail. Tu réalises ? Une centaine d'empreintes !

— Un tel résultat en si peu de temps ? Mais par quel miracle ? Ils devaient bien avoir un prétexte !

Kowalski n'en revenait pas que Flatow ait pu organiser tout ça. Krenz et Garbaty le regardaient avec pitié.

— Mais qu'est-ce qui t'arrive ? demanda Krenz, inquiet. On dirait que tu es dans les vapes ! Rien de plus simple, voyons !

— Il semblerait qu'un passant ait vu deux Roms transporter quelque chose de volumineux dans la cage d'escalier, lança Garbaty.

— Quelque chose qui ressemblait à un homme, compléta Garbaty.

— Quel passant ?

— Un clodo.

— Et comme tous les Roms se ressemblent, on a contrôlé tout le monde, ha ! ha ! ha !

— Je vois, murmura Kowalski. Mais pourquoi diable Flatow s'est-il donné tant de mal ?

— Il a suivi les consignes du procureur, dit Garbaty. Mais quand ils en ont eu enfin fini avec les empreintes, il s'est avéré qu'il n'y avait plus d'affaire. Pour nous, en tout cas.

— Tout bien réfléchi, le procureur et Flatow ont accompli un excellent travail, déclara Krenz. Depuis le début, le procureur voulait diriger tous les soupçons vers les Roms, seulement voilà : son acharnement a abouti à prouver le contraire.

— À une sorte de sélection naturelle, conclut Garbaty. Pour résumer, nous avons les empreintes d'un individu qui s'est trouvé dans les deux salles de bains et qui n'est pas un Rom. Nous savons à cent pour cent qu'il était présent sur les lieux au moment des meurtres. Excellent boulot, non ?

Là-dessus, Krenz et Garbaty se tapèrent la main.

Kowalski éclata de rire, car ils ressemblaient à deux gamins enjoués. Aucun d'eux n'appréciait le procureur, qui les avait vexés en les écartant d'une affaire si intéressante. Garbaty, surtout, lui en voulait. Sans travail supplémentaire, il ne pouvait pas gagner plus.

— Comment sais-tu que ce n'était pas un Rom ? insista Kowalski.

— Parce que le type ne correspond à aucune de leurs empreintes.

— Il n'a peut-être pas utilisé ces toilettes dernièrement, ou il est parti et ils n'ont pas pu relever ses empreintes, rétorqua Kowalski.

— Et il aurait touché les chaussures de Derbach ? Ça va pas la tête !

— Effectivement, acquiesça Kowalski qui n'était pas dans son assiette. Bon, et après ?

L'horloge indiquait 16 h 10.

— Ces empreintes ne correspondent à aucune personne fichée dans notre base de données. Ce qui voudrait dire…

— Qu'en clair, on n'a donc rien de concret, termina amèrement le commissaire.

— Est-ce que tu m'écoutes ? demanda Garbaty en fixant Kowalski d'un œil perplexe. Dans la deuxième salle de bains, on n'a relevé que ces seules empreintes : elles ne correspondent à aucun Rom et se trouvent au même endroit que dans la première.

— Où donc ? demanda Kowalski.

— À l'angle du rebord, répondit Garbaty.

— C'est intéressant.

Kowalski prenait des notes, tout en se demandant s'il allait avoir le temps de prendre un bain. Il avait pédalé pendant une heure, depuis Neukölln jusqu'à Wannsee, et il avait l'impression d'empester. Il fallait absolument qu'il fasse sa toilette.

— Il est bizarre aujourd'hui, dit Garbaty à Krenz. Il vaut mieux que ce soit toi qui lui parles.

— Tu m'écoutes ? Nous avons les empreintes digitales de la personne qui a réglé son compte à Derbach, dit Krenz.

— Tu ne serais pas un peu trop sûr de toi, hein ? fit le commissaire, qui était depuis trop longtemps dans le métier pour exprimer spontanément sa joie. Il va falloir tout vérifier ! Je veux dire, vérifier dans les moindres détails.

Garbaty se sentit froissé. La collaboration avec Kowalski n'était pas une sinécure. Il fallait toujours que le commissaire vérifie tout par lui-même. Et plutôt deux fois qu'une.

— Est-ce que tu as lu le procès-verbal de l'autopsie de Marquez ? demanda Kowalski à Krenz.

— Vite fait. Je n'avais que dix minutes.

— Pourquoi ?

— Mais qu'est-ce que tu crois ? Que le pathologiste terrifié allait me faire des copies d'un document secret ? Le pauvre était mort de trouille ! s'exclama Krenz, surpris par cette question ridicule. D'après ce que j'ai pu lire, c'est pareil que pour Derbach. Sauf que ce Marquez semble encore plus amoché. Son crâne et son visage ont reçu de sacrés coups.

— Plus amoché que Derbach ? fit Kowalski, étonné.

— Figure-toi que oui, il avait les mains brûlées, comme si on lui avait arraché la peau à vif.

— Et coupées, comme chez Derbach ?

— Oui, exactement pareil ! acquiesça Krenz. Je suis persuadé qu'Ernesto et Frank ont été assassinés par les mêmes personnes. Les mêmes incisions dans l'aine, tout concorde, la langue…

— Nous avons deux codes ADN, l'interrompit Garbaty, inquiet de voir son collègue se lancer dans des explications trop détaillées, ce qui le mettrait en retard pour la maternelle.

— Deux ? fit Kowalski en plissant le front. Comment ça, deux ? Est-ce qu'ils concernent la même affaire ?

— Oui, deux ! Et les deux ont été prélevés sur la scène de crime de Derbach. Pour ce qui est de Marquez, c'est encore à voir.

— Mais pourquoi deux ?

— Ah, mais je n'en ai aucune idée ! Maintenant, c'est à toi de vérifier. Qu'est-ce que j'en sais, parfois il y a deux assassins.

— Écoute-moi, intervint Krenz, les yeux brillants. Nous avons trouvé une trace de sang microscopique, il ne s'agit pas du sang de la victime, je veux dire de Marquez. Bien sûr, ça peut être le sang de quelqu'un qui n'a rien à voir avec le crime, un enfant ou n'importe qui d'autre, mais le sang est frais. Nous procédons à des vérifications.

Ce filou de Krenz avait donc gardé pour la fin l'information la plus importante. Kowalski sentit le rythme de son cœur s'accélérer.

— Avec toutes les précautions nécessaires, j'espère, dit-il.

Il n'osait pas imaginer que des ongles, des morceaux de peau, voire les yeux de la victime (qui sait de quoi Krenz était capable ?) puissent circuler en toute liberté dans les labos d'une école, et peut-être même ailleurs. Cette vision ternit considérablement la joie de ces toutes dernières révélations.

— Ne t'en fais pas, c'est entre les mains d'un spécialiste, précisa Garbaty. D'un docteur en microbiologie, qui travaillait pour nous récemment encore, mais qui s'est reconverti en pharmacologie et étudie maintenant les crises d'épilepsie chez les rats.

— Quoi ?

— L'épilepsie !

— Je ne parle pas de ça ! s'exclama Kowalski, inquiet à l'idée de devoir expliquer tout cela à Tschapieski.

— Dans son labo, il y a tout ce qu'il faut, ajouta Garbaty avec un franc sourire. Son matériel est bien meilleur que le nôtre. Il dit qu'il est même mieux équipé que celui de l'armée.

— Exact ! confirma Krenz en claquant la langue. C'est ce qu'il m'a dit quand je lui ai apporté un échantillon de sang à analyser.

Malgré l'enthousiasme de Krenz, le commissaire ne l'écoutait plus. Le cercle des personnes mises dans le secret de l'enquête s'élargissait considérablement. Pourquoi diable restait-il ici, pourquoi se cachait-il, lui, alors que ces idiots mettaient tout le monde au courant ? La gorge sèche, il eut du mal à parler.

— Comment avez-vous pu mettre dans la confidence de nouvelles personnes sans même me prévenir ?

C'est tout ce qu'il réussit à articuler.

— Mais qu'est-ce que tu crois ? fit Krenz en haussant les épaules. Tu veux tout savoir, et nous, on devrait te sortir toutes les informations d'un chapeau, comme par magie, hein ?

— Ce ne sera bientôt plus nécessaire puisque vous vous conduisez comme si vous meniez l'enquête officiellement. Je vous avais pourtant demandé de rester discrets ! fit Kowalski, dépité et de mauvaise humeur.

— Tu es injuste, remarqua Krenz, vexé.

— Et les résultats, on les aura quand ? demanda Kowalski d'une voix faible.

— Demain.

— Parfait !

Le commissaire s'anima soudain. L'endroit où exerçait l'ancien chef du laboratoire de la police était peut-être vraiment exceptionnel.

— Et où travaille-t-il ?

— Ça, on l'ignore, répondit Garbaty en prenant un air mystérieux. On a un deal : il ne nous dit rien et nous non plus on ne lui dit rien.

— Personne n'est au courant de ce que nous faisons, confirma Krenz.

— Hmm… fit Kowalski, dubitatif, en fronçant les sourcils.

— Mais, bon sang, Kowalski, je travaille pour la police depuis des années ! Tu crois que je n'aurais rien remarqué ?

— OK, et maintenant, on fait quoi ? demanda Garbaty, impatient de partir au plus vite.

— Je vais vous dire ce qu'on fait maintenant… tonna Tschapieski, apparu soudain dans l'embrasure de la porte.

— C'est super, chef ! s'exclama Kowalski, le visage défait. C'en est fini de l'affaire. Maintenant, tout le monde est au courant de ce que je fais ici !

— Détrompez-vous, personne ne sait rien ! Tous les curistes sont en train de courir pieds nus dans les bois, tous sauf vous ! Putain, je vais vous tuer, les gars ! s'écria Tschapieski, essoufflé.

En vérité, le Bouledogue était plus frustré que furieux.

— Vous m'avez déçu, dit-il à Kowalski, avant de tourner son regard vers Krenz et Garbaty. Et vous, vous êtes devenus dingues, ou quoi ? On finira tous par être virés !

— De toute façon, je suis déjà remplacé par Flatow, déclara Kowalski en haussant les épaules.

Le Bouledogue s'assit lourdement sur le lit. Les extrémités des deux épais matelas se soulevèrent sous son poids, faisant penser à un pont suspendu.

— Monsieur le directeur, je peux vous assurer que personne n'est au courant de ce laboratoire, et même si quelqu'un l'était, il croirait forcément que nous le faisons à titre personnel. Ce qui est en partie vrai, vu notre salaire de misère, dit Garbaty en lançant un regard complice à Krenz. Le chef du labo fait tout par amitié. C'est un brave type !

— C'est cela ! fit Tschapieski en sifflant entre ses dents.

— Vous ne voulez donc pas de cette analyse ADN ? demanda Krenz.

— Si cela ne vous intéresse pas, c'est simple, on annule tout, ajouta Garbaty.

Kowalski et Tschapieski échangèrent des regards entendus.

— On s'en va, dit Krenz en se dirigeant vers la porte.

Garbaty le suivit.

— Non, mais attendez ! les rappela Kowalski.

Ils s'arrêtèrent net, prêts à entendre d'autres récriminations.

— Bien sûr que nous la voulons, dit le commissaire avec un sourire conciliant.

L'air maussade, Krenz secoua légèrement la tête.

— Demain, j'en saurai plus, dit-il d'une voix renfrognée.

— Et dis-toi bien qu'on ne le fera pas gratis, ajouta Garbaty.

Ils sortirent.

— Des hyènes ! lança derrière eux Tschapieski.

— Des ingrats ! Aucune reconnaissance ! s'écria encore Garbaty en s'éloignant.

Il était presque 16 h 39, et le Bouledogue n'avait pas l'intention de partir. Tout comme Garbaty, il appréciait cette pièce sous les combles, il prit le Thermos que l'infirmière apportait tous les jours dans la chambre et se versa un peu de thé. Puis il louvoya pour expliquer à Kowalski que l'installation de Flatow dans son bureau ne signifiait rien, c'était du bidon.

— Chef, j'ai rendez-vous avec Dagmara, je dois encore prendre une douche et me préparer, l'interrompit Kowalski, impatient.

Le Bouledogue le regarda, étonné.

— Eh bien, allez-y, qui vous en empêche ? répliqua-t-il en se calant bien sur le matelas. Très confortable ! Tout ce fichu travail, je suis exténué ! ajouta-t-il en bâillant. Je pourrais peut-être faire un petit somme ici, hein ? Et ça, c'est pour vous. Je l'ai reçu de Romanowsky, il y a une heure.

Là-dessus, Tschapieski jeta une imposante enveloppe sur la table.

Le commissaire en consulta rapidement le contenu. Des photos de l'autopsie du cadavre d'Ernesto Marquez. Le procès-verbal. Il parcourut le texte et resta sans voix. C'était le document dont lui avait parlé Krenz. Son ami pathologiste, sorti de son lit en pleine nuit pour effectuer l'autopsie, avait laissé Krenz jeter un coup d'œil sur le compte-rendu. Et c'est ce même document que Kowalski tenait à présent entre les mains. Krenz pourrait ainsi l'analyser en toute tranquillité. Le commissaire se retint de s'asseoir pour le lire de bout en bout.

Un instant plus tard, il pestait sous la douche, inquiet d'arriver en retard à son rendez-vous. Finalement, la porte claqua. Allongé sur le lit du commissaire, Tschapieski esquissait un sourire espiègle. Son plan marchait donc à merveille. Dagmara et Kowalski travaillaient ensemble et avaient l'air de bien s'entendre. Il avait juste du mal à comprendre pourquoi le commissaire s'était aspergé d'une telle quantité d'eau de Cologne.

Il était déjà 17 h 30 quand Kowalski enjamba sa bicyclette. D'en haut, par la fenêtre ouverte, lui parvenait le ronflement du Bouledogue. Le commissaire appuyait sur les pédales comme un forcené. Il ne pouvait même pas appeler Dagmara pour la prévenir de son retard ; dans son affairement, il avait oublié son téléphone dans son appartement de Neukölln.

Le Blond faisait défiler sur le portable de Kowalski les derniers numéros composés par le commissaire. Deux seulement se répétaient : celui de Tschapieski et celui de Dagmara.

L'homme assis à ses côtés se racla la gorge. Il enleva ses écouteurs et regarda son supérieur d'un air interrogateur, mais ce dernier se leva brusquement et quitta le van à la hâte. Il ne voulait pas qu'on le surprenne à rire. Il s'arrêta derrière des buissons de lilas noir, inspira profondément, mais fut de nouveau secoué par un fou rire. Tout en s'esclaffant, il essuya ses larmes et observa Krenz et Garbaty qui montaient dans leur voiture – ils étaient en train de se chamailler. Il réussit finalement à se maîtriser. Il posa son regard sur la fenêtre ouverte d'où lui parvenait le ronflement de Tschapieski, qu'il commençait, inconsciemment, à appeler le Bouledogue.

Il entendit le grincement caractéristique d'une chaîne de vélo et aperçut Kowalski qui s'éloignait.

Le Blond s'engouffra dans le van.

— On le suit ? demanda le chauffeur.

Le Blond s'apprêtait déjà à lui répondre par l'affirmative quand, à sa propre surprise, il se ravisa.

— Non ?

— Non.

— Mets-moi en relation avec les hommes de la villa de Schlangenberger.

— Mais il n'y a encore personne là-bas.

— Putain ! Je vais craquer ! Mais qu'est-ce que c'est que cette bande d'incapables !

*

Il y a quelques jours encore, rien n'aurait pu indiquer que la collaboration entre Dagmara et Kowalski se passerait si bien. Dagmara y avait consenti uniquement parce que Tschapieski lui avait promis de lui fournir des informations au sujet de Frank Derbach. Ce dernier, vraisemblablement, connaissait Gerhard depuis des années.

— Tu vas rencontrer Kowalski et il te racontera tout. Moi, je n'ai pas le temps, mon enfant.

— Tu avais promis !

— Et je tiens ma promesse. Tu n'as qu'à discuter avec Kowalski, il t'expliquera tout.

Et c'est ainsi que le lendemain de l'enterrement de Gerhard, Dagmara avait vu arriver un homme, grand, vêtu d'une veste en cuir. Il ouvrit le portillon, posa son vélo, traversa les gravillons blancs pour se diriger vers sa maison. SA maison ? Mais non, pas du tout ! Celle de sa mère et de Gerhard. Dagmara n'y habitait plus depuis des années. Elle laissa retomber le store, les lamelles argentées s'immobilisèrent à mi-fenêtre.

Elle avait oublié que le store de la cuisine était cassé. Renate le rappelait constamment à Gerhard, mais il avait toujours autre chose en tête.

Le commissaire poursuivit son chemin, peut-être même ne l'avait-il pas remarquée. Un instant après, Dagmara le perdit de vue, mais elle savait qu'il devait se trouver sur la terrasse, sans doute regardait-il la villa en se demandant quelle sorte de gens y vivaient. Elle esquissa une grimace, mais ne bougea pas ; la sonnette ne se ferait pas entendre tout de suite. Le visiteur, cependant, frappa à la porte plus tôt qu'elle ne s'y attendait. Il ne devait pas être curieux.

Elle ouvrit la porte.

— Bonjour, dit-il.

Ils se jaugèrent pendant quelques secondes. L'inconnu avait des yeux incroyablement clairs. Elle n'avait jamais vu un bleu si limpide. Un visage bronzé, un pantalon en cuir et des Mezcalero. Elle en avait porté de semblables autrefois. On aurait pu croire qu'il venait de descendre de sa Harley, mais non, il était venu à vélo. Le commissaire Kowalski la toisa d'un coup d'œil assuré.

— Waldemar m'avait dit que vous passeriez à quinze heures, il est déjà presque seize heures, remarqua Dagmara d'une voix indifférente, pour qu'il n'aille pas s'imaginer qu'elle l'attendait.

Et qu'il sache qu'elle ne supportait pas les retards.

Waldemar, Waldemar ? Quel Waldemar ? se demanda Kowalski, étonné. Waldemar Tschapieski. Il n'arrivait pas à s'y faire : Tschapieski avait un prénom, des gens s'adressaient à lui par son prénom, l'appelaient par son prénom.

Dagmara recula d'un pas pour le laisser entrer. Elle lui fit traverser le couloir sombre et la galerie. Quelques secondes plus tard, ils se retrouvèrent dans la bibliothèque. Elle lui indiqua une place près de la grande table.

— Vous boirez quelque chose ? Un thé ?

Dagmara prit un Thermos et versa un liquide foncé dans une tasse. Kowalski s'assit sur une chaise inconfortable. Il la remercia et but une gorgée ; il sentit aussitôt son estomac se retourner. Il n'avait encore jamais goûté un breuvage aussi infâme. Il dut attendre plusieurs minutes pour ne plus ressentir de spasmes.

— Vous n'aimez pas ? demanda-t-elle avec un sourire faux.

— Si, si, répondit-il en faisant mine de boire comme si de rien n'était.

Il l'observa quelques secondes. Une vraie vipère, sous son air innocent. Tout à fait différente de l'image qu'elle donnait à la télévision. Il la voyait plus grande, mais ici, à côté de ces étagères, elle semblait toute menue, toute petite. Elle avait des cernes sous les yeux, les cheveux tressés. Il décida de ne pas perdre de temps.

— Je vais être franc avec vous, commença-t-il.

Elle l'écouta attentivement.

— C'est parfait, répliqua-t-elle quand il eut terminé. Moi aussi, je travaille toujours en solo.

Kowalski poussa un soupir de soulagement, les choses s'étaient passées mieux qu'il ne l'avait craint. Maintenant, il allait se lever et partir. Dagmara le devança.

— J'ai encore beaucoup de travail, l'informa-t-elle. Je vous raccompagne.

— Absolument.

Il avait du mal à croire que ce soit fini.

En passant près d'une petite table, surmontée d'une étagère remplie de livres, il s'arrêta, surpris. Il se saisit d'un volume à la couverture bleue qu'il connaissait bien.

— Leśmian ? fit-il (il s'agissait de la même édition que celle de son enfance), puis il se mit à réciter, dans un polonais impeccable : *Une mer n'est pas un ruisseau, une vache n'est pas un oiseau ! Heureux celui qui aime rimer les mots.*

Il rit doucement. Lorsqu'il était petit, sa mère lui lisait souvent ces vers. Elle laissait une lampe de chevet allumée dans la pièce, il posait le regard sur la couverture bleue et s'endormait doucement.

Dagmara s'était figée.

— Vous parlez polonais ? demanda-t-elle, les yeux ronds.

— *Je m'appelle Sindbad. J'habite toujours à Bagdad*, commença Kowalski en s'inclinant solennellement avant de poursuivre : *En mourant, mes parents m'ont laissé en héritage mille sacs d'or, mille barriques d'argent, cent palais, cent jardins et une molaire de mon arrière-grand-père, conservée par mon père dans un coffret en ébène, comme souvenir et singularité.*

Le commissaire s'approcha de Dagmara et, sans cesser de réciter, lui tendit le livre en désignant du doigt le texte qu'il connaissait par cœur.

— *Tout au long de sa vie, mon arrière-grand-père a eu mal aux dents et, régulièrement, il devait s'en faire arracher une, si bien qu'à la fin, il ne lui resta plus qu'une molaire ! À l'agonie, il demanda qu'on lui arrache cette dernière dent, qui fut transmise en héritage de mon grand-père à mon père, et de mon père à moi-même. C'était une dent ordinaire, cassée et noircie. Je suis certain que l'on peut trouver dans le monde de nombreuses dents semblables, cassées et noircies de la sorte, mais toutes ne se retrouvent pas dans un coffret en ébène pour devenir un souvenir et une singularité. Celle-ci, oui. Plus d'une fois, en la contemplant avec curiosité et respect, je me suis imaginé que cette dent faisait souffrir autrefois mon arrière-grand-père.*

— Vous connaissez tout ce passage par cœur ? s'exclama Dagmara en refermant le livre pour applaudir.

— Eh bien, tout, peut-être pas, mais j'en connais un bon bout, répondit Kowalski en souriant. Ma mère me l'a lu tant de fois que j'ai fini par l'apprendre.

— Mais pourquoi justement ce récit ? demanda-t-elle en passant au polonais.

— Disons que j'avais moi aussi un grand-père fou avec une dent, expliqua-t-il en pensant à son grand-père Glump.

— La même dent ?

— Il en avait plusieurs ! pouffa-t-il à nouveau.

Ils se tenaient sur le seuil de la bibliothèque, sous l'inscription *MAGNUM BONUM*.

— C'était le livre préféré de ma mère, confia soudain Kowalski.

Dagmara devint songeuse. C'est son père qui lui avait offert *Sindbad*. En quittant Wrocław, elle n'avait emporté que trois livres avec elle, dont celui-ci.

— Waldemar vous a dit que j'étais née en Pologne, fit Dagmara sur un ton mi-interrogatif, mi-affirmatif.

— Non.

— Je n'en reviens pas, dit-elle en souriant. Dagmara Bosch ! se présenta-t-elle.

— Thomas Kowalski, répondit le commissaire en serrant la main qu'elle lui tendait.

— On se tutoie ? Tu parles très bien polonais, constata-t-elle.

— Toi aussi. À la maison, je parlais toujours polonais avec ma mère.

— Et tu ne le fais plus ?

— Non, répondit-il. Ma mère est décédée, expliqua-t-il après quelques secondes.

— Oh ! Je suis désolée, dit-elle en baissant la tête. Moi aussi je parle polonais avec ma mère, ajouta-t-elle.

Elle eut encore un instant d'hésitation, avant de lui révéler :

— J'ai aussi de la famille à Wrocław. Une tante.

— Moi, je n'ai plus personne.

Pourquoi lui racontait-il tout cela ? Il la connaissait à peine. En l'espace de quelques minutes, il lui en avait confié davantage sur lui-même qu'à Krenz ou à Garbaty.

— Tu veux du café ? demanda-t-elle brusquement.

— Non, répondit-il d'une voix peu assurée, je ne crois pas.

— De l'eau peut-être ?

— Euh… non plus.

Elle éclata d'un rire communicatif.

— Tu as peur que je t'empoisonne ? Allons à la cuisine, enchaîna-t-elle.

Il la suivit.

— Je t'avais préparé cette cochonnerie pour te contrarier.

Elle vida le thé dans l'évier. Au seul souvenir de la boisson, Kowalski fit la grimace.

— Qu'est-ce que c'était ?

— Le thé de Klara.

— C'est-à-dire ?

— Le truc le plus répugnant que j'aie à la maison, le thé le plus vieux du monde. Maman et moi en régalons les invités indésirables.

— Sérieusement ?

— Oui ! Il accélère la digestion, précisa-t-elle dans un éclat de rire.

— Charmant ! Et pourquoi le « thé de Klara » ?

— C'est une longue histoire.

— Raconte !

— Non ! Tu préfères un express ou un café à la turque ?

— Un café soluble.

— Soluble ? Je n'en ai pas. J'ai du thé soluble.

— Oh non !

Ils rirent de concert.

Ils discutèrent jusqu'à onze heures du soir. D'abord, ils parlèrent de Klara et du grand-père de Kowalski, puis de la villa de Gerhard, de tout. Ils évitèrent soigneusement le thème de l'enquête, comme s'ils craignaient de convoquer le monstre marin de *Sindbad*.

C'est Dagmara qui aborda le sujet la première.

— Que sais-tu de Frank Derbach ? demanda-t-elle sans détour.

— Que veux-tu savoir ?

— Tout.

— Ces dernières années, commença Kowalski, il était à l'administration Gauck, et avant cela il travaillait pour la Stasi. Il faisait partie de la clique de Schlangenberger…

Kowalski continua à parler pendant plusieurs minutes, avant de conclure :

— J'ai du mal à le cerner. Seidel prétend que c'était un homme bien. Un peu fou, mais bien.

— Tu connais Seidel ? demanda-t-elle, perplexe.

— Oui, répondit-il.

— D'où se connaissaient-ils ?

— Qui ?

— Gerhard et Frank Derbach.

— Il y a des choses qu'on ne saura plus jamais.

— Parle-moi encore de ce Marquez.

Kowalski se gratta le menton.

— Je ne sais pas grand-chose sur lui, mais j'en apprendrai bientôt plus, promit-il.

Il se leva, car il se faisait tard.

— Reviens demain, si tu as le temps, lui proposa-t-elle sur le pas de la porte. D'après Waldi, tu aurais des enregistrements…

— Waldi ? s'étonna Kowalski.

— Un film, paraît-il, tourné chez Seidel.

— En effet, acquiesça-t-il. Le Bouledogue m'a parlé de…

— Le Bouledogue ?

— Eh bien ! euh, Wal… Waldi, prononça-t-il avec peine. Il dit que tu as des carnets qui appartenaient à Gerhard.

— Oui, c'est vrai, confirma-t-elle. (Puis, après un instant d'hésitation, elle ajouta :) Je te montrerai tout.

— C'est Seidel qui m'a donné le film.

— Et as-tu entendu parler du film *La Grève* ?

— *La Grève* ? s'étonna Kowalski. Non, c'est quoi ?

— Peu importe, s'empressa-t-elle de répondre.

Elle le raccompagna jusqu'au portillon.

— Eh bien, au revoir !

— Je t'apporte tout demain.

Il enfourcha son vélo, puis se retourna. Elle lui faisait signe. Il agita la main lui aussi et faillit percuter un arbre.

— *Kurwa*[1] *!* s'écria-t-il en polonais.

Craignant soudain qu'elle l'ait entendu, il regarda en arrière, mais Dagmara n'était plus là. Ce n'est pas tant

1. « Putain ! »

qu'il se préoccupait de ce qu'elle pensait de lui, mais il se sentait toujours un peu bête quand il jurait en présence d'une femme. *C'est vrai, tiens. J'avais oublié.* En pédalant dans la nuit noire, il s'exclama à voix haute : « Je perds la tête ! »

Au moment de verrouiller la porte, elle songeait la même chose : *Je perds la tête !*

Quinze minutes plus tard, Kowalski se trouvait devant la grille en fer de l'établissement thermal. Fermé, hélas ! Il avait oublié qu'ici, tout fermait à vingt et une heures. Il passa par-dessus la palissade.

Il observa un instant le lac, puis le ciel étoilé, enfin il s'allongea sur un banc et s'endormit. Le lendemain matin, il fut réveillé par le directeur de l'établissement en personne. Comme par un fait exprès, son bureau se trouvait au rez-de-chaussée, en face du lac et du banc sur lequel dormait Kowalski.

— Debout ! Debout, tout de suite ! couinait le directeur au-dessus de l'oreille du commissaire, et il lui expliqua que cet endroit n'était pas une porcherie, mais une station thermale tout ce qu'il y avait de plus respectable.

Kowalski s'étira, bâilla et abonda dans le sens du directeur, effectivement, il trouvait, lui aussi, que l'établissement était parfaitement correct.

— Vous savez quel genre de personnes viennent en cure chez nous ? Vous le savez ?

Le commissaire était sur le point de lui dire qu'il n'en avait rien à faire, mais au dernier moment il s'abstint.

— Je vous préviens, monsieur ! Je vous préviens ! criait le petit homme malingre en agitant son petit poing.

On aurait dit le Bouledogue en version miniature.

Quelques minutes plus tard, ce dernier appelait Kowalski sur son portable et lui faisait une scène.

Il hurlait dans le combiné comme un malade, mais qu'est-ce qu'il s'imaginait, et ainsi de suite. Kowalski ne répondit pas. Il devait prendre une douche et se préparer pour son rendez-vous avec Dagmara. Il posa son téléphone sur la table.

— Kowalski ? Kowalski ! Kowalski ! s'époumonait Tschapieski.

Le commissaire ne l'entendait plus. Il se rasait. Il chantait et sifflotait en s'admirant dans le miroir : les cheveux clairs, les yeux bleus, le teint hâlé. Il avait pris le soleil au cours des exercices au grand air avec ces cinglés, et avait un peu maigri. Bref, il avait retrouvé la forme.

— Pas mal, ma foi, pour un ivrogne, marmonna-t-il dans sa barbe, et il se fit une entaille.

Mais Kowalski était loin d'en avoir fini ce jour-là avec le Bouledogue. Ce dernier arriva en moins de temps qu'il ne faut pour le dire. Et juste avant lui, avant même que Kowalski ait pu enfiler son caleçon, Krenz et Garbaty débarquèrent. Tschapieski poussa quelques soupirs, se répandit en récriminations, dit ce qu'il avait l'habitude de dire et que la décence interdit de rapporter ici, puis alla se coucher dans le lit de Kowalski.

*

Pendant que Tschapieski dormait du sommeil du juste dans la chambre mansardée de la station thermale, et que Kowalski passait à vélo devant la villa des Becker et celle des Schlachter, Dagmara se tenait devant la fenêtre aux stores cassés et regardait du coin de l'œil l'horloge de la cuisine. Il était presque dix-sept heures. Enfin, elle entendit le crissement caractéristique du frein. En voyant arriver le commissaire, elle remarqua, troublée, que son cœur s'était mis à battre plus fort.

— Je ne comprends pas pourquoi tu es toujours en retard, dit-elle avec reproche.

— C'est à cause de Tschapieski. Il était…

Elle l'interrompit :

— Arrête de l'appeler Tschapieski, il a un prénom. Et puis, rien n'empêche de passer un coup de fil, fit-elle remarquer.

Kowalski poussa un soupir.

— J'ai oublié mon portable chez moi, expliqua-t-il en s'asseyant dans le fauteuil de Gerhard.

— Tu veux du vin ? proposa-t-elle, toujours un peu renfrognée.

— Non merci, répondit-il et, chose tout à fait inhabituelle pour lui, il ajouta aussitôt : Pardon !

— OK, OK ! fit Dagmara, les joues rouges, mais il faut que je te raconte quelque chose. Tu ne veux vraiment rien boire ?

Kowalski n'aimait pas le vin ; par ailleurs, quand il travaillait, il ne buvait pas. Depuis toujours, dans les phases les plus intenses d'une enquête, il évitait l'alcool. En dépit de ce que pensait de lui le Bouledogue, Kowalski contrôlait plutôt bien son addiction.

— Moi aussi, j'ai des informations intéressantes, annonça-t-il avec un sourire, en songeant aux photos que lui avait transmises Tschapieski. Qui commence ?

— Moi, bien sûr ! s'écria-t-elle en riant.

Il réalisa brusquement qu'il avait pensé à elle toute la journée. Il se leva et se dirigea vers la fenêtre.

— Je peux fumer ?

— Vas-y !

Dagmara s'approcha de la porte donnant sur la terrasse et l'ouvrit en grand, Kowalski sentit l'odeur délicate de son parfum. Il fumait en tirant de grosses bouffées. Il perçut soudain la voix frustrée de Dagmara :

— Mais tu m'écoutes au moins ?

— Bien sûr, voyons !

— Qu'est-ce que je viens de dire ?

— Euh…

Dagmara plissa le front.

— Je t'ai demandé une cigarette.

— Je ne savais pas que tu fumais.

Il se pencha vers elle avec son briquet, il sentit à nouveau son parfum.

— C'est fort, dis donc ! s'exclama-t-elle en s'étouffant. Je ne sais pas par où commencer.

— Par le début, proposa-t-il en souriant.

— OK ! Il vaut mieux que tu t'asseyes… Je sais à qui appartient l'immeuble.

— Je t'écoute.

— À la grand-mère de Schlangenberger !

— Quoi ?

— Oui !

— C'est impossible ! s'exclama Kowalski en écarquillant les yeux.

— L'endroit appartenait à la famille des Schlangenberger, et ce bâtiment, c'était la dot de la fille, c'est-à-dire de la grand-mère de Christian Schlangenberger. Regarde, tu aurais reconnu ?

Le commissaire s'approcha du bureau où était assise Dagmara. Elle posa devant lui une vieille photographie où l'on voyait un somptueux immeuble.

— Qu'est-ce que c'est ?

Il regardait la photo, mais ne voyait aucune ressemblance avec l'immeuble des Roms. L'image qu'il avait sous les yeux représentait une magnifique bâtisse avec des balcons, des portes décorées et un grand jardin.

— Ça n'a plus rien à voir, fit-il remarquer.

— Bien sûr ! La photo date de 1900. Le bâtiment a tout juste deux ans.

Il la regarda, impressionné.

— Je n'arrêtais pas de penser à ce que tu m'avais dit, aux mots utilisés par cette voix métallique : « Le proprio est rentré au bercail. » Je me suis demandé ce que cela pouvait signifier. Je suis donc allée aux archives et je me suis renseignée.

— Quelles archives ?

— Celles de Neukölln. J'y connais plusieurs personnes. Un jour, il y a très longtemps, j'ai fait un reportage sur les juifs déportés de Neukölln. Eh bien, figure-toi que l'un des employés m'a raconté que plusieurs juifs de cet immeuble avaient été envoyés à Treblinka pendant la guerre.

Kowalski l'écoutait attentivement. Il ouvrit le carnet de Flatow, dont il ne se séparait pas ces derniers temps.

— Il m'a dit aussi qu'on n'avait plus le droit de poser des plaques commémoratives devant l'immeuble, tu sais, ces plaques en laiton, sur le trottoir, avec la date de naissance et la date de déportation… Il faut l'accord du propriétaire.

Dagmara but une gorgée de vin, car toutes ces émotions lui avaient séché la gorge.

— Cet archiviste fait partie d'une association pour la préservation et la transmission de la mémoire de la Shoah. Cela lui tient beaucoup à cœur, tu vois. Il a cherché longtemps dans tous les registres jusqu'à ce qu'il trouve le nom du propriétaire. Il y a deux ans, il a essayé de le joindre au téléphone, il lui a envoyé plusieurs lettres… La secrétaire a fini par lui répondre qu'il ne donnerait pas son accord.

— Qui ne donnerait pas son accord ?

— Mais je viens de te le dire : Schlangenberger !

— Le Schlangenberger qu'on connaît ?

— Lui-même ! Le proprio ! Tu imagines ? Monsieur ne souhaite pas que l'on place des plaques commémoratives avec des noms juifs devant son immeuble. Le politicien Schlangenberger a refusé ! Cet archiviste m'a raconté tout cela aujourd'hui. Il était terriblement en colère. Bien entendu, c'est confidentiel, conclut-elle en souriant avec malice.

Kowalski alluma une nouvelle cigarette en réfléchissant.

— Tu es certaine qu'il s'agit bien du même Schlangenberger ? Que c'est lui, et pas un de ses oncles, par exemple, ou…

— Absolument ! J'ai vu les tampons, cet archiviste m'a tout montré. Il était furieux. Il ne cessait d'ironiser sur les politiques de ce pays.

— Mince, je n'en reviens pas !

Dagmara se resservit un verre de vin, très contente de la réaction de Kowalski.

— Bien, donc, où en est-on ? fit Kowalski en réfléchissant à haute voix. Nous avons un meurtrier qui nous informe qu'il ramène Frank et Ernesto « au bercail », c'est ça ?

— Oui…

— Donc, en nous parlant du « bercail », il nous donne une indication, c'est ça ? Et puisqu'il nous donne cette indication, cela signifie qu'il en sait pas mal sur Schlangenberger. Il doit bien le connaître…

— Très bien, même, crois-moi. À part cet homme aux archives, personne ne sait que l'immeuble des Roms appartient à Schlangenberger. Sinon, ça aurait fait du bruit, conclut Dagmara.

— Précisément. Par ailleurs, quelqu'un lui envoie des photos et le fait chanter.

— Tu penses qu'il s'agit de la même personne ?

— Pour l'instant, je ne fais que des suppositions. Admettons que le meurtrier et le maître chanteur soient une seule et même personne…

Le commissaire se gratta la tête.

— Tu penses que quelqu'un se venge en exerçant du chantage et en supprimant l'un après l'autre ses plus proches amis ? demanda Dagmara, pensive. Cela veut donc dire que…

— … que ses proches sont en danger, termina pour elle Kowalski.

— Mais Seidel dit que c'est Frank qui envoyait les photos…

— C'est ce qu'il pense, mais il n'en est pas certain…

— Donc, la thèse de Waldemar selon laquelle Schlangenberger est impliqué dans tous ces meurtres tombe à l'eau, à l'évidence…

— Précisément, confirma le commissaire. Je crains que ce ne soit pas le dernier meurtre. Ce que je ne comprends pas, c'est pourquoi ils tuent de manière aussi sauvage…

— Précisément…

— À moins que ce ne soit aussi un message…

— Un message ?

— Quelqu'un commet des meurtres parce qu'il veut entamer une discussion.

— Une provocation ?

— Une provocation, répéta Kowalski en hochant la tête. Le destinataire ne peut être que Schlangenberger. C'est lui qui est directement visé, constata-t-il en soulignant quelque chose dans son carnet. On dirait que quelqu'un veut diriger les soupçons vers lui. Et tu sais pourquoi je pense ça ?

— Pourquoi ?

— J'ai appris aujourd'hui qu'Ernesto n'était pas seulement un collaborateur de Securitas City, mais qu'il était aussi le cousin par alliance de Schlangenberger.

— Sérieusement, son cousin ?

— D'après Seidel, Schlangenberger n'avait aucune raison de douter de l'amitié de Frank Derbach. Cette mort a été un choc pour lui.

— Un sacré choc ! Apprendre la mort de son meilleur ami…

— Donc, ses deux amis et collaborateurs disparaissent. Tous deux sont impliqués dans l'opération « Le Magicien ». Mais je ne comprends toujours pas ce que Gerhard vient faire là-dedans…

— Tu sais… commença Dagmara, les yeux fixés droit devant elle. Il y a quelques années, Gerhard a eu une crise cardiaque. Je me demande si tous ces événements ne l'ont pas secoué au point que…

— Qu'il aurait fait un arrêt cardiaque ? Nous le saurons bientôt, dit Kowalski.

— Comment ça ? s'étonna-t-elle.

— D'après l'autopsie effectuée à Sofia, il s'agirait effectivement d'un infarctus, mais je sais que Tschapieski a demandé à ce qu'on le confirme encore une fois avant l'enterrement.

— Je ne le savais pas, maman ne m'a rien dit.

— Elle a donné son accord, dit Kowalski. Tschapieski est convaincu que Schlangenberger est derrière tout ça, derrière la mort de Gerhard aussi. C'est pourquoi il vérifie discrètement tout ce qu'il peut.

Ils restèrent silencieux un moment. Dehors il pleuvinait,

de l'air frais passait par la fenêtre. Dagmara alla la fermer. Kowalski remarqua qu'elle frissonnait. Il eut envie de la serrer dans ses bras. Cette pensée l'effraya.

— Et toi, qu'as-tu appris ? lui demanda Dagmara en tournant vers lui son visage rosi par le vin.

Kowalski sortit de sa poche les photos que Flatow avait apportées à Tschapieski, après leur discussion agitée, et celles que Garbaty, méticuleux comme toujours, avait prises après l'accident de l'Américain. Il parla à Dagmara de ce jeune homme qu'il avait rencontré au Lilas blanc, et lui exposa en quelques mots les suppositions de Flatow.

— Ce Flatow est loin d'être stupide ! fit remarquer Dagmara en souriant.

— C'est un idiot fini, la coupa sèchement Kowalski, quelque peu déconcerté, en lui lançant un regard étrange. Ce garçon nous a pris en photo il y a quelques jours, et maintenant il est mort. Il devait avoir vingt ans tout au plus.

— C'est terrible, dit Dagmara en regardant les images avec curiosité. La plupart ont été prises dans l'immeuble des Roms, constata-t-elle. Mais pourquoi ce garçon s'y intéressait tant ?

— J'aimerais le savoir aussi, répondit-il, pensif.

— Et toi, tu es où, là-dedans ?

Dagmara contemplait certaines photos et en mettait quelques-unes de côté.

— Où ça ?

— Eh bien, sur ces photos ! Tu as dit qu'il t'avait pris aussi.

— Euh… Tschapieski ne me les a pas données, répondit-il rapidement, avant de changer de sujet. J'ai encore appris deux ou trois choses intéressantes. Tiens, lis !

— Qu'est-ce que c'est ?

Elle jeta un coup d'œil aux papiers qu'il avait posés devant elle.

— Ce que j'ai réussi à obtenir sur Ernesto Marquez.

Dagmara regarda, intriguée, la lettre avec le grand tampon de l'orphelinat de Halle. D'après les informations que le peintre avait dégotées par on ne sait quels moyens, il résultait qu'Ernesto était arrivé en Allemagne avec sa famille en 1973. Sa famille, c'est-à-dire son père, lui, ainsi que sa cousine de sept ans, Leticia.

Dagmara se rassit au bureau et lut avec attention.

Le coup d'État de 1973 au Chili a renversé le président démocratiquement élu. Le père d'Ernesto Marquez remplissait les fonctions de vice-ministre dans le gouvernement d'Allende. Le jour où sont survenus ces événements dramatiques, Marquez réussit à quitter le pays avec le consul de Cuba, grâce à son large réseau de contacts qui s'étendait jusqu'à Fidel Castro lui-même. Une décision dramatique qu'il dut prendre en l'espace de quelques minutes. S'il n'était pas parti, il aurait mis en danger la vie de son fils et celle de Leticia, qui séjournait justement chez eux à l'époque. Partir signifiait cependant abandonner sa femme et son fils aîné, qui se trouvaient dans leur propriété, en dehors de la ville. Ernesto Marquez senior apprit bientôt que sa femme et son fils, ainsi que les parents de Leticia, étaient morts. Plus de 3 500 personnes ont disparu durant cette période. Après un séjour de plusieurs mois à Cuba, Ernesto Marquez senior décida de partir avec les enfants pour l'Allemagne de l'Est. En 1974, il se tira une balle dans la tête. Il laissa aux enfants une lettre d'adieu où il expliquait les détails de toute la tragédie. Ernesto et sa cousine Leticia furent placés dans notre établissement.

Dagmara garda longtemps les yeux fixés sur le papier jauni.

— Des histoires plus terribles les unes que les autres, dit-elle.

Elle s'approcha du bar et donna au commissaire un tire-bouchon et une deuxième bouteille. Du vin français ! Kowalski n'avait pas l'habitude d'ouvrir des bouteilles de vin. Par chance, il réussit du premier coup. Et par miracle, le bouchon n'était pas tombé à l'intérieur. Dagmara remplit un verre qu'elle lui tendit. Kowalski le reposa aussitôt machinalement.

— Mais nous, qu'est-ce que ça nous apporte ? demanda-t-elle.

— C'est dans cet orphelinat que Schlangenberger a recruté Ernesto, dans les années quatre-vingt, en même temps que quelques autres garçons.

— Recruté ?

Perplexe, Dagmara haussa les sourcils.

— C'est ce qu'il disait. Il les adoptait un mois avant leur majorité. Il avait adopté Frank Derbach aussi. J'ai vérifié, presque tous ses plus proches collaborateurs venaient d'orphelinats.

— Pas mal trouvé.

— Sa femme a vécu dans un orphelinat, elle aussi. C'est la cousine d'Ernesto.

— Quel finaud !

— Frank est le seul à être né en Allemagne.

— Et les autres, d'où viennent-ils ?

— Du Chili et de Colombie.

— La cravate colombienne, fit Dagmara, songeuse.

— Précisément.

*

Elle lui cachait ce que Christian et Ernesto pensaient de lui. Elle ne voulait pas le blesser. Elle savait combien il tenait à ce que Christian apprenne avant de mourir que c'était lui, Sebastiano, qui avait liquidé ses proches ; il était donc bien meilleur, plus doué que Frank Derbach et Ernesto Marquez.

Elle sourit, car c'était évidemment le cas. Tant de fois elle avait dit à Christian qu'il le sous-estimait et qu'il devrait lui donner sa chance. En vain. Christian ne voulait rien savoir.

— Je lui ai déjà donné sa chance !

Il revenait toujours à la même histoire : Sebastiano l'avait déçu en Bulgarie. Et celui qui avait le malheur de décevoir Christian une fois ne pouvait plus s'attendre à aucune faveur de sa part.

— Cet imbécile est juste capable de conduire une voiture ! s'écriait-il, furieux. Il a laissé des traces derrière lui. On a eu beaucoup de mal à se sortir du pétrin.

Finalement, elle avait réussi à persuader Ernesto de l'embaucher comme chauffeur. Ernesto avait accepté, malgré quelques réticences. Tout comme Christian, il avait une piètre opinion de Sebastiano.

— Je ne te comprends pas, Leticia. Pourquoi le soutiens-tu autant ? Y a-t-il quelque chose entre vous deux ? lui demanda-t-il d'un air soupçonneux. Bon, d'accord !

— Merci. J'ai toujours pu compter sur toi, dit-elle en embrassant son cousin sur la joue.

Leticia aimait Ernesto. Autrefois, elle faisait aussi confiance à Christian, puis uniquement à Ernesto et à Sebastiano. C'est Félicia qui lui avait ouvert les yeux.

Elle l'avait appelée la semaine dernière, insistant pour la rencontrer. Leticia ne voulait pas la voir. Elle était sur le point de raccrocher lorsqu'elle avait entendu :

— Il le faut.

Il y avait quelque chose d'intrigant dans la voix de Félicia. Elles finirent par se rencontrer.

Félicia lui parla de sa liaison avec Christian et lui apprit qui le mettait en relation avec des femmes.

— Ernesto.

— Impossible !

D'abord, elle refusa d'y croire, mais Félicia lui présenta des preuves tangibles : des photos, des SMS. Pour finir, elle annonça à Leticia qu'elle était enceinte et que Christian venait d'acheter un appartement pour eux.

— Ne détruis pas notre bonheur, termina-t-elle sur un ton pathétique.

Pauvre idiote.

Leticia savait depuis des années que son mari la trompait. Elle s'était fait une raison et avait appris à vivre avec. Christian la faisait souffrir, mais c'est Ernesto qui lui planta véritablement un couteau dans le dos. Il lui avait fait plus de mal que Christian.

Malgré les demandes incessantes de Sebastiano ces derniers mois, elle n'avait pas planifié la mort de son cousin. Ernesto l'avait provoquée lui-même. Elle avait planifié celle de Frank Derbach pour atteindre Christian et précipiter sa fin douloureuse. Au début, c'était juste ça. Rien de plus.

Leticia ferma les yeux. Dernièrement, elle rêvait chaque nuit de la « salle d'exercices » à l'orphelinat de Halle. Elle devait plier ses vêtements au carré. Deux jours avant, ne plus manger, juste boire de l'eau.

« Il faut jeûner ! » Son éducateur de l'orphelinat voulait qu'elle soit saine de corps et d'esprit. Tout le monde devait passer par la salle d'exercices, Ernesto, Sebastiano, elle, l'ensemble des pensionnaires. Mais Leticia avait parfois de la chance ; grâce à Sebastiano, elle pouvait rester tranquille durant une semaine entière. Il déplaçait les numéros en douce, sans que l'éducateur s'en aperçoive.

Ernesto donnait une correction aux petits camarades qui la malmenaient, il défendait Leticia comme il pouvait, mais il n'était pourtant jamais parvenu à la sauver de la « salle d'exercices ».

Alors que Sebastiano, lui, si.

Il glissait habilement son numéro à la place du sien. L'éducateur fulminait, mais il était méthodique et cohérent dans sa logique. Il croyait à son petit rituel. Il prenait toujours les enfants dont il piochait le numéro. Avec ce petit eunuque, il ne pouvait pas s'amuser comme avec les autres, aussi le battait-il pour le punir.

— Ne pleure pas, la consolait Sebastiano en essuyant son nez ensanglanté. J'ai vu bien pire en Colombie.

Il parlait à la petite Leticia de son oncle partisan qui lui avait appris depuis son plus jeune âge comment on rendait la justice dans leur pays. Elle ne voulait pas l'écouter. C'est pendant une des actions menées avec son oncle que Sebastiano avait perdu un bout de pied et, malheureusement, autre chose encore.

— Des mines, fit-il, impassible. Je n'ai même pas eu mal !

À l'époque déjà, il était bien plus musclé et baraqué que les garçons de son âge. Il s'exerçait dès qu'il avait un moment de libre. Il la soulevait comme une plume, alors qu'il était à peine plus grand qu'elle. Il lui répétait tous les jours qu'il ne la quitterait jamais.

Lorsque Schlangenberger était venu à l'orphelinat et avait choisi Ernesto, elle avait supplié son cousin de demander à cet homme charitable de prendre Sebastiano aussi.

— Mais pour quoi faire ? Il est bête ! Et il n'a rien entre les jambes, avait-il ajouté en éclatant de rire.

Ernesto ne parvenait pas à comprendre ce que sa cousine trouvait à ce balourd boiteux.

— Il est gentil, avait répondu Leticia en pleurant.

Ernesto aurait tout fait pour elle. Il avait donc convaincu Christian d'adopter l'eunuque. Il lui avait montré ses muscles, son cou trapu.

— Il est peut-être bête, mais drôlement costaud ! s'esclaffa-t-il.

Christian avait cédé. Non seulement il avait pris Sebastiano, mais il lui avait même donné sa chance.

Il l'avait emmené en Bulgarie lors de son premier voyage. En ces temps-là, il ne fallait pas être une lumière pour de petites missions en Bulgarie mais, même pour filer les vacanciers, Sebastiano n'était pas assez intelligent. Il laissait trop de traces, manquait de précision, il ne savait pas faire grand-chose.

Pourtant, il s'appliquait énormément. Il se donnait à fond, mais ce n'était jamais suffisant, il n'était pas assez efficace, trop lent. Tout juste capable de travailler comme chauffeur, à l'occasion.

Vu les circonstances, Ernesto n'avait plus besoin de chauffeur depuis quelques jours. En revanche, il en fallait un pour Tschapieski, qui venait d'être promu. Leticia voulait se tenir au courant de l'avancée de l'enquête. Son amitié avec la secrétaire de Tschapieski n'avait pas donné grand-chose. Barbara Matuschek se montrait de plus en plus réservée. Elle ne se doutait de rien encore, mais Leticia sentait qu'elle devait s'y prendre différemment. Ainsi Sebastiano obtint-il le poste de chauffeur. Grâce à Leticia. Comme toujours.

Barberousse était ravie d'avoir enfin trouvé une personne de confiance qui allait l'informer des moindres faits et gestes du directeur. Tout le monde était content.

Tschapieski avait chargé Sebastiano de transmettre les dossiers à Romanowsky et au procureur ; l'affaire, semblait-il, avait été confiée à un certain Flatow. Ce n'était pourtant pas avec ce dernier que Leticia voulait assembler les pièces du mystérieux puzzle, mais bien avec le commissaire Kowalski. Le meilleur commissaire de la ville, à en croire Barbara Matuschek.

*

Thomas Kowalski jeta les bûches devant la cheminée et dépoussiéra son pantalon. Cela commençait à bien faire. Depuis quelques minutes, Dagmara n'arrêtait pas de rigoler, amusée par l'histoire qu'il lui avait racontée dans la remise, où ils étaient allés chercher du bois.

— Depuis, je prends le vélo, avait-il conclu.

Dagmara fut saisie d'un fou rire. Elle ne parvenait plus à se calmer.

— Je ne vois pas ce qu'il y a de drôle.

Il avait un peu de mal à allumer le feu, pas aidé du tout par Dagmara, qui le regardait faire en gloussant.

— Oh là là ! Je n'en peux plus ! Et tu vas le récupérer quand, ton permis ?

Kowalski haussa les épaules. Allongée sur le divan, Dagmara riait aux larmes. Elle s'essuya les yeux avec la manche de son vêtement et s'assit. Ses cheveux étaient ébouriffés et son maquillage un peu défait. L'espace d'une seconde, il se dit qu'elle s'était peut-être maquillée spécialement pour lui.

— Je n'ai encore jamais entendu parler d'un commissaire à qui on a retiré son permis de conduire, dit-elle, amusée. Tu es… tu es… étonnant.

— Merci !

— Quand est-ce que Waldi te le rendra ? demanda-t-elle en essayant de garder son sérieux.

Pendant un instant, il se demanda s'il allait lui dire la vérité.

— Nous avons passé un accord. Disons que je récupérerai mon permis si je tiens un mois en cure et si je contribue à élucider cette affaire, fit-il en pointant les photos.

Elle se leva et cessa instantanément de rire. Le feu venait enfin de prendre dans la cheminée, même si la flamme restait encore faible.

— Tu fais donc tout cela uniquement pour récupérer ton permis de conduire ?

Dagmara saisit une bouteille. Comme elle était vide, elle la reposa avec colère. Elle alla vers la porte de la véranda où elle resta, boudeuse et renfrognée. Kowalski s'esclaffa à son tour. Il s'approcha d'elle et ramena ses cheveux en arrière. Elle sentit son souffle chaud sur son cou. Elle voulait dire quelque chose, mais il la retourna brusquement et l'embrassa sur la bouche.

*

Son plan n'avait fonctionné que partiellement. Pourquoi personne ne s'intéressait-il à l'immeuble de son mari ? Pourquoi personne n'avait suivi la piste du

« proprio rentré au bercail » ? Personne n'avait découvert l'épisode juif de l'histoire des Schlangenberger, comme elle l'espérait. Elle n'aurait pas dû écouter Sebastiano. Ils avaient tué Frank Derbach trop vite.

Personne n'était mieux placé que Frank pour révéler cette histoire. Elle aurait dû accepter sa proposition. Il avait l'intention de publier sa découverte dans la presse. Il avait déjà recueilli toutes les preuves nécessaires et avait juste besoin qu'elle lui livre quelques informations complémentaires. Oui, elle aurait dû accepter. Cela aurait atteint Christian plus profondément encore. Mais elle avait écouté Sebastiano.

Dommage.

Cela faisait plusieurs heures qu'elle restait assise devant son écran.

Depuis la veille, elle observait Christian en continu. Elle sentait que ce qu'elle attendait si patiemment allait enfin se produire. Cela faisait plusieurs jours qu'il ne quittait plus son appartement sur le Gendarmenmarkt. D'abord, pendant deux jours d'affilée, il s'était saoulé, puis il avait pleuré. À intervalles réguliers, elle lui envoyait des photos de Félicia sur son téléphone, en lui décrivant le sort qu'ils lui réservaient – pour l'instant, la jeune femme était encore en vie. Leticia lui révéla aussi dans les moindres détails comment était mort Derbach. Les photos, elle les envoyait depuis le propre portable de Christian, sur son numéro secret.

« Tu veux savoir qui t'a trahi ? » écrivit-elle dans son avant-dernier SMS.

« Qui ? » tapa-t-il d'une main tremblante, en se demandant toujours d'où venait ces textos.

« Un ami et un ennemi. »

De nouveau, il avait fondu en larmes, bu, et ainsi de suite.

Elle avait espéré y trouver plus de plaisir. Mais elle ne ressentait rien. Elle avait attendu si longtemps le grand final. Un final qui ne venait pas.

L'arme était posée sur le bureau de Christian, mais rien n'indiquait qu'il allait s'en servir. Elle sentait pourtant que cela se passerait le jour même. C'est elle qui régissait le spectacle.

« Frank Derbach », disait le SMS suivant. Le dernier probablement.

Eh bien ! enfin… Il introduisit le canon dans sa bouche, mais n'appuya pas sur la détente.

Il hurlait.

Elle l'hypnotisait du regard à distance. Elle le voyait aligner des photos sur son bureau : leur fille, leur fils, et elle, Leticia.

Il les regardait, sans ôter le canon de sa bouche.

Il resta ainsi un long moment. À regarder.

Elle se décida finalement à lui envoyer encore un SMS. Une phrase qu'ils étaient les seuls à connaître. « Même les serpents ont un cœur. »

Christian avait prononcé cette phrase le jour de leur mariage.

À dix-neuf heures, il appuya enfin sur la détente.

Elle récita une sorte de prière.

Tu as vécu comme un roi, tu finis comme un chien. Amen.

Elle s'apprêtait à déboucher le champagne lorsqu'elle entendit un bruit de moteur. Elle éteignit l'écran. Elle prit peur, mais ce n'était qu'une camionnette de dépannage de gaz qui traversait la ruelle pavée avec fracas. Elle ferma la fenêtre. Les voitures étaient rares ici. Dans la petite rue de ce quartier paisible de Potsdam, il n'y avait que leur demeure et la résidence d'été du chef du parti Die Linke.

Elle retourna vers le petit secrétaire qu'elle avait fait venir de France, à l'époque où elle tenait encore beaucoup à cette maison. Ce n'était pas si lointain au fond. Que signifie « lointain » ? Six mois, un mois, ou peut-être un jour ? Six mois auparavant, elle ne s'imaginait même pas vivre sans Christian. À présent, il était mort. Le bouchon de champagne sauta. Elle remplit trop le verre, et le liquide mousseux déborda.

— À ma santé, sale petite crevure ! s'écria-t-elle en trinquant avec l'écran.

Elle but une gorgée. Excellent ! Christian s'y connaissait, en champagne et en vin, il fallait bien lui accorder cela au moins. Elle rit. Elle était libre. Elle était riche. Elle était heureuse.

Elle regarda sa montre : dix-neuf heures. Quand s'était-elle arrêtée ? Hier ? Aujourd'hui ?

Le soir, une nouvelle tâche les attendait. Sebastiano en espérait beaucoup. Pas elle. Dans un tiroir se trouvait un billet pour Los Angeles, avec escale à New York. Elle consulta machinalement sa montre une nouvelle fois. Encore une nuit et elle monterait dans l'avion de bon matin. Dans une dizaine d'heures, elle serrerait enfin sa fille dans ses bras.

Sebastiano travaillait pour Tschapieski cinq jours par semaine, du matin au soir. Il rentrait tard. Elle espérait partir pour toujours avant son retour à la maison. Elle n'aimait pas les adieux.

Elle ouvrit le tiroir pour vérifier l'heure du départ et resta pétrifiée.

Le billet avait disparu.

Elle ouvrit plus largement le tiroir, puis le fouilla d'une main tremblante. Sans résultat ! Paniquée, elle chercha un moment encore en se demandant où elle avait bien pu le poser.

— C'est ça que tu cherches ? demanda soudain une voix familière.

Elle sentit un filet de sueur ruisseler le long de son dos.

— Ce devait être une surprise, répondit-elle calmement.

Elle afficha un joli sourire, celui que Sebastiano aimait tant, en cherchant dans ses yeux la dévotion habituelle, mais elle ne la trouva pas cette fois.

— Je me demande bien pour qui ? fit Sebastiano qui s'éventait avec le billet. Il y a un seul billet, et il est à ton nom !

Il fallait qu'elle dise quelque chose, qu'elle dévie la conversation.

— Je sais où est Christian, dit-elle, avouant ainsi ce qu'elle lui cachait depuis plusieurs jours.

— Moi aussi, je le sais. Il est dans son appartement. Tu m'as menti !

— Non !

— Je t'observe depuis une heure, dit-il. Ce n'est pas ce que nous avions décidé ! Il devait apprendre que c'est moi… que c'est moi, moi, moi ! s'exclama-t-il, la bouche tordue, au bord des larmes. C'est moi qui les ai tués !

Elle voulait dire quelque chose, mais il s'avança vers elle et la frappa au visage de toutes ses forces. La bouteille de champagne tomba par terre et roula jusqu'à la porte, puis alla s'écraser dans l'escalier. Leticia entendit le fracas du verre brisé.

— Christian était pour moi ! murmura Sebastiano, les lèvres serrées, et il la frappa une nouvelle fois au visage.

Elle sentit le goût du sang dans sa bouche. Elle se pencha vers le bureau, espérant pouvoir sortir de son sac le petit pistolet qu'Ernesto lui avait offert. Trop tard ! Elle eut soudain les jambes coupées, puis reçut un coup sur la tête.

Elle s'écroula.

Elle eut du mal à rouvrir les yeux. Du vin, une quantité de bouteilles d'excellent vin. Le dada de Christian – les meilleurs crus du monde entier.

Elle était toujours en vie, mais était-ce un bon présage ?

Pas vraiment.

Enchaînée, elle se trouvait dans sa propre cave. À côté d'elle gisait Félicia. Cette dernière avait les yeux grands ouverts, le front ensanglanté et elle respirait avec peine. La bouche de Félicia était bâillonnée avec une bande d'isolation, tout comme la sienne. Et ses yeux exprimaient exactement la même chose que les siens : une peur atroce.

*

Garbaty s'étira et bâilla. Il était éreinté ; à peine s'était-il assis sur une chaise qu'il s'était assoupi. Il rêvait qu'il était allongé dans le lit confortable de Kowalski, dans sa chambre de curiste, et qu'il dormait. Qu'il dormait profondément. Quelqu'un lui secouait le bras, mais il continuait de dormir. Quelqu'un hurlait dans son oreille, mais il dormait toujours…

— Norbert ! s'écria Krenz en tirant sur la manche de Garbaty.

Garbaty se frotta les yeux.

— Norbert !

— Je te déteste, murmura Garbaty.

Krenz n'avait pas dû l'entendre, car il continuait à débiter un flot de paroles.

— Laisse-moi tranquille, gémit Garbaty. J'ai dormi trois heures cette nuit, les petites ont encore…

— Regarde ça ! l'interrompit brutalement Krenz. Je l'ai reçu ce matin. Kowalski va devoir nous payer pas mal de verres de vodka. J'ai tout vérifié. Je sais tout !

— Quoi donc ? fit Garbaty en écarquillant les yeux.

— Selon la base de données, le sang et l'ADN appartiennent à Sebastiano Kalente.

— Qui c'est, celui-là ?

— Notre homme, tiens !

La colère de Garbaty se dissipa instantanément.

— Quoi ? Comment ça ?

— En 2001, il a braqué un magasin.

— Mais qui ça ?

— Grand Dieu ! Pitié ! s'exclama Krenz en levant les yeux au ciel. Le type dont on a trouvé l'ADN dans la salle de bains.

— Ferme la porte ! lança Garbaty en tapant quelque chose sur son clavier.

Il attendit un moment, puis se gratta la tête.

— Montre-moi ça.

Krenz lui tendit les résultats qu'il avait reçus le matin même de la part du directeur du laboratoire. Ils étaient convenus de s'échanger les informations sur place.

— Mais ce ne sont pas les mêmes empreintes digitales, remarqua Garbaty en comparant les résultats qu'il tenait à la main avec ceux qui s'affichaient sur l'écran de son ordinateur.

— Lesquelles ?

— Les empreintes du rebord de la fenêtre.

— Personne ne dit que ce sont les mêmes empreintes.

— Justement ! Deux codes ADN ! L'assassin n'a pas agi seul.

— Écoute, ces expertises nous prouvent qu'il s'agit du même ADN que celui trouvé dans la première salle de bains.

— Oh putain !

— On le tient !

— Toi, file chez Tschapieski ! ordonna Garbaty en mettant un doigt sur sa bouche, car Flatow venait de passer dans le couloir. Et moi, je vais de ce pas voir Kowalski, dans son établissement thermal. Mais pourquoi tu ne fermes donc jamais la porte ? ajouta-t-il, agacé.

— Je l'ai fermée.

— Elle s'est ouverte toute seule ?

— Je n'en sais rien.

— Imprime encore la photo de ce type, comment s'appelle-t-il déjà ?

— Sebastiano Kalente.

Garbaty consulta sa montre et glissa la photo dans sa poche. Il était presque dix heures et quart du matin.

*

Dagmara se réveilla avec une pensée troublante, qui n'avait rien à voir avec Thomas Kowalski. Elle songerait à lui plus tard. Pour l'heure, elle était préoccupée par un visage qui était venu hanter sa nuit et continuait de l'obséder.

Elle prit une longue douche. Enfin, elle ferma le robinet, s'enroula dans un drap de bain et entra dans la chambre sur la pointe des pieds. Elle ramassa ses vêtements éparpillés par terre et referma doucement la porte.

Thomas Kowalski dormait comme un loir. Par bonheur, il ne ronflait pas.

Dagmara but son café en se brûlant les lèvres. Elle pensait avec inquiétude à ce visage qui lui était étrangement familier. Elle l'avait déjà vu à coup sûr. Mais où ?

Elle répartit en trois tas les photos que Kowalski lui avait apportées la veille. Le premier, c'étaient les photos de groupe, le deuxième, les ivrognes du Lilas blanc et, sur le dernier, elle rassembla les photos prises par Garbaty après l'accident. Elle passa en revue les deux premiers, certaine que ce n'était pas là qu'elle avait vu ce visage. Elle scruta avec une loupe les clichés de l'accident. Au bout de quelques minutes, elle en mit quelques-uns de côté.

Un visage y revenait à plusieurs reprises. Le photographe l'avait saisi avec précision. Dagmara l'entoura au feutre rouge. La femme se tenait près d'un panneau routier et observait l'accident. Garbaty avait bien rendu la scène. À côté de la femme, on voyait un homme brun de petite taille. Sa main reposait sur l'épaule de sa partenaire. Dagmara avait déjà vu cette femme quelque part, il n'y avait pas très longtemps… Elle se frotta le front. Oui, elle était sûre de l'avoir déjà vue !

Elle sortit de sous son bureau une pile de journaux avec des interviews de Schlangenberger. Elle retrouva rapidement le magazine qui avait publié la photo de sa famille. Des chaises blanches en osier, la Maison Blanche miniature, les chevaux, les enfants, le chien, l'épouse.

L'épouse.

Dagmara compara la photo de l'accident avec celle de la famille du politicien. Même la coiffure était identique. Elle n'eut plus le moindre doute. Le visage sur la photo de l'accident était bien celui de la femme de Christian Schlangenberger. Leticia Schlangenberger figurait aussi sur quelques autres photos de presse.

Dagmara prit son appareil photo et ses clefs.

À neuf heures et quart, elle roulait sur l'autoroute.

Le panneau bleu indiquait : « Potsdam, sortie à 11 km. »

Elle devait à tout prix confirmer son intuition.

Seule.

*

Il lui sembla qu'une porte avait claqué quelque part.

Il ouvrit les yeux.

Il n'eut pas le courage de tourner la tête. Il ne réalisait pas ce qui s'était passé cette nuit. Premièrement, il ne s'était pas réveillé dans son lit à Neukölln ; deuxièmement, il n'était pas non plus dans sa chambre mansardée de la station thermale, troisièmement… Il avait la gorge sèche. Il se tourna sur le côté. Le lit était vide. Dagmara était déjà debout.

Deux femmes en deux semaines, quel exploit ! Après plusieurs années d'abstinence, un bond de deux cents pour cent. Il se demandait ce qu'il pourrait lui dire après cette nuit. Il se racla la gorge.

Il prêta l'oreille durant quelques secondes. Un silence absolu régnait dans la maison. Il sortit de la chambre. Le couloir semblait plus lugubre encore le jour que la nuit. Il songea que Dagmara avait raison quand elle parlait de fantômes.

— Dagmara ?

Sans doute était-elle allée courir. Elle lui avait dit qu'elle faisait un footing tous les matins. Il entra dans la salle de bains pour prendre sa douche, mais en sortit aussitôt. Quelqu'un tambourinait à la porte. Il enfila à la hâte le peignoir suspendu dans la salle de bains avant d'aller ouvrir.

Elle était un peu ivre la veille, lui non. Que dit-on après une telle nuit ? « Tu as oublié la clef ? » Ou bien : « Tu as déjà fini ton jogging ? » Il se traita d'imbécile.

Il ouvrit la porte.

Sur le seuil se tenait Tschapieski, hirsute. Garbaty derrière lui.

Durant quelques secondes, Tschapieski observa Kowalski puis son peignoir, enfin il repoussa vivement le commissaire et pénétra dans la maison.

— Où est Dagmara ? grogna-t-il.

— Euh… Elle a dû aller courir, répondit Kowalski, étourdi.

— On te cherche partout ! s'exclama Garbaty en gesticulant. Tu n'as pas idée de ce qui s'est passé !

On aurait dit qu'il avait de la fièvre tant ses yeux étaient brillants. Kowalski retourna dans la salle de bains. Il devait s'habiller. Garbaty ne le lâchait pas d'une semelle. En enfilant ses chaussettes, le commissaire était déjà au courant de l'ADN du coupable et, alors qu'il boutonnait son pantalon, il apprit que Sebastiano Kalente était chauffeur de taxi… On connaissait déjà son adresse !

— Tu ne croiras pas pour qui il travaillait récemment encore.

— Pour qui ?

— Ernesto Marquez !

— Bon sang !

Kowalski se laissa tomber sur une chaise, mais il se releva aussitôt et tapa Garbaty sur l'épaule :

— Beau travail, Norbert !

— Pourquoi le Bouledogue dort-il dans ton lit ? demanda Garbaty, envieux.

Un rugissement leur parvint soudain du bureau de Gerhard :

— Kowalskiii !

Ils se précipitèrent tous deux dans la pièce. La première chose qui leur sauta aux yeux, ce furent les cadavres de vin. Mais ce n'est pas eux qui inquiétaient Tschapieski. Il observait attentivement une photo qu'il avait trouvée sur le bureau. Kowalski et Garbaty s'approchèrent.

— Bon sang ! s'exclama Garbaty en arrachant la photo des mains du Bouledogue. C'est Sebastiano Kalente ! C'est lui ! s'écria-t-il en montrant du doigt l'homme debout à côté d'une femme dont le visage était entouré au feutre rouge.

Pour le prouver, il sortit de sa poche la copie imprimée au commissariat.

Le Bouledogue blêmit.

Garbaty était toujours en train de parler, mais ni Tschapieski ni Kowalski ne l'écoutaient. Ils regardaient les journaux éparpillés un peu partout, sur le bureau, sur le sol… Des articles, des interviews, des photos de Christian Schlangenberger. Et, tout en haut de la pile, un magazine avec un visage féminin entouré au feutre rouge.

Sur un bout de papier posé contre la lampe, Kowalski lut : « Je suis partie vérifier quelque chose. Dag. »

Il sentit ses genoux faiblir et son estomac se tordre.

Il regarda sa montre, il était presque onze heures et quart.

*

À onze heures trente, le Blond frotta ses yeux fatigués. Avant de décider de la suite, il voulait s'informer personnellement de la situation. L'affaire était inhabituelle et exigeait une tactique spécifique. Il traversa la rue et monta dans une camionnette de dépannage de gaz. Il était de faction ici depuis la veille, à une distance raisonnable de la propriété de Schlangenberger.

— Quoi de neuf ? demanda-t-il à l'homme assis à l'intérieur.

— Rien à signaler pour l'instant.

— La femme n'est pas là ? s'étonna-t-il en regardant les écrans sur les parois.

— Non, il est seul.

— Étrange.

Sur l'écran, on pouvait voir différents endroits de la villa, notamment une pièce où un homme, trapu et pas très grand, était assis, immobile, près d'un secrétaire.

— Il est comme ça depuis longtemps ?

— Il a passé toute la nuit ici, il se lève parfois, mais la plupart du temps il reste assis.

Comme sur commande, l'homme trapu se mit debout, il s'approcha de la fenêtre et écarta les rideaux.

— Tu es là depuis quand ?

— J'ai dû commencer vers vingt et une heures.

— Mais concrètement ?

— Ben, je ne sais pas exactement, parce que…

Le Blond n'avait pas de mot pour un tel amateurisme. Il était entouré de débiles.

— Que tient-il à la main ? demanda-t-il en s'efforçant de garder son calme.

Le technicien toucha l'écran, le zoom permit de discerner un billet d'avion.

— Un billet pour les *States*.

— Hm…

Quelque chose ne tournait pas rond, il le sentait bien, mais quoi ?

— Où sont nos hommes ? demanda le Blond.

L'écran montra une silhouette sombre près de la haie, et un visage encagoulé sur le toit.

— Tu as contrôlé tous les endroits ? Le grenier ? Le garage ? La cave ?

Le technicien n'eut pas le temps de répondre.

L'homme trapu s'éloigna brusquement de la fenêtre et fonça vers la porte. Le Blond jura. Il n'avait pas besoin de gros plan ni de jumelles. À l'œil nu il reconnut Dagmara Bosch qui se dirigeait vers la villa de Schlangenberger. Elle avait déjà la main posée sur la poignée du portillon. Une minute encore, et ils n'arriveraient pas à temps !

Depuis le début il pressentait que cette journaliste leur causerait des soucis. Il mit ses écouteurs et hurla :

— Vite ! Qu'on l'écarte du champ d'observ… !

Il ne put terminer sa phrase que déjà un homme – celui-là même qu'ils avaient observé à l'instant sur le moniteur – surgit derrière Dagmara, plaqua sa main contre le visage de la jeune femme et l'attira dans la maison.

La porte se referma.

— Putain ! s'écria le Blond en s'affalant sur son siège.

Des années auparavant, son chef lui expliquait que n'importe qui pouvait être confronté à une situation imprévisible pendant une opération. Impassible, il écoutait, mais cela le faisait doucement rigoler. Les autres oui, peut-être, mais pas lui. Durant vingt ans, il avait travaillé, convaincu d'être le plus malin et de tout savoir. Rien ne pouvait le surprendre. Il venait précisément de comprendre à quoi son chef faisait allusion. Le train roule, roule, jusqu'à ce qu'il déraille, putain !

*

— Où est ta voiture ? demanda Kowalski à Garbaty, debout devant le portillon.

— Je suis venu en bus.

— Et vous ? s'adressa-t-il au Bouledogue.

— En taxi. J'ai pris un taxi jusqu'ici, bredouilla Tschapieski.

Dépité, Kowalski parcourut la rue des yeux, puis se mit à courir droit devant lui. Garbaty arrivait à suivre le rythme, mais pour Tschapieski, c'était une autre paire de manches. Avant même que le Bouledogue réagisse, Kowalski avait atteint l'unique voiture garée au bout de la rue. Il donna un coup violent dans la portière et l'ouvrit. Il monta dans le véhicule, imité par Garbaty, pâle comme un linge.

— Vous, restez ici ! lança le commissaire à Tschapieski. Inutile que vous perdiez votre boulot, vous aussi !

Il alluma le moteur et démarra dans un crissement de pneus.

Le Bouledogue n'avait pas la moindre idée de ce qu'il fallait faire. Au bout d'un instant tout de même il retourna au pas de course à la villa. Il entra par la porte entrouverte de la terrasse et s'assit au bureau de Gerhard. Il devait revoir tout cela, il devait s'assurer qu'il ne se trompait pas. Ça ne pouvait être vrai.

Il chercha la photo au visage entouré. Il la trouva enfin. Sur tous les clichés de l'accident pris par Garbaty, à côté de Leticia se profilait le visage de son chauffeur.

*

Le Blond sortit de sa camionnette, puis il remonta à l'intérieur.

Du calme, du calme !

Il mit les écouteurs, regarda l'écran. Dagmara Bosch luttait ferme avec son agresseur. L'homme lui tordit le bras, elle le frappa, il tomba. En se relevant, il lui donna un coup de poing dans la figure. Elle s'écroula, inerte.

Le Blond tourna les yeux vers un autre écran, les points rouges autour de son corps montraient qu'elle était en vie.

L'agresseur disparut de leur champ de vision. Le technicien réussit à le localiser sur les marches de la cave. Il traînait derrière lui une femme par les cheveux.

— Qui c'est ? criait Sebastiano Kalente en arrachant la bande isolante de la bouche de Leticia Schlangenberger.

— Tu n'as pas vérifié tous les locaux, siffla le Blond en notant sur un autre écran un corps dans la cave.

— Je ne sais pas, répondit la femme en sanglotant. Je ne sais pas !

Avant qu'ils aient eu le temps de réagir, Sebastiano Kalente avait tiré une balle dans la jambe de Leticia.

— Qui c'est ? hurlait-il en désignant de son pistolet Dagmara Bosch, inconsciente.

Leticia criait, il lui donna un coup de pied au visage,

du sang coula aussitôt. Sebastiano se dirigea de nouveau vers Dagmara.

— Comment tu t'appelles ? fit-il en la secouant, mais elle retomba, inerte.

Le Blond zooma sur le visage de Sebastiano.

Pâle et en sueur.

Écumant de rage.

Bouleversé.

Choqué.

Le Blond avait vu bien souvent ce genre de visage, leur expression n'annonçait jamais rien de bon. Sebastiano pointait son arme tantôt vers Leticia, tantôt vers Dagmara.

Dans le silence qui s'était installé à l'intérieur de la camionnette, ils entendirent le hurlement des sirènes qui se rapprochaient. Le Blond pesta dans sa barbe. Ils avaient bien choisi leur moment ! Les Belles au bois dormant de la police s'étaient réveillées à temps, comme toujours !

Il rapprocha le combiné de ses lèvres :

— Maintenant, ordonna-t-il au sniper posté sur le toit.

Kalente s'écroula à terre. Il avait tout de même eu le temps de tirer avant.

Putain ! Le Blond ferma les yeux, pour les rouvrir aussitôt. « Celui qui ferme les yeux pendant une opération n'est plus apte au travail », disait son chef. Il regarda l'écran, les points rouges ne clignotaient plus qu'autour du corps de Dagmara Bosch et de la personne qui se trouvait dans la cave.

C'était la pire journée de toute sa carrière. Leticia Schlangenberger était morte. Les yeux immobiles de Sebastiano fixaient la caméra. Le Blond et ses hommes n'auraient plus le temps d'entrer dans la villa de Schlangenberger. L'opération se terminait par un fiasco complet.

Il s'enfonça une casquette sur la tête, chaussa des lunettes et prit le volant. Alors qu'il tournait dans une ruelle transversale, sans surprise il vit Kowalski arriver dans une voiture en sens inverse.

CHAPITRE 17

> « Quand le soleil de la culture est bas sur l'horizon, même les nains projettent de longues ombres. »
>
> Karl Kraus

La mort de Christian Schlangenberger et de son épouse n'avait pas spécialement choqué le président Romanowsky. Il ne les connaissait pas personnellement. S'ils s'étaient suicidés, c'est qu'ils devaient avoir leurs raisons.

« Une perte immense ! » « Terrible tragédie dans la villa d'un politicien ! » « Amour ou jalousie ? » titraient les quotidiens. Chaque journal avait élaboré sa propre dramaturgie de l'information en fonction de son lectorat. Le lendemain, l'émotion était tout aussi intense, mais cette fois Romanowsky passa, imperturbable, à côté du kiosque à journaux. Il revint cependant sur ses pas et acheta tous les quotidiens allemands ainsi qu'un journal anglais. Son anglais était loin d'être parfait, mais sa secrétaire avait étudié la civilisation américaine. Il feuilleta les journaux en vitesse et poussa un soupir de soulagement. Son soulagement allait durer une semaine.

Hélas, il n'avait pas songé à d'autres périodiques. Mais qui aurait pu imaginer qu'Olaf Klimke choisirait un hebdomadaire plutôt qu'un quotidien ? D'ailleurs, qui connaissait Olaf Klimke ? Personne. C'est pourtant lui qui se trouvait à l'origine du scandale qui éclata le 16 juillet 2011 : « La crise de l'État souverain ! » « Qui était réellement Schlangenberger ? » « Schlangenberger et son passé criminel ! » clamaient tous les journaux en ligne, car seul Internet pouvait réagir en instantané aux informations publiées dans le dernier numéro de *FOCUS*. Tous ceux qui voyaient dans la révélation du passé criminel de Christian Schlangenberger le scoop de la semaine n'étaient pas au bout de leurs surprises. En effet, deux jours plus tard, la plus grande crise politique de l'histoire de l'Allemagne fédérale ébranlait le pays. Elle avait été déclenchée par un modeste notaire qui, en vertu de sa fonction, avait exécuté les dernières volontés de son client, Frank Derbach.

Le testament laissé par ce dernier stipulait qu'en cas de mort soudaine, son mandataire enverrait quelques semaines plus tard un CD-ROM à tous les quotidiens allemands – dix-sept copies au total. Le notaire les ayant placées chez lui, dans son propre coffre-fort, elles n'étaient pas tombées entre les mains des gars de la cellule spéciale et d'Ernesto Marquez.

C'est ainsi que parut dans toute la presse européenne une longue liste de noms de politiciens, vivants ou décédés, qui avaient acheté le silence de Schlangenberger contre de multiples services. Le *Tagesspiegel* consacra trois pages entières à la publication de cette liste. Y figuraient deux ministres en exercice, une dizaine de sénateurs, plusieurs maires ainsi que le président du plus grand *Land* allemand. Sans parler des procureurs, des juges, des hauts fonctionnaires et des nombreuses personnalités du monde du business. Les journaux promettaient d'en publier la suite.

Le procureur pleurait dans son bureau.

Le ministre de l'Intérieur s'était débrouillé pour partir en voyage la veille. Personne ne savait où.

Le président de la police berlinoise, Romanowsky, dont le nom n'était pas sur la liste, donna plusieurs interviews pour expliquer que c'était uniquement grâce au travail de la police, si souvent décriée par le passé, que la souveraineté de l'État avait pu être préservée.

— Tous les autres services ont failli, déclara-t-il, sans préciser lesquels.

Du reste, personne ne cherchait à le savoir. Il y avait déjà bien assez de scandales.

Tschapieski se trouvait chez Margeritha, il contemplait la photo que lui avait donnée Seidel. Il réfléchissait. À quoi ? Mystère.

Les commentaires de la télévision soulignaient que ni la chancelière ni le ministre des Affaires étrangères n'étaient mêlés à l'affaire Frank Derbach. Preuve manifeste de leur honnêteté !

« Faut-il en rire ou en pleurer ? Est-ce bon signe pour notre pays ? » demandaient les journalistes. Les experts en politique n'avaient pas la réponse. Personne ne savait comment analyser ce scandale. Rien de tel ne s'était encore jamais produit. En tout cas, on ne l'avait jamais évoqué publiquement. « Les services de l'État ont failli », osa dire quelqu'un. Il s'attira les foudres. « Nous vivons toujours dans un État de droit ! » ripostèrent en chœur les médias et le monde politique. Il fallait bien s'accrocher à quelque chose.

« L'affaire Derbach » allait devenir le titre d'un film, le scénario en était déjà confié à un auteur américain de best-sellers.

Frank Derbach avait libellé de sa main chacune des enveloppes que le notaire avait envoyées par la poste après la mort de son client. « Le courrier de l'au-delà », titraient les journaux.

Pour finir, la chancelière en personne prit la parole en donnant une conférence de presse. « Il n'y a aucune raison de s'inquiéter. Vraiment aucune ! » déclara-t-elle. Bref, tout allait pour le mieux, le peuple devait se sentir rassuré, car la chancelière et la grande majorité du gouvernement étaient on ne peut plus honnêtes. Le peuple s'était apaisé, mais pas les médias, et la tension montait régulièrement.

Pendant ce temps, la reconnaissance que Dagmara vouait au commissaire grandissait de semaine en semaine. Depuis sa sortie de l'hôpital (elle avait subi une légère commotion cérébrale), Kowalski ne la quittait pas d'une semelle.

— Les victimes ne sont pas toujours crédibles, lui expliquait-il. Tu dois attendre un peu.

— Pas question !

— Fais-moi confiance.

— Non !

Il la suppliait, la raisonnait, lui disait que la hâte était mauvaise conseillère.

— Et puis, cette affaire n'est pas encore terminée, tu peux me croire. Tu auras tout le temps pour réaliser un programme sur le sujet. Du calme, Dagmara ! Il faut t'armer de patience, disait-il, un sourire aux lèvres.

Il ne savait pas très bien pourquoi il souriait. Il n'y avait rien de drôle. Elle avait failli y laisser la vie. Il n'arrivait pas à se débarrasser de l'image de Dagmara étendue dans une mare de sang. Pas le sien, heureusement, celui de Leticia Schlangenberger. La maîtresse de Christian, elle, avait eu plus de chance – elle avait survécu. Sebastiano Kalente l'ayant frappée au ventre, elle avait fait une fausse couche. Avec cette surabondance de détails, la presse ne savait plus où donner de la tête.

Vendredi. Berlin Prenzlauerberg. Thomas Kowalski acheta des roses. À 16 h 27, il sortit de chez le fleuriste, un bouquet à la main. Garbaty lui avait assuré que les roses de cette boutique tenaient une bonne semaine. Il savait de quoi il parlait. Après chaque naissance, c'est ici qu'il achetait des fleurs pour sa femme. La dernière fois que le commissaire avait offert des fleurs, c'était à sa mère, et auparavant à une jeune fille aussi, mais cela n'avait pas d'importance. Plus rien n'avait d'importance. Dagmara seule comptait. Il avait l'intention de le lui dire aujourd'hui. Il lui dirait qu'il se sentait bien avec elle. D'abord, il lui offrirait les fleurs, puis lui ferait cette déclaration. Non, d'abord il le lui dirait, puis il lui donnerait les roses. Ou peut-être les deux en même temps. En route, il devait encore passer au bordel de Margeritha, où Tschapieski allait enfin lui rendre son permis de conduire.

À 16 h 44, Dagmara gara sa voiture devant un petit restaurant de Prenzlauerberg. Elle avait parcouru tout ce chemin à travers Berlin embouteillé spécialement pour acheter des gâteaux au chocolat. Les meilleures pâtisseries au chocolat de la ville, selon Elsa, qui vivait dans ce quartier depuis sa naissance.

Dagmara n'avait pas le temps de faire elle-même un gâteau. Garbaty lui avait confié que Kowalski raffolait des gâteaux au chocolat bien lourds et bien gras, elle avait donc décidé de lui en acheter un.

Ce vendredi-là, Berlin avait un parfum d'été. Cela faisait bien longtemps que Dagmara ne s'était pas sentie aussi heureuse. Elle jeta un coup d'œil à sa montre, il restait encore quatre heures avant son rendez-vous. Quatre longues heures. Trop longues. *Tu es bête*, se dit-elle en poussant un soupir. À 16 h 47, elle quitta la boutique, chargée de sacs. Incapable de faire son choix parmi les nombreux gâteaux au chocolat (meringué, à la crème d'amande, aux noix…), elle en avait pris deux gros et plusieurs petits.

Soudain, elle eut l'impression de reconnaître une silhouette familière dans la foule, de l'autre côté de la rue.

Elle ouvrit grands les yeux. Était-ce Thomas avec des fleurs ? Oui, c'était bien lui. Et quelles roses magnifiques !

Un car rempli de touristes passa devant elle. Le vacarme de la rue était assourdissant. Dagmara faisait des signes de la main à Thomas.

— Thomas !!!

Il ne la voyait pas et ne pouvait pas l'entendre. Un autre car de tourisme lui masqua la vue. Le guide s'époumonait dans son micro : « Autrefois un quartier ouvrier pauvre, Prenzlauerberg est devenu aujourd'hui… »

Dagmara regarda de nouveau. Thomas n'était pas seul. Une jeune fille, une enfant presque, se tenait à ses côtés et lui disait quelque chose. Il riait. La fille aussi riait. Dagmara agita la main et aperçut soudain l'immeuble que Thomas venait de quitter. Elle connaissait parfaitement cette adresse très réputée. Un jour, Gerhard avait même tourné un reportage sur cet endroit, mais les chaînes de télévision avaient refusé de le diffuser, la moitié de leurs employés profitant des services de ce lieu de plaisir.

Les deux gâteaux au chocolat tombèrent sur le trottoir, suivis des petites pâtisseries.

Dagmara courut vers sa voiture. Elle claqua la

portière et démarra. Kowalski monta sur sa moto avec son bouquet de roses et démarra également.

Les gâteaux restèrent au sol. Pas pour longtemps. Ils firent le bonheur d'un clodo qui avait habité le quartier de Prenzlauerberg avant la chute du Mur. Juste au-dessus du restaurant. D'ordinaire, il faisait la manche devant la gare, mais ses copains lui avaient conseillé cet endroit. On y trouvait toujours de quoi manger, il suffisait de fouiller les poubelles, et les passants étaient plus généreux. Il fallait les approcher gentiment et leur dire : « Bonjour, désolé de vous importuner… »

Les chats finirent la crème, les pigeons picorèrent les miettes. Des gâteaux au chocolat, il ne resta rien. Pas même une tache de graisse. Absolument rien.

ÉPILOGUE

Frank Derbach observe attentivement Sebastiano à travers la porte vitrée ; cet imbécile hurle en agitant les bras, c'est comme cela qu'il a attiré son attention. Pour la première fois de sa vie, Frank implore Dieu : *Fais en sorte que Gerhard ne vienne pas ici...*

Sebastiano est en train de discuter avec des types, en se cachant maladroitement derrière une balustrade.

Frank appelle la serveuse et lui chuchote quelques mots à l'oreille. Ses mains tremblent lorsqu'il transmet une enveloppe à la jeune fille effrayée. « Ma vie en dépend », murmure-t-il en glissant discrètement quelques billets froissés dans la poche de son tablier.

Elle hoche la tête et se rend à l'arrière du café.

Un instant plus tard, un petit gamin court en direction de l'hôtel en scandant : « Monsieur Gerhard, monsieur Gerhard Samuel, monsieur Gerhard… » Ne pas oublier : « Gerhard, Gerhard… »

Il s'engouffre à l'intérieur de l'établissement, et se précipite vers la réception.

— C'est pour monsieur, pour monsieur Gerhard… Gerhard Samuel, dit-il, tout essoufflé.

En haletant, il pose une grande enveloppe grise sur le comptoir.

— Pour qui ? demande Radostin Petrov.

— Pour monsieur Samuel !

FIN

Cher lecteur,

Le palais Radziwiłł n'existe plus. Durant deux siècles, on a pu admirer son imposante façade au 77, rue Wilhelmstraße. À l'époque du prince Antoni Henryk Radziwiłł, le palais, dédié à la musique, la littérature, le théâtre, était le centre de la vie culturelle polonaise. En 1875, le palais Radziwiłł fut vendu au Reich. Il abrita la Chancellerie du Reich jusqu'en 1938. Onze ans plus tard, ayant subi d'énormes dégâts lors de la bataille de Berlin, il a été démoli. Il n'a jamais abrité le restaurant de Herz.

La villa Herz et la villa Liebermann – deux lieux magiques du quartier Zehlendorf – existent toujours et se portent bien. La rue Bürknerstraße est un endroit charismatique au cœur même du quartier alternatif de Kreuzkölln. De nombreux éditeurs, écrivains, traducteurs, peintres s'y sont installés ; on dit que la plupart viennent de Pologne.

Après la Seconde Guerre mondiale, beaucoup de gens en RDA, en Pologne et en Europe de l'Est ont sacrifié leur vie pour la liberté… Cependant, l'histoire racontée dans ce livre n'est que le fruit de l'imagination de l'auteur.

Magdalena Parys

MIXTE
Papier issu de
sources responsables
FSC® C003309
FSC
www.fsc.org

10/18, une marque d'Univers Poche,
est un éditeur qui s'engage pour
la préservation de l'environnement
et qui utilise du papier fabriqué à partir
de bois provenant de forêts gérées
de manière responsable.

Imprimé en France par CPI

N° d'impression : 3039306
X07634/01